Knaur.

Knaur.

Über den Autor:

Richard E. Crabbe arbeitet seit mehr als zwanzig Jahren im Anzeigengeschäft für so renommierte Unternehmen wie die *New York Post,* die *Los Angeles Times* und – gegenwärtig – für *Time Warner.* Er lebt auf Staten Island. Die Geschichte New Yorks hat ihn seit jeher fasziniert, und so entstand die Idee für seinen ersten Roman beim täglichen Pendeln mit der Fähre von Staten Island in die City.

Richard E. Crabbe

Die Brooklyn-Verschwörung

Thriller

Aus dem Amerikanischen von
Gwynneth und Peter Hochsieder

Knaur Taschenbuch Verlag

Die amerikanische Originalausgabe erschien 2000 unter dem Titel
Suspension bei Thomas Dunne Books / St. Martin's Press, New York

Besuchen Sie uns im Internet:
www.knaur.de

Vollständige Taschenbuchausgabe April 2006
Knaur Taschenbuch.
Ein Unternehmen der Droemerschen Verlagsanstalt
Th. Knaur Nachf. GmbH & Co. KG, München

Redaktion: Viola Eigenberz
Umschlaggestaltung: ZERO Werbeagentur, München
Umschlagabbildung: Mauritius
Satz: Ventura Publisher im Verlag
Druck und Bindung: Nørhaven Paperback A/S
Printed in Denmark
ISBN-13: 978-3-426-63253-6
ISBN-10: 3-426-63253-5

2 4 5 3 1

Für Kim

Prolog

Alle Kriege sind Knabenspiele,
in denen patriotische Knaben als
Helden auftreten.

Herman Melville

Es war immer das Gleiche. Thads Bruder rief mit undeutlich hallender Stimme. Lächelnd hatte er den Kopf nach Thad umgewandt, und sein Gesicht leuchtete in der texanischen Sonne. Er forderte Thad zu einem Wettrennen auf, zum Teich hinunter. Franklin, der jüngere der beiden Brüder, war der Schnellere. Seine Füße berührten den Boden kaum, und mit jedem lachenden Schritt vergrößerte er den Abstand. Thads Füße waren dagegen wie Blei. Quälend langsam, mit ärgerlicher Schwere trugen sie ihn weiter. Sosehr Thad sich auch abmühte, Franklin hielt mit Leichtigkeit den Vorsprung. Der Bruder hinterließ keine Fußspur im hohen Gras, nichts deutete an, dass er darüber gelaufen war.

Wieder stand die grelle Sonne hoch am Himmel, aber sie war jetzt näher gerückt als damals. Ihre Hitze erfüllte ihn mit einer vertrauten Wärme. Er kam sich so sorglos vor wie damals, als er im östlichen Texas durch das duftende junge Gras lief. Es war wie zu Hause. Sie rannten zu ihrem liebsten Badeplatz. Schon spürte Thad das kühlende Wasser. In seinem Traum wusste er, dass er glücklich war, dass er einen so glücklichen Tag nie wieder erleben würde, obwohl ihn seine Füße nur langsam voranbrachten. Immer noch lief Franklin voraus. Die Sonne vergoldete die Grashalme und setzte ihre Spitzen in Brand. Fast wäre er ins Taumeln geraten vor der Süße dieses Augenblicks. Thad füllte seine Lungen, sog alles ein. Jetzt kamen die beiden dem Teich immer näher, und Franklin rief, er könne ihn schon sehen und Thad solle nicht so schlafmützig sein. Noch ein paar Schritte, und auch er glaubte ihn zu sehen. Das Wasser schimmerte silbrig, weiß und blau durch das hohe Schilf, zwischen die Rohrkolben hindurch. Der kalte Glanz ließ die Sommersonne noch heißer erscheinen, das Wasser flimmerte in den Hitzewogen und lockte ihn mit seinem kühlen, nassen Versprechen.

Jetzt, da der Teich vor ihnen lag, lief er schneller. Eine Biene summte an ihm vorbei. Sie schien direkt neben seinem Ohr zu fliegen. Zunächst beachtete er sie nicht, dann kam eine zweite, dann eine dritte hinzu. Es klang, als hätte jemand den Bienenstock umgestoßen. Sie summten nicht mehr, wie es die dicken faulen Bienen sonst tun. Sie flogen an ihm vorbei, als hätten sie es eilig. Sie flogen schnell, so schnell, dass er sie überhaupt nicht sah. Aber das war unmöglich. So schnell konnten Bienen nicht fliegen, zumindest nicht in Texas. Er fragte sich, ob auch Franklin sie gehört hatte. Die beiden Brüder rannten weiter, aber dem Teich kamen sie nicht näher. Das Ufer zog sich immer weiter zurück, blieb immer außer Reichweite. Immer dichter wurde der Bienenschwarm, aber Franklin achtete nicht darauf. Thad blickte nach vorn, und in diesem Moment ließ die glühende Sonnenkugel ihren feurigen Widerschein auf das sich kräuselnde Wasser fallen. Thad wurde geblendet, und in diesem Augenblick verwandelte sich seine Traumwelt und wurde zu seinem Albtraum.

Mit betäubendem Donnerschlag explodierte die Sonne. Der Schock erfasste ihn, ein lähmender Stoß. Seine Augen suchten den Bruder; er konnte Franklin sehen, der immer noch lief, aber jetzt viel weiter links, drüben in der Ferne. Viele Männer folgten ihm, rannten mit letzter Kraft und brüllten wie Dämonen. Franklin schwang den Säbel und feuerte sie an, in der anderen, ausgestreckten Hand hielt er die Pistole. Aber Franklin war für solche Dinge noch zu jung, Franklin mit seinen rosigen Wangen, mit seinen Kinderbeinen, die spindeldürr waren, auch wenn sie noch so schnell liefen. Aber als Thad sich umschaute, bemerkte er, dass auch ihm Männer folgten. Sie schienen hinter ihm aufzutauchen, vor seinen Augen Gestalt anzunehmen. Er sah Emmons, Watkins, Weasel Jacobs und die anderen. Seine ganze Kompanie, glorreich und zerlumpt, trottete hinter ihm her. Gebeugt, mit gesenktem Kopf, lehnten sie sich in den Wind der Bienen. Aber die Bienen waren jetzt Kugeln. Mit einer morbiden Faszination sah Thaddeus zu, wie sie seine Männer stachen. In Zeitlupe sprossen Staubwolken und rote Spritzer hervor. Einige der Männer rannten weiter, andere verschmolzen mit dem gelben Gras. Einige wurden hochgewirbelt und fielen wie Blätter auf die Erde.

Ihm stockte das Herz in der Brust. Seine Lungen wurden zu Stein. Er erkannte diesen Ort, und die Angst davor packte ihn wie ein Schraubstock. Einen Augenblick lang war ihm, als wollte ihn die Angst umbringen, sein Herz schrumpfen lassen und es dann so lange auswringen, bis er weiß wie das Fell einer Trommel dalag. Aber nichts geschah. Er war noch imstande, sich an seine Männer zu wenden, ihnen zuzurufen und sie zum Weitergehen zu bewegen. Er war ihr Captain. Sie folgten ihm. Zur Linken und zur Rechten liefen die Männer in langen Zickzackreihen in ihren grauen und zimtfarbenen Uniformen und verschwammen in der Ferne. Fleckige, zerrissene Fahnen rückten durch das Gras vor. Wie Gespenster erhoben sie sich aus den Feldern und strebten der Sonne entgegen, die über dem Teich stand. Aber als er nach vorn sah, hatte sich auch diese Szene verändert. Das Schilf und die Rohrkolben hatten jetzt den stählernen Glanz polierten Metalls angenommen. Sie waren erstarrt, hatten sich in Gewehrläufe und Bajonette verwandelt.

Obwohl alles um ihn herum sich schnell bewegte, waren seine Füße langsam. Er konnte nicht denken. Er konnte sich nur vorankämpfen in der Hoffnung, Franklin und seine Männer einzuholen. Gemeinsam könnten sie vielleicht die Linie aus Stahl und beißendem Blei durchbrechen. Vor ihm, wo er den Teich gesehen hatte, erhob sich ein Hügel, ein ödes, felsiges Ding. Felstrümmer lagen auf den Hängen verstreut, als habe sie ein Kind achtlos weggeworfen. Er sah den Ort und wusste gleich, dass vor seinen Augen die Trophäe lag, die sie sich erträumt hatten: Little Round Top, Gettysburg.

Er beobachtete Franklin, der mit glühendem Gesicht seine Männer anführte. Thaddeus sah in seinem Bruder sein besseres Ich. Thad war zwar älter als Franklin, aber das Alter war kein Maßstab. Seit seiner Kindheit hatte Frank etwas Besonderes an sich gehabt; sein Auftreten und seine Sicherheit übten eine magnetische Wirkung aus. Er hatte es nicht nötig, Respekt einzufordern: Achtung fiel ihm zu wie ein Geburtsrecht, mit dem er so selbstverständlich umging wie mit einem Paar alter Stiefel. Auf seine Bitte hin waren die Männer bereit, Dinge zu tun, die andere Hauptleute nicht einmal mit Gewalt hätten erzwingen können. Thad sah Frank vorausspringen, furchtlos, heldenhaft. Es war, als seien sie in Wirklichkeit noch zu Hause und das Ganze sei nichts als ein Soldatenspiel. Thad selbst hatte so große Angst, dass er fürchtete, in die Hose zu machen. Die Kugeln surrten wütend vorbei. Unwillkürlich duckte er sich in eine Bodenmulde, um für den letzten Vorstoß Atem zu schöpfen. Frank tat das Gleiche. Das Blei pfiff über ihre Köpfe hinweg. Thad sah die Sonnenstrahlen in den Feldgläsern oben auf dem Little Round Top aufblitzen. Er blieb liegen und schob sein eigenes

Glas vor die Augen. Ein Offizier der Unionstruppen beobachtete ihren Angriff mit verzweifelter Anspannung, wandte sich um, winkte und rief etwas nach hinten.
Eine Batterie mit Kanonen und eine breite blaue Linie von Infanteristen strömte ihnen über den Hügel entgegen, die Gewehrläufe glänzten durch den Rauch der Geschütze. Es war zu spät. Thad wusste es. Es war zu spät. Sein Herz war schwer wie Blei, als er »Attacke« rief. Sein Säbel schwenkte nach vorn und zeigte auf den Offizier am Little Round Top, als sei die Klinge lang genug, den Mann niederzustrecken. Aus dem hohen, süß duftenden Gras sprang die lange Linie der Grauen auf und stieß den Schlachtruf der Rebellen aus. Wie eine Woge hob ihn der Ruf in die Höhe. Die Schreie, lauter noch als die Kanonen, trieben die Männer über das Feld. Angstschreie, Flüche, Stöhnen, Kommandorufe, wiehernde Pferde, heulende Geschosse und betäubende Explosionen hallten in seinem Kopf. Die Feinde liefen auseinander, gingen zwischen den Felsbrocken in Deckung. Eine graue Woge kam auf sie zu und schwappte um den Fuß des Little Round Top. Immer noch rannte Franklin voraus, seine Füße hinterließen keine Spur. Wieder, mit glühendem Gesicht, mit rosigen Wangen, rief er Thad zu, mit ihm zum Teich zu kommen, wo die Bienen nur die Blumen stachen und das kühle, tiefe Wasser die texanische Sonne wegwusch.
»Beeil dich, Schlafmütze. Sonst verpasst du den ganzen Spaß.«
Thads Beine ließen die Betttücher rascheln.
Er sah den Artilleriefeldwebel … die Abzugsleine in seiner Hand … den Ruck, wie er daran zog … den Oberst, der nach unten zeigte. Er sah den Blitz, spürte den Luftdruck, die Druckwelle. Ein Regen von Blei und Stahl prasselte auf die Linie nieder, ließ sie schmelzen, ihre Kraft und ihr Leben ausbluten. Ein Stöhnen erhob sich, als komme es aus der Erde selbst. In einer ungelenken Pirouette drehte sich Franklin um die eigene Achse und fiel – wie ein Teppich, der beim Klopfen von der Stange

fällt – in einer Staubwolke zu Boden. Die Zeit dehnte sich. Die Welt drehte sich nach einer langsameren Sonne. Er war an Franks Seite. Sein Bruder kauerte auf Händen und Knien. Ein Knäuel aus dicken roten und grauen Würsten war ihm aus dem Mantel gefallen. Franklin betrachtete das Durcheinander, als fragte er sich, woher das alles komme.

»Thad, ich bin verwundet«, sagte Frank, als ihn Thad erreichte. Sein Gesicht war weiß, die Augen vor Schreck und Angst weit aufgerissen.

»Frank!« Thad schrie die leeren Wände seines Schlafzimmers an. Ihm war sofort klar, was diese Würste waren. Das Entsetzen riss ihn aus seinem Albtraum, erlöste ihn aber nicht aus der Erinnerung.

Mit einem Ruck, schwitzend, erwachte Captain Thaddeus Erasmus Sangree aus dem Schlaf. Fast zwanzig Jahre waren so schnell wie ein Herzschlag vergangen. Mit weit aufgerissenen Augen starrte er zur Zimmerdecke und sah in der Dunkelheit immer noch das gespenstische Bild seines Traums. Die Betttücher waren durchnässt. Noch immer hörte er seinen Bruder, den Klang seiner Stimme, seine Worte. Thad hatte geglaubt, er sei auf das vorbereitet, was er dann sehen musste, als er Franks Mantel aufknöpfte. Aber er war damals nicht vorbereitet, und er würde es nie sein. Frank war aufgeschlitzt, alles quoll aus ihm heraus.

»Lass mich liegen, Thad. Du kannst nichts für mich tun.«

Thad wusste noch genau, was Frank mit schwacher Stimme gesagt hatte. Natürlich hatte sein Bruder Recht gehabt. Heute noch, nach so vielen Jahren, spürte er Verzweiflung, spürte, wie ihm das Gefühl für die Wirklichkeit entglitt.

»Thad«, flehte Frank. »Du kannst mich nicht ... zusammenflicken.«

Immer noch sah Thad das schäumende, klumpige Blut über Franks weiße Wange ins gelbe Gras hinunterlaufen.

»Thad, ich will, dass du … mir einen … Gefallen tust. Ich kann sonst niemanden … darum bitten«, hatte er zögernd gesagt.

»Alles, was du willst«, hatte Thaddeus gesagt. »Alles.«

Frank hatte seine Hand ausgestreckt und nach dem Colt gegriffen, der in Thads Gürtel steckte. Zunächst hatte Thad nicht verstanden, wozu Frank seine Waffe brauchte. Frank sagte nichts, aber als Thad den Colt aus seinem Gürtel befreit hatte, nahm ihn Frank in die Hand und hielt ihn sich an die Schläfe. Bauchverwundungen konnten einen langsamen Tod bedeuten. Es konnte Stunden oder Tage dauern, bis Hilfe für die Verwundeten eintraf. Bis dahin hatte man die meisten schon mit dem Schubkarren in ein flaches Grab geschafft. Später, als er darüber nachdachte, wurde sich Thad bewusst, dass er in Franks Lage wahrscheinlich den gleichen Wunsch geäußert hätte. Aber dadurch wurde nichts leichter. Er war entsetzt gewesen, nicht imstande, etwas zu sagen oder sich zu rühren. Frank sagte nur: »Schick mich heim.«

Auf welche Weise der Revolver losging, darüber wurde sich Thad nie ganz klar. Er erinnerte sich noch an seinen Versuch, ihn wegzureißen. Es war nie seine Absicht gewesen, das zu tun, was sein Bruder wollte, obwohl er wusste, dass es das Richtige war. Für einen Mann, dessen Inneres nach außen gekehrt war, hatte Franklin erstaunlich viel Kraft in den Händen. Franks Hand hatte den langen stählernen Lauf gepackt, und Thad hatte fest daran gezogen, um ihn dem Bruder zu entreißen. Aber irgendwie ging der große Colt los und warf Franklin leblos in den Staub. An das, was dann geschah, konnte sich Thad nicht mehr erinnern. In den vielen Jahren, in denen er immer wieder, nach dem Erwachen aus seinem Albtraum, die Zimmerdecke anstarrte, war ihm nie ganz klar geworden, wie lange er damals gebraucht hatte, bis er dieser Dunkelheit wieder entkommen war. Das Erste, woran er sich erinnerte, war dieser Oberst der Unionstruppen, der auf sie herunterglotzte, wie auf Wanzen unter einem Mikroskop. Thad stellte sich vor, wie sich der Mann am Anblick des vergossenen Lebens seines kleinen Bruders weidete, wie er neugierig auf die Ergebnisse seines Werks hinuntersah und sie genau betrachtete, als handelte es sich um aufgespießte Insekten im Labor. In diesem Augenblick, an Franks Seite, stieg in Thad der Hass hoch und zwang ihn, sich wieder auf die Füße zu stellen. Entschlossen richtete er sich auf, achtete nicht auf das herunterprasselnde Blei, das um ihn herum den Staub hochspritzen ließ. In aller Ruhe richtete er den Colt auf den Offizier, zielte auf die Spiegelung des Fernglases oben auf dem Little Round Top und leerte die Waffe. Er feuerte mit solcher Willenskraft und Energie, dass er kaum eines Revolvers bedurft hätte, um die Kugel ins Ziel zu bringen. Aber die Wirkung blieb aus. Keine Kugel erreichte den Mann, und das Glitzern dieses kalten Glases schien seine Wut zu verspotten. Und die Zielscheibe seiner Wut hatte einen Namen. Der Name war Washington Roebling.

Unzählige Male hatte er in der Dunkelheit seinen Racheschwur erneuert. Für ihn war der Name ein Leuchtfeuer geworden. Er hatte diesen Namen erst später erfahren, als er im Schein des Lagerfeuers in einer Zeitung der Nordstaaten einen Bericht über die Schlacht las. Washington Roebling und dessen Schwager, Generalgouverneur K. Warren, hatten in den Heldenberichten eine große Rolle gespielt. Auf diese Weise hatte sein Hass einen Namen bekommen. Seitdem war er ein fester Bestandteil, ein dauerhafter Begleiter seines Lebens geworden, ein Ziel, das alles andere in den Schatten stellte, das seinem Leben einen Zweck, eine Bedeutung gab – und im Wissen, dass die Rache bald vollzogen würde, fand er einen kalten Trost.

Wieder dachte er an Franklin, während der Schweiß langsam auf seiner Stirn trocknete. In der Dunkelheit bewegten sich seine Lippen und formten die Worte von Henry Wadsworth Longfellow, die er nunmehr auswendig kannte:

Der schöne Jüngling, er ist tot,
In seinem Herzen nur Ehr, auf der Zunge nur Wahrheit,
Er war unser Leitstern, er war unser Leben,
Seine Stimme war froh wie ein Hornsignal.
Aller Augen hingen an ihm,
Dessen frohes Lachen und freundliches Wort
Alle Bitterkeit verstummen ließ.

1. Kapitel

Schlaft süß in euren schlichten Gräbern,
Schlaft, Märtyrer der verlornen Sache;
Auch wenn noch keine Marmorsäule
Den Pilger zu verweilen mahnt.

Henry Timrod

Über dem East River hing eine silbrige Mondsichel, deren Licht vom kabbeligen schwarzen Wasser verschluckt wurde. Die Ebbe hatte mit aller Kraft eingesetzt, und der Fluss zerrte an den Schiffen, die dem Ufer entlang vor Anker lagen. Das schwarze Wasser wellte sich in öligen Wirbeln und Strudeln um das Granitfundament der Great East River Bridge, als hege es einen Groll gegen den Eindringling. Die Granitblöcke waren quadratisch geschnitten, ihre Kanten noch nicht glatt geschliffen. Unter der Hochwassermarke waren sie schwarz.

Reglos, im kalten Mondlicht der Märznacht, hockten drei Möwen auf einem Brückenkabel. Wie steinerne Wasserspeier sahen sie aus. Der Mond schien gespenstisch bleich auf ihre reglosen grauen Federn. Verlorene Seelen des Hafens, drängten sie sich im Dunkeln dicht aneinander, Flügel an Flügel. Keine Laterne war da, die den Schleier der Dunkelheit gelüftet hätte.

Die Brücke war noch nicht eröffnet. Bauteile, Holzstapel, Seilrollen, aufgestapelte Stahlträger und Winkeleisen, Fässer mit Nieten, Nägeln, Teer, Zement und einem Dutzend anderer Dinge lagen auf der Fahrbahn verstreut. Der Geruch des Bauholzes, frisch galvanisierten Stahls, frischer Farbe und nassen Zements hing über der Brücke. Es war ein guter Geruch.
Plötzlich hallte das Scheppern von Metall auf Metall durch die Nacht. Es kam von der Brooklyner Seite der Brücke, und der Stahl trug es weiter. Es klang wie ein Rohr, das fallen gelassen oder hingeworfen wurde, es klang wie ein Rollen, wie ein Glockengeläut. Die drei Wasserspeiermöwen lebten auf. Drei Köpfe drehten sich gleichzeitig dem Klang entgegen. Sechs Augen leuchteten in der Dunkelheit. Flügel schoben sich hin und her. Kurz danach hörte man unten auf der Fahrbahn schwere Tritte. Ein Ruf in der Dunkelheit und das Getrappel von Leder auf Holz: Ein Mensch rannte über den Steg, der oberhalb der noch unfertigen Fahrbahn verlief. Die Möwen wurden unruhig. Ein Mann lief unter ihnen vorbei, seine Lungen atmeten schwer. Er traute sich nicht, nach hinten zu schauen. Einen Augenblick später kam ein zweiter Mann, der atemlos vor sich hin fluchte und mit höchster Anstrengung hinter ihm herrannte. Die Möwen schnellten hoch, ihre schrillen Schreie durchstachen die Stille über dem Fluss. In dieser Nacht war die Brücke kein sicherer Ort. Allmählich ließ der Lärm der Verfolgungsjagd nach und verhallte auf der New Yorker Seite.
Zwei Tage darauf stand fest, dass Terrence Bucklin tot war; daran gab es keine Zweifel. Er lag in einem schmalen Hof hinter Paddys Bar, Peck Slip 64 – kein Ort, an dem man tot aufgefunden werden möchte. Die Leiche briet in der Sonne des frühen Nachmittags, die den engen Raum zwischen den unverputzten Ziegelmauern beschien. Der Fischmarkt war zwar einige Häuserblöcke entfernt, aber dem Geruch nach schien er viel näher. Toter Mann – toter Fisch. Unter diesen Umständen war Terrence eine sehr unappetitliche Leiche. Sein Mund, der zu einem angedeuteten Grinsen

erstarrt war, verlieh ihm das wissende Aussehen eines Mannes, der sein Ende schon seit längerem erwartet hatte. Was für ein Wissen es war, das nahm er mit in den Tod.

Etwas früher an jenem Vormittag, etwa um elf Uhr dreißig, kam einer von Paddys frömmeren Kunden nach einem kurzen Besuch im Hof in die Bar zurück. Joe Hamm, der Barbesitzer, sah es nicht gern, wenn sich seine Kunden im Abort übergaben, also wussten die Stammkunden, dass sie hinters Haus gehen mussten, wenn das Bier am falschen Ende herauszukommen drohte. Der Betrunkene verkündete allen Anwesenden, dass hinter dem Haus eine Leiche liege.

»Jesus Christus, verdammt nochmal! Im Hof liegt eine Leiche, Joe!«

Die Bar leerte sich. Nichts konnte eine Bar so schnell leeren wie eine Leiche. Hamm verfluchte sein Schicksal. Nachdem der Betrunkene, der die Leiche gefunden hatte, in höchster Eile verduftet war, ging Joe selbst hinters Haus, um nachzusehen. Betrunkene konnten alles Mögliche behaupten. Im Laufe der Jahre hatte Joe viele Geschichten gehört, über Geister, Kobolde, über allerlei Tiere und Insekten, insbesondere über Spinnen. Einmal sogar über den Fürsten der Dunkelheit höchstpersönlich. Als Joe in den Hof hinausging, erwartete er nichts Dramatischeres als eine Sinnestäuschung. Was er aber fand, das waren eine Hand und ein Bein, die unter ein paar Holzkisten des Krämers von nebenan hervorlugten. Hamm warf die Kisten zur Seite. Er sah sofort, dass er dem da kein Bier mehr zapfen würde. Einen Augenblick stand Joe da und betrachtete, von dem grausigen Bild fasziniert, die Leiche. Vielleicht sollte er das nächste Mal genauer hinhören, wenn ein Betrunkener behauptete, etwas gesehen zu haben. Aber schon auf dem Rückweg zur Bar hatte er diesen Gedanken wieder verworfen.

Als Joe eintrat, saß nur mehr ein Kunde in der Bar. Seit fünfzehn Jahren schon war der Ecktisch dort sein Stammplatz. Er war nicht mit den anderen weggegangen. Er hatte noch eine Aufgabe zu erfüllen: die Arbeit zu vollenden, die die Rebellen, die Südstaatler, in Cold Harbor begonnen hatten. Die Hälfte seines rechten Beins und ein beträchtliches Stück seiner linken Wade hatte er auf dem Schlachtfeld in Virginia zurückgelassen, als ein Zwölfpfünder der Konföderierten in die Linie einschlug. Nach drei Jahren in verschiedenen Krankenhäusern hatten ihn die Ärzte für körperlich geheilt erklärt, zumindest konnten sie nichts mehr für ihn tun. Was seine Seele betraf, das war etwas anderes. Seitdem gehörte er in Paddys Bar zum Inventar. Er war das Sägemehl auf dem Boden, der Rauch in der Luft, der Bierdunst. Es dauerte Jahre, bis man sich mit einer Invalidenrente in den Tod gesoffen hatte.

»Ich hab eben gesehen, wie ein Cop die Straße hinunter zu den Docks gegangen ist«, bemerkte der Veteran lakonisch.

»Danke, Bob. Du kriegst ein kaltes Bier, wenn ich wieder da bin. Geschenk des Hauses.«

»Dann beeil dich.« Also machte sich Joe Hamm auf die Suche nach einem Cop. Beim Weggehen konnte er den Gedanken nicht loswerden, dass er eigentlich zwei Leichen zurückließ.

Joe war nicht besonders groß, deshalb musste er immer wieder den Hals recken und auf und ab hüpfen, um unter den vielen Menschen in den überfüllten Straßen einen Cop ausfindig zu machen. Er sah verdammt blöd aus, das wusste er, mit seiner fleckigen Arbeitsschürze, die bei seinen Sprüngen auf und nieder wippte. Der Gedanke an die Leiche und an die Einkünfte, die ihm deswegen verloren gingen, trieb ihn zur Eile, und er rannte die ganze Strecke, an der Front Street vorbei, hüpfend und halsreckend, bis zur South Street hinunter, wo er dann nach Süden zum Markt hin einbog. Dort stieß Joe auf einen jungen Streifenbeamten, der die Trennung von zwei ineinander verkeilten Fuhrwerken in die Wege zu leiten versuchte. Die dampfenden Zugpferde jedoch kämpften verschreckt dagegen an. Der Cop gab sich die größte amtliche Mühe, die Fuhrleute von Handgreiflichkeiten abzuhalten und zu verhindern, dass die beiden Wagen beim Entzerren der Räder einen Unbeteiligten erdrückten. Er gestikulierte und schrie, um sich gegen die fluchenden Fuhrleute und den allgemeinen Lärm der South Street durchzusetzen. Wie es aussah, hatte er wenig Glück. Als Joe Hamm dazukam, war ein Fuhrmann gerade dabei, einen Schwall schöpferischer Flüche und Verwünschungen loszulassen. Wahrscheinlich drückte sich der Kutscher des anderen Wagens nicht weniger bilderreich aus, aber auf Italienisch. Den tieferen Sinn konnte Joe aus seinen Gesten, die sich auch auf den Cop zu beziehen schienen, ganz gut deuten.

Hamm nahm das alles zur Kenntnis, während er auf den Cop zulief und ihm die Hand auf die Schulter legte.

»Ein Mord ist geschehen«, sagte er atemlos.

»Hören Sie zu, Sie müssen mich jetzt in Ruhe lassen. Ich habe hier zu tun«, schnauzte ihn der Cop an.

Joe unternahm einen zweiten Versuch. »Ich glaube, Sie haben mich nicht richtig verstanden.« Er ärgerte sich, dass der Cop nicht auf ihn einging. »Ich habe einen toten Mann, wahrscheinlich ermordet, hinter meiner Bar liegen. Im Hof hinter Paddys Bar.« Jetzt wurde der Cop aufmerksam.

»Ein Toter, sagen Sie? Paddys Bar? Wo zum Teufel ist Paddys Bar?«, fragte der Streifenbeamte und sah sich um.

Mein Gott, dieser Bursche ist noch nass hinter den Ohren, dachte sich Joe. Jeder weiß doch, wo Paddys Bar liegt.

»Drüben im Peck Slip«, sagte er geduldig. »Direkt neben dem Krämerladen.«

Der junge Cop wirkte immer noch abwesend und zerstreut. Die beiden Kutscher kamen richtig in Fahrt.

»Steck's dir in den Arsch, du verdammter Dago!«, brüllte der eine.

»In deinen Arsch!«, gab der Italiener zurück, was vermutlich die Summe seines englischen Vokabulars ausmachte.

»Also gehen wir«, sagte der Cop teilnahmslos. »Nun, wer sind Sie, und was soll denn das heißen, das mit der Leiche?«, fragte er.

»Mein Name ist Joe Hamm. Ich bin der Inhaber von Paddys Bar. Ein Stammkunde hat die Leiche hinter der Bar entdeckt.«
»Und was bedeutet das, hinter der Bar?«, fragte der Cop.
»Im Hof hinten.«
»So.« Zum letzten Mal drehte sich der Cop um und warf einen Blick auf das Chaos in der South Street.
»Passen Sie auf«, sagte Joe und streckte die Hand aus, um den Polizisten zurückzuhalten. Fast wäre er in ein Fuhrwerk hineingerannt, das mit Fässern voll Salzhering beladen war. »Sind Sie neu bei der Polizei oder bloß neu in diesem Revier?«
»Neu bei der Polizei. Wie kommen Sie darauf?«
Um darauf zu kommen, musste man kein Detektiv sein, dachte Joe, aber da er den Burschen nicht kränken wollte, sagte er nur: »Nun, Sie haben nicht gewusst, wo Paddys Bar ist. Ich habe Sie auch noch nie hier in der Gegend gesehen. Woher sind Sie?«
»Staten Island.«
»Ich war mal mit der Fähre drüben«, sagte Joe. »Hübsche Fahrt. Aber ich hab noch nie jemand kennen gelernt, der dort wohnt. Wie heißen Sie denn?«
»Patrolman Jaffey. Elija Jaffey. Sind wir schon da?«
Sie standen vor Paddys Bar mit ihrer verblichenen Farbe und ihren staubigen Fenstern. Jaffey betrachtete den aus Holz geschnitzten, bemalten Boxer, der über der Tür hing, und fragte sich, ob er wohl Paddy selbst darstellte oder nur dazu gedacht war, die kampflustigen Iren anzulocken. Er holte tief Atem und tauchte hinein in das schimmernde Halbdunkel der Schankstube. Als er und Joe tiefer in den Raum vordrangen und dabei mit den Füßen das Sägemehl hochwirbelten, hörten sie, wie Bob, der Veteran, ihnen vom Ecktisch aus zurief: »Der da draußen ist Terrence Bucklin.«
Sie horchten auf und wandten sich um. »Ich hab ihn mir angesehen, während du weg warst, Joe. Netter Kerl, der Bucklin«, murmelte Bob vor sich hin. »Hat auf der Brücke gearbeitet,

Maurer, glaube ich. Ich hab ein paarmal mit ihm ein Bier getrunken … Freundlicher Kerl. Wirklich schade.«

Joe und Jaffey standen da im Sägemehl, und einen Moment lang sah es aus, als neigten alle drei den Kopf zum Gedenken an den guten Menschen, der Terrence Bucklin gewesen war.

Ein übel riechender Luftschwall aus dem Hof erinnerte Joe und Jaffey daran, wozu sie überhaupt hier waren. Der Streifenpolizist wusste nicht so recht, was ihn erwartete. Es war seine erste Leiche, und er wollte sich kompetent und nüchtern zeigen. Damit würde er schon fertig, sagte er sich. Er müsste sich einfach auf die Arbeit konzentrieren. Er hatte eine wichtige Aufgabe zu erfüllen, und es war wichtig, dass er sie korrekt und …

»Oh, mein Gott, mein Gott …«, stieß Jaffey hervor, als er Bucklin aus der Nähe sah. Es drehte ihm den Magen um. Unwillkürlich trat er einen halben Schritt zurück und krächzte: »Gehen Sie doch aufs Revier und holen Sie Sergeant Halpern. Er ist mein Chef. Sie kennen doch das Revier, oder?«

»Ja. Sam kenne ich auch. Ich hole ihn.«

An diesem Tag passierte viel Neues im Leben des Eli Jaffey. Noch nie zuvor war er mit einer Leiche allein gewesen. Seine Tante und seine kleine Schwester, die vor drei Jahren an Typhus gestorben waren, zählten hier nicht. Sie waren für ihn keine Leichen gewesen, sie gehörten zur Familie. Sie lagen damals in der Wohnstube ihres Hauses am St. Mark's Place, hatten Blumen im Haar, und der Duft der Lilien schwebte wie eine Nebelbank im Raum. Sie waren nicht auf diese Weise tot, gekrümmt auf dem Boden in einem Hof liegend, aufgebläht von den Gasen der eigenen Verwesung. Das hier war anders: keine Lilien, keine Kerzen, keine Seidenkissen, nur Gestank und Fliegen.

Jaffey stand da und starrte hinunter auf die Leiche. Die Zeit erschien ihm entsetzlich lang. Allmählich kam es Eli vor, als könnte ihm Terrence Bucklin mit seinen toten Puppenaugen in die tiefste Seele blicken, dorthin, wo er seine Zweifel und Ängste wegsperrte. Und es kam ihm vor, als stelle der Tote

die Frage: »Kannst du das? Kannst du mir in die Augen schauen?«
Es war nicht leicht, Bucklin in die Augen zu sehen. Jaffey wollte es auch gar nicht, aber er fühlte sich dazu gezwungen.
»Es ist wegen der Fliegen, stimmt's?«, sagte die Leiche. »Komm doch, schau mir in die Augen und entscheide selbst, ob du wirklich würdig bist, diese neue Uniform zu tragen. Am besten bringst du es gleich hinter dich.«
Lange zwang sich Jaffey, Terrence Bucklin in die toten Augen zu blicken. Als dann Sergeant Halpern eintraf, stand Jaffey gekrümmt neben der Leiche und erbrach die letzten Reste seines Mittagessens. Halpern wollte schon eine boshafte Bemerkung machen, aber er erinnerte sich daran, wie er auf seine erste gedunsene Leiche reagiert hatte, und schwieg. Trotz seiner Verärgerung war er auch ein wenig belustigt, bemühte sich aber, sich nichts anmerken zu lassen, und versteckte die Andeutung eines Grinsens hinter einem Stirnrunzeln.
Jaffeys Gesicht glänzte und hatte die zartgrüne Farbe einer noch unreifen Tomate. Wenigstens hatte er so viel Grips, nicht auf die Leiche zu kotzen, dachte Halpern, obwohl das auch schon vorgekommen war.
»Geh doch in die Bar und hol dir was, um den Geschmack wegzuspülen«, sagte Sam. »Und während du dort bist, kannst du versuchen, von Joe Hamm und den anderen, die noch da sitzen, eine Aussage zu bekommen. Es nützt niemandem was, wenn du hier herumstehst und dir auf die Schuhe kotzt.«
Mit schuldbewusstem Hundeblick sah Jaffey Sam Halpern an, während er die klumpigen Spuren seines Mittagessens mit einem Lappen von den Schuhen wischte. Mit seinem Mittagessen auf den Schuhen sollte sich ein Cop niemals sehen lassen – schließlich war der junge Jaffey stolz auf seine makellose Uniform. Wortlos ging er auf den Hintereingang der Bar zu. Er war glücklich, eine Aufgabe zu haben, und kramte Notizbuch und Bleistift hervor. Er bemühte sich, an alle Fragen zu denken, die ein

guter Cop den Zeugen eines Verbrechens stellen musste, und das lenkte ihn ein wenig ab vom Bild der Leiche im Hof mit dem Grinsen im Gesicht und den Fliegen in den Augen. Jaffeys Augen wanderten zu dem Toten zurück, und einen fürchterlichen Moment lang hätte er schwören können, dass ihn Terrences glasige Augen auf seinem Weg verfolgten. Er beschleunigte seine Schritte.

Der Hintereingang des Hauses führte zu einem Lagerraum und einem Gang. Im Vergleich zum hellen Hof war es innen kohlrabenschwarz. Die Dunkelheit des Ganges verdichtete sich plötzlich zu einem massigen Hindernis, und Jaffey prallte dagegen. Erschrocken ließ er Notizblock und Bleistift fallen. Sobald sich seine Augen an die Dunkelheit gewöhnt hatten, merkte er, dass er mit einem Menschen zusammengestoßen war. Zu seiner Ehrenrettung muss man erwähnen, dass er sich schnell fasste und in seiner besten Amtsstimme sagte: »Sie müssen diesen Gang frei halten, wir haben einen Mord zu untersuchen. Gehen Sie in die Bar zurück. Ich möchte Ihnen ein paar Fragen stellen.«

Aus dem Schatten, der das Gesicht des Mannes verbarg, kam ein belustigtes »Hm«. Der Mann bewegte sich nicht. Jaffey legte die Hand auf den Knopf des Schlagstocks, der an seinem Gürtel hing.

»Gehen Sie sofort zurück! Machen Sie keine Schwierigkeiten«, sagte er zu dem großen Schatten, »gehen Sie in die Bar zurück, und beeilen Sie sich.« Jaffey packte den Schlagstock fest mit der rechten Hand. Zwei Finger der Linken stieß er dem Mann in die Brust, um ihn in die gewünschte Richtung zu steuern. Das zeigte keine Wirkung, was Jaffey ein wenig beunruhigte. Der Mann mochte vielleicht ein Säufer sein, aber er war außergewöhnlich standfest. Schließlich, als sich Jaffeys Augen besser an das Licht gewöhnt hatten, wurden die Gesichtszüge deutlicher. Der Fremde wollte etwas sagen und machte einen Schritt nach vorn, um an ihm vorbeizukommen.

So geht das nicht, dachte sich Jaffey. Sein Sergeant durfte doch nicht sehen, dass man so mit ihm umsprang. Er zog den Schlagstock heraus. In seiner Eile überhörte er, was der Schattenmann zu ihm sagte. Ein Schlag auf die Knie würde den Mann zur Ordnung rufen, sagte sich Jaffey. Zu weiteren Gedanken kam er dann nicht mehr.

»Tut mir leid wegen deinem Kumpel, Sam. Ich hoffe, dass er keinen bleibenden Schaden davonträgt«, sagte Tom Braddock beiläufig, ohne den Eindruck zu erwecken, er könnte es ernst meinen.

»Jesus, Tommy, musstest du so etwas tun? Es fällt uns schwer genug, die Burschen auf Vordermann zu bringen, und jetzt schlägst du einen von ihnen zusammen«, grummelte Sam, während er sich über den hingestreckten Patrolman beugte.

»Er wollte mir die Kniescheiben kaputtschlagen«, verteidigte sich Tom. »Mich regt es auf, wenn so ein grünes Milchgesicht einfach loslegt und sich einbildet, die ganze Welt müsse springen, bloß weil er eine neue Uniform hat.«

»Ich glaube mich daran zu erinnern, dass du auch ziemlich grün warst, damals, wie du angefangen hast.« Sam packte Jaffey am Arm. »Komm, hilf mir, wir müssen ihn aufsetzen.« Sam und Tom lehnten Jaffey gegen ein Fass.

»Sam, grün waren wir nicht, wie wir bei der Polizei anfingen. Unwissend vielleicht, aber nicht grün. Grün waren wir damals, anno 62, als wir uns freiwillig meldeten«, sagte Tom. »Als wir hier anfingen, war das Grün schon abgeschliffen.«

Das war ein wahres Wort. Als der Krieg zu Ende war und sie zur Polizei gingen, kannten sie sich schon besser aus.

»Stimmt schon, du hast ganz recht, aber von der Polizeiarbeit hatten wir verdammt wenig Ahnung, soweit ich mich erinnern kann«, brummte Sam.

»Manche behaupten, du hast immer noch nicht viel dazugelernt, Sammy«, grinste Tom.

»Zum Teufel mit dir, Braddock!« Sam grinste zurück.

Halpern und Braddock sahen auf Jaffey hinunter, während er wieder zu sich kam. Von seinem Sitzplatz am Gurkenfass, an das sie ihn gelehnt hatten, schaute Jaffey zu ihnen hinauf. Hatte er vorher Braddock für groß gehalten, so erschien er ihm jetzt, vom Boden aus, wie ein Riese. Zwei Paar Hände hievten ihn auf die Beine, und ihm wurde sofort klar, weshalb der große Mann nicht klein beigegeben hatte, als er in ihn hineingerannt war. Braddock trug das Abzeichen eines Sergeant Detective, eines Kriminalpolizisten. Im dunklen Gang hatte es Jaffey nicht bemerkt, noch dazu, wo Tom Zivil trug …

»Scheiße«, murmelte er. Wieder hatte er Mist gebaut. Aber das war ihm nicht das Wichtigste.

»Wie zum Teufel haben Sie das geschafft?«, fragte Jaffey halb verwundert, halb anerkennend, während er sich den Nacken rieb. »Fühlt sich an wie vom Schlächterbeil getroffen.«

Braddock war überrascht. Er hatte mit Empörung gerechnet oder gespielter Tapferkeit oder vielleicht sogar damit, dass ihn dieser Grünschnabel angreifen könnte. Direkt lobenswert, wie der seinen Stolz hinunterschluckte, sagte sich Tom. Der Bursche gab sich große Mühe, seine Fehler einzusehen. Tom war sich gar nicht so sicher, ob er in der gleichen Lage zur gleichen Demut fähig gewesen wäre. Möglicherweise hatte er Jaffey genauso falsch eingeschätzt wie Jaffey ihn.

»Chinesische Selbstverteidigung«, sagte Tom. »Ich hab sie gelernt, als ich Streifenbeamter in Chinatown war. Master Kwan in der Mott Street war mein Lehrer.« Er redete, als ob seine Erklärung Jaffey etwas sagen müsste, aber das war natürlich nicht der Fall. »Diese Geschichte erzähl ich dir ein anderes Mal, Patrolman«, fuhr Tom fort. »Und von jetzt an pass auf, was du tust und wem du es antust, bevor du es überhaupt tust. Verstehst du mich?«

»Ja, Sir. Tut mir leid, Sir.«

»Gut«, sagte Braddock. »Nun, jetzt geh in die Bar und unterhalte dich mit Bob. Der arme Kerl kennt jeden, der seit dem Krieg in dieser Kneipe gesehen wurde. Du wirst ihm vielleicht ein Bier spendieren müssen, um etwas aus ihm herauszukriegen. Und kauf dir auch eins, wenn du gerade dabei bist. Du siehst beschissen aus.«

»Das hat Sergeant Halpern auch gesagt«, meinte Jaffey.

»Du tust gut daran, auf deinen Sergeant zu hören. Er kennt sich aus.«

Jaffey zögerte einen Augenblick. »Ich bin aber im Dienst«, sagte er unsicher.

Sam und Tom drehten die Augen zum Himmel, und Sam sagte mit ungewohnter Geduld, »Jaffey, wenn Tom Braddock dir den Befehl gibt, dir ein verdammtes Bier zu holen, dann holst du dir ein verdammtes Bier. Also, sei ein braver Kerl, vergiss deine Dienstvorschriften und lass dir von Bob erzählen, was mit unserem Freund da draußen los war.«

»Er sagte, er heißt Terrence Bucklin.«

»Gut. Sieh zu, dass du auch möglichst viel von Hamm erfährst. Für einen Kneipenbesitzer ist er ein ganz anständiger Typ. Erkundige dich, ob er diesen Kerl kennt, mit wem man ihn gesehen hat und so weiter. Kannst du das machen?«

»Jawohl, Sir.«

»Hmm ... und Jaffey, sag doch nicht dauernd Sir zu mir. Sergeant genügt.«

Jaffey hob Block und Bleistift auf, die er bei seinem Zusammenstoß mit Braddock fallen gelassen hatte. Wieder kam er sich albern vor, als er an den Vorfall denken musste. Dann lief er durch den Gang zur Schankstube.

»Also, Sam, machen wir weiter«, sagte Tom, während sie in den Hof hinausgingen. Sam wusste, was ihm bevorstand. Nach der Meinung der Kollegen gehörte Braddock zu den besten Ermittlern in der ganzen Abteilung, aber eine beunruhigende Gewohnheit hatte er, wenn es um Mordfälle ging.

»Terrence, Terrence, Terrence, was ist nur aus dir geworden?« Mit geneigtem Kopf stand Tom vor der Leiche, und sein präch-

tiger gezwirbelter Schnurrbart hing vor Trauer schlaff herab angesichts des schlimmen Endes, das Bucklin genommen hatte.
»Wer konnte dir so was antun, Mann? Oder hast du vielleicht zu viel getrunken und bist auf den Kopf gefallen? Ist das die Lösung?« Tom machte eine Pause, als könnte die Leiche eine Antwort geben. »Vor dir steht Sergeant Halpern, und ich bin Detective Tom Braddock, und wenn es dir nichts ausmacht, werde ich dich bei der Bearbeitung dieser Sache um Hilfe bitten.«
Als ihn Tom der Leiche vorstellte, erwischte sich Halpern dabei, dass er dem Toten zunickte. Er erinnerte sich an den ersten Mordfall, bei dem er mit Tom zusammengearbeitet hatte, und wusste noch, wie erschrocken er gewesen war, als er Tom plötzlich mit dem Toten reden hörte. Fast erwartete er, dass dieser Hurensohn sich aufsetzen und ihnen alles erzählen würde. Damals hatte er nichts dazu gesagt, denn er glaubte, dass Tom mit diesem Geplänkel seine eigene Nervosität unterdrücken wollte. Später, als die Leiche im Wagen des Coroners abtransportiert worden war, hatte Sam bemerkt: »Die Toten können dir keine Antwort geben, Tom.«
»Das ist nicht wahr, Sam. Die Toten können eine Menge erzählen. Es hilft uns, wenn wir mit ihnen sprechen; und ich glaube, ihnen hilft es auch, wenn sie sagen können, was sie sagen müssen.«
Tom hatte ihm damals erzählt, wie es dazu kam, dass er mit den Toten redete. Es war auf dem Schlachtfeld während des Bürgerkriegs gewesen.
»Schau mich nicht so an, Sam. Ich weiß, dass sie nicht wirklich mit mir reden, aber sie waren einmal Menschen, und wenn du mit ihnen sprichst, erhältst du vielleicht unverhofft eine Antwort«, sagte Tom nachdenklich. »Schaden kann es nichts. Mir hilft's auf jeden Fall. Dadurch kann ich mich in ihr Leben hineindenken, die Dinge so sehen, wie sie sie gesehen haben.«
Beim Gedanken an diesen Tag grinste Sam vor sich hin. Er und

Tom hatten seitdem viel zusammen erlebt, aber Tom hatte seine Angewohnheit, mit den Toten zu reden, nie aufgegeben. Und um ganz ehrlich zu sein, war Sam auch der Meinung, dass es zumindest keinen Schaden anrichtete.

Tom betrachtete den Ort, an dem die Leiche lag. Er drehte sich langsam um und ließ den Blick schweifen, vom Hintereingang der Bar über den Abfall im Hof, über die drei Stockwerke hohen unverputzten Ziegelmauern, zum hohen Tor, wo der schmale Hof in die Straße mündete. Er schien das Bild aufzusaugen. Mit starrem Vogelblick erfassten seine blauen Augen die Szene und speicherten sie als leuchtendes Miniaturbild in seinem Kopf, wo sie jetzt als Fotografie archiviert blieb. Schließlich, als tauche er aus dem tiefen Wasser auf, um Luft zu schnappen, füllte Tom seine Lungen und seufzte. »Was hältst du von dieser Geschichte, Sam?«

»Nicht viel. Keine Einschüsse, wenig Blut, keine Mordwaffe, auch keine Zeugen, soweit wir wissen. Aber tot sieht er schon aus«, sagte Sam und nickte der Leiche zu. »Davon bin ich ziemlich überzeugt.«

»Er dürfte seit zwei Tagen tot sein«, sagte Tom. »Wahrscheinlich starb er Samstagnacht. Die letzten zwei Tage waren recht heiß. Deswegen ist er jetzt schon so gedunsen.«

»Die Kneipe hat sonntags zu, darum hat man ihn nicht früher gefunden«, bemerkte Sam.

»Er ist Arbeiter«, grummelte Tom, als er sich über die Leiche beugte. »Maurer, schätze ich. Eine Zeit lang ging es ihm gut, aber in letzter Zeit hat er eher Pech gehabt.«

»Wie kommst du darauf?«, fragte Sam skeptisch.

»Zement auf den Schuhen, und die Hosen sind an den Knien abgewetzt«, sagte Tom und zeigte darauf. »Schau dir seine Hand an.« Tom drehte Bucklins Handfläche nach oben. »Schwielen, und Zementstaub in den Rissen … siehst du? Die Schuhe sind nicht die billigsten, aber die Sohlen sind ganz abgelaufen. Deshalb meine ich, dass er einmal bessere Tage gesehen hat. Er sieht aus, als ob er gesund war, obwohl ich zugeben muss, dass er jetzt nicht ganz so gesund aussieht.« Tom betrachtete die Leiche näher. »Ich schätze, er war vierunddreißig, fünfunddreißig, so ungefähr. Hast du schon die Taschen durchsucht?« Tom sah Sam fragend an.

»Nur die Jackentaschen. Nichts drin außer einer Orange. Ich hatte keine Zeit für mehr. Du bist schon fünf Minuten nach mir eingetroffen. Ich hab mich etwas abseits gehalten, während Jaffey sein Mittagessen auskotzte.«

»Ach ja. Danke, dass du nach mir geschickt hast.« Tom hielt sich die Nase zu. »Ich wünschte, dieser junger Spund hätte seinen Magen drinbehalten. Stinkt hier sowieso schon schlimm genug.«

Sam lachte grimmig, ein kleines, kurzes Lachen, als ob die Luft kein richtiges Lachen erlaubte. »Duftet nicht gerade nach Rosenwasser und Lilien. Aber Jaffey ist schon in Ordnung, das kannst du mir glauben. Er muss sich nur eingewöhnen. Dieser Junge hat etwas Besonderes an sich.« Sam sah wieder zur Kneipentür.

»Wir werden sehen«, grummelte Tom. Er war ganz und gar nicht überzeugt.

»Also, Terrence, macht's dir was aus, wenn ich deine Taschen durchsuche?«, fragte er die Leiche. Das tat er denn auch und fing mit der Weste an. Langsam ließ er die Finger über die Innen- und Außenseite gleiten und prüfte den Stoff auf der Suche nach irgendeinem Gegenstand, der vielleicht ins Futter genäht worden war. Manche schützten sich auf diese Weise gegen Taschendiebe. In der Weste fanden sich ein paar Münzen, eine billige Taschenuhr und ein halb zerfetztes Stück Papier. Tom machte die Uhr auf, um nach einer Widmung oder einer Fotografie zwischen den hinteren Deckeln zu suchen. Es war eine gewöhnliche Waltham-Uhr mit einem eingedellten Messinggehäuse, die weder innen noch außen irgendwelche Besonderheiten aufwies. Tom hatte sich mehr erhofft, war aber nicht überrascht. Ein Arbeiter hatte selten Geld für eine goldene Uhr und auch nicht für

Gravuren. Als Nächstes drehte Tom das gelbe zusammengefaltete Papier um und tastete die abgewetzten Ränder und die schmutzige Oberfläche ab.

»Das hat er anscheinend schon länger in der Tasche herumgetragen. Sieht aus, als ob es auch nass geworden ist.«

»Könnte bloß Schweiß sein«, sagte Sam, der ihm über die Schulter schaute.

»Das hier hat dir etwas bedeutet, nicht wahr?«, murmelte Tom zur Leiche hinunter. »Ich seh es mir kurz an, wenn es dir nichts ausmacht.« Behutsam faltete er das Papier auseinander. Sanft berührten seine großen Finger das gelbliche Blatt; es war fast, als entfaltete es sich von selbst.

»Sieht aus wie eine Rechnung«, murmelte Tom. »Vom Bestattungsunternehmer. ›Thompsons Mortuary Service‹«, las er und sah die Leiche fragend an. »›Maßgefertigte Särge. Einbalsamierung. Trauerfeiern. Totenmasken und Porträts der Verstorbenen werden angefertigt.‹«

»Anscheinend hatte unser Freund einen Todesfall in der Familie«, sagte Sam.

»Es waren zwei. Auf der Rechnung hier steht: zwei Einbalsamierungen und zwei Särge, ein Leichenwagen, Blumen, eine Grabstätte und ein Priester. Komisch, zwei Särge und ein Leichenwagen«, sagte Tom nachdenklich.

»Jesus, hundertdreiundfünzig Dollar und vierzig Cents. Bei diesen Preisen werde ich mir das Sterben nie leisten können.« Sam pfiff durch die Zähne. »Was steht da für eine Adresse, Tommy?«

»Sie ist schon ganz blass. Ich glaube, Suffolk Street 242, aber ich möchte nicht dafür bürgen, die Tinte ist ganz verwaschen.« Tom wandte sich an Bucklin und murmelte, während er neben der Leiche kauerte: »Hast wohl in letzter Zeit dir liebe Menschen begraben?« Langsam leerten seine Hände die beiden vorderen Taschen der abgetragenen wollenen Hose. Sie gaben wenig her. Ein Taschenmesser mit einer vom häufigen Schärfen abgenutzten Klinge, ein Knopf und ein Schlüssel, das war die ganze Ausbeute. Der Schlüssel konnte vielleicht Aufschluss geben, aber es fand sich kein Hinweis auf seine Bestimmung. Er sah aus wie jeder andere: ein einfacher eiserner Schlüssel. »Ein Hausschlüssel höchstwahrscheinlich.« Tom hielt ihn hoch.

»Das bringt nicht viel«, bemerkte Sam. Die meisten Schlösser in der Stadt hatten solche Schlüssel.

»Hilf mir, ich muss ihn umdrehen.«

Sam bückte sich, und gemeinsam rollten sie die Leiche auf die linke Seite.

»Also, jetzt wissen wir immerhin, was dich umgebracht hat, nicht wahr, Terrence?«, sagte Tom und betrachtete Bucklins Hinterkopf. »So einen bösen Schlag auf die Rübe sieht man nur selten. Aber geschickt, findest du nicht, Sam, nur ganz wenig Blut?« Tom fuhr mit der Hand über das verklebte Haar. »Er hat den Schädel wie eine Eierschale zertrümmert, aber die Haut ist kaum verletzt.« Tom beugte sich über die Leiche und redete so leise auf sie ein, dass ihn Sam kaum hörte. »Du wusstest wohl nicht, wie dir geschah, mein Freund, das traf dich am Hinterkopf wie ein außerplanmäßiger Güterzug. Und schon liegst du in der Gosse, und die Welt dreht sich um dich herum.«

Verstohlen, aus einem Augenwinkel, sah Sam zu Tom hinunter. Tom inspizierte Bucklins Hinterkopf ganz aus der Nähe und war dabei, das blutverklebte Haar von der Kopfhaut zu lösen, um die große Delle besser erkennen zu können. An dieser Stelle war der Schädelknochen weich wie eine Melone, die vor Tagen auf den Boden gefallen war. Tom schauderte, als er das ertastete. Als er die Hand zurückzog, war sie verklebt mit dem erkalteten braunen Blut aus Terrence Bucklins eingeschlagenem Schädel. Mit Blut hatte Tom schon viel Erfahrung, und der Anblick beeindruckte ihn kaum noch. Er stand auf und zog ein Taschentuch aus der hinteren Hosentasche. Er wischte sich das Blut weg und bemühte sich, nicht zu fest zu schrubben. Er musterte den Hof zu beiden Seiten der Leiche und schätzte die Entfernung zwischen dem Toten und dem Hintereingang der Kneipe, er maß die Breite des Hofs und die Größe der Kisten, die die Leiche bedeckt hatten. Der Hofraum war zu schmal, zu eng. Es war vollkommen klar: Dort hätte sich keiner aufhalten können, ohne die Gegenwart eines anderen zu bemerken. Es war ausgeschlossen, dass ein Mörder dort einen Mann überraschen und ihm den Schädel einschlagen könnte. Die hohen Ziegelmauern verstärkten und vervielfältigten jeden Laut, und aus der kurzen Entfernung von drei Metern war jeder Schritt deutlich zu hören. Dann blieb sein Blick an dem hohen Tor hängen, das auf den Peck Slip hinausführte. »Man hat ihn erwischt, als er über das Tor kletterte«, sagte Tom bestimmt, und seine Worte wurden von den Ziegelmauern zurückgeworfen.

»Was? Wie kommst du darauf?«

»Schau«, sagte Tom und ging auf das Tor zu. Ein kleines braunes Rinnsal aus getrocknetem Blut lief die grün gestrichenen Bretter hinunter. Braddock stieg auf eine Kiste und warf einen Blick über das Tor. »Dachte ich mir. Er kam über das Tor. Es hat ihn erwischt, als er drüberstieg. Siehst du die Kratzer? Der Mörder kletterte hinterher, um ihm den Rest zu geben.«

Sam runzelte die Stirn und nickte, als wüsste er, was Braddock meinte.

Tom wandte sich wieder nach Sam um. »Siehst du den Zementstaub? Hier gibt es Kratzer, die von zwei verschiedenen Arten von Schuhen stammen. Kaum zu unterscheiden, aber ich bin mir ziemlich sicher. Er rannte vor jemandem davon. Wollte sich vermutlich hier im Hof verstecken und ihn abschütteln. Wahrscheinlich rutschte er aus, als er über das Tor kletterte. Das würde die Kratzer erklären. Dadurch verlor er Zeit, und der andere holte ihn ein. Zumindest sehe ich das so.«

Sam nickte weise. Tom blickte wieder auf die Leiche. Terrence schien seinen Blick zu erwidern. Er wusste alles.

Tom ging zu ihm zurück und beugte sich wieder über ihn, um die hinteren Taschen zu untersuchen. Er zog eine Brieftasche

hervor. »Ein paar Dollar. Das hier sieht aus wie ein Lohnstreifen, von der New York and Brooklyn Bridge Company.«
»Also hatte Bob recht. Er hat tatsächlich auf der Brücke gearbeitet«, sagte Sam nachdenklich. Bob war ansonsten kein besonders zuverlässiger Zeuge.
»Es sieht so aus. Es ging ihm nicht schlecht. Hier steht, dass er letzte Woche zwölf Dollar bekam. Hier hat er – schauen wir mal –, drei und fünf macht acht Dollar und ein bisschen Kleingeld, ungefähr neun Dollar fünfundzwanzig insgesamt.«
»Also interessierte sich unser Mörder nicht für Geld, oder er wurde gestört, bevor er etwas herausnehmen konnte. Es gibt genug Leute, die für weniger als neun Dollar und ein paar Zerquetschte einen Mord begehen«, sagte Sam.
Tom nickte zustimmend. »Ich hab schon erlebt, dass Leute für noch weniger sterben mussten: für ein Paar Schuhe, für einen halben Liter Fusel. Seltsam, dass der Mörder nichts mitgenommen hat«, sagte Tom nach einer Pause. »Wer einen Menschen wegen Geld umbringt, geht erst weg, wenn er es hat. Ich glaube, unser Terrence ist aus einem anderen Grund gestorben.«
Sam brummelte seine Zustimmung. »Also, was meinst du? Eifersüchtiger Ehemann, Rache, Schulden – könnte alles sein.«
»Terrence weiß es, aber er sagt nichts«, sagte Tom und sah wieder auf die Leiche hinunter. »Nun, Terrence, mein Freund, gibt es noch etwas, was du uns verraten willst?« Terrence blieb stumm. Sein Schweigen hallte im Hofraum, und Tom wartete. Sam trat von einem Fuß auf den anderen. Das lange Warten machte ihn nervös.
»Verdammt!« Tom heftete die Augen auf Terrences Weste. Sam zuckte zusammen, als hätte der Tote etwas gesagt. »Warum habe ich das bloß nicht früher bemerkt?« Tom bückte sich über die Leiche und sah sich den dunklen Wollstoff der fleckigen Arbeitsweste genau an. »Sam, sieht das da nicht aus wie ein Tabakfleck?« Halpern bückte sich ebenfalls über die Leiche. »Lässt sich schlecht sagen bei diesem dunklen Stoff«, brummte Sam.

»Es könnte sein. Und wenn schon? Fast jeder, der Tabak kaut, kriegt irgendwann einmal etwas davon auf die Kleidung.«
Tom sah Sam fragend an. »Hast du Kautabak bei ihm gefunden? Ich jedenfalls nicht.«
»Nein, aber …« Sam suchte eine Erklärung.
»Hast du ihm in den Mund geschaut?«, fragte Tom mit einer Andeutung von Ekel im Gesicht. Die beiden sahen sich zögernd an und wandten sich dann zur Leiche hin. Wenn er Tabak gekaut hätte, wäre möglicherweise etwas in seiner Wange hängen geblieben – angesichts des Zustands der Leiche eine besonders unappetitliche Vorstellung.
»Scheiße«, brummte Tom. Er hätte abwarten können, bis der Gerichtsmediziner die Autopsie vornahm, aber auf etwas zu warten, was er selbst herausfinden konnte, gehörte nicht zu Braddocks Gepflogenheiten. »Ich schau ihm in den Mund. Gib mir deine Handschuhe, Sam.« Er streckte die Hand aus, als rechnete er tatsächlich damit, dass Sam sie ihm überließ.
Halpern gluckste und schüttelte den Kopf. »Meine Handschuhe nicht, Kumpel.« Die Handschuhe in seiner Tasche waren zufällig die letzten guten. Mit ihnen im Mund eines Toten herumzupulen, hielt er für wenig produktiv.
»Vielen Dank!«, sagte Tom und verzog sarkastisch den Mund. »Also, jetzt pass mal auf, Bucklin.« Um seinen Worten Nachdruck zu verleihen, drohte er mit dem Zeigefinger. »Ich muss ein bisschen Zahnarzt spielen, also entspann dich und beiß mir nicht den Finger ab.« Fast meinte er es ernst. Nachdem er Terrences Mund aufgestemmt hatte, sah er hinein und zog, so weit es ging, die Wangen vom geschwollenen Zahnfleisch weg. Tom machte es so sanft wie möglich, denn er fürchtete, dass Bucklins halb verweste Wangen reißen könnten. Beim Gedanken daran rann ihm kalter Schweiß über den Rücken. Seine suchenden Finger förderten nichts zutage, also stand er schnell auf; fast hätte er sich die Hände an der Hose abgewischt. »Bin gleich wieder da.«

Im Abort der Kneipe wusch sich Tom dreimal hintereinander die Hände, ohne sich richtig sauber zu fühlen, aber dann ging er trotzdem wieder in den schmalen Hof hinaus. Wie immer, wenn er Kummer hatte, zwirbelte Sam seine Schnurrbartspitzen. Man sah, dass ihm etwas Kopfzerbrechen machte, als er sagte: »Es ist merkwürdig. Früher, als ich noch Tabak kaute, habe ich mich immer wieder bespuckt, und das Gesabbere lief mir dann in einem Rinnsal die Hemdbrust hinunter. Damit habe ich mir mehrere gute Hemden ruiniert. Tabakflecke sind der Teufel – die kriegt man nicht mehr raus. Es ist merkwürdig, dass unser Mr. Bucklin bloß diesen einen großen Fleck auf der Weste hat.«

Tom nickte und sagte leise: »Genau das Gleiche fiel mir vorhin beim Händewaschen ein. Der Mörder muss ihn angespuckt haben. Schlug ihm den Kopf ein und spuckte auf den Sterbenden. Der Tabaksaft läuft einem nicht aus dem Mund, wenn man auf dem Rücken liegt.«

Versonnen standen sie da vor der Leiche, Sam hatte die Daumen in die Hosentaschen gehakt, Tom die Arme vor der Brust verschränkt.

»Bucklin war wahrscheinlich noch am Leben, als es geschah«, sagte Tom langsam. Er war sich dessen so sicher, als hätte er es mit eigenen Augen gesehen. Sam nickte nur.

»Das sagt etwas über den Menschen aus, nach dem wir suchen«, brummte Tom. Wer der Täter auch war, er würde nichts zu lachen haben, wenn ihn Tom erwischte. Das war ein Entschluss und gleichzeitig ein Versprechen.

Captain Sangree setzte das Fernglas ab und wischte mit dem Hemdzipfel den Staub von den Linsen. Es war aber nicht der Staub, der ihm die Sicht bewölkte, obwohl es Staubkörner gab, die das Licht auffingen wie schmutzige Sterne. Es war die Erinnerung. Als er zusah, wie der Sergeant und der andere, anscheinend ein Kriminalbeamter, die Leiche von Terrence Bucklin untersuchten, musste er an eine andere Leiche denken, die vor zwanzig Jahren vor ihm gelegen hatte. Anders als hier gab es damals kein Geheimnis um jenen Tod.

Er stand im Schatten verborgen, ein oder zwei Meter hinter seinem Bürofenster. Die Leiche lag in unangenehmer Nähe. Von seinem Fenster im dritten Stock hatte er einen ungehinderten Blick auf den Hofraum, in dem sich Bucklin befand. Es war fast unmöglich, nicht hinzusehen. Angesichts der Tatsache, dass der Mann auf seine Anweisung hin ermordet worden war, war es ein Gebot der Klugheit, so viel wie möglich mitzubekommen. Er musste ein ernstes Wort mit seinem Mann reden: über dessen Gespür für die passende Zeit und den passenden Tatort. Der Mann war erfahren – einen so berechnenden und kaltblütigen Jäger hatte er selten erlebt. Grundsätzlich war er geneigt, in Anerkennung seiner Fähigkeiten von Vorwürfen abzusehen, aber Bucklin fast vor seiner Haustür umzubringen, das ging entschieden zu weit. Dafür würde er sich rechtfertigen müssen. Der Captain hob das Glas wieder an die Augen. Bei diesem geringen Abstand brauchte er es kaum. Bucklins ausgestreckte Leiche lag kaum einen Block von seinem Standort entfernt. Es gab nicht viel zu sehen, nur die Cops neben der Leiche und die Mundbewegungen bei ihrer stummen Unterhaltung. Alles nahm er genau zur Kenntnis: das Auftreten der beiden, ihr Aussehen, ihr Verhalten und ihre Beziehung zueinander. Auf den Großen musste man achten, das war ihm sofort klar. Die breiten Schultern und die schlanke Taille vermittelten den Eindruck körperlicher Kraft. Er sah aus wie ein Boxer. Der Kleinere der beiden war eher unauffällig. Sie schienen sich zu kennen und ein freundschaftliches Verhältnis zueinander zu haben. Ihr Umgang hatte nichts Steifes an sich, anders als bei dem jungen Cop, der als Erster am Tatort erschienen war. Sie hatten schon öfter zusammen gearbeitet, diesen Umstand galt es zu beachten. Man durfte sie nicht unterschätzen.

Bucklin war zu einer unerwarteten Bedrohung seines Vorhabens, zu einem zufälligen Hindernis für Sangrees Mission geworden. Er hatte sein Leben verwirkt – er war ein Kriegsopfer, eines von vielen, das nicht mehr zählte als die anderen. Es war natürlich bedauerlich, wie bei allen Kriegsopfern, aber trotzdem unumgänglich. Sangree richtete das Fernglas wieder auf die Leiche. Sie sah nicht anders aus als die zahllosen Leichen, die seine Träume bevölkerten. Das viel benutzte Fernglas aus Messing fing einen Sonnenstrahl ein, als er es absetzte. Tom und Sam hätten das Aufblitzen bemerken müssen, wenn sie hingesehen hätten. Eine narbige Hand ließ das Rouleau herunter und klappte das Fernglas zusammen.

2. Kapitel

Nimm auf die Wirkung dieser Stille hier,
Die Ruhe nach dem Sturm, bedeutungsschwer!
Auch du, wie ich, wirst schweigend stehn,
Schweigend wie ich, und einsam wie das Land.

Herman Melville

Braddock und Halpern saßen bei einem kalten Bier am Tresen in Paddys Bar. Jaffey hatten sie zum Coroner geschickt, um die Leiche mit einem Wagen abtransportieren zu lassen. Es schien ihnen angebracht, in der Kneipe auf das Eintreffen des Leichenwagens zu warten. Sie rechneten damit, dass es noch eine Weile dauern könnte. Beide schwiegen, in Gedanken versunken, während Bob, der verkrüppelte Veteran, Strophen aus »Lorena« und ein paar anderen Liedern sang, die zur Zeit des Kriegs in aller Munde gewesen waren.

Sooft Tom diese Lieder hörte, bekam er ein komisches, zwiespältiges Gefühl. Sie beschworen Erinnerungen herauf, einige warm, einige kalt und spröde; ihm war, als könnte ein Teil von ihm zerbrechen, wenn er zu lange an ihnen festhielt. In der Folge fühlte er sich ausgelaugt, stundenlang schmerzte ihm der Kopf an der Stelle, wo im Jahre 63 eine Kugel seinen Schädel gestreift hatte. Langsam nippte Tom an seinem Bier und dachte dabei an die Zeit bei seinem Regiment, dem Twentieth New York.

Er erinnerte sich an den endlosen Drill, an die einsamen Stunden der Wache, die langen Märsche, als ihm die Füße in den Schuhen bluteten. Immer noch wusste er, wie es ihm ergangen war, wenn die Angst fast stärker wurde als sein Wille und er seine ganze Kraft benötigte, um mit den Regimentskameraden in der Reihe zu bleiben, wie groß sein Erstaunen gewesen war, dass die Idioten nicht davonliefen. Damals hatte er sich geschämt, und er tat es noch, wollte sich nicht daran erinnern. Niemals sprach er davon, auch nicht mit Sam. Sie waren damals achtzehn gewesen, er und Sam, voller Kampfeslust, und sie brannten darauf, die Rebellen zu verdreschen. Er lachte leise vor sich hin. Wie jung und dumm waren sie doch gewesen!

Bob sang mit seiner überraschend schönen Tenorstimme:

Langsam vergehen die Jahre, Lorena,
Der Schnee liegt wieder auf dem Gras,
Die Sonne wird bald untergehn, Lorena,
Der Frost glitzert, wo früher Blumen blühten,
Aber das Herz pocht immer noch so warm
Wie damals, als der Sommer kam.
Ach! Die Sonne kann nie untergehn
Am wolkenlosen Himmel der Liebe,
Am wolkenlosen Himmel der Liebe.

Tom nippte an seinem Bier und wurde von seinen Erinnerungen hin und her gerissen. Er sah sich plötzlich als Pappel, deren Blätter vom Wind der alten Lieder bewegt wurden. Die Blätter waren seine Erinnerungen, und als die Lieder durch die Blätter fuhren, wurden die Erinnerungen umgedreht und zeigten sich von der anderen Seite. Diese Blätter waren ein Teil von ihm, und sie machten ihn zu dem, was er war. Manchmal war es seltsam, was diese Blätter in Bewegung versetzte, aber die Lieder taten es jedes Mal. Immer wieder.

Jetzt ist alles nichtig, Lorena,
Die Vergangenheit kommt nicht mehr wieder,
Bald liegen wir unter der Erde, Lorena,
Die Tiden des Lebens verebben so schnell.
Es gibt eine Zukunft! Gedankt sei Gott!
Dies ist ein so kleiner Teil des Lebens!
Unter der Erde heißt es Staub zu Staub!
Doch dort oben heißt es Herz zu Herzen.
Doch dort oben heißt es Herz zu Herzen.

Tom sah auf von seinem Bier und starrte auf sein Gesicht im staubigen geschliffenen Spiegel hinter dem Tresen. Er sah älter aus, als er es für möglich gehalten hätte. Als er damals am nächtlichen Lagerfeuer der Kompanie D mit den Kameraden »Lorena« sang, war er noch ein junger Mann gewesen. Damals hatte er ein schmaleres Gesicht gehabt. Auch bei Sam war es nicht anders, dessen Schnurrbart damals noch ein wenig kümmerlich ausgesehen hatte, nicht das Prachtexemplar von heute war. Und damals hatte er, Tom, einen Glanz in den Augen gehabt, den er schon lange nicht mehr in seinem Spiegelbild wiederfand. Dieser Glanz hatte gezeigt, dass er, voller Feuer und Optimismus, die Welt als Schwarzweißbild sah. Damals, als der Krieg für ihn noch neu war, war er sich so sicher gewesen. Die Welt hatte seinen Blick noch nicht in Grautöne gefärbt. Obwohl Tom immer noch die Stellen erkannte, wo die Welt schwarz oder weiß war, hatte sich aus seiner Sicht im Laufe der Jahre viel Grau hineingeschlichen. In gewisser Weise vermisste er diese naive Sicht der Welt. Es war tröstlich gewesen, alles so klar zu sehen. Aber die wirkliche Welt war anders. Den jungen Mann gab es nicht mehr, und jene Zeiten gab es auch nicht mehr. Da konnte man nichts machen.

Tom zuckte zusammen, als er bemerkte, dass auch Sam in den staubigen Spiegel starrte. Die geschnitzte Einfassung aus dunklem Mahagoni umrahmte beide Gesichter. Sam sah ihn schweigend an. Tom wusste, dass das alte Lied auch Sam rührte. Ihr gemeinsames Schweigen verband sie. Die Erinnerungen, die sie miteinander teilten, wehten, von unsichtbaren Winden getragen, durch Paddys Bar. Tom genierte sich plötzlich, als ihm bewusst wurde, dass Sam die Träne sah, die ihm über das Gesicht lief, dumpf glänzend im silbrigen Spiegelbild. Auffallend schnell hob er sein schwitzendes Bierglas, seufzte auf und hielt es sich an die Wange. Es war immerhin ein warmer Tag. Sam schaute weg.

Joe Hamms Aufgabe war es, hinter dem Tresen die Gläser zu spülen und Bier zu servieren, manchmal auch Whiskey oder Gin, wenn jemand danach verlangte und das nötige Geld in der Tasche hatte. Er und Bob hatten Tom alles erzählt, was sie über Terrence Bucklin wussten, aber viel war das nicht. Bucklin hatte von Zeit zu Zeit hereingeschaut, im letzten Jahr sogar etwas öfter. Anders als einige der Brückenarbeiter war er kein starker Trinker gewesen und zettelte nie einen Streit an. Man hatte ihn hauptsächlich in der Gesellschaft von sechs bis acht Männern gesehen, von denen Hamm die meisten nur vom Sehen kannte. Zwei davon konnte er jedoch benennen: Rolf Mentzer, ein gutmütiges deutsches Raubein, der sein Bier mochte und die Gewohnheit hatte, deutsche Sauflieder zu grölen, wenn die Stimmbänder ausreichend geschmiert waren. Soweit Joe wusste, arbeitete Mentzer im gleichen Bautrupp wie Bucklin. Sonst war ihm von Terrences Freunden nur Watkins näher bekannt, aber Joe wusste seinen Vornamen nicht. Watkins war groß und ziemlich hager und hatte ein pockennarbiges Gesicht. Im nüchternen Zustand war Watkins einer von der ruhigen Sorte, aber wenn er den Hals voll bekommen hatte, polterte und prahlte er. Hamm vermutete, dass er zum selben Trupp gehörte wie die anderen. Die restlichen Kumpels im Trupp konnte Hamm nur beschreiben, und da er ein gutes Personengedächtnis hatte – ein Vorteil in seinem Beruf –, konnte er Tom eine recht gute Beschreibung von vier oder fünf der Männer liefern, die nach seiner Erinnerung öfter mit Bucklin zusammengesessen hatten. Weder Joe noch Bob war irgendetwas Besonderes an Bucklin aufgefallen. In letzter Zeit hatte es keine Raufereien, keinen Streit oder sonstige Vorfälle gegeben. Joe erwähnte allerdings, dass Bucklin in den letzten Wochen etwas stiller gewirkt habe, nicht ganz so wie sonst, aber er, Joe, hatte sich nichts dabei gedacht. Tom hatte sich mehr Auskunft erhofft, aber Terrence Bucklin war offenkundig unter den Männern in seinem Trupp, die in Paddys Bar verkehrten, keine besonders auffällige Gestalt gewesen.

Im Laufe der Jahre, seitdem man 1869 mit dem Bau der New York Bridge begann, hatten Hunderte von Brückenarbeitern bei Paddy ihr Bier getrunken. Hafenarbeiter, Zimmerleute, Caissonarbeiter, Hilfsarbeiter, Steinmetze, Maurer, Kabelmonteure – Takler wurden sie genannt – alle fanden den Weg in den staubigen alten Saloon im Peck Slip. Die meisten waren Einwanderer, hauptsächlich aus Irland, aber auch aus Deutschland, Italien oder anderen Ländern. Die meisten dieser Männer hatten kaum einen anderen Tröster als das Bier. Das Leben war schwer und die Arbeit noch schwerer. Sie hausten in armseligen Mietskasernen. Zehn Menschen in einem Zimmer waren nichts Ungewöhnliches. Sie lebten in vier- oder fünfstöckige Häuser gepfercht; die neueren Häuser hatten einen Abort auf der Etage, die älteren eine Latrine draußen im Hof. Tuberkulose, Pocken, Masern, Diphtherie, Keuchhusten, Typhus und eine lange Liste von anderen Krankheiten rafften die Schwachen und die Gesunden gleichermaßen dahin, die Jungen ebenso wie die Alten, die Guten wie die Schlechten. Auf der Lower East Side kamen nach manchen Schätzungen fast 300 000 Menschen auf eine Quadratmeile; manchmal schien es, als würden die Toten schneller hinausgetragen, als die Lebenden nachzurücken vermochten.

Um über den East River zu kommen, musste man mit einer Fähre der Union Ferry Company übersetzen. Obwohl die Schiffe

groß waren und während der Stoßzeiten alle fünf Minuten verkehrten, reichte ihre Kapazität nicht aus. Am schlimmsten war es im Winter, wenn das Treibeis den East River stundenlang blockierte. Man erzählte sich, dass im Jahre 1853 John Roebling, der große Brückenbauer, und sein Sohn Washington Roebling, der damals fünfzehn Jahre alt war, an einem grausig kalten Wintertag bei der Überfahrt mit der Fähre im Eis stecken geblieben waren. An jenem Tag, während des drei Stunden langen Versuchs, die Fähre flottzukriegen, entwickelte der alte Roebling zum ersten Mal seine Vision von einer Brücke an dieser Stelle. Aber erst 1867 genehmigte die gesetzgebende Versammlung des Staates New York den Bau der Brücke, und erst 1869 begann man mit den Arbeiten. In den vierzehn Jahren, die seitdem vergangen waren, hatte es mehr Erfolge, Tragödien und Skandale gegeben, als sich der alte John Roebling jemals hätte erträumen können.
Jetzt war die Brücke fast fertig. Schon seit sechs Jahren ragten die Türme in monumentaler Vorfreude hoch über die Stadt hinaus. Nur der Turm der Trinity Church war noch höher, aber er war nur eine Nadelspitze am Horizont, während die Brückentürme massig wie Kathedralen dastanden. Die Brücke war ein Koloss, aber für das Auge hatte sie gleichzeitig etwas Federleichtes an sich. Die schwebende Fahrbahntafel, die jetzt fast vollendet war, schien der Schwerkraft zu trotzen. Die schlanken Drahtseile, wie Harfensaiten gespannt, sangen hoch über dem Fluss im Wind. Selbst die massigen Türme aus Granit und Sandstein wirkten aus der Ferne luftig und leicht. Die gotischen Bögen schwangen sich anmutig über die beiden Fahrbahnen. An bestimmten Tagen, wenn die Sonne richtig stand und ihre Strahlen die Wolken über Manhattan durchstachen, bildeten die Türme einen geradezu feierlichen Rahmen um die dahinter liegenden Städte, so, als wäre die Hand Gottes im Spiel gewesen. Es war nicht mehr als angebracht, dass man die Brücke das achte Weltwunder nannte.
Von seinem Platz an der Bar konnte Tom das oberste Drittel des

New Yorker Turms sehen, der die Dächer der umliegenden Gebäude überragte. Tom war natürlich kein Ingenieur, aber es fiel ihm schwer, sich vorzustellen, dass die schlanken Kabel stark genug waren, das Gewicht der stahlbewehrten Fahrbahn zu tragen, geschweige denn die Züge, die eines Tages darüber fahren sollten. Tom dachte an das enorme Gewicht, das die Brücke einmal aushalten sollte, die Pferde und die Kutschen, die Fuhrwerke und die Fußgänger. Ein Pferdegespann mit einem beladenen Wagen wog wahrscheinlich mehr als sieben Tonnen. Eine große Zahl solcher Wagen würde gleichzeitig die ganze Spannweite der Brücke belasten. Wie konnte man so sicher sein, dass die Brücke das aushielt? Manchmal im Winter fror der East River fast gänzlich zu, und die Strudel und riesigen Eisblöcke zermalmten die Kais und sogar eiserne Schiffsrümpfe. In der Presse wurde die Befürchtung geäußert, dass ein starker Nordostwind die Brücke davontragen könnte. Es wäre nicht das erste Mal, dass eine Hängebrücke unter dem Gewicht der Elemente zusammenbrach. Der Fluss konnte ein teuflischer Ort sein, wenn man gegen den Wind kämpfen musste, der durch die Schleuse zwischen den Brooklyn Heights und den von Menschenhand geschaffenen Canyons von Manhattan tobte. Falls sich einmal eine Masse wie diese schwebende Fahrbahn im Wind krümmte, wäre kein Kabel stark genug, sie festzuhalten.

»Erstaunlich, was?«, sagte Sam. Tom drehte sich ihm zu und sah, dass auch er den Brückenturm anstarrte. Hatte Sam seine Gedanken gelesen? »Weißt du, dass jedes der Tragkabel aus dreitausendfünfhundertfünfzehn Meilen Draht besteht und dass sie sechzigtausend Tonnen tragen können? Ich habe irgendwo gelesen, dass man sie nach den Plänen des alten Roebling sechsmal so stark wie nötig gemacht hat.« Man hörte die Bewunderung in seiner Stimme. »Jedes dieser vier Kabel hängt an einer dreiundzwanzig Tonnen schweren Verankerung, die unter Felsblöcken mit einem Gewicht von hundertzwanzig Millionen Pfund an jedem der beiden Brückenenden begraben ist.«

Tom sah Sam genauer an. Sein Gesicht wurde von einer Begeisterung erhellt, die Tom schon lange nicht mehr an ihm bemerkt hatte. »Sam, manchmal jagst du mir Angst ein. Woher zum Teufel weißt du das alles?«
»Keine besondere Kunst. Man muss nur die Zeitung lesen. Im Laufe der Jahre habe ich fast alles aufgeschnappt, was es darüber zu wissen gibt.« Sam zeigte mit dem Bierglas in die Richtung der Brücke.
»Nun, ich lese auch Zeitung, aber dieses ganze Zeug habe ich mir nicht gemerkt.« Tom runzelte die Stirn.
Sam nahm einen Schluck und sagte: »Das ist wahrscheinlich der spektakulärste Bau, den ich in meinem Leben sehen werde, da bin ich mir sogar sicher, und ich finde, ich kann von Glück reden, dass ich das miterleben darf. Eines Tages möchte ich meinen Enkelkindern erzählen können, wie es war, als die Brücke gebaut wurde – das ganze technische Zeug, woran sich die meisten Leute dann nicht mehr erinnern. Tom, ich sage dir, das, was du da gerade ansiehst, ist Naturwissenschaft und Kunst in einem.« Sam nahm wieder einen Schluck. »Weißt du, das Großartige daran ist, dass es die Menschen zusammenbringen, sie von einem Ort zum anderen bringen wird, mit ...« Einen Augenblick unterbrach er sich und sah den Turm an, um die richtigen Worte zu finden. »Ich weiß nicht, wie ich es ausdrücken soll.« Wieder dachte er kurz nach, dann zuckte er die Schultern. »Es kommt mir vor, als wäre es fast ein Wunder. In drei Monaten wirst du den Fluss überqueren können, während die höchsten Schiffe unter deinen Füßen hindurchfahren. Das ist ein echtes Geschenk, Tom.« Braddock war klar, dass Sam das ganz wörtlich meinte.
»Und weißt du, sie wird uns alle überdauern. Sie wird noch hier sein, wenn die Kindeskinder unserer Kinder alt und grau sind ... und genauso schön sein, wie sie jetzt ist.«
Tom starrte zum Fenster hinaus und versuchte, das zu erkennen, was Sam so deutlich vor sich sah.

»Ich wünschte, ich hätte so etwas schaffen können«, sagte Sam fast ehrfürchtig, »etwas, was die Menschen anschauen und benutzen und wo sie sagen: ›Wisst ihr noch, das hat Sam Halpern gebaut.‹ Das wäre doch was.« Sam biss in sein Solei, während Tom ihn über seinen Bierkrug hinweg betrachtete. »Verstehst du mich, es ist eine Art Unsterblichkeit. Du hinterlässt etwas, woran dich die Welt erkennt«, sagte Sam versonnen. »Ich sage dir, Washington Roebling ist für mich eine Art Held und jetzt schon so gut wie unsterblich. Nach meiner Schätzung ist er einer der größten Männer des Jahrhunderts, auf einer Stufe mit Ulysses Grant und Abraham Lincoln.« Sam meinte es ernst. »Ich schwöre dir, ich würde sofort mit ihm tauschen, wenn ich von mir sagen könnte, ich hätte die Brooklyn Bridge gebaut. Echt schade, dass Vater Roebling so plötzlich an Wundstarrkrampf sterben musste. Er wäre so stolz darauf gewesen.«

»Jesus, Sam.« Tom war vollkommen verblüfft. »Es war mir schon immer klar, dass dir die Brücke gefällt, aber ich hatte keine Ahnung, dass sie dir so viel bedeutet. Sie hat wirklich etwas Anmutiges an sich«, gab Tom zu, »wie eine Kirche … oder so. Also verstehe ich schon, wie du sie siehst. Aber wenn ich dir die Wahrheit sagen soll, kann ich von mir nicht behaupten, dass ich besonders scharf darauf bin, noch schneller in Brooklyn anzukommen.«

Sam lächelte zweifelnd. »Ich weiß nicht, ob du mich ganz verstehst, Tommy.« Er schüttelte den Kopf.

Joe Hamm zapfte für jeden noch ein Bier.

Das Klappern des leeren Leichenwagens, der draußen über das Pflaster fuhr, unterbrach ihr ungewöhnlich tiefsinniges Gespräch.

»Jetzt wird Bucklin abgeholt«, sagte Sam und sah zur Tür.

Jaffey kam mit dem Kutscher herein, als Bob, zu dem sich inzwischen noch zwei Zecher gesellt hatten, in seiner Ecke zur dritten Strophe von »Dixie« ansetzte.

Sein Gesicht war so scharf wie das Metzgerbeil,
Doch das störte sie nicht weiter.
Schau weg! Schau weg! Schau weg! Dixieland.

Bob hielt »Dixie« für ein verdammt gutes Lied, das im Krieg auf beiden Seiten gern gesungen wurde, also sang er aus vollem Hals.

Sam und Tom gingen mit Jaffey und dem Kutscher in den Hinterhof. Gemeinsam rollten Tom und der Kutscher die Leiche auf die mitgebrachte Tragbahre.

»Wo ist denn dein Kollege?«, fragte Tom.

»Krank. Heute bin ich allein. Ich brauch schon eine Hilfe.« Er zeigte mit der Schulter auf die Leiche und steckte die Hände in die Hosentaschen. Tom und Sam drehten sich nach Jaffey um, der mit den Gedanken woanders war. Er sah sie mit leerem Blick an.

»Nun?«, fragte Sam und deutete mit dem Kopf auf die Leiche.

»Was? Ach, klar, ich pack schon mit an.« Jaffey griff sofort nach der Trage. Zusammen mit dem Kutscher trug er Bucklin durch die Bar. Die kleine Truppe, die jetzt mit der Leiche durch den Saloon marschierte, erinnerte an einen grotesken Festwagen bei der Parade zum 4. Juli. Die Gespräche verstummten. Selbst Bob und seine Saufkumpane, von denen einer mit deutschem Akzent die letzte Strophe des Lieds mitgesungen hatte, schwiegen jetzt. Tom blieb stehen, um mit Joe Hamm ein paar Worte zu wechseln, dann folgte auch er den anderen hinaus auf die Straße. Ein paar Neugierige waren stehen geblieben, um zuzuschauen, wie die Leiche auf den Wagen geladen wurde.

»Jaffey, geh doch bitte mit zum Gerichtsmediziner und sorge dafür, dass er ein paar Dinge nachprüft. Erstens, dieser Fleck auf Bucklins Weste. Siehst du ihn? Ich möchte genau wissen, wo er herstammt. Sam und ich halten es für Tabak. Ich will auch seine Meinung dazu wissen, womit der Schädel eingedrückt wurde. Ich will außerdem wissen, ob er getrunken hatte und was in

seinem Magen war.« Tom wandte sich an Sam. »Du hast doch nichts dagegen, dass ich deinen jungen Freund hinschicke?«
»Nein.« Sam zuckte die Achseln. »Nur zu. Es geht nichts über eine schöne Autopsie, wenn man den Tag verschönern und den Appetit anregen will. Ich krieg sofort Hunger, wenn ich daran denke.« Er grinste Jaffey zu, der bei dem bloßen Wort »Autopsie« grün im Gesicht wurde.
»Und dann, wenn du damit fertig bist, bewegst du deinen Arsch gleich wieder hierher und grast die Nachbarschaft ab nach Zeugen und erkundigst dich, ob jemand etwas Verdächtiges gesehen hat. Kapiert?« Jaffey nickte nur, als hätte er von selbst daran gedacht. Dann sprang er hinauf auf den hohen harten Sitz neben dem Kutscher, der die Abdeckerkandidaten mit einem Hieb der Zügel zu einem langsamen Trott über das Kopfsteinpflaster anspornte.

Captain Sangree stand auf der gegenüberliegenen Seite des Peck Slip. Es war eine breite Straße mit vielen Fuhrwerken und sonstigem Verkehr, mit Arbeitern und Männern, die in den nahen Docks und Lagerhäusern ihren Geschäften nachgingen. Er fiel nicht auf, als er, an einen Laternenpfahl gelehnt, dem Leichenwagen nachsah, der über das Kopfsteinpflaster zur South Street rollte. Der Cop auf dem Platz neben dem Kutscher interessierte ihn nicht. Er war offenkundig ein Neuling – von keiner besonderen Bedeutung. Seine Hauptinteresse galt dem Kriminalbeamten. Falls es in dieser Angelegenheit Probleme geben würde, dann würden sie von ihm ausgehen.
Dennoch: Der vorüberfahrende Leichenwagen erinnerte Thaddeus Sangree an die Karren auf dem Rückzug von Gettysburg. Die ganze Nacht des 4. Juli und noch am Morgen des 5. Juli waren die Karren nach Süden gerollt. Regen hatte eingesetzt, kam in Strömen herunter. Es war der schlimmste Marsch seines Lebens. Sein zerfetzter Bruder verfaulte in einem schlammigen Grab in Pennsylvania. General Robert E. Lees Armee war

besiegt und zog sich blutend, zerlumpt zurück. Es gab keine Hoffnung mehr auf einen endgültigen Sieg. Vor ihnen lag die Aussicht auf unaufhörliche Opfer, unendliches Leid. Die Karren, mit Verwundeten beladen, quälten sich auf den schlammigen Wegen, bei jedem Stoß stöhnten und schrien die Verletzten auf. Die Schreie der Männer hallten in die Nacht hinaus und unterstrichen die Sinnlosigkeit von Lees Spiel mit dem Glück. Sangree wusste noch, wie dankbar er damals gewesen war, dass die Dunkelheit das Schlimmste verhüllte. Als er Frank begrub, glaubte er, der Tiefpunkt sei erreicht, der Rückzug aber war noch schlimmer.

Fröstelnd schlug sich Captain Sangree den Gedanken an den Leichenwagen aus dem Kopf und wandte seine Aufmerksamkeit dem Kriminalbeamten und dem Sergeant zu, die vor der Bar standen. Es war ein Gebot der Klugheit, seine Feinde zu kennen – dieses Prinzip hatte ihm die ganzen Jahre über gute Dienste geleistet, und er wollte die Männer aus nächster Nähe sehen. Sein Gefühl sagte ihm, dass der Kriminaler sein Hauptgegner sein würde. Er hatte zwar keinen Grund anzunehmen, dass die Männer seine Mission entdecken würden, aber diese Überlegung hatte nichts mit seinen Gefühlen zu tun. Sein Gefühl sagte ihm, dass er diesem Detective ins Auge sehen musste, und dem Sergeant auch. Er wollte sie richtig einschätzen.

Er ging über die Straße und kam sich dabei vor wie ein Christbaum im Juli, obwohl er wusste, dass sie keinen Grund hätten, ihn zu verdächtigen. Für diese beiden war er ein Fremder, ein legitimer Geschäftsmann mit einem Büro in der gleichen Straße. Er hatte allen Grund, sich dort aufzuhalten, er musste nichts verbergen. Sangree beschleunigte seine Schritte, um noch vor einem Fuhrwerk, das von riesigen Pferden gezogen wurde, über die Straße zu kommen. Weil er nicht auf sich aufmerksam machen wollte, passte er seine Schritte den anderen an, die auf dem Gehsteig liefen. Mit gesenktem Kopf, wie in Gedanken versunken, schritt er vorbei und stieß fast mit dem Detective zusammen. Unter der breiten Hutkrempe wanderten seine Augen emsig hin und her und nahmen alles auf, was sie sehen konnten, und viel von dem, was dem Auge nicht sichtbar war. Aus der Nähe wirkte der Sergeant strenger. Das verrieten seine Augen. Der Kriminalbeamte war nicht größer als Sangree selbst, aber um die Hälfte breiter. Er sah aus wie ein kräftiger Kerl und hatte stechende blaue Augen, hell wie der Himmel im Sommer. Beide Männer rochen nach Bier und Rauch. Ich könnte sie auf der Stelle töten, dachte er beiläufig. Aber es war nicht nötig. Sie waren einfach Gegner, und im Laufe der Jahre war er mit so vielen Gegnern fertig geworden, dass er sie nur als solche betrachtete. Man musste sie vielleicht respektieren, aber sein Instinkt sagte ihm, dass sie kaum Schwierigkeiten machen würden. Sie mochten fähig sein, sie mochten die Stadt kennen mit ihren Straßen und ihren Gassen, aber sie hatten keine Ahnung, was er, Thaddeus Sangree, für sie darstellte. Wenn es darauf ankam, würden er und seine Bande sie wie Kerzen auslöschen und nicht länger verweilen, um den Rauch zu schnuppern. Lassen wir sie vorläufig leben, dachte er sich. Sollte es sich als nötig erweisen, konnte er sie zu gegebener Zeit aus dem Weg räumen. Sangree lächelte dünnlippig. Was seine Mission betraf, war er äußerst zuversichtlich. Er und seine Männer hatten sie gut vorbereitet, fast bis ins letzte Detail. Sie waren Spezialisten, anders als die doofen Straßenkriminellen, an die sich die Cops gewöhnt hatten. Seine Leute wiesen alle Vorzüge auf: des guten Trainings, der Geschicklichkeit, der Planung und der Disziplin. Selbstbewusst schritt Thaddeus weiter. Der Polizei waren sie immer einen Schritt voraus gewesen, und sie würden es immer sein; mehr brauchte es nicht.

Einen Häuserblock weiter blieb er kurz stehen und unterhielt sich leise mit einem großen Mann in Hosenträgern. Sie gingen schnell wieder auseinander. Thaddeus wollte noch nicht in sein Büro zurückkehren. Es gab keinen dringenden Grund dafür. Die schläfrige kleine Firma mit den dazugehörigen Lagerräumen, die den Großhandel mit Baumwolle betrieb, diente zur Tarnung und auch als Finanzierungsquelle und machte nicht viel Arbeit. Sie nahm nur wenig Zeit in Anspruch und verlieh seinen anderen Unternehmungen den Anschein der Rechtmäßigkeit. Ein idealer Ort für nächtliche Zusammenkünfte, den man, wenn die Zeit reif war, einfach aufgeben würde.

3. Kapitel

Sie singt von meiner Zeit,
Sie singt von den großen Leistungen der Gegenwart,
Sie singt von der Arbeit der Ingenieure,
die Stärke und Leichtigkeit vereint.

Walt Whitman

Tom wich dem Verkehr aus und hielt an der Ecke Peck Slip und Front Street eine Droschke an. Er nannte dem Kutscher die Adresse und erhielt nur ein Grunzen zur Antwort. Auf seinem holprigen Weg zur Stadtmitte fuhr er unter dem Brückenteil hindurch, der nach Manhattan hineinführte. Die Arbeiter waren mit der Montage der oberen Eisenträger beschäftigt – so stand es zumindest in der Zeitung. Braddock selbst konnte einen Eisenträger nicht von einer Eisenbahnschiene unterscheiden. Er hörte deutlich das Hämmern, das unter dem Brückenbogen und durch die Kabel widerhallte. Als er seine Augen über den Fluss schweifen ließ, wurde ihm bewusst, dass er die Brücke jetzt auf eine neue Weise sah. Sam hatte ihm mit seiner Begeisterung die Augen dafür geöffnet. Seit Custers letzter Schlacht anno 76 hatte er sich zu keinem Thema so ausführlich geäußert. Die Droschke kam an einer endlosen Reihe von Schiffen vorbei, die an den

Kais lagen. Die Masten, Spieren und das Takelwerk bildeten den ganzen Fluss entlang einen anmutigen geometrischen Wald, der in den Märzhimmel hinaufragte. Zu jener Zeit sah man dort fast so viele Schornsteine wie Sparren und Segel.

An der Market Street bog die Droschke nach links ab. Auf der Fahrt in das Herz der Lower East Side fiel Tom plötzlich ein, dass er jemandem einen kurzen Besuch abzustatten hatte. Es gehörte zu seiner Abmachung mit Captain Coffin, dass er von Zeit zu Zeit eine kleine Abkassierung vornehmen musste. August Coffin besaß ein Netzwerk von »Klienten«, die etwas Schutz vor dem Auge des Gesetzes benötigten. Tom, der in seiner Schuld stand, hatte die Verpflichtung, Captain Coffin hie und da einen »Gefallen« zu tun, indem er Schutzgelder abkassierte und bei den »Klienten« für eine gewisse Disziplin sorgte. Dieser Teil der Abmachung hatte Tom von Anfang an nicht gepasst. Der Besuch, den er jetzt machen musste, war der lästigste von allen, aber sein Weg führte nun einmal daran vorbei, und er hielt es für klug, ihn möglichst bald hinter sich zu bringen.

»Auf der Henry Street rechts ab, Kutscher.« Die Antwort war ein Nicken. Einen Häuserblock weiter rief Braddock: »Halten Sie hier an!« Vor einem schmutzigen Backsteinbau stieg Tom aus. Es gab keinen Hinweis darauf, was sich hinter diesen Mauern verbarg. »Warte hier, Kutscher. Ich bin in zehn Minuten wieder zurück.«

»Die Wartezeit kostet auch etwas.« Es waren die ersten Worte, die der Kutscher an ihn richtete.

»Tu, was ich dir sage«, entgegnete Tom unwirsch. »Du kriegst dein Geld schon.«

Tom stieg eine kurze Treppe hinauf und kam zu einer unbezeichneten Tür, die er aufstieß. Sie führte auf einen langen Gang, der bis zur Mitte des Gebäudes reichte. Am anderen Ende, an die Wand gelehnt, stand ein hochgewachsener Mann. Seine Melone saß keck über dem Ohr, und er kaute an einer kurzen Zigarre. Er schien sich nicht zu freuen, als er Braddock sah.

»Ist die Chefin da?«, fragte Tom.
»Das nehm ich an, Braddock«, sagte der Lange und spuckte zur Bekräftigung auf den Boden.
»Du bist mir auch sympathisch, Quinn. Solange du mir vom Halse bleibst, werden wir uns prächtig verstehen.«
Quinn schnaubte höhnisch, machte ihm aber Platz.
Eine Tür auf der rechten Seite führte in eine Art Wohnstube, die als Bar eingerichtet war. Zehn oder zwölf Männer hielten sich in dem Raum auf. Braddock beachtete sie nicht. Durch einen Kettenvorhang hindurch blickte er in das dahinter liegende Zimmer, das auf den Hinterhof des Gebäudes hinausging. Mädchenlachen drang heraus und übertönte die Gespräche in der Bar. Auch das Lachen eines Mannes war zu hören. Braddock wandte sich dem Barkeeper zu, legte einen Dollar auf den nassen Tresen und bestellte ein Bier. Während es der Barmann zapfte, sagte Tom: »Sei so gut und sag der Dame des Hauses, dass ich da bin.«
Der Mann nickte, stellte ihm das Bier hin, nahm seinen Dollar und verschwand wortlos in den Nebenraum.
»Verdammt teures Bier«, rief Tom ihm nach.
Während Tom am Tresen wartete, stand einer der Kunden auf und ging zur Tür. Ein großer Schlapphut verbarg sein Gesicht fast vollständig. Er schien es eilig zu haben. Im Spiegel hinter dem Tresen konnte Tom ihn beobachten. Schlapphut war schon fast draußen, als Tom herumfuhr und ihn an der Schulter packte.
»Haben wir's eilig, Grafton?«, fragte er und drehte den Mann herum, um ihm ins Gesicht zu sehen. Eine Hand schnellte aus einer Manteltasche. Vor Toms Gesicht blitzte etwas auf, aber Tom packte den Arm, drückte ihn nach hinten und schlug mit aller Kraft die Hand auf den Tresen. »Du freust dich offenbar, mich zu sehen. Lass das Messer fallen, du kleines Schwein.«
Grafton versuchte, sich ihm zu entwinden, aber Braddock hatte ihn fest im Griff. Eine schnelle Drehung, und Braddock hatte den Arm in einen schmerzhaften Winkel gedrückt; gleichzeitig

schlug er mit dem Knie dagegen. Der Arm brach mit einem dumpfen Knacken, das an verfaultes Holz erinnerte. Der Laut war über den ganzen Raum hinweg deutlich zu hören. Graftons Aufschrei hallte durch die Bar. Das Messer fiel klappernd zu Boden und drehte sich dort wie das Rad beim Roulette.

»Du kannst von Glück reden, dass ich dich am Leben lasse, du Scheißkerl«, grummelte Braddock und drohte ihm mit seinem großen Zeigefinger. »Ich hab dir schon mal gesagt, was mit dir passiert, wenn ich dich noch einmal hier antreffe.« Grafton stöhnte nur und hielt den Arm fest, als ob er herunterfallen könnte. Braddock hatte ihn gewarnt. Daran gab es nichts zu deuten. »Ich habe dir schon vor zwei Wochen gesagt, das war das letzte Mal, dass du ein kleines Mädchen misshandelst, und ich meine es ernst.«

»Das ist nicht fair, verdammt«, winselte Grafton. »Die kleine Hure hatte es verdient.«

»Ich sag dir gleich, was fair ist, Grafton. Fair ist, wenn ich dir deinen nichtsnutzigen Schwanz hier auf der Stelle wegballere«, sagte Tom und griff nach dem Knauf der Pistole, die immer unter seiner Jacke steckte. Er zog sie ein Stück weit aus dem Halfter und hielt den Daumen am Abzug. »Eigentlich sollte ich es gleich erledigen. Was fällt dir ein, mich auszutricksen!« In Graftons Augen stand die schiere Angst, er presste die Zähne aufeinander.

»Ich sollte es eigentlich tun«, wiederholte Tom, als hätte er es ernsthaft vor, »aber du hast heute deinen Glückstag. Ich habe etwas anderes zu erledigen, und für solche Mistkerle wie dich habe ich keine Zeit.« Seine Hand kam wieder zum Vorschein. »Außerdem – es sieht aus, als ob du dir in nächster Zeit den Arsch mit der linken Hand abwischen musst.« Braddock grinste höhnisch. »Ein kleiner Denkzettel.«

Grafton stieß einen tiefen Seufzer aus, und Tom drehte sich zum Tresen und griff nach seinem Bierkrug.

»Hier, ich spendier dir dieses Bier, aber es ist deine letzte Chance. Kapiert?« Erstaunt nahm Grafton den Krug in Empfang.

Von der Tür aus beobachtete Quinn das Geschehen; auch die anderen Gäste sahen zu. Kein Laut war zu hören. Mit zitternder linker Hand hielt er das Glas und nahm einen Schluck, wobei ihm der Schaum über das Kinn lief. Er wandte das Gesicht ab; Braddock konnte in den Augen des kleinen Mannes den Hass nicht sehen, der seine Angst erstickte. Plötzlich zerschlug Grafton den Krug auf dem Tresen und holte mit dem zackigen Rand aus. Tom sprang einen Schritt zurück und wich zur Seite.

»Langsam fängst du an, mich ein wenig zu nerven, Grafton«, sagte er fast freundschaftlich. Ein blitzschneller Tritt in den Bauch ließ den Angreifer einknicken, und ein Hieb auf den Hinterkopf beförderte ihn auf den mit Bier durchtränkten Teppich, wo er leise stöhnend liegen blieb. Braddock warf einen Blick auf Quinn. »Wenn ich ihn noch einmal hier sehe, Mike, dann bist du auch dran.«

Quinn nickte nur und schleppte Grafton hinaus.

»Ah, der tugendhafte Ritter, der heldenhafte Verteidiger der Schwachen und der reinen Herzen.« Aus dem Nebenraum war die heisere Stimme einer Frau zu vernehmen. »Es ist mir immer ein Vergnügen, Detective.«

»Das kann ich leider nicht von mir behaupten, Kate«, sagte Tom und wandte sich nach der Stimme um. »Mir gefällt deine Klientel nicht so besonders.«

»Seine Dollars sind auch nicht weniger grün als deine, Braddock. Außerdem haben wir ihn in letzter Zeit im Auge behalten. Er hat uns keine Scherereien mehr gemacht.«

Tom ging in den Nebenraum hinüber, die Vorhangschnüre schwangen hin und her, und die Perlen klickten.

»Was muss denn noch alles passieren, bis er hier nicht mehr willkommen ist? Wie lange wolltest du noch abwarten? Er hat schon eine deiner kleinen Hübschen aufgeschlitzt ...«

Die Puffmutter blieb die Antwort schuldig. Stattdessen hielt sie Tom einen dicken Umschlag hin. »Einen schönen Gruß an deinen Herrn und Meister, Detective.« Die sarkastische Wortwahl ließ keinen Zweifel daran, wie sie Braddocks Rolle einstufte. »Jetzt kannst du wieder abziehen. Du hast für heute genug Unruhe unter meine Gäste gebracht.«

Tom drehte sich um und marschierte wortlos hinaus. Wenn es nach ihm ginge, würde er kein Schutzgeld von einer solchen Frau entgegennehmen. Die meisten ihrer Mädchen waren nicht älter als fünfzehn, manche sogar erst zehn Jahre alt. Zum unzähligsten Mal verfluchte er seine Abmachung mit Captain Coffin. Seit einiger Zeit schon hatte Tom dem Captain gegenüber angedeutet, dass er damit am liebsten Schluss machen wolle. Die Sache war aber heikel und musste sorgfältig angegangen werden. Coffin musste an den Gedanken gewöhnt werden und vor allem wissen, dass er sich auf Toms Verschwiegenheit verlassen konnte. Auf irgendeine Weise musste er der Sache ein Ende bereiten.

Braddock stieg wieder in die Kutsche und fuhr weiter auf das Zentrum zu, vorbei an Canal, Hester, Grand und Broome Street. Langsam veränderte sich die Umgebung: Jetzt führte sein Weg nicht mehr an Lagerhäusern und Geschäften vorbei, die von der Seefahrt lebten – die Lagerhäuser zu beiden Seiten der Straße beherbergten jetzt Menschen. Die Mietskasernen quollen über; Leute drängten sich auf den Gehsteigen, auf den Stufen vor den Häusern, sie hingen aus den Fenstern, um Luft zu schnappen, sie kauften bei fliegenden Händlern ein, sie stritten an den Straßenecken. Das Gebrabbel der vielen Sprachen, die Düfte fremder Speisen und die italienischen, deutschen und jiddischen Schilder in den Auslagen sorgten für eine Jahrmarktstimmung. Ein brodelndes, buntes Gewimmel von Menschen: lautstark, schmutzig, übel riechend, verwirrend. Ob es einem gefiel oder nicht, es war die Zukunft. An der Ecke Kenmare und Suffolk Street beschloss er auszusteigen und den Rest des Weges zu Fuß zu gehen. Trotz des Lärms, des Geruchs und des Gedränges fühlte er sich wohl in dieser Gegend. Dieser Stadtteil war so lebendig wie kein anderer. In seinem Beruf empfahl es sich, das Straßenleben zu Fuß zu erkunden, redete er sich ein. In Wahrheit gefiel ihm die Mischung hier, die, wie der Eintopf in der Feldküche, immer am Kochen war. Nicht jedermann teilte Braddocks Ansichten über die Vitalität der Lower East Side.

Kinder spielten auf den Straßen, sie rannten hin und her, klauten Äpfel, verkauften Zeitungen oder hingen an den Straßenecken herum. Tom fielen zwei Banden Jugendlicher auf, die mit drohender Lässigkeit vor den Häusern lungerten. In einigen Jahren, wenn sie sich in ihrer kriminellen Laufbahn anspruchsvolleren Zielen zugewandt hatten, würde er sie wiedertreffen. Ihre Augen verrieten sie. Tom war dieser Blick vertraut. Auf seinem Weg bemerkte er, wie ihm eine kleine Welle der Aufmerksamkeit vorauslief. Wäre er nicht gewöhnt, darauf zu achten, er hätte es kaum bemerkt. Augen wandten sich von ihm ab, Rücken kehrten sich ihm zu, Hauseingänge wurden plötzlich zu Zufluchtsorten. Eine fast unmerkliche Stille legte sich wie Schnee auf die bevölkerten Straßen. Tom kam sich vor wie eine Raubkatze, die durch den Dschungel schleicht. Die Vögel zwitscherten immer noch, die Affen schnatterten, die Warzenschweine grunzten und suhlten sich, aber alle wussten, dass die große Katze unterwegs war. Sie hielten die Augen offen und blieben auf Distanz. Tom gefiel sich ganz gut in dieser Rolle. In diesem Mietskasernendschungel war es gar nicht schlecht, eine große Katze zu sein. Wenn er einen kurzen Blick nach hinten warf, sah er Augen, die ihm folgten und sich dann schnell abwandten. Hinter ihm kehrte das Straßenleben allmählich in die Normalität zurück. Es war, als wüchse aus seinem Polizeiabzeichen eine Art Luftblase, in der er sich bewegte. Die meisten Leute blieben davon unberührt. Aber für die anderen hatte diese Blase eine elektrisierende Wirkung. Die Funken des Erkennens knisterten.

Tom näherte sich der Vorderfront des Hauses Suffolk Street 242, einem fünfstöckigen Mietshaus mit nur wenigen Stufen vor der offenen Haustür, die in ein schwarzes Loch führte. Drei schmutzige, barfüßige Kinder, etwa zwischen zehn und zwölf, spielten mit einem Fassreifen auf dem Gehsteig. Alle lachten, als eines der Kinder direkt vor einem mit Kohl, Karotten und Kartoffeln schwer beladenen Karren den Reifen über die Straße rollen ließ. Mit perfektem Timing, die Folge langjähriger Übung, huschte der Reifen vor den Augen des Pferdes vorbei, und das erschreckte Tier blieb ruckartig stehen. Kartoffeln kullerten auf das Pflaster. Plötzlich tauchten kleine Jungen aus dem Nichts auf und fielen wie Heuschrecken über die Kartoffeln her, die am weitesten weggerollt waren. Die Operation lief ab wie am Schnürchen, und die Kartoffeln waren schon verschwunden, bevor der Kutscher von seinem Sitz heruntergestiegen war. Da er gegen die große Zahl der Jungen nichts ausrichten konnte, begnügte er sich mit einem Schwall von Flüchen. »Verdammte kleine Ratten! Bildet euch nur nicht ein, dass ich nicht weiß, wo ihr eure Löcher habt! Das rechne ich mit euren Eltern ab. Spitzbuben seid ihr! Ich kriege euch noch! Verlasst euch drauf!« Schimpfend peitschte er mit dem Zügel auf das Pferd ein und setzte das schlappe Tier wieder in Bewegung. Die Jungen platzten fast vor Lachen, bis sie Tom hinter sich bemerkten. Als er mit strengem Polizistenblick auf sie hinunterschaute, erstickte ihnen das Lachen im Hals. Wie auf ein Stichwort fielen die Kiefer nach unten. Tom meinte, er hätte seit langem nichts Lustigeres gesehen, und konnte das Grinsen nicht unterdrücken. Er bemühte sich, das Lachen zurückzuhalten, aber die schuldbewussten Blicke der drei Lausbuben ließen ihn losprusten. Die Jungen lachten mit, als sie sahen, dass er sie nicht in Ketten legen wollte. Die anderen Jungen sahen aus sicherer Entfernung zu. Lachende Cops waren in dieser Gegend eine Rarität.

»Nun, wer von euch klugen Burschen kann mir sagen, wo Mr. Bucklin wohnt?«, fragte Tom, als er wieder Luft bekam.

»Gleich da in diesem Haus, Sir.« Der Größte der drei meldete sich zu Wort.

»Und wo genau in diesem Haus kann ich ihn finden?«
»Im dritten Stock werden Sie ihn finden, zweite Tür hinter der Treppe.«
»Vielen Dank«, sagte Tom und gab jedem von ihnen einen Penny. »Und haltet euch bei den Kartoffeln zurück.«
Alle grinsten verschwörerisch, und die Jungen riefen im Chor: »Jawohl, Sir« und »Machen wir, Sir«. Langsam stapfte Tom die glitschige, unbeleuchtete Treppe hinauf. Er war froh, dass sie nicht heller war. Er wollte nicht zu genau wissen, was die Treppe so schleimig machte, auch wenn ihm die Nase einen Hinweis gab: die vielen Nachttöpfe, die die dunkle Treppe auf dem Weg zu den Latrinen hinuntergetragen wurden. Tom hörte die Jungen draußen auf den Stufen streiten, ihre Worte hallten im Treppenhaus. Vor sich sah er plötzlich das Bild seines jüngeren Bruders, der vor so vielen Jahren gestorben war. Die Erinnerung überkam ihn wie ein plötzlicher Lichtstrahl im dunklen Treppenhaus und war genauso schnell wieder verschwunden.
»Ich sehe nicht ein, warum ihr zwei die Pennys bekommen sollt, ich war's doch, ich hab ihm gesagt, wo Mike wohnt«, sagte der eine.
»Von mir kriegst du einen Dreck«, erwiderte ein anderer. »Ich war's, der den Reifen vor McGees Karrren gerollt hat.«
»Und wer hat die Idee gehabt?«, sagte eine noch jüngere Kinderstimme. »Außerdem ist das unsere Wohnung. Er ist wegen meinem Da gekommen, ganz bestimmt.« Der letzte Satz hatte Tom noch deutlicher an die Stimme seines kleinen Bruders erinnert. Tom hielt inne, eine plötzliche Traurigkeit überkam ihn dort im dunklen Treppenhaus. Eine Sekunde lang blieb er stehen, dann stieg er weiter die stinkende Treppe hinauf und dachte an die nackten Füße der Kinder.
Die Hitze lastete auf ihm, und er kam nur schwer voran. Aber es war nicht nur die Hitze. Die Konzentration menschlicher Gerüche schlug ihm auf den Magen und nahm ihm die Luft. Am liebsten hätte er zu atmen aufgehört. Wenn er die Luft durch den

Mund einsog, ging es ein wenig besser, nur dass er dann den Ort fast schmecken konnte. Das Haus stank wie ein fünfstöckiger Abort, sogar noch widerlicher, denn Küchengerüche mischten sich mit hinein. Und noch einen undefinierbaren Geruch gab es: Es roch nach Krankheit, und immer wieder hallte tiefes, erschütterndes Husten durch die düsteren Gänge. Es war die Hölle. Schon der Gedanke daran, dass Menschen hier lebten, drehte Tom den Magen um. Aber das Haus war voll von Menschen, selbst zu dieser Tageszeit, wo die Männer gewöhnlich bei der Arbeit waren. Er hörte das Lachen von Frauen und Kindern, ein altes irisches Lied, von einer alten, krächzenden Stimme gesungen, und lautes, durchdringendes Streiten aus einem oberen Stockwerk. Auf einem Treppenabsatz zwischen dem zweiten und dritten Stock kam er an zwei Männern vorbei, die Pfeife rauchend auf den Stufen lungerten. Nur ungern machten sie ihm Platz.

Tom klopfte an die zweite Tür hinter der Treppe. Aus der Wohnung drang schwach ein heiseres, trockenes Husten. Er klopfte wieder und vernahm eine weibliche Stimme: »Nur mit der Ruhe, ich bin gleich da.«

Die Tür ging auf, und Tom fragte: »Mrs. Bucklin?«

»Ja, und wer sind Sie?«

»Ich bin Detective Braddock.«

»Haben Sie meinen Terry so schnell gefunden? Ich habe erst heute morgen im Revier die Suchmeldung aufgegeben. Sie sagten, es könnte Tage oder Wochen dauern. Dass er verschwunden ist, das hat die gar nicht gejuckt.« Während sie sprach, sah Tom sie näher an. Sie war viel zu alt, um Terrences Frau zu sein, dachte er sich. Sie musste mindestens achtundfünfzig sein, dem Aussehen nach vielleicht sogar zehn Jahre älter. Ihr Haar war ordentlich gekämmt, aber fettig und grau. Die tiefen Falten, die in das weiche Fleisch ihres Gesichts gekerbt waren, zeigten die Spuren eines schweren Lebens. Vermutlich war sie einmal hübsch gewesen; beim näheren Hinsehen fielen ihm ihre

Rehaugen auf. Ihre Kleider waren ordentlich, aber alt und am Saum zerfranst. Ihre Haut, dünn wie altes Pergament, war mit Sommersprossen und Altersflecken gesprenkelt.
»Sie sind also Mrs. Bucklin?«
»Seine Mutter. Hat Terry irgendetwas angestellt? Er hat noch nie etwas mit der Polizei zu tun gehabt. Mein Terry ist ein guter Junge.«
»Mrs. Bucklin, darf ich einen Augenblick hereinkommen? Leider ist etwas passiert.«
»Ach, mein Gott, natürlich, kommen Sie nur herein. Sie wollen mir helfen, und ich lasse Sie draußen im Gang stehen.«
»Wer ist da, Patricia?«, ließ sich eine Stimme vernehmen. Sie schien aus der hinteren Ecke des Zimmers zu kommen, die durch ein Betttuch an einer Wäscheleine vom übrigen Raum getrennt war.
»Ein Kriminalpolizist, Detective Braddock, er ist wegen Terry hier, ist schon in Ordnung«, sagte sie und sah Tom an.
»Hat man Terry gefunden?«, fragte die Stimme hinter dem Betttuch. »Es sieht ihm nicht ähnlich, dass er tagelang wegbleibt, und schon gar nicht, dass er nicht zum Essen nach Hause kommt.«
»Zerbrich dir nicht den Kopf, Pa, sonst kriegst du wieder einen Anfall, wo du so schwach wie ein Kätzchen bist. Also ...«, sagte sie und wandte sich wieder Tom zu. »Worum geht es denn? Hat er Ärger gekriegt mit den protestantischen Schlägern drüben in der Hester Street? Ich habe ihm immer wieder gesagt, um die soll er einen weiten Bogen machen. Mit ihm hat es noch nie Probleme gegeben.«
»Nein, so war es nicht. Es tut mir leid, Ihnen mitteilen zu müssen, dass Terrence tot ist.«
Ein leises, ersticktes Stöhnen hinter dem Vorhang durchdrang den Nebel seiner Worte. Patricia Bucklin presste die Hände an die Wangen, als wollte sie die Worte von ihren Ohren fern halten. Sie ballte die Hände zur Faust, ihre Knöchel leuchteten

weiß. In dieser Haltung drehte sie sich um und ging auf einen Stuhl zu, in den sie sich mit leisem Stöhnen hineinfallen ließ.
»Mein Junge, mein Junge, mein Junge.« Sie schluchzte, wiegte sich hin und her, der Stuhl knarzte. Langsam ließ sie die Hände in den Schoß sinken und presste ihre Schürze zu einem Knäuel zusammen. Sie gab kaum einen Laut von sich, aber ihre Schultern zitterten.
Wässeriges Stöhnen hinter dem Betttuch ging in glucksendes Keuchen über, und ein quälender, verzweifelter Husten setzte ein. Tom erkannte dieses Husten: Es war die Schwindsucht. Er hatte es oft genug gehört. Nach dem Klang zu urteilen, würde Mr. Bucklin bald nicht mehr husten können. Tom hörte, wie er mit letzter Anstrengung den Schleim heraufwürgte. Mrs. Bucklin schien es nicht zu bemerken. Sie saß zusammengesunken in dem alten Stuhl, das Leben schien aus ihr herauszurinnen.
Tom stand schweigend da, und schließlich sagte Mrs. Bucklin: »Hat es auf der Brücke einen Unfall gegeben? Es sind schon zu viele Männer bei dieser verdammten Arbeit ums Leben gekommen. Ich habe Terry immer wieder gesagt, er soll vorsichtig sein, aber nach dem Tod von Julia und dem Baby war ihm alles egal.«
»Nein, es war kein Unfall. Wir haben den starken Verdacht, dass ein Gewaltverbrechen vorliegt.«
»Jesus, Maria und Josef!« Patricia schnellte aus dem Stuhl hoch, als hätte man sie verbrüht. »Was soll das heißen, Gewaltverbrechen? Terry hatte überhaupt keine Feinde!« Mrs. Bucklin ließ Tom keine Gelegenheit, ihre Frage zu beantworten; ein Wortschwall brach aus ihr hervor. »Er hat in den Menschen immer nur das Gute gesehen«, sagte sie und lief im kleinen Zimmer auf und ab. »Alle mochten ihn, er tat ihnen leid, weil er so viele Sorgen hatte, besonders seit Julia und das Baby bei den Engeln sind. Was für ein verdammtes Monster könnte so etwas tun?«, schrie sie gestikulierend. »Habt ihr ihn, diesen Unmenschen von einem Mörder?«

Tom holte tief Luft. »Mrs. Bucklin, wir wissen nicht viel, nur dass ihr Sohn in einem Hinterhof hinter Paddys Saloon im Peck Slip aufgefunden wurde. Es hat den Anschein, dass er von hinten angegriffen wurde. Der Schlag ... war so wuchtig, dass er tödlich war. Soweit wir wissen, gab es keine Zeugen, aber wir gehen der Sache nach und hoffen, dass wir bald einen Hinweis zur Aufklärung erhalten.« Braddock hatte das Bedürfnis, ihnen etwas Hoffnung zu geben, auch wenn sie noch so schwach war. »Ich muss mehr über Terrence erfahren, ich hoffe, dass Sie mir helfen können. Hatte er irgendwelche Feinde, oder vielleicht Schulden oder so etwas?«

Als Tom das sagte, wurde das Betttuch von einer dürren Hand langsam zur Seite geschoben. Mr. Bucklin stieg aus seinem Bett. Tom sah, wie viel Mühe ihn die Anstrengung kostete, obwohl es der Kranke zu verbergen versuchte. Er sah aus, als ob das Leben bereits aus seinem Körper gewichen sei. Er war grau wie eine Leiche. Die Kleider schlackerten um seine ausgemergelte Gestalt. Langsam schlurfte er zu seiner Frau hinüber, die ihm schweigend entgegenkam. In ihrer Trauer hielten sie einander fest, und das geteilte Leid gab jedem ein wenig Kraft. Das gelbe Licht des Nachmittags, das durch das trübe Fenster gefiltert wurde, umrahmte sie mit einer Art Heiligenschein. Tom schien es, als komme das Licht aus ihrem Inneren hervor, als leuchte es aus ihrer tiefsten Seele, aus ihrem Wesen. Er stellte sie sich in einer früheren Zeit vor, bevor das Alter und die Arbeit, die Sorgen und die Todesfälle sie an diesen Ort gespült hatten. Sie leuchteten aus sich heraus, ihre Haut war glatt – sie sprühten vor Leben. Die Jahre hatten sie noch nicht berührt, ihre Schönheit noch nicht angegriffen. Die Vorstellung kam unerwartet und war im Nu wieder vergangen. Tom rieb sich die Augen, und das Bild war verschwunden, nur das alte Paar stand vor ihm. Aber Braddock wusste, was er gesehen hatte. Es lag nicht in seiner Natur, daran zu zweifeln, darüber zu spotten, es als eine optische Täuschung abzutun.

Minutenlang hielten sie sich umschlungen. Tom schaute weg. Er bemerkte die Ferrotypie eines Soldaten auf der Kommode; sein junges, ernstes Gesicht blickte steif in die Kamera. Es war Terrence. Er trug die Abzeichen des Neunundsechziger Regiments. Tom kannte die Neunundsechziger und hatte ihren Mut auf mehreren Schlachtfeldern bewundert. Ihre große grüne Fahne, das Symbol des Landes, das sie verlassen hatten, war immer in vorderster Front zu sehen. Wie oft hatte er das Zweite Corps vorbeidefilieren sehen, in dessen Reihen die Irish Brigade marschierte.

Ihm wurde bewusst, dass er Terrence damals in diesen Reihen gesehen haben musste. Seine Achtung für diesen Mann wuchs. Tom sah das Bild noch etwas genauer an und bemerkte das neue Springfield-Gewehr, mit glänzendem Lauf und aufgesetztem Bajonett. Tom kam es vor, als sähe er denselben Gesichtsausdruck, den er vor langer Zeit im eigenen Spiegel gesehen hatte. Er empfand eine gewisse Verwandtschaft mit dem Mann auf der Ferrotypie, eine Zusammengehörigkeit und eine Verpflichtung. Seine Verpflichtungen nahm Tom ernst.

Patricia und Eamon Bucklin saßen in ihrer winzigen Küche, und eine ganze Stunde lang erzählten sie Tom Braddock die Geschichte ihres Lebens in Amerika. Sie waren nach New York gekommen, als die »blutrünstigen Briten« sowohl die Pacht für ihr Land als auch die Miete für ihr Haus erhöht hatten.

»Eamons Familie«, sagte Patricia, »hatte das Land fast hundertzwanzig Jahre lang bebaut, und dann warfen sie uns hinaus wie den Dreck vom Stiefel.«

»Die Kinder schreien vor Hunger, und diese Verbrecher vertreiben uns aus unserem eigenen Haus. Und die schlimmste Schande war, dass irische Konstabler die Handlanger waren«, sagte Eamon und schüttelte den grauen Kopf. Sie hatten von Verwandten Geld geborgt, ihre Habseligkeiten verkauft und sich nach New York eingeschifft. Ihre älteste Tochter, Shannon, wurde auf der Überfahrt krank. Als sie schließlich New York erreicht und Castle Garden überstanden hatten, war sie so schwach, dass sie kaum mehr stehen konnte.

»Sie sah so krank aus, dass man sie in Quarantäne steckte, und dort ist sie gestorben. Wir mussten unser Kind in Potter's Field begraben, weil wir keinen Penny für eine richtige Beerdigung auftreiben konnten«, sagte Patricia leise und riss damit eine alte Wunde wieder auf. »Wir haben uns damals geschworen, dass sie eines Tages ein richtiges Begräbnis bekommen soll«, flüsterte sie.

Trotz dieses tragischen Anfangs hatte es Eamon geschafft, Arbeit zu finden, und daraufhin wurde alles besser.

»Ich hatte schon immer geschickte Hände«, keuchte Eamon, der wieder auf seinem Bett saß. Er hatte in einer Böttcherei an der Canal Street Arbeit gefunden, es zum Vorarbeiter gebracht und dort so viel verdient, dass sie sich gelegentlich sogar einen kleinen Luxus leisten konnten. Sie hatten zwei luftige Zimmer in der Spring Street gefunden, wo die Morgensonne durch die hohen Fenster hereinschien, mit einem Bad, das sie mit nur einer anderen Familie teilen mussten. Das Leben war schön. Sie konnten die früheren Sorgen wegstecken.

Auf einem winzigen gusseisernen Öfchen bereitete Patricia Tee für Tom und Eamon. Während sie mit dem Rücken zu ihnen dastand, zitterten ihre Schultern, und sie weinte leise vor sich hin. Tom hörte das Zischen einer Träne auf der heißen Ofenplatte. Er tat so, als betrachte er Terrences Bild. Ihm fiel auf, dass das wenige Mobiliar im Zimmer aus Mahagoniholz und aus guten Stoffen gearbeitet war, anders als das, was er meistens in den Mietskasernen vorfand. Mit dem Teekessel in der linken Hand drehte sich Mrs. Bucklin um und betupfte ihre roten Augen mit dem Zipfel ihrer Schürze. »Terry hat immer so gern Tee getrunken«, sagte sie.

Sie erzählten ihm, wie kurz vor Terrys siebzehntem Geburtstag die Zusammenstöße am Fort Sumter anfingen.

»Terry war schon immer der Typ, der seine Pflicht erfüllt. Wir haben ihn so erzogen, dass er das Rechte tut, das, was von einem Mann erwartet wird. Er wusste nichts davon, dass einige Staaten sich von der Union trennen wollten, und verstand nichts vom Politikergeschwätz von den Territories, oder von Kansas und Nebraska und solchen Sachen.« Eamon musste eine Zeit lang unterbrechen, dann, nach einem langen wässrigen Atemzug, fuhr er fort. »Er hatte noch nie in seinem Leben einen Schwarzen gesehen, aber er wusste, wohin diese Sklaverei führt und dass sie einen Fluch über das Land bringt.«

»Wir waren so stolz auf ihn damals, als er sich zu den Neunundsechzigern meldete«, fügte Patricia mit erhobenem Kopf hinzu. »Wir gingen zum Broadway, um den Abmarsch seines Regiments zu sehen. Das war ein Tag: die Fahnen und die Menschenmenge und die Regimentskapellen! Ich musste weinen, weil er fortging, aber ich hätte zerspringen können, so stolz war ich auf ihn.«

Sie erzählten von den Kriegsjahren, von Terrys Briefen und von der Ferrotypie, die er ihnen geschickt hatte. Er hatte an vielen berühmten Schlachten teilgenommen und trotzdem keinen Kratzer davongetragen. Viele seiner Regimentskameraden hatten Arme und Beine auf dem Schlachtfeld verloren oder waren überhaupt nicht mehr wiedergekommen. Als er 1864 entlassen wurde, war er größer gewachsen und ein anderer Mensch geworden, aber er war immer noch der Sohn, den sie liebten. »Seine Julia« lernte er auf einer Tanzveranstaltung in der Hibernians Hall kennen, und im Frühjahr 69 heirateten sie.

Geduldig ließ sich Tom durch ihre Vergangenheit führen. Er spürte, dass sie ihm ihre Lebensgeschichte erzählen mussten, damit sie in ihrem Schicksal einen Sinn erkennen konnten. Er spürte ihren dringenden Wunsch, ihm zu erklären, weshalb sie an den gegenwärtigen Ort gekommen waren. Ihre Möbel, ihre Kleider, die Sauberkeit in ihrem Zimmer machten deutlich, dass sie nicht hierher gehörten. Sie waren arbeitsame Menschen, doch hatte es für sie mehr als nur Arbeit gegeben. Jetzt, wo sie die Hoffnung fast verloren hatten, sollte wenigstens nicht alles sinnlos gewesen sein. Tom konnte das gut verstehen. Er selbst wäre froh gewesen, im Leben immer einen Sinn sehen zu können. Meistens wurde man nicht klug daraus. Er nippte an seinem Tee und hörte zu.

Kurz nachdem er Julia Tomkins zur Braut genommen hatte, bekam Terry eine Arbeit an der Brooklyn Bridge. Seine Aufgabe bestand darin, die drei Tonnen schweren Blöcke aus gehauenem Stein aufeinander zu setzen, aus denen der Brooklyn Tower gebaut werden sollte. Fünf Jahre lang habe Terry an diesem Turm gearbeitet, erzählte Patricia voller Stolz. Der Familie ging es gut, denn sowohl Eamon als auch Terry brachten gutes Geld nach Hause. Gemeinsam kauften sie ein kleines Reihenhaus an der East Third Street, und 1871 schenkte Julia einer Tochter das Leben, Mary Elizabeth.

»Sie war sein Augenstern, dieses kleine Mädchen. Sie hätten ihn sehen sollen, Detective.«

»Tom … sagen Sie Tom zu mir«, sagte Braddock, der Terrences Ferrotypie auf seinem Schoß festhielt.

»Tom. Er und Julia, sie gingen so gern mit ihr spazieren, nur um sie herzuzeigen. Sie war auch wirklich süß, mit ihren schönen Augen und ihrer liebevollen Art. Damals waren wir glücklich …« Patricia versagte die Stimme.

Mikey kam 1873 auf die Welt. Er war ein kräftiger Junge mit gesunden Lungen. »Er konnte sich durchsetzen«, wie sich Eamon ausdrückte. In jenem Jahr ging Terrys Arbeit am Brooklyner Brückenturm zu Ende, und er bekam eine Beschäftigung an der Brooklyner Auffahrtsrampe. Eigentlich wollte er sich für das New Yorker Caisson melden, weil die Arbeit dort mehr Geld gebracht hätte, aber Patricia und Eamon und besonders Julia redeten es ihm aus. Wenn ihn, wie so viele andere, die Caissonkrankheit erwischte, dann nützte auch der höchste Lohn nichts, meinten sie.

»Wir haben von viel zu vielen Männern gehört, die durch diese

Caissonkrankheit für immer Invaliden wurden oder an der Krankheit starben. Ich sagte: ›Terry, denk an deine Familie‹, und damit war's erledigt.«

Alles ging gut bis 78, als Eamon mit dem Husten anfing. Die Schwindsucht wurde immer schlimmer, und ein halbes Jahr später war er seine Arbeit los. Der Husten war so schlimm geworden, dass er ihn nicht mehr verheimlichen konnte. Die Chefs hatten Angst, er könnte alle anderen anstecken.

»Anfangs dachte ich, es ist bloß ein Schnupfen, aber nachdem ich zwei Monate lang gehustet hatte, wusste ich, dass es schlimmer war. Ärzte, Medizin, Laudanum, alles habe ich versucht. Und der Husten hörte nicht auf. Die Ärzte sagten, ich sollte nach Norden fahren, zum Saranac Lake – weiß der Kuckuck, wo das ist – wegen der guten Luft.« Eamon hustete und spuckte in den Eimer. »Ich hatte nicht einmal so viel Geld, um auf die andere Straßenseite zu ziehen. Hier drinnen werde ich wohl sterben.«

Patricia sah weg, zum einzigen Fenster hinaus, und sagte nach einer Weile: »Der kleine Mikey und Mary Elizabeth waren für uns damals ein Trost. In ihnen konnten wir die Zukunft sehen, und sie brachten uns Hoffnung, wie es Kinder immer tun.« Mit nur einem Lohn war es eine schwere Zeit, aber sie kamen damit aus und konnten auch das Haus behalten – bis das Feuer kam. Drei Häuser weiter fing es an. Ein Kaminbrand geriet außer Kontrolle. In jener Februarnacht wurde die halbe Häuserreihe zerstört, darunter auch ihr Haus.

»Wenigstens konnten wir die meisten Möbel retten, bevor es bei uns zu brennen anfing. Da saßen wir nun mit den Stühlen aus der Wohnstube, mit den Betten und Kleidern und Kochtöpfen im schwarzen Schnee. Nichts blieb übrig als eine Rauchsäule.«

Tom hatte schon die schnellen Schritte im Treppenhaus gehört. Mikey kam ins Zimmer und warf die Tür hinter sich zu. Er hielt zwei Kartoffeln in die Höhe und rief triumphierend:

»Schaut, was ich gefunden habe!« Er blinzelte Tom zu, der lächelnd zurückblinzelte, da er ihn als den Jüngsten der Lausbuben auf der Außentreppe wiedererkannte. »Können wir heute Abend Kartoffelbrei machen, Grandma? Das schmeckt so gut mit Butter.«

»Vielleicht. Vielen Dank. Du bist ein guter Junge. Was bist du für ein schöner großer Kerl! Komm einmal her und lass dich von deiner alten Grandma drücken. Seit gestern hab ich dich nicht mehr in den Arm genommen, und Grandmas brauchen das, damit sie jung bleiben.« Mike ging zu ihr hin, wenn auch etwas langsam, wie es Tom schien. Zu häufige Umarmungen konnten einem Jungen die Würde rauben. Patricia hielt ihn lange an sich gedrückt. Er schien nichts dagegen zu haben.

Er wandte sich an Tom und fragte: »Haben Sie meinen Da gefunden? Wann wird er heimkommen, Sir?«

Tom wollte antworten, aber über Mikes Kopf hinweg sah er, dass Mrs. Bucklin den Kopf schüttelte, also sagte er nur: »Deswegen bin ich hier, Mike, weil ich mit deiner Grandma und deinem Grandpa darüber reden will.« Er überlegte, was er sonst noch sagen sollte, ohne Mike mehr zu verraten. Schließlich sagte er: »Ich will euch helfen, Mike. Ich heiße Tom, ich bin Kriminalpolizist.«

»Haben Sie eine Pistole?« Mike freute sich.

»Nun ... ja«, antwortete Tom, etwas überrascht.

»Darf ich sie sehen?« Tom sah Mrs. Bucklin an. Sie nickte. Er machte die Jacke auf und zeigte Mike den 38er Colt im Halfter, das ihm von der Schulter hing.

»Wow, meinen Sie, ich könnte ihn eventuell in die Hand nehmen?«, fragte Mike sehnsüchtig.

Tom ließ die Jacke zufallen. »Tut mir leid, Mike, vielleicht, wenn du etwas größer bist.«

»Für mein Alter bin ich groß, das sagen alle.« Mike wollte noch nicht aufgeben.

»Groß, das ist nicht hier drin«, sagte Tom und pochte auf die

Brust. »Groß ist, was hier drin ist.« Er klopfte sich an die Schläfe. »Verstehst du mich?«
»Ich glaube, schon, Sir. Es ist so wie damals, als Tommy Gallagher ein paar Lutschbonbons sich hinten in die Hose steckte, bei Lasher im Laden, und Danny, der Cop, stand direkt hinter ihm. Tommy ist ein Jahr älter als ich, wissen Sie.« Alle lachten, auch Eamon, aber sein Lachen klang, als würde er ertrinken.
»Genauso ist es, Mikey. Gebrauch dein Köpfchen, und du wirst es weit bringen.«
»Mach ich, Sir«, sagte Mike beim Hinausgehen und warf die Tür hinter sich zu. Als er schon draußen war, rief er: »Ich geh kurz weg mit Mouse und Smokes, Grandma – nicht weit.«
»Ist gut, Mike. Aber zum Abendessen musst du wieder da sein.«
»Vielen Dank, dass Sie es ihm nicht gesagt haben, Detective – Tom, meine ich. Er hat es sowieso schon schwer, wo seine Mutter und seine Schwester noch kein Jahr tot sind.« Ihre Augen füllten sich mit Tränen, und Eamon griff sich an den Kopf, als hätte er Angst, ihn zu verlieren. Wie viel Leid und Kummer waren dieser Familie widerfahren! Es kam ihm vor wie in einem Groschenroman. Seine Mutter war geradezu süchtig nach diesen Heften gewesen – sein Elternhaus war voll davon. Die Helden mussten Dutzende von Katastrophen überwinden; wie, das erfuhr man erst in der nächsten Fortsetzung. Für die Bucklins aber sah es nicht aus, als würde es eine nächste Fortsetzung geben.
Eine Weile schwiegen sie, dann sagte Patricia: »Der Typhus nahm sie uns weg.« Vor mehr als zwei Jahren waren sie in die Mietskaserne gezogen, wenige Monate später wurde die Krankheit in das Haus geschleppt und verbreitete sich mit rasender Geschwindigkeit über die ganze Nachbarschaft. Sie raffte Julia und Mary Elizabeth im Abstand von zwei Tagen hin, und sie wurden zusammen auf einem Friedhof in Brooklyn bestattet. »Das Herz von meinem Terry wurde dort in Brooklyn mit ihnen begraben.« Patricia holte stockend Luft, dann tat sie einen

langen Seufzer, der aus ihrem tiefsten Inneren kam. »Ein kleiner Trost, dass sie wenigstens dort beisammen sind. Wenigstens das.«

»Mrs. Bucklin, ich will den Mann finden, der Ihren Sohn umgebracht hat. Sie können mir doch bestimmt irgendeinen Hinweis geben, der mir weiterhelfen kann: ein Streit vielleicht oder Schulden oder vielleicht Ärger unter Kollegen. Man wird nicht wegen gar nichts umgebracht. Mord ist eine ernste Sache. Es muss irgendwelche gravierenden Gründe gegeben haben, Ihren Sohn zu töten.«

Patricia und Eamon nannten Tom die wenigen ihnen bekannten Namen von Arbeitskollegen und von anderen Freunden und Bekannten – die meisten hatte Terrence von der Kirche her gekannt. Die Liste war nicht lang und enthielt ein paar Namen, die Tom von Joe Hamm bereits erfahren hatte.

»Tom, unser Terry war ein guter Mensch. Er arbeitete viel, er liebte seine Familie, ging sonntags in die Kirche und zur Beichte. Wir haben schwere Zeiten durchgemacht, aber er war nie verbittert, er hat uns nie im Stich gelassen. Er war unser Fels«, sagte Patricia und wandte sich zur Bestätigung nach Eamon um.

Eamon nickte nur. »In letzter Zeit hat er ein bisschen mehr getrunken, aber wer könnte ihm das vorwerfen? Nach so viel Kummer kann man ihm diesen kleinen Trost nicht verübeln.«

»Mir hat er gesagt, etwas mit der Brücke ist nicht in Ordnung«, sagte Eamon plötzlich.

Tom und Patricia starrten Eamon verblüfft an, der wieder mühsam Atem holte.

»Er hat mir eigentlich nicht viel erzählt, nicht mit Worten. Aber ich hab ihm angesehen, dass ihn etwas bedrückt hat. Er meinte, etwas auf der Baustelle stimme nicht, dass es Kollegen gab, die wahrscheinlich etwas im Schilde führten. Vielleicht ging es um einen Streik oder so etwas. Ich habe mir darüber nicht den Kopf zerbrochen, und er hat nichts mehr davon gesagt, also habe ich nicht weiter danach gefragt.«

»Hat er irgendwelche Namen genannt?«
»Keinen einzigen. Viele Männer arbeiteten dort. Es hätte jeder sein können, oder eine ganze Gruppe. Ich weiß es nicht genau.«
Kurz darauf, nach weiteren ergebnislosen Fragen, stand Tom auf. »Ach«, sagte er, »fast hätte ich es vergessen. Kommt Ihnen dieser Schlüssel bekannt vor?«
Er hielt ihnen den Schlüssel hin, den er in Terrences Tasche gefunden hatte. Wie sich herausstellte, war es tatsächlich der Wohnungsschlüssel, und Patricia steckte ihn ins Schloss, um sich zu überzeugen. Seufzend teilte ihnen Tom mit, wohin sie zu gehen hätten, um Terrence amtlich zu identifizieren und seine Habseligkeiten in Empfang zu nehmen. Er bedankte sich bei Patricia für den Tee und für ihre Hilfe.
Sie begleitete ihn zur Wohnungstür und auf den Flur hinaus. »Ich würde Ihnen gerne noch etwas sagen, Tom.« Sie zögerte einen Augenblick. »Wissen Sie, wir haben jetzt niemanden außer Mike, und jetzt, wo Eamon im Sterben liegt, weiß ich nicht, was aus uns wird. Um Mikey mache ich mir große Sorgen.«
»Was ist mit Julias Eltern?«
»Beide tot. Julia war das einzige Kind, das am Leben geblieben war. Ich möchte halt sichergehen, dass für Mikey gesorgt wird, falls etwas ... passiert, wissen Sie.«
Tom sah Patricias schöne Augen. Auch sie würde wohl nicht mehr lange zu leben haben. Der Kummer hatte Spuren in ihr verhärmtes Gesicht gegraben. Tom zog seine Karte aus der Westentasche und gab sie ihr mit den Worten: »Falls Sie mich brauchen – Sie können mich hier erreichen.« Tom wusste nicht, was er versprechen konnte oder ob er überhaupt etwas versprechen sollte, deshalb sagte er nur: »Ich werde tun, was ich kann. Es tut mir so leid, dass Sie so viele Probleme haben, Mrs. Bucklin ... und dass Sie Ihren Sohn verloren haben.«
Tom trat wieder auf die Suffolk Street hinaus. Die Straße war immer noch voller Menschen, aber in der Luft hing der Geruch eines kommenden Gewitters, und am westlichen Himmel über

New Jersey türmten sich dunkle Wolken auf. Weil er nicht durchnässt werden wollte, lief er zur Delancey Street, um mit der Pferdebahn zurückzufahren. An einem Laternenpfahl lehnte ein großer Mann mit Hosenträgern, der mit gespielter Gleichgültigkeit Tom beobachtete, wie er in die Pferdebahn stieg. Er machte keine Anstalten, ihm zu folgen.

Auch Mike sah Braddock weggehen. Er machte sich Sorgen, wollte sich aber wegen der anderen Kinder nichts anmerken lassen. Mike Bucklin war weder der Größte noch der Älteste in seiner Clique, zeigte aber bei kleineren Diebstählen besonderes Geschick, was allen Kameraden zugute kam. Jetzt, wo sein Großvater mit Schwindsucht im Bett lag und die ganze Familie mit dem Lohn seines Vaters auskommen musste, hatte er das Gefühl, dass auch er etwas nach Hause bringen müsse. Oft hatte er beim Gedanken an seinen Großvater ein schlechtes Gewissen, wenn er einen geklauten Apfel selbst aufaß – der Großvater hätte ihn vielleicht dringender gebraucht. Aber seine Kumpel waren alle mehr oder weniger in der gleichen Lage: Sie waren nicht gerade am Verhungern, aber Hunger hatten sie meistens schon. Gewöhnlich teilte er alles mit Smokes und Mouse, seinen besten Freunden, die, zusammen mit Louie, Vince und Jo-Jo, sein wichtigster Umgang waren. Ihre Welt bestand aus der Suffolk Street zwischen Houston und Delancey Street. Oft wagten sie einen Ausflug in die Essex oder Orchard Street, aber außerhalb des eigenen Reviers musste man aufpassen. Fast jeder Häuserblock hatte seine Kinderbande, zu der schon die Sieben- oder Achtjährigen gehörten. Die Älteren, die ihre eigenen Banden hatten, ließen die Jüngeren meistens unbehelligt – sie hatten schließlich Wichtigeres im Sinn. Alle mussten sich vor anderen gleichaltrigen Banden in Acht nehmen, und wenn man im fremden Revier wilderte, erntete man manchmal Prügel oder Schlimmeres. Mikes Bande verteidigte ihren Bereich genauso wie die anderen auch. Regelmäßig wurden Schlachten geschlagen, weil eine Bande die Grenzen des eigenen Territoriums um eine Straßenecke oder einen Häuserblock erweitern wollte. Manchmal kämpfte man sogar um eine Straßenlaterne oder einen einzigen Laden. Solche Dinge hatte Mike schon bald nach dem Umzug in die Lower East Side gelernt. Wegen der vielen ungeschriebenen Gesetze war diese Gegend für ein Kind verwirrend. Er hatte mehrfach Prügel bezogen, bis er die Regeln begriff und sich einer Bande gleichaltriger Jungen anschloss. Ihre Hauptbeschäftigung war das Spielen, aber auch auf kleinkriminelle Handlungen verwendeten sie viel Zeit. Das Klauen von Gemüse war der Einstieg, aber schnell folgten anspruchsvollere Taten; sie bedienten sich bei unbeaufsichtigten Lastkarren oder versuchten sich als Taschendiebe. Meistens hatten die Jungen einfach nichts zu tun: Wie alle Kinder alberten sie herum, spielten Straßenfußball, schwammen im Fluss und, was nur menschlich war, bemühten sich ums Überleben.

In letzter Zeit hatte Mikes Da offenbar große Sorgen gehabt. Er sagte, er habe Schwierigkeiten am Arbeitsplatz. Sein Vater hatte es ihm anvertraut, damit er sich vor bösen Männern in Acht nahm. Sein Da meinte, er sei sich zwar nicht ganz sicher, aber es könnte sein, dass eines Tages irgendein Böser aufkreuzte. Bisher hatte er keinen gesehen. Trotzdem hielt Mike die Augen offen, denn wenn sein Da sagte, so etwas könnte vorkommen, dann konnte man sich darauf verlassen. Sein Da war großartig, kein anderer auf der Lower East Side konnte es mit ihm aufnehmen. Jeden Abend erwartete ihn Mike an der Ecke der Suffolk und Delancey Street. Wenn die anderen Jungen nicht in der Nähe waren, rannte er ihm, manchmal mit einer Orange in der Tasche, sofort entgegen. Auch heute wartete er an der Ecke. Immer noch hoffte er, sein Da könnte die Straße herunterkommen. Schon seit drei Tagen war er nicht mehr nach Hause gekommen. Grandma hatte behauptet, er sei nur zu Besuch bei einem Cousin in New Jersey, aber Mike machte sich allmählich Sorgen. Von einem Cousin in New Jersey hatte er noch nie etwas gehört.

Zusammengesunken saß Braddock in der Pferdebahn, die ihn ins Zentrum bringen sollte. Die Kette von Tragödien, die er sich bei den Bucklins angehört hatte, zermürbte ihn stärker, als er es für möglich gehalten hätte. Nach jahrelangem Streifendienst in ähnlichen Stadtteilen waren für ihn die Menschen und ihr Schicksal mehr und mehr zu einer verschwommenen Masse geworden. Wahrscheinlich schützten sich die Cops auf diese Weise davor, zu viel Schmerz zu empfinden. Fast jeder seiner Kollegen wappnete sich mit einem ähnlichen Schild, um nicht am Leid der Mitmenschen zugrunde zu gehen. Aus Gründen, die ihm selbst nicht klar waren, hatte er bei den Bucklins seinen Schild weggelegt. Vielleicht lag es an Terrences Ferrotypie und seinem Einsatz bei den Neunundsechzigern. Vielleicht lag es an Mikey oder vielleicht am kranken Großvater. Wahrscheinlich trug das alles dazu bei, und vielleicht kamen auch andere Ursachen dazu, die ihm jetzt nicht einfallen wollten. Auf jeden Fall fühlte er sich ausgelaugt, erschöpft. Er konnte sich nur vorstellen, was die Bucklins empfanden.

An der nächsten Haltestelle bot er seinen Sitzplatz einer Frau mit einem breitkrempigen Hut an. Mit hocherhobenem Kopf nahm sie den Platz an, als sei es ihr verbrieftes Recht. Cops durften die Pferdebahn kostenlos benutzen, aber sie sollten den zahlenden Kunden nicht die Sitzplätze wegnehmen. Tom stand auf und hielt sich mit einer Hand an der Stange fest. Während die Stadt langsam an ihm vorüberzog, zählte er alle Fakten auf, die er über Terrence Bucklin wusste. Der einzige Anhaltspunkt, der ihm weiterhelfen konnte, war Eamons Bemerkung, dass etwas mit der Brücke nicht stimme. Von diesem Punkt musste man ausgehen. Dieses wenige an Information, zusammen mit seiner Folgerung, dass Terrence seinen Mörder kannte, überzeugte ihn davon, dass er sich auf Terrences Kollegen konzentrieren musste. Wie viele mochten es wohl sein? Hunderte wahrscheinlich. Wenn er zu einem Ergebnis kommen wollte, musste er die Liste kürzen. Wahrscheinlich würde er am Ende seiner Recherchen fast so viel von der Brücke verstehen wie Sam. Diese Vorstellung nötigte ihm ein grimmiges Lächeln ab.

In Gedanken verglich Tom den Terrence Bucklin auf der Ferrotypie mit der Leiche, die er im Hinterhof gesehen hatte.

»Irgendjemand wird dafür büßen«, sagte er vor sich hin. Ein Fahrgast in seiner Nähe trat einen Schritt zurück. Es war nicht ratsam, neben einem Irren in der Pferdebahn zu stehen.

4. Kapitel

Das Werk, das unser beständigstes Denkmal sein wird
und selbst in der fernsten Zukunft der Nachwelt etwas über uns
vermitteln wird, ist ein reiner Zweckbau; keine Kirche,
keine Festung, kein Palast, sondern eine Brücke.

Montgomery Schuyler

An diesem Nachmittag ging es ruhig zu in Brooklyn Heights. Hier herrschte immer Ruhe. Hier wohnten die prominentesten Bürger Brooklyns und Manhattans, die Heights bedeuteten städtisches Leben höchster Qualität. Stattliche Villen der Mittel- und Oberschicht säumten in solider Rechtschaffenheit die baumbestandenen schattigen Straßen. Ab und zu rollte eine Kutsche über das Pflaster. Kinder spielten, Spaziergänger erfreuten sich der frischen Brise. Jenseits des Flusses gab es nur Gedränge und kein Wort der Entschuldigung, Betriebsamkeit im Finanzzentrum, Menschenmengen in den Docks, hungrige Bettler in den Straßen. Aber hier oben in Brooklyn Heights, wo der berühmte Henry Ward Beecher Sonntag für Sonntag seinen Singsang von der Kanzel ertönen ließ, war das Leben beschaulich.

Gerade wegen dieser Beschaulichkeit hatten Emily und Washington Roebling die Gegend ausgewählt – und auch wegen des Ausblicks, den sie bot. Der Ausblick war das Entscheidende. Weder in Brooklyn noch in Manhattan hatte man eine vergleichbare Aussicht auf den East River. Das Panorama von Stadt und Hafen, von Staten Island im Süden, New Jersey im Westen und Harlem im Norden, lag ausgebreitet vor ihnen da. Aber am wichtigsten war der Blick auf die Brooklyn Bridge. Emily und Washington hatten ein ganz besonderes Haus benötigt, ein Haus, das eine ungehinderte Sicht auf die Brücke erlaubte, ein Haus der Ruhe. Als leitender Ingenieur brauchte Washington beides, die Ruhe und den Ausblick. Vor vielen Jahren hatte ihn die Caissonkrankheit zum Krüppel gemacht; seit dieser Zeit hatte er die Baustelle nicht mehr betreten. Stattdessen beobachtete er sie vom Fenster seines Hauses in der Columbia Heights 110. Es war das letzte Haus dieser Straße, der Brücke am nächsten, ruhig gelegen und ideal für die Zwecke der Roeblings. Vielleicht das Beste daran war, dass man die Baustelle mit der Kutsche in nur zehn Minuten erreichen konnte, eine Fahrt, die Emily zwei- oder dreimal täglich vornahm. Sie war das Auge und das Ohr ihres Ehemannes. Sie war sein Sprachrohr, seine Sekretärin, sie kontrollierte die Ausführung der Baupläne, sie führte die Verhandlungen, trat als Mittlerin, als zweiter Ingenieur, als technischer Berater auf, und sie führte die Verhandlungen mit der Stadtregierung. In den Augen der Ingenieure und deren Assistenten, der Vorarbeiter und Arbeiter, war *sie* der leitende Ingenieur.

Emily warf sich einen leichten Mantel um die Schultern, als sie an diesem ruhigen Nachmittag dabei war, das Haus zu verlassen. Aus irgendeinem Grund schien ihre Absicht ihrem Mann nicht zu passen.

»Musst du unbedingt heute dorthin, Em?«

»Das weißt du doch, Wash«, sagte sie, ohne auf seinen Ton einzugehen. Sie wusste genauso gut wie er, dass es keinen Grund gab, weshalb sie zu Hause bleiben sollte. Die wichtigen Aufgaben des Tages hatten sie bereits erledigt. »Du hast doch selbst gesagt, du brauchst das Buch in den nächsten Tagen. Also hole ich es am besten jetzt gleich, denn morgen habe ich bestimmt keine Zeit.«

»Wahrscheinlich hast du recht. Du bekommst es sicher schneller in der Astor Library als in der Rensselaer Polytechnic; und sonst weiß ich keine Bibliothek, die das Buch haben könnte.«

»Es ist zum Verzweifeln«, sagte Emily verdrießlich. »Eine so große Stadt braucht doch eine richtige öffentliche Bibliothek, und zwar nicht nur eine, sondern viele. Ich fürchte, das wird erst klappen, wenn der schwerfällige Bürgermeister Edson seinen schwerfälligen Hintern …«

»Hab ein bisschen Nachsicht, Emily«, mahnte Wash.

Emily lächelte. »… seine schwerfällige Gestalt vor den Stadtrat schleppt und dafür kämpft. Und was Brooklyn anbelangt – das könnte Jahrzehnte dauern.«

»Dabei geht es um einen guten Zweck. Wissen ist der Schlüssel zu einem besseren Leben.« Keiner wusste das besser als Roebling, dessen Vater mit seinem strengen deutschen Pflichtbewusstsein und seiner Hingabe an die Wissenschaft ihm ein Beispiel gewesen war. »Ich fürchte nur, dass sich die Leute von Tammany Hall erst dann für eine Bibliothek interessieren werden, wenn dabei etwas für sie herausspringt. Schau dir doch Tweeds neues Gerichtsgebäude an: dreizehn Millionen Dollar! So viel wird unsere ganze Brücke nicht kosten. Ich möchte nicht wissen, wie viele Gauner sich an diesem Justizpalast bereichert haben! Tweed war nur die Spitze des Eisbergs«, sagte Washington verbittert.

»Komm, es hat keinen Zweck, sich darüber aufzuregen. Davon kriegst du nur Kopfweh.«

»Du hast recht, wie immer«, gab Washington zu. »Es ist nur so: Wenn ich daran denke, wie Tweed die Brücke fast vereitelt hätte, dann geht's mir an die Nieren.«

»Damals lief ohne William Marcy Tweed überhaupt nichts,

zumindest nicht in New York«, sagte Emily. Sie wusste noch gut, wie unverständlich ihr das alles damals vorgekommen war. »Henry zog ihn nur hinein, weil ihm nichts anderes übrig blieb.«
»Das stimmt«, räumte Wash ein. »Die Geschichte mit der Anleihe wäre sonst nie vom Ausschuss abgesegnet worden. Es regt mich immer noch auf, dass Bill damals mit einem Sack voll Geld über den Fluss fahren musste, um das Einverständnis der Stadträte zu erkaufen.« Bei dem Gedanken daran hätte Wash am liebsten ausgespuckt.
Emily, die in mancher Hinsicht praktischer dachte als ihr Mann, lächelte nur und sagte: »Es war keine schlechte Investition. Sie hat Bill Kingsley im Laufe der Jahre hübsche Dividenden eingebracht. Wie man's auch nimmt, sechzigtausend Dollar ist eine Menge Geld. Es war für alle ein gutes Geschäft.« Beide wussten, dass es mehr als nur ein »gutes Geschäft« gewesen war. Als Generalunternehmer hatte sich Kingsley an der Brücke eine goldene Nase verdient.
Wash brummte: »Tweed hat genauso profitiert, zumindest eine Zeit lang. Er saß da in unserem Vorstand wie ein dreihundert Pfund schwerer Blutegel und wartete auf die Gelegenheit, unsere Brücke auszusaugen.« Verächtlich schüttelte Roebling den Kopf.
»Also, den sind wir jetzt los, Gott sei Dank!« Damit drückte Emily die Meinung beider aus.
»Da hast du ganz recht, Em«, sagte er und lachte auf. »Übrigens, ich muss noch Briefe an Martin und Hildenbrand fertig machen – wegen der technischen Daten zum Unterbau für die Bahngleise, wegen der Platzierung der Lichtmasten und wegen noch ein paar Dingen.«
Emily sah ihren Mann etwas verärgert an. »Wash, die Brücke ist so gut wie fertig, und es ist halb drei am Nachmittag.« Es kam selten vor, dass Emily ihrem Mann eine Bitte abschlug, aber nach so vielen Jahren gemeinsamer Arbeit fiel es ihr diesmal

nicht schwer, nein zu sagen. »Die Briefe können sicher warten, und wenn ich hier noch eine einzige Minute länger herumtrödle, komme ich zu spät zu meiner Verabredung mit Mr. Saunders, dem Bibliothekar.« Als sie auf Wash zulief, raschelten ihre Röcke wie eine Frühlingsbrise in den Baumwipfeln. Sie hauchte ihm einen sanften Kuss auf die Stirn. »Ich bin bald wieder da. Mach dir keine Sorgen, wir machen die Briefe gleich morgen früh als Erstes fertig«, und mit einem entwaffnenden Lächeln fügte sie hinzu: »Ich kann sie dann selber hinbringen.«

Von seinem Platz am Schreibtisch lächelte Wash sie an. »Wie immer bist du sehr überzeugend. Bis du wieder zurückkommst, bin ich wahrscheinlich schon im Bett. Es war ein langer Tag. Vielleicht mache ich noch ein bisschen Musik. Könntest du Martha sagen, sie soll mir in einer Viertelstunde ein heißes Bad herrichten?«

Emily ging kurz in die Küche, um Martha den Auftrag zu erteilen. Sie zog die schwere Mahagoni-Haustür hinter sich zu, und als sie auf ihre Kutsche zuschritt, hörte sie sanfte Geigentöne aus dem Haus. Wash hatte erst vor kurzem angefangen, wieder auf seiner Violine zu spielen. Obwohl er noch etwas unsicher spielte, freute sie sich darüber. Vor Jahren hatte man ihn für einen guten Geiger gehalten, aber seit 1872 hatte die Violine in einer Ecke des Salons gestanden und geschwiegen. Fast elf Jahre lang. Mehr als einmal hatte sie sich vorgestellt, dass die Geige von ihrem Ruheplatz aus ihrem Mann etwas vorsang. Sie wusste, wie sehr es ihn schmerzte, wegen seiner Krankheit nicht spielen zu können. Ab und zu ölte er das Holz und strich sehnsüchtig mit der Hand über die Wölbung. Danach legte er die Geige immer sanft in den Kasten zurück.

Ihr wurde warm ums Herz, als sie die Geige hörte. Es ging ihm wieder besser, dessen war sie sich sicher. Die Caissonkrankheit hatte ihn nicht nur zum Krüppel gemacht, sondern unter dem Gewicht seiner Verantwortung als erster Ingenieur hatte sich sein Zustand noch verschlimmert und die Heilung verzögert.

Obwohl die Brücke fast fertig war, arbeitete Washington nach wie vor unablässig an jedem Detail der Konstruktion. Die ungeheuren Hürden, die sich bei der technischen Ausführung ergaben, die politischen Ränkespiele, die Korruption, die tragischen Vorkommnisse, die Betrügereien und die gerade noch abgewendeten Katastrophen, das war jetzt Vergangenheit. In dem Maße, in dem die von ihm konstruierten Kabel die Schwere der Brücke allmählich abfingen, verringerte sich nach und nach die Last der Verantwortung, die auf seinen Schultern ruhte. Es ging ihm wirklich besser. Emily lächelte vor sich hin, als die Kutsche anfuhr. Die Klänge der Violine folgten ihr, während sie die Columbia Heights hinunterrollte; sie wurden allmählich schwächer, so dass sie sich anstrengen musste, um sie über dem Getrappel der Pferdehufe zu vernehmen. Dann waren sie nicht mehr zu hören.

Kurz darauf hielt die Kutsche am neuen Landeplatz an. Das Terminal der Fulton-Fähre lag auf der Brooklyner Seite des Flusses direkt neben dem Brückenturm. Fünf verschiedene Schifffahrtslinien versorgten den Fährdienst. Alle wurden von der Union Ferry Company betrieben und fuhren von der South Street, der Fulton Street, der Wall Street, der Catherine Street und der Roosevelt Street ab. Am Fulton-Terminal herrschte das größte Gedränge. Dreizehn Fähren tuckerten bei Tag und bei Nacht über den East River hin und her. Es waren keine kleinen Schiffe: Sie maßen zwischen 150 und 170 Fuß, konnten jedes Mal Hunderte von Passagieren zusammen mit Kutschen und Fuhrwerken aufnehmen und reichten trotzdem nicht aus, um den Verkehr zu bewältigen. Emily kam es seltsam vor, dass die Schifffahrtsgesellschaft ihr neues Terminal ausgerechnet im Schatten der Brücke gebaut hatte. Vielleicht wusste man bei der Gesellschaft etwas, was den anderen Einwohnern der Stadt verborgen geblieben war. Einen neuen Kai zu bauen, mit einer großen Bronzestatue Robert Fultons über dem Eingangsportal, das sah nicht nach einer guten Investition aus. Sie beobachtete, wie die

Fähre »Winona« anlegte und die erste Schicht der Pendler entlud, die auf dem Heimweg von ihren Arbeitsplätzen in Manhattan waren. Bald würden sie den East River zu Fuß überqueren können. Sie selbst hatte das schon vor mehr als einem Jahr getan.

Alle Hängekabel waren damals schon befestigt, die Stahlträger für die Fahrbahntafel bereits installiert; es sah aus, als schwebe eine Leiter über dem Fluss. Ein Behelfssteg aus Holzplanken, fünf Fuß breit, war für die Dauer der Brückenarbeiten gebaut worden. Eine feierliche Begehung mit den Bürgermeistern von Brooklyn und New York, den Kuratoriumsmitgliedern und noch ein paar Gästen hatte damals stattgefunden. Es war natürlich eine große Ehre, dabei zu sein. Obwohl seit ihrer Einrichtung viele Menschen die Behelfsbrücke benutzt hatten, galt Emily als die erste Frau, die ganz offiziell den East River zu Fuß überqueren durfte.

Dieser Steg hatte sich zu einer touristischen Sehenswürdigkeit entwickelt. Er wurde noch vor der Installation der Stahlträger für die Straße aufgehängt, und sein Verlauf beschrieb den gleichen Bogen wie die Tragkabel, an denen er hing. Der Steg sollte den Taklern Zutritt zu den verschiedenen Plattformen verschaffen, von denen aus sie die senkrechten Tragseile und die Stahlträger befestigten. Emily war der Steg vertraut, da sie die Bauanweisungen ihres Mannes an Martin und Hildenbrand persönlich weitergegeben hatte. Der Steg verlief auf einer viel höheren Ebene als die Straße. Im Jahre 1877, an George Washingtons Geburtstag, benutzte Charles C. Martin, der zweite Ingenieur und Roeblings Stellvertreter, zusammen mit seinen Töchtern den Steg zur Überquerung des East River. Es stand in den Zeitungen unter der Überschrift »Beauty and the Bridge«, die Schönen und die Brücke. Emily hielt Martin für verrückt, weil er seine Töchter auf dieses wacklige Ding mitgenommen hatte. Sie hatte schon Männer gesehen, die zitternd und mit aschfahlem Gesicht ans Ufer zurückkamen; ihre Hände bluteten, so fest hatten sie sich an das Seil geklammert, das als Geländer diente. Aber auch Normalbürger hatten die Gelegenheit, den Steg zu benutzen: Martin erzählte Emily einmal, er habe den ganzen Vormittag damit verbracht, für die Todesmutigen, die hinüberwollten, Passierscheine auszustellen.

Emilys feierliche Begehung fand an einem herrlichen Dezembertag statt. Sie hatte sich mit E. F. Farrington, dem ersten Mechaniker, am Fuß des Brooklyner Brückenturms verabredet. Emily erinnerte sich noch gut an den schwindelerregenden Aufstieg über die Wendeltreppe, die an der Mauer des Turms entlang bis zur Spitze hinaufführte. Freudig erregt, außer Atem erreichten sie die Ebene der Fahrbahntafel. Nach einigen Minuten schlossen sich ihnen der Bürgermeister von Brooklyn, Howell, der neue Bürgermeister von New York, William Grace, und eine Delegation des Brückenkuratoriums an. Man schüttelte sich die Hand, man beglückwünschte sich, aber für Emily war das nicht der wichtigste Eindruck gewesen.

Heute, rückblickend, dachte sie hauptsächlich an die Möwen, die ihre Kreise zogen, sich im Sturzflug fallen ließen und über das blaugrüne, weiß aufschäumende Wasser segelten und deren schrille Schreie damals ihre Gespräche begleiteten. Sie waren überall, sie schwebten über den Türmen, sie schossen an ihr vorbei in die Tiefe. Ihre schneeweißen, messerscharfen Schwingen tanzten im Wind. Mit mühelosen Flügelschlägen ruderten sie durch die Luft. Emily kam sich selbst wie ein Vogel vor. Der Wind summte durch die Kabel. Sie konnte sie buchstäblich zittern sehen. Ihr leises Summen war die Musik der Brücke, und die Schreie der Möwen bildeten den Refrain. Die Stadt, von der Battery bis nach Harlem, erstreckte sich vor ihren Augen. Im Westen sah sie den Hudson und Bedloe's Island, wo später die Freiheitsstatue stehen sollte. Die Fähren fuhren unter der Brücke hin und her, und aus ihren hohen Schornsteinen qualmte schwarzer Rauch. Segelboote aller Art durchpflügten das kabbelige Wasser, ihre Segel leuchteten grellweiß und bauschten sich im Wind. Ein großartiges Bild. Für Emily, die bisher nie höher gestiegen war als bis zum fünften Stockwerk eines Hauses, war es eine Offenbarung.

Ihr schwindelte, und ein bisschen Angst hatte sie auch. Die Lücken zwischen den Stahlträgern unter dem Steg waren wie tiefe Höhlen. Emily kam es vor, als sei jede Ritze im Steg ein gähnendes Loch, so groß, dass man hineinfallen könnte. Die Bretter knarzten, die Seile bewegten sich im Wind. Die Kabel sangen. Die Möwen riefen, krächzend und klagend. Als sie die Mitte des Stegs erreichten, blieben sie stehen, um einem Klipper zuzusehen, der geräuschlos unter ihnen hinzog und dessen hohe Masten die Fahrbahntafel zu berühren schienen. Emily beugte sich über ein Kabel, um das Schiff besser sehen zu können. Matrosen winkten ihr zu, und sie winkte zurück. Es kam ihr vor, als könnte sie das Takelwerk berühren. Von ihrer Begeisterung mitgerissen, beugte sie sich noch weiter über das dicke Kabel vor und ließ ihre Füße über den Planken baumeln. Sie erinnerte sich noch genau, dass Bürgermeister Howell und Farrington sie halb belustigt, halb erstaunt betrachtet hatten. Emily störte sich nicht daran. Bald hatte sie sich wieder gefasst, war wieder ganz Dame, aber der verzückte Blick verschwand nicht aus ihrem Gesicht. Sie wandte den Blick zurück nach Brooklyn Heights und suchte das Fenster ihres rotbraunen Sandsteinhauses. Sie wusste, dass Wash mit dem Teleskop dastand und ihnen zusah. Sie wandte den ganzen Körper dem Haus zu. Aufrecht und in ihrer ganzen Größe stand sie da, der Wind fuhr ihr durchs Haar und zerrte an ihrem Kleid. Emily erinnerte sich daran, wie sie damals einen langen Augenblick reglos, in sich versunken stehen blieb. Unverwandt sah sie auf das Fenster, und mit der Kraft ihres Willens schickte sie ihre Gedanken über den offenen Raum, der an jenem windigen Dezembertag zwischen ihnen lag.

»Jetzt sehe ich es, Liebster. Jetzt verstehe ich!«

Als sie nun, während sie auf die Fähre wartete, darüber nachdachte, wurde ihr bewusst, dass diese Begehung eines ihrer nachhaltigsten Erlebnisse gewesen war. Die Erinnerung daran war so deutlich, als hätte sich das Erlebte für immer in ihr Gedächtnis eingebrannt. Damals kam es ihr vor, als sei sie ganz allein – allein mit Wash. Sie musste ihn wissen lassen, dass sie noch nie zuvor die Brücke wirklich gesehen hatte, noch nie das Großartige an der Vision so vollkommen erkannt hatte. Von Anfang an, noch bevor der erste Stein gesetzt oder das erste Kabel gespannt worden war, hatte die Vision, vollständig ausgebildet, in ihm gelebt. Erst als sie auf dem windumtosten Steg mitten im Fluss stand, begriff sie, was er schon immer gesehen hatte. Es erfüllte sie mit Staunen. Emily erlebte jetzt konkret, was Washington nur in der Vorstellung gesehen hatte. Jetzt befand sie sich in seinem Traum, jetzt lebte sie seine Vision. Mit der Kraft ihres Willens war sie bei ihm. Die Möwen schwebten und schrien.

Das Knirschen und Knarren der Fähre, die sich an den Bohlen des Kais auf der New Yorker Seite entlangschob, weckte sie aus ihrer Träumerei. Das Holz stöhnte und ächzte, als der Kapitän die Dampfmaschine hochjagte, um die »Winona« an den Steg zu drücken. Der gewölbte Bug des Schiffes rutschte an den geteerten Eichenplanken entlang. Emily machte es sich im samtenen Inneren der Kutsche bequem und kehrte zu jenem Dezembertag zurück. Sie hatten eisgekühlten Champagner getrunken, der ihnen auf der New Yorker Brückenseite serviert wurde. Sie tranken auf die Brücke, auf Wash und auf viele andere Dinge, an die sie sich nicht mehr erinnerte. Ganz zum Schluss sagte Farrington schlicht: »Meine Herren, auf das Wohl von Emily Roebling.«

Emily wusste noch, wie Bill Kingsley, der Generalunternehmer, seine Champagnerflöte erhob und sagte: »In der Tat, eine ganz große Dame.«

Alle Anwesenden nahmen diesen Ruf auf; einige brachten sogar einen zweiten Toast auf sie aus. Die Komplimente ließen sie erröten, aber im Grunde ihres Herzens wusste sie, dass sie sie verdiente.

Später sagte Farrington zu ihr: »Sie wissen doch, ich bin kein großer Redner. Ich hätte viel mehr reden und dabei viel weniger sagen können – Sie verstehen schon, was ich meine. Wir alle wissen, was Sie getan haben und was Sie für unser Projekt bedeuten. Wir stehen in Ihrer Schuld, Mrs. Roebling. Ich kann es nicht deutlicher ausdrücken.«

Nachher war sie eilig nach Hause zu Washington zurückgekehrt. Er hatte in seinem Arbeitszimmer auf sie gewartet.

»Ich habe dir zugesehen, Em«, hatte er langsam gesagt. Sie wusste noch, wie sie ihm ihre Empfindungen mitteilen wollte, wie sie ihm sagen wollte, dass es ganz anders gewesen war, als sie erwartet hatte. Sie wusste nicht mehr, wie sie ihre Gefühle beschrieben hatte, sie wusste nur, wie unzulänglich ihre Worte gewesen waren. Wie im Traum sah sie wieder die Sonne des späten Nachmittags, die sanft glühende Strähnen durch den Raum warf. Träge Staubpartikel wirbelten und funkelten wie Glühwürmchen, als Wash sie in die Arme nahm. Schimmernd gelb und orangefarben umrahmte die untergehende Dezembersonne die Silhouette New Yorks, und die gotischen Türme der Brücke loderten. Die Kabel waren leuchtende Taue, sie glühten wie geschmolzenes Eisen. Sie hatten sich nicht die Mühe gemacht, die Vorhänge zuzuziehen; es war ihnen nicht wichtig. Außerhalb des Zimmers existierte nichts mehr, nicht einmal die Brücke. Es war für beide eine lange Zeit gewesen. Sie kannten einander so gut, waren miteinander so vertraut, aber trotzdem war jetzt alles so frisch wie der Neuschnee um Mitternacht. An jenem Tag wurden in die Kabel, die sie verbanden, neue Drähte des Verstehens hineingeflochten. In jenem kleinen Arbeitszimmer im zweiten Stock des Hauses Columbia Heights 110 erneuerten sie ihren Bund.

Jetzt, als sie sich in ihrer Kutsche zurücklehnte, spürte Emily wieder die Glut jenes Nachmittags. Sie dachte daran, wie sie nachher nebeneinander dagelegen hatten, während der Schweiß auf ihrer Haut langsam abkühlte. Sie sahen zu, wie die Turmspitze der Trinity Church die untergehende Sonne durchstach und sie langsam aufspaltete, während sie in den Canyons der Großstadt versank.

Damals fragte sie ihn: »Würdest du es noch einmal tun, jetzt, wo du weißt, was alles auf dich zukommt? Die Brücke bauen, meine ich?«

Ihr Mann hatte lange die Decke angestarrt, als suchte er dort nach einer Antwort. Emily hatte schweigend abgewartet: Sie wusste die Antwort schon.

»Ja«, sagte er nur. Das genügte.

Eigentlich war es unglaublich: Ein Mann sagte, es sei ihm wert, zehn Jahre der Schmerzen und der Invalidität auf sich zu nehmen, damit er sein Werk vollenden konnte. Deutlicher als je zuvor begriff sie die Einmaligkeit seiner Leistung, ein Monument wie die Brooklyn Bridge zu erschaffen. Es war ein Lebenswerk. Es war ein Luftschloss des Industriezeitalters ... ein Denkmal. Sie lebten in einem Zeitalter, in dem Ingenieure wie Wash die Männer der Stunde waren. Sie und ihre Schöpfungen wurden gepriesen, geehrt und bestaunt wie nie zuvor. Alles änderte sich schnell, während die Erfinder und Ingenieure miteinander im Wettstreit lagen, um Dinge wie das elektrische Licht, das Telefon und das Automobil zu erfinden. Aber anders als diese Dinge, die, kaum erfunden, sich schnell wieder veränderten, würde die Brücke alles überdauern. Millionen würden sie überqueren, sie benutzen, sie bewundern und sich beim Sonntagsspaziergang am Ufer einfach ihres Anblicks erfreuen. Kaum ein Mann unter Millionen erhielt die Chance, etwas Vergleichbares zu bauen, aber Washington Roebling hatte genau das getan – sie beide hatten es getan. Das war ein Opfer wert.

Emilys Kutsche hielt am Lafayette Place vor der Astor Library. Sie unterbrach ihre Tagträume und blickte aus dem Fenster, während Hughes, der gleichzeitig Butler und Kutscher war, die Bremse anzog und vom Kutschbock herunterstieg. Dieser Teil der Stadt war einmal schick gewesen. In La Grange Terrace, der

Häuserreihe auf der gegenüberliegenden Straßenseite, hatte Walt Whitman gewohnt. Aber das war einige Zeit her, und die Straße, wenn auch noch immer eine gute Adresse, war nicht mehr die Heimat der Wohlhabenden und der Berühmten. Diese Leute waren weiter nach Norden gezogen. Anscheinend wollten jetzt alle am Central Park wohnen.

Hughes öffnete die Tür der Kutsche, und Emily stieg hinunter auf den Gehsteig aus blauen Schieferplatten, der vor dem neuen Nordflügel der Bibliothek lag. Einen Augenblick blieb sie stehen, um die elegante rötlich braune Sandsteinfassade im italienischen Stil zu betrachten. Es roch immer noch ein wenig nach frischem Holz und Zement. Erst vor wenigen Monaten war der Nordflügel fertig gestellt worden.

Etwas hinter ihr in der Straße erregte Emilys Aufmerksamkeit. Wenn sie später daran dachte, konnte sie sich nie genau erinnern, weshalb sie sich umdrehte, um die lange Reihe der mit Säulen geschmückten Stadthäuser auf der anderen Seite des Lafayette Place zu betrachten. Diese Gebäude hatte sie schon früher bewundert. In ihrem neogriechischen Stil sahen sie so ganz anders aus als die meisten neuen Bauten, sie waren klassisch, zeitlos. Angeblich hatten Sträflinge von Sing Sing die Maurerarbeiten ausgeführt, aber das lag schon fünfzig Jahre zurück. Die meisten Häuser waren inzwischen in Wohnungen aufgeteilt worden.

Aus irgendeinem Grund fiel ihr ein großer, breitschultriger Mann mit einem beeindruckenden Schnurrbart auf. Vielleicht lag es an seiner Art zu gehen – sie wusste es nicht genau. Mit großen, federnden Schritten ging er auf eine Haustür an der Grange Terrace zu. Sie beobachtete ihn. Sein Gang hatte nichts Großtuerisches an sich, er wirkte lässig, wie ein Mann, der sich in seiner Haut wohl fühlt. Er zog den Hut vor einer Frau, die eben das Haus verließ. Emily gefiel die Art, wie er es tat, und besonders sein kurzes Lächeln, das sein ganzes Gesicht erhellte. Sie fragte sich, wer das wohl sei. Er betrat die erste Stufe unter dem

Vordach, dann zögerte er, blieb stehen und drehte sich nach ihr um. Überrascht stellte sie fest, dass sie den großen Fremden über die Straße hinweg angestarrt hatte. Fremde Männer anzustarren gehörte keineswegs zu ihren Gewohnheiten. Immerhin war er ein schöner Mann, stellte sie fest, als sie ihren Rock anhob, um die Treppe zur Bibliothek hinaufzugehen. Es reizte sie, noch einen Blick zu riskieren, bevor sie die Bibliothek betrat. Zu ihrem Erstaunen schaute ihr der Mann immer noch nach, und die Andeutung eines Lächelns lag auf seinen Zügen. Sie konnte nicht anders, sie musste einfach zurücklächeln. Gott sei Dank hatte Hughes nichts bemerkt. Dabei ertappt zu werden, wenn man wie ein Straßenmädchen einen Mann anstarrte – das war schon peinlich genug. Sie musste sich aber gestehen, dass es ihr gefiel. Er sah sie auf eine Weise an, die sie schon lange nicht mehr erlebt hatte. Sie hatte das Gefühl, dass sie einander schon einmal begegnet waren. Seltsam, wie der Blick eines fremden Mannes über die Straße hinweg so etwas auslösen konnte.

Leichtfüßig betrat sie die große Eingangshalle der Bibliothek. Sie ging die Treppe hinauf in den ersten Stock. Seit sie angefangen hatte, Wash bei seiner Arbeit zu helfen, verbrachte sie fast ihre ganze Zeit in der Gesellschaft von Männern. Tag für Tag war sie auf der Baustelle, die einzige Frau in einer Männerwelt. Emily war sich der Einmaligkeit ihrer Situation bewusst. Dass sie in einer Welt, in der die Männer das Sagen hatten, als gleichwertig behandelt wurde, war in der Tat außergewöhnlich. Sie erinnerte sich daran, wie sie anfangs die Blicke der Männer gespürt und wie unsicher sie sich gefühlt hatte. Manchmal hatten die Arbeiter sogar ihre Tätigkeit unterbrochen, um sie anzustarren, während sie aus der Kutsche stieg. Gelegentlich hatte sie das Gefühl, dass diese Blicke etwas ungehörig seien. Sie hatte sich aber daran gewöhnt – und nicht nur daran. Von fremden Männern angestarrt zu werden war also gar nicht so ungewöhnlich für sie. Aber trotzdem …

Tom öffnete die Tür seiner Wohnung. Die Angeln knarrten auf eine anheimelnd vertraute Weise. Er wusste, dass er sie eigentlich schmieren sollte, aber das Knarren war für ihn ein Willkommensgruß, und außerdem fand er nie die Zeit, sie zu ölen. Er ging in die Küche und setzte die kleine Einkaufstasche auf dem Tisch neben der Spüle ab. Toms zwei Katzen, Grant und Lee, trabten auf ihn zu mit einem Eifer, den sie sonst nur für ihre Balgereien und für die Mäusejagd entfalteten. Lee rieb sich an Toms Bein, wölbte ihren Rücken und reckte den Schwanz in die Höhe. Sie schnurrte, als hielte sie ihn für einen längst verloren geglaubten Freier. Grants Annäherungsversuche waren direkter; er machte einen Satz auf den Tisch und miaute so mitleiderregend, als sei er seit Wochen nicht mehr gefüttert worden. Tom streichelte Grant am Nacken und kitzelte ihn hinter den Ohren. Genießerisch schloss der große Kater die Augen. Toms Gedanken kehrten zu der Frau zurück, die er auf der anderen Straßenseite gesehen hatte.
Doch bald erinnerte ihn Grant an seine wirkliche Lebensaufgabe, nämlich, ihn zu füttern. In einem Frontalangriff attackierte er die braune Tüte, die Tom auf dem Tisch abgelegt hatte, und knabberte zielbewusst an dem Packpapier. Tom nahm ihm die Tüte weg und tat den Inhalt, das Hühnerklein, in eine Schüssel. Grant hatte ein schwarz-weißes Fell, und sein weißes Gesicht mit schwarzem Kinn und schwarzem Hals wirkte, als trüge er einen Bart. Lees graues Fell, mit den zimtfarbenen und schwarzen Streifen, erinnerte Tom an die Uniform der Confederate Army. Zu beiden Seiten des Nackens stand ihr Haar wie eine Mähne von ihr ab; ihren schönen, flauschigen, gestreiften Schwanz pflegte sie beim Schlafen über ihr Gesicht zu drapieren.
Eigentlich hielt sich Tom nicht für einen besonderen Katzenliebhaber. Auf seine Weise aber liebte er Grant und Lee. Das musste er schon, in Anbetracht der vielen Katzenkinder, für die er im Laufe der Jahre eine Bleibe hatte suchen müssen. Die

Katzen liebten ihn ganz sicher – oder vielleicht auch nur das Hühnerklein, das er ihnen regelmäßig in der kleinen braunen Tüte mitbrachte. Aber im Grunde wusste er, dass das ihre Zuneigung nur zum Teil erklärte, und die zeigte ihm jedes Tier auf seine spezielle Weise. Grant würde sich nie dazu herablassen, sich wie Lee auf Toms Bett zusammenzurollen. Vermutlich war das in Grants Augen eines Katers nicht würdig. Grants Lieblingsplatz war Toms Schoß, und darauf machte er sich mit Vorliebe breit, während Tom beim Lesen im Sessel saß. Zur Zeit war Tom dabei, sich nach und nach die Klassiker vorzunehmen – er hatte ein schlechtes Gewissen, weil er in letzter Zeit so wenig gelesen hatte. Sein Bücherbestand war eher dürftig, aber allmählich wuchs er. Am liebsten las er Dickens, auch Mark Twains Erzählungen gefielen ihm gut. Außerdem besaß er eine wachsende Sammlung von Autobiografien und Memoiren der wichtigen Kommandeure aus dem Bürgerkrieg. Da er selbst gedient hatte, interessierte er sich dafür, wie die Generäle die Ereignisse beurteilten, an denen er selbst teilgenommen hatte. Es erstaunte ihn immer wieder, wie unterschiedlich ihre Erinnerungen ausfielen. Heute aber hatte er sich Dickens' *Eine Geschichte aus zwei Städten* vorgenommen.

Der große rote Sessel neben dem Fenster zur Straße war Grants Lieblingsplatz. Kaum hatte Tom sein Buch aufgeschlagen, da hatte es sich Grant schon bequem gemacht. Lee dagegen wärmte ihm jede Nacht das Bett. Sie schob sich in seine Kniebeuge, knetete ihn wie ein aufgeschütteltes Kissen, und wenn sie ihn endlich nach ihren Wünschen arrangiert hatte, schnurrte sie ihn und sich selbst in den Schlaf. So mancher von Toms Freundinnen hatte das nicht gepasst. Kurioserweise kam es selten vor, dass solche Freundinnen wieder eingeladen wurden.

Tom stand kurz auf, um sich ein Sandwich mit kaltem Rinderbraten zu machen und eine Flasche Bier aus dem Eis zu holen. Er leerte das Wasser aus der Schale unter dem Eisblock, der schon ziemlich zusammengeschmolzen war. Dann ließ er sich erneut in den großen roten Sessel am Fenster nieder, und Grant schlenderte wieder auf ihn zu – diesmal etwas langsamer. Wahrscheinlich war er verärgert, weil ihn Tom so plötzlich aufgeschreckt hatte. Tom klopfte einladend auf seinen Oberschenkel.

»Komm nur rauf, alter Knabe.« Grant sprang hinauf. Fast hätte er Toms Bierglas umgeworfen. »Mach's dir nur endlich bequem, alter Störenfried. Aber wenn du auch nur einen Tropfen Bier verschüttest, ziehe ich dir das Fell ab.«

Langsam, schamlos um Aufmerksamkeit buhlend, grub Grant seine Klauen in Toms Oberschenkel. Tom wusste, dass er ihm den Hals kraulen sollte, aber für sein Sandwich brauchte er beide Hände. Grant sah ihn vorwurfsvoll an. Sobald das Sandwich mit einer Hand zu bewältigen war, gab Tom klein bei. Der Kater schloss die Augen, wölbte den Nacken und schnurrte selig. Tom schlug das Buch wieder auf und fing von neuem zu lesen an. Er nippte an seinem Bier, das nicht richtig kalt war. In den Pubs und Saloons wurde das Bier meistens lauwarm serviert, aber seitdem sich Tom eine Eisbox und tägliche Eislieferungen leisten konnte, hatte er sich angewöhnt, sein Clausen-Bier gekühlt zu trinken.

Nachdenklich sah er zum Fenster hinaus. Es dämmerte. Bald würde er eine Lampe anzünden müssen, aber vorläufig genoss er das Dämmerlicht. Draußen, vor der Bibliothek, hatte sich inzwischen eine Reihe von Kutschen angesammelt.

»Da drüben ist was los, Grant. Was hältst du davon, alter Kämpfer? Sieht aus wie eine Kuratoriumssitzung.« Grant gab keine Antwort. »Wahrscheinlich wollen ein paar alte Scheißer eine Veranstaltung gegen den Alkohol organisieren oder so einen Blödsinn. Also, mein Bier kriegen sie nicht. Ich verteidige die Festung der Trunkenheit bis zum letzten Atemzug.« Tom lächelte auf Grant herunter. »Bist du mit von der Partie? Mach das Maul auf, du nichtsnutziges Mistvieh! Willst du es zulassen, dass diese Zylinderträger uns das Bier klauen?« Grant döste weiter. »Ein bisschen Unterstützung von deiner Seite wäre nett.

Es ist das Recht eines jeden Mannes, sich so oft besinnungslos zu besaufen, wie er Lust hat. Solange er ihnen nicht auf die Schuhe pisst, sollen sie sich raushalten.« Tom lachte auf, als Grant ein Auge öffnete. »Ich danke dir für dein Bemühen, alter Knabe. Ich kann auf dich zählen, das habe ich gleich gewusst.«
Sanft floss die Nacht durch das hohe Fenster und malte den roten Sessel schwarz. Nach einer Weile, als die Wörter allmählich auf der Buchseite verschwammen, stand Tom auf und setzte Grant auf den Fußboden. Er suchte nach einem Streichholz, um die Öllampe anzuzünden, die von der Decke hing. Das Zimmer war in Gelb und Rot getaucht. Tom musste an Kartoffeln denken und an verdreckte, nackte Kinderfüße. Die Erinnerung an Mike Bucklin, an sein fröhliches, schmutziges Gesicht, ging ihm nicht aus dem Kopf; auch nicht Mrs. Bucklins Bitte. Für sich wollte sie nichts, auch nichts für ihren sterbenden Mann. Nur um eine Hoffnung für ihren Enkel hatte sie gebeten. In ihrem Leben war Hoffnung ein seltener Luxus geworden. Sie war dabei, in einem Meer des Kummers zu ertrinken, aber mit ihrer letzten Kraft hielt sie ihren Enkel über das schwarze Wasser in die Höhe. Tom hatte ihr sein Versprechen gegeben; halb hoffte er, er würde es nicht halten müssen. Aber ein Mann musste zu seinem Wort stehen.
Ein paar Minuten später schüttelte Tom diese Gedanken ab. Normalerweise aß er erst zu Abend, nachdem er seine Gymnastikübungen gemacht hatte. Diesmal aber hatte er vorher schon Hunger gehabt. Jetzt lagen ihm das Bier und das Sandwich schwer im Magen, und er kam sich träge und lustlos vor; trotzdem wollte er seinem Ritual treu bleiben. Fünf Minuten lang streckte er den Rücken, die Schultern, die Beine und die Arme, bis er die Wärme in den Muskeln spürte und lockerer wurde. Dann folgten fünf Minuten Freiübungen und ein paar Übungen mit dem Seil. Jetzt war er ein wenig ins Schwitzen gekommen. Die Katzen sahen ihm mit schläfrigen Augen zu. Er beneidete ihre Fähigkeit, den ganzen Tag lang herumzuliegen und sich

dann unvermittelt in hektische Betriebsamkeit zu stürzen. Die nächste halbe Stunde arbeitete er seinen ganzen Körper durch und trainierte jede Muskelgruppe mit je zwei Übungen.

Eine Zeit lang war Tom in die neue Turnhalle an der Fourth Street gegangen, um mit einigen der deutschen Cops des Polizeibezirks ein Konditionstraining zu machen. Das Gewichtheben hatte ihm Spaß gebracht, er hatte alles über die Muskeln erfahren und über die beste Methode, sie zu stärken. Ein alter deutscher Turnlehrer hatte ihn einem so strengen Training unterzogen, dass er nachher nur noch zitterte. Aber er hatte es gern getan, und er hatte gespürt, wie seine Muskeln fester wurden. Er war stark geworden. Kräfte hatte er schon immer besessen – als Junge konnte er schon die Arbeit eines erwachsenen Mannes verrichten. Das Gewichtheben mit den Deutschen hatte ihm eine neue Dimension gezeigt. Neun Monate nach seinem ersten Trainingsabend stellte er fest, dass er einer der Stärksten in der Turnhalle war, noch stärker als manche, die schon seit Jahren dabei gewesen waren. Als er in einen anderen Polizeibezirk versetzt wurde, kaufte er sich eigene Hanteln und machte allein weiter, so gut es ging. Da er das Konditionstraining beibehielt und gelegentlich auch mit Master Kwan trainierte, blieb er recht gut in Form. Tom hatte vor Jahren den alten Kwan dazu überredet, ihn als Schüler aufzunehmen. In Chinatown hatte er deswegen einiges Ansehen gewonnen. Während die meisten Polizisten es ablehnten, mit Chinesen auch nur zu reden, wollte Tom sogar etwas von ihnen lernen. Eigentlich tat er es aus praktischen Erwägungen. Tom war an allem interessiert, was ihm Überlegenheit verschaffen konnte. Zu seinem Beruf als Cop gehörte eine gute körperliche Verfassung. Und weil er gern trainierte, war er besser in Form als die meisten Kollegen.

Als Tom langsam die Hanteln nach oben drückte und sich dabei auf die Bewegung konzentrierte, musste er aus irgendeinem Grund an Mary denken. Sie hatte ihm einmal gesagt, wie gern sie ihm beim Training zusah. Es gefiel ihr ausgesprochen gut – und ihre gemeinsamen Anstrengungen, die darauf folgten, waren unvergesslich. Mary war eine erstaunliche Frau; er glaubte, dass er mehr an ihr hing als an jeder anderen seiner Freundinnen. Manchmal hatte er Mühe, sie zu verstehen. Sie gab ihm nach wie vor Rätsel auf, aber wenn es darum ging, sich bei einer Frau wohl zu fühlen, dann war Mary die Richtige. Sie war anders als die meisten, sie machte einem nichts vor. Wenn Mary jemanden mochte, dann zeigte sie es ganz deutlich. Sie hatte überhaupt keine Hemmungen, wenigstens nicht bei Tom. Er wusste, dass er Glück hatte. Auch seine Kollegen waren dieser Meinung.

Noch einmal die Übungen: Tom spürte, wie Deltamuskeln und Trizepse brannten. Langsam und vorsichtig senkte er die Gewichte. Mrs. Aurelio, die unter ihm wohnte, hatte es nicht gern, wenn sie ihr auf die Decke krachten. Er sah sich im Spiegel an. Könnte besser sein, dachte er sich. Durch das viele Bier hatte sich eine Fettschicht auf seinem Bauch abgelagert. Er hatte noch in Erinnerung, dass dort früher nichts als Muskeln zu sehen gewesen war. Wenigstens waren seine Schultern und Arme noch straff, und seine Kräfte hatten auch nicht nachgelassen. Sein Brustkorb war hoch und fest, und die Brustmuskeln, die er vor dem Spiegel anspannte, sahen beeindruckend aus.

»Was sagst du dazu, Grant, alter Knabe? Oder sag's besser nicht.« Er schaute den Kater drohend an. »Ich weiß, ich hab schon mal besser ausgesehen.« Grant hob nur schläfrig ein Augenlid. »Wenigstens könntest du mir widersprechen. Das ist doch nicht zu viel verlangt. Und so schlecht hat's Mary auch wieder nicht getroffen«, sagte er und klopfte sich auf den Bauch.

Vielleicht sollte er mit dem Bier ein bisschen kürzer treten.

Grant schloss die Augen und legte das Kinn auf die Pfoten.

»Also gut. Es wäre nicht schlecht, wenn ich ein paar Pfund abnehmen würde«, sagte er dem Spiegel. »Von jetzt an nicht mehr als zwei. Ein ganz schönes Opfer.« Von Grant kam kein Zeichen der Ermutigung.

Morgen würde er Captain Coffin aufsuchen müssen. Er bedauerte, dass er sich mit dem Captain eingelassen hatte, aber der hatte ihm immerhin einige Male bei Beförderungen geholfen. Coffin sorgte dafür, dass man oben auf die Liste gesetzt wurde, aber dafür verlangte er seinen Preis. Leider war es mit einer einmaligen Zahlung nicht abgetan, es kam noch einiges dazu. Tom fing eine neue Übung an, sein Bizeps schwoll auf und fühlte sich an wie ein Baseball. Er war praktisch der Gefangene Coffins, und es gab keinen Ausweg. Die Wiederholung der Übungen fiel ihm jetzt schwerer, die Grenze seiner Kräfte war fast erreicht. Der Schweiß lief ihm über die Stirn und in die Augen. Etwas zittrig, aber mit sich selbst recht zufrieden, legte er die Hanteln hin und ruhte aus. Die Abmachung mit Coffin war keine gute Lösung, und sie wurde mit der Zeit immer schwieriger. Besuche wie der von heute früh fielen jetzt immer häufiger an. Zwar erhielt Tom seinen Anteil, aber es passte ihm nicht, dass man einigen Unternehmen Schutz gewährte, die so dreckig waren, dass man besser die Finger davon lassen sollte. Das Problem war, dass der gute Captain für solche Unterscheidungen kein Verständnis zeigte. Jeder, der bereit war zu zahlen, erhielt seinen Schutz. Vielleicht konnte Tom, wenn er einmal Captain eines eigenen Bezirks war, die Spielregeln ändern. Eigentlich konnte Tom sich nicht beschweren. Er hatte es schließlich so gewollt: schnelle Beförderung, mehr Geld, einträglichere Aufgaben – und alles hatte er bekommen. Doch der Preis war hoch, und vielleicht war es an der Zeit, die Bezahlung einzustellen.

5. Kapitel

Denn die Nacht wird zum Tag und der Tag zur Nacht in diesen Brückencaissons, diesen Unterseeriesen, die schürfen und wühlen und graben und bohren und sprengen. Die Arbeit der Brückenbauer fließt pausenlos dahin; weder die Sonne am Mittag noch die schweigenden Sterne der Nacht können ihr Einhalt gebieten.

The Herald, 27. März 1883

Die Gegend um den Peck Slip und die Water Street war fast ausgestorben. Der hektische Verkehr um die Kais, der Lärm und das Gedränge der Fuhrwerke, die Rufe der Stauer und Fischhändler waren mit dem Anbruch des Abends verstummt. Nur wenige gingen auf den Straßen ihren nächtlichen Geschäften nach. Ein großer, knochiger Mann mit weit ausholenden Schritten schien es eilig zu haben. Seine Augen schweiften ununterbrochen hin und her und suchten die Straße in allen Richtungen ab. Einen Augenblick zögerte er vor der Tür des Hauses Water Street 247, sah sich noch einmal prüfend um und spähte in die Schatten. Aber nichts erregte seine Aufmerksamkeit. Er machte die Tür auf und schlüpfte ins Haus. Er stieg hinauf in den ersten Stock, wo ein blasser Schimmer die Glastür des Büros von Sangree & Co erhellte. Zweimal klopfte er leise an, dann einmal laut, dann wieder zweimal leise. Schritte kamen näher, dann wurde die Tür vorsichtig geöffnet.

»Tut mir leid, dass ich mich verspätet habe«, sagte er beiläufig beim Hineingehen. Seine Entschuldigung klang nicht überzeugend. Ein metallisches Klicken ließ ihn plötzlich stehen bleiben. Rechts, an die Wand des Flurs gepresst, stand ein kleiner blasser Mann und zielte mit einer Pistole auf seinen Kopf.

»'n Abend, Earl«, sagte er mit schneidend kalter Stimme.

»Jesus, Jacobs, tu das Ding weg. Wen zum Teufel hast du erwartet?«

Die Pistole senkte sich nur zögernd, als ob Jacobs ein Grund, ihn zu erschießen, durchaus gelegen gekommen wäre. Normalerweise brauchte Bart Jacobs nur selten einen Grund. Captain Thaddeus Sangree sagte kein Wort zu dem Neuankömmling, sondern bedeutete ihm nur weiterzugehen. Gemeinsam betraten sie das große Hinterzimmer und machten die Tür zu.

Captain Sangree war nicht ganz zufrieden – das hatte Earl vorausgesehen. Earl hatte getan, was er tun sollte, hatte den Auftrag auf seine Weise ausgeführt, und das war's eben. Im Grunde war ihm scheißegal, was der Captain davon hielt. Es war nun einmal geschehen. Trotzdem hielt er den Mund, denn das war immer die geschickteste Reaktion, wenn der Captain in Rage geriet.

»Du bist ein Soldat, und ich erwarte von dir, dass du dich wie ein Soldat verhältst«, sagte der Captain, nachdem sich Earl zu den anderen an den großen Tisch gesetzt hatte. Sangree sagte ihm das, ohne lange herumzureden. Die Anwesenden waren ohnehin alle einer Meinung. Earl wusste allerdings nicht genau, ob die Bemerkung des Captains sich auf sein Zuspätkommen bezog oder auf die Erledigung des Bucklin-Auftrags.

»Du hast möglicherweise unsere Mission gefährdet. Woher willst du wissen, dass dich niemand gesehen hat? Du hast ihn durch die Straßen gejagt, du Idiot! Earl, nach so vielen Jahren ...«, sagte er langsam und betonte jedes Wort. Der Captain musste den Satz nicht vollenden. Im Grunde war es besser so. Er hätte vielleicht sonst zu viel gesagt. Earl war ein wertvoller Mann.

Also fügte Thaddeus nur hinzu: »Hast du mich verstanden?«

Was dem Captain am meisten Sorge machte, war Earls offenkundiger Verstoß gegen die korrekte Vorgehensweise und gegen die Strategie. Es war das erste Zusammentreffen der Verschwörer seit dem Mord an Bucklin, ihre erste Gelegenheit, die Lage zu beurteilen und den möglichen Schaden einzudämmen. Dass Earl sich nicht die Mühe gemacht hatte, dem Captain Bericht zu erstatten, bis er ihn zufällig auf der Straße traf, hatte die Sache nur verschlimmert.

»Du solltest Bucklin verschwinden lassen so wie damals McDonald und ihn nicht einfach in einem Hinterhof ein paar Schritte von meinem Büro umlegen!«

»Ich verstehe schon, Captain«, erwiderte Earl und zog den Kopf ein.

»Verstehst du das wirklich?«, fragte Sangree skeptisch. »Ich bin nicht so sicher, Earl.« Mit erhobenem Zeigefinger fuhr er fort: »Wir haben lange und intensiv gearbeitet und können nicht zulassen, dass irgendeiner von uns – und dabei schließe ich mich nicht aus – unsere gemeinsame Sache zunichte macht. Alles hängt von unserem Vorgehen in den nächsten Monaten ab. Ich nehme an, ihr versteht mich alle?«, fragte er und fasste jeden Einzelnen ins Auge. »Jawohl, Sir.« Die Tischrunde nickte zustimmend. »Gut. Ich will nicht darauf herumreiten, also machen wir weiter. Earl, ich will von dir einen ausführlichen Bericht darüber, was mit Bucklin geschah. Und zwar vollständig, bis ins letzte Detail.«

Earl Lebeau war, wie er selbst zugab, kein großer Redner. Seine Ausdrucksweise war sparsam, er trug nicht viele Worte in seinem Marschgepäck. Er war über die vierte Schulklasse nicht hinausgekommen, und seine Kenntnisse im Lesen, Schreiben und Buchstabieren reichten gerade noch aus. Er war aber nicht dumm, und er besaß eine natürliche hinterwäldlerische Schläue, die ihm und der »Mission« im Laufe der Jahre gute Dienste geleistet hatte. Earl Lebeau war dünn wie eine Spitzhacke und genauso zäh.

»Also, Sir, ich habe Bucklin nicht aus den Augen gelassen, genau wie Sie gesagt haben. Ich bin ihm ein paarmal nach Hause gefolgt, ohne dass er's gemerkt hat. Ich habe nach einer Gelegenheit gesucht, wo ich auf ihn lauern kann. Ich wollte ihm die Kehle durchschneiden, wenn's möglich war.« Earl redete, als ob es sich um eine alltägliche Arbeit handelte. Er beschrieb, wie er Bucklin verfolgt oder vielmehr gejagt hatte. Jeden Tag schlich er Bucklin auf dem Heimweg von der Arbeit hinterher, beobachtete aus sicherer Entfernung sein Mietshaus, ging sogar bis zur Haustür und lungerte in den Fluren herum. Dort, wo Terrence sich relativ sicher fühlte, hoffte er ihn zu überraschen. Aber Bucklin war entweder sehr vorsichtig, oder er hatte großes Glück. Earl glaubte nicht an Glück.

»Ich kann Ihnen sagen, Captain, Bucklin hatte Angst. Er war anscheinend sehr vorsichtig.« Diese Tatsache nötigte Earl Lebeau eine gewisse Bewunderung ab. »Mir ist es vorgekommen, als ob er den Jungen zur Sicherheit mitnahm, wenn er zum Einkaufen gehen musste. In der letzten Woche hielt er sich immer an Stellen auf, wo viele Menschen waren, egal, ob er den Jungen dabeihatte oder nicht.« Lebeau hatte sich große Mühe gegeben, er hatte sich jedes Mal anders gekleidet, wenn er sich ins Haus schlich. »Ich hab mich als Bettler verkleidet und in diesem verschissenen Treppenhaus auf ihn gelauert. Ein richtiger Karnickelbau, voller verdammter Ausländer. Die Leute gehen Tag und Nacht rein und raus, ununterbrochen. Einmal wollte ich ihn im Scheißhaus erwischen, aber nicht einmal dort war er allein.« Seine Zuhörer lachten grimmig.

Der Captain schüttelte bedächtig den Kopf, die Verachtung und der Abscheu, die er gegen diese Yankee-Hauptstadt der Geldgier hegte, waren ihm anzusehen. »In dieser gottverdammten Stadt leben die Menschen wie die Tiere. Die meisten dieser

Schweineställe haben nicht einmal einen Abort. Die Straßen sind voller Bettler und Waisenkinder. Pferdescheiße und Abfall knöcheltief.« Der Ekel über den Dreck im Zentrum der Welt der Yankees ließ den Captain schaudern.

»Mein Gott, wie ich den Süden vermisse! Der Duft des Heus am Morgen, die blühenden Judasbäume, die schneeweiße Baumwolle im Wind, ein Kirchenchor am Sonntag. So sollen die Menschen nach Gottes Willen leben – und nicht so wie hier«, sagte er und deutete verächtlich zum Fenster hinaus. »Hier suhlen sie sich im Dreck, nur um den allmächtigen Dollar zu ergattern.« Der Captain sah nicht mehr das kleine Hinterzimmer, seine Augen sahen ein Land, an das er sich wie im Traum erinnerte. Die vielen Jahre in New York hatten den Süden seiner Träume in immer rosigere Töne getaucht.

»Der Allmächtige in seiner unermesslichen Weisheit hat unseren Armeen nicht den Sieg auf dem Schlachtfelde beschert, aber wir sind nichtsdestoweniger aufgerufen, seine Befehle auszuführen«, verkündete der Captain mit feierlicher Stimme. »Ebenso wie Booth berufen war, die falsche Schlange Lincoln zu erschlagen, so sind auch wir zu Großem berufen.« Wie ein guter Prediger fasste er die Anwesenden ins Auge und zwang ihnen seinen Willen auf. »Wir werden die Träume dieses Dreckskerls Roebling zu Staub zerfallen lassen.« Er hielt die offene Hand in die Höhe und schloss sie langsam zur Faust, als wollte er einen Stein zermalmen. »Wir müssen uns rächen für den Schmerz, den er uns damals zufügte. Damals konnten wir den Sieg fast mit Händen greifen, damals am Little Round Top.« Sangree hob wieder die Hand. »Und er schnappte ihn uns weg. Und jetzt wagt er es, von Brücken zu träumen.« Er schnaubte verächtlich und schüttelte den Kopf, als sei dieser Traum die übelste Beleidigung. »Wie leicht ist es doch, zu träumen und zu bauen, wenn man alles hat, worauf man bauen kann.« Thaddeus holte tief Atem, ein langsames, grimmiges Lächeln grub sich in sein Gesicht, und die Augen leuchteten auf. »Wir werden Colonel

Roebling zeigen, was es heißt, alles zu verlieren.« Die Männer blickten gebannt auf Sangrees Hände, als seine Gesten Roeblings Untergang beschrieben. »Diese Brücke ist sein ganzes Leben. Was bleibt ihm sonst, außer dem Körper eines Krüppels? Lasst uns den Traum zerstören, und damit zerstören wir auch diesen Mann.« Seine knochige Faust klatschte in die Handfläche wie eine Miniékugel, die auf Knochen trifft. »Dann wird er merken, was es heißt, alles zu verlieren.« Er erhob die Hände, spreizte die Finger und sagte feierlich: »So wahr mir Gott helfe!« Sangrees Augen waren schwarze Löcher, sein Mund war ein dünner Stacheldraht. Keiner sagte ein Wort. Wenn der Captain in dieser Stimmung war, war es angebracht, den Mund zu halten. Alle kannten ihn in diesem Zustand, und keiner von ihnen hätte jemals gewagt, ihm etwas entgegenzuhalten. Andere hatten in früheren Jahren eine Widerrede riskiert, aber das war diesen schlecht bekommen.

Doch trotz seines Eifers und seiner Rachsucht lebte in Sangree noch der Gentleman des Südens, oder zumindest eine Spur davon. »Ich bedaure nur, dass Mrs. Roebling darunter leiden wird. Sie scheint eine anständige Frau zu sein.« Er starrte zum Fenster hinaus in die Dunkelheit und flüsterte kopfschüttelnd: »Manchmal ernten die Anständigen das, was die Bösen gesät haben.« Blitzartig richtete er seine Augen, die in der Dämmerung des Raumes leuchteten, auf Lebeau.

»Hm ... jawohl, Captain, da haben Sie ganz recht.« Dann setzte Earl seine Beschreibung fort. Er erzählte, wie er endlich seine Chance gekommen sah. Er wollte weiterreden, bevor Sangree zu einer neuen Predigt anhob. Earl versuchte klarzustellen, wie vorsichtig Bucklin gewesen war und wie selten sich ihm eine Gelegenheit geboten hatte.

»Bucklin scheint wirklich vorsichtig gewesen zu sein, anders als unser Gefreiter Watkins. Viel Bier, wenig Hirn. Du solltest dich besser in Acht nehmen«, sagte der Captain sarkastisch. Simon Watkins' Adamsapfel bebte, als sich alle Augen auf ihn

richteten. Die Nacht war kühl, aber er schwitzte so, als herrsche in seiner Zimmerecke die größte Hitze. Dass er von Glück reden konnte, noch am Leben zu sein, das war ihm klar. Fast hätte seine lockere Zunge im Gespräch mit Bucklin alles vereitelt. Der Captain hatte seine besondere Methode, mit den Männern umzugehen, die ihn enttäuscht hatten. Watkins hatte es erlebt – hatte es auf Befehl des Captains sogar selbst ausgeführt. Im Jahre 1876, als Jack Cummins eines ihrer Vorhaben gefährdete, hatte ihn Sangree auf brutale Weise beseitigen lassen. Danach mussten er und Earl die Leiche im Ohio versenken. Es war kalt gewesen. Watkins erinnerte sich noch daran, wie Cummins durch das Eis gekracht war, als sie ihn vom Eisenbahnviadukt in den Fluss warfen. Watkins fror jetzt, obwohl er schweißgebadet war. Wenn er es fertig brachte, diesen Raum lebendig zu verlassen, müsste er einen Ausweg aus dem Schlamassel finden. Er überlegte krampfhaft.
»Gut«, sagte Earl, der seinen Freund aus der Schusslinie bringen wollte. »Also, als Bucklin auf den Friedhof in Brooklyn ging, dachte ich, das ist meine Chance. Auf dem Heimweg habe ich ihn erwischt. Ich hab ihm die Kanone in den Rücken gesteckt. Ich wollte ihn zwingen, mit mir auf die Brücke zu gehen, wo es niemand sehen konnte, und ihm dann einen kleinen Schubs geben – damit's wie Selbstmord aussieht. Er hat aber schnell reagiert, das muss ich ihm lassen. Er hat mir die Kanone aus der Hand geschlagen. Er hat sogar ein verdammtes Stahlrohr auf mich geschmissen – hat mir fast den Kopf abgeschlagen. Dann ist er losgelaufen wie eine gesengte Sau. Der konnte vielleicht rennen! Ich hab ihn über die Brücke gejagt und die Treppe runter. Ich hab ihn erst eingeholt, als er versucht hat, über das Hoftor zu klettern. Dabei ist er ausgerutscht. Dann hab ich ihn gefasst. Niemand hat's gesehen. Es war schließlich drei Uhr in der Nacht. Ich hab ihm eins auf die Birne gegeben, und er ist über das Tor geflogen. Dann bin ich ihm nachgestiegen und hab ihm den Rest gegeben. Tja, das war's.«

»Das mit dem Selbstmord hätte mir gefallen. Das war eine gute Idee«, bemerkte der Captain trocken. Die Versammelten feixten, auch Watkins, der sich den Schweiß von der Stirn wischte. Earl sah fragend in die Runde. »Sie machen sich nicht etwa über mich lustig, Captain? Es gefällt mir nicht, wenn sich jemand über mich lustig macht.« Seine Stimme klang ein wenig drohend. Die anderen horchten auf.

»Nein, Earl, ich habe mich nicht über dich lustig gemacht«, sagte der Captain ruhig und sah ihm in die Augen. »Mach bitte weiter.«

Earl schien diese Aufforderung ernst zu nehmen und fuhr fort. »Wie gesagt, ich hörte, wie ihm der Kopf geplatzt ist. Dann hab ich ein paar Kisten auf ihn draufgeschmissen, über das Tor gesehen, niemand war auf der Straße, dann bin ich drübergesprungen und weggelaufen. Ganz einfach. Und das war's denn.«

Der Captain bohrte noch einmal nach, versuchte Einzelheiten herauszubringen, wollte wissen, ob ihn möglicherweise doch jemand gesehen oder Verdacht geschöpft haben könnte.

»Sonst nichts?«, fragte der Captain zum letzten Mal.

»Nein, Sir.«

Der Captain nickte nachdenklich und schritt im Zimmer auf und ab. Dann blieb er plötzlich stehen und sagte: »Earl, ich möchte, dass du die Sache mit der Familie Bucklin noch weiterverfolgst. Wir können nach der Versammlung darüber reden. Ich habe eine Idee.« Earl nickte. »Wahrscheinlich hast du es so gut gemacht, wie es unter den gegebenen Umständen möglich war«, räumte Sangree ein. »Trotzdem, mir wäre es lieber gewesen, du hättest ihn auf die gleiche Weise aus dem Weg räumen können wie damals McDonald. Das war Maßarbeit.«

Auch Matt Emmons saß mit am Tisch, mit Earl, dem Captain und den anderen, aber er hörte nicht zu. Der Name McDonald erinnerte ihn an seinen ersten Arbeitstag an der Brücke. Sie hatten alle schon während des Krieges viel mit Brücken zu tun gehabt. Dutzende davon hatten sie in die Luft gesprengt, drei sogar noch nach dem Krieg. Das Eisenbahnviadukt von Ashtabula im Jahre 1876 war ein vergleichsweise leichter Job gewesen. Als sich das Viadukt unter einem Personenzug verbog, hatte es achtzig Yankees erwischt. Sie hatten zugesehen, während elf Waggons siebzig Fuß hinunter in den eisigen Fluss stürzten. Manchmal hörte Matt immer noch die Schreie.

Nachdem sie in Richmond in den Zeitungen vom Bau der Brooklyn Bridge gelesen hatten, überzeugte der Captain sie, dass sie die technischen Einzelheiten nur dann begreifen könnten, wenn sie als Brückenarbeiter anheuerten. Diese Mission sei eine ganz andere als die bisherigen, und es wäre sinnvoll, die Brücke gründlich kennen zu lernen.

»Wir werden unbeschränkten Zugang erhalten. Niemand wird uns kontrollieren. Eine ideale Lösung«, hatte er gesagt. Einer nach dem anderen hatten sie sich um eine Arbeitsstelle beworben. Einige wurden auf der Stelle angeheuert, einige mussten abwarten, bis es einen Platz bei einem bestimmten Trupp gab, aber nach einer Weile waren sie alle untergekommen. Ab September 1870 wurden Matt und Earl im Caisson des Brooklyner Brückenturms beschäftigt. Matt empfand seinen ersten Arbeitstag dort als einen der schlimmsten, vielleicht sogar den allerschlimmsten, seines Lebens. Auf den Caisson war er überhaupt nicht vorbereitet gewesen.

»Es ist genauso wie im Bergwerk«, hatte ihnen der Captain etwas unwirsch gesagt. Der Gedanke an diesen Ausspruch ließ Matt verbittert grinsen. Er riss sich zusammen, als er merkte, dass ihn der Captain ansah. Er spielte den aufmerksamen Zuhörer, aber als Sangree weiterredete, versank Matt wieder in seinen Tagtraum. Es lag zwar viele Jahre zurück, und nach einigen Tagen hatte er sich einigermaßen an die Arbeitsbedingungen gewöhnt, aber der erste Tag im Caisson war immer noch ein lebhaftes Bild in seiner Erinnerung. Earl dagegen hatte sich nicht weiter dazu geäußert, sich kaum beschwert, außer am allerersten Tag.

Ein Caisson war im Prinzip eine Taucherglocke, eine riesige

umgedrehte Kiste, in der ein Arbeitstrupp in relativer Sicherheit unter Wasser arbeiten konnte. Zunächst wurde der Caisson auf den Boden des Flusses hinuntergelassen, wo er – wie ein Trinkglas, das man umgestülpt ins Wasser stellt – so viel Wasser aufnahm, bis der Wasserdruck dem Luftdruck im Glas entsprach. Um das Wasser hinauszupressen, musste der Luftdruck gesteigert werden. Je tiefer der Caisson auf den Boden hinuntergelassen wurde, umso mehr musste der Luftdruck erhöht werden. Pressluft war die Lösung, und Pressluft wurde ständig hineingepumpt, um den Druck aufrechtzuerhalten, damit das Wasser nicht eindrang.

Die Caissons waren für den Brückenbau unabdingbar, denn auf ihnen sollten die steinernen Türme stehen. Man musste sie so weit hinunterlassen, bis sie vollkommen fest, am besten auf felsigem Boden, standen. Zu diesem Zweck hoben die Arbeiter innerhalb des Caissons nach und nach die Erde und die Steine aus und gruben Löcher, in die sie anschließend die Caissons weiter absenkten. Während dieser Arbeit wurden innerhalb der Caissons die Steine aufgeschichtet. Ein Caisson mochte eine große Taucherglocke sein, für die Arbeiter aber war er eine Gruft.

Matt wusste noch, wie er am ersten Tag durch eine Luke in die Schleusenkammer geklettert war. Er und Earl hatten durch die dicken gläsernen Bullaugen hinaufgeschaut in das geisterhafte Licht, das ihre letzte Verbindung zur Außenwelt darstellte. Die anderen Arbeiter sahen sie zweifelnd an. Das Scheppern der Klappe hallte von den Wänden ihres stählernen Sarges wider.

»Ihr seid also die Neuen«, grinste der Arbeiter an der Luftschleuse und zeigte seine Zahnlücken, während er an einem großen Ventil drehte. Die Pressluft quietschte und trieb ihnen feurige Nägel in die Ohren, die dann schmerzlich knackten, als der Druck gesteigert wurde. Matts Atem ging schnell und mühsam. Er glaubte von der Luft zerquetscht zu werden, als der Druck allmählich dem im Caisson unten angepasst wurde. Einer der anderen, ein gewisser Mike Lynch, war der Erste gewesen, der in

den Brooklyner Caisson hinuntergestiegen war. Als im März 1871 das Fundament vollendet wurde und der Caisson mit Gussbeton gefüllt wurde, war er der Letzte gewesen, der wieder nach oben stieg.
So schnell, wie er begonnen hatte, brach der Druckanstieg wieder ab, und die Bodenluke ging auf. Ein gähnendes schwarzes Loch erwartete sie. Im Caisson sah Matt ein unnatürliches Licht tanzen und flackern. Er spürte immer noch, wie sich ihm damals die Gedärme umdrehten, als er in das Loch am Boden des Flusses hinuntersah.
Immer noch war Captain Sangree dabei, unwichtige Details bekannt zu geben, die Matt nichts angingen und auch nicht interessierten. Man hatte die verdammten Pläne so oft durchgesprochen, dass er die Einzelheiten im Schlaf aufsagen konnte. Er döste weiter vor sich hin, versuchte aber gleichzeitig, Interesse zu heucheln.
Nach dem ersten Tag im Caisson meldete sich jeder Dritte nicht zur Arbeit zurück. Während er die Leiter hinunterkletterte, hatte er angefangen, ihre Gründe zu verstehen. Die hohe Luftfeuchtigkeit schlug ihnen in Wellen entgegen; sie ertranken förmlich darin. Die Hitze war fast unerträglich. Die Männer zogen sofort die Hemden aus. Unter dem unnatürlichen Luftdruck hatten sich ihre Stimmen verändert und waren schrill und blechern geworden. Matt musste grinsen, als er daran dachte, und er hielt die Hand vor den Mund, um sein Grinsen vor dem Captain zu verbergen.
»Nichts wie raus, Matt«, hatte Earl unvermittelt gesagt. Er hatte schon die Hand auf der Leiter, die zur Druckkammer hinaufführte, als ein gedämpfter Schlag über ihren Köpfen sie nach oben schauen ließ. Die schwere gusseiserne Luke war zugegangen.
»Hallo, ihr zwei Chorknaben, wo wollt ihr denn hin?« Matt hörte noch immer die Worte, als sei es erst gestern gewesen. So lernten sie Charles Young kennen. Sie sahen den großen Mann an. Seine breiten Schultern und sein Stiernacken verliehen ihm eine Präsenz, die nicht zu seiner dünnen Stimme passte.

»Wir sind neu«, hatte Earl gesagt und war wie ein ertappter Schulbub von einem Fuß auf den anderen getreten.

»Das merkt man gleich«, hatte Young lachend gesagt. »Ihr seht aus wie zwei Kanarienvögel in einem Keller voller Katzen. Wolltet ihr etwa da raufsteigen? Kann ich gut verstehen. Übrigens, ihr kriegt eure Männerstimmen wieder zurück, sobald ihr wieder oben seid. Es ist die Luft, die diese komischen Tricks anstellt. Hier unten kann man nicht einmal eine Kerze ausblasen. Dutzende haben es probiert, aber keiner hat's geschafft. Wenn eine Flamme einmal brennt, lässt sie sich nicht mehr löschen, also passt verdammt gut auf mit dem Feuer! Das ist die Regel Nummer eins. Ihr werdet auch großen Hunger kriegen, und das nicht nur von der Arbeit, also packt euch viel zu essen ein, sonst werdet ihr's bereuen.«

Captain Sangree hatte etwas gesagt, was Matt wieder aus seinen Tagträumen riss, und er nickte mit den anderen, als wüsste er, wovon die Rede gewesen war. Dann beschäftigten ihn wieder die eigenen Gedanken. Die Arbeit in den Caissons war für ihn und Earl eine einmalige Lebenserfahrung gewesen. Jetzt, wo das Ende des Brückenbaus in Sicht war, musste er immer öfter daran denken.

Seltsamerweise erinnerte sich Matt am deutlichsten an seinen knurrenden Magen, der wie ein verstopftes Abflussrohr gegurgelt hatte. Er hatte Krämpfe bekommen, die durch die Angst oder den Luftdruck oder durch beides verursacht wurden. Die ganze Zeit, während ihnen Young die Arbeit zeigte, knurrten ihm die Eingeweide.

Die erste Aufgabe bestand darin, Erde zum Bassin zu schaffen. Zwei Schaufelwannen befanden sich in großen quadratischen Schächten. Die mit Wasser gefüllten Schächte reichten von oben durch die Decke des Caissons bis zu dem mit Wasser gefüllten Bassin auf dem Boden. Der Druck des Wassers in den Schächten wurde durch den Luftdruck im Caisson ausgeglichen.

»In diesen Schächten sind die Schaufelwannen«, sagte Young.

»Ihr schmeißt die Erde und die Steine in das Bassin, und die Schaufelwanne schöpft alles heraus und leert es oben aus. Die gottverdammten Dinger bleiben dauernd stecken. Die meiste Zeit verbringen wir mit Reparieren.«
Einige Arbeitstrupps in der Kammer waren damit beschäftigt, den Boden an den unteren Rändern der Caissonwände auszuheben. Die Wände waren dort nur acht Zoll dick und ruhten auf einer gusseisernen Leiste, dem »Schuh«. Matt sah eine Gruppe Männer, die mit Brecheisen und Vorschlaghämmern einen Felsblock bearbeiteten, der unter dem Schuh klemmte. Die dröhnenden, hallenden Hämmer, der Schweiß, der den Männern über den Rücken lief, ihre ausgezehrten, schlammverschmierten Gesichter, der bittere Geruch von Teeröl und Pech, mit dem das Holz der Caissonwände getränkt war, die schrillen Flüche, das totenblasse Licht und die drückende Hitze – alles war in Matts Erinnerung noch gegenwärtig. Manche Felsblöcke, und es gab unendlich viele davon, konnten leicht zertrümmert werden, manche waren zu hart. In täglich zwei Schichten zu hundertzwölf Mann gelang es, den Caisson je Arbeitstag um ungefähr zwei Zoll abzusenken. Matt hörte noch, wie die schweren Balken stöhnten, knarzten und quietschten, während der dreitausend Tonnen schwere Caisson allmählich gesenkt wurde und die Granitschicht über ihnen mit jedem Tag höher wuchs. Der Brooklyner Caisson stieß in einer Tiefe von vierundvierzig Fuß und sechs Zoll unter der Hochwassermarke auf den festen Felsboden. Der New Yorker Caisson musste noch tiefer gesetzt werden.
Wenn er jetzt daran dachte, konnte Matt kaum glauben, dass er das alles bis zum Schluss durchgehalten hatte.
»Lieber Gott, worauf habe ich mich bloß eingelassen?«, hatte er leise vor sich hingesagt, als er nach der Schaufel griff. Also grub man und schwitzte und fragte sich, ob sich die Mühsal überhaupt lohnte. Nach zwanzig Minuten Schaufelarbeit waren seine Darmkrämpfe so schlimm geworden, dass er sie nicht

mehr ignorieren konnte. Matt war auf der Suche nach einer Latrine verzweifelt von Kammer zu Kammer gelaufen, bis er schließlich den Vorarbeiter fand.

»Du musst in eine Kammer gehen, in der gerade nicht gearbeitet wird. Hier unten gibt es kein Scheißhaus. Obwohl die Ingenieure angeblich irgendwann mal eins installieren wollen«, sagte er lachend. Matt fand schließlich eine leere Kammer, in der niemand arbeitete. Sie war ohne Licht und so schwarz wie das Herz eines Scharfrichters.

Er tastete sich an der Wand entlang und fuhr mit den Händen über das raue, geteerte Holz. Bald blieb er stehen und ließ die Hosen herunter. Er meinte, er müsste gleich sterben, also fing er an zu beten. Er betete lange und inbrünstig. Es kam ihm vor wie eine Ewigkeit, während er abwechselnd betete und schiss. Aber allmählich ging es vorüber, und er fing an zu glauben, dass seine Gebete erhört worden seien. Bis ihn die schreckliche Wahrheit wie ein Schlag traf: Er hatte kein Papier.

Wieder musste Matt sein Schmunzeln verbergen. Earl stieß ihn mit dem Fuß unter dem Tisch an, um ihn zur Aufmerksamkeit zu ermahnen. Immer noch redete der Captain, der ihnen jetzt den Rücken zuwandte, während er eine Skizze an der Wand erläuterte. Da Matt immer noch grinste und an seine verschissene Geschichte dachte, warf ihm Earl einen fragenden, vorwurfsvollen Blick zu.

Vielleicht war das ein Zeichen, hatte er damals gedacht. Vielleicht war das die Strafe Gottes. Der Captain mochte noch so viel von Gottes Willen faseln – vielleicht hatte er in Wirklichkeit keine blasse Ahnung davon. Vielleicht bedeutete diese unwürdige Situation, dass sich der Fleck auf seiner Seele niemals wegwaschen ließ. Vielleicht hatte er seine Seele dem Teufel verkauft, und dieser Teufel war der Captain. Er stellte sich vor, dass er in die Hölle kam, und diese Hölle war nichts anderes als der pechschwarze Caisson fünfundzwanzig Fuß unter dem Boden des East River.

Plötzlich segelte eine Seite aus *Harper's Magazine* aus der Dunkelheit auf ihn zu und landete zu seinen Füßen. Er konnte niemanden sehen und wollte schon rufen, als er eine Stimme hörte. »Dein erster Tag?« Überrascht stellte er fest, dass sie ganz aus der Nähe kam. »Du gewöhnst dich schon noch dran.« Ein kaum sichtbarer Schatten verschwand durch den Eingang in die nächste Kammer. Matt war sich nicht einmal sicher, ob er ihn wirklich gesehen hatte. Er rief ihm seinen Dank nach, aber eine Antwort blieb aus. Matt war sich ziemlich sicher, dass es nicht Gott gewesen war, der ihm eine Seite aus *Harper's Magazine* zuwarf, aber die Möglichkeit konnte er nicht völlig ausschließen.

Er und Earl hatten ihren ersten Tag im Fegefeuer überlebt, und ein paar Monate später hatten sie ein Feuer entfacht, das die Brücke um ein Haar zum Einsturz gebracht und Washington Roebling fast das Leben gekostet hätte. McDonald war der Mann gewesen, dem sie die Tat anhängten. Seine Leiche lag noch an der Stelle, an der sie ihn begraben hatten, irgendwo in den einsamen Sümpfen von Brooklyn.

Matt war ganz versunken in seinen Erinnerungen, als er den Captain leise sagen hörte: »Emmons? Wir halten dich doch nicht von etwas Wichtigem ab?«

»Äh … nein, nein, Sir«, stammelte Matt.

»Gut. Jetzt, da ich eure volle Aufmerksamkeit habe, wiederhole ich, dass dank Corporal Jacobs, der für uns freundlicherweise die Pläne, die genauen Angaben, die Bestellformulare, das offizielle Briefpapier und so weiter organisiert hat – dass jetzt fast sämtliche Informationen in unserer Hand sind.«

Jacobs setzte ein dünnes Lächeln auf und nickte kurz, während er über den Brillenrand hinwegschaute. Die Brille saß so weit vorn auf seiner Nase, dass sie ihm in den Schoß zu fallen drohte. Aber das gehörte zu seiner Erscheinung. Überhaupt wirkte er wie eine alte Lehrerin. Hinter seiner Brille, seiner Fliege und der Miene eines Schreiberlings steckte ein äußerst bösartiger kleiner Mann. Jacobs' schmale Gestalt und seine nur unscheinbare

Größe straften seine tatsächlichen Talente Lügen. Seine kleinen, schwarzen, starren Augen waren das einzige Fenster zu seinem Wesen. Gewöhnlich hielt man sie für die Augen eines Bürokraten. In Wirklichkeit ähnelten sie eher den Augen der spitzrückigen Wildschweine, die er in seiner Jugend in Ost-Texas gejagt hatte.

Während des ganzen Krieges hatte er nie einen Gefangenen gemacht. Earl hatte ihn einmal darauf angesprochen, als er sah, wie er einem verwundeten Sergeant der Unionstruppen das Bajonett in die Kehle stieß.

»Zeitverschwendung«, hatte Jacobs erklärt. »Man braucht Männer zur Bewachung, Wagen und Züge, um sie ins Lager zu schaffen, Essen, damit sie am Leben bleiben, und davon haben wir Südstaatler ohnehin viel zu wenig. Es ist eine Frage der Wirtschaftlichkeit.«

Bart Jacobs war vor dem Bürgerkrieg Bankangestellter gewesen. Trotzdem kannten ihn die meisten Kriegskameraden als blutdürstig jenseits aller Logik und Vernunft. »Kalt wie das Grab«, hatte ihn einmal jemand charakterisiert – als er außer Hörweite war. Earl war in ihrer kleinen Gruppe derjenige, der ihm am meisten ähnelte, aber Earl, obwohl kaltblütig, war nicht ganz unmenschlich, und gerade dieses letzte Wort passte auf Bart Jacobs wie ein maßgeschneiderter Sarg. Die anderen Männer nannten ihn Weasel. Tatsächlich sah er wegen seiner kleinen Gestalt und seines dünnlippigen Gesichtsausdrucks wie ein Wiesel aus. Außerdem hatte er die beunruhigende Gepflogenheit, dem Gegner an die Kehle zu fahren. Natürlich redete ihn niemand mit dem Spitznamen an, zumindest niemand, der eine gesunde Luftröhre behalten wollte.

Als unauffälliger kleiner Mann konnte Weasel im Gedränge besser untertauchen als jeder andere. Bei der Büroarbeit hatte er sich als sehr geschickt erwiesen und wurde deshalb von den Chefs im Direktionsbüro der Brückenbauverwaltung geschätzt. Er arbeitete gewissenhaft, machte viele Überstunden und hatte im Lauf der Jahre nach und nach fast alle wichtigen und unwichtigen Pläne gestohlen oder Kopien davon angefertigt. Weasel war sehr gründlich.

»Wie ihr wisst«, sagte der Captain, indem er Weasel ansah, »haben wir Duplikate verschiedener Bauelemente bei den gleichen Herstellern geordert, die die Bauteile für die Brücke liefern. Einige Stahlteile zum Beispiel erhielten wir sogar von Roeblings eigenem Stahlwerk in Trenton. Das bereitet mir eine besondere Genugtuung. Die Vorstellung, dass Roeblings eigene Firma zum Gelingen unserer Pläne beiträgt, ist eine beglückende Ironie des Schicksals.« Die Versammelten feixten.

»Unsere Brüder in Richmond haben uns die ganzen Jahre über vorbildlich unterstützt, indem sie mit großem Eifer die Bauteile testen, die wir ihnen schicken.« Die Männer tauschten bedeutungsvolle Blicke. Alle wussten, dass der Captain dunkle Hintermänner im Süden hatte, aber deren Namen waren nur ihm bekannt. Man vermutete den Ku-Klux-Klan.

Im Jahre 1871 hatte Nathan Bedford Forrest vor einem Kongressausschuss ausgesagt, er habe den Klan aufgelöst, was aber niemand glaubte. Forrest, der Gründer, der erste Grand Wizard, war unumstritten eine legendäre Gestalt. Im Laufe des Krieges waren ihm dreißig Pferde unter dem Sattel weggeschossen worden, und er selbst hatte einunddreißig Feinde im Einzelkampf getötet. Die Kämpfe, die unter seiner Führung stattfanden, gehörten in den Militärakademien der ganzen Welt inzwischen zum Pflichtstudium. Als er starb, nahmen 20 000 Trauergäste an seinem Begräbnis teil.

»Die Hilfe unserer Brüder in Richmond und der Ertrag aus meinem Baumwollgeschäft haben zur finanziellen Grundlage unserer Operationen beigetragen. Der Kauf, der Transport und die Tests der Bauteile waren sehr kostspielig. Nach Jacobs' Berechnungen haben wir bis dato über 110 000 Dollar ausgegeben.« Ein leiser Pfiff und erhobene Augenbrauen markierten die Reaktion auf diese Zahl. Für jemanden, der nicht mehr als vierzehn

Dollar in der Woche verdiente, waren 110 000 Dollar eine astronomische Summe. »Ist euch die Gerechtigkeit nicht so viel wert?«, fragte Thaddeus und drückte damit seine Empörung darüber aus, dass jemand diese Ausgabe für unangemessen halten könnte. »Meldet euch zu Wort! Wer von euch würde seinen Bruder billiger verkaufen? Emmons? Watkins?«

»Es ist halt ein Haufen Geld, Captain«, sagte Watkins besänftigend. Hätte er bloß nichts gesagt!

»Da hast du vollkommen unrecht, Watkins. Es ist nichts! Weniger als nichts! Wäge es einmal ab gegen ein Leben ... gegen dein Leben, zum Beispiel. Was ist dein Leben wert? Für dich, Watkins, ist es sicher unendlich, unermesslich viel mehr wert. Meinst du nicht?« Die Augen des Captains waren wieder kalt geworden, schienen Watkins zu durchbohren, der unter diesem Blick sichtlich schrumpfte. Die anderen Versammelten interessierten sich für ihre Hände oder für die Maserung im Eichenholz des Tisches und vermieden es, dem Captain in die Augen zu sehen. »Meinst du das nicht auch, Watkins?« Thaddeus bohrte weiter. Für die Vollendung seiner Mission war er persönlich bereit, jedes Opfer zu bringen, koste es, was es wolle.

»Das eigene Leben lässt sich nicht mit Geld aufwiegen«, sagte Watkins abwehrend. Der Ausdruck im Gesicht des Captains ließ ihn befürchten, Sangree könnte ihn an Ort und Stelle erschießen. In diesem Augenblick kam ihm eine Idee. Er fing an, darüber nachzudenken.

»Aber es fällt dir leichter, wenn es um andere geht?«, fragte Sangree spitz. Schweigen. Alle warteten darauf, dass der Sturm vorüberging.

»In Gettysburg allein gingen uns fünfhundertsiebenundneunzig Kameraden verloren, Gefallene, Verwundete, Vermisste. Es waren unsere Freunde. Sie hatten Familien und Kinder. Wer von uns trauert ihnen nicht nach, ihnen und den Hunderten, die auf den vielen anderen Schlachtfeldern gefallen sind? Also lass mich mit deinem Gerede von Geld in Ruhe!«, rief er aus. »Geld und die Gier nach Geld, das ist die Krankheit der Yankees. Sobald wir uns von dieser Gier anstecken lassen, sobald wir uns dadurch von unseren Zielen abbringen lassen, sind wir nicht besser als sie. Wir haben einem höheren Ruf zu folgen, einer edleren Sache zu dienen. Der Dollar darf hier keine Rolle spielen.«

Doch der Captain war nicht dumm. Auch wenn sein kleiner Trupp ein vorbildliches Engagement zeigte: Die Geduld, mit der sie bereit waren, für eine Sache zu arbeiten, die ihnen kein Geld in die Tasche brachte, war nicht unbegrenzt. Das war ihm klar. Schließlich kämpften sie nicht um ihre Heimat. Der Krieg war vorbei, und sie waren im Norden, wo der Wohlstand blühte, der Handel florierte, große Bauten und große Vermögen scheinbar über Nacht aus dem Boden gestampft wurden. Obwohl es mehr als genug Armut gab, zeigte sich der Fortschritt in vielversprechendem Glanz. Die grünen Dollarscheine pulsierten durch die Adern der Stadt.

»Aber der Lohn wird noch kommen, darauf könnt ihr euch verlassen«, sagte Thaddeus in sanfterem Ton. »Im Süden gibt es Menschen, die uns mit Gold überhäufen werden, wenn unsere Mission vollbracht ist. Seid versichert, Kameraden, es wird eine große Belohnung geben. Ich weiß, dass das die Wahrheit ist. Wir sind nicht die Einzigen, die mit dem Norden abrechnen wollen. Ein Reichtum, der unsere Vorstellungskraft übersteigt, wird uns zufließen, wenn alles vorbei ist. Außerdem wird unsere Investition in die Fährschifffahrtsgesellschaft reichlich Früchte tragen.« Der Captain setzte ein verschwörerisches Lächeln auf. Beim Gedanken an den großen Reichtum breitete sich ein Feixen über die Gesichter der Zuhörer aus. Bei einem von ihnen aber bestand das Lächeln nur aus einem grimmigen Zucken der Lippen. In den Augen dieses Mannes glomm kein Licht der frohen Erwartung. Niemand schien es zu bemerken.

Justice K. Lincoln kannte den Captain länger als jeder andere am Tisch. Er kannte ihn so gut, dass er es merkte, wenn Sangree besonders dick auftrug – vielleicht so dick, dass er selber daran glaubte. Jesus, sie würden doch von Glück reden können, wenn sie hier lebendig herauskämen! Für sich, glaubte er, sei der beste Ausweg, mit einem Dampfer nach Europa abzuhauen. Für einen Söldner wie ihn schien Deutschland ein günstiges Ziel zu sein. Die stolze Tradition des Militärs, die Reibereien zwischen den vielen deutschen Kleinstaaten, die ewigen Schwierigkeiten mit Frankreich, all das schien vielversprechend für einen wagemutigen Soldaten. Und falls es nicht klappte, gab es immer noch die Engländer. Sie hatten immer irgendwo eine Keilerei. Das Einzige, was er keinesfalls tun würde und auch nicht tun konnte, war, in den Süden zu gehen. Das müsste auch dem Dümmsten klar sein.

Lincoln – dieser Name war ihm schon immer eine Bürde gewesen. In der Familie erzählte man sich, dass man auf irgendeine Weise mit dem großen Mann verwandt sei – auch wenn ihn Justice nicht für einen großen Mann hielt. Während seiner Zeit beim Militär war er so oft die Zielscheibe von Witzen und Beleidigungen gewesen, dass er zum Schluss jeden angriff, der sich über ihn lustig machte, unabhängig von dessen Körpergröße, Rang oder sozialer Stellung. Eine Zeit lang wurde es in seinem Regiment zu einem Gesellschaftsspiel, ihn zu reizen. Aber zu guter Letzt hatte Justice K. Lincoln sich allgemeines Ansehen verschafft – nicht wegen seiner Geschicklichkeit als Boxer, sondern wegen seines Muts und seiner Entschlossenheit. Für sein Regiment klang der Name Lincoln wie eine Mischung aus Fluch und Lob, was Justice, mit seiner platt geschlagenen Nase und seinem verbeulten Gesicht, gerade recht war.

Er hatte sich am gleichen Tag wie der Captain und sein Bruder freiwillig gemeldet. Natürlich war Thaddeus damals noch kein Captain gewesen. Erst später, kurz vor Chancellorsville, war er der Captain der Company B des Freiwilligenregiments Fifth Texas geworden, die zur Brigade Robertson gehörte. Lincoln kannte Sangree hauptsächlich von den ersten Jahren her, als sie am Abend um das Lagerfeuer saßen, ihre Socken trockneten,

Geschichten erzählten und Kaffee kochten. Damals gab es noch Kaffee für sie, genauso wie viele andere gute Sachen, die sie später entbehren mussten.
Abschließend besprach man noch ein paar andere Dinge. Hauptsächlich ging es um den Detective, den Sangree am Tatort gesehen hatte: Was wusste er? Sollte er ausgeschaltet werden? Man beschloss, noch etwas abzuwarten und herauszufinden, was er erfahren hatte. Die Versammelten waren sich einig, dass es im Augenblick noch nicht nötig sei, ihn umzubringen. Das ließe sich bei Bedarf immer noch erledigen.
Es wurde spät, und die Männer mussten am Morgen wieder zur Arbeit antreten. Als die anderen den Raum verlassen hatten, wandte sich der Captain an Lebeau und sagte energisch: »Du musst den Jungen finden, Earl. Wir müssen herausfinden, was er weiß.« Earl nickte grimmig. »Jag ihm Angst ein, versetz ihm ein paar Schnitte im Gesicht, wenn es sein muss, auf jeden Fall musst du es herauskriegen.« Flüsternd fügte er noch ein paar Worte hinzu. Earl grinste, dann nickte er und folgte den anderen aus dem Haus.
Der Captain sah zum Fenster hinaus. Er fragte sich, was mit Sergeant Sullivan los sei. Er hatte an diesem Abend kaum etwas gesagt. Aber vielleicht war er nur schlecht gelaunt. Müde waren sie alle, auch Thaddeus hatte Kopfschmerzen. Er sah den sechs Männern nach, wie sie im Schein der Gaslaternen die Water Street hinuntergingen. Gespenstisch hallten ihre Schritte auf den Pflastersteinen. Der Nebel kroch vom Fluss herauf und schlängelte sich durch die Gassen. Die Männer traten aus dem Schein der letzten Straßenlaterne und wurden vom Nebel verschluckt.

Mike Bucklin kämpfte sich die dunkle Treppe seines Mietshauses hinunter. Es war sehr spät. Obwohl ihm sterbenselend war, tat er, worum ihn seine Großmutter gebeten hatte. Der Eimer, den sein Großvater benutzte, war voll. Großvater war viel zu schwach, hinunter zum Abort hinter dem Haus zu gehen, also blieb ihm nur der Eimer. Wegen der Aufregung um seinen Vater hatte es Mike vollkommen vergessen. Er hatte fast alles vergessen. Er war wie betäubt. Seine Familie gab es nicht mehr ... alle waren tot. Als er den gluckernden Eimer die kohlschwarze Treppe hinunter- und durch das Erdgeschoss hinausschleppte, fragte er sich, ob es noch schlimmer kommen könnte. Er glaubte es nicht.

Der Mond, ein gelber Strich am blauschwarzen Himmel, lugte über das Dach des Hauses, als Mike zu den Latrinen hinausging. Schon beim ersten Schritt aus dem Haus konnte er sie riechen. Sie würden bald geleert werden müssen. Eines Nachts würden die Latrinenreiniger kommen und alles wegschaffen. Das war die allerschlechteste Arbeit, sagte sich Mike, schlimmer noch als das Lumpensammeln. Er fand es ein wenig tröstlich, dass es Leute gab, die noch schlechter dran waren als er. Mike öffnete eine der quietschenden Holztüren in der Reihe der Aborte und hielt den Atem an, damit ihn der Gestank nicht umwarf. So schnell es ging, leerte er den Eimer aus; dabei bemühte er sich, möglichst wenig danebenzuschütten, was ihm nicht besonders gut gelang. Er beeilte sich, fertig zu werden, bevor er wieder Atem holen musste, und klopfte den Eimer an die Wand des gähnenden Lochs, damit sich auch der letzte Rest des Inhalts löste. Dann drehte er sich um, sprang hinaus und schlug die Tür hinter sich zu. Bevor er einen zweiten Schritt tun konnte, fuhr ein Arm aus der Dunkelheit auf ihn zu und umklammerte mit angsterregender Kraft seinen Hals. Mike verlor das Gleichgewicht und wurde in eine Lücke zwischen den Verschlägen gezogen. Sogar die verpestete Luft der Latrinen erschien ihm jetzt wertvoll, als er nach Luft schnappte. Panik erfasste ihn, er konnte nicht mehr denken. Der Arm hielt ihn fest wie ein Schraubstock.

»Hör auf mit dem Gezappel, du kleiner Mistkerl«, sagte eine Stimme über seinem Kopf. Das war so ungefähr das Letzte, was Mike vorhatte. Stattdessen stampfte er, so fest er konnte, auf und traf einen großen Fuß, was ihm einen Fluch einbrachte. Der Arm ließ ihn nicht los, also versuchte er es noch einmal. Diesmal ging es daneben, und er wurde gegen die Wand des Aborts geschleudert.

»Noch so ein Trick, und ich schick dich gleich zu deinem Daddy«, sagte leise und drohend die Stimme. Das Mondlicht fiel auf eine lange scharfe Klinge, die sich vor seinen Augen bewegte. Der Arm drückte ihn gegen die Wand, ein tonnenschweres Gewicht presste seine Kehle zusammen. Starr vor Angst stand Mike bewegungslos da. Vor lauter Schreck konnte er fast nicht atmen.

»So ist's richtig. Ich will mich nur mit dir unterhalten, sonst nichts.« Die Stimme klang nicht unfreundlich, aber der Druck auf seine Kehle ließ nicht nach. »Du weißt, was mit deinem Daddy passiert ist.« Das war keine Frage. »Er hat einen Fehler gemacht, dein Daddy. Und du sollst mir sagen, ob er noch andere gemacht hat, von denen wir noch nichts wissen. Verstehst du?« Die Stahlklinge fuhr vor Mikes Augen hin und her. Er nickte.

»Schön. Weißt du, was für einen Fehler dein Daddy gemacht hat, Mike?« Mike war entsetzt, dass man seinen Namen kannte. »Hat dein Daddy dir etwas davon gesagt?«

»Nein, Sir.« Mikes Stimme zitterte, und er schämte sich deswegen.

»Nun, sei brav. Wenn du mir hilfst, ist alles gleich vorbei«, sagte die Stimme. Mike sah hinauf in das geschwärzte Gesicht. Die Gesichtszüge konnte er nicht erkennen. »Schau mich nicht an, du kleiner Nichtsnutz. Du brauchst nicht zu wissen, wer ich bin. Nun, hat dir dein Daddy etwas von der Brücke erzählt?« Mike schüttelte den Kopf und hielt die Augen gesenkt. Er gab sich Mühe, die Tränen zurückzuhalten. Sein Da hatte im Lauf der Jahre viel von der Arbeit erzählt, aber das war es nicht, was dieser Mann wissen wollte. Er war einer der bösen Männer, vor denen ihn sein Da gewarnt hatte. Er wusste nur nicht, weshalb. Sein Da hatte ihm nichts gesagt.

»Ich weiß nicht, ob ich dir trauen kann, Mikey. Hat er dir gesagt, dass etwas Komisches los war bei der Brücke?« Das Messer saß ihm jetzt an der Kehle. Mike spürte die kalte, scharfe Klinge auf seiner Haut. »Du würdest es mir schon sagen, stimmt's? Vielleicht hast du es dem Cop gesagt, der heute hier war?«

Ein unterdrücktes Husten drang aus dem hinteren Gang des Mietshauses, und kurz darauf sah man im schwachen Licht den Umriss einer Gestalt. Der Arm presste sich wieder stärker auf Mikes Hals.

»Keinen Laut«, flüsterte die Stimme drohend. Das Gesicht war ihm so nahe, dass Mike den stinkenden Atem roch. Das Messer drückte immer noch auf seine Kehle. Eine Tür knallte zu, und sie hörten deutlich, wie direkt neben ihnen ein Mensch sein Geschäft verrichtete. Sie warteten, schwiegen wie das Grab. Mike fiel es überhaupt nicht ein, einen Schrei auszustoßen oder wegzulaufen. Er war viel zu erschrocken, überhaupt einen Gedanken zu fassen. Nach einer Ewigkeit knallte die Tür wieder zu, und der Mann ging ins Haus zurück.

»Gut. Nun, ich bin nicht so sicher, dass du mir die Wahrheit sagst, Mikey. Du hast Angst, Junge, stimmt's? Die Frage ist nur, hast du genug Angst?«

Mike nickte mit dem Kopf und sagte, »Ja, ich ha-habe Angst, Sir. Bitte, tun Sie mir nichts.«

»Ich glaube dir, Mike, aber mein Freund hier ist sich nicht so sicher.« Das Messer fuhr wieder vor Mikes Gesicht hin und her und kam seinen Augen so nahe, dass er sie schließen musste.

»Bitte«, war das Einzige, was er herausbrachte.

»Mach die Augen auf«, befahl die Stimme. »Jetzt frage ich dich noch einmal. Was weißt du über die Brücke?« Mike wollte schon etwas sagen, als die Klinge blitzschnell an seinem Kopf vorbeizischte. Er spürte, wie die nadelscharfe Spitze sein Ohr streifte und einen Augenblick hängen blieb.

»Ich ...« Mike zuckte zusammen. Das Messer schlitzte sein Ohr auf. Er keuchte. Er war überrascht, dass es nicht stärker wehtat. Ein warmes Rinnsal lief ihm den Hals hinunter.

»Jetzt passt du endlich auf. Jetzt kriege ich von dir eine klare Antwort! Was hast du erfahren?«
Fast zu verängstigt, ein Wort herauszubekommen, krächzte Mike: »Ich schwöre es, Sir, mein Da hat nichts gesagt. Ich weiß von gar nichts. Wirklich, ich schwöre!«
Das Messer fuhr wieder an Mikes Kehle, und die Spitze stieß gegen sein Kinn, so dass er sich auf die Zehenspitzen stellen musste, um auszuweichen.
»Ich will dir glauben, Junge«, sagte die Stimme, und der Druck des Messers ließ ein wenig nach. »Aber es gibt noch etwas.«
»Alles, was Sie wollen«, sagte Mike. Er wollte nicht betteln, konnte sich aber nicht beherrschen.
»Du wirst die Schnauze halten. Das hier bleibt unser Geheimnis, verstanden?« Mike nickte nur. »Sag's!« Die Klingenspitze stieß wieder gegen Mikes Kehle. »Und du hältst dich auch dran, sonst sehen wir uns bald wieder.«
»Ich sage es keinem Menschen, Sir, ich verspreche es. Ich habe Ihr Gesicht nicht gesehen. Es würde mir sowieso niemand glauben.« Mike versuchte, ihn mit Vernunftgründen zu überzeugen.
»Schon gut. Das ist gut. Du bist ein gescheiter Kerl, Mikey«, sagte die Stimme beschwichtigend. »Du musst gescheit bleiben, denn wenn ich höre, dass du es jemandem erzählst, dann muss deine ganze Familie dafür büßen: deine Großmutter, dein Großvater, und du, vor allem du!« Mike brachte vor Angst kein Wort heraus. »Ich nehme an, du hast mich verstanden.« Der Mann kicherte. »Schlaf nun schön«, flüsterte er, dann war er weg. Ein Schatten schlüpfte durch die Hintertür. Sie fiel krachend zu, und das Echo hallte durch den stinkenden Canyon zwischen den Mietskasernen. Mike wollte ins Haus laufen, aber seine Füße machten nicht mit. Seine Knie gaben nach, und er glitt an der Mauer entlang auf den schlammigen Boden hinunter.

6. Kapitel

Ein Caisson der East River Bridge wurde gestern durch ein Feuer schwer beschädigt. Ich glaube nicht, dass zu unseren Lebzeiten ein Mensch diese Brücke jemals überqueren wird.

George Templeton Strong

Mike schlich die schmutzige Treppe hinauf und tastete sich an der Wandverkleidung entlang. Nur unter der einen oder anderen Tür drang ein schwacher Lichtschein heraus. Für das Treppenhaus war keine Beleuchtung vorgesehen, aber das war in diesem Stadtteil nichts Ungewöhnliches. Mike war der Weg vertraut, er stolperte nur selten und erreichte schließlich die Wohnungstür. Es war sehr spät. Er besaß zwar keine Uhr, aber die ausgestorbenen Straßen waren für ihn ein Hinweis auf die späte Stunde. Um seine Großmutter nicht zu wecken, ging er auf Zehenspitzen durch die unversperrte Tür. Einen Moment blieb er stehen und horchte auf das Schnarchen der Großeltern. Er wusste, dass ihn am nächsten Morgen Vorwürfe erwarteten – es wäre nicht das erste Mal.

Mike war, nachdem ihm die Beine wieder gehorchten, stundenlang durch die Straßen gerannt. Er hatte keine Ahnung, wohin er lief – es war ihm auch egal. Sein einziges Bestreben war, diesem

Mann bei den Latrinen zu entkommen. Die Hände zitterten ihm immer noch. Immer noch sah er vor sich den matten Glanz dieses Messers, das vor seinen Augen hin und her fuhr. Als er daran dachte, bekam er weiche Knie. Und er musste ständig daran denken.

Mike wusste, dass er niemandem etwas von dem Schattenmann erzählen durfte. Sicher würde es der Mann erfahren. Irgendwie schienen die bösen Männer alles zu wissen. Mike stellte sich vor, dass sie ihre Augen und Ohren überall hatten und ihn unablässig beobachteten. Wie oft hatte er während dieser Nacht ängstliche Blicke nach hinten geworfen! Die Nacht war voller Schritte, die ihn zu verfolgen schienen. Er hörte Schattenmänner hinter sich herschlurfen, sie blieben aber immer außer Sichtweite. Mike hatte sich nicht nach Hause getraut. Ihm war klar, dass sie ihn genauso leicht in der Wohnung finden konnten wie bei den Latrinen, aber trotzdem wollte er ihnen den Weg nicht zeigen.

Er war fast die ganze Nacht weggeblieben. Grandma mochte ihn ruhig verprügeln, es machte ihm nichts aus. Jetzt war er so müde, dass ihm die Augen zufielen, und hier zu Hause war der einzige Ort, wo er einzuschlafen wagte. Kindern, die auf den Straßen schliefen, passierten oft schlimme Dinge. Grimmig zuckte er mit den Schultern. Konnte es denn noch schlimmer kommen? Er wusste es nicht, aber er konnte es sich denken. Erschöpft fiel er ins Bett. Es war ein vertrautes Gefühl, tröstlich, wie es immer gewesen war, wenn ihn sein Da in den Arm genommen hatte. Als er daran dachte, war er dem Weinen nahe. Die ganze Nacht hatte er solche Gedanken gehabt. Seine Grandma und sein Gramps lebten zwar noch, aber sie waren nicht so wie Mom oder Da oder seine Schwester. Sie waren alt. Bald würden sie unter der Erde liegen. Was dann? Er wusste es nicht. Die Waisenhäuser waren voll von Jungen in seiner Lage. Auch die Straßen. Vielleicht würde er auf der Straße sterben, noch bevor man ihn in ein Waisenhaus steckte. Mike wusste nicht, was schlimmer wäre.

Sein Da hatte ihn vor den bösen Männern gewarnt. Mike hatte aufgepasst, aber nicht gut genug. Für ihn gab es keinen sicheren Ort. Nur wenn er schwieg, hatte er ein wenig Sicherheit. Immerhin hatte ihn der Mann nicht umgebracht, obwohl er das ohne weiteres hätte tun können. Also musste er schweigen, wie er versprochen hatte, dann würden sie ihn bestimmt in Ruhe lassen. Es gab ja nichts, was er erzählen könnte. Dass er von der Brücke nichts erfahren hatte, war keine Lüge. Er langte nach seinem Ohr. Das Taschentuch, mit dem er es verbunden hatte, war von der Blutkruste steif geworden. Ein Geräusch im Treppenhaus, ein langsames Schlurfen, ließ ihn aufhorchen – kalter Schweiß trat ihm auf die Stirn. Leise stand er auf, um nachzuschauen, ob er die Tür zugesperrt hatte. Das Schloss war alt, und Mike glaubte, dass sogar er es aufdrücken könnte. Trotzdem sperrte er zu, und dann schob er, so leise es ging, einen Stuhl unter den Knauf. Nur so konnte er wieder einschlafen.

Tatsächlich schlief er ein, sobald sein Kopf das Kissen berührte. Dann weckte ihn ein Hustenanfall seines Großvaters. Lange lag er im Halbschlaf da und hoffte, bald wieder einzuschlafen, aber es ging nicht. Obwohl er noch müde war, ließen ihm die Dinge, die in seinem Kopf herumschwirrten, keine Ruhe. Er warf sich hin und her und versuchte die Männer mit den langen Messern abzuschütteln, die an jeder Ecke lauerten. Aber der Schlaf stellte sich nicht wieder ein. Inzwischen war seine Großmutter aufgestanden und hantierte jetzt in der Küche. Die Kochtöpfe klapperten lauter als sonst. Mike wusste: Das war Grandmas Art, ihr Missfallen zum Ausdruck zu bringen. Er zog das dünne Betttuch über den Kopf, um dem Lärm zu entkommen. Es nützte nichts.

Die Strafe, die Grandma für ihn parat hielt, war weit schlimmer als Prügel. Sie sprach nicht mit ihm. Sie sagte kein Wort, als er aufstand und in die Küche ging. Sie blickte ihn nur mit ihren großen, traurigen Augen an. Ein leichtes Kopfschütteln, als sie sich abwandte, sagte mehr als eine ganze Sonntagspredigt. Mike überlegte, ob es nicht besser wäre, den Kopf wieder unter dem Betttuch zu verstecken. Er bemerkte, dass die Stuhllehne nicht mehr unter dem Türknauf klemmte. Es machte ihm Sorge. Er überlegte, wie er sie überzeugen könnte, ein besseres Schloss anzubringen, aber jetzt war wohl nicht der geeignete Augenblick dafür. Das Schweigen hing so schwer im Raum, dass er die Last spürte. Als der Wasserkessel auf der Ofenplatte plötzlich pfiff, war ihm, als hätte er einen Schlag ins Gesicht bekommen. Mike setzte sich an den Küchentisch und fragte sich, was jetzt aus ihnen werden sollte. Es war ausgemacht, dass Grandma an diesem Vormittag die Leiche seines Vaters abholen sollte. Jetzt gab es nur mehr ihn und Gramps und Grandma, und bald würde Gramps auch nicht mehr da sein, auch wenn seine Großmutter das nicht wahrhaben wollte. Sie reichte ihm eine Tasse Tee. Der Duft stieg ihm in die Nase. Er nahm sie ihr vorsichtig ab und spürte die Wärme in seinen Fingern.

»Es tut mir leid, Grandma«, sagte Mike kleinlaut.

Patricia Bucklin sah auf ihn hinunter. Plötzlich bemerkte sie das blutige Taschentuch an seinem Ohr. »Was ist dir bloß passiert?«

Mike zögerte einen Augenblick. »Ich bin gegen die Latrinentür gerannt, Grandma. Ist nicht schlimm.«

Patricia Bucklin schüttelte bedächtig den Kopf und murmelte etwas von Ungeschicklichkeit. Ein quälendes, erschütterndes Husten kam aus der Ecke hinter dem Vorhang. Beide erschraken, und sie drehte sich um.

»Möchtest du Tee, Pa?«, fragte sie. Das Husten aber ging weiter, in tiefen, würgenden Stößen. »Das soll wohl ja heißen.« Sie füllte eine Tasse und schnitt den Rest des Brots auf, das auf dem Tisch lag. Schweigend reichte sie Mike eine der Scheiben, die andere gab sie Gramps. Sie setzte sich Mike gegenüber an den Tisch. Er sah ihr zu, während sie sich eine Orange schälte. Sein Da hatte ihm manchmal Orangen mitgebracht. Saft spritzte aus der Frucht, als sie die Schale abzog, und die Tropfen funkelten im frühen Tageslicht. Es war ihre letzte Orange. Mike wusste es: Er hatte sie gestohlen. Langsam trank Mike seinen Tee, genoss ihn, solange es ging. Auch mit dem Brot ließ er sich Zeit. Während des letzten Jahres hatte er gelernt, jeden Bissen möglichst lange auszukosten. Mike warf einen Blick auf die Ferrotypie auf dem Küchenschrank, die seinen Vater als Soldaten zeigte. Er konnte nur schwer begreifen, dass er ihn nie mehr sehen würde. Gestern, dessen wurde er sich jetzt bewusst, hatte er zum letzten Mal in seinem Leben auf die Heimkehr seines Vaters von der Arbeit gewartet. Jetzt würde sein Vater nie mehr Orangen aus den Taschen zaubern, keine Balgereien mehr vor dem Schlafengehen veranstalten. Die Augen auf der Ferrotypie sahen traurig aus. Vielleicht lag es nur am Licht.

Wenigstens das Kästchen war ihm geblieben, das ihm sein Da geschenkt hatte. Er streichelte den kleinen Messingschlüssel in seiner Tasche. Es war ein besonderes Kästchen, nur für seine wertvollsten Schätze bestimmt. Sein Da hatte ihm zwei Fotografien geschenkt, die er dort aufbewahren sollte. Warum er ihm gesagt hatte, er solle das Kästchen verstecken, wusste er nicht. Vielleicht sollte das Kästchen nur für ihn sein, etwas Besonderes, dachte er sich, und niemand sonst durfte etwas davon erfahren. Später, wenn Grandma auf dem Weg zum Bestattungsunternehmer war, könnte er es herausholen. Er würde sich die Bilder ansehen, die ihm sein Da geschenkt hatte, und er würde an ihn denken.

Die frühe Morgensonne lugte über die Brüstung der Astor Library. Toms Fenster ging nach Osten, und um diese Jahreszeit war die Sonne sein Wecker. Von seinem Blickwinkel aus überschritt sie das Dach der Bibliothek um sieben Uhr und leuchtete grell durch sein unverhängtes Fenster. Davon wachte er immer auf. Nur Lee beachtete die Sonne nicht. Ihr war die Hitze willkommen, und ihr Fell wurde heiß wie ein Bügeleisen.

Heute gab es viel zu tun. Er musste Coffin aufsuchen und ihm das Schutzgeld bringen. Dann wollte er ein paar Nachbarn in der Mietskaserne befragen, Freunde von Terrence, deren

Namen ihm Patricia Bucklin genannt hatte. Auch wollte er zur Brücke, um etwas von den Arbeitskollegen Bucklins zu erfahren. »Etwas mit der Brücke stimmt nicht«, hatte der alte Bucklin gesagt. Was zum Teufel konnte das bloß sein? Wahrscheinlich schuldete Bucklin jemandem Geld. Tom hatte erlebt, dass Männer aus weniger triftigen Gründen umgebracht wurden, und er rechnete nicht mit einem außergewöhnlicheren Motiv. Was ihn stutzig machte, war, dass Terrence noch Geld in der Tasche gehabt hatte – aber man konnte nie wissen ... Wer einem anderen den Schädel einschlägt, wird eben manchmal nervös.

Tom beschloss, bei der Mietskaserne anzufangen. Die Namensliste war kurz, und er wusste, wen er sprechen wollte und wo er diese Personen suchen musste. Erst danach wollte er sich bei der Brücke erkundigen. Mit etwas Glück würde dieser Teil seines Programms kurz und produktiv sein. Es wäre schön, wenn er diesen Fall lösen könnte. In dieser Stadt blieben so viele Verbrechen unaufgeklärt. Und außerdem ging es ihm auch um die Familie Bucklin. Er hatte das Bedürfnis, ihren Schmerz zu lindern und bei dieser Gelegenheit etwas für Mikey zu tun. Vielleicht könnte er in ein paar Tagen wieder nach ihnen schauen. Tom hatte eine Menge anderer Fälle zu bearbeiten, aber das hier war der einzige Mordfall, und den wollte er vorrangig behandeln. Irgendwann im Laufe des Tages sollte er auch im Bellevue Hospital vorbeischauen. Dort, unten im Keller, war die städtische Leichenhalle. Die Leichen wurden in einem kalten Raum mit dicken Mauern aufgebahrt und ständig mit Wasser besprüht, damit sie frisch blieben. Wenn sich keine Angehörigen zeigten, gab die Stadt eine Suchanzeige auf. Meldete sich niemand, wurden die Kleider zur Identifizierung neben der Leiche ausgestellt. Fast ein Drittel der Leichen wurde nie abgeholt.

Am Abend nach Dienstschluss wollte er sich mit Mary treffen. Tom dachte wieder daran, wie es gewesen war, als er sie kennen lernte. Kennen lernen war vielleicht das falsche Wort. Genau genommen hatte er sie verhaftet. Er und Sam und sechs weitere

Cops hatten die Aufgabe gehabt, eine der regelmäßigen Razzien auf übel beleumundete Häuser durchzuführen. Mary war es, die die Tür aufmachte. Sie trug das Haar offen, was ihr ein wildes, sinnliches Aussehen verlieh. Das wurde noch unterstrichen durch ihr dünnes, tief ausgeschnittenes Hemdchen. Den Männern blieb nicht verborgen, dass Mary unter diesem wunderbaren Baumwollhemd ganz nackt war. Das Licht der Flurlampe hinter ihr umrahmte sie wie ein milder Heiligenschein.

»Ich muss Sie wohl hereinbitten, meine Herren«, hatte sie gleichmütig gesagt. »Darf ich Ihnen einen Kaffee anbieten?«

Tom und Sam mussten immer noch schmunzeln, wenn sie sich daran erinnerten, wie sie zu acht dagestanden und Mary wie hypnotisiert nachgestarrt hatten, während sie in die Diele zurücktänzelte. »Denken Sie bitte daran, die Schuhe abzustreifen, meine Herren«, rief sie ihnen über die Schulter zu. Den Kaffee tranken sie in ihrem Salon. Bei der zweiten Tasse unterhielten sie sich bereits wie alte Freunde. Mit ihren Geschichten von berühmten, aber ungenannten Klienten brachte sie die Cops sogar zum Lachen. Immerhin war Mary diskret. Tom wusste noch, wie er in ihrem Salon gesessen und nicht nur ihren Kaffee getrunken, sondern auch sie mit den Augen verschlungen hatte. Es war seltsam, wie sie, nachdem sich ihre Augen zum zweiten oder dritten Mal getroffen hatten, seinen Blick zu meiden schien und mit einer Decke von der Sessellehne ihre Schultern verhüllte. Er wusste auch noch, wie sie ihn dabei von der Seite angesehen hatte. Die Kollegen waren enttäuscht gewesen.

Sie mussten Mary und ihre Mädchen zwar verhaften, aber alle wurden nach weniger als einem Tag wieder freigelassen. Drei Abende später klopfte Tom erneut an die große Eichentür. Diesmal machte eine junge Frau auf und führte ihn in den Salon. Marys Kommentar, als sie einen Augenblick später sanft wie eine Schneeflocke ins Zimmer trat, würde er nie vergessen. »Sie haben sich verspätet. Aber damit habe ich fast gerechnet.«

Das war vor zwei Jahren gewesen, bevor sie ihren Betrieb nach

Norden in die Twenty-sixth Street verlegte. Vom ersten Tag an hatte sie ihn wie einen Verehrer behandelt, nicht wie einen Freier. Tom behandelte sie immer wie eine Dame. Sie musste wohl die gleichen Ängste gehabt haben wie er, aber sie hatte sich nichts anmerken lassen. Sie schien ihr Unternehmen als ein ganz normales Geschäft zu betrachten. Es hätte genauso gut ein Hutladen sein können. Ihr Gewerbe beunruhigte ihn manchmal, heute weniger als in der Anfangszeit. Eigentlich war es nicht das Gewerbe an sich, sondern ihre Rolle. Ihm war bekannt, dass sie von Klienten mit besonderen Neigungen auch gern persönlich aufgesucht wurde. Es war eine Minderheit, aber fast ohne Ausnahme waren diese Kunden entweder wohlhabend oder einflussreich. Die langjährigen Liebhaber ihrer Künste zahlten großzügig für Marys diskrete Gefälligkeiten, und diese Bekanntschaften hatten den Nebeneffekt, Verbindungen zu den Mächtigen herzustellen, was für ihr Geschäft gelegentlich von Vorteil war. Manchmal, wenn Mary unmittelbar vor Toms Besuch einen Klienten versorgt hatte, war die Sehnsucht der beiden besonders stark. Tom hatte keine Lust, diese Tatsache zu analysieren, er nahm sie nur zur Kenntnis. Aber es gab Augenblicke, in denen sich schmerzliche Gefühle einstellten. Auch Marys Anfälle von Traurigkeit gaben ihm Rätsel auf. Das Zusammensein mit Mary war das Schwierigste, was Tom jemals erlebt hatte – und das Schönste. Die Beziehung zu Mary wurde kompliziert. So war es nun einmal mit den Gefühlen. Anscheinend hatten sie jetzt den Punkt erreicht, wo es immer komplizierter wurde.

»Hallo, Lee, alte Freundin, es ist Zeit, den Tag zu beginnen. Du musst Mäuse fangen, Nickerchen halten, meine Möbel zerkratzen, also fang am besten gleich an.« Lee machte keinen Mucks. Als Tom aus dem Bett stieg, hob sie den Kopf und beobachtete ihn blinzelnd, während er im Licht des Fensters dastand. Er sah hinunter auf den Säulenvorbau der Bibliothek und dachte an die

Frau, die er gestern Abend dort gesehen hatte. Ihre Kleidung war elegant, ihr Auftreten selbstbewusst gewesen. Offenkundig hatte sie Geschmack, schien aus einer guten Familie zu stammen und, nach der Kutsche zu schließen, nicht ohne Vermögen zu sein – eine attraktive Perspektive in den Augen eines so ehrgeizigen Mannes, wie er es war. Es überraschte ihn, dass sich eine Frau wie sie herabließ, ihn zu beachten. Sie hatte ihn aber beachtet, ganz eindeutig. Versonnen schaute er hinunter auf die Bäume, die den Lafayette Place säumten, und dachte an ihr Lächeln.

»Ich weiß nicht, Lee«, sagte er zu der dösenden Katze, »ich sollte mich nicht zu sehr verausgaben. Es nützt mir nichts, einer Frau hinterherzurennen, die ich niemals kriegen kann. Das lenkt nur ab. Wenn ich eine Frau brauche, die mich glücklich macht, habe ich Mary. Das müsste reichen.« Er grinste zufrieden. »Die meisten Männer würden mich um sie beneiden. Und sie hätten auch recht.«

Tom ging ins Bad und goss Wasser in das Lavoir. Er wetzte sein Rasiermesser am Streichriemen und schäumte seinen Rasierpinsel an einem Seifenstück auf. Energisch, als gälte es, einen Parkettboden zu wachsen, seifte er sich ein, zog an einem Ohr, um die Haut zu straffen, und fuhr mit dem Rasiermesser über die Wange. Mary sah ihm gern beim Rasieren zu. Manchmal lehnte sie sich gegen den Türrahmen des Badezimmers und betrachtete ihn mit ihrem melancholischen Mona-Lisa-Lächeln. Einmal hatte er sie gefragt, wieso sie das tat. Zunächst hatte sie geschwiegen, ihn lange von ihren Gedanken ausgeschlossen. Tom war inzwischen mit diesen langen Minuten der Schweigsamkeit vertraut. Er wartete ab. Er ließ sie mit ihren Gedanken allein, da er wusste, dass sie besser gediehen, wenn man sie unbehelligt ließ.

»Eigentlich habe ich nur eine einzige glückliche Erinnerung an meinen Vater«, sagte sie schließlich. »Das war, wie ich ihm als kleines Kind beim Rasieren zusah.« Sie erzählte Tom, wie sie den Schaum für Zuckerguss gehalten hatte, bis sie ihn kostete.

Als sie diese Geschichte erzählte, schnitt sie, wie ein kleines Mädchen, eine Grimasse und streckte die Zunge heraus.
»Ich habe mich mit seinem Rasiermesser geschnitten«, erzählte sie ihm. Sie stellte sich ganz dicht hinter ihn und schaute über seine Schulter in den Spiegel, um ihm die Narbe zu zeigen. »Siehst du die kleine Narbe an meinem Kinn? Ich war vielleicht zehn Jahre alt. Ich wusste nicht, dass das Messer so scharf war.« Mary unterbrach sich und hielt die Hand an die Wange. »Ich weiß noch, wie rot es war, das Blut, meine ich. Komisch, was man sich für Sachen merkt: das rote Blut ... den weißen Rasierschaum.« Tom spülte die Seife von seinem Rasiermesser und warf sich Wasser ins Gesicht. Er trocknete sich ab und sah wieder in den Spiegel.
»So war es also, so habe ich meine kleine Narbe gekriegt«, hatte Mary leise gesagt. Als sie mit der Geschichte fertig war, hatte sie nicht mehr gelächelt. Sie hatte sich von hinten an ihn gedrückt und den Kopf auf seine Schulter gelegt. Mary barg ein Meer von Traurigkeit in sich.
Tom wollte sie heilen. Das gehörte zu ihrer Beziehung, war ein Teil von Mary und ihm. Sie konnte so klug, so sinnlich, so liebevoll sein. Aber immer wieder schimmerte ihre Traurigkeit hindurch und erinnerte sie an das, was sie früher erlebt hatte. Diese Traurigkeit war Toms Feind, mit dem er ständig im Kampf lag – auch wenn sich manchmal, wenn sonst alles in Ordnung zu sein schien, dieser Feind über ihn lustig machte. Tom sehnte den Tag herbei, an dem ihre Melancholie endgültig verschwunden wäre. Bis dahin wollte er die Tage nehmen, wie sie kamen, und seine Siege an Marys Lächeln messen.
Beim Hinausgehen sperrte Tom die Wohnungstür zu. Selbst am Lafayette Place konnte man nicht vorsichtig genug sein. Bei den Cops war das so üblich – sie schlossen so gewissenhaft ab, wie die Buchhalter die Dezimalstellen zählten. Es gehörte einfach dazu. Tom ging die Lafayette Street nach Norden bis zur Ecke und bog dann am kleinen Park vor der Cooper Union nach

Osten ab. Dort hatte Abraham Lincoln 1860 seine Rede »Recht schafft Macht« gehalten, was den Anfang seiner Präsidentenkampagne markierte. Anschließend, so hieß es, sei er bei McSorleys eingekehrt – ob er dort auch ein Bier trank, ist nicht überliefert. Dass es möglich wäre, McSorleys aufzusuchen und trotzdem kein Bier zu bestellen, dafür musste Tom den Beweis erst noch erbringen.

Er ging die Treppe zur Haltestelle Astor Place an der Third Avenue hinauf. Bald rumpelte die El herein. Tom stieg ein und fuhr mit den morgendlichen Pendlern nach Süden. Mit der El zu fahren konnte manchmal an den Nerven zehren. Das ganze Gerüstsystem der Stadtbahn schien zu wenig stabil für die schweren Eisenbahnzüge und die vielen Fahrgäste. Tatsächlich wackelte das Gerüst auf besorgniserregende Weise, wenn ein Zug darüber fuhr. Die kleinen Lokomotiven tuckerten und bliesen schwarzen Ruß über die Wagen. Auch heute, an einem schönen Frühlingstag, konnte es riskant sein, die Fenster zu öffnen, um frische Luft hereinzulassen. Ein Schwall von Rauch und Ruß drang in die Waggons. Tom sah, wie eine Frau in einem vergeblichen Versuch, die schwarzen Flecken zu entfernen, an ihrem Kleid tupfte und rieb. Es wäre doch besser gewesen, das Kleid auszuschütteln. Auch der Lärm war lästig – man konnte sich nur schreiend unterhalten.

Tom behauptete, er könne den jeweiligen Zugführer daran erkennen, wie weit sich der Zug am Cooper Square in die Kurve legte. Heute, meinte er, müsse es der kleine Dicke sein, dem die fleckige Melone immer so weit hinten am Kopf saß. Beim Aussteigen warf er einen Blick in den Führerstand und musste feststellen, dass er diesmal falsch geraten hatte: Ein dünnes Gesicht mit dem Mund voller Kautabak erschien im Fenster und spuckte auf den Bahnsteig. Hoffentlich war das kein böses Omen!

Ein paar Minuten später stieg er die Stufen zum Polizeihauptquartier in der Mulberry Street 300 hinauf. Das Gebäude war bereits zu klein geworden. Es war 1863 gebaut worden, und die ersten Alterserscheinungen zeigten sich schon. Tom nahm zwei Stufen auf einmal und lief hinauf in den ersten Stock, wo sich die Direktion der Kriminalabteilung befand.

»Morgen, meine Herren«, rief er in den Raum hinein, in dem viele Sergeant Detectives hin und her liefen. Ein interessanter Haufen! Das Amt war erst in diesem Jahr von der Stadt neu geschaffen worden, und die Stellen waren mit den unterschiedlichsten Polizisten besetzt, die die Stadt aufbieten konnte. In den meisten Fällen handelte es sich um Männer, die beim Aufdecken von Verbrechen ein besonderes Geschick gezeigt hatten. Ausdauer und ein Riecher für die Situation auf der Straße, insbesondere für das Aufspüren potentieller Informanten, zeichneten viele dieser Männer aus. Meistens fassten sie ihren Schurken, weil sie einfach nicht aufgaben. Sie hatten Erfahrung. Sie kannten sich überall aus in den Revieren, bei Schlägereien in den Kneipen und bei Unruhen in den Docks. Und ohne Ausnahme waren sie korrupt.

Im ganzen Raum gab es keinen einzigen Mann, der seinen Posten nicht erkauft hatte. Es war interessant, dass in einer Organisation, die für die Einhaltung der Gesetze sorgen sollte, der erste Karriereschritt mit einer Übertretung der Gesetze begann. Ein neuer Kandidat musste gewöhnlich um die 300 Dollar als Bestechungsgeld zahlen. Die meisten zahlten auch für die Beförderung. Wer nicht zahlte, wurde einfach nicht befördert, auch wenn er noch so lange auf der Beförderungsliste stand. Um Sergeant zu werden, hatte jeder von ihnen schon mindestens 1000 Dollar – den Jahreslohn eines Streifenpolizisten – abgeführt. Für die Beförderung zum Captain war mindestens das Zehnfache fällig. Diese hohen Summen ließen sich nur auf der Straße eintreiben. Schiebung, Schutzgelderpressung, das Annehmen von »Geschenken«, Bestechung und eine Reihe von noch unappetitlicheren Praktiken waren an der Tagesordnung. Das soll nicht heißen, dass es keine ehrlichen Cops gab. Es war nur so, dass ein ehrlicher Cop, der mit den besten Absichten angefangen hatte, von 800 bis 1200 Dollar im Jahr leben und zusehen musste, wie seine Umgebung ein Vielfaches dieser Summe einsteckte und schließlich einen hohen Posten erkaufte, bei dem das Geld wie Milch und Honig floss. Für tugendhaftes Verhalten war diese Atmosphäre nicht gedeihlich. Tom hielt die Abteilung für ein Treibhaus, in dem die Pflanzen zu außergewöhnlicher Größe heranwuchsen, weil sie tief im Schlamm der Korruption wurzelten. Den Gestank im Treibhaus fand er zum Kotzen, aber er steckte genauso drin wie die anderen auch.

Diese Männer waren eigentlich nicht böse. Sie waren gute Menschen, die Böses taten. So sahen sie sich selbst, und so war es meistens auch. Natürlich gab es unter ihnen auch solche, die die stickige Treibhausluft in ihren Kreislauf aufgenommen hatten. Sie waren diejenigen, für die das Gesetz, zumindest im herkömmlichen Sinn, nicht mehr existierte. Sie dienten nicht dem Gesetz, sie verkörperten das Gesetz. Und wenn man das Gesetz verkörpert, fällt es einem schwer, einem anderen als sich selbst zu dienen. In Toms Augen gehörte Coffin zu dieser Sorte; und in Coffins Umgebung gab es noch viele dieser Typen, die für ihn die Drecksarbeit verrichteten.

Seit Toms Abmachung mit Captain August J. Coffin waren fast zwei Jahre vergangen. Damals hatte es gut ausgesehen. Der Captain war voller Komplimente und Hilfsbereitschaft gewesen, erzählte Tom, was für einen großartigen Sergeant er abgeben würde und wie stolz er darauf sei, ihm zu dem Rang zu verhelfen, den er verdiente. Coffin war in der Lage, das korrupte Beförderungsverfahren zu durchbrechen, indem er die richtigen Brieftaschen füllte. Damals hatte er Tom versichert, dass das alles ganz einfach sei. Es würde Tom zunächst keinen Cent kosten. Er müsste lediglich im Laufe der nächsten zwei Jahre Coffin für seine Ausgaben, plus geringfügige Zinsen, entschädigen. Tom würde seine Beförderung erhalten und obendrein einen Posten in einem lukrativen Bezirk. Wenn ihn August von Zeit zu Zeit um einen diskreten Gefallen bitten sollte oder wenn er einen verlässlichen Mann für eine delikate Angelegenheit brauchte, dann, so hoffte er, wollte er mit Tom rechnen können. Tom erinnerte sich daran, wie gut sich das damals angehört hatte, und tatsächlich war es in vieler Hinsicht auch gut gewesen.

Das Schlimme daran war, dass er nun tief in der Zwischenwelt zwischen Gesetz und Verbrechen steckte, wo die Moral mehr mit den besonderen Umständen zu tun hatte als mit dem Gesetz.

Auf dem Weg zu seinem Schreibtisch wechselte Tom einen »Guten Morgen« mit den Kollegen. Die meisten saßen an ihren Plätzen, hielten ihre Kaffeetassen in der Hand und sahen beschissen aus. Beschissen auszusehen gehörte anscheinend zum Job. Tom glaubte nicht, dass er an diesem Morgen beschissen aussah, er musste aber zugeben, dass sein Job öfter zu einem solchen Aussehen führte. Von einem kleinen Ofen im Hinterzimmer, der im Winter schwarzen Rauch spuckte, holte er sich einen Kaffee. Mit der Tasse in der Hand wollte er gerade zu seinem Platz zurückkehren, als von der anderen Seite des Raums ein lauter Ruf erscholl.

»Hallo, Tom! Schönen guten Morgen!«

»Morgen, Chowder. Was gibt's Neues?«, fragte Tom. Es war ihm klar, dass er mit dieser Frage Chowder die Gelegenheit gab, eine seiner altbekannten Predigten über die Abteilung, die Stadt oder das Leben überhaupt zum Besten zu geben. Chowder hielt sich für eine Art Philosophen, zugegeben einen von der raubeinigen Sorte, und Tom hatte fast immer Spaß an seinen Bemerkungen. Er besaß eine gewisse Eloquenz und konnte, wenn er wollte, seinen Worten mit seinem singenden Tonfall einen besonderen Charme verleihen.

»Immer das Gleiche, Tom. Die Captains sind nicht dazu imstande, den eignen Arsch zu finden, während wir, das Rückgrat der Kriminalpolizei, unsere vornehmen Bürger vor den kriminellen Elementen beschützen – zur höheren Ehre Delmonicos«, sagte Chowder in seinem salbungsvollen Singsang.

»Ein ganz normaler Tag in unserer Abteilung«, sagte Tom und grinste.

»Genau das, Tommy«, erwiderte Chowder mit ernster Stimme. »Wie ich höre, hast du dir schon wieder einen Fall im Peck Slip ausgesucht. Ist es zufällig jemand, den ich schon längst unter der Erde sehen wollte?« Seine Augen leuchteten hoffnungsvoll.

»Ich glaube nicht, Chowder. Dürfte ein Brückenarbeiter sein. Hat sich in irgendeine happige Situation hineingebracht und bekam dann etwas Kopfweh.«

»Kugel?«

»Stumpfer Gegenstand. Rohr oder Totschläger, vielleicht. Nachher war sein Hinterkopf weich wie eine überreife Melone.«

»Das ist aber schade. Wir können doch nicht zulassen, dass unser ehrbares arbeitendes Volk vor unseren Augen den Mächten der Finsternis ausgeliefert wird. Hast du einen Plan?«

»Später gehe ich runter zur Brücke und schaue, was ich erfahren kann. Aber zuerst muss ich zur East Side, in seinem Bekanntenkreis herumhorchen und so weiter. Du weißt schon, ein bisschen herumstochern, vielleicht kann ich jemanden aufscheuchen.«

»Tom, es freut mich, dass du jederzeit bereit bist, die Sache der Rechtschaffenheit mit deiner ganzen Kraft zu verteidigen. In dir stecken doch noch ein paar Ideale, die unser Job noch nicht erstickt hat – nicht so wie bei mir abgewirtschaftetem altem Gaul. Lass dir einen Rat geben, Tommy – behalte deine Ideale! Dann weißt du, wo du hinwillst.« Chowder war plötzlich ernst geworden.

Chowder Kelly war tatsächlich ein alter Gaul. Er war schon seit 1858 bei der Polizei.

Sogar damals hatte er zahlen müssen, um aufgenommen zu werden. Er behauptete, dass ihm in seinen Dienstjahren nichts fremd geblieben sei – er kannte alles, was die Stadt an kriminellen Aktivitäten zu bieten hatte. Alle verließen sich auf Chowder

Kelly. 1863, bei den Unruhen wegen der Einberufungen, war er zu seinem Spitznamen gekommen – durch die heroische Ein-Mann-Verteidigung einer Kneipe, deren Spezialitäten Austern und Clam Chowder, ein scharfer Muscheleintopf, waren. In dieser Kneipe an der Pine Street aß er fast jeden Tag zu Mittag, natürlich gratis. Zum Chowder hatte er eine intime Beziehung entwickelt, und er kannte jede Geschmacksnuance, jedes Gewürz und die genaue Beschaffenheit der gelungenen Speise. Er hatte es als seine Pflicht betrachtet, die Kneipe gegen den zusammengerotteten Mob zu verteidigen. Auch sein finanzielles Interesse an den weniger appetitlichen Aspekten dieses Unternehmens hatte ihn womöglich dazu bewogen. Vier junge Damen, die den Dockarbeitern ihre Dienste anboten, hielten die oberen Räume ständig besetzt. Die Matratzen quietschen so häufig und so ausdauernd über den Köpfen der Speisenden, dass es niemandem mehr auffiel.

In der ersten Nacht der Unruhen kam eine Gruppe Protestierender auf die Idee, die Kneipe zu stürmen. Chowder hatte sich vor dem Eingang postiert, und das genügte offenbar, die Menge zu provozieren. Während des Aufruhrs konnte eine Uniform so etwas auslösen. Mit Spitzhacken, Metzgerbeilen, Säbeln, Messern und Schlagstöcken war der wütende Mob bewaffnet. Hundert Augen glühten rot im Fackellicht, als die Menge trotzig brüllend, aber zuversichtlich auf Chowder zumarschierte. Unbeweglich, an den Türrahmen gelehnt, war er stehen geblieben, als ob er auf eine Vorstellung im Theater wartete. Als sich der Anführer auf etwa fünfzehn Fuß Entfernung genähert hatte, zog Chowder wortlos seine Pistole und knallte ihm den Kopf weg.

»Du hättest sehen sollen, Tommy, wie sie auseinander gestoben sind.« Chowder hatte in sein Bier hineingelacht, als er Tom vor ein paar Jahren die Geschichte erzählte. »Es geht nichts über ein Schießeisen, wenn du einen Aufruhr bändigen musst. Der arme Teufel – sein Hirn hat's über die ganze Versammlung gespritzt. Von da an haben sie die Kneipe in Ruhe gelassen. Wahrschein-

lich haben sie nachher ein leichteres Ziel gefunden. Auf jeden Fall bin ich reingegangen und hab's ausgesessen. Drei Tage lang hab ich Chowder gegessen, bis endlich die Soldaten eintrafen.«
»Was hast du mit der Leiche gemacht?« Dass das eine dumme Frage war, merkte Tom sofort.
»Ich ließ sie natürlich liegen. Als eine Art Reklame. Sehr wirkungsvoll. Eine solche Reklame rettet Leben.«
»Sehr vernünftig«, war Toms Kommentar.

Tom plauderte noch eine Weile mit Chowder, nippte an seinem Kaffee und ging die Neuigkeiten in der Abteilung durch: wer am Vortag verhaftet worden war, welcher Detective zu viel getrunken hatte und dabei fast von Thomas Byrnes, dem Chef, erwischt worden wäre ... solche Dinge. Was Tom an seiner Tätigkeit am meisten schätzte, war die Abwechslung: Jeden Tag gab es etwas Neues zu berichten, vom Büro und vor allem von der Straße. Heute war er es, der mit den meisten Neuigkeiten aufwarten konnte. Ein Mord sorgte immer für angeregte Gespräche. Aber bald wurde die Unterhaltung von Byrnes unterbrochen, der aus seinem Büro trat und die Männer mit einem lauten Räuspern zur Ordnung rief. Sie stellten sich auf, reckten das Kinn vor, zogen den Bauch ein und gaben sich Mühe, diszipliniert auszusehen.
Sie wurden namentlich aufgerufen, dann folgte Byrnes' »morgendliche Truppenschau«. Alle, die am Vortag verhaftet worden waren, wurden aus den Arrestzellen geholt. Byrnes war der Meinung, dass sich die Polizisten auf diese Weise die Gesichter einprägen konnten: die der größeren und kleineren Diebe, der Krawallmacher und anderer Gauner. Es war eine seiner Neuerungen, die die meisten Kollegen für ganz nützlich hielten. Nach der Truppenschau gab Byrnes die Parolen des Tages aus. Der Detective, dessen gestärkter Kragen zu beiden Seiten seines Kinns wie zwei Flügel aufragte, rief energisch zum Kampf gegen das Verbrechen auf. Sein Schnurrbart sträubte sich, als er die

Männer an ihre Lebensaufgabe erinnerte. Die Kriminalabteilung sei neu, und die Stadt habe viel Geld hineingesteckt. Es sei ihre Pflicht, Erfolge zu bringen. Verhaftungen und Verurteilungen seien angesagt. Sie seien eine Eliteeinheit, und sie hätten besonders hohen Anforderungen zu genügen. Wer nicht mithalten könne, werde versetzt. Das war die allerschlimmste Drohung. Sie bedeutete nicht nur eine Demütigung und eine Degradierung, sondern auch eine gewaltige Verringerung des Einkommens. Wen Byrnes versetzt hatte, der durfte auf Jahre hinaus den hintersten Platz auf der Karriereleiter einnehmen.

Als Tom wieder an seinem Schreibtisch saß, hatte er ein Gefühl, als wären seine Katzen gestorben. Byrnes war drauf und dran, den Dampfkessel hochzufahren. Der Druck war da: Erfolge mussten her. Immerhin gab es da draußen Leute, die kein Schutzgeld an die Cops entrichteten, und die galt es zu fassen. Meistens konzentrierte sich die Polizei auf die Gewalttäter – aber auch auf die Kleinkriminellen, die kein Schutzgeld aufbringen konnten. Die Ironie dieser Situation war Tom nicht entgangen. Wer Gesetze brechen wollte, brauchte Geld. Solange das Geld floss und in den richtigen Taschen landete, brauchten sich die Gesetzesbrecher keine großen Sorgen zu machen. Tom verbrachte die nächste Stunde damit, einen ersten Bericht über den Fall Bucklin zu schreiben, dann legte er eine neue Akte an und räumte ihr den ersten Platz ganz oben auf seinem Aktenberg ein.

Als er das Hauptquartier verließ, traf er Sam, der gerade die Stufen heraufkam.

»Schön, dich zu sehen, Sam. Was führt dich ins Sanctum Sanctorum?« Tom gab ihm die Hand.

»In was?«, fragte Sam, der ihn nicht verstand. »Ist das der neueste Name für euren Laden?«

»Nein, ich wollte nur angeben. Schließlich habe ich in der Schule acht Klassen absolviert. Es heißt so etwas wie das Allerheiligste, glaube ich.«

»Hmm. Passt nicht schlecht. Du hast mich schon immer gern auf den Arm genommen. Das einzig Heilige in diesem Bau ist das Scheißhaus.«
Tom lachte laut auf, sah sich aber gleichzeitig um. »Wir sollten lieber nicht so laut reden«, sagte er leise. »Die Lauscher sind überall.«
»Ein guter Rat. Aber auch ich wollte dir einen Rat geben. Deswegen bin ich hergekommen. Hast du vor, heute zu Coffin zu gehen?«, fragte Sam hoffnungsvoll.
»Wieso?« Tom wusste bereits die Antwort.
»Er hat sich nach dir erkundigt. Er meinte, er hätte dich schon lange nicht mehr gesehen.«
Tom nickte nur nachdenklich.
»Wenn du schlau bist, lässt du dich öfter bei ihm sehen. Solange du zu seinem Tross gehörst, musst du dich an die Regeln halten.«
»Wir sollten uns lieber woanders unterhalten, Sam«, sagte Tom und sah sich um. Die beiden gingen in südlicher Richtung die Mulberry Street hinunter, wo Geschäftigkeit und Lärm das Mithören unmöglich machten. »Ich habe mich auf den Falschen eingelassen, Sam. Mir gefällt das nicht. Mir gefällt manches nicht, was ich höre, und mir gefällt manches nicht, was ich tun muss. Er geht zu weit, er nimmt Geld von Leuten, die wir nicht beschützen sollten. Du verstehst mich schon«, sagte Tom, während sie an einer der ältesten Mietskasernen des Viertels vorübergingen. Dort stank es genauso übel wie seine Abmachung mit Coffin.
»Hör zu, Tom, es muss dir nicht gefallen, du musst nur mitmachen.« Sam wollte ihn zur Einsicht bringen. »Zahl dem Scheißkerl, was du ihm schuldig bist, dann kannst du machen, was du willst. Irgendwann bist du ihn los. Pass auf, gestern Nachmittag hat er nach dir gefragt. Es klang, als ob er … Also, ich meine, du solltest ihn aufsuchen.«
»Verstehe, Sam. Ich wollte heute sowieso zu ihm«, sagte Tom, als sie an der alten St.-Patricks-Kathedrale vorüberkamen.

»Gut. Hat keinen Zweck, ihn zu verärgern. In null Komma nichts bist du ihn los.« Sam wollte ihn beruhigen.
»Ich glaube es nicht, Sam. Wer Coffin einmal anfasst, der bleibt kleben – und genauso geht es mir.«
An der nächsten Kreuzung trennten sich ihre Wege. Tom ging nach Osten, und Sam setzte seinen morgendlichen Streifengang fort. Tom hatte es nicht eilig und legte den Weg bis zur Suffolk Street langsam und in Gedanken versunken zurück.
In letzter Zeit versuchte er immer öfter, einen Sinn hinter den vermeintlichen Widersprüchen in seinem Leben zu finden. Er war ein guter Mensch, ein guter Cop, und er nahm seine Aufgabe ernst. Seinen Ruf als verlässlichen Sergeant Detective hatte er zu Recht bekommen, und seine gute dienstliche Beurteilung hatte er tatsächlich verdient. Er war stolz darauf. Aber trotzdem tat er auch schlimme Dinge. Immerhin fügte er die schlimmen Dinge den schlimmen Leuten zu – Leuten, die ihr Geld mit Geschäften am Rande der Legalität machten – zumindest redete er sich ein, dass es so war.
Es gab zu viele obdachlose, hoffnungslose, mittellose Seelen, die bereit waren, für ein Stück trockenes Brot alles zu tun. Zwanzigtausend Waisen lebten auf der Straße; wenn sie Glück hatten, verkauften sie Zeitungen, wenn sie Pech hatten, verkauften sie sich selbst. Es hieß, dass hunderttausend Obdachlose in der Stadt lebten, in Blechhütten auf immer seltener werdenden unbebauten Gründstücken hausten; im Sommer starben sie an ansteckenden Krankheiten, im Winter durch Erfrieren. Und anscheinend gab es in der Stadt genauso viele, die im darwinistischen Kreislauf diese Armen abzockten. Diese richtig Kriminellen, sie sollten dafür zahlen. Sie zahlten auch – meistens mit Dollars, seltener mit einem Aufenthalt hinter Gittern. Doch mit jedem Dollar, der den Weg in Toms Tasche fand, ging ein Stück von ihm verloren. Er fragte sich, ob eines Tages ein Daniel Webster auferstehen würde, um ihn vom Pakt mit dem Teufel zu erlösen. Er glaubte nicht daran.

Die nächsten zwei Stunden verbrachte Tom damit, anhand der kurzen Liste bei Terrence Bucklins Bekannten anzuklopfen. Überall die gleiche Geschichte. Eigentlich war es merkwürdig. Der Pfarrer, Father O'Brien, ein kränklich aussehender Mann, fasste es so zusammen: »Terrence Bucklin war ein Mensch, der nichts zu beichten hatte.«

Tom war O'Brien zufällig begegnet, als er die Wohnung der Bucklins verließ, wo er der Familie Trost gespendet und mit ihnen den Ablauf des Begräbnisses besprochen hatte.

»Das höre ich überall, Father. Mir ist niemand begegnet, der über ihn ein unfreundliches Wort gesagt hätte, und ich habe mit vielen seiner Bekannten gesprochen. Sie sind also gerade bei seiner Familie gewesen. Wie geht es den Bucklins, vor allem dem Jungen?«, fragte Tom.

»Es geht einigermaßen, Detective. Sie haben schon so viel Kummer erleben müssen«, sagte er und senkte den Kopf. »Manchmal verleiht Gott denen, die es besonders nötig haben, eine besondere Kraft, und ich glaube, der Herr hat sie diesen Leuten hier gegeben«, sagte der Priester nachdenklich. »Aber Mike macht mir große Sorgen. Ein Kind kann so schnell vor die Hunde gehen.«

»Ich weiß, was Sie meinen, Father«, sagte Tom. »Es ist ein hartes Los.«

»Da haben Sie recht, Detective. Ich werde ihn im Auge behalten.«

»Ich auch«, sagte Tom. »Ich bin froh, dass ich Sie hier getroffen habe. Jetzt muss ich noch einen Stock höher zur Familie Loftus hinaufgehen. Vielleicht können sie mir etwas Neues sagen.«

»Von ihnen werden Sie dasselbe hören wie von den anderen auch«, sagte Father O'Brien. »Ein guter Mensch, da sind sich alle einig, der keinen einzigen Feind hatte.«

Tom schüttelte den Kopf. »Da täuschen Sie sich, Father. Er hatte zumindest einen Feind, und den werde ich finden.«

7. Kapitel

Wahrscheinlich ist noch nie zuvor ein bedeutendes Werk von einem Menschen geschaffen worden, dem sich so viele Schwierigkeiten in den Weg stellten.

Emily Roebling

Im dritten Polizeirevier war es verhältnismäßig ruhig, als Tom gegen Mittag hinkam. Sam war noch auf Streife; auch Jaffey war nicht da. Ohne seine Schreibarbeit zu unterbrechen, deutete der Sergeant neben der Eingangstür durch ein Nicken an, dass Tom in Coffins Büro hinaufgehen sollte. Tom nahm zwei Stufen auf einmal. Auf dieses Treffen hatte er sich nicht gefreut, besonders nach seinem gestrigen Besuch im Bordell. Doch jetzt war er einmal da, also nahm er sich vor, die Geschichte möglichst bald hinter sich zu bringen. Er klopfte an Coffins Tür und trat ein, noch bevor der Captain ihn dazu aufforderte.

»Morgen, Captain«, sagte Tom gleichmütig. Nur in der Öffentlichkeit nannte er ihn Captain. Hinter geschlossenen Türen sagte er August, hauptsächlich, weil er wusste, dass es dem Captain nicht gefiel, oder auch Augie, wenn er ihn richtig nerven wollte. Coffin, der am Schreibtisch saß, stand auf, halb überrascht, halb empört über die Unterbrechung.

»Tom! Wie reizend, Sie zu sehen. Ich hab Sie heute nicht erwartet«, sagte er für den Fall, dass jemand in Hörweite war. »Was führt Sie in unser schönes Revier?« Sie gaben sich die Hand wie zwei alte Freunde – wieder ein kleines Schauspiel für etwaige Zuschauer. Tom packte Coffins Hand mit so festem Griff, dass die Knochen knirschten. Als Coffin sich zu befreien versuchte, stieg die Röte über seinen Kragen hinauf. Er setzte ein gezwungenes Lächeln auf und gab Banalitäten von sich.

»Kommen Sie doch herein, Detective. Sergeant Halpern hat mir gesagt, dass Sie den Mordfall vom Peck Slip bearbeiten.« Die Tür hinter Toms Rücken fiel so ins Schloss, dass die große Glasscheibe schepperte.

»Kommen wir zur Sache, Braddock«, knurrte Coffin und setzte sich wieder hin. »Du hast etwas für mich?« Tom sagte kein Wort, er reichte ihm nur zwei Kuverts. Nur noch sechsmal, dann ist alles abbezahlt, dachte er sich.

»Du bist spät dran«, sagte Coffin. »Und was soll das hier sein?« Coffin befingerte den zweiten, dickeren Umschlag.

»Gestern war ich bei Madame LeFarge«, sagte Tom. »Ich bekam Ärger mit Grafton, dem miesen kleinen Perversen. Du weißt schon, wen ich meine?«

»Leider. Er hat eins von Kates Mädchen verprügelt. Man musste sie ins Krankenhaus bringen.«

»Genau der.« Tom stützte die flachen Hände auf Coffins Schreibtisch und lehnte sich nach vorn, so dass er drohend auf den Captain hinuntersah. »Ich musste ihm beibringen, dass er sich nie mehr bei LeFarge sehen lassen darf – und das bringt mich zu meinem zweiten Punkt.«

»Und das wäre?«, sagte Coffin mit unschuldigem Blick.

»Dass wir von ihr kein Geld mehr annehmen sollten, August. Du weißt genau, was dort vorgeht.« Vor Coffins gleichgültigem Blick kam Braddock sich irgendwie naiv vor. Coffin wusste nur zu gut, was bei Madame LeFarge los war. Man munkelte, dass er selbst gelegentlich daran teilnahm.

»Lass dir etwas klarstellen, Tom«, sagte Coffin mit erhobener Hand und unterbrach Tom in einem leisen, aber gebieterischen Ton. »Erstens, ich bin hier der Chef. Ich bestimme, wen wir schützen und wen nicht. Verstanden?«
Er wartete nicht auf die Antwort.
»Zweitens, was dir gefällt oder nicht gefällt, das ist deine Sache, nicht meine. Ich schätze deine Meinung, Tom.« Im Weiterreden versuchte er, die Schärfe in seiner Stimme zu mildern. »Aber trotzdem musst du respektieren, dass in gewissen Angelegenheiten auch andere betroffen sind und dass ich besser als du beurteilen kann, was ich tue und was ich nicht tue.« August machte eine Pause. »Ist das klar?«
»Sonnenklar, Captain«, sagte Tom ausdruckslos. Seine Meinung dazu behielt er für sich.
»Gut. Dann ist die Sache erledigt, Tommy. Überlass die Entscheidungen mir. Die liegen in meiner Verantwortung – und das bringt mich auf *deine* Verpflichtungen.« Er neigte den Kopf zur Seite und sah Tom herausfordernd an. »Wo hast du dich in letzter Zeit herumgetrieben?«
»Ich war beschäftigt. Zwischen uns gibt's eine geschäftliche Abmachung, und du weißt ganz genau, dass ich meinen Verpflichtungen nachkomme.«
Coffin schien darüber nachzudenken, während er die Füße auf den Tisch legte und die Kuverts noch einmal befühlte. Tom setzte sich ihm gegenüber. August sagte nichts, er nahm einen Bleistift und schnippte ihn in die Luft. Das gehörte zu seinen unangenehmeren Gewohnheiten. Schweigend sah Tom der kleinen Vorstellung zu.
Endlich sagte Coffin: »Ist schon gut, Tommy. Ich wusste, dass meine Befürchtungen grundlos waren. Ich werde nicht einmal nachzählen.« Er deutete auf die Kuverts. Tom fragte sich, was für ein Geräusch es machen würde, wenn er Coffin den Hals umdrehte. Er stellte sich vor, wie sich seine Finger in Coffins Fleisch gruben, wie ihm die Farbe aus dem Gesicht wich, die

Augen hervorquollen und die Zunge heraushing. Er lächelte in sich hinein.

»Du scheinst ein rebellischer Geist zu sein, aber das kann genauso gut eine Stärke wie eine Schwäche sein. Es ist auch einer der Gründe, weshalb ich dir zur Beförderung verholfen habe«, sagte Coffin, als ob alles schon vergeben und vergessen sei. Tom war klar, dass gerade dieser Grund am wenigsten wog. »Wie läuft's denn so in deiner Abteilung?« Coffin wechselte das Thema.

»Ganz, wie es zu erwarten war. Byrnes spürt den Druck von oben. Heute früh mussten wir uns schon wieder eine seiner Predigten anhören«, sagte Tom.

»Hmm. Es ist schon schwer, eine neue Abteilung zum Laufen zu kriegen. Aber eine große Chance. Halt dich an ihn, und du wirst es weit bringen, Tommy. Das Detective Bureau wird ein Erfolg werden, darauf kannst du dich verlassen. Da kannst du dich auf Byrnes verlassen.«

»Anfangs hatten wir ein paar Probleme«, sagte Tom. »Einige Kollegen in den Revieren verstehen unseren Auftrag falsch. Sie meinen, wir überschreiten unsere Kompetenzen, stecken die Nase in ihre Angelegenheiten. Das kann zu unangenehmen Situationen führen.«

Coffin ließ den Bleistift rotieren. »Aber du kommst doch gut voran? Dir geht es doch gut, seit deiner Beförderung?« Gespannt hielt er den Bleistift fest. »Hab ich dir nicht gesagt, dass sich die Investition lohnen würde?«

»Doch, das hast du mir gesagt, August«, räumte Tom achselzuckend ein. »Und mir ist es auch gut bekommen, das muss ich zugeben.«

»So. Und mich freut es, dass du vorwärts kommst. Es ist für mich eine große Befriedigung, dass so viele verdiente Kollegen durch meine Hilfe Karriere machen.« Coffins Unschuldsblick verriet seine Selbstzufriedenheit. »Die meisten machen der Abteilung Ehre. Aber weißt du, Tommy, es gibt einige, die mich enttäuscht haben – ab und zu. Und Enttäuschungen, auch wenn sie noch so klein sind – so was summiert sich. Ich glaube an meine Schützlinge, und ich vertraue ihnen, und ich möchte nicht enttäuscht werden. Dann werde ich unsicher. Ich hasse Unsicherheit, das kannst du mir glauben. Das bringt nur Komplikationen. Meinst du nicht auch?«

»Zweifellos, August«, sagte Tom, scheinbar gleichgültig. Er wusste schon, worauf Coffin hinauswollte.

»Aber ich bin mir sicher, Tommy, dass ich mich auf *dich* verlassen kann. Stimmt's? Ich kann mich doch auf dich verlassen – auch wenn es ab und zu eine kleine Enttäuschung gibt?« Coffin richtete seinen Bleistift auf Toms Brust.

»Das kannst du, August. Wir sind aneinander gebunden, wir zwei. Wie in einer Ehe, könnte man sagen.« Tom betete, dass er niemals eine derartige Ehe erleben müsste.

»Genau, Tommy, so ist es, ganz genau. Eine Ehe führt zwei Menschen zusammen ... vereint sie im gemeinsamen Geschäft des Lebens, nicht wahr? Eine Ehe verlangt Glauben und Vertrauen. Das schweißt eine Ehe zusammen, meinst du nicht auch?«

»Bei mir würde an erster Stelle die Liebe stehen, August, aber ich verstehe, was du damit sagen willst.«

»Es ist doch so: In gewisser Weise bin ich mit meinen Männern verheiratet, und sie sind es mit mir. In den meisten Fällen besitzen wir diesen Glauben und dieses Vertrauen. Und ich würde sagen, eine kleine Enttäuschung hie und da ist kein Grund, eine Ehe zu beenden. Das muss nicht sein. Immerhin ist der Bund der Ehe heilig; man darf ihn nicht leichtfertig trennen. Aber solche Dinge weißt du noch gar nicht, Tommy, du bist ja noch nicht in diesem seligen Zustand, du Hund.« Coffin zwang sich ein Schmunzeln ab.

»Ach, ich glaube schon, dass ich ein wenig davon verstehe, August«, sagte Tom ausdruckslos.

»Sicher, sicher, davon bin ich überzeugt. Nein, es gibt keinen Grund, eine Ehe wegen einer Kleinigkeit aufzulösen, wie ich schon sagte. Aber weißt du, Tommy, wenn der eine Partner den

Glauben und das Vertrauen des anderen verrät, dann, meine ich, sollte die Verbindung aufgelöst werden. Meinst du nicht auch – aufgelöst, schnell und endgültig, zum Besten beider Parteien?«
Coffin spielte versonnen mit seinem Bleistift, warf ihn in die Luft und wartete ein paar Umdrehungen ab, bis er ihn wieder fing.
»Wahrscheinlich wäre das das Beste. Es hat keinen Sinn, eine Partnerschaft aufrechtzuerhalten, wenn sie nicht mehr funktionieren kann.« Tom ging auf Coffins Spiel ein. Mit geheucheltem Gleichmut schlug er die Beine übereinander und sah den Captain unbeweglich an.
»Es freut mich, dass du mich verstehst, Tommy. Du sollst aber wissen, dass ich dir gegenüber vollkommenes Vertrauen hege. Bei uns gibt es keine Scheidung, bestimmt nicht. Wir gehören zu einer Mannschaft, wir zwei, wie der Pitcher und der Fänger; wir geben uns Signale, überraschen mit einem Effetball oder einem Fastball, passen auf, ob jemand unbemerkt zum nächsten Base rennen will oder den Ball abtropfen lässt.« August, stolz auf seinen Vergleich, strahlte über das ganze Gesicht. Er fing den Bleistift mitten in der Drehung auf und richtete ihn auf Tom.
»Wenn ich anderer Meinung wäre, Thomas, würde ich dich nicht mehr mitspielen lassen.«
Kaum hatte August die Drohung ausgesprochen, bat er Tom schon um einen Gefallen. Er wusste, dass eine Ablehnung nicht in Frage kam. Nach Coffins Ansicht handelte es sich um eine Kleinigkeit. »Ein kleines Ärgernis.«
»Ich habe mit dem Betreiber eines Spielsalons ein Problem, und ich dachte mir, du könntest mir einen kleinen Gefallen tun.«
Tom schwieg. Er wusste, dass es sich nur um ein schmutziges Geschäft handeln konnte.
»Also, dieser Finney, er denkt, er kann seine Aktivitäten ohne die dazugehörigen Abmachungen weiterbetreiben. Er versteht anscheinend noch nicht, wie man in unserer Stadt Geschäfte macht.« Coffin setzte ein besorgtes Stirnrunzeln auf.

Tom grinste gelangweilt. »Ich verstehe. Du willst, dass ich ihm eine kleine Lektion in Volkswirtschaft erteile.«
»Genau das«, stimmte ihm Coffin zu und lächelte über Toms Euphemismus. »Nichts Extremes, wohlgemerkt. Ihn zur Vernunft bringen. Ein Appell an seinen Geschäftsinstinkt.«
»Also meinst du, er sollte nicht durch Krankheit oder ein plötzliches Missgeschick beeinträchtigt werden?«
»Auf keinen Fall. Ist zu diesem Zeitpunkt auch nicht nötig. Er wird schon einsehen, dass uns nur sein Wohlergehen am Herzen liegt. Finney braucht nur einen Hinweis darauf, was diesem Wohlergehen dient.« Nachdenklich rollte Coffin den Bleistift zwischen den Fingern hin und her. »Finney soll sich keine falschen Hoffnungen für die Zukunft machen, Thomas – je früher er das merkt, desto besser.«
»Ist recht, Augie«, sagte Tom. Befriedigt stellte er fest, dass der Spitzname missbilligend aufgenommen wurde. »Also, wo kann ich diesen Finney antreffen?«
Der Captain gab an, wie viel Tom aus Finney herauszuholen hatte. Die Summe war höher als üblich – das habe sich Finney selbst zuzuschreiben, da er nicht rechtzeitig eingewilligt habe, meinte Coffin selbstzufrieden. »Hier hast du die Adresse. Wann kann ich mit dir rechnen, Tom?«
Tom wandte sich zum Gehen. »Gib mir zwei Tage Zeit«, sagte er. Schnell öffnete er die Bürotür; er wollte keine Sekunde länger bleiben als nötig. Coffin hatte die Füße immer noch auf der Tischplatte. Seine Stirn war umwölkt, als er Tom nachblickte.
Tom kochte innerlich, als er das Gebäude verließ. Coffin hatte sich noch gemeiner verhalten als sonst. Zum ersten Mal hatte er Tom geradezu gedroht. Obwohl Tom keine hohe Meinung von August hatte, musste er seine Drohung ernst nehmen. Vor Coffin selbst hatte er keine Angst, denn der war viel zu feige, die Drecksarbeit eigenhändig auszuführen. Wenn ihn Coffin kriegen wollte, dann würde er das von seinem Korps erledigen lassen. So nannte Coffin seinen Schlägertrupp. Es hatte lange

gedauert, bis er nach und nach aufgebaut war. Er war so etwas wie eine Privatarmee und bestand aus lauter Männern wie Coffin selbst. Er hatte sie im Laufe der Jahre gekauft, korrumpiert und manipuliert. Kein Mensch wusste, wie hoch ihre Zahl war. Einige kannte Tom, aber er nahm an, dass es noch viele gab, von denen er nie etwas gehört hatte. Coffin hatte seine Karriere darauf gebaut, »verdiente« Personen zu fördern. Sobald der Fisch angebissen hatte und der neue Sergeant oder Wardsman oder Captain oder Detective begonnen hatte, seine Schulden abzuzahlen, stellte er fest, dass das, was er als Gegenleistung zahlen musste, weit mehr war als nur Coffins Zinsen.

Tom hatte sich fest vorgenommen, die Sache mit Finney so bald wie möglich hinter sich zu bringen. Ein Aufschub hatte keinen Zweck. Es würde Tom nur Ärger bringen – und Finney auch, was Tom allerdings nicht weiter grämte.

Tom befand sich jetzt viel näher an der Brücke als an Finneys Etablissement, das weiter im Norden, an der Kreuzung Baxter und Center Street lag, also steuerte er diese als Erstes an und ging über die Park Row zur Brückenauffahrt hinüber. Auf der Manhattaner Seite war noch viel zu tun. Die Zufahrtsrampen waren erhöhte Fahrbahnen, die die Brücke mit den Straßen verbanden. Sie erstreckten sich über viele Häuserblocks in die Stadt hinein; die ganze Umgebung war planiert worden, um für die Rampen Platz zu schaffen.

Als er die Zufahrt neben dem neuen Terminal der künftigen Brückenbahn entlangging, schaute er sich die Konstruktion genauer an. Die Rampe ruhte auf steinernen Bögen, die in einer Höhe von zwei Stockwerken anfingen und in Flussnähe eine Höhe von fünf Stockwerken erreichten. Am Franklin Square führten die Gleise der El unter dem Bogen hindurch. Die Bauten aus Granit und Sandstein bildeten einen Kontrast zu den kleinen, schäbigen Fachwerkhäusern mit den vielen Firmenschildern, die zu beiden Seiten der Auffahrt standen.

Tom ging die Auffahrt hinauf. Erst nach zweihundert Metern,

als er schon auf die Dächer der Häuser hinunterschauen konnte, machte sich jemand die Mühe, nach seinem Vorhaben zu fragen.
»Hören Sie mal, was haben Sie hier zu suchen? Hier sind Besichtigungen nicht erlaubt. Kehren Sie sofort um und gehen Sie auf dem gleichen Weg wieder zurück.«
»Ich bin Detective Sergeant Braddock«, sagte Tom und öffnete seine Jacke, um die Dienstmarke an seiner Weste zu zeigen. »Ich hole Erkundungen ein über einen Mann, der auf der Brücke gearbeitet hat, vielleicht kennen Sie ihn, Bucklin hieß er, Terrence Bucklin.«
»Da müssen Sie zum Baubüro gehen«, sagte der Mann und deutete mit der Hand hinüber auf die Brooklyner Brückenseite.
»Gut«, sagte Tom, dem es klar war, dass er von diesem Mann keine vernünftige Auskunft erwarten konnte. »Und wo ist das Baubüro?«
»Ecke Fulton und Front Street«, sagte der Arbeiter, ohne Braddock anzusehen. »Im Verlagshaus der *Union.*«
Tom setzte seinen Weg fort.
»Sie dürfen nicht über die Brücke gehen«, rief der Mann ihm nach. »Hey, hören Sie? Es ist verboten.«
Aber Tom ging weiter. Nach zwanzig Minuten hatte er das Gebäude erreicht, in dem das Baubüro untergebracht war. Tom nahm sich vor, auf dem Rückweg die Fähre zu benützen. Er hatte keine Lust, ein zweites Mal dort, wo die Fahrbahn noch nicht fertig war, über die hölzernen Planken zu laufen. Der Fluss lag sehr weit unten.
Weitere zwanzig Minuten vergingen, bis er herausgefunden hatte, in welchem Bautrupp Bucklin gearbeitet hatte und wo dieser Trupp heute eingesetzt war.
»Hunderte von Männern arbeiten auf dieser Baustelle, Detective«, sagte ein Büroangestellter, nachdem sich Tom ausgewiesen und sein Anliegen vorgebracht hatte. »Zuerst einmal muss ich die Lohnliste durchgehen und schauen, ob dieser Bucklin überhaupt bei uns beschäftigt ist.«

»Ich wäre Ihnen sehr verbunden. Ich kann warten«, sagte Tom.
Es dauerte eine Weile, dann sagte der Angestellte: »Wir haben einen Buckland, einen Bucklin und zwei Buckmans. Wissen Sie sicher, wie er sich schreibt?« Tom buchstabierte den Namen.
»Okay. Vielleicht kann ich Ihnen gleich sagen, wo er heute eingeteilt ist.«
Tom setzte sich zum Warten in den kleinen Vorraum und las die *Union,* während der Angestellte sich in die Arbeitslisten vergrub und mit den Blättern raschelte.
»Jetzt habe ich's«, sagte er schließlich und hielt ein Blatt in die Höhe. »Er müsste auf der New Yorker Seite bei den Maurern sein, die die Gewölbe bauen. Der Vorarbeiter heißt Hightower.«
Tom stand auf, schob sich die Zeitung unter den Arm und trat an den langen Tisch, wo der Angestellte die Liste für ihn ausbreitete.
»Haben Sie genauere Angaben: Nordseite, Südseite, über welcher Straße oder Ähnliches? Dort arbeiten sehr viele Trupps«, sagte Tom, während er die Liste ansah.
»Steht nicht drauf.« Der Angestellte runzelte die Stirn. »Meistens steht nicht alles drauf«, entschuldigte er sich.
Tom bedankte sich und machte sich auf den Weg zum Fährterminal. Ihm fiel nicht auf, dass ihm einer der anderen Angestellten mit besonderem Interesse nachsah, als er das Büro verließ.

Erst eine halbe Stunde später, nach einer Verzögerung wegen des Schiffsverkehrs, stand Tom unter dem Kabel-Verankerungsbau auf der New Yorker Seite. Links davon, unter dem Rampenbogen oberhalb der Franklin Street, sah er Arbeiter auf einem Gerüst. Er ging auf sie zu und rief: »Kennt jemand von euch Terrence Bucklin?«
»Was?«, rief einer zurück.
»Terrence Bucklin«, rief Tom wieder.
»Nicht da«, kam die Antwort von ganz hoch oben.

»Habt ihr eine Ahnung, wo ich Hightower finden kann?«, fragte Tom.
»Ich dachte, Sie wollten Bucklin«, rief eine grobe Stimme. »Wissen Sie selbst nicht, wen Sie suchen?« Tom hielt es für klüger, nicht darauf zu reagieren. Er wartete.
Bald darauf schaute ein Kopf über den Rand des Gerüsts. »Also, was wollen Sie?«
»Ich suche seinen Trupp, den von Bucklin und Hightower, meine ich.«
Der Mann räusperte sich und spuckte hinunter. Fast hätte er Tom getroffen. »Die sollen heute die Gewölbe weiter oben ausmauern«, sagte er und zeigte in die Richtung der City Hall.
Als Tom weiterging, stieß er auf einen zweiten Maurertrupp. Er trat auf den Mann zu, den er für den Vorarbeiter hielt.
»Hightower?«
»Und wer sind Sie?«, gab der Mann zurück und stemmte die Hände in die Hüfte.
»Detective Braddock. Ich untersuche einen Mordfall. Kennen Sie Terrence Bucklin?« Tom zeigte seine Dienstmarke.
»Ich kenne ihn nicht. Aber seinen Namen hab ich schon mal gehört«, sagte der Mann und ließ die Hände fallen. »Stimmt schon, er ist bei Hightowers Trupp. Eigentlich sollten sie heute mit uns zusammenarbeiten, aber die Ziegel hier reichen nur für einen Trupp, also sind sie die Straße weiter hinaufgegangen.« Der Vorarbeiter zeigte auf die Gegend, wo Tom vor einer Stunde seine Suche begonnen hatte. »Sie machen dort oben irgendwas anderes.«
»Wie sieht er denn aus, dieser Hightower?«
»Rundlicher Typ. Hosenträger und eine Melone.« Der Vorarbeiter wandte sich wieder seinen Männern zu.
Drei Häuserblocks weiter gelangte Tom an seinen Ausgangspunkt zurück. Ihm kam es vor, als hätte er noch mehr Zeit verschwendet, als tatsächlich vergangen war. Als Erstes erkundigte er sich noch einmal im Terminal. Hammerschläge hallten vom

höhlenartigen Dach des halbfertigen Gebäudes. Wieder zeigte jemand in die allgemeine Richtung, in der Hightower zu finden war. Als Tom schließlich eine Melone auf einem großen Schädel erspähte, der wiederum auf einem noch größeren Körper saß, glaubte er, endlich Hightower vor sich zu haben.

»Sind Sie Hightower?«

»Was kann ich für Sie tun, Mister?«, fragte der Dicke. Tom zeigte seine Dienstmarke und erkundigte sich, ob er Bucklin kenne.

»Aber klar kenn ich ihn. Seit drei Jahren schon arbeitet er bei mir im Trupp. James Hightower«, sagte er und reichte Tom die große Hand. »Was ist mit Bucklin los? Ich frage mich schon die ganze Zeit, warum er nicht zur Arbeit kommt.« Hightower schob seine Melone nach hinten und kratzte sich den Kopf. »Ich habe ihn schon seit zwei Tagen nicht mehr gesehen.«

»Bucklin ist tot. Gestern hat man ihn im Hof hinter Paddys Bar gefunden.«

»Jesus! Was sagen Sie da?« Hightower schrie es fast. »Ich sag Ihnen, diese Scheißstadt frisst dich auf und spuckt dich wieder aus. Diese Stadt ist kein Ort für Menschen. Ich selber komme aus Brooklyn«, sagte er, um den Unterschied klarzustellen. »Wie ist es passiert?«

Tom gab ihm Auskunft, ohne zu viele Einzelheiten zu verraten.

»Sagen Sie, wie viele Männer arbeiten hier bei Ihnen?«

»In meinem Trupp sind ungefähr zwanzig Mann, aber wir haben noch ein paar Dutzend, die mit dem Stahl und den Kabeln arbeiten. Dann gibt es noch die bei den Eisenbahngleisen und den Terminals. Zusammen wahrscheinlich dreihundert. Das heißt dreihundert insgesamt, auf beiden Flussseiten.«

»Ist an den letzten Tagen jemand außer Bucklin nicht zur Arbeit erschienen?«

»Keiner aus meinem Trupp. Natürlich weiß ich nicht, wie es bei den anderen war.«

Tom unterhielt sich eine Viertelstunde lang mit Hightower; er stellte viele Fragen, erhielt aber kaum eine brauchbare Auskunft.

Dem Vorarbeiter war in Bucklins Umgebung nichts Besonderes aufgefallen, keine Meinungsverschiedenheiten, kein Streit, Bucklin war einfach ein guter, fleißiger Arbeiter gewesen. Er wusste von den Trauerfällen in Bucklins Familie, hatte sich an der Totenwache für seine Frau und seine kleine Tochter beteiligt, zu Bucklin selbst aber eigentlich keine nähere Beziehung gehabt.
»Eine schwere Aufgabe, wenn man bei so einem großen Projekt die Verantwortung dafür trägt, dass alles richtig klappt«, sagte Tom beiläufig. »Es gibt doch sicher Tausende von Möglichkeiten, Sand ins Getriebe zu streuen.«
»Das kann schon sein, Mister, aber bei meinem Trupp sorge ich für Ordnung. Ich kann nicht für die anderen sprechen, aber mein Trupp ist tipptopp.«
»Macht einen guten Eindruck, Ihre Mannschaft«, stellte Tom fest und sah die Männer an. »Hat es irgendwelche krummen Dinger hier an der Baustelle gegeben? Sie wissen schon – Murksarbeit, schlechtes Material, solche Sachen?«
Mit steinerner Miene antwortete Hightower: »Nicht in meinem Trupp, Mister. Der Schwindel mit den Kabeln liegt Jahre zurück, aber damit hatte ich nichts zu tun.«
»Bucklin soll davon gesprochen haben, dass etwas mit der Brücke nicht stimmt. Haben Sie etwas davon gehört?«
»Was wollen Sie damit sagen, Detective?«, fragte Hightower abwehrend. »Glauben Sie, wir machen irgendwelche Betrügereien? Da liegen Sie falsch.« Er hakte die Daumen in die Hosenträger. »Hier gibt's keinen Murks. Und was Ihre Frage angeht – mir hat Bucklin nie etwas über krumme Sachen gesagt.«
Beschwichtigend hob Tom die Hand. »Das wollte ich gar nicht behaupten. Es war nur eine Theorie. Es sieht aus, als ob Bucklin keine Feinde hatte, aber irgendjemand muss seinen Tod gewollt haben.« Er deutete mit dem Finger auf Hightowers dicken Bauch. »Vielleicht finden Sie eine Erklärung. Übrigens«, sagte er und schaute die Männer der Reihe nach an, »wie viele Männer in Ihrem Trupp, schätzen Sie, kauen Tabak?«

»Was hat das damit zu tun?« Als Tom keine Antwort gab, sagte Hightower: »Ich weiß nicht. Vielleicht die Hälfte. Vielleicht auch mehr. Das machen viele Leute.«
Braddock verbrachte zwei volle Stunden mit der Befragung der Arbeiter in Hightowers Mannschaft. Dazu gehörten Rolf Mentzer, der Deutsche, Matt Emmons und Earl Lebeau.
»Kommen Sie aus dem Süden?«, hatte Tom Matt gefragt.
»Ja. Nach dem Krieg dachten wir, wir sollten lieber in den Norden gehen. Zu Hause gab es nichts zu verdienen, und jetzt, wo uns die Nigger die Jobs wegschnappen, ist es noch schlimmer.«
Tom nickte nur. »In welcher Einheit haben Sie gedient?«, fragte er beiläufig und machte sich Notizen.
»Robertsons Brigade. Company B, Fifth Texas«, erwiderte Matt etwas herausfordernd. Er konnte seinen Stolz nicht verbergen. Er hatte es noch nie fertig gebracht, seinen Stolz auf seinen Militärdienst zu verheimlichen, und auch jetzt, nach so vielen Jahren im Norden, verleugnete er ihn nicht. Für ihn war es schon immer eine große Ehre gewesen, und so würde es bleiben, und zum Teufel mit jedem, der anderer Meinung war.
»Dann waren Sie in Gettysburg dabei«, sagte Tom und sah von seinem Notizblock auf. »Vielleicht haben wir uns dort gesehen. Ich war beim Twentieth New York.«
»Aha«, sagte Matt und überlegte, was er davon halten sollte. »Eigentlich waren wir erst am zweiten Tag dabei. Mit Hood.«
»Dann wart ihr die Kerle, die den Little Round Top fast eingenommen hätten! Wussten Sie, dass Roebling damals Leutnant war und geholfen hat, die Stellung zu halten? Sie wissen schon, Roebling – der erste Ingenieur hier an der Brücke?« Tom deutete nach Brooklyn hinüber.
»So ein Zufall, was?!« Matt tat überrascht. »Stimmt das wirklich? Die Welt ist doch klein. Wenn die anderen keine Verstärkung bekommen hätten, hätten wir vielleicht gewonnen.«
»Da muss ich Ihnen recht geben. Ihr habt wie die Teufel gekämpft. Das war knapp.« Beide erkannten die Untertreibung.

»Am dritten Tag war das Twentieth mittendrin«, sagte Tom. Er wusste, dass Emmons das nur zu gut verstand.
Matt legte seine Kelle beiseite. »Sie waren selbst mittendrin?«
»Ja. Wir haben am südlichen Rand der Felswand gelegen, und als Picketts Linie den Durchbruch machte, hat sie sich auf das kleine Wäldchen zweihundert Meter weiter nördlich konzentriert. Das heißt nicht, dass wir es leicht hatten. Wir sind vorgerückt, um die Mitte zu verstärken. Da ist es uns schlecht ergangen.«
»Den Vorstoß hättet ihr nie machen sollen«, sagte Matt traurig.
Für Tom war dies das erste Mal, dass er sich ausführlich mit einem Veteranen der Konföderierten unterhielt. Sie hatten ähnliche Empfindungen, ein gemeinsames schreckliches Erlebnis, das nicht in Worte zu fassen war. Was sie verband, waren die Toten. Die Trauer um die, die nicht nach Hause kamen, unterschied nicht zwischen Freund und Feind. Im Tod war der Soldat nur noch Mensch; er war nicht mehr der Feind, der durch einen Säbelhieb entmenschlicht wurde.
»Diesen Juli ist es zwanzig Jahre her.« Earl Lebeau, der im Laufe des Gesprächs hinzugekommen war, schüttelte bedächtig den Kopf, als dächte er zum ersten Mal darüber nach. Er runzelte die Stirn und kaute nachdenklich seinen Tabak. Matt stellte Earl vor und sagte ihm, dass Tom den Mord an Bucklin untersuche.
»Verdammt! Ein Mord, sagen Sie? Sie können auf uns zählen, wenn wir Ihnen helfen sollen.« Die Aufrichtigkeit in Earls Stimme hätte sogar Matt fast überzeugt. »Wie ist es passiert, und wer war's?«
»Ich will darüber lieber noch nicht sprechen«, sagte Tom. »Und wer's war – nun, ich hab so meinen Verdacht.« Das war eine Lüge.
»Das verstehe ich«, sagte Matt. »Das Gescheiteste ist, man sagt gar nichts, bevor man den Mann festnageln kann.«
Tom lächelte nur wissend und wünschte sich, er hätte wirklich einen Anhaltspunkt. Er setzte die Befragung in der üblichen Weise fort, erkundigte sich über Bucklins Freunde, Feinde,

Schulden, Streitereien, mögliche Frauengeschichten und was ihm sonst noch sinnvoll erschien. Matt und Earl machten einen hilfsbereiten Eindruck, gaben ihm aber letzten Endes, abgesehen von ein paar vagen Behauptungen über Bucklins Finanzen, kaum einen nützlichen Hinweis. Tom fiel auf, dass Earl seinen Tabaksaft zielgenau auszuspucken pflegte. Braddock fragte immer weiter, wollte Einzelheiten über die Arbeit, den Lohn, über etwaige Arbeitsprobleme, schlampige Zulieferer und Ähnliches wissen. Als er merkte, dass er sich nur im Kreis bewegte, wechselte er auf ein anderes Thema über.

»Wie viele Männer aus eurer Einheit sind denn damals in den Norden gegangen?«

»Drei: wir zwei und Simon Watkins da drüben.« Earl zeigte auf Watkins, der auf der anderen Seite der Fahrbahn arbeitete. Earl fiel das Lügen nicht schwer. »Der Langbeinige dort drüben bei den Gleisen.«

Braddock taxierte Watkins. »Der Schlacksige? Watkins heißt er?«

»Ja. War fast den ganzen Krieg über mit uns in der gleichen Einheit, bis er verwundet wurde.«

Watkins warf ihnen einen Blick zu, dann sah er schnell weg.

»Ach ja, seid ihr manchmal mit Terrence ausgegangen ... in die Kneipe, oder so etwas?«

»Natürlich«, sagte Matt.

»Er war mit uns vor zwei Wochen in Paddys Kneipe, Freitag war es. Das erste Mal seit ewigen Zeiten, dass er mit uns auf ein Bier ging«, fügte Earl hinzu.

Tom fiel wieder die Bemerkung von Mrs. Bucklin ein, dass Terrence in letzter Zeit mehr getrunken habe. Er fragte sich, wer noch dabei gewesen war.

»Freitag vor einer Woche, haben Sie gesagt?« Tom horchte auf. »Vorhin haben Sie das nicht erwähnt«, sagte er beiläufig. Warum wohl, fragte er sich.

»Sie haben nicht danach gefragt«, sagte Earl und spuckte zur

Bekräftigung seinen Tabaksaft aus. »Außerdem waren wir eine ganze Gruppe. Mentzer war dabei, ich und Bucklin und noch ein paar.«
»Ist euch etwas Komisches aufgefallen?«
»Was Komisches? Nein. Bucklin ging früh nach Hause, aber das war nichts Ungewöhnliches. Mentzer hatte ein paar Pint zu viel, aber das kommt auch öfter vor«, sagte Earl.
»Er ist früh nach Hause gegangen? Habt ihr ihn weggehen sehen?«, fragte Tom und machte sich Notizen.
»Nicht direkt. Ich weiß noch, wie er sagte, dass er jetzt losmüsse, und dann ging er auf den Abort, glaube ich, aber ich weiß es nicht genau. Ich bin sicher, dass ich ihn nachher nicht mehr gesehen habe.« Tom beobachtete die beiden genau und bemerkte, wie Earl den Hammer befingerte, der an seinem Gürtel hing.
»Ihr habt nichts gesehen? Überlegt noch einmal. Hatte er mit jemandem Streit? Gab es vielleicht eine kleine Rauferei, die ausartete?«
»Nichts, was mir aufgefallen ist. Terrence war nicht der Typ, der bei einer Rauferei mitmacht. Ich hab mir einfach gedacht, er wollte früh nach Hause. Wer hat ihn gefunden?«, fragte Earl in der Hoffnung, vom Verhör abzulenken.
»Kann ich nicht sagen.« Tom sah ihn ausdruckslos an.
»Ich wünschte, wir könnten Ihnen helfen, Detective, das können Sie mir glauben«, sagte Matt mit gespielter Aufrichtigkeit. »So etwas geht mir an die Nieren. Echt schade, wenn Sie mich fragen.« Matt schüttelte den Kopf. »Eine gefährliche Stadt, New York.«
»Ich habe Sie lange genug aufgehalten. Vielen Dank für Ihre Mühe. Ah ... hier ist meine Karte. Falls Ihnen doch noch etwas einfällt, setzen Sie sich mit mir in Verbindung. Mulberry Street 300.«
»Selbstverständlich«, sagte Earl und reichte ihm mit einem Politikerlächeln die Hand. »Hoffentlich finden Sie den Täter.«

Tom ging langsam auf Watkins zu. Er sah, wie Watkins ihn aus den Augenwinkeln beobachtete.
»Simon Watkins?«
»Ja. Und wer sind Sie?« Watkins nahm eine Abwehrhaltung ein und sah argwöhnisch über Toms Schulter zu seinen Freunden hinüber.
»Detective Tom Braddock«, sagte Tom und zeigte seine Marke. Anders als er es bei Earl und Matt getan hatte, bot er ihm nicht die Hand. »Ich untersuche den Mord an Terrence Bucklin. Man sagt, Sie haben ihn gekannt.«
Watkins warf einen raschen Blick hinauf zu den Brückenkabeln, als überlegte er eine Antwort. »Gekannt habe ich ihn schon; wir haben ab und zu miteinander ein Bier getrunken. Da ist doch nichts dabei.«
»Das habe ich auch nicht behauptet. Sie sind anscheinend gar nicht besonders überrascht über die Nachricht von Bucklins Tod. Nun, woran mag das wohl liegen?« Tom rechnete fast mit einer aufschlussreichen Reaktion. Etwas an Watkins ließ ihn misstrauisch werden. Watkins' Adamsapfel hüpfte auf und ab.
Zum ersten Mal in seinem ganzen Leben dachte Simon Watkins schnell nach. »Ich hab es gehört, als Sie mit Hightower gesprochen haben. Also ist er tot. Wie ist es denn passiert?« Er stellte die Frage so beiläufig wie möglich und war ganz stolz, dass sie so sachlich klang.
Tom fasste ihn eingehend ins Auge. »Ja, tot. Die Leiche wurde gestern hinter Paddys Bar gefunden. Ihr Freund Earl sagt, dass er manchmal Freitagabend mit ihm dort ein Bier trank, und jetzt fällt mir etwas dazu ein: Können Sie mir sagen, wo Sie letzten Freitag waren?«
»Ich war weit weg von Paddys Kneipe. Ich war mit einer Freundin in der Fourteenth Street, im Bryant-Theater.«
»So. Wer ist dort aufgetreten? Die haben angeblich ein paar gute Nummern. Vielleicht gehe ich auch einmal hin.«
»Also ... die eine Sängerin heißt Lynn McCloughic. Tolle kleine

Stimme. Dann ein paar Jongleure, Italiener, heißen Die Rotinis oder Rotellis oder so ähnlich. Die waren wirklich gut. Und noch ein paar Komiker.«
»Soso ... und was haben Sie danach gemacht?«, fragte Tom und gab sich keine Mühe, seine Skepsis zu verbergen.
»Wir sind nachher zum Essen ins Monument Restaurant gegangen, direkt vis-à-vis vom Denkmal – Sie wissen schon, von George Washington. Dann sind wir zu ihr und haben uns noch ein bisschen amüsiert.« Watkins spuckte einen dicken Strahl Tabaksaft über die Rampe und zwinkerte anzüglich.
Tom nickte bloß. »Hm, nun, also kommen Sie wohl nicht als Verdächtiger in Frage. Mit so vielen gesellschaftlichen Verpflichtungen. Und wann ging dieser goldene Abend für Sie zu Ende?«
»Ich bin die ganze Nacht bei ihr geblieben«, sagte Watkins und grinste. Ein abgebrochener Zahn machte sein Lächeln nicht einnehmender.
»Können Sie mir den Namen und die Adresse dieser Freundin angeben?«, fragte Tom und hielt den Bleistift bereit.
»Natürlich, Miss Clora Devine. Sie wohnt in der Hester Street, aber Sie finden sie leichter in Watley's Dance Hall in der Bowery.«
»Dann werde ich ihr einen Besuch abstatten, wenn Sie nichts dagegen haben«, sagte Tom, dem es nicht um Watkins' Erlaubnis ging.
»Wie Sie wollen. Sie wird Ihnen das Gleiche erzählen, weil es die Wahrheit ist.« Zur Bekräftigung spuckte Watkins wieder aus. »Passen Sie auf, ich habe überhaupt nichts gegen Bucklin gehabt, und ich wäre nie auf die Idee gekommen, ihm die Birne einzuschlagen oder ...«
»Wie?«, fragte Braddock, der zerstreut über seinen Kopf hinweg in die Ferne sah. »Hören Sie, Watkins, wer ist diese Frau da drüben an der Nordseite des Turms?« Tom hatte sie soeben bemerkt und wiedererkannt: Es war die Frau, die ihm vor der

Astor Library aufgefallen war. Selbst aus dieser Entfernung gab es keinen Zweifel. Ihre Gestalt, ihre Haltung, ihr aufrechter Gang – es war bestimmt dieselbe Frau.
Watkins drehte sich um. »Das ist Mrs. Roebling. Sie ist fast immer auf der Baustelle, meistens im Baubüro drüben in Brooklyn. Hier auf dieser Seite sieht man sie nicht so oft.«
»Danke, Watkins«, sagte Tom im Weggehen. »Wenn ich noch eine Auskunft brauche, werde ich mich mit Ihnen in Verbindung setzen.«
Watkins brummte nur und blickte ihm nach. Gestern Abend hatte er noch geglaubt, Braddock könnte für ihn die Lösung seines Problems mit Captain Sangree bedeuten. Aber als er den Detective beobachtete und sah, wie er auf Mrs. Roebling zuging, kam er auf eine andere Idee.
»Vielleicht brauche ich diesem verdammten Braddock überhaupt nichts zu sagen«, murmelte er vor sich hin. »An die Roeblings hatte ich gar nicht gedacht. Es muss nicht unbedingt Braddock sein, der erfährt, was Captain Sangree vorhat.« Watkins fasste sich gedankenverloren ans Kinn. Auch Matt und Earl sahen hinüber, aber nicht auf Braddock; sie sahen auf Simon Watkins.

Emily war mit Charles C. Martin, dem zweiten Ingenieur, herübergekommen, um die Arbeiten an der Fahrbahn zu überprüfen. Wash hatte sehr genaue Anweisungen über die Baumaterialien und über die Konstruktionsweise gegeben, und sie hielt es für nötig, die Überprüfung persönlich vorzunehmen. Es beruhigte ihn immer, wenn sie ihm berichten konnte, dass sie jede Einzelheit selbst kontrolliert hatte.
»Charles, was werden Sie tun, wenn die Brücke fertig ist?«, fragte sie Martin.
»Ich habe schon Angebote von drei verschiedenen Eisenbahngesellschaften erhalten«, antwortete er. »Aber ich weiß noch nicht, ob ich eine solche Stelle annehmen soll. Das ist keine echte Herausforderung.«

Emily nickte. »Ich verstehe Sie schon. Nach dieser Arbeit hier wird Ihnen alles andere vergleichsweise banal erscheinen. Sie werden alles an dieser Brücke messen. Und daran wird sich nichts messen lassen. Es wird keine zweite Brooklyn Bridge geben«, sagte Emily und sah hinauf zu den Kabeln. »Ganz gleich, was später kommt, Ihr Name und der von Wash und den anderen wird immer mit diesem Werk verbunden sein.«
»Das ist wahr«, sagte Martin nachdenklich. »Ich habe viel darüber nachgedacht, was ich später machen soll, aber ich kann mir kein ›später‹ vorstellen. Wahrscheinlich kann ich nicht akzeptieren, dass einmal alles vorbei ist. Seit dreizehn Jahren ist das hier der Inhalt meines Lebens, und es will mir nicht in den Kopf, dass es einmal zu Ende geht.« Sie blieben stehen und schauten nach Manhattan hinüber. »Und was könnte ich tun, was dem hier auch nur annähernd gleichkommt?« Charles C. Martin wandte sich wieder um und betrachtete den Bogen der Brücke. »Sie schwebt!«, sagte er fast verwundert. »Wir haben eine Kathedrale gebaut, Emily. Was käme je diesem Bauwerk gleich?«

Tom wusste nicht so recht, wie er Mrs. Roebling am besten ansprechen sollte. Er zögerte. Sollte er einfach direkt auf sie zugehen? Dann fiel ihm Hightower ein, und er ging zu ihm hinüber.
»Mr. Hightower?«, sagte Tom. »Darf ich Sie um einen Gefallen bitten? Könnten Sie mich jemandem vorstellen?«
»Vorstellen?«, fragte Hightower und grinste. »So formell müssen Sie mit diesen Grobianen hier nicht umgehen.«
»Nein, nein, es geht nicht um die Arbeiter. Ich meine die Frau da drüben am Turm.« Tom zeigte auf sie.
»Ach, *die* meinen Sie? Ich dachte schon, dass wieder so ein Neugieriger hier auf Besichtigungstour ist; mit denen habe ich immer wieder Ärger. Nichts als Ärger – aber die Frau da ist Mrs. Roebling. Kommen Sie, ich mache Sie mit ihr bekannt.«
Die beiden gingen auf Emily und Charles C. Martin zu, die so

sehr in ihr Gespräch vertieft waren, dass sie die Herankommenden nicht bemerkten.

»Mrs. Roebling? Guten Morgen, Ma'am. Der Herr hier würde Sie gern kennen lernen. Darf ich Ihnen Detective Braddock vom New York City Police Department vorstellen? Detective Braddock, Mrs. Emily Roebling.« Tom hatte ihr etwas voraus, das merkte er. Er beobachtete sie aufmerksam, als die Überraschung und dann das Erkennen sie erröten ließen.

»Sehr erfreut, Mr. Braddock«, sagte sie vollkommen gefasst. Ihre Stimme kam ihm wie Honig vor. Fast konnte Tom die Süße schmecken.

»Darf ich Mr. Charles C. Martin, den zweiten Ingenieur, vorstellen?«, sagte Emily liebenswürdig.

»Es ist mir eine Ehre, Detective«, sagte Martin.

»Ich freue mich, Sie beide kennen zu lernen, und ich möchte mich bei Ihnen, Mr. Hightower, bedanken.« Tom wandte sich an den Vorarbeiter.

»War mir ein Vergnügen, Braddock. Wenn Sie mir den Gefallen tun und Bucklins Mörder finden, dann sind wir mehr als quitt.«

»Ich werde mich bemühen. Danke.«

Während sich Hightower verabschiedete und zu seinem Trupp zurückging, sah Emily den Detective prüfend an. Er war etwas größer, als sie ihn gestern, am Lafayette Place, eingeschätzt hatte. Auch älter, aber die Lachfalten um seine Augen und die dünne Narbe an der rechten Schläfe verliehen ihm einen Reiz, der attraktiver war als jugendliches Aussehen. Oberhalb der Narbe hatte er eine graue Strähne im Haar. Sie schätzte ihn auf ungefähr fünfunddreißig. Seine schüchterne, fast jungenhafte Art fand sie charmant, und sie fühlte sich geschmeichelt. Er war ihr sofort sympathisch.

»Aber, Mr. Braddock, was höre ich da von einem Mörder? Hat es ein Verbrechen auf der Brücke gegeben?«, fragte Martin.

»Nein, nein. Aber einer Ihrer Arbeiter ist ermordet worden. Ein

Mr. Bucklin, Terrence Bucklin.« Beide schauten ihn verständnislos an. »Auf jeden Fall habe ich soeben seine Arbeitskollegen befragt. Leider ist dabei kaum etwas herausgekommen.«
»Ich muss zugeben, dass nicht alle unsere Arbeiter Absolventen von Harvard sind. Eine einfache Herkunft, fehlende Kultiviertheit und Mangel an Bildung haben einige zu Sklaven ihrer niederen Instinkte gemacht«, sagte Martin achselzuckend.
»Ich muss Ihnen eine Frage stellen, Mr. Martin, wenn ich darf«, sagte Tom.
Martin sah ihn auffordernd an.
»Sind Ihnen während der Bauarbeiten irgendwelche seltsamen Vorkommnisse aufgefallen?«, fragte Tom, dem gleich bewusst wurde, dass die Frage viel zu allgemein formuliert war; aber bevor er sie präzisieren konnte, erwiderte ihm der zweite Ingenieur.
»›Seltsame Vorkommnisse‹ sagen Sie? Lieber Mr. Braddock, bei dieser Arbeit hat es unzählige seltsame, sogar unglaubliche Vorkommnisse gegeben. Ich wüsste nicht, wo ich anfangen soll.«
»Dass eine Frau hier auf der Baustelle steht und sogar an der Aufsicht über die Arbeiten beteiligt ist, ist bereits mehr als seltsam, Charles«, sagte Emily mit verschmitztem Augenzwinkern, das sowohl Stolz als auch Humor verriet.
»Leider geht es mir hier eher um dunkle Machenschaften«, sagte Braddock. »Dieser Mr. Bucklin soll seinem Vater erzählt haben, dass sich etwas Seltsames, vielleicht auch Gefährliches hier auf der Brücke zusammenbraut. Sein Mord sieht aus wie eine Bestätigung dafür.«
»Sie werden sich wundern, dass es in manchen Kreisen für eine dunkle Machenschaft gehalten wird, wenn eine Frau die Stelle einnimmt, die ich hier habe.« Emily schaute Tom prüfend an. »Diese Tatsache untergräbt die Vorstellung, die vielen Männern lieb geworden ist, dass die Frauen lediglich für die Aufzucht von Kindern und zur gesellschaftlichen Dekoration geschaffen sind. Ich weiß, ich bin eine dunkle Machenschaft, eine Bedrohung,

und ich bin stolz darauf. Aber ich bin mir natürlich bewusst, dass Sie etwas anderes gemeint haben.«

»Offenkundig haben Sie allen Grund, stolz zu sein, Ma'am.« Toms Augen verfolgten den Lauf der Kabel und der Schrägseile bis zu den Türmen hinauf. Dann sah er Emily eindringlich an. »Wenn alle Frauen eine solche Bedrohung wären, Mrs. Roebling, sähe unsere Welt besser aus.«

Martin räusperte sich. »Abgesehen von der Bedrohung durch Mrs. Roebling, verstehe ich nicht, worauf Sie hinauswollen, Detective.« Er verzog den Mund. »Außer den Vorfällen, die in der Presse ausführlich beschrieben wurden, gab es keine, die man als Bedrohung für die Brücke betrachten könnte. Ich beziehe mich natürlich auf Vorkommnisse wie den Skandal um die Drahtseile und den Brand im Caisson. Haben Sie nichts Handfesteres als das? Das Gerede eines alten Mannes, dass es etwas Verdächtiges gibt, ist kaum ein Grund, Alarm zu schlagen«, sagte Martin selbstzufrieden.

»Wenn es der einzige Grund ist, muss ich Ihnen recht geben, aber das Zusammentreffen mit der Ermordung Bucklins verleiht der Geschichte mehr Gewicht. Diesem Verdacht muss man nachgehen, ganz gleich, wie weit hergeholt er auch sein mag.«

»Natürlich müssen Sie das tun, Detective. Auf mich wirken Sie nicht wie ein Mann, der seine Pflicht vernachlässigt, und ich bitte Sie eindringlich, die Sache sorgfältigst zu untersuchen und alles zu tun, was Sie für nötig halten«, sagte Martin schroff. »Nun bitte ich Sie um Entschuldigung; ich muss mich um ein paar Dinge unten am Terminal kümmern. Emily, ich werde gleich wieder da sein. Macht es Ihnen etwas aus, wenn ich Sie einstweilen der Obhut dieses feschen Detective anvertraue?«

Tom errötete. Es war schon lange her, dass ihn jemand als fesch bezeichnet hatte, und noch länger, seit er sich selbst so vorgekommen war.

»Überhaupt nicht, Charles. Ich weiß mich in guten Händen bei dem feschen Detective Braddock.« Worauf beide erröteten.

»Ich hätte Ihnen gestern nicht zulächeln dürfen, Mr. Braddock. Normalerweise bin ich nicht so forsch«, sagte Emily, sobald Martin außer Hörweite war.

»Ein Lächeln, das man einmal verschenkt hat, kann man nicht zurückverlangen, Ma'am. Außerdem haben Sie nicht gesagt, dass Sie es nicht ehrlich meinten«, sagte Tom und grinste.

Emily sah ihn lange an, und ihr offener, aufrichtiger Blick ließ die Röte über sein ganzes Gesicht hochsteigen. Doch er schaute nicht weg.

»Erstens, Tom, sollen Sie mich Emily nennen. Zweitens … es war ehrlich gemeint«, sagte sie schließlich. »Ehrlich gemeint, aber nicht mehr als das, was es war: ein Lächeln für einen gut aussehenden Fremden, den ich nie wiederzusehen glaubte.«

»Aha, aber jetzt haben Sie ihn wiedergesehen, und er hat Sie wiedergesehen. Ich würde Ihnen Ihr Lächeln nicht zurückgeben, selbst wenn ich es könnte, aber ich kann Ihnen gern dafür eins von mir schenken.« Tom lächelte sein schönstes jungenhaftes Lächeln, das mehr als nur schalkhaft war. Emily blieb nichts anderes übrig, als es zu erwidern.

8. Kapitel

Ich fühle mich durchaus im Stande,
die Verantwortung für die East River Bridge zu übernehmen.

Washington Roebling

Mike lauschte auf das wässrige Schnarchen seines Großvaters. Gramps schlief jetzt viel, sogar am Nachmittag. Die keuchenden Stöße klangen flach und mühevoll, ganz anders als das gesunde Schnarchen seines Vaters. Mike konnte sich noch gut an das Schnarchen seines Vaters erinnern. Er hatte einmal geglaubt, ein Löwe hätte sich ins Haus geschlichen. Er hatte die Bettdecke über den Kopf gezogen und gehofft, der Löwe würde ihn nicht auffressen, wenn er ihn nicht sah. Stundenlang hatte er wach gelegen, hatte auf das Schnarchen des Löwen gehört und vor Angst kaum zu atmen gewagt, bis ihn der Schlaf schließlich übermannte. Am nächsten Morgen hatte er es seiner Mom und seinem Da erzählt, und sie hatten gelacht. Sie sagten ihm, es sei nur das Schnarchen seines Vaters gewesen und er müsse keine Angst haben. Trotzdem hatte er sich auch später immer ein bisschen gefürchtet.

Mikes Großmutter war gerade nicht zu Hause. Sie war zum Polizeirevier gegangen, um die Sachen seines Da abzuholen. Es gab nicht viel zu holen. Langsam stieg Mike aus seinem kleinen eisernen Bett und ging zur Kaminecke. Schon in ihrer ersten Woche in diesem Mietshaus hatte er diesen Geheimplatz entdeckt. Er hatte neben dem Kamin gespielt und dabei bemerkt, dass ein Brett locker war. Wenn man ein kleines Stück der Bodenleiste neben dem Kamin herauszog, konnte man zwei der kurzen Dielenbretter in die Höhe heben. Der Raum zwischen den Querbalken war gerade passend für sein kleines Kästchen. Sein Da hatte es ihm erst ein paar Tage vor seinem Tod geschenkt, und obwohl kaum etwas darin war, hatte er es von Anfang an versteckt gehalten. Sein Da hatte ihn darum gebeten, das zu tun – warum, wusste er nicht. Das Kästchen war leer, als er es erhielt; es war einfach ein schönes Kästchen mit einem gewölbten Deckel und mit ganz fremdartigen Schnitzereien verziert. Sein Vater hatte ihm erklärt, es seien keltische Ornamente. Die Muster verteilten sich über die ganze Außenseite des Kästchens und waren ineinander verflochten, so dass es wie ein Zauber gegen unbefugte Hände aussah. Das Kästchen war wunderschön, und sein Vater hatte ihm gesagt, es gehöre zum Familienbesitz seit der Zeit, als Irland noch frei gewesen war. Das sei schon sehr lange her. Innen war es mit grünem Samt ausgeschlagen, der jetzt, mit Ausnahme des Bodenbelags, fadenscheinig geworden war. Mike hatte seinem Da versprochen, es immer in Ehren zu halten und nur seine wertvollsten Dinge darin aufzubewahren. Das Einzige, was er bisher hineingelegt hatte, waren zwei Bilder, eines von Mom und seiner Schwester und eines von Da. Ein paar Münzen lagen auch darin, aber die eigentlichen Schätze waren die Bilder. Er nahm sie einzeln heraus und hielt sie an das wässrige Licht, das durch das trübe Fenster hereindrang. Seine Erinnerung an Mom und an seine Schwester war schon halb verblasst. Ohne ihr Bild, glaubte er, würde sie ganz verschwinden. Lange saß Mike da im düsteren Schlafzimmer. Manchmal, wenn er das Bild lange genug betrachtete, schienen sich die Personen zu bewegen. Jetzt blieben sie starr, also tat er sie wieder zurück in das Kästchen. Es klappte mit einem dumpfen Schlag zu, und Mike verschloss es mit dem kleinen Messingschlüssel, den ihm sein Da gegeben hatte. Sein Da besaß den einzigen anderen Schlüssel, und selbst er hatte nicht gewusst, wo Mike das Kästchen versteckt hielt. Es war seltsam, aber Da hatte es so gewollt.

Tom und Emily waren Charles C. Martin langsam gefolgt und fanden ihn schließlich neben dem Terminal, wo er mit einem Vorarbeiter einige Änderungen besprach. Martin hatte Emily vorgeschlagen, mit ihm ein kleines Mittagessen einzunehmen. Er bezog Tom nicht in die Einladung ein, was diesem ziemlich egal war, denn er hatte sowieso nicht damit gerechnet. Emily aber machte Martin mit recht eindeutigen Vorhaltungen auf sein Versäumnis aufmerksam, also forderte er höflich, wenn auch widerstrebend, Tom zum Mitgehen auf, ganz so, als habe er von vornherein nichts anderes beabsichtigt. Zu dritt machten sie sich auf den Weg.

Nur mit Mühe gelang es ihnen, die Park Row zu überqueren, wo sie den Fuhrwerken, der Pferdebahn, den Droschken und Kutschen ausweichen mussten, deren Fahrer keine Lust verspürten, für Fußgänger anzuhalten. Dann schlenderten sie am City Hall Park entlang und erfreuten sich an den Bäumen und dem Gras – ein immer seltenerer Anblick in New York. Tom hatte diese Gegend schon immer gefallen. Jetzt kam die Brücke hinzu, deren Auffahrt gegenüber der City Hall begann, und machte diesen kleinen Teil der Stadt zum Nabel der Welt.

Der Verkehr war unglaublich. Obwohl sich die Geschäftswelt immer mehr nach Norden verlagerte, war die Kreuzung von Park Place und Broadway immer noch die belebteste der ganzen Stadt. Viele Pferdebahnlinien begannen und endeten hier, und zu bestimmten Tageszeiten stauten sich Droschken, Fuhrwerke, Pferdebahn, Kutschen und Fußgänger zu einem brodelnden Gewühl. Manchmal führte das Verkehrsgewirr zu einem vollkommenen Stillstand. Tom deutete auf das Gebäude der Western Union, deren Uhrturm über alle anderen Häuser hinausragte, obwohl er einige Häuserblocks weiter im Süden an der Ecke Broadway und Dey Street stand. Die Kugel auf dem Fahnenmast an der Turmspitze wurde jeden Mittag heruntergelassen, um der halben Stadt und den Schiffen im Hafen die Uhrzeit zu verkünden.

»Sooft ich dieses Gebäude sehe, gibt es wieder ein paar neue Drähte, die daraus hervorsprießen«, sagte Tom im Bemühen, eine Unterhaltung in Gang zu bringen.

Emily warf einen skeptischen Blick auf das Gebäude. »Ich muss mich immer wieder fragen, was für eine Auswirkung das Telefon auf den Telegrafenbetrieb haben wird. Vielleicht werden die Drähte nicht mehr lange sprießen.«

»Meinen Sie? Ich bin mir nicht so sicher. Soweit ich weiß, kommt beim Telefonieren manches nur undeutlich an. Ein gut geschriebenes Telegramm kann man aber nicht missverstehen«, sagte Tom mit Überzeugung.

»Ich glaube, die Menschen werden immer miteinander reden wollen«, sagte Emily. »Das hier ist erst der Anfang. Das Problem mit der Verständlichkeit wird man schon hinkriegen, und dann wird das ganze Land vernetzt werden.« Tom hörte erstaunt zu. Noch nie hatte er solche Worte aus dem Mund einer Frau vernommen. »Die Elektrizität ist unsere Zukunft«, fuhr sie fort. »Sie ist die Dampfmaschine von morgen, sie ist nicht aufzuhalten. Wissen Sie schon, dass wir auf der Brücke elektrisches Licht installieren werden?«, sagte Emily stolz. »Sie wird die erste Brücke des Landes mit elektrischer Beleuchtung sein.«

»Wirklich? Großartig. Elektrische Beleuchtung?« Tom wusste nicht recht, was er sagen sollte. Zu diesem Thema hatte er keine Beziehung.

»Genau siebzig Lampen«, sagte Martin. »Die United States Illuminating Company hat den Vertrag erhalten. Sie haben Edison um dreitausend Dollar unterboten.«

»Unseren Strom werden wir auch selbst erzeugen.« Emily fand die Sache offenbar sehr aufregend.

»Erschreckend!«, sagte Tom mit ernstem Gesicht. Alle lachten, und in Tom wuchs allmählich das Gefühl, er gehöre dazu.
Auf ihrem Weg hatten sie gegenüber dem Astor House am Südende des Parks den Broadway überquert, was bei dem starken Verkehr eine gewisse Tapferkeit bewies. Das Haus, das vor vielen Jahren John Jacob Astor im gräzistischen Stil gebaut hatte, war einmal das exklusivste Hotel der Stadt gewesen. Seine vornehme Eleganz wurde inzwischen von anderen Hotels, wie dem Fifth Avenue am Madison Square, übertroffen, aber sein Prestige als Treffpunkt der Mächtigen hatte es immer noch beibehalten. Als das Haus gebaut wurde, rühmte man die sanitären Anlagen auf jedem Stockwerk, was als Sensation galt. Der Innenhof mit seinem Brunnen bildete einen Ruhepol gegenüber dem Großstadttrubel auf dem Broadway.
»Haben Sie schon einmal hier gespeist, Mr. Braddock?«, fragte Martin, der die Antwort im Voraus zu wissen schien. Tom erkannte seine Hintergedanken.
»Ich hatte noch nie das Vergnügen, Sir.« Sein spitzes Lächeln machte Martin klar, dass Tom die brüskierende Absicht nicht entgangen war. »Aber ich freue mich darauf. Und Sie, Mrs. Roebling?«
»Doch, aber nicht sehr oft. Mein Mann und die Brücke nehmen mich so sehr in Anspruch, dass ich selten dazu komme, auswärts zu speisen.«
Martin wandte sich an Tom und sagte großspurig: »Hier findet man die erlesenste europäische Küche. Ich würde sagen, sie sind nicht ganz auf der Höhe von Delmonico, aber das ist meine persönliche Meinung. Was die Klientel anbelangt: Sie gehört zu der vornehmsten, die die Stadt zu bieten hat.«
Tom musste wohl ein wenig nervös gewirkt haben, auch wenn er glaubte, er habe sich nichts anmerken lassen.
Als Martin ihnen voraus durch die Lobby auf das Restaurant zuging, legte Emily die Hand auf Toms Arm und flüsterte ihm beruhigend zu: »Machen Sie es einfach so wie ich.«

Sie wurden zu einem Tisch neben einem der Fenster zum Innenhof geführt. Das Gluckern und Plätschern des Brunnens bildete einen beruhigenden Gegensatz zu den Geräuschen im Speisesaal, wo die Mächtigen speisten. Tom bemerkte Bürgermeister Edson an einem Tisch mit einer lauten Schar von Schmeichlern. Auch die Gäste an den anderen Tischen, eine bunte Mischung, taten ihr Bestes, möglichst aufzufallen. In einer hinteren Ecke saß Thomas Nast. Nast, dessen bissige Karikaturen in *Harper's Magazine* Tweed, den korrupten Boss der New Yorker Demokraten, ins Gefängnis gejagt hatten, erheiterte seine Tischrunde mit seinen Erzählungen von vergangenen Großtaten. Tom selbst fühlte sich etwas deplatziert und unbedeutend, was für ihn ungewohnt war. In seiner Welt nahm man Notiz von ihm, wenn er einen Raum betrat. In seiner Welt scherte sich niemand darum, wie er angezogen war. Das einzig Wichtige war die Dienstmarke. In seiner Welt kam es auf die Macht an. Sie war das Einzige, was die Verbrecher respektierten. Der Name Braddock war bekannt, auf den Straßen vielleicht sogar gefürchtet, aber hier galt er nichts.

Ein Kellner in der Pracht seiner gestärkten Hemdbrust trat an den Tisch. Nachdem er die Spezialitäten des Hauses aufgezählt hatte – in den meisten Fällen waren Tom nicht einmal deren Namen bekannt –, nahm er die Getränkebestellung auf und reichte jedem eine Speisekarte. Eigentlich wollte Tom ein kaltes Bier, aber er gab sich mit Eistee zufrieden. Er war froh, dass die Speisekarte auf Englisch war – nicht auf Französisch, wie in den meisten guten Hotels am Broadway. Das Astor House weigerte sich, diesen Trend mitzumachen. Tom bestellte ein Steak mit Kartoffelpüree und Schnittbohnen. Nicht gerade einfallsreich, das wusste er, aber nach seinem Geschmack. Es hatte keinen Zweck, sich als etwas Besseres auszugeben – wahrscheinlich würde er diese vornehmen Leute sowieso niemals wiedersehen. Martin bestellte Austern als Vorspeise und Fasan als Hauptgericht. Emily wählte einen Salat und nachher Tintenfisch, eine

Portion, die nicht einmal eine von Toms Katzen satt gemacht hätte. Emily jedoch schien zufrieden zu sein. Toms Steak dagegen hätte für eine ganze Familie in den Mietskasernen gereicht.
»Also, Mr. Braddock, ah ... darf ich Tom sagen?« Emily wusste, dass Martin Wert auf korrekte Umgangsformen legte, und wollte nicht unangenehm auffallen.
»Sicher. Ich meine ... sehr gerne. Es wäre mir ... eine Ehre.« Tom grinste. Gleichzeitig ärgerte er sich, dass er sich fast verraten hätte.
»Und Sie müssen Emily zu mir sagen.«
Tom machte das Spiel mit. Es fiel ihm auf, dass von Martin kein entsprechender Vorschlag kam.
»Sagen Sie, unter welchen Umständen ist dieser Bucklin ums Leben gekommen?«, fragte Emily.
»Nun, Emily, ich möchte nicht zu sehr ins Detail gehen, gerade jetzt beim Mittagessen. Ich will Ihnen nicht den Appetit verderben. Ich will Ihnen nur sagen, dass er anscheinend mit einem stumpfen Gegenstand am Hinterkopf getroffen wurde. Man fand ihn in einem Hof hinter Paddys Kneipe am Peck Slip. Soweit wir wissen, gibt es keine Zeugen, und es scheint auch kein Motiv zu geben, zumindest keines der üblichen.«
»Und die wären?«, fragte Martin, dem die üblichen Motive für einen Mord anscheinend nicht geläufig waren, mit erhobenen Augenbrauen.
»Nun, Raub zum Beispiel. Aber Bucklins Geld steckte noch in seiner Brieftasche. Es sieht auch nicht aus wie Rache oder wie eine zufällige Rauferei. Bisher haben ihn alle als einen recht ruhigen Mann beschrieben. Er scheint mit niemandem Ärger gehabt zu haben, soweit ich es erfahren konnte.«
»Wie rätselhaft«, sagte Martin trocken.
»Aber mir ist ein Gedanke gekommen«, sagte Tom langsam. »Wissen Sie, weil es keines der üblichen Motive gibt – könnte nicht vielleicht die Brücke das Ziel für irgendeinen Fanatiker sein? Ich meine, vielleicht wurde dieser Bucklin umgebracht,

weil er etwas wusste oder etwas herausgefunden hatte. Es ist nur so eine Idee. Immerhin, die Brücke stellt eine Menge dar, wenn Sie wissen, was ich meine. Nichts könnte mehr Aufmerksamkeit erregen oder eine größere ... wie soll ich es nennen ... Symbolik haben.« Er hielt inne, um die Reaktion seiner Zuhörer zu beobachten.

Martin nickte und räusperte sich, als sei er im Begriff, eine grandiose Wahrheit zu enthüllen. »In vieler Hinsicht stellt die Brücke den Triumph des Industriezeitalters über das Zeitalter der Landwirtschaft dar, den Triumph der Fabrik über den Bauernhof. Sie verkörpert die großartigsten Bemühungen des Menschen, die Welt um ihn herum zu bändigen und zu zähmen. Am bedeutsamsten ist vielleicht, dass sie eine große Kluft überbrückt. Darin liegt eine machtvolle Symbolik, finden Sie nicht?«

Tom wünschte sich, er könnte mit der Sprache so gut umgehen, wie Martin es tat. Der zweite Ingenieur fuhr fort: »Wir können diese Symbolik noch weiterführen: Die Brücke steht für den Triumph der Industrie und der Politik des Nordens, eine Folge unseres Bürgerkriegs. Die Brücke steht nicht nur im Norden, sie steht im Herzen der größten Stadt des Nordens, einer Stadt, die für einige unserer Landsleute aus dem Süden die schlimmsten Auswüchse der Industrialisierung, Kommerzialisierung, der Habgier und der Korruption repräsentiert.« Martin sah Tom selbstzufrieden an; er war offensichtlich stolz darauf, dass er Toms ungeschickten Versuch einer Erklärung zusammengefasst hatte.

Tom ließ sich nicht beirren. Er bewunderte die Sicherheit des Ingenieurs im Umgang mit der Sprache und mit Ideen, aber diese Gabe bedeutete nicht alles. Immerhin war Tom derjenige, der als Erster auf diese Idee gekommen war. Er bemühte sich um eine passende Erwiderung: »Ich kann mir nicht vorstellen, dass die Bedeutung der Brücke als Symbol in der Allgemeinheit Anerkennung gefunden hat, aber ich glaube, dass sie für einige Leute ein verlockendes Ziel sein könnte.«

»Recht scharfsinnig, Detective«, sagte Martin und wischte sich den Mund. »Eine interessante Theorie, aber etwas weit hergeholt, etwas sonderbar, meinen Sie nicht?« Martins selbstzufriedenes Grinsen sprach für sich.

»Weit hergeholt ist sie schon«, sagte Tom. »Aber schon Booth hat mit seinem Attentat auf Lincoln bewiesen, dass ein Anarchist, der bereit ist, alles zu riskieren, manchmal sonderbare Taten begeht. Auch Lincoln war ein Symbol, wenn ich mich nicht täusche.«

»Gut pariert, Mr. Braddock.« In Martins Stimme lag jetzt ein Hauch von Respekt. Er schien sich nicht mehr für sein Essen zu interessieren. »Es wäre klug, diese Möglichkeit im Auge zu behalten, auch wenn sie noch so weit hergeholt ist.«

»Sie haben eine wirklich traurige und grausige Aufgabe, Tom«, sagte Emily, während sie ihren Tintenfisch zerteilte. »Welche Verzweiflung muss einen Menschen packen, dass er zum Mörder wird? Ich kann mir den Augenblick der Tat nicht vorstellen: wie man den Abzug drückt, mit dem Messer zustößt. Ich weiß, es gibt gefährliche Männer auf der Welt. Aber ich stelle mir vor, dass der, der das Leben eines anderen auslöscht, überhaupt kein Mensch ist, dass er nicht mehr zu uns gehört.«

»Da bin ich mir nicht so sicher, Emily. Die deprimierende Erfahrung ist, dass es ganz normale Menschen sind. Die meisten Morde werden von jemandem begangen, den das Opfer kennt. Die meisten geschehen in der Hitze des Augenblicks und meistens aus einem ganz dummen Grund. Manche Leute können einfach ihre Impulse und ihre Gefühle nicht unter Kontrolle halten.« Während er sprach, war Tom dabei, sein Steak zurechtzuschneiden. Das Messer glitt quietschend durch das zarte Fleisch, das in einer blutigen Pfütze auf seinem Teller schwamm. Die Klinge knirschte auf dem Porzellan.

»Es gibt Ärzte, die sogar der Ansicht sind, es habe etwas mit der Schädelform zu tun«, fuhr Tom fort.

»Phrenologie heißt das, glaube ich«, sagte Martin.

»Ja, so heißt es. Andere glauben, es hat eher mit der Herkunft zu tun, mit den Eltern und Großeltern … mit dem Stammbaum sozusagen. Wieder andere meinen, es hat mehr damit zu tun, wie jemand erzogen wurde, ob er in einer geordneten Familie aufwuchs, oder mit der Religion oder solchen Sachen. Ich glaube nicht, dass es nur von einem einzigen dieser Punkte abhängt. Es ist alles zusammen – und noch mehr. Es ist nun einmal so: Wenn es nur einer dieser Gründe wäre, dann wäre unsere Arbeit ziemlich einfach. Wir bräuchten nur alle Leute einzusperren, die eine bestimmte Schädelform haben, eine bestimmte Beule an der Birne, und dann würde das Morden aufhören.« Emily lachte. »Verstehen Sie, was ich meine? Ich habe viele verschiedenartige Gewaltverbrechen erlebt und viele Mörder gesehen. Das Traurige daran ist, dass sie alle recht normal sind.«

»Gibt es denn nicht auch solche, die ihr ganzes Leben dem Verbrechen gewidmet haben, denen es gar nichts bedeutet, einem anderen das Leben zu nehmen?«, fragte Emily. »Sie können mir nicht weismachen, Sie sähen in ihnen nur anständige, wenn auch fehlgeleitete Menschen.«

»Da haben Sie recht«, räumte Tom ein. »Es gibt Männer – und mir sind auch sogar einige Frauen über den Weg gelaufen –, die Gewalt so selbstverständlich anwenden wie der Kutscher seine Peitsche. Für sie ist Mord nichts als ein Werkzeug.« Tom merkte, dass er zur Bekräftigung sein Messer auf sie richtete, also legte er es wieder auf den Teller. »Ihnen ist das Leben nicht viel wert, nicht einmal ihr eigenes. Gott sei Dank gibt es nicht allzu viele von dieser Sorte. Ich habe aber schon mit solchen Menschen zu tun gehabt, und das hat mir nicht gefallen. Ein Mensch, dem das Leben nichts wert ist, jagt mir Angst ein.«

»Sie überraschen mich, Detective. Sie wirken eher wie ein Mann, der keine Angst kennt.« Martin musterte Tom mit unverhohlener Neugier.

Tom sah Martin an, als ob er etwas ausgesprochen Törichtes gesagt hätte. »Angst ist eine gesunde Reaktion, Mr. Martin. Sie verwechseln Angst mit Feigheit.«

Martin errötete leicht, tat aber, als hätte er den Vorwurf nicht bemerkt. »Ich verstehe, Sie wollen damit sagen, der wahrhaft Tapfere ist derjenige, der seine Ängste besiegt.« Er wandte sich an Emily. »Dazu rechne ich Ihren Mann, Emily. Ich glaube fast, dass Sie auch zu diesen Menschen gehören, Mr. Braddock.«
Tom wurde ein wenig rot und suchte nach einer Antwort. Schließlich erhob er sein Glas und sagte: »Auf Washington Roebling.« Emily ergriff ihr Glas und lächelte ihn an. »Dessen Tapferkeit unbestritten ist.«
»Es war sehr nett von Ihnen, mich hierher mitzunehmen. Das Essen ist auch gut. Schmeckt Ihnen Ihr Tintenfisch, Emily?«, fragte Tom.
»Doch, sehr. Das Astor House hat immer noch eine vorzügliche Küche, auch wenn die Glanzzeit des Hotels vorbei ist. Heutzutage baut niemand mehr im gräzistischen Stil. Aber mir gefällt der Innenhof. So etwas gibt's kein zweites Mal.«
Tom sah sich den Innenhof genauer an. Die schräg fallenden Sonnenstrahlen teilten ihn vom Dach bis zum Brunnen in zwei Hälften und tauchten den Hof in helle und dunkle Farben. Ein Paar schlenderte auf den Wegen, und ein älterer Herr, der bewegungslos auf einer Bank in der Sonne saß, sog die Wärme auf, während er seine *Times* las. Sträucher und verstreute Farbkleckse in den Blumenbeeten belebten und parfümierten die kleine Oase. Der Brunnen plätscherte und gluckerte auf eine äußerst kultivierte Art.
»Das stimmt. Ich hatte schon gehört, dass er hübsch sei, habe ihn mir aber nicht so schön vorgestellt. Aber ich kann das vielleicht nicht so beurteilen.«
»Doch, Tom, ich glaube schon, dass Sie das können.« Emily erschrak vor sich selbst. Sie wollte nicht kokett erscheinen, aber jetzt hatte sie schon wieder diesen Eindruck erweckt. »Ich meine, man muss kein besonderer Kenner sein, um die Schönheit eines Hofes würdigen zu können oder die eines Gartens oder eines bedeutenden Kunstwerks. So etwas ist schließlich sehr

subjektiv und nicht von strengen Auslegungen abhängig. Meinen Sie nicht auch?«, fragte sie Martin, der etwas ratlos wirkte.
»Subjektiv? Ich verstehe nicht ganz, was Sie damit sagen wollen, Emily«, sagte er und runzelte die Stirn. »Meinen Sie denn allen Ernstes, dass ein Werk Michelangelos zum Beispiel nicht immer als großes Kunstwerk bewundert werden muss?«
»Nein, so meine ich das nicht. Ich will nur damit sagen, dass jeder von uns seine eigene Art und Weise hat, die Kunst und die Schönheit zu betrachten. Sie werden mir doch beipflichten, wenn ich sage, dass keine zwei Menschen die gleiche Sache in der gleichen Weise sehen?«
Tom war sich nicht im Klaren, wohin dieses Gespräch führen würde, aber durch Emilys Beteiligung schien es ihm interessant zu sein.
»Ein Ingenieur ist vielleicht der falsche Adressat für eine solche Frage«, sagte Martin. »Genauigkeit ist es, woran sich meine Arbeit messen lässt. Ich arbeite mit Berechnungen, technischen Zeichnungen, Messungen und Bauplänen, und das lässt sich eher objektiv nachvollziehen.« Der letzte Satz klang ein wenig sarkastisch.
»Das weiß ich, Martin. Aber das Endresultat, das konkrete Ergebnis, wirkt verschieden auf verschiedene Betrachter. Es ist, als ob das, was wir sehen, und die Art, wie wir darauf reagieren, von den früheren Erfahrungen unseres Lebens gefärbt wird.« In der Hoffnung auf Unterstützung sah sie Tom an, der jedoch schwieg. »Ich kann zum Beispiel garantieren, dass meine Art, die Brücke zu sehen, völlig anders ist als die von Mr. Braddock. Meinen Sie nicht auch, Tom?«
Tom überlegte, was er dazu sagen sollte. Dieses Thema war ihm fremd. Dann fiel ihm etwas ein. »Das erinnert mich an ein Gespräch, das ich gestern mit einem Freund führte. Er hatte einen ganz anderen Eindruck von der Brücke als ich.«
»Wieso das?«
»Nun, um ehrlich zu sein, ich habe mir wegen der Brücke gar

nicht so viele Gedanken gemacht. Nach so langer Zeit gehört sie schon zur Landschaft, wie ein Baum im Garten, der so langsam wächst, dass man die Veränderungen von Jahr zu Jahr kaum bemerkt; dann dreht man sich um, und plötzlich ist er über das Haus hinausgewachsen.«

Emily und Martin wirkten ein wenig enttäuscht. »Und wie hat Ihr Freund die Sache gesehen, Tom?«, fragte Emily.

»Das ist gerade das Interessante. Ich muss vorausschicken, dass mein Freund Sam kein gebildeter Mann ist, er kam nicht über die sechste Schulklasse hinaus. Auch gehört er nicht zu den Leuten, die ihre Freizeit in Museen oder Kunstgalerien verbringen. Sam ist ein guter Mensch, und ich bin stolz, ihn meinen Freund zu nennen, aber im großen Ganzen ist er eher einfach gestrickt. Verstehen Sie, was ich meine?«

»Mhm.« Martin langweilte sich offensichtlich bei dieser langen Vorrede.

»Also, gestern überraschte er mich mit seinen Ansichten zu Ihrer Brücke«, sagte Tom. »Er erzählte mir Einzelheiten, von denen ich keine Ahnung hatte; ich hatte mir auch nie die Zeit genommen, mich darüber zu informieren. Zum Beispiel, wie viele Meilen Draht in den Tragkabeln stecken, ihre Tragkraft und so weiter. Er wusste sogar das genaue Gewicht der Verankerungen auf beiden Seiten.«

»Wirklich bemerkenswert«, sagte Emily. »Ich zweifle, ob Charles diese Zahlen im Kopf hat.«

Martin machte Anstalten, Einzelheiten aufzuzählen, aber Tom fuhr fort.

»Er sprach von der Leichtigkeit der Brücke, von der anmutigen Art, wie sie über den Fluss zu fliegen scheint.« Er zögerte eine Sekunde lang, da er nicht ganz sicher war, wie er sich ausdrücken sollte. »Er sagte mir, Emily, dass für ihn persönlich Ihr Gatte eine Art Held sei.«

»Wirklich? Möchten Sie mir den Gefallen tun und ihm unseren Dank aussprechen? Es ist außerordentlich liebenswürdig von

Ihrem Freund, dass er eine so hohe Meinung von meinem Mann hat.«

»Das werde ich tun. Er wird mir neiden, dass ich Sie kennen lernen durfte. Aber er sagte noch mehr.« Tom zögerte wieder, um die richtigen Worte zu finden. »Nach seiner Meinung«, sagte er langsam, »erlangt jemand, der eine solche Brücke baut ... die Unsterblichkeit.« An ihren Gesichtern konnte er erkennen, dass sie einerseits skeptisch, gleichzeitig aber beglückt waren. Er fügte schnell hinzu: »Ich glaube, er meinte, wenn ein Name für etwas steht, das so wichtig und bleibend ist, dann bedeutet das die Unsterblichkeit.« Tom sah die beiden nacheinander an, um die Wirkung seiner Worte zu erfahren. »Ihr Name wird weiterleben, für immer mit dem Werk verbunden sein, das Sie schufen. Sam geriet beim Anblick der Brücke direkt ins Schwärmen. Diese Seite von ihm war mir völlig neu.«

»Dieses Lob ist fast zu schmeichelhaft«, sagte Emily, die es offenbar ernst meinte. »Sehen Sie, Charles? Das beweist meine These. Hier geht es um zwei Zeitgenossen, zwei Männer ähnlicher Herkunft. Sam ist vermutlich auch bei der Polizei?«

»Ja. Er ist Sergeant.«

»Sehen Sie«, triumphierte Emily. »Und jeder von ihnen betrachtet die Brücke anders. Es ist eine Tatsache, dass ihre Sichtweise verschieden ist, deutlich verschieden.«

»Ich muss Ihnen aber sagen, Emily, dass ich nach meinem Gespräch mit Sam angefangen habe, die Brücke mit viel größerer Wertschätzung zu betrachten«, sagte Tom. Es klang fast ein wenig übereifrig.

»Bravo, Detective.« Tom fand Martins Ton ein wenig sarkastisch.

Es war ein interessantes Mittagessen gewesen. In gewisser Hinsicht, meinte Tom, hatte es sein Leben verändert. Wenn sich an der Achtung eines Mannes für eine Frau eine solche Veränderung messen lässt, dann, musste Tom zugeben, hatte sich in seinem Leben tatsächlich etwas verändert. Auf seinem Weg in die Mulberry Street summte er vor sich hin. Er fühlte sich hochgestimmt. Er suchte nach einem besseren Wort, aber der Ausdruck »hochgestimmt« fiel ihm immer wieder ein. Ihm war klar, dass er nicht zu ihrer Gesellschaftsschicht gehörte, aber sie hatte ihn trotzdem akzeptiert. Sogar Charles C. Martin hatte ihn akzeptiert, wenn auch in geringerem Maße. Sie hatte ihn nach seiner Meinung gefragt und sich für seine Antworten interessiert. Sie hatte ihm das Gefühl gegeben, dass für sie seine Ansichten wichtig waren. In seinem Berufsalltag war er natürlich gewöhnt, dass man ihm zuhörte. Außerhalb seiner Welt jedoch war er, genau wie jeder andere, durch die soziale Hierarchie eingeschränkt. In manchen Kreisen sah man sogar auf die Polizei herab; ihr anzugehören konnte ein gesellschaftlicher Nachteil sein. Emily schien das anders zu sehen, und für Tom bedeutete das sehr viel.

Emmons, Lebeau und Watkins saßen nebeneinander am Rande der Brooklyner Auffahrt; ihre Beine baumelten vier Stockwerke hoch über der darunter liegenden Straße. Sie aßen ihre Mittagsbrote und unterhielten sich über Braddock.

»Ich weiß nicht, mir kam er harmlos vor. Ich glaube, wir haben ihn zufriedengestellt«, sagte Matt. »Was meinst du, Earl?«

»Das glaube ich auch. Anscheinend hat er sich nicht besonders für uns interessiert. Ich glaube, er weiß gar nichts.« Earl biss kräftig in sein Sandwich; er schien sich keine Sorgen zu machen.

»Er war ganz scharf darauf, Mrs. Roebling kennen zu lernen. Habt ihr das gesehen?« Watkins kicherte. »Wie wenn er hinter einer läufigen Hündin her wäre. Aber was zum Teufel wollte er von ihr?«

»Wahrscheinlich wollte er sie nur kennen lernen, sonst nichts«, sagte Matt. »Sie ist doch berühmt.« Und nachdem er sich vergewissert hatte, dass niemand in Hörweite war, fügte er hinzu: »Wisst ihr was, sie ist eine, die mir leid tun wird, wenn wir …

ihr wisst schon. Ich meine, wir wollen ja *ihr* nichts tun, und es ist irgendwie schade um sie, wenn …« Matt Emmons verstummte. Seine Augen schweiften über die Stadt. Es gab keine Lösung. »Sie hat ja noch mehr in diese Arbeit gesteckt als ihr Mann. Sie treibt sich ständig auf der Baustelle herum. Roebling hat sich seit ewig nicht mehr hier sehen lassen.«

»Ich habe ihn überhaupt nie gesehen, nur einmal sein Bild in der Zeitung«, bemerkte Earl.

Watkins sah Matt nachdenklich an. »Also, was willst du damit sagen, Matt? Meinst du, wir sollten es nicht tun? Wir haben alle geschworen, das weißt du ja. Wir haben geschworen, dass wir das durchziehen, egal, was kommt.« Er überlegte. Vielleicht hatte Matt auch keine Lust mehr dabeizubleiben. Wenn sich nicht nur er, sondern auch Matt dagegenstellten, könnten sie sich aus den Klauen des Captains befreien; das ganze Unternehmen würde den Bach hinuntergehen. Andererseits, wenn Matt wirklich Vorbehalte hätte, könnte er, Watkins, so tun, als ob er immer noch voll dabei wäre. Watkins wusste, dass er vorsichtig sein musste. »Du willst doch nicht aussteigen?« Es gelang ihm nicht, die Andeutung einer Hoffnung in seiner Stimme zu unterdrücken.

»Nein, Watkins, das will ich damit nicht sagen. Ich bin und bleibe dabei, egal, was kommt. Ich will nur sagen, es ist irgendwie traurig, wenn so einer netten Dame etwas passiert. Sonst gar nichts.«

Earl Lebeau, der bisher nicht viel gesagt hatte, meinte: »Es wird viele Leute geben, denen etwas passiert, Matthew.« Er warf die Reste seines Essens über den Rand der Rampe. »Früher haben auch Leute dran glauben müssen. Inzwischen müssten wir uns eigentlich daran gewöhnt haben.«

Damit hatte Earl eigentlich recht. Es wäre nicht das erste Mal, dass Unschuldige zu Schaden kamen. Im Krieg war es anders gewesen. Aber nachher, als sie ihren Terrorfeldzug begannen, hatte es viele unschuldige Opfer gegeben.

»Könnt ihr euch noch an die Züge erinnern?«, fragte Earl leise. »Wie viele Menschen, meint ihr, haben wir bei diesen Anschlägen getötet oder verletzt? Hunderte, schätze ich.« Sie konnten sich sehr wohl daran erinnern. »Da war Angola im Jahre 67, Prospect war 1872 und Ashtabula 1876.« Matt und Watkins nickten. »Wir haben dabei haufenweise Yankees getötet, und niemand hat uns geschnappt. Ashtabula hat mir besonders gefallen.«

»Das Wort ›gefallen‹ passt wohl nicht ganz hierher«, murmelte Matt. Weder Earl noch Watkins nahmen Notiz von ihm.

»Mir auch, Earl«, rief Watkins aus. »Wisst ihr noch, wie die Waggons in die Schlucht hinunterpurzelten, einer nach dem anderen? Das war doch was! Achtzig Leute hat's erwischt, wenn ich mich recht erinnere«, sagte er stolz und sah sich um. »Wir haben das damals richtig schön hingekriegt. Obwohl – mir wäre bei dem Scheißschneesturm fast die Nase abgefroren.«

»Wir haben stundenlang in den Verstrebungen gestanden und haben gesägt. Es war so verdammt kalt, nachher habe ich tagelang die Hände nicht bewegen können.«

»Ich weiß es noch genau«, sagte Matt. »Aber der Schnee hat unsere Spuren zugedeckt. Nachdem der Zug dann hinuntergestürzt war, konnten sie nicht verstehen, wieso die Streben nachgegeben hatten.« Seine Bewunderung für die Tat konnte er nicht unterdrücken, auch wenn ihm die Auswirkungen nicht gefielen.

»Der Captain hatte sich das so ausgedacht. Ein paarmal an den richtigen Stellen gesägt, und die Brücke ist mit dem nächsten Zug in die Schlucht gesaust.«

Eine Weile saßen die drei schweigend da. Sie hörten die Schreie der Eingeschlossenen, als das Feuer durch die Waggons fegte. Die glühende Kohle war aus den eisernen Öfen geschleudert worden und hatte die Waggons sofort in Brand gesetzt. Die meisten Opfer verbrannten bis zur Unkenntlichkeit.

»Hört zu«, sagte Matt. »Ich weiß, dass wir vielen Leuten mit dieser Sache wehtun werden, aber, wie gesagt – ich bin und bleibe dabei, bis zum bitteren Ende. Darauf könnt ihr euch verlassen.« Er sah Earl und Watkins an, die schweigend nickten.

»Wir müssen darauf gefasst sein, dass es wehtut.«

Tom meldete sich kurz im Hauptquartier an der Mulberry Street. Niemand hatte nach ihm verlangt, und es lag nichts Besonderes vor, also sagte er dem Dienst habenden Sergeant, dass er zum Bellevue Hospital wollte, und machte sich wieder auf den Weg. Er zweifelte daran, ob dem Gerichtsmediziner bei Bucklin etwas aufgefallen war, was Tom nicht schon wusste, aber er hielt es für ratsam nachzufragen. Tom nahm die El, wobei er der Versuchung widerstand, am Astor Place auszusteigen. Er musste die ganze Strecke stehen und hielt sich an einer der Schlaufen fest, die von der Decke hingen. Wieder musste er an Emily denken. Sie war eine verheiratete Frau. Er hatte kein Recht zu glauben, sie könnte sich für ihn interessieren. Sie war offenkundig gebildet, an allem interessiert und hatte eine rasche Auffassungsgabe. Sie war wohlhabend und gehörte zur gehobenen Gesellschaft. Je mehr er darüber nachdachte, umso weniger vernünftig erschienen ihm seine Hoffnungen. Andererseits hatte sie ihm beim Abschied zugelächelt, nicht nur mit dem Mund, sondern auch mit den Augen. Und es gab da diese kaum merkliche Neigung des Kopfes und der hinausgezögerte Druck ihrer kleinen warmen Hand. Das alles hatte mit Vernunft nichts zu tun. Oder doch?

Tom verließ die El und tauchte in die hallende Düsternis der Gänge im Bellevue. Er hatte sich dort noch nie wohl gefühlt. Die kalten Fliesen, die Gerüche, die Geräusche, die ewige Düsternis, alles machte ihn unruhig und niedergeschlagen. Ihm schauderte bei dem Gedanken, er könnte eines Tages dort aufwachen. Für die Lebenden war es eine Gruft, groß, kalt und unpersönlich.

Als er sich dem Seziersaal des Gerichtsmediziners näherte, meinte er, Musik zu hören. Der Klang eines Streichquartetts schwebte durch die Gänge. Als die Geigen zu einem Crescendo anhoben, lief es ihm kalt über den Rücken. Sie klangen zu himmlisch für diesen kalten Keller.

Tom ging zur Leichenhalle und stieß die Tür auf. Beim Ein-

treten glaubte er das Geräusch einer Säge zu hören. Dr. Thomas sah von seiner Arbeit hoch.
»Ah ... Tom, kommen Sie nur herein. Ich bin zwar mittendrin, aber wenn Sie ein bisschen Geduld haben ...« Er sägte weiter. Seine Schürze war blutbeschmiert, und auf seiner Brille saß ein roter Fleck. Er summte vor sich hin. Hinten in der Ecke spielte ein Grammofon. Es klang wie ein Opernstück. Toms Vermieterin sang manchmal Opernarien, und das hier klang ähnlich, aber Tom kannte die Melodie nicht. »Also, Detective, was bringt Sie in mein ... in mein ... ah ...?« Doc Thomas hakte einen Finger in den Schädel, den er gerade sezierte, und zog die Schädeldecke etwas weiter auseinander, um zu verhindern, dass die Säge stecken blieb. »Was wollte ich gerade ... ? Ja, was führt Sie in mein Dissektorium? Wie Sie sehen, habe ich einen interessanten Fall ... ah ... hier.« Doktor Thomas hatte die Gewohnheit, keinen Satz zu vollenden. Dafür war er geradezu berühmt.
Er wandte sich wieder der Arbeit zu und schielte durch seine blutverschmierte Brille. Er sägte langsam, ließ sich Zeit, um keinen zu tiefen Schnitt zu tun. Tom beobachtete das Geschehen mit morbider Faszination. Das Geräusch einer Säge auf einem Knochen brachte eine grausige Erinnerung zurück. Während des Krieges war er in vielen Feldlazaretten gewesen. Wenn er jetzt daran dachte, kam ihm das Wort »Lazarett« übertrieben vor. Meistens war es eher eine Scheune oder der nächste Bauernhof gewesen. Das Sägen hatte gewöhnlich in der Küche stattgefunden.
Das rhythmische, gedämpfte Knirschen des Werkzeugs erinnerte ihn an einen Vorfall bei Spotsylvania. Beim Gedanken daran tat ihm seine Kopfwunde wieder weh. Er war den Krankenwagen voller Verwundeter gefolgt, weil er ein paar Männer seiner Schwadron in ihnen vermutete. Die Wagen fuhren in Schlangenlinien zwei Meilen weit über holprige Wege. Die Männer wurden hin und her geworfen, sie stöhnten, und ihr Blut tropfte hinunter und vermischte sich mit der schlammigen roten Erde Vir-

ginias. Deswegen war es nicht schwer, das Lazarett zu finden. Was er gern aus seiner Erinnerung verbannt hätte, war der Anblick eines Haufens neben dem Hintereingang. Etwa vier Fuß hoch lag in schauriger Umarmung eine Sammlung abgetrennter menschlicher Gliedmaßen. Aus Händen, Füßen, Beinen, Armen und weiteren unbestimmbaren Körperteilen sickerte das Blut in den Schlamm. Während er vorüberging, schoss ein großes Schwein, das in der Nähe gewühlt hatte, auf den Haufen zu und packte einen Arm. Die leblose Hand baumelte aus dem Maul des Tieres. Tom erinnerte sich nicht mehr genau, wie er die Waffe gezogen hatte, aber er erinnerte sich an die Befriedigung, die es ihm verschafft hatte, als er das Schwein abknallte. Lange hatte er auf den grausigen Haufen gestarrt. Immer wieder in den folgenden Jahren wurde er von einer seltsamen Überlegung heimgesucht: Trauerte ein Körperteil auf die gleiche Weise um einen Körper, wie ein Körper um ein verlorenes Glied trauert? Sehnte sich dieser Haufen regloser Teile nach dem Ganzen? Rief, auf irgendeiner biologischen Ebene, ein Bein nach seinem früheren Körper, seinem Blut, nach dem Hirn, das das Ganze in Bewegung hielt? Sehnten sich diese Glieder danach, in die Wiese hinauszulaufen, die Brust der Geliebten zu liebkosen oder die zarte Last eines neugeborenen Kindes zu spüren? Fast konnte er ihr Suchen nachempfinden, ihren Verlust mitfühlen.

»Also, Detective, was führt Sie nach … ah … Bellevue?« Dr. Thomas erlöste ihn aus seiner makabren Träumerei. Er stand über der Leiche, deren Schädel er soeben seziert hatte, und hielt die triefende Säge noch in der Hand.

»Ein Mann wurde gestern um die Mittagszeit hier eingeliefert. Bucklin, Terrence Bucklin.« Tom starrte auf die offene Schädeldecke.

»Ah, ja. Der mit der kranialen …« Der Gerichtsmediziner deutete auf seinen Hinterkopf.

»Ja, das wird er sein. Haben Sie ihn schon anschauen können?«

»Ja, heute früh.« Doc Thomas legte die Säge weg, schlurfte zu einem Schreibtisch am anderen Ende des Raumes und zog einen Bericht aus einem kleinen Haufen Papiere hervor.

»Hm. Ein böser Schlag auf den Kopf. Stumpfes Instrument, Trauma, ausgiebige Blutungen in die parietalen und okzipitalen Gehirnlappen, die sich bis zum Zerebellum, der Medulla oblongata und der Wirbelsäule erstrecken. Ah ... schauen wir mal ... Fraktur der zweiten zerebralen Vertebra, die die Wirbelsäule einklemmt und teilweise durchtrennt, Querfortsatz getrennt ...«

»Hm. Und was heißt das genau?«, fragte Braddock und schüttelte den Kopf. »Seien Sie bitte so nett und erklären Sie es diesem alten Kriminalbeamten in einfacheren Worten.«

»Es heißt, dass ihn jemand nicht besonders mochte«, sagte der Mediziner und grinste.

»Ja, das dürfte stimmen«, pflichtete ihm Tom bei. »Können Sie mir sagen, was das für ein stumpfer Gegenstand war?«

»Ah, ja, hier haben wir's. Ich ... ah ... ich hab die Kopfhaut zurückgezogen, um mir die Fraktur genauer anzusehen. Man erkennt manchmal daran, auf welche Weise die Knochen brechen.« Wieder stockte seine Rede. Doc Thomas hing seinen Gedanken nach. Tom wartete ab. Sollte er etwa die Gedanken des Mediziners vervollständigen?

»Eine böse Sache«, sagte dieser endlich. »Hat sogar einen Teil des Gehirns zertrümmert. Massive innere Blutungen ...« Er hielt inne und strich über seine Bartstoppeln.

»Also, womit ist es geschehen? Was halten Sie für wahrscheinlich?«, fragte Tom in der Hoffnung, ihn zu einer schnelleren Antwort zu bewegen. Doc Thomas sah erschrocken auf, als hätte man ihn aus tiefen Gedanken gerissen. »Nach dem Muster der Knochenfraktur zu schließen, bin ich der Ansicht, dass es sich um einen Gegenstand von etwa einem bis höchstens eineinhalb Zoll im ... Durchmesser handelt.«

»Ziemlich klein«, bemerkte Tom und formte mit Daumen und Zeigefinger einen Kreis in der entsprechenden Größe.

»Klein schon, aber schwer genug, oder mit so großer Gewalt

geführt, dass er die Schädeldecke ... zertrümmerte und einen Teil des Knochens in den ...« Er machte wieder eine Pause und sah sich seinen Bericht wieder an.

»Also, ein Hammer vielleicht, oder das Endstück eines Rohrs oder so was Ähnliches?«

»Wahrscheinlich ein Hammer. Ein Rohr, wenn es keinen Verschluss am Ende hat, würde einen kreisrunden ... Schnitt hinterlassen.«

Tom murmelte zustimmend. »Sieht aus, als ob er mehr als einmal getroffen wurde. Meinen Sie nicht auch?«

»Sie haben recht. Zweimal. Das zweite Mal aus einem etwas anderen ... Winkel. Traf die Schädelbasis und ging bis zum zweiten Zervikalwirbel, an der höchsten Stelle des Genicks. Der Schlag rutschte ab, war aber noch so kräftig, dass er das ... ah ... Genick brach. Todesursache waren massive Kranial- und Hirnschädigung zusammen mit ... ah ... intrakranialen Blutungen, Paralyse und Unterbrechung der Atem...«

»Gut, ich hab's kapiert. Hatten Sie Gelegenheit, sich den Fleck auf seiner Weste anzusehen?« Tom war jetzt etwas ungeduldig; er wollte endlich weiterkommen.

Der Mediziner schien Toms Ungeduld nicht zu bemerken oder wenn schon, sich nicht darum zu kümmern. Hier war seine Welt, und sie bewegte sich nach seinem persönlichen Zeitgefühl.

»Der Tabaksaft? Ja, Ihr netter junger Polizist ... ah ...«, sagte Doc Thomas und blätterte in seinen Papieren.

»Jaffey.«

»Ja, genau. Jaffey teilte mir Ihr Interesse daran mit. Es hat den Anschein, als ob jemand auf das Mordopfer gespuckt hätte.«

»Genau das dachte ich mir auch. Ist die Spucke so frisch, dass die Handlung gleichzeitig mit dem Mord erfolgt sein könnte?«, fragte Tom.

»Ja. Eindeutig Tabak. Die genaue Zeit lässt sich nur schwer feststellen, aber, ah ... ja, ich glaube, das dürfte zusammentreffen.«

»Das dachte ich mir auch. Er spuckte auf das Opfer, während es auf dem Rücken lag?«

»Nach meiner Meinung, ja«, sagte der Mediziner und sah Tom streng an. Offensichtlich gefiel ihm dieses Benehmen nicht.

Eine weitere halbe Stunde verging mit einer Diskussion über den Zustand der Leiche, den mutmaßlichen Zeitpunkt des Todes und den Magen- und Darminhalt. Plötzlich sagte Doc Thomas: »Komisch.« Tom sah ihn neugierig an. »Komisch, was ich im Magen Ihres Mannes fand. Ausgerechnet einen Schlüssel.«

»Im *Magen*?«

»Interessant, was?« Doc Thomas legte eine Kunstpause ein. »Ein komischer Ort für einen Schlüssel, finden Sie nicht?« Er kramte in einer Schublade, die, wie es schien, voller Raritäten war. »Nun, wo habe ich dieses verdammte Ding hingetan? Ziemlich klein, wissen Sie. Ließ sich leicht schlucken. Ah ... hier ist er.« Er hielt den kleinen Schlüssel in die Höhe.

Braddock streckte seine große Hand aus. »In seinem Magen, sagten Sie?« Der Mediziner reichte ihm den Schlüssel hinüber. Er war klein, maß nicht einmal einen Zoll, und war röhrenförmig wie der Schlüssel einer Taschenuhr. Tom nahm jedoch nicht an, dass er zu einer Uhr passte. Er hatte Bucklins Taschenuhr überprüft. Darin war nichts versteckt gewesen, und die Aufziehwelle ließ sich mit der Hand drehen. Versonnen sah Tom den Schlüssel an. »Wie lange dauert es, bis so ein Ding in den Magen gelangt?«

»Kommt darauf an«, sagte der Gerichtsmediziner und zuckte die Achseln. »Nicht lange.«

»Das denke ich auch. Aber hätte Bucklin den Schlüssel schlucken können, unmittelbar bevor er getötet wurde? Hätte der Schlüssel den Magen so schnell erreicht?«

»Möglich ist es schon«, räumte Doc Thomas ein. »Aber weshalb Ihr Mann einen Schlüssel verschlucken wollte ... das, Detective ... das ist eigentlich Ihr Problem.«

Tom stand schweigend da, wiegte den Schlüssel in der Hand hin und her. Er schätzte sein Gewicht und suchte gleichzeitig nach möglichen Erklärungen, die zu einer Lösung führen konnten. Nachdem Tom alle weiteren Fragen, die ihm noch einfielen, vorgebracht hatte, wandte er sich zum Gehen. Da sagte der Gerichtsmediziner: »Übrigens, der Mörder war Rechtshänder.« Er erklärte ihm, auf welche Weise er zu diesem Schluss gekommen war. Tom war es etwas unangenehm, dass er nicht selbst auf diese Frage gekommen war. Der Schlüssel hatte ihn abgelenkt. Als er die Tür der Leichenhalle hinter sich schloss, hörte er noch, wie Doc Thomas sagte: »Also, ah ... wo war ich stehen geblieben?«

Im Hauptquartier verbrachte Tom die folgenden eineinhalb Stunden damit, die Bucklin-Akte zu ergänzen. Er fügte seine Notizen über die Befragung von Bucklins Arbeitskollegen und Bemerkungen über seine Eindrücke hinzu. Seit langem hatte er sich angewöhnt, seine Beobachtungen aufzuschreiben, sofern sie ihm relevant erschienen. Dafür gab es keine amtlichen Anweisungen; jeder hatte seine eigene Methode. Ab und zu erwiesen sich diese Beobachtungen als nützlich. Selten genug, doch trotzdem war Tom der Meinung, dass es keine Zeitverschwendung sei; außerdem legte Byrnes Wert auf gründliche Arbeit. Und Byrnes wollte er auf keinen Fall enttäuschen.

Erst um sechs Uhr abends verließ Tom das Hauptquartier. Er wollte Mary wiedersehen. Sie waren seit Samstag nicht mehr zusammen gewesen, und er sehnte sich nach ihr. Aber auch Coffin und seine kaum verhüllten Drohungen lasteten ihm auf der Seele. Tom beschloss, die Geschichte mit Finney so bald als möglich hinter sich zu bringen. Wenn er diese unangenehme »Gefälligkeit« erledigt hatte, würde ihn Coffin eine Weile in Ruhe lassen. Er hätte eine Atempause. Dann hätte er den Kopf frei für Mary. Sie war es wert. Tom winkte eine Droschke heran. »Ecke Baxter und Centre Street«, sagte er dem Kutscher.

Tom machte es sich auf dem Rücksitz bequem. Es war wieder ein warmer Märztag gewesen, aber gegen Sonnenuntergang, als die Straßen im Schatten des frühen Abends lagen, wurde es allmählich kühler.

Tom griff unter seine Jacke und holte seinen Revolver hervor. Seit dem Krieg trug er ihn immer bei sich. Der alte Colt war eingedellt, zerkratzt und abgewetzt. Die Gravur auf dem Lauf war fast nicht mehr sichtbar, obwohl er sie ersetzt hatte, als der Colt auf Patronen umgerüstet wurde. Der Griff aus Walnussholz war noch der ursprüngliche und glänzte wie ein alter Sattel. Der Revolver hatte ihn auf vielen Meilen seines Weges begleitet. In vielen schwierigen Situationen hatte er ihm gute Dienste geleistet. Er hätte nicht mehr sagen können, wie oft er ihn abgefeuert hatte, sei es zu Übungszwecken oder in Notlagen. Auch würde er niemals mit Sicherheit die Zahl der Männer nennen können, die er getroffen hatte. Seit dem Krieg hatte er ihn nur zweimal benutzt, und er schätzte sich glücklich, dass beide Male niemand das Leben lassen musste. Im Krieg war es anders gewesen.

Aus Sicherheitsgründen hatte Tom die Trommel nicht vollständig geladen. Der Schlagbolzen lag vor einer leeren Kammer. Aber auch wenn er nicht die Absicht hatte, die Waffe an diesem Abend zu benutzen – es wäre töricht gewesen, Finney aufzusuchen, ohne sich abzusichern. Langsam drehte er die Trommel und horchte auf das metallische Klicken, das ihm anzeigte, dass die Kammern gefüllt waren. Er steckte eine sechste Kugel in die leere Kammer und ließ den Schlagbolzen sanft hineingleiten, worauf er ihn spannte und sicherte. Er wollte kein Risiko eingehen. Das alte Schießeisen hatte sich allmählich in seinem Rahmen gelockert. Beim Übungsschießen hatte es in letzter Zeit nicht mehr so gut funktioniert – wahrscheinlich lag das eben am Rahmen. Aber Übung und Praxis waren zweierlei. Wenn er schießen müsste, das wusste Tom, würde sein Gegner höchstens sechs Fuß von ihm entfernt stehen. Für diesen Abstand war der Colt immer noch gut genug. Bei der Polizei gab es noch keine standardisierten Handfeuerwaffen; jeder Polizist trug nach wie vor seine eigene Waffe. Es hieß, dass ein vorgeschriebener Polizeirevolver bald eingeführt würde, aber bis es so weit war, gab sich Tom mit seinem alten Colt zufrieden. Beruhigt ließ er ihn wieder in das Schulterhalfter unter seiner Jacke gleiten. Heute Abend werde ich dich nicht brauchen, Partner, sagte er sich.

Die Droschke kam an der Ecke zum Stehen. In der frühen Abenddämmerung war das wässrige Licht der Straßenlaterne kaum wahrnehmbar. Die Droschke entfernte sich, und das Echo der Hufe auf den Pflastersteinen wurde allmählich schwächer. Tom kam sich in der fast leeren Straße verlassen vor. Vergeblich suchte er in beiden Richtungen nach der Hausnummer von Finneys Spielsalon, also beschloss er, die dritte Tür von der Straßenecke aus, die kein Nummernschild trug, zu versuchen. Im Haus war kein Licht zu sehen, und kein Geräusch drang nach außen. Für die Spieler war es wohl noch zu früh. Tom drückte auf die Klinke, und die Tür ging geräuschlos auf. Offenbar waren die Angeln gut geschmiert, was ihn daran erinnerte, dass die Angeln seiner eigenen Wohnungstür schon lange überfällig waren.

Hinter der Tür lag nichts als eine schwarze Treppe, die in den ersten Stock führte. Vorsichtig stieg er hinauf. Ein unangenehmes Erlebnis auf einer ähnlich dunklen Treppe war ihm vor einigen Jahren eine Lehre gewesen. Er tastete sich nach oben und hielt mit der rechten Hand den Griff des Colts fest. Anders als die Türangeln knarzten die Stufen so laut, dass man sie mit Sicherheit im ganzen Gebäude hören musste. Als er über den Treppenabsatz schauen konnte, sah er unter einer einzigen Tür einen Lichtschein, der den Boden vor ihm blutig rot färbte.

»Irgendjemand ist zu Hause«, sagte sich Tom. Er klopfte an der Tür und horchte. Schwere Schritte verrieten ihm, dass man auf ihn aufmerksam geworden war. Die Tür ging plötzlich auf, helles Licht aus dem Zimmer blendete ihn. Eine riesige Silhouette füllte die ganze Türöffnung aus.

»Was zum Teufel willst du hier, Braddock?«, grummelte eine Stimme mit starkem niederländischem Akzent.
Tom brauchte eine Sekunde, bevor er die Stimme und die massige Gestalt in der Tür erkannte. »Was für eine angenehme Überraschung, Ole. Ich hab dich schon lange nicht mehr gesehen.« Toms Tonfall strafte seine Worte Lügen.
»Nicht lange genug, du Scheißkerl. Was willst du? Was hast du hier zu suchen?«
»Ich muss Finney geschäftlich sprechen. Ist er da?«, fragte Braddock und ging nicht auf die Beleidigung ein. Er war schließlich nicht hergekommen, um sich mit Venkman anzulegen.
»Was für ein Geschäft?«
Braddock hatte nicht vor, mit dem riesigen Dutchman eine Diskussion über seine Geschäfte zu führen, aber da er die Tür so wirkungsvoll ausfüllte, sagte Tom: »Ole, das ist eine Sache zwischen Finney und mir, aber wenn du schon danach fragst – Captain Coffin will ihm ein geschäftliches Angebot machen und hat mich gebeten, als sein Emissär zu fungieren.« Er sah Ole prüfend an – ob er wohl das Wort »Emissär« verstand?
»Was soll das sein? Du machst ein Geschäft mit Finney für Coffin, diesen Kotzbrocken?«
»Du sollst deinem Boss nur ausrichten, dass ich ihn sehen will, Ole«, sagte Tom mit Bestimmtheit.
Ole Venkman stand noch eine Weile schweigend in der Tür, während sein beschränkter Verstand Schwerarbeit verrichtete. Widerwillig trat er schließlich zur Seite und sagte: »Warte hier.«
Tom betrat den Raum. Er war mit unerwartet teuren Möbeln ausgestattet. Die hohe Decke war mit breiten Stuckornamenten verziert, und die Wände waren mit einer wertvollen, aber geschmacklosen Tapete aus Damast bedeckt. In einem kleinen marmornen Kamin brannte ein Feuer. Die Stühle, in viktorianischem Stil mit hohen Lehnen, waren aus Mahagoni und mit teurem Stoff bezogen; sie sahen aus, als ob sie aus dem Salon eines stattlichen Hauses an der Fifth Avenue stammten. Ein Kron-

leuchter aus Messing und Kristallglas, der für das Zimmer zu wuchtig war, erleuchtete den Raum. Venkman schloss hinter sich die Tür und ging polternd tiefer in das Gebäude hinein. Zwei junge Stutzer saßen in einer Zimmerecke und rauchten Zigarren. Sie nahmen kaum Notiz von Tom und konzentrierten sich auf ihr hitziges, aber gedämpft geführtes Gespräch. Tom vermutete, dass sie auf eine Spielgelegenheit warteten. Er wusste, dass es für die üblichen Glücksspieler zu früh war. Etablissements dieser Art belebten sich erst eine oder zwei Stunden später. Das war einer der Gründe, weshalb Tom so früh gekommen war.

Ole war ein alter Bekannter. Der Dutchman war schon mehrere Male wegen verschiedener Vergehen, vom Glücksspiel über Wucher bis zur Körperverletzung, festgenommen worden. Seine geistigen Fähigkeiten verhielten sich umgekehrt proportional zu seiner beträchtlichen Größe. Nach normalen Maßstäben galt Tom als groß, Ole aber schien noch um die Hälfte größer. Er maß sechs Fuß und vier Zoll und brachte zweihundertachtzig Pfund auf die Waage, wie Tom seit der letzten Verhaftung wusste. Wegen seiner Statur wurde er hauptsächlich als Rausschmeißer oder Leibwächter beschäftigt, aber Tom hatte gerüchteweise von tödlicheren Aufgaben gehört. Während er wartete, steckte er seine linke Hand in den Schlagring, den er in der Hosentasche trug. Ole wurde jetzt etwas kleiner.

Venkman stapfte wieder herein.

»Komm mit«, sagte er; fast spuckte er die Worte aus. Tom folgte ihm zum hinteren Teil des Gebäudes und hinauf in den zweiten Stock. Der Dutchman zeigte wortlos auf eine Tür. Tom betrat den Raum, während Venkman im Gang blieb. Finneys Büro war groß und elegant eingerichtet. Er saß vor einem großen Sekretär, der an einer Wand stand, und hatte der Tür den Rücken gekehrt. Er sah nicht auf, als Tom eintrat.

»Also, was führt einen von Coffins Laufburschen zu mir, frage ich mich?«, sagte Finney freundlich.

»Freut mich auch, Sie kennen zu lernen. Ich heiße Tom Braddock, und ich bin hier, um Ihnen einen Gefallen zu erweisen.«
»Einen Gefallen, sagen Sie? Es kommt nicht jeden Tag vor, dass ein Glanzlicht der Polizei zu mir hereinspaziert und mir einen Gefallen erweisen will. Ich bin ganz Ohr, Braddock.« Finney hatte Tom immer noch nicht angesehen.
»Dann will ich es kurz machen, Finney.«
»Damit erweisen Sie mir schon den ersten Gefallen«, unterbrach ihn Finney. »Ich will für diesen Scheiß keine Zeit verschwenden.«
»Hmm. Dann werde ich kein Blatt vor den Mund nehmen. Coffin ist bereit, den Laden hier in Ruhe zu lassen und Ihr Geschäft nicht zu behindern.«
Jetzt drehte sich Finney endlich um und sah Tom an. Er musterte ihn von oben bis unten und machte sich kaum die Mühe, das spöttische Grinsen auf seinen dünnen Lippen zu verbergen. »Ich brauch mir keine Erlaubnis von diesem Arschloch zu holen, wenn ich mir den Hintern putzen will, und schon gar nicht, wenn ich meinen Laden weiterführe. Für was hält er sich überhaupt?«
Nach diesem schlechten Anfang versuchte Tom, einen diplomatischeren Weg einzuschlagen. »Passen Sie auf, Finney, Coffin hat gar nicht vor, Ihren Laden zu schließen. Er will, dass Sie Geld verdienen. Hier können alle Profit machen, und Coffin möchte dabei nicht hinderlich sein.« Finney schien darüber nachzudenken, also fuhr Tom fort. »Schließlich besteht keine Veranlassung zu streiten, und deswegen bin ich auch nicht hier. Hier geht es nur um Geschäftliches, und wir wissen doch alle, wie das läuft«, sagte Tom in sachlichem Ton.
»Natürlich weiß ich, wie das läuft, Braddock. Es ist nicht das erste Mal, dass man mich hereinlegen will. Aber was mich aufregt, ist die Unverschämtheit dieses Mannes. Coffin weiß nur zu gut, dass ich schon den Typen im vierten Revier Geld abliefere. Er weiß es, verdammt nochmal, und trotzdem schickt er seine

Schoßhunde hierher, damit sie mir noch ein Stück Fleisch aus der Wade beißen. Sie sind der Vierte, und es geht mir langsam auf den Geist, wenn eure hässlichen Visagen immer wieder hier auftauchen und mir sagen, dass ich mit euch Geschäfte machen soll.« Finneys Stimme wurde immer lauter, und er geriet immer mehr unter Dampf. Tom gab sich Mühe, seine Verblüffung zu verbergen. Es gefiel ihm nicht, Schoßhund genannt zu werden, aber das war es nicht, was ihn aufhorchen ließ. Es gehörte nun einmal nicht zu den Gepflogenheiten, dass zwei Reviere gleichzeitig Schutzgeld beanspruchten. Coffin hätte es mit Coogan vom vierten Revier aushandeln sollen, wenn er sich an Finney beteiligen wollte. Es bestand überhaupt kein Grund für Tom, hier zu sein – außer Coffins Habsucht. Aber das durfte er Finney nicht wissen lassen.

»Was vorher passiert ist und wen Sie bezahlen, das geht mich nichts an, Finney. Ich hab Verständnis für Sie und Ihre Probleme, aber Sie betreiben immerhin ein illegales Unternehmen.« Tom wollte keine Risse in der Fassade erkennen lassen.

»Vielen Dank, Ihr Verständnis tut mir gut, Braddock. Ich bin direkt gerührt. Aber als was würden Sie es denn bezeichnen, was Sie hier tun? Sagen Sie mir das mal! Und halten Sie mir keine Predigten über legal und nicht legal! Sie und dieser Scheißkerl Coffin, ihr seid tausendmal schlimmer als ich. Ihr Scheißpolizisten, ihr seid nichts als Erpresser und Geldeintreiber. Das ist meine Meinung.« Er spuckte aus.

»Ihre Meinung, Finney, ist hier nicht gefragt. Im Gegenteil, wir bestimmen hier.« Tom gab sich große Mühe, ruhig zu bleiben. »Sie haben die Möglichkeit, Geld zu machen, Sie müssen nur mitspielen. Sie sind Geschäftsmann. Sie kennen die Risiken, die Kosten, die entstehen, wenn man einen Spielsalon betreibt. Sie haben ein recht schönes Etablissement, und Coffin will, dass es auch so bleibt. Sie müssen nur vernünftig sein und sich an die Spielregeln halten.«

»Ja, an Coffins Spielregeln. Wie schon gesagt, ich habe bereits

bezahlt. Wenn Sie mir nicht glauben, fragen Sie Coogan. Ich zahle nicht zweimal. Ich kann nicht, und ich will nicht. Es ist nicht in Ordnung, und das wissen Sie ganz genau.«
Tom hatte die Unterhaltung langsam satt. Er kam nicht voran, und jetzt, da er wusste, was sich da abspielte, war ihm jede Lust vergangen, Coffin weitere »kleine Gefälligkeiten« zu erweisen.
»Spielen Sie sich nicht so auf, Finney«, sagte Braddock und drohte ihm mit dem Finger. »Ich will Sie nur warnen, es empfiehlt sich nicht, es mit Captain Coffin zu verderben. Sie wissen nicht, wohin das führt. Was Sie jetzt machen, ist schlecht fürs Geschäft, und ich mache Sie darauf aufmerksam, der nächste Besuch wird weniger friedlich ausfallen. Legen Sie sich bloß nicht mit Coffin an. Das sag ich Ihnen in aller Freundschaft, das wird Ihnen nur schlecht bekommen.« Das war tatsächlich ein guter Rat.
»Du Schweinehund! Erst verlangst du Schutzgeld, du arrogantes Stück Scheiße, und dann kommst du auch noch mit Drohungen.« Finney, rot im Gesicht, sprang auf.
»Hören Sie, ich …«, fing Tom an.
»Nein, jetzt hörst du zu! Du willst eine Antwort für deinen Herrn und Meister Coffin? Du kriegst eine. Pass auf! Mit Finney legt man sich nicht an.« Tom sah, wie Finneys Augen zur Tür glitten, und er verfluchte sich, dass er nicht besser aufgepasst hatte. Wie ein Grünschnabel, wie ein arroganter Hornochse hatte er die ganze Zeit seinen Rücken der Tür zugewandt. Solche Fehler konnten schlimm ausgehen. Tom drehte sich um und duckte sich, gleichzeitig zog er die Faust mit dem Schlagring aus der Tasche. Venkmans massige Gestalt stand drohend hinter ihm. Wie sich der Riese unbemerkt herangeschlichen hatte, war Tom unbegreiflich. Wichtiger in diesem Augenblick aber war der Baseballschläger, der auf seinen Kopf zusauste. Tom war klar: Er konnte ihm nicht entkommen, also musste er den Aufprall mildern, indem er den Kopf zur Seite drehte und den Schlag abfing. Hauptsache, er blieb am Leben, dann konnte er weitersehen.

Der Baseballschläger glitt an Toms Schlagring ab, drückte ihm aber die Faust mit der eigenen Waffe in die Stirn. Dann traf der Baseballschläger seinen Schädel. Tom war benommen von der Wucht des Schlags, stellte aber erstaunt fest, dass er noch stehen konnte. Noch mehr erstaunte ihn, wie wenig Schmerz er empfand. Der Schock war groß, er ließ den Schmerz nicht aufkommen. Tom war sich bewusst, dass es ihn schwer getroffen hatte, weil ihm alles langsam und verschwommen vorkam. Venkman hatte so kräftig ausgeholt, dass der Schläger gegen ein Bild flog, das an der Wand hing; Rahmen und Glas explodierten wie das Feuerwerk am 4. Juli. Tom hatte fast das Gleichgewicht verloren, trotzdem schaffte er es, Oles Knie einen Fußtritt zu versetzen. Er traf ihn mit Wucht, aber Venkman hatte Beine wie Bäume; der Stoß ließ ihn nur kurz aufstöhnen und trieb ihn einen Schritt zurück. Wieder holte Venkman aus, aber diesmal war er es, der aus dem Gleichgewicht geriet. Tom sprang nach vorn und fing Oles Fäuste mit seiner Schulter ab. Der Aufprall warf Ole zur Seite. Tom hörte ein dumpfes Knacken und sah, dass der andere die Zähne zusammenbiss. Hoffentlich hatte sich Ole etwas Wichtiges gebrochen!

Mit der Linken versetzte Tom dem Dutchman einen Schlag ins Gesicht; der Schlagring schlitzte ihm das Kinn auf. Venkman trat einen Schritt zurück, um Platz zum Ausholen zu gewinnen, aber er prallte am Türpfosten ab und schaffte nur einen schwachen Hieb, der nichts bewirkte. Es war höchste Zeit, den Dutchman auf die Bretter zu legen, bevor er sich wieder fing. Tom holte mit dem Fuß aus und trat Venkman in die Eier. Ein keuchendes Stöhnen drang aus Oles großem Mund. Tom rechnete damit, dass er gleich einknicken müsste, aber er knirschte nur mit den Zähnen, wurde zuerst weiß, dann rot im Gesicht und blieb auf den Beinen. Tom boxte ihm mit der Rechten in den Magen und mit der Linken in die Wange. Die Kieferknochen knirschten unter dem Schlagring, und kleine Blutstropfen spritzten nach allen Seiten. Ole schrie auf, schaffte aber einen kräftigen Hieb mit dem Griff des Baseballschlägers gegen Toms Schläfe. Tom sah nur mehr blinkende Lichter und kämpfte gegen die Ohnmacht. Fast blind, holte er kräftig aus und schlug zu, ohne zu wissen, worauf er zielte. Der Dutchman torkelte in den Gang hinaus, spuckte roten Schaum und hielt den Arm schützend vors Gesicht. Tom atmete noch schwer, aber er konnte wieder sehen. Er durfte dem Dutchman keine Chance geben. Dieser Mistkerl hatte schon Schläge eingesteckt, die zwei kräftige Männer niedergestreckt hätten, aber plötzlich stand er doch wieder auf seinen beiden Baumstämmen da. Tom wollte zu einem weiteren Schlag ausholen, als er das metallische Klicken einer Pistole hinter seinem Kopf vernahm.

»Das war's also, Braddock.«

Tom duckte sich, fuhr herum und schlug Finneys Pistole herunter. Er umschlang Finneys Arm. Er musste entweder die Pistole von sich abwenden oder sie Finney entwinden; sonst würde Finney ihn erschießen. Die Pistole drückte in Toms Seite, und Finney versuchte mit einem Ruck, seinen Arm aus der Umklammerung zu befreien. Sie drehten sich in einem torkelnden, steifbeinigen Tanz. Immer wieder schlug Finney auf Toms Gesicht ein und boxte ihm in die Seite. Tom grinste den drahtigen Iren nur an und packte seinen Arm mit beiden Händen. Er strengte alle Muskeln an, von den Fußballen bis zum Rücken, und zog mit aller Kraft an Finneys Arm. Finney schrie, sein Arm knackte und brach, die Pistole krachte. Der Rückstoß erschreckte Tom so sehr, dass er Finney fast losließ. Er wusste nicht, ob er getroffen war. Seine Seite war taub, aber er war entschlossen, nicht aufzugeben, solange er sich auf den Beinen halten konnte. Noch ein Ruck am Arm seines Widersachers, und die Pistole fiel scheppernd zu Boden.

Tom stieß Finney zurück, der gegen den Schreibtisch taumelte und auf ein Knie hinuntersank. Er war bleich und schwitzte und hielt sich den Arm, der jetzt eine unnatürliche Krümmung angenommen hatte. Aber Toms größere Angst galt Venkman.

Schnell drehte er sich um, in der Erwartung, der Dutchman könnte zu einem erneuten Schlag mit dem Baseballschläger ausholen. Was Tom sah, ließ seinen Atem stocken. Ole Venkman stand mit dem Rücken zur Wand starr im Gang. Der Baseballschläger war zu Boden gefallen. Es sah zunächst aus, als hätte er sich eine rote Schürze umgebunden. Finneys Kugel hatte ihn getroffen. Das weiche Blei hatte Venkman direkt über der untersten Rippe erwischt. Ole hatte sich das Hemd aufgerissen und starrte benommen auf das kleine Loch, aus dem das dunkle Blut sprühte. Sein Unterleib und die Baumstamm-Beine waren schon voll davon. Die rote Pfütze zu seinen Füßen breitete sich aus, während das Leben aus seinen Adern wich. Ole sah auf, hilflos und verängstigt, und seine riesigen roten Hände bemühten sich, das Leben festzuhalten. Die rote Flut verebbte, und Ole glitt die Wand hinunter und lag in der roten Pfütze auf dem Boden.

»Du hast keine Chance, Braddock, du bist ein toter Mann. Hörst du?«, keuchte Finney.

Tom atmete schwer und hielt die Hände auf die Knie gestützt. »Das hast du dir alles selbst zuzuschreiben, Finney. Du blöder Hundesohn, das hätte sich alles vermeiden lassen. So hätte es nicht enden müssen.«

»Vermeiden lassen, du Arsch? Was jetzt zu Ende geht, das bist du.« Finney zog ein sechs Zoll langes Stilett aus dem Stiefel. Es sah gefährlich aus. Er ging in die Hocke, sein nutzloser Arm baumelte wie ein toter Gegenstand.

Tom richtete sich auf. »Jesus, Finney, hast du immer noch nicht genug?«

»Erst wenn ich deine blutige Leiche sehe, habe ich genug, Braddock. Ich schlitz dich auf wie eine Weihnachtsgans.« Finney machte einen Satz nach vorn, das scharfe Stilett, giftig wie eine Schlange, stieß zu. Finneys zerschmetterter Arm baumelte über dem Boden wie der eines Affen. Seine Augen waren blutunterlaufen. Tom reagierte langsam, oder vielleicht war Finney einfach schneller; fast hätte der Ire seinen stählernen Fangzahn in Toms Fleisch gebohrt. Tom stieß die Klinge zur Seite, aber sie grub eine tiefe Furche an seiner Rippe entlang. Er drehte sich und hieb voller Wucht mit der Kante der Rechten auf Finneys Genick. Das Messer kam wieder auf ihn zu, silbrig glänzend und rot, aber es traf ihn nicht. Wieder schlug Tom zu, diesmal mit der Linken. Die Wucht des Schlags zerschmetterte Finneys Wange und Nase. Der Ire fiel um wie ein gefällter Baum. Sein Kopf schlug gegen den Schreibtisch, dann lag er wie eine leblose Puppe auf dem Boden. Tom neigte sich wieder, die Hände auf die Knie gestützt, nach vorn und schnappte nach Luft wie ein Langstreckenläufer nach einem anstrengenden Wettrennen. Finney aber schien überhaupt nicht mehr zu atmen.

Später hätte Tom nicht mehr sagen können, wie er aus Finneys Haus herauskam. Über eine Hintertreppe, glaubte er, aber alles wurde immer verschwommener, und er war sich nicht sicher. Später fielen ihm Einzelheiten wieder ein: wie er im Hof durch den Müll torkelte und gegen unsichtbare Hindernisse zwischen den Gebäuden stieß. Am besten war ihm noch die Kälte in der Magengrube in Erinnerung und dass er kotzen musste. In einer Gasse stolperte er und fiel hin, in seinem Kopf wirbelten Funken, und sein Magen drehte sich um. Kniend, auf seine Hände gestützt, übergab er sich. Vielleicht, wenn er sich große Mühe gab, konnte er den Geschmack des Todes der beiden Männer mit ausspucken. Es war, als wollte sein Körper das, was er getan hatte, von sich stoßen. Wenn er es nicht getan hätte, das wusste er, läge seine eigene Leiche auf Finneys Fußboden; aber der Verstand konnte die Schuld nicht von ihm nehmen. Er hatte getötet – nicht um der Ehre willen, nicht für das Vaterland, nicht für einen höheren Zweck, sondern des Geldes wegen. Das ließ sich niemals ungeschehen machen.

9. Kapitel

Falls ich genesen sollte,
gäbe es auf der Welt für mich noch viel Großes zu tun.

Washington Roebling

Als Erstes fiel Tom die Kälte auf. Er rang nach Bewusstsein, als müsste er sich durch einen Schneesturm tasten. Die linke Hand fühlte sich an wie Eis. Sie pochte, obwohl sie fast taub war, und die Finger waren dick geschwollen wie Würste. Langsam bewegte er die Hand und führte sie nahe an sein Gesicht heran. Er sah sie abwechselnd scharf und unscharf, und als sie verschwamm und dann immer wieder eine andere Gestalt annahm, musste er an einen Vexierspiegel im Zirkus Barnum denken. Sie sah ganz anders aus als seine Hand, und fast fragte er sich, wem sie wohl gehöre. Wenn es seine Hand war, sagte er sich, dann würde sie sich bewegen, wenn er es wollte, also ballte er die dick gewordenen Finger zu einer Faust. Der Schmerz durchzuckte ihn, setzte die Hand in Brand und raste den Arm hinauf. Im Zimmer stöhnte jemand auf. Es war Tom selbst.

»Miss Mary, Miss Mary! Er ist wieder aufgewacht!«, rief Chelsea. Seit eineinhalb Tagen hatte sie auf Marys Geheiß in Toms Zimmer Posten bezogen und auf ein Anzeichen der Besserung

gewartet. Harte Absätze klickten auf dem gewachsten Parkett und pochten in Toms Kopf. »Er hat den Arm bewegt, Miss«, sagte Chelsea hoffnungsvoll. Chelsea arbeitete seit drei Jahren bei Mary, nicht als Freudenmädchen, sondern als Dienstbotin. In Wirklichkeit war sie das Auge und das Ohr des Hauses. Ohne Chelsea würde gar nichts laufen, dachte sich Mary oft.
»Vielen Dank, Chelsea«, sagte Mary schnell, als sie das Zimmer betrat. »Möchtest du uns eine Minute allein lassen? Und könntest du Cookie bitten, einen Tee zu kochen? Stark und süß, bitte.« Mary legte die Stirn in Falten und sah Tom an.
»Ja, Miss.« Chelsea war schon weg.
Eine Tür ging zu. Der Knall hallte durch seinen Kopf und ebbte langsam ab.
»Tom, Tom, Tom. Tom, Tom, Tom? Tom? Tommy?«
»Ja-a«, sagte Tom zwischen trockenen Lippen. Er hustete, um seine Kehle zu befreien, die jetzt ein Vogelnest zu beherbergen schien. Überall hatte er Schmerzen, im Kopf, hinter den Augen, hinter den Schläfen.
»Komm, Tommy, trink einen Schluck Wasser. Kannst du dich ein wenig aufsetzen?«, fragte Mary und stützte seinen Kopf mit ihrer Hand. Tom setzte sich auf, aber sein ganzer Körper wehrte sich dagegen. Seine Seite fühlte sich an, als ob sie zerreißen könnte. Der Schmerz ließ ihn nach Atem ringen. »Ach, die Nähte, die müssen schrecklich wehtun. Wie dumm von mir! Lass dir helfen.« Er trank ein halbes Glas kühles Wasser. Erschöpft ließ er den Kopf wieder auf das Kissen fallen. Das Wasser schmeckte komisch.
»Was hast du ins Wasser getan?«
»Nur ein Pulver. Es wird dir gut tun.«
»Wie bin ich … wie bin ich hierher gekommen? Meine Hand ist ganz kalt. Warum ist meine Hand so kalt?«
»Der Arzt hat mir geraten, Eis darauf zu legen. Wir mussten den Schlagring herunterkriegen, er hat das Blut abgeschnitten.«
»So …«, sagte er langsam und kramte in seinem nebligen Hirn,

um eine Erklärung zu finden. Ganz langsam kam die Erinnerung wieder, wie Venkmans Schläger am Schlagring abgeprallt war. »Wie bin ich hierher gekommen?«

»Tommy, das weiß ich wirklich nicht. Vor zwei Tagen, gegen acht Uhr am Abend, polterte ein Droschkenkutscher an unsere Tür. Ich schickte Chelsea hinunter, und der Kutscher sagte ihr, er hätte einen Mann hinten in seiner Kutsche, der über und über voll Blut sei. Als mir Chelsea die Geschichte erzählte, hätte ich den Kutscher fast weggeschickt.«

»Ich kann mich an gar nichts erinnern. Ich muss bewusstlos gewesen sein«, flüsterte er.

»Du warst sehr wohl bewusstlos. Wie gesagt, ich hätte ihn fast weggeschickt, aber dann hat er dich beschrieben.« Marys Gewissen machte ihr zu schaffen. »Ich ging hinunter, um nachzuschauen, und ließ dich herauftragen. Und seitdem bist du hier.«

»Seitdem? Seit wann?«, fragte Tom. Er nahm an, alles sei erst vor ein paar Stunden passiert.

»Ich sagte dir schon, es war vor zwei Tagen, Tommy. Wir waren krank vor Angst, und ...«

»Jesus«, unterbrach sie Tom. »Also ist heute der erste April?«

»Ja. Es ist halb sechs in der Frühe.«

Toms Mund verzog sich zu einem ironischen Grinsen. »Aprilscherz!«

»Was ist passiert, Tommy? Wer hat dir das angetan? Sam hat absolut nichts verraten wollen. Vielleicht weiß er auch nichts.«

Auf dieses Thema wollte sich Tom nicht einlassen, zumindest noch nicht, und besonders jetzt nicht, wo sich der Raum immer noch drehte. Sein Schweigen verriet Mary mehr, als er sich hätte vorstellen können. Gemeinsam saßen sie auf dem zerwühlten Bett, als sich der erste Schimmer der Morgensonne ins Zimmer stahl. Nur ihr Atmen war zu hören. Mary hielt seine große Hand und spürte seinen Pulsschlag. Diese Hand wollte sie nie mehr loslassen.

So saßen sie eine ganze Weile da, bis es an der Tür klopfte und

Chelsea mit Tee und Toast hereinkam. Mary machte Anstalten aufzustehen, aber Tom hielt sie fest. Sie wandte sich ihm wieder zu und sah ihm in die Augen.

»Ach … Mary … ich …«, sagte er und suchte nach den passenden Worten. »Ich …«

Mary verstand ihn nur zu gut. »Tom, das einzig Wichtige für mich ist, dass du jetzt hier bei mir bist, Tee trinkst und Toast isst und dass es dir besser geht. Alles andere kann warten.«

»Ich …« Er bemühte sich weiterzusprechen.

»Pscht. Trink deinen Tee. Er wird dir gut tun.« Mary sah die Träne nicht, die seine Wange hinunterlief.

Er wischte sie mit seiner geschwollenen Hand weg und zuckte vor Schmerz zusammen. »Ich habe es gut bei dir, Mary.«

Sie schob ihm ein kleines Stück Toast in den Mund und lächelte trocken. »Das darfst du auch nie vergessen, Tom Braddock.«

Es war sechs Uhr dreißig. Vor dem Büro von Sangree & Co wachte die Stadt allmählich auf. Das Getrappel der Pferde und das Rollen der Fuhrwerke auf dem morgendlichen Weg zum Fulton Market hallte durch den Peck Slip und die Water Street. Später würden sich diese Geräusche in einem brodelnden Kessel mit dem Lärm von Fuhrwerken, Pferden, Hafenarbeitern, Matrosen, Ladeninhabern und Straßenverkäufern vermischen. Aber jetzt, eineinhalb Stunden bevor die meisten Geschäfte aufmachten, war die Gegend noch von einer fast dörflichen Ruhe erfüllt.

Man traf sich heute zum Frühstück. Matt hatte frische Muffins aus der Bäckerei neben seiner Wohnung mitgebracht, und der Captain hatte auf dem kleinen Öfchen im Versammlungsraum Kaffee gekocht. Sie saßen um den großen Tisch und besprachen die Lage.

»Wir müssen ihn im Auge behalten«, sagte der Captain nachdenklich. »Falls er wiederkommt und zu neugierig wird, werden wir uns etwas überlegen müssen. Er hat euch also keinen Grund zur Annahme gegeben, dass er vielleicht etwas weiß?«

»Nein, Captain«, sagte Lebeau und kaute an seinem Muffin. »Ich hatte den Eindruck, dass er bloß die Routinefragen gestellt hat. Wenigstens hat er kein Interesse an mir oder an Matt gezeigt. Ich weiß nicht, wie es bei Watkins war.«
Watkins räusperte sich. »Bei mir war es genauso. Ich hab ihm gesagt, ich war mit Miss Devine unterwegs. Sie weiß schon, was sie sagen muss, falls er sie fragt.«
»Hmm.« Der Captain blickte verstohlen zu Weasel Jacobs hinüber. Etwas schien zwischen ihnen vorzugehen – ein stillschweigendes Einvernehmen.
»Eigentlich haben wir uns nicht lang unterhalten«, fuhr Watkins fort. »Wir sind unterbrochen worden – er war hinter der Roebling her. Ich kann nicht behaupten, dass er mir sympathisch war.«
»Was meinst du mit Mrs. Roebling?«, bohrte der Captain nach.
»Wir haben uns gerade über Bucklin unterhalten, als er sie oben neben dem Turm bemerkte. Auf einmal war er auf und davon, hinter ihr her wie ein Gockelhahn. Später sind sie mit Martin Richtung City Hall abgezischt.«
»Interessant.« Der Captain schien sich über diese Neuigkeit Gedanken zu machen. »Du sagst, sie gingen gemeinsam weg?«
Watkins bejahte. Matt und Earl konnten es bestätigen.
»Hmm. Es hat wahrscheinlich nichts zu bedeuten. Aber es macht mir ein bisschen Sorge, dass er Mrs. Roebling kennen gelernt hat. Ich befürchte, wir werden den Detective noch öfter hier in der Gegend sehen.« Der Captain starrte gedankenverloren zur Decke und trommelte mit den Fingern auf die Tischplatte. »Wie ich schon sagte«, murmelte er vor sich hin, »wir werden wegen dieses Detective etwas unternehmen müssen.«
Sullivan horchte auf. Diese ganze Geschichte mit Watkins und Bucklin geriet allmählich außer Kontrolle – war schon außer Kontrolle geraten, verbesserte er sich. Nun wollten sie auch noch Polizisten umlegen. Sie gerieten immer tiefer in die Scheiße und merkten es nicht einmal.

»Sie meinen, dass wir ihn endgültig loswerden sollen? Es ist ein wenig riskant, einen Cop kaltzumachen, finden Sie nicht?« Sergeant Sullivan war der Erste, der sich zu diesem Thema äußerte, aber Gedanken machten sie sich alle.
»Zweifellos, Patrick, aber jetzt, zu diesem Zeitpunkt, dürfen wir keinesfalls zulassen, dass uns etwas aufhält«, sagte der Captain. »Ich bin natürlich offen für andere Lösungen. Wir haben immer noch Zeit, uns etwas zu überlegen, falls Braddock Lunte riechen sollte.«
»Das stimmt, Captain«, sagte Sullivan. Er würde sich in seiner Haut viel wohler fühlen, wenn man genau wüsste, wie man mit Braddock fertig werden wollte. »Wenn wir jetzt ein paar Minuten damit verbringen könnten, einen genauen Plan zu machen, hätten wir die Zeit gut genutzt. Wenn wir warten, bis wir nur mehr reagieren können, stehen wir ganz dumm da.«
In der folgenden halben Stunde besprachen sie die verschiedenen Möglichkeiten, gingen alle vorstellbaren Eventualitäten durch und einige unvorstellbare noch dazu. Jacobs, pedantisch wie immer, legte eine ausführliche Liste an. Er plädierte für den direkten Weg.
»Eigentlich ganz einfach. In der Nacht gehe ich auf der Straße an unserem Detective Braddock vorbei, und plötzlich kriegt er ein Messer in die Kehle.« Jacobs' eisiges Lächeln sprach Bände. Er war genauso ungerührt, als ob er aus einem Auftragsbuch vorläse. »Innerhalb von Sekunden bin ich weg. Er stirbt. Nichts leichter als das.«
Zweifelnde Blicke wurden ausgetauscht. Die Diskussion ging weiter, und schließlich blieben drei Möglichkeiten zur Auswahl, von denen keine ein Messer in der Kehle vorsah, zumindest jetzt noch nicht. Man einigte sich darauf, dass nichts geschehen sollte, solange man nicht mehr über die Richtung wusste, in die Braddocks Untersuchungen zielten. Immerhin hatten sie mit seinem Besuch gerechnet, und sein bloßes Erscheinen war noch kein Grund für sie, aktiv zu werden. Dieser Teil der Versammlung

wurde abgeschlossen, indem – zu Weasels Enttäuschung – sich alle darauf einigten abzuwarten. Die Verschwörer ahnten nicht, dass Venkman auf dem besten Weg gewesen war, ihre Probleme mit Braddock zu beseitigen.
»Earl, du gehst doch später noch zu den Bucklins?«, fragte der Captain.
»Jawohl, Sir.« Earl hatte dem Captain bereits unter vier Augen Bericht erstattet. Er war der Meinung, dass Mike nichts wusste. Und wenn schon, er hatte dem Jungen Angst eingejagt; Mike würde sich nicht einmal trauen, daran zu denken, was er möglicherweise wüsste, und schon gar nicht, jemandem davon zu erzählen. Trotzdem, nur um sicher zu gehen, hatten sie einen weiteren Schritt beschlossen.
»Der nächste Tagesordnungspunkt«, sagte Jacobs.
»Stopp!«, unterbrach ihn Lincoln. »Wir müssen zur Arbeit. Können wir die nächsten Punkte nicht heute Abend besprechen?«
»Dieses Unternehmen ist nicht so einfach wie der Anschlag bei Prospect«, gab Jacobs zurück. »Wir brauchen präzise, detaillierte Pläne. Die Zeit drängt.« Für nichts konnte sich Weasel so sehr begeistern wie für einen guten Plan.
»Das wissen wir, Bart, aber wir müssen zur Arbeit, und du auch«, ermahnte ihn Lincoln. »Wir wollen nicht auffallen.«
Der Captain sah auf seine Taschenuhr. »Ich würde sagen, wir haben noch zwanzig Minuten Zeit. Den Rest können wir heute Abend erledigen.«
Weasel holte tief Luft. »Also, wie gesagt, wir müssen uns mit dem Transport, dem Zeitpunkt und der Geheimhaltung befassen.« Er hakte die Punkte an den Fingern ab. »Es war uns von Anfang an klar, dass diese Sache nicht einfach sein würde.« Vor Monaten schon hatten sie einen vorläufigen Plan erstellt, aber wie alle Pläne entwickelte er sich immer weiter und wurde immer komplizierter, je mehr er sich der Ausführung näherte.
»Ein wahres Wort!« Earl lachte. »An diesem verdammten Ding

wird schon seit dreizehn Jahren gebaut. Es wird sich nicht so schnell zerstören lassen.«

Zunächst hatten sie geplant, die beiden Türme in die Luft zu sprengen. Das heißt, dieser Gedanke kam erst auf, als sie merkten, dass es unmöglich war, sie durch Unterminieren zum Einsturz zu bringen. Earls und Matts Erfahrung im Caisson hatte das bewiesen. Aber die riesigen Türme zu sprengen hätte stundenlanges Bohren und viele Tonnen Sprengstoff vorausgesetzt. Schließlich gaben sie auch diesen Plan auf. »Auf diese Türme könnte man Tag und Nacht mit Kanonen feuern, und es würde keinen Kratzer hinterlassen«, hatte der Captain gemeint. Die Fahrbahntafel dagegen war etwas anderes.

»Sie wiegt sechstausendsechshundertzwanzig Tonnen, und dazu gehört nicht einmal das Gewicht der Kabel«, hatte Sullivan bemerkt. »Wir müssen bloß eine schwache Stelle schaffen. Das Gewicht wird für alles weitere sorgen. Denkt an Ashtabula.« Dort hatten sie kritische Punkte der Verstrebungen angesägt, und das Gewicht des nächsten Zuges hatte der Eisenbahnbrücke den Rest gegeben. Aber um die Tragfähigkeit der Fahrbahn auch nur zu schwächen, dafür würden sie sieben Tonnen Dynamit benötigen. Es würde auch viele Tage beanspruchen, die Ladung und die Zündfäden zu installieren. Eine so große Menge Dynamit zu transportieren, anzubringen und zu verdrahten, ohne entdeckt zu werden, das sei ein Ding der Unmöglichkeit.

Sie hatten auch in Erwägung gezogen, die Tragkabel zu sprengen. Jedes der vier Kabel hatte einen Durchmesser von fünfzehn drei viertel Zoll und enthielt fünftausendvierhundert Drähte, die so fest gebündelt waren, dass sie praktisch eine feste Masse aus Stahl bildeten. Sie waren um ein Vielfaches stärker, als nötig gewesen wäre, das Gewicht der Fahrbahn zu tragen; deswegen würde eine Explosion so gut wie nichts ausrichten. Das galt zwar nicht für die Stellen, an denen die Kabel über die Türme führten. Die Sprengladungen auf die Türme hinaufzuschaffen würde jedoch Stunden dauern, und man konnte nicht voraussagen, ob dort oben genug Platz für den Sprengstoff vorhanden war. Nach wochenlangen Diskussionen wurde auch diese Idee verworfen.

Der Plan, für den sie sich schließlich entschieden, war sowohl elegant als auch wirkungsvoll. Dafür würden nur wenige hundert Pfund Sprengstoff benötigt, und eineinhalb Stunden würden genügen, um ihn anzubringen. Er war nicht ohne Risiko, aber Risiken waren sie gewöhnt.

Der Captain nickte, aber als er die Pläne prüfte, die vor ihm auf dem Tisch lagen, schien er an etwas anderes zu denken.

»Ich halte Jacobs' Einwand im Prinzip für richtig«, sagte er nachdenklich. Der Captain hatte wieder diesen versonnenen Blick, den sie aus der Kriegszeit kannten, wenn er mit dem Oberst bis spät in die Nacht beisammensaß, um die Operationen des nächsten Tages zu planen. Er hatte nie die Gewohnheit aufgegeben, alles aus dem Blickwinkel des Feldherrn zu sehen. Sullivan hielt das für eine Krücke, die Sangree half, seine Führungsrolle zu behaupten. Sie war nicht mehr unangefochten, aber er behauptete sie immer noch mit Stolz und verzweifelter Hartnäckigkeit. »Jacobs, ich möchte, dass du eine Liste der noch nicht endgültig gelösten Probleme und der möglichen Taktiken, einschließlich Vor- und Nachteilen, anlegst«, sagte Sangree mit einem Blick auf seine Taschenuhr. »Mach's am besten so.« Der Captain zog zwei Striche über die Länge eines Blattes, was drei Spalten ergab. »Die Taktiken in der einen Spalte, die Vor- und Nachteile in den anderen beiden. Wir listen unsere Optionen auf, schließen diejenigen aus, die undurchführbar zu sein scheinen, und konzentrieren uns auf die mit den besten Erfolgschancen.« Noch einmal feilten sie an ihren Plänen, und Jacobs notierte die einzelnen Punkte in seiner sorgfältigen Handschrift. Manchmal hatte es den Anschein, als würde es ewig dauern, bis alle Probleme gelöst wären. Alle wussten, dass der Teufel im Detail steckte.

Während im Peck Slip die sieben Männer ihre Pläne schmiedeten, schlief Tom wieder ein. Er schlief unruhig. Venkman lief durch seine Träume, polterte heran wie eine Lawine, die ihn unter sich begraben wollte. Auch Finney kam vor. Jetzt war Finney der Gerichtsmediziner im weißen, blutverschmierten Kittel, der Tom mit seinem Rattengesicht angrinste. Im Hintergrund spielte Musik. Tom starrte entsetzt auf Finney, dessen zerfetzter Arm lose herunterhing und dessen Kopf in einem unmöglichen Winkel auf den Schultern saß. Finney setzte sein langes Stilett an Toms Rippen an und stach tief hinein.
Sein eigener Aufschrei weckte ihn. Tom geriet in Panik, merkte aber gleich, dass das Stechen nicht von Finneys Stilett herrührte, sondern von seinen Nähten. Er kam sich albern vor, schwitzte aber immer noch.
Viel später wachte er erneut auf. Jetzt schien die Sonne schräg durch die Jalousien ins Zimmer und malte schwarz-weiße Streifen auf den Boden. Er glaubte, von irgendwoher im Haus laute, erregte Stimmen zu hören. Eine Tür fiel zu, hallte im Treppenhaus und in seinem Kopf. Tom döste eine Weile vor sich hin. Er wollte seine Gedanken verbannen, sie versenken, aber sie kehrten, wie Schwimmer an der Angelleine, immer wieder an die Oberfläche zurück. Was würde Coffin von Toms Leistung halten? Die Aussichten waren schlecht. Venkman und Finney zogen vorbei. Tom wollte nicht mit ihnen reden. Er hatte Angst, sie könnten einen Streit anfangen. Auch Bucklin tauchte auf, aber sein Kopf war nur zur Hälfte vorhanden, und er wollte von Tom wissen, was der Gerichtsmediziner mit der anderen Hälfte gemacht hatte. Tom fragte Bucklin nach seinem Mörder, aber Bucklin spuckte nur Tabaksaft aus und verschwand wie ein Gespenst. Dann erschien Sam. Er sah von hoch oben auf ihn herunter, und sein Kinn verschwand hinter seinem Kragen. Er redete auf Tom ein, und es klang so deutlich, dass Tom hätte schwören können, Sam sei bei ihm im Zimmer. Dann spürte er Sams Hand auf seinem Arm.

»Tommy? Tommy, ich bin's, Sam. Komm schon, Tom, nicke mit dem Kopf, wenn du mich hören kannst.«
Er sah zu ihm hinauf und fragte sich, warum Sam so riesengroß war. Vielleicht war er gewachsen. »Du bist größer geworden, Sam«, murmelte er und sah ihn fragend an.
»Größer geworden. Du bist aber komisch. Fällt dir sonst gar nichts ein?«
Tom kniff die Augen zu und rieb sich die Stirn. »Gib mir noch eine Minute, gleich geht's mir besser.«
»Das will ich hoffen. Du hast uns allen Angst eingejagt, Thomas«, sagte Sam und setzte sich auf den Bettrand.
»Das wollte ich nicht.«
»Das glaube ich, aber was zum Teufel ist in dich gefahren, dass du dich ganz allein mit Finney und Venkman angelegt hast?«
Tom riss die Augen auf. »Mach dir keine Sorgen«, sagte Sam. »In den Zeitungen steht, dass sie sich gegenseitig umgebracht haben.« Beruhigend legte er die Hand auf Toms Schulter.
»Die Zeitungen! Jesus!« Tom sah verzweifelt zur Decke hinauf. In seinem Kopf pochte es.
»Heute steht es in allen Zeitungen. Und du wirst es nicht für möglich halten, überall wird Coffin zitiert mit der Forderung, die Spielhöllen auszuräuchern. Vielleicht fällt mir der genaue Wortlaut wieder ein. Es heißt ungefähr so: ›Die übelsten Elemente der Gesellschaft saugen der Stadt das Herzblut aus den Adern. Gemeinsam wollen wir diese Geißel der Menschheit ausrotten und die Straßen für unsere Frauen und Kinder sicher machen.‹ Äußerst moralisch, äußerst edelmütig, typisch Coffin. Du wirst lachen, wenn du es liest. In der *Tribune* kannst du das ganze Interview nachlesen. Er und Coogan geben sich große Mühe, den Deckel auf dem Topf zu halten und die Presse daran zu hindern, allzu neugierig zu werden. Sehr edel.«
»Aber, Sam, wieso glaubst du, dass ich …?«
Sam hob abwehrend die Hand und schaute Tom streng an. Er wollte es nicht hören. »Halt, Tommy. Ich bin dein alter Freund.

Kipp mir keinen Scheiß über die Schuhe«, sagte er barsch. »Halt deinen Mund! Ich stehe ja zu dir.«
»Entschuldige. Ich kann nicht vernünftig denken.«
»Das merkt man. Du bist doch nicht im Büro, du sprichst doch nicht mit Byrnes. Übrigens siehst du beschissen aus, also verzeihe ich dir diesmal.« Sam klopfte ihm auf die Schulter.
»Verdammt! Meine Katzen! Ich muss sie füttern. Ich war seit zwei Tagen nicht da.«
Tom schob ein Bein über die Bettkante und setzte sich auf.
»Halt! Beruhige dich, ich habe sie heute früh gefüttert. Mrs. Aurelio hat mich hineingelassen. Die haben sich richtig gefreut, mich zu sehen. Den beiden Pelzkugeln geht's gut.«
Tom schien ehrlich erleichtert. Fast hätte Sam laut aufgelacht: Da lag Tom, halbtot, alles tat ihm weh, und zerbrach sich den Kopf wegen seiner Katzen.
»Danke, Sam«, sagte Tom. »In letzter Zeit tue ich das oft.«
»Was?«
»Danke sagen.« Tom schwieg eine Weile. Er betrachtete seine geschwollene Hand, drehte sie wie ein Beweisstück hin und her.
»Sam, weiß Mary Bescheid?«
»Falls du wissen willst, ob ich ihr etwas gesagt habe, ist die Antwort nein. Es steht mir nicht zu, mich bei euch in dieser Sache einzumischen. Sie ist nicht dumm, Tom. Sie wird es sich selbst zusammenreimen, wenn sie es nicht jetzt schon getan hat.«
Tom schien darüber nachzudenken, also wagte sich Sam weiter vor.
»Tom, ich weiß, du hast mich nicht darum gebeten, aber falls du mich um Rat fragen solltest, würde ich sagen: Sei ehrlich zu ihr. Sie ist eine brave Frau, du darfst ihr nichts vorlügen.«
»Ja, ich weiß … aber ich mach mir Sorgen um sie. Wenn es mit Coffin ernsthafte Schwierigkeiten gibt, will ich nicht, dass sie hineingezogen wird.« Tom legte die Stirn in Falten. Das war eine echte Sorge. Coffin würde nicht zögern, Mary etwas zuzufügen, wenn es seinen Zwecken diente.

»Tom, was Coffin macht oder nicht macht, ist seine Sache. Dagegen kannst du nicht viel ausrichten. Aber Mary die Wahrheit sagen – das ist *deine* Aufgabe.«
»Du hast schon recht. Natürlich hast du recht. Mary verdient es, die Wahrheit zu hören.«
»Tommy, ah ... Ich muss dir etwas sagen. Coffin ist unzufrieden.«
Tom lachte auf. Seine Nähte taten ihm weh. Er konnte sich nur zu gut vorstellen, wie unzufrieden Coffin sein musste.
»Ehrlich? Was hat er gesagt?«
»Er wollte wissen, wo du dich aufhältst.« Sam zuckte die Achseln. »Ich sagte, ich wüsste es nicht. Das hat ihn eine Weile von diesem Haus fern gehalten, aber vor einer Stunde ist er hier aufgetaucht. Mary hat ihn nicht zu dir gelassen.«
Tom nickte. Er konnte sich einiges zusammenreimen. »Also deswegen der Lärm vorhin.«
»Ja. Ich war auch schon hier, aber ich bin in Deckung geblieben, bis er weg war. Ich sag dir was, Tom, diese Mary ist schon etwas wert.« Sam war voller Bewunderung. »Hat sich nicht von Coffin beeindrucken lassen, ihn behandelt wie einen Latrinenputzer. Sie sagte ihm, dir geht es nicht gut, und damit basta.«
»So ist sie nun einmal«, sagte Tom mit geschlossenen Augen. Er lächelte selig. »Die tollste Frau, die mir je über den Weg gelaufen ist. Sie weiß, was sie will, und sie hat eine messerscharfe Zunge, wenn ihr etwas nicht passt, aber ... sie kann auch süß und weich sein wie Honig.«
»Sie hat es ihm richtig gegeben.« Sam pfiff anerkennend. »Ich glaube, es hat ihm nicht so recht gefallen.«
»Ich habe sie auch schon erlebt, wenn sie verärgert war«, sagte Tom mit einem wissenden Grinsen.
Sam sah Tom fragend an. »Er wird wiederkommen. Das ist dir doch klar.«
Tom nickte nur. Ihm war nicht mehr nach Lächeln zumute.
»Übrigens ... hast du mich bei Byrnes entschuldigt?«, fragte

Tom hoffnungsvoll. Es würde ihm nicht leicht fallen, eine plausible Erklärung zu erfinden, falls Sam noch nichts gesagt hätte.

»Ja. Ich hab ihm erzählt, dass du krank bist. Dann war ich beim Doktor, und der hat mir schriftlich bestätigt, dass du im Sterben liegst.«

Tom nickte ihm dankbar zu. Er wusste, auf Sam war immer Verlass. »Großartig. Nächste Woche bin ich wieder im Büro, ganz der Alte. Aber zuerst muss ich mit Coffin reden. Die Sache begraben.«

Sam grinste. »Das ist witzig – du willst Coffin begraben?«

»Lieber heut als morgen«, brummte Tom. »Finney und Venkman waren zwar vollkommen verrückt, aber ich glaube nicht, dass sie auf mich losgegangen wären, wenn nicht …«

»Wenn sie nicht Coffins Segen gehabt hätten«, vollendete Sam den Satz. »Der gleiche Gedanke ist mir auch gekommen.«

»Sie hatten die ganze Zeit schon Schutzgeld an Coogan abliefern müssen«, sagte Tom und achtete genau auf Sams Reaktion. Sam wusste genauso gut wie er, wie das System funktionierte.

Aber jetzt war Sam die Überraschung anzusehen. »Echt? Das klingt nicht gut. Das passt nicht zusammen. Also wollte dich Coffin hereinlegen? Ich hätte nicht gedacht, dass es so schlimm zwischen euch steht.«

»Ich auch nicht. Er hat an dem Tag schon etwas dicker aufgetragen, aber … Ach, ich weiß nicht.« Tom dachte einen Augenblick nach, aber sein Hirn war immer noch vernebelt und schien in seinem Schädel herumzuschwappen. »Er hat mich in diese Lage gebracht, das ist mir klar. Er hat ganz genau gewusst, was da läuft, und er muss auch gewusst haben, dass der Dutchman im Haus sein würde. Vielleicht wollte mir Coffin nur eine Lektion erteilen. Der Dutchman sollte das für ihn erledigen. Vielleicht ist denen alles aus dem Ruder gelaufen, und sie sind weiter gegangen, als Coffin beabsichtigt hatte. Das würde ich gerne glauben, aber …«

»Egal, von welcher Seite du das alles betrachtest – Coffin steckt dahinter«, sagte Sam.

Tom seufzte. Er wurde allmählich müde, und sein Magen verlangte nach etwas Handfesterem als Tee und Toast.
»Damit ist bestimmt nicht Schluss, es wird weiter Ärger geben. Coffin wird es nicht dabei belassen.«
Sam nickte. »Ich werde dich unterstützen, so gut ich nur kann. Du wirst Unterstützung brauchen, wenn diese Geschichte außer Kontrolle gerät.«
Die Tür ging auf. Mary kam mit einem Tablett herein.
»Gott sei Dank«, sagte Tom. »Du hast meine Gedanken gelesen.«
Mit ernstem Blick sah ihm Mary in die Augen. »Natürlich, Tom, das tu ich immer. Ich weiß alles, was du denkst. Ich kann jederzeit in deinen kaputtgeschlagenen Kopf schauen und sehe alles so deutlich wie auf einer Schiefertafel.« Sie lächelte verschmitzt. »Allerdings steht meistens nicht viel drauf.«
Tom stöhnte auf, konnte aber das Lächeln nicht verkneifen. »Warte nur! So was Gemeines, sich über einen Verwundeten lustig zu machen, der schon dem Tod ins Auge gesehen hat. Schämen solltest du dich! Wenn's in meinem Kopf nicht mehr pocht, wird ich dich schon kriegen!«
»Und ich werde mich kriegen lassen, Tom Braddock.« Marys Lächeln erhellte das Zimmer.
Gott, ist sie schön!, dachte Tom.
Sam erhob sich von der Bettkante. »Also, ich muss jetzt gehen. Ich schaue morgen wieder vorbei.« Er gab Tom die Hand. »Ich freue mich, dass es dir besser geht, Tommy.«
»Vielen Dank, Sam ... und danke, dass du dich um Grant und Lee kümmerst.«
»Es ist mir ein Vergnügen. Du hast mir schon ein paarmal das Leben gerettet. Dafür kann ich doch wenigstens deine Katzen füttern. Grant und Lee.« Sam schüttelte den Kopf. »Du bist ein toller Bursche, Tom. Bis bald.« Er winkte ihnen ein wenig verlegen zu, verabschiedete sich von Mary mit einem Kuss und flüsterte ihr etwas ins Ohr, was Tom nicht verstand.

»Das ist ein richtiger Freund«, sagte Mary, während Sam die Treppe hinunterstapfte. In den letzten zwei Tagen war Sam noch mehr in ihrer Hochachtung gestiegen.
»Ja. Manchmal sind wir wie Brüder. Es ist schon seltsam, ich kenne keinen anderen Mann in dieser Stadt, auf den ich mich so sehr verlassen kann.«
Mary stellte das Tablett auf einen Tisch neben dem Bett und lüpfte den Deckel einer Suppenterrine. Der Dampf erfüllte das Zimmer mit dem leckeren Duft einer kräftigen Bouillon, die mit Huhn, Gemüse und Gewürzen angereichert war. Toms Magen knurrte, aber er dachte jetzt an etwas anderes.
»Mary, du weißt es doch, ich habe diese beiden Männer umgebracht«, sagte er unvermittelt.
Mary sah ihn mit ihren sanften, traurigen Augen an, Augen, die so viel Traurigkeit gesehen hatten. »Ich weiß es, Tommy.«
In einem Wortschwall versuchte Tom zu erklären, was keiner Erklärung bedurfte. Ihm pochten die Schläfen, er versuchte ihr zu sagen, dass er keine andere Wahl gehabt hatte, dass es um Leben und Tod gegangen war.
Mary neigte den Kopf, ihr langes rabenschwarzes Haar bedeckte ihr Gesicht. Nach einer Weile sah sie ihn wieder an, und ihre traurigen Augen glänzten. »Tommy, bitte nicht.« Es war fast, als hätten seine Worte sie verletzt. »Mir musst du nichts erklären, mir nicht.«
»Aber du musst wissen, dass ich …«
»Tommy, verstehst du nicht? Du brauchst mir nichts zu erklären. Ich kenne dich durch und durch. Du bist nicht der Mensch, der ohne Grund tötet.« Sie hielt inne und sah ihm in die Augen. »Es tut mir weh, wenn du mir das nicht glaubst.«
Tom war ganz verwirrt. Mary gab ihm immer wieder Rätsel auf.
»Tommy, manchmal beobachte ich dich, ohne dass du es merkst. Ich hab dich beobachtet, wie du im Mondlicht dagesessen hast, mit Grant auf dem Schoß. Ich weiß, wie du dich deinen Freunden gegenüber verhältst. Ich weiß, wie du dich Frauen

gegenüber verhältst. Kannst du dich noch an das Eichhörnchen erinnern, das du gepflegt hast, als es vor deiner Wohnung aus dem Nest fiel?«
Tom nickte. Er lächelte wie ein Kind.
»Ein Eichhörnchen, nur ein Eichhörnchen! Du bist ein sanfter Mensch ... ein Mensch, der niemandem ein Leid zufügt, wenn es sich vermeiden lässt. Ich weiß, du bist kein Heiliger, und ich weiß, du kannst auch hart sein, wenn es sein muss, aber du bist kein schlechter Mensch. Du bist kein Mörder. Dazu bist du nicht imstande. Genauso, wie du nicht auf dem Meeresboden leben und wie ein Fisch atmen kannst.«
Tom staunte, dass sie ihn in mancher Hinsicht besser kannte als er sich selbst.
»Ich wollte nur, dass du es weißt«, sagte Tom leise. »Ich musste dir einfach sagen, wie es dazu kam, damit du es nicht aus anderem Mund erfährst. Und ich musste dir sagen, was ich dabei empfunden habe, als es geschah.«
Mary blickte auf seine Hand, die sie ergriffen hatte. Sie sagte einfach: »Ich weiß.«

10. Kapitel

Ach, wie klug ist die Hand,
die der Liebe gehorcht!
Es ist das Herz, nicht der Verstand,
Das das höchste Ziel erlangt,
Wer dem Geheiß der Liebe folgt,
Ist allen anderen überlegen.

Henry Wadsworth Longfellow

Washington Roeblings Arbeitszimmer sah unordentlich aus. Stapelweise lagen Dokumente, Baupläne und Briefe auf dem Tisch. Emily hatte schon damit begonnen, einiges wegzuräumen. Jetzt, wo die Brücke fast vollendet war, wurde das meiste nicht mehr gebraucht. Sie ging gerade die Post durch, als es ihr plötzlich wieder einfiel.

»Ich hatte es ganz vergessen, Wash. Vor ein paar Tagen habe ich auf der Brücke einen sehr interessanten Mann kennen gelernt.«

»Hmm? Was meinst du, Emily?« Washington hatte sich in die Baupläne für das Brooklyn-Terminal vertieft. Obwohl der Entwurf für den Brückenbahnhof nicht von ihm stammte, legte er Wert darauf, alles zu wissen, was mit seiner Brücke zusammenhing. Wegen seiner schlechten Augen konnte er die Einzelheiten der Baupläne kaum erkennen. Seit Jahren hatte Emily für ihn das Lesen übernommen. Doch obwohl er wirkte, als könne er ohne ihre Hilfe nicht einmal atmen, bestand er darauf, so viel wie möglich allein zu bewältigen.

»Ich habe gesagt, ich habe auf der Brücke einen interessanten Mann kennen gelernt, einen Kriminalbeamten namens Braddock.«

»Was hat ein Kriminalbeamter auf unserer Brücke zu suchen?«, fragte Wash und sah etwas unwillig von seinen Bauplänen auf.

»Nun ... es heißt, ein Arbeiter ist ermordet worden«, sagte Emily. Sie hatte ein schlechtes Gewissen, dass sie ihm bisher noch nichts davon erzählt hatte.

»So? Was ist daran so besonders?«, fragte Wash und beugte sich wieder über seine Arbeit. »Im Laufe der Jahre haben Tausende auf der Brücke gearbeitet. Die meisten kamen aus armen Verhältnissen, aus einer Umgebung, in der das Verbrechen zum Alltag gehört. Das wird wohl nicht das erste Mal sein, dass einer unserer Arbeiter Opfer eines Verbrechens wurde.«

»Da hast du sicher recht, aber in diesem Fall gibt es einen sonderbaren Umstand. Die Familie dieses Mannes behauptet, dass etwas mit der Brücke nicht in Ordnung sei.«

Jetzt hatte sie plötzlich seine uneingeschränkte Aufmerksamkeit. Er riss den Kopf hoch und starrte sie an. »Etwas nicht in Ordnung?« Er runzelte die Stirn. »Was will er damit sagen? Die Brücke ist so sicher wie die Staatsbank.«

»Eigentlich wusste er das selbst nicht so genau«, sagte Emily entschuldigend. »Das Merkwürdige ist, dass dieser Arbeiter unter etwas ungewöhnlichen Umständen starb. Weil der Vater des Toten dem Detective sagte, es sei etwas faul an der Brücke, beschloss er, der Sache nachzugehen.«

Roebling war nach wie vor skeptisch. Er kratzte sich den Kopf. »Dieser Kriminalbeamter, meinst du? Und das ist alles? Wegen eines Gerüchts? Das sieht reichlich dürftig aus. Er hat hoffentlich nicht den Ablauf der Arbeit durcheinander gebracht?«

Washington war der Zeitplan wichtiger als ein weit hergeholtes Gerücht. Er war schließlich der erste Ingenieur, und wenn irgendetwas nicht in Ordnung wäre, wüsste er es. Und er war sich völlig sicher, dass die East River Bridge die Vollkommenheit selbst war.

»Nicht, dass ich wüsste«, log sie. Natürlich hatte Braddock einiges durcheinander gebracht, aber nicht so, wie ihr Mann es sich vorstellte. »Charles lud ihn ein, mit uns im Astor House zu Mittag zu essen. Wir hatten ein lebhaftes Gespräch über die Gedankenwelt eines Verbrechers. Er machte einen sehr kompetenten Eindruck.«

»Hmm. Also hat er dir ganz gut gefallen«, sagte Washington mit wissendem Blick. Emily wollte protestieren, aber ihr Mann unterbrach sie. »Em, ist schon gut. Du bist eine schöne Frau. Es ist doch nur natürlich.«

»So ist es nicht, Wash«, sagte sie errötend. »Du weißt, dass ich dir treu bin.«

Ihr Mann lächelte sie liebevoll an. »Ja, das weiß ich, Em.« Die Art, wie er das sagte, zeigte ihr, dass er ihre Reaktion für albern hielt. Er nahm sie in die Arme und drückte sie an sich. »Ich glaube an dich, das weißt du doch, und ich vertraue dir«, flüsterte er. »Ich weiß, ich bin kein richtiger ... also ... kein Ehemann, in dem Sinne, wie wir es gerne hätten. Ich kann dich verstehen, wenn du diesen Mann anziehend findest. Es ist doch, wenn man alles bedenkt, ganz natürlich, und ich staune, dass es nicht schon früher passiert ist.«

Emily öffnete den Mund, um etwas zu erwidern, hielt es aber für besser zu schweigen. Ihre Wangen röteten sich.

»Mach dir keine Sorgen, Em. Kein Wort mehr darüber. Und was seine Nachforschungen angeht: Ich glaube kaum, dass er etwas anderes auf der Brücke finden wird als Bauarbeiten.« Damit wandte sich Wash wieder seiner Arbeit zu.

Emily wollte noch mehr sagen. Sie hatte ein sehr schlechtes Gewissen, weil sie Tom attraktiv fand. Sie wusste, dass es nicht richtig von ihr war, so zu denken. Schon der Gedanke war ein Verrat, und sie kam sich schmutzig vor. Sosehr sie sich auch bemühte, den Schmutz abzustreifen, er klebte an ihr und erinnerte sie an ihre geheimen Sehnsüchte.

»Falls du diesen Detective wiedersiehst«, sagte Wash und schaute sie an, »sag ihm, wir werden so weit wie möglich mit ihm zusammenarbeiten, und falls er etwas von rechtswidrigem Handeln oder Betrügereien oder sonstigen Schurkereien erfährt, soll er sich sofort an dich wenden.«

Wash erhob einen mahnenden Finger. »Ich will es nicht aus der Zeitung oder vom Aufsichtsrat erfahren.«

Emily nickte zustimmend.

»Diese Geier aus der Politik umkreisen schon seit Jahren meine Leiche«, sagte Wash. »Falls etwas vorgeht, will ich es vor ihnen wissen. Es hat keinen Zweck, sie so kurz vor der Vollendung noch einmal in Aufregung zu versetzen.«

»Ich bin ganz deiner Meinung.« Sie kannte die Finten der Politiker nur zu gut. Nur Emilys Mitarbeit und Einfluss war es zu verdanken, dass ihr Mann der erste Ingenieur geblieben war. »Selbst jetzt noch würde eine ganze Reihe von ihnen nach jedem Strohhalm greifen, um den Namen Roebling von der Brücke zu tilgen. Keine Angst, ich werde es Braddock sagen, falls ich ihn sehe.«

Matt Emmons und Jus Lincoln spazierten gemeinsam die South Street hinauf. Soeben war das Treffen in Sangrees Büro zu Ende gegangen, und sie hatten noch Lust auf ein Bier, bevor sie nach Hause gingen. Nur drei Blocks weiter vorn ragte die Brücke in die Höhe.

»Ich weiß nicht, Jus. Glaubst du, dass wir mit diesem Plan auf dem richtigen Weg sind?«

»Mein Gott, ich weiß auch nicht. Es gibt da ein paar Sachen, die wir noch besprechen müssen. Bisher hat niemand etwas darüber gesagt, wie wir nachher aus der Stadt rauskommen sollen.«

»Sergeant Sullivan hat gesagt, wir können uns das später überlegen«, meinte Matt hoffnungsvoll. »Regen wir uns nicht auf! Es wird schon für alles gesorgt werden.« Er machte eine Pause, dann sagte er: »Hast du sie dir schon einmal bei der Nacht angeschaut, Jus?« Matt sah ehrfürchtig zu dem riesigen Bauwerk auf.

»Wie meinst du das? Sieht halt aus wie eine Brücke.« Justice zuckte die Achseln. Er ahnte schon, worauf Matt hinauswollte. Im Laufe der Jahre war auch seine Bewunderung für die Brücke immer stärker geworden – vielleicht hatte er noch nie zuvor eine so tiefe Bewunderung für irgendetwas verspürt. Dieses Gefühl machte ihm zu schaffen, und er behielt es lieber für sich.

»Nein, sie sieht in der Dunkelheit wie etwas anderes aus«, sagte Matt. Er streckte die Hände aus, als wollte er die Brücke einrahmen. »Sie verändert sich irgendwie mit dem Licht. Als ob sie sich in ein Geisterschiff oder so was verwandelt.«

»Geisterschiff? Du machst doch Witze, Matthew.« Justice lachte. »Wie kommst du darauf?«

Matt zuckte mit den Schultern. Er genierte sich, dass es ihm herausgerutscht war. »Weiß nicht. Mir ist es eben eingefallen.«

Die Brücke ragte hoch hinaus über die Schiffe, die Masten und die Takelage des Hafenviertels. Kleine Wellen klatschten gegen die Schiffsrümpfe und die Docks. Die Takelung knarzte, und die quietschenden und stöhnenden Laute der Schiffsrümpfe, die sich an den Bohlen rieben, klangen wie ein Chor hölzerner Ochsenfrösche. Der Mond wurde von den Masten durchschnitten und ließ entlang der Hauptkabel Lichter aufblitzen, die an den Hängeseilen gespenstisch nach unten glitten. Der Granit der Türme, hart wie der Fels, aus dem er gebrochen wurde, stand schwarz und grau und unbeweglich da. Aber die Brücke schien sich in der Dunkelheit zu bewegen. Sie schwebte über den blauschwarzen Wellen, die der Mond mit Silber bestreute. Sie zog über den Himmel und segelte auf den Wolken, während die Sterne kreisten. Matt hatte einmal auf dem Wipfel eines Baumes einen mächtigen Adler gesehen, der sich anschickte, mit seinen

riesigen Schwingen die Luft zu durchpflügen und die Erde hinter sich zu lassen. So kam ihm die Brücke jetzt vor. Die beiden blieben stehen und schauten auf das Ding, das sie mitgeschaffen hatten.
»Weißt du, manchmal kann ich gar nicht glauben, dass ich mitgeholfen habe, sie zu bauen«, flüsterte Matt fast andächtig. Eine Brise wehte vom Hafen herüber und trug den Geruch von Salz und Fisch und Teer zu ihnen hin. Irgendwo klimperte ein Klavier. »Es war ein langer, mühsamer Weg. Viel Wasser ist durch den East River geflossen seit dem Anfang. Sieh dir doch bloß mal an, was wir geleistet haben.«
»Das wird einen verdammt großen Plumps geben«, sagte Jus. Matt wusste nicht, wie er seinen Ton einschätzen sollte. Hörte er darin einen Hauch des Bedauerns?
Matt Emmons warf einen Blick auf seinen Freund. Im Mondschatten war sein Gesicht nur ein schwarzes Loch. »Das nehme ich auch an.«
»Das wird ein Tag! Von dem werden wir unseren Enkelkindern erzählen«, sagte Lincoln mit betonter Gleichgültigkeit. »Wie wir es den Yankees heimgezahlt haben, damit sie's nie vergessen.«
»Es sind nicht nur die Yanks, die es nicht vergessen werden, Justice«, sagte Matt, und seiner Stimme war die Besorgnis anzumerken. »Die ganze Welt wird davon erfahren. Innerhalb von zwei Tagen steht es in Europa in der Zeitung. Und ich wette, in weniger als einer Woche wird es sogar in den chinesischen Zeitungen stehen.«
»Wir werden berühmt sein, Matthew. Die Welt wird erfahren, wer wir sind und was wir getan haben.« Lincoln bemühte sich, trotz seiner Zweifel glücklich zu erscheinen.
»Gerade das macht mir Angst, Jus. Wir können uns nirgendwo verstecken. Sie werden herauskriegen, wer wir sind, und wir werden um unser Leben rennen müssen. Und dann wird es keine Ruhe mehr für uns geben.«

»Ach, ich weiß nicht, Matt. Wir könnten immer noch nach Südamerika auswandern. Dort gibt es ein paar Länder, die so verlassen sind, dass du dich selber nicht mehr finden kannst.« Aber diese Aussichten schmeckten ihm nicht. »Wow, da gibt es feurige Senoritas – wenn du bei ihnen bist, vergisst du deinen eigenen Geburtstag.« Er stieß Matt in die Rippen. Beide lachten, aber es war ein unsicheres, hohles Lachen, das aus dem Mund, nicht aus dem Herzen kam.

»Es gibt einiges, was ich gern vergessen würde«, sagte Matt. Einen Moment dachte er nach und kratzte sich den Kopf. »Weißt du, wir müssen etwas sagen, wenn wir das tun.«

»Etwas sagen? Wie meinst du?«

»Der Welt, dem Norden.« Matt breitete die Arme aus. »Ihnen sagen, warum.« Ihre Motive waren ihnen selbst so vertraut, ihnen fast zur Religion geworden. Keinem von ihnen wäre in den Sinn gekommen, dass sie nach der Tat erklären müssten, weshalb sie die Brücke sprengen wollten. Alle hatten einfach angenommen, dass es für jeden Amerikaner genauso klar wäre wie für sie – alle außer Matt.

»Meinst du, die kapieren's gar nicht?« Justices Stimme klang ungläubig.

»Justice – denk doch einmal nach. Der Krieg ist seit achtzehn Jahren vorbei, und Gettysburg liegt fast zwanzig Jahre zurück. In diesem Land gibt es viele Leute, die gar nichts davon erfahren haben. Meinst du, die bringen den Schulkindern hier im Norden bei, was für ein Tyrann Lincoln war? Meinst du, die kümmern sich darum, dass der Norden unsere Rechte mit Füßen getreten hat? Meinst du, ihre Kinder lernen in der Schule, dass man uns unser Recht auf Besitz und Freiheit wegnahm? Keine Spur! Kannst du dir vorstellen, dass sie ihren Kindern erzählen, wie sie uns die Sklaven wegnahmen und zu unseren Feinden machten, wie sie unser Eigentum stahlen, unsere Farmen niederbrannten, unser Vieh schlachteten und unsere Felder anzündeten?« Matt sah seinen Freund an. In Lincolns schiefem Gesicht leuchtete

Verständnis auf. »Ich glaube es nicht. Die hatten doch nichts Besseres zu tun, als die Geschichte neu zu schreiben. Es ist der Sieger, der die Geschichtsbücher schreibt, Jus. Und wir sitzen am kürzeren Hebel. Wir müssen ihnen irgendwie klar machen, warum wir es tun. Sie brauchen eine Erklärung. Es wird nichts bringen, wenn nicht die ganze Welt den Grund erfährt. Natürlich wird es Roebling wehtun, aber das allein genügt nicht.«
Lincoln und Emmons gingen schweigend weiter. Justice dachte eine Weile nach, dann sagte er: »Hast du den anderen schon etwas davon gesagt, Matt? Vielleicht solltest du es tun.«
»Mache ich. Sonst wird das alles nichts bringen. Die ganze Arbeit, die ganze Gefahr und alles, und die Welt glaubt am Ende einfach, wir sind verrückt. Und weißt du was? Wenn ich sie wäre, würde ich das auch glauben. Ich bringe das beim nächsten Treffen vor, dann sehen wir, was die anderen davon halten. Machst du mit, Justice?«
Sie waren von der South Street in den Peck Slip eingebogen, aber waren sich stillschweigend einig, nicht in Paddys Kneipe zu gehen. Stattdessen wandten sie sich nach rechts in die Water Street, vorbei an einer Reihe kleiner Lagerhäuser, bis zu einem mit Schindeln verkleideten Gebäude an der nächsten Ecke. Die Dover Street Bar, wie man sie allgemein nannte, war fast hundert Jahre alt, und dem Bau war das Alter anzumerken. Im Laufe der Jahre hatte sich das Gebäude gesenkt, und die Fenster neigten sich nach allen Richtungen, die Schindeln wellten sich, und ihr dunkelroter Anstrich war wegen der salzigen Luft abgeblättert. Aber das Bier schmeckte, und der Schnaps war nicht allzu sehr verwässert. Und das Geschäft lief ziemlich gut. Die beiden Freunde standen schon vor der Tür, als Matt innehielt. Aus diesem Blickwinkel gesehen, schwebte die Brücke über ihren Köpfen, und in der Dunkelheit ragten die Türme wie Dominosteine aus dem Wasser.
»Ich werde schon ein bisschen traurig sein, wenn sie nicht mehr da ist, Jus.«

»Ich weiß, was du meinst. So etwas sieht die Welt nie mehr.« Sie blieben an der Ecke stehen und schauten zur Brücke hinauf. Die Tür ging auf, und der Kneipenlärm schwappte über sie. Ein Gemisch aus Rauch, Gelächter und schalem Hopfendunst lud sie ein. Justice sah Matt an und sagte mit grimmigem Lächeln: »Zum Teufel, was soll's, jetzt brauchen wir ein Bier.«

Marys Unternehmen war diskret, aber immer gut besucht. Bis in die frühen Morgenstunden wurde Tom immer wieder von den Geräuschen des Freudenhauses geweckt. Kichern, Stöhnen, Grunzen und rhythmisches Knarren drangen im stündlichen Wechsel aus den unteren Räumen zu ihm hinauf. Zwei Tage lang hatte Tom vor sich hingedöst – eigentlich hatte er inzwischen genug geschlafen, und die Laute von unten machten den Schlaf sowieso unmöglich; sie lenkten ihn ab und regten seine Phantasie immer wieder an. Er stellte sich die Mädchen vor, fragte sich, welches von ihnen mit Kleinmädchenstimme quiekste, wer das leise Wimmern von sich gab und zu wem das sinnliche Stöhnen gehörte. Dann musste er an Mary denken, und als er um vier Uhr in der Frühe endlich einschlief, schlich sie sich schmachtend und hingebungsvoll in seine Träume.
Beim Aufwachen war sich Tom nicht sicher, wo der Traum aufgehört und die Wirklichkeit begonnen hatte. Das Erste, was er spürte, war der zarte, aber unverkennbare Duft von Marys langem schwarzem Haar, das wie ein Fächer das Kopfkissen neben ihm bedeckte. Sie benutzte ein würziges Parfum, in dem sich Moschus- und Geißblattdüfte mischten. Nicht nur seine Nase registrierte es – der Duft erfasste ihn ganz und sandte kleine Schauer über seinen Körper. Er rückte näher an sie heran und atmete sie ein. Ihm war, als habe er einen Teil von ihr in seinen Körper aufgenommen. Diese Vorstellung machte ihn trunken, und er schmiegte sich an ihr Haar. Mary musste seine Bewegung gespürt haben, denn sie drehte sich im Schlaf zu ihm hin. In der Morgendämmerung vertiefte sich Tom in den Anblick ihres

Gesichts, das so nahe bei ihm lag. Er verfolgte die Linie ihrer Wange, den Nasenrücken, den Bogen ihrer Lippen. Seine Augen verweilten lange auf ihr und streichelten sie, und er sog genüsslich ihren Duft ein und verwahrte ihn in dem Teil seines Hirns, wo alle Wunder gespeichert werden.

Sie war keine Schönheit im üblichen Sinn. Ihre Haut war zu dunkel, die Stirn etwas zu flach, die Wangenknochen traten zu stark hervor. Aber für ihn war sie die Verkörperung der Schönheit. Ihr exotisches Aussehen hatte sie sowohl von der Mutter als auch vom Vater geerbt. Sie war hauptsächlich irischer Abstammung, aber ihre Mutter hatte auch Vorfahren aus dem Stamm der Cherokees, und diese Mischung verlieh ihr etwas Faszinierendes. Von ihrer Mutter stammten das rabenschwarze Haar, die dunklen Augen und die sonnengebräunte Haut. Das Irische aber kam in den Locken zur Geltung und im kupferroten Schimmer, wenn die schrägen Sonnenstrahlen ihr Haar beschienen. Auch ihre Nase ließ diese Mischung erkennen. Sie trat kerzengerade und schmal aus ihrer Stirn hervor, die Wurzel war nur angedeutet, und an der Spitze ließ die leichte Wölbung nach oben die irische Abstammung gerade noch erahnen. Dergleichen hatte Tom noch nie gesehen, und er fand es faszinierend. Die Nasenflügel erinnerten ihn an eine Vollblutstute, aber das sagte er ihr lieber nicht. Ihr breiter, üppiger Mund wurde von zarten Lachfalten umrahmt. Ihr etwas spitzes Kinn mit dem kleinen Grübchen war rein irisch. Der bronzefarbene Teint unterstrich noch den Eindruck, ein Bildhauer sei am Werk gewesen. Tom machte sich nichts aus der idealisierten Vorstellung klassischer Vollkommenheit. Er fand eher das Unvollkommene interessant. Für ihn war Mary die vollkommene Unvollkommenheit.

Er beugte sich vor und hauchte ihr, sanft wie ein Schmetterling, einen Kuss auf die Nase. Ein Lächeln umspielte ihren Mund, aber sie wachte nicht auf. Er stieg aus dem Bett, um ins Bad zu gehen. Mary hatte, als sie das Haus kaufte, in jedem Stockwerk eine Badewanne installieren lassen. Es war eine für das Gewerbe empfehlenswerte Investition. Die Mädchen mussten sich nach jedem Kunden waschen, was in den billigeren Etablissements nicht verlangt wurde. Noch ungewöhnlicher war, dass Mary auch von den Freiern verlangte, dass sie sich vorher wuschen. Infolgedessen waren die Mädchen gesünder, die Arztrechnungen niedriger, und die Klienten stammten aus einer höheren Gesellschaftsschicht. Zum ersten Mal seit seiner Verletzung versuchte Tom, auf die Toilette zu gehen. Bisher hatte er, weil ihm schwindlig war, sich aus dem Bett gelehnt und den Nachttopf benutzt. Jetzt, als er aufstand, empfand er ein komisches Rauschen im Kopf, als wollte das Blut daraus weichen, wie damals, als er zum ersten Mal eine Zigarre rauchte. Er schaffte den Weg bis zur Tür und tastete sich an der Wand bis zum Badezimmer vor. Er fragte sich, ob es ihm im Alter auch so gehen würde: ein schwindliger Tattergreis zu werden, der sich an der Wand festhalten musste, um nicht umzukippen. Wenn es so wäre, wollte er nicht alt werden.

Mary schlief noch, als er zurückkam. Er legte sich zu ihr, und sie träumten gemeinsam. Gegen elf Uhr wachte Tom auf und hörte Coffins Stimme im Parterre. Kurz darauf klopfte Chelsea an die Tür und trat ein.

»Entschuldigen Sie die Störung, Miss, aber unten wartet Captain Coffin. Er will Mister Tom sprechen.«

Mary sah Tom fragend an. Tom nickte nur.

»Sag dem Captain, ich komme gleich, und biete ihm bitte Kaffee oder Tee an.«

Als Chelsea draußen war, fragte Mary: »Fühlst du dich wirklich stark genug?«

»Doch, ich glaube schon. Irgendwann muss ich's hinter mich bringen.« Tom zuckte die Achseln.

»Soll ich Sam benachrichtigen lassen?«, fragte Mary. Sie hatte nicht zu unrecht Angst vor Coffin.

»Nein, nein, das muss nicht sein. Es wird schon gehen.« Tom

war klar, dass seine eigene zur Schau getragene Zuversicht nicht ganz echt war. Aber noch war es nicht nötig, Alarmsignale auszusenden. Seit gestern Abend, als er von Coffins letztem Besuch erfuhr, hatte er mit seinem Kommen gerechnet. Er würde mit ihm fertig werden. Mary warf einen Morgenrock über und sah ihn noch einmal an, bevor sie das Zimmer verließ. Sobald die Tür zu war, stieg Tom aus dem Bett. Die plötzliche Bewegung ließ ihn schwindlig werden, und er taumelte zu dem Stuhl hin, auf dem seine Kleider lagen. Das Schulterhalfter baumelte an der Stuhllehne, und der Colt steckte immer noch darin.

Earl Lebeau saß im Büro der Firma Sangree & Co. Die Füße hatte er auf das Fensterbrett gelegt. Er wippte mit dem Stuhl und sah zum Fenster hinaus, während er sich mit dem Captain unterhielt.

»Ich habe gewartet, bis alle drei aus dem Haus waren«, berichtete Earl. »Habe sie von der anderen Straßenseite aus beobachtet. Der Junge muss mich gesehen haben, denn er hat zu weinen angefangen.« Earl feixte. »Ich hab Ihnen ja gesagt, er hat Schiss vor mir.«

»Das hast du gut gemacht, Earl. Und du hast nichts gefunden?«, fragte Sangree.

»Gar nichts. Sie besitzen ja nicht viel, aber das, was sie haben, habe ich durchsucht.« Earl zuckte mit den Schultern. »Nichts zu finden, Captain. Ich habe auch alles ordentlich zurückgelassen. Sie werden bestimmt nicht merken, dass etwas am falschen Platz liegt. Ich habe alles genauso zurückgetan, wie ich es gefunden habe. Ich glaube nicht, dass wir durch sie Probleme bekommen.«

Auch der Captain legte jetzt die Beine hoch. Die Bucklin-Affäre schien sich von alleine zu erledigen. Wenn dieser verdammte Detective seine Nase nicht hineinsteckte, dürfte sich alles bald beruhigen.

»Schön, Earl, du hast gute Arbeit geleistet.« Sangree zog seine

Taschenuhr hervor. »Wird es nicht langsam Zeit, dass du wieder zur Arbeit gehst? Die Mittagspause ist fast um.«
Earl seufzte. »Muss ich wohl. Sonst kürzen sie mir den Lohn.« Er lächelte grimmig. »Bis heute Abend, Captain.«

Erst als er die Treppe hinaufging, überlegte sich Coffin, wie er Tom behandeln sollte. Mary war ihm höflich begegnet – vielleicht hatte ihn das in eine bessere Laune versetzt. Eigentlich wollte er es sich mit Tom nicht verderben. Schließlich war er ein netter Bursche und ein wertvoller Mann. Es wäre schade um ihn, und eine unbedachte Handlung könnte sich böse auswirken. Tom hatte viele Freunde unter den Kollegen. Vielleicht war es ganz gut, dass er ihn gestern nicht besuchen konnte. Jetzt sah er klarer: Braddock war zu wertvoll; ihn durfte er nicht verlieren. Trotzdem stahl sich seine Hand in seine Manteltasche, wo die kleine 32er Smith & Wesson steckte und der Griff aus Elfenbein von seinem Körper gewärmt wurde. Er entsicherte den Revolver.
»Hallo, Tommy, schön, dass es dir wieder besser geht! Wir haben uns Sorgen um dich gemacht.« Coffin war nach kurzem Anklopfen ins Zimmer gestürmt und lief mit ausgestreckter Hand auf Tom zu, als hätte er sich lange auf ein Wiedersehen gefreut.
»Auch schön, dich wiederzusehen, August. Schön, überhaupt jemanden zu sehen«, sagte Tom und erstickte fast an der Lüge.
»Kann ich mir denken. Hör mal, Tom, ich hatte keine Ahnung, dass Finney über dich herfallen würde. Er war wohl ein wilder Bursche, das gebe ich zu, aber dass er versucht, einen Detective kaltzumachen … Er muss den Verstand verloren haben. Es war bei dir natürlich Selbstverteidigung?«, fragte er, als wüsste er die Antwort nicht.
»Für was hältst du mich denn?«, knurrte Tom. »Glaubst du, ich bringe jemanden zum Vergnügen um?« August hatte ihn schon immer auf die Palme getrieben, und im Augenblick gehörte

nicht viel dazu. »Der verdammte Dutchman wollte mir den Kopf einschlagen, und er hätte es auch fast geschafft. Ich habe ihn übrigens nicht erschossen. Es war Finney. Seine Kanone ging los, als ich sie ihm aus der Hand reißen wollte.«

»Natürlich«, sagte Coffin in fürsorglichem Ton. »Hat er dich mit dem Baseballschläger erwischt?« Er deutete auf den Kopfverband.

»Zweimal.«

Coffin feixte innerlich. Wenigstens hatte Tom ordentlich was abbekommen; er sah wirklich erbärmlich aus.

»Jesus, was hat sie bloß dazu gebracht, über dich herzufallen?«, fragte Coffin, als hätte er keine Ahnung.

»Das müsstest du doch wissen, August.«

Coffin bemühte sich, ein konsterniertes Gesicht aufzusetzen. »Was soll das heißen? Finney hatte zwar keine Lust, sein Geld herauszurücken, aber so etwas hätte ich ihm nie zugetraut.« August breitete die Hände aus, um seine Unschuld zu beteuern. Er war ein Meister der Halbwahrheiten.

Tom wollte den Eindruck erwecken, als sei er wenigstens halbwegs bereit, Coffin Glauben zu schenken; deshalb wartete er einen Augenblick, bevor er sagte: »Ich weiß jetzt, dass er Coogan Schutzgeld zahlte.« Tom umfasste seinen Colt unter der Bettdecke.

Coffin versetzte ihn immer wieder in Erstaunen. Kein Wunder, dass er es bei der Polizei so weit gebracht hatte. Er zuckte nicht mit der Wimper, blieb immer am Ball, der Scheißkerl. »Wusstest du denn nichts davon? Wir haben doch darüber geredet, Tommy.« Coffin setzte eine redliche Miene auf. »Ich hatte dir doch klar gesagt, wie die Abmachung war. Sonst bist du nicht so vergesslich.«

»Du hast dir nie die Mühe gemacht, mich darüber aufzuklären. Und mir kommt das reichlich seltsam vor.« Der Sarkasmus war nicht zu verkennen. Nicht nur, dass ihn dieser Hundesohn anlog, vor seinen Augen schrieb er die Wahrheit auch noch um.

»Tom, du hast eine böse Kopfverletzung erlitten«, sagte Coffin in besänftigendem Ton. »Mary sagte, dass der Arzt eine schlimme Gehirnerschütterung diagnostiziert hat. Das wirkt sich aus. Bald wird es dir wieder gut gehen, und dann kommen vielleicht diese Einzelheiten wieder zurück. Jetzt brauchst du Ruhe, du …«
»Meinem Gedächtnis geht es prächtig, August.« Tom musste Coffin einfach unterbrechen, sonst hätte er ihm noch geglaubt. Coffin besaß nun einmal diese Begabung. »Du hast mich allein dorthin geschickt, um bei einem Verrückten und seinem Henker Geld einzutreiben. Was hattest du damit vor, August? Wolltest du mir eine kleine Lektion erteilen, weil ich ein paarmal mit der Abzahlung im Rückstand war?« Coffin gab keine Antwort, also fuhr Tom fort: »Oder hast du dir etwa gedacht, ich bräuchte einen kleinen Dämpfer, nur aus Prinzip?«
Während Tom redete, hatte Coffin die Hände in die Taschen gesteckt. Der Elfenbeingriff der Smith & Wesson war so glatt wie die Beileidsbekundung eines Leichenbestatters. »Thomas, du bist aufgebracht …«
»Natürlich bin ich aufgebracht. Ich war nahe daran, auf einem Stahltisch im Bellevue zu landen, und das kann einen schon aufbringen, sogar sehr.« Toms Stimme wurde immer lauter.
»Pass auf, Tom, ich habe niemals gewollt, dass dir etwas zustößt. Wir gehören zu einer Mannschaft, weißt du noch? Du gehörst zu meinen Leuten, und um meine Leute kümmere ich mich. Hey … wenn es dir wieder gut geht, unterhalten wir uns in Ruhe und überlegen uns, was wir für dich tun können. In der Zwischenzeit lege ich die Affäre Finney zu den Akten. Der Fall ist erledigt, und ich sorge dafür, dass meine Freunde von der Presse es nicht mehr auf der ersten Seite bringen. Du siehst, es geht alles vorüber, und wir können weitermachen wie bisher.« August legte eine Pause ein und wechselte das Thema. »Das Geld liegt auf der Straße. Das hörst du doch gerne. Bald kannst du dir eine neue Wohnung leisten, weiter im Norden, in Marys Nähe. Wär

doch nicht schlecht! Wir wollen doch nicht, dass dieser unglückliche Vorfall unsere Chancen ruiniert.«

Tom dachte nach. Dieser verdammte Coffin. Er konnte einen mit seinen großen Unschuldsaugen ansehen, er konnte in einem Atemzug schwören, dass oben unten sei, und man glaubte es ihm sofort. Vielleicht hatte er gar nicht vorgehabt, Tom umbringen zu lassen, und vielleicht hatte er nicht einmal gewollt, dass er verletzt würde. Aber er hatte, dessen war sich Tom sicher, kein Wort davon gesagt, dass Finney schon Coogan Schutzgeld zahlte, und jetzt log er ihm ins Gesicht. Gewiss ... es wäre leichter, so weiterzumachen, als wäre nichts geschehen, das Geld einzutreiben und dafür zu sorgen, dass er schließlich von Coffin loskam. Aber das war der vernünftige Weg, der sichere Weg. Das hatte er bisher getan, und es machte ihm immer mehr zu schaffen, besonders nach den Morden an minderjährigen Prostituierten, die vor ein paar Monaten begangen worden waren. Es nagte an ihm wie ein Bandwurm im Gedärm. Vielleicht war es unklug, vielleicht hätte es eine bessere Lösung gegeben – aber schließlich sagte Tom: »Leck mich am Arsch, Augie.«

Man musste nicht Kriminalbeamter sein, um zu erkennen, dass Coffin einen Revolver in der Tasche trug. Tom nahm an, es müsste die 32er Smith & Wesson sein. Eine handliche kleine Kanone, so klein, dass sie fast unauffällig in die Jackentasche passte, aber mit der nötigen Schlagkraft für den Nahkampf. Keine sehr große Abschreckung, aber ein guter Kompromiss. Jetzt sah Tom, wie Coffin die Hand in der Tasche drehte. Da er in Marys Schlafzimmer keine Schießerei auslösen wollte, redete er weiter. »Pass auf, August, ich werde dir zahlen, was ich dir noch schulde. Dazu stehe ich, du hast mein Wort. Aber ab jetzt gibt es keine Gefälligkeiten und Botengänge mehr. Keine Erpressung mehr, keine Betrügereien. Davon will ich nichts mehr wissen, und ich will von dir und von deinem Korps nichts mehr wissen. Nein, sag jetzt nichts, ich bin noch nicht fertig. Das frisst mich auf, schon seit Monaten, also lass mich's dir sagen.« Die ganze

Zeit hatte Tom Coffins Hand in der Jackentasche nicht aus den Augen gelassen. »Du weißt, ich habe das Geld immer gern genommen – früher. Früher glaubte ich, dass es in Ordnung sei, solange ich meinen Teil bekam und solange das Geld von Verbrechern kam. Wer schert sich schon darum, dass wir Geld von illegalen Kneipen kriegen, damit sie sonntags ihren Hintereingang nicht zusperren müssen? Wen juckt es, wenn Zuhälter und Glücksspieler und Verbrecherbanden erpresst werden? Niemand – und eine Zeit lang ging es mir auch so. Aber ich habe die Dinge, in die du mich hineingezogen hast, satt, und auch das Geld, das wir dafür genommen haben. Es ist schmutziges Geld, August. Es ist schmutziger als das meiste Geld, das man auf der Straße findet, und was wir dafür tun müssen …« Tom zögerte. »Die vielen Male, wenn wir wegschauen müssen – das macht mich kaputt«, sagte er traurig. »Es ist fast so weit, dass ich das Zeug im Spiegel sehe. Du weißt genau, was ich meine, das sehe ich dir an. Diese Geschäfte verlangen ihren Tribut. Es hängt an mir wie ein nasser Mantel, der mir die Schultern hinunterzieht.«

August – das musste man ihm lassen – schien zuzuhören. Tom merkte, dass Coffin noch nicht die Fähigkeit verloren hatte, die Wahrheit zu erkennen.

August schlug einen pragmatischen Ton an. »Mein Gott, du hast dir doch nicht selbst die Schuld gegeben? Die Dinge sind nun einmal so, Tom. Du brauchst dir doch nicht die Haare auszureißen, weil du von ein paar Scheißkriminellen Geld genommen hast! Die wissen doch verdammt gut, dass sie irgendjemandem dafür zahlen müssen, wenn sie im Geschäft bleiben wollen, also warum nicht uns?«

»Du hast recht, irgendjemandem müssen sie zahlen. Aber August, es gibt einige darunter, denen man nicht erlauben sollte, sich mit Geld loszukaufen. Es gibt Grenzen, oder wenigstens sollte es sie geben. Diese Madame LeFarge, zum Beispiel. Da hätten wir schon längst nicht mehr mitmachen sollen. Aber wir haben weitergemacht. Wir haben ihr dreckiges Geld genommen und weggeschaut.«

»Jesus, Tom, das mit LeFarges Mädels liegt schon Monate zurück. Dagegen haben wir nichts machen können. Wie wollen wir verhindern, dass so etwas geschieht?« Coffin geriet in Rage. Er fuchtelte mit den Händen und ging im Zimmer auf und ab. »So ein Scheiß kommt schon mal vor. Es passiert eben. Du weißt doch, wie es in dieser Stadt zugeht. Wenn wir ihr den Betrieb geschlossen hätten, hätte ihn die LeFarge innerhalb von vierzehn Tagen wieder aufgemacht. Jesus, schau dir doch die Straßen an! Es gibt Eltern, die verkaufen ihre Kinder für ein paar Dollar, verdammt nochmal. Du brauchst nur zum Rag Picker's Court oder zur Bottle Alley zu gehen, da verkaufen sie dir kleine Gassenjungen, so viele du willst. Wir kommen nicht dagegen an, und damit basta«, sagte August.

»Das stimmt, aber wir sollten so etwas nicht unterstützen.« Braddock sah Coffin auffordernd an, aber dieser wich seinem Blick aus. »Unsere Aufgabe ist es, recht zu handeln, August. Wir sollen solche Vampire wie die LeFarge davon abhalten, Kinder auszubeuten.« Als er das sagte, trat ihm plötzlich das Bild des kleinen Mikey Bucklin vor Augen, mit seinem zerzausten Haar, dem schmutzigen Gesicht und den nackten Füßen. Mit einem Mal wusste er, weshalb so etwas in letzter Zeit stärker auf ihm lastete, und er fragte sich, warum er den Grund nicht schon früher erkannt hatte.

Ein langes Schweigen folgte. Versonnen befingerten die beiden ihre versteckten Revolver. Gemessen wie ein Sargträger schritt Coffin im Zimmer auf und ab. Insgeheim war ihm bewusst, dass Tom recht hatte, und die Vorfälle in LeFarges Bordell hatten auch ihm Sorgen gemacht. Aber er hatte eine weitere Perspektive als Tom, er sah die Sache nicht so eng. Genau das war Braddocks Schwäche, dass er die Dinge von der menschlichen Seite betrachtete. Manchmal sah er das Gesamtbild nicht, weil er sich von den kleinen Dingen ablenken ließ. Anders als er, Coffin. Er konnte den Wald sehen und ließ sich von den einzelnen Bäumen nicht stören. Er hatte einen größeren Plan im Blick, und wenn bei der Ausführung ein paar Bäume fallen mussten – das machte dem Wald nichts aus. Coffin blieb stehen. Der Elfenbeingriff der Smith & Wesson brachte seine Hand in Versuchung wie ein steifer Schwanz. Er wollte ohne zu schießen zu einer Einigung kommen, er wollte ausprobieren, ob ihm eine kleine Erpressung Erfolg brächte. Coffin wandte sich Tom zu. Er blickte in die Mündung von Braddocks Colt, sah in einen schwarzen Schlund, einen tiefen Brunnen.

»Ich kann das nicht mehr mit ansehen, wie du mit der Smith & Wesson herumspielst, August. Du hast doch nicht etwa daran gedacht, mich zu erschießen?«, fragte Tom mit einem eisigen Lächeln.

Zum ersten Mal wirkte Coffin nervös, aber – typisch Coffin – er gewann die Fassung wieder. »Tu das Ding weg. Himmel nochmal, ich bin ein Captain, ich bin verpflichtet, eine Waffe in der Tasche zu tragen. Vielleicht darf ich dich daran erinnern, auf wen du deinen Revolver richtest, Detective. Leg das Ding sofort hin, und Schwamm drüber.« Die Mündung blieb auf ihn gerichtet. »Ich bin bereit, dein Verhalten dem Stress zuzuschreiben, dem du durch deine Verletzungen ausgesetzt bist. Tu die Kanone weg, und die Sache wird vergessen.« Coffin bemühte sich um einen Befehlston, was ihm aber nicht ganz gelang. Er nahm sich vor auszuprobieren, mit wie vielen Kugeln er auf diese Entfernung Toms Kopf treffen könnte, sobald Tom den Colt fallen ließ.

»Also gehen wir auf Nummer Sicher«, sagte Tom ruhig. »Du nimmst deine 32er aus der Tasche. Mit der linken Hand, wenn ich bitten darf. Zwei Finger. Schön langsam.« Coffin tat wie befohlen. »Gut. Nun leer die Trommel aus und leg die Kugeln auf das Bett.«

»Das ist lächerlich, Tom. Langsam verlier ich die Geduld, mein Freund. Überlege mal, was für einen Scheiß du hier baust.«

»Ich überlege, alter Freund«, sagte Tom und äffte Coffins Ton nach. »Mach die Kanone leer, August.« Die Kugeln, ein harmloser kleiner Haufen aus Messing und Blei, lagen auf der Decke. »Jetzt werde ich dir sagen, wie es künftig läuft. Erstens, ich werde dir zurückzahlen, was ich dir schulde. Zweitens, ich mache bei deinen Operationen nicht mehr mit. Wir gehen getrennte Wege, und damit basta. Ich bin mir immer noch nicht sicher, ob du wolltest, dass mich Finney und Venkman zusammenschlagen, und sie dann vor lauter Begeisterung nicht mehr aufhören konnten oder ob du sie beauftragt hast, mich umzulegen.«

»Tommy, es waren bloß diese zwei Verrückten, das schwöre ich dir. Jesus, Tom, ich wollte dich doch nicht umbringen lassen. Wofür hältst du mich denn eigentlich?« Coffin tat gereizt.

Tom nahm an, dass Coffin am liebsten keine Antwort auf diese Frage hören wollte. »Ich glaube, du hast mich dorthin geschickt, ohne mich über die Situation zu informieren, und so etwas tut ein guter Captain seinem *Schützling* nicht an. Was darüber hinausgeht … das weiß ich nicht. Aber eines kann ich dir sagen: Wenn ich den Beweis hätte, dass du die Absicht hattest, mich umbringen zu lassen, dann wärest du jetzt schon tot.« Coffin war klar, dass es Tom ernst meinte. »Also, das wär's. Und übrigens … ich werde nicht aus der Schule plaudern, und dasselbe erwarte ich von dir. Abgemacht?«

Coffin betrachtete Toms ausgestreckte Hand. Was war der Kerl doch ahnungslos, dass er glaubte, er könne August Coffin Befehle erteilen! Bildete er sich allen Ernstes ein, er, Coffin, würde sich an seinen Teil der Abmachung halten, oder steckte noch etwas dahinter? Nach kurzer Überlegung kam er zu dem Schluss, dass es an Toms naivem Weltbild lag. Er war verrückt – oder hatte der Schlag auf den Kopf bei ihm eine Schraube locker gemacht? Wie dem auch sei, Coffin hatte keine Mühe, einer Abmachung zustimmen, an die er sich sowieso nicht halten wollte.

»In Ordnung, Tommy, kein Wort mehr davon und keine weiteren Auswirkungen. Du zahlst mir, was du mir schuldest, und wir gehen getrennte Wege. Nichts für ungut, Kumpel, es hat eben nicht sein sollen.« Sofort fing Coffin an, Pläne zu schmieden, wie er die Situation wieder unter seine Kontrolle bringen könnte. Sie bekräftigten die Abmachung mit einem Handschlag. Tom hatte das Bedürfnis, sich die Hand zu waschen.

Das Wetter war wieder kühl geworden, Windböen pfiffen über den Hafen hinweg. Schaumgekrönte Wellen tanzten auf dem blaugrünen Wasser. Segelboote hüpften wie Tümmler auf den Wellenkämmen. Die Wolken rasten um die Wette über den wässrig blauen Himmel. Sergeant Patrick Sullivan blickte auf den Küstendampfer, der unter ihm hinfuhr. In regelmäßigen Stößen kamen dicke Rauchschwaden aus dem Schornstein, die der Wind im Nu davontrug. Der messerscharfe Bug durchschnitt die Schaumkronen und sprühte Fontänen nach allen Seiten.

Sullivan hatte schon viele Tage hier oben zwischen den Kabeln verbracht, und jetzt gefiel es ihm. Es war nicht immer so gewesen. Das erste Mal, als heftige Böen über den East River fegten, hatte er Stunden gebraucht, um sich an den Wind zu gewöhnen. Hoch oben in den Kabeln, hoch über den höchsten Schiffen, von wo er auf die höchsten Bauten der hoch aufragenden Stadt hinuntersah, hatte er den Wind so gut kennen gelernt wie nie zuvor. 1876 hatte ihm der Captain den Auftrag gegeben, zur Arbeit an den Kabeln anzuheuern, und seitdem war das sein Arbeitsplatz.

Er saß auf einem schmalen Brett, zweihundert Fuß über den Wellen, und ließ die Beine baumeln. Die Seile an beiden Enden des Brettes, die er am Hängekabel befestigt hatte, trafen sich über seinem Kopf. Sicherungsseile waren nicht zwingend vorgeschrieben, und die meisten Arbeiter lehnten sie als unmännlich ab. Sullivans kleiner Sitz drehte sich im Wind, und er musste sich mit der Armbeuge am Seil festklammern, um dem wilden Schaukeln entgegenzuwirken. Das linke Bein hatte er um eines der

Kabel gewickelt; so war es trotz des Windes nicht allzu riskant. Die Männer um ihn herum, die meisten von ihnen ehemalige Matrosen, sicherten sich immer auf ähnliche Weise ab. »Eine Hand für dich und eine für das Schiff«, war die Devise. Den meisten schien der Wind nichts auszumachen. Sie waren dabei, die letzten Verbindungen der Hängeseile mit den Schrägseilen anzubringen. Jedes Schrägseil, das die Hypotenuse eines rechtwinkligen Dreiecks zwischen den Türmen und der Fahrbahntafel bildete, ging von einem zentralen Punkt an den Türmen aus und traf sich dort mit dem jeweiligen Tragkabel. An jeder Stelle, an der ein Schrägseil auf ein Hängeseil traf, wurden die beiden miteinander verknüpft. Jeder Takler hatte einen Kübel mit geteerten Hanfseilen, die er zum Verknüpfen benutzte. Erst wenn alle Verbindungen zwischen Hängeseilen und Schrägseilen geknüpft waren, war das Gewicht der Brücke durch das Netzwerk der Kabel ausgeglichen. Um diese Verknüpfungen anzubringen, musste man buchstäblich wie ein Seiltänzer über dem Fluss balancieren, und die Takler kletterten und schaukelten an den Kabeln wie die Affen im Zoo. Sullivan wunderte sich, dass noch keiner abgestürzt war. Er selbst war schon mehrere Male nahe daran gewesen. Es hatte ihm jedes Mal einen gewaltigen Schreck eingejagt, und er musste seinen ganzen Mut zusammennehmen, um seine Angst zu unterdrücken und wieder hinaufzusteigen. Diese Überwindung hielt er für seine mutigste Tat, und er war stolz darauf. Jeden Tag, wenn er am Morgen zu den Kabeln hinaufsah, kam die Angst aufs Neue. Ob er wohl heute in den Fluss abtauchen würde?
Sullivan hatte in der Menschenmenge am Brooklyner Ufer gestanden und zugesehen, als das erste Kabel über den Fluss gespannt wurde. Das erste Kabel wurde als Seil bezeichnet, aber es bestand aus geflochtenem Draht, genauso wie die Kabel, mit denen er jetzt arbeitete, nur war es nicht so dick. Er hatte sich damals gefragt, wie es zu schaffen sei, Drähte über den Fluss zu spannen. Die gleiche Frage hatten sich die fünf- oder sechs-

tausend Zuschauer zu beiden Seiten des Flusses gestellt. Das Vorhaben beruhte auf einem einfachen Plan, der aber nur schwer in die Praxis umzusetzen war. Ein durchgehendes Drahtseil im Durchmesser von einem Dreiviertelzoll sollte von der Verankerung in Brooklyn zu der Verankerung in Manhattan gespannt und von dort wieder zurück nach Brooklyn geführt werden. Wenn man die beiden Seilenden miteinander verspleißte, hinge so etwas wie eine durchgehende lange Wäscheleine über dem Fluss, die über zwei Trommeln lief. Diese Trommeln, zwölf Fuß im Durchmesser, bestanden aus Eichenholz und saßen auf jedem der beiden Ankerpunkte. Jetzt musste man nur die Drähte, die einmal ein Tragkabel bilden sollten, an diesem Zugseil, der »Wäscheleine«, befestigen und sie hinüberziehen. Eine Dampfmaschine mit dreißig Pferdestärken war auf der Brooklyner Seite aufgestellt worden, um die Energie für das Ziehen zu liefern. Durch ein System von Zahnrädern und mit Hilfe der beiden Trommeln konnte man das Zugseil vorwärts und rückwärts laufen lassen, ohne die Dampfmaschine anhalten zu müssen.

Natürlich kannte Patrick damals, als er mit den Zuschauern am Ufer stand, diese Einzelheiten nicht. Er hatte überhaupt keine Vorstellung, wie das alles funktionieren sollte.

Es hatte Stunden gedauert, bis das erste Kabel hinübergezogen war. Zwei riesige Drahtspulen waren auf der Wasserseite des Brooklyner Turms aufgestellt worden. Zwei Kabel wurden auf die Spitze des Turms hinaufgezogen, über den Turm geführt, dann gespleißt und über die Trommeln und schließlich über das große eichene Antriebsrad gewunden. Sobald alles so weit war, lud man eine der Spulen auf einen Lastkahn, um sie über den Fluss zu transportieren. Während der Schiffsverkehr eine Weile ruhte, zogen zwei Schlepper den Lastkahn hinüber. Seltsam war, dass das Kabel beim Abwickeln unter der grauen Wasseroberfläche verschwand. Das hatte Sullivan nicht erwartet.

Es war schwül an jenem Tag, einem typischen Augusttag in

New York, aber die Hitze konnte der Laune der Menschen nichts anhaben, die das Schauspiel miterlebten. Auf der anderen Flussseite wurde das Kabel über die Spitze des Manhattaner Brückenturms und dann auf der Landseite bis zur Verankerung geführt; dort wurde es auf eine zweite große Trommel gewickelt und befestigt. Es war immer noch zu wenig gespannt und lag zum größten Teil auf dem schlammigen Boden des Flusses. Patrick Sullivan hatte noch das Bild vor Augen, wie es dann weiterging. Man setzte die Dampfmaschine in Gang und fing an, das Kabel aufzurollen. Zuerst langsam, dann immer schneller, tauchte es aus den Wellen auf, und bald rasten die beiden Enden um die Wette auf die Mitte des Flusses zu. Genauso schnell bildete sich in seinem Kopf die Vorstellung, dass das Kabel ein Symbol der Verbindung zwischen Norden und Süden sei, der Bande, die durch den Maelstrom des Krieges nach unten gezogen worden waren. Vom Schlamm des Flussbodens bedeckt, beschmutzt, triefend, kamen die Bande, die das Land zusammenhielten, wieder zum Vorschein ... unzerbrechliche Bindungen, die nie wirklich abgerissen waren.
Als das Kabel aus dem Fluss hochsprang, glitzerte das Wasser in der heißen Sommersonne und stürzte dann in einer Kaskade ab. Der Jubel der Menge, das Glockengeläut und die Pfiffe der Dampfer waren für ihn ein Grabgesang. Damals erkannte er in der Tiefe seines Herzens, dass ihr ganzes Unternehmen letzten Endes sinnlos war. Das war am 14. August 1876, vor fast sieben Jahren, gewesen, und trotzdem saß er immer noch hier und schaukelte in den Kabeln. Es war seine Pflicht.
An jenem Tag vor sieben Jahren hatte Patrick auf einer Mauer gesessen und auf die Brücke geschaut. Erst als die Sonne, ein orangefarbenes Feuer, im Westen der Stadt unterging, war er wieder aufgestanden. Es hatte lange gedauert, bis er sich mit dieser Pflicht anfreunden konnte, die er durch seinen Schwur eingegangen war. Er war damals nicht froh darüber gewesen, und er war es heute immer noch nicht. Aber er hatte nicht vergessen,

weshalb er hier war. Die Gründe waren auch so etwas wie ein Kabel. Sie hatten gemeinsam geschworen und Gott zu ihrem Zeugen angerufen. Ihr Eid durfte nicht wanken. Alle diese Jahre hindurch waren sie füreinander da gewesen. Aber während des Krieges war alles viel klarer gewesen. Damals war der Weg, der vor ihnen lag, gerade gewesen, nicht krumm. Jetzt wurden sie einzig und allein durch ihren Schwur zusammengehalten. Manchmal, in Augenblicken der Einsicht, dachte er sich, dass der Krieg sie so sehr beschädigt hatte, dass sie zu nichts anderem fähig waren. Wie für den Captain war auch für sie das gemeinsame Erlebnis zu einer Krücke geworden, zu einem Schutzschild gegen die Bitterkeit des Lebens nach der Niederlage. Dieser Gedanke gefiel ihm nicht.

Sullivan war sich der Ironie bewusst, dass die Brücke auch für sie zu einem Symbol geworden war. Sie erinnerte an unüberbrückte Schluchten, an das Ende der Gesellschaft, die die Ihre gewesen war. Es war der Triumph des Industriezeitalters, das das Produkt über den Menschen stellte und das Geld über alles andere. Die Brücke stand im Norden, ein Zeichen der Macht der Industrie und der Selbstgerechtigkeit der Yankees. Sie stellte ein Symbol der Unterwerfung des Südens dar, des Untergangs einer Gesellschaftsordnung, die ihnen lieb und teuer war. Die Brücke stand für die Fabriken, die Eisenbahnen, den Handel und den Imperialismus. Sie verkündete die Herrschaft der Maschine über den Menschen, der Fabrik über die Landwirtschaft, der Industrie über die Gesellschaft, sie verkündete die Abwendung vom sanften Jahreszeitenwechsel der Erde, der Natur. Die Vorstellung, dass ein solches System den Sieg davongetragen hatte, erfüllte ihn mit Abscheu. Die Brücke, als Symbol dieses Systems, war nicht weniger abscheulich. Nicht für die Zerstörung einer Brücke arbeiteten Sullivan und die anderen, sondern für die Zerstörung eines Symbols.

Sullivan schaukelte auf seinem luftigen Sitz, bis ihn ein Windstoß aus seinen Tagträumen weckte. Er machte sich wieder an die Arbeit, band ein geteertes Seilstück über die Verbindung zweier Kabel und verknotete es nach jeder Drehung. Später müssten diese vorläufigen Knoten durch stählerne Klammern ersetzt werden; aber dazu würde es nicht kommen, denn inzwischen hätten sie die Brücke »heruntergeholt«.

Es war nicht möglich, die genaue Länge jedes einzelnen Kabels vorauszuberechnen, weil sich die Belastung, das Gefälle der Fahrbahn und die Elastizität des Drahtes nicht im Voraus berücksichtigen ließen. Roebling hatte ein System entworfen, um jedes Hängeseil einzeln anpassen zu können, indem man das Ende jedes Seils mit einem gusseisernen Joch verband, das zwei lange Bolzen enthielt. Die Bolzen sollten mit den Hauptträgern der Fahrbahntafel verbunden werden. Durch eine Drehung an den Bolzen konnte man das Gefälle der Fahrbahntafel und die Spannung der Kabel regulieren. Das würde wahrscheinlich seine letzte Aufgabe als Takler sein.

Ein neuer Windstoß griff nach seiner Melone und riss sie ihm fast vom Kopf. Wenn er nicht seinen Schal darüber gebunden und unterm Kinn festgemacht hätte, würde sie inzwischen auf dem Fluss treiben. Sullivan dachte wieder daran, wie damals, 1876, Farrington den Hut gelüftet und damit der Menge zugewunken hatte. Der hatte Schneid gehabt! Schneid hatte er auch gebraucht für das, was er sich damals zutraute. Sobald das Zugseil gespannt war, sollte, als eine publikumswirksame Geste, jemand auf diesem Zugseil den Fluss überqueren. Farrington, der erste Mechaniker, war dazu ausersehen, doch da er schon fast sechzig Jahre alt war, hätte ihm niemand verübelt, wenn er diese Ehre abgelehnt hätte. Aber das war nicht Farringtons Art. Ein Lotsensitz wurde am Zugseil befestigt, und die historische Überfahrt konnte beginnen. Der Draht sah furchtbar dünn aus, daran erinnerte sich Sullivan noch. Er wirkte, als könnte er nicht mehr als eine Taubenschar aushalten. Das andere Ende, auf der gegenüberliegenden Flussseite, konnte man nicht einmal sehen. Darunter gab es nichts als Luft und Wasser, und man brauchte eine Extraportion Courage, um sein Leben diesem Drähtchen anzuvertrauen. Farrington wusste zwar, dass der Draht ein Vielfaches seines Gewichts aushielt, aber immerhin hatte es vor ihm noch niemand versucht, und wenn es schief ginge, würde er dran glauben müssen.

Patrick hatte den Hals gereckt und zugesehen, wie Farrington auf seinem kleinen Sitz Platz nahm und sich vom Brooklyner Ankerpunkt aus langsam zur Spitze des Turms hinaufziehen ließ. Die Menge jubelte. Er ließ sich keine Angst anmerken. Er traute sich sogar, die Sicherungsschnur zu lockern und sich, wie ein Hochseilartist im Zirkus, auf das schaukelnde Brett zu stellen. Das Winken mit dem Hut – das war Sullivan am deutlichsten in Erinnerung geblieben. Die Menge schrie sich heiser. Farrington wurde auf der Stelle zu einer Berühmtheit.

Erst als Sullivan zwei Wochen später seine Arbeitsstelle bei den Kabeln antrat, konnte er diesen Mut richtig würdigen. Anfangs war er schon nervös geworden, wenn er oben auf dem Verankerungsbau stand, und er hatte sich nur ungern dem Rand genähert. Der Verankerungsbau war höher als das höchste Gebäude Brooklyns. Dort oben zu stehen und in die Kamine hinunterzuschauen – daran musste man sich gewöhnen. Schon am ersten Arbeitstag hatte Sullivan Farrington aus der Nähe gesehen. Damals war ihm aufgefallen, dass Farrington tatsächlich Mut auszustrahlen schien – vielleicht lag das an seinem entschlossen wirkenden Kinn oder an seiner Stimme. Sullivan hatte seine Arbeit unterbrochen, war auf den ersten Mechaniker zugegangen und hatte gesagt: »Das war eine Wahnsinnsfahrt, die Sie da gemacht haben. Alle Achtung!«

Farrington hatte gelächelt und bescheiden die Achseln gezuckt. »Ich bin direkt berühmt geworden. Ich hätte bestimmt nie damit gerechnet, mein Bild im *Harper's Magazine* zu sehen. Es war nicht viel dabei«, hatte er gesagt.

»So sehe ich das nicht. Ich will später einmal meinen Enkelkindern erzählen können, dass ich Ihnen die Hand geschüttelt habe.

Sie sind ein Mann, der Schneid hat, und davor habe ich Respekt. Wie war's denn eigentlich da oben?«

»Nun, wenn du an den Kabeln arbeitest, wirst du's bald selber sehen … Mr. …?«

Patrick hatte sich schüchtern vorgestellt.

»Du wirst es sehen, Sullivan. Es ist schon ein Erlebnis. Von Coney Island bis nach Jersey hinüber, alles liegt dir zu Füßen. In ganz Amerika gibt es nichts, was dem gleichkommt«, hatte Farrington mit großer Zufriedenheit gesagt.

Jetzt, während Patrick Sullivan in seinem Lotsensitz hoch über der Stadt schwebte, musste er zugeben, dass es wirklich ein Erlebnis war. Auf dem Tragkabel, nur ein paar Fuß von Sullivan entfernt, ließ sich eine Möwe nieder. Die Federn wurden vom Wind zerzaust. Sie wandte ihm ein glasiges schwarzes Auge zu und neigte den Kopf zur Seite.

»Das hättest du wohl nicht gedacht, dass du mich hier oben antriffst«, redete er den Vogel an. Der Vogel antwortete nicht, er verlagerte nur das Gewicht von einem Fuß auf den anderen und betrachtete ihn unverwandt mit einem mitleidlosen Auge.

»In zwei Monaten würde ich mich an deiner Stelle hier nicht blicken lassen. Das rate ich dir – von Vogel zu Vogel. Es könnte dir schlecht bekommen.« Dann warf Patrick einen kurzen Blick auf seine Arbeit. Als er wieder aufsah, war die Möwe verschwunden.

Der Broadway war voller Kutschen. Die edlen Pferde und die noblen Wagen buhlten um die Aufmerksamkeit der Schaufensterbummler auf der Ladies Mile. Der Tag war zwar etwas windig, aber bald kam die Sonne heraus, und Tom spürte sie auf seinem Gesicht und seinen Händen. Mary hatte ihn auf einen Spaziergang mitgenommen. Obwohl er normalerweise das Einkaufen nicht gerade als Vergnügen betrachtete, genoss er den Anblick der Menschen, der Kutschen und des lebhaften Treibens in diesem Stadtteil. Herren im Zylinder, mit steifen Krägen und Halstüchern, die mit goldenen, diamantbesetzten Nadeln befestigt waren, begleiteten Damen, die in der vollen Blüte ihres Lebens standen. Wespentaillen und breitkrempige Hüte in allen Pastellfarben ließen Tom an einen Garten denken, dessen Blumen sich selbständig gemacht hatten, um auf der Ladies Mile zu promenieren. Die Gehsteige, besonders die auf der mondäneren Westseite, wimmelten vor Spaziergängern. Die beiden blieben immer wieder stehen, um sich die Auslagen von Lord & Taylor, Arnold Constable, J. & C. Johnston und, ganz am Südende, von A.T. Stewarts an der Tenth Street anzusehen. Zwischen hier und der Twenty-third Street waren die elegantesten Läden der Stadt versammelt. Das eine Ende bildete der Union Square, das andere der Madison Square Garden mit dem unvergleichlichen Fifth Avenue Hotel. Es war eine angenehme und modische Gegend, um einzukaufen, zu schlendern und gesehen zu werden.

Tom, der immer noch ein bisschen wackelig auf den Beinen war, genoss das Spektakel, aber am meisten genoss er den gemeinsamen Spaziergang mit Mary. Ihre Beziehung war bisher sehr eingeschränkt gewesen. Wegen Toms unregelmäßiger Arbeitszeit und Marys 24-Stunden-Betrieb fanden sie gewöhnlich nur am Abend Zeit füreinander. Natürlich waren sie manchmal ausgegangen, ins Theater und zum Essen. Jedoch gemeinsam am Tag unterwegs zu sein, bei Sonne und Wind und unter schönen Menschen, das war etwas Neues, als hätten sie sich aus ihrer Abgeschiedenheit herausbegeben. Tom empfand es als unerwartetes Glück, Arm in Arm mit Mary in der Öffentlichkeit auf einer der elegantesten Straßen der Stadt zu promenieren – wie jedes andere Paar. Obwohl er immer noch einen kleinen Verband um den Kopf trug und auf dem rechten Fuß ein wenig humpelte, staunte er, wie gut es ihm ging. Vielleicht lag es nur daran, dass er mit Mary zusammen war.

Er bemerkte, wie die Leute Mary ansahen. Die Frauen, zumindest die, die nichts von ihrem Gewerbe wussten, warfen ihr manchmal neugierige Blicke zu. Sie war schön, sie war elegant, offensichtlich hatte sie Geld. Wer mochte sie wohl sein? Andere, die anscheinend genau wussten, wer sie war, gaben sich Mühe, durch sie hindurchzuschauen. Andere wiederum wandten sich ostentativ ab oder setzten eine hochnäsige Miene auf. Tom hielt es für wahrscheinlich, dass deren Männer zu Marys Kundschaft gehörten. Diese Heuchlerinnen, dachte sich Tom, sahen auf die Frau herab, die ihren Ehemännern gab, was sie zu Hause nicht bekamen. Tom beschäftigte sich nicht weiter mit diesem Gedanken, er hielt Marys Arm nur noch fester und bot der Welt ein lächelndes Gesicht.

Als sie schon fast den Union Square erreicht hatten, fühlte sich Tom müde und schwindlig.

»Wir sollten vielleicht umkehren«, sagte er etwas unsicher. Vielleicht waren sie jetzt schon zu weit gegangen; ihn erschreckte, dass er doch noch so wackelig auf den Beinen war. Seine alte Kopfwunde pochte.

»Ist alles in Ordnung? Möchtest du dich einen Augenblick hinsetzen?«, fragte Mary besorgt.

»Es wird schon wieder. Mir ist nur etwas schwindlig. Bleiben wir einmal stehen, schauen wir uns eine Auslage an.« Zufällig standen sie vor einem Geschäft, das eine Fenster war voller Kinderkleidung, das andere voller Spielsachen. Ein Heer winziger Bleisoldaten zog zu einer unblutigen Schlacht im Kinderzimmer aus; die Uniformen glänzten unter der frischen Farbe, die Gewehre hatte noch keine sorglose Kinderhand verbogen. Tom hätte selbst nichts dagegen gehabt, ein solches Regiment zu besitzen, so schön sahen die Figuren aus. Er musste an die Paraden denken, an denen er während des Krieges teilgenommen hatte. Immer wenn ein General oder ein Abgeordneter auf die Idee kam, die Truppen zu besuchen, mussten sie vor ihm aufmarschieren. Dann spielten die Musikkapellen, wehten die Regimentsfahnen, und Tausende von Füßen wurden in Bewegung gesetzt und trampelten im Gleichschritt an den hohen Tieren vorbei. Anschließend zogen sich die illustren Gäste zu Brandy und Zigarre zurück und waren sehr mit sich selbst zufrieden. Toms Erinnerungen an Paraden waren eher unerfreulich, nur die Paraden am Anfang und am Ende des Krieges waren anders gewesen. Wie zwei Bücherstützen rahmten sie seine Kriegserlebnisse ein: am Anfang dreister Überschwang, am Ende die tränenreiche Erfüllung. Im Krieg hatte das Marschieren anders ausgesehen.

Er blickte wieder in die Auslage. Es gab ein Steckenpferd mit Mähne und Schwanz aus echtem Pferdehaar, gusseiserne Spritzenwagen und Kutschen mit tänzelnden Pferden. Sogar Spielzeug zum Aufziehen, aus Deutschland, war dabei. Tom vergaß seinen vernebelten Kopf und freute sich über die schönen Sachen. Das Kind in ihm erwachte, ließ seine Augen leuchten und seinen Mund lächeln.

»So was Schönes hatte ich als Kind nie«, sagte Tom wehmütig. »Ich war froh, als ich einen Gummiball kriegte.«

»Ich hatte eine Zeit lang eine Puppe«, sagte Mary. »Sie hatte echte Glasaugen und echtes Haar. Rotes Haar. Jede Nacht schlief sie neben mir. Selbst nachdem mein Vater anfing … nun ja … schlief sie immer noch bei mir.« Die glückliche Erinnerung an die Puppe schwächte diesen Satz ein wenig ab. »Amanda hieß sie. Schade, dass ich sie nicht mehr habe.« Tom sah seinen alten Feind auf ihrem Gesicht wieder. Er wusste nicht, was er sagen sollte.

Hinter ihnen erschien eine Familie, die sich im Schaufenster spiegelte. Es war eine schöne Familie, eine vollkommene Familie, mit einem etwa neunjährigen Jungen und einem vielleicht sechsjährigen Mädchen. Die strahlenden Eltern sahen geduldig zu, als die Kinder auf das Fenster zustürzten, auf die Spielsachen zeigten und lachten. Sie pressten die kleinen Nasen gegen das Glas, kicherten über ein geflüstertes Geheimnis und diskutierten darüber, was sie wählen würden, wenn sie sich nur eine Sache aussuchen dürften. Tom beobachtete sie verstohlen und lächelte. Er musste an Mike Bucklin denken, an Mike Bucklin mit dem schmutzigen Gesicht.

»Weißt du was, wir haben uns noch nie über Kinder unterhalten, Mary. Magst du Kinder?«, fragte Tom mit gespielter Leichtigkeit. Auf diese Frage war sie nicht gefasst gewesen. Sie hatte auf das Spiegelbild der Eltern gestarrt, die hinter ihnen standen. Sie sah Tom an, als ob sie erst jetzt begriffe, was er eben gefragt hatte. Kleine Falten erschienen auf ihrer Stirn und in den Augenwinkeln. Es war ein eigenartiger Ausdruck, den Tom bei ihr noch nie gesehen hatte.
»Ich habe mir noch nie darüber Gedanken gemacht«, erwiderte sie ein wenig zu schnell. »Diesen Luxus kann ich mir nicht leisten. Ich meine, mit dem Haus, und so weiter, habe ich nicht ...« Sie hielt inne. »Deswegen ... und dann ... dann das, was ich bin.«
»Was soll das heißen, ›was ich bin‹?«, fragte Tom, der wohl wusste, was sie meinte, aber ihre Aussage in Frage stellen wollte.
»Das weißt du nur zu gut. Mein ... mein Beruf.« Es klang, als ob nur ein Dummkopf so etwas fragen könnte.
»Was hat das damit zu tun, dass man Kinder mag? Ich meine, entweder du magst sie, oder du magst sie nicht.« Tom gab nicht auf, teils aus Sturheit, teils weil ihm ihr Ton nicht gefiel. Es passte ihm nie, wenn ihm jemand mit diesem Ton kam, nicht einmal Mary.
»Du bist zwar ein kluger Kerl, Tommy, aber manchmal bist du ganz schön begriffsstutzig.« Verärgert schüttelte sie den Kopf. »Bist du ganz sicher, dass dir die Kopfnuss bei Finney keine Schraube gelockert hat?«
»Ziemlich sicher. Aber ich verstehe immer noch nicht, was dein ... dein Beruf damit zu tun hat«, sagte Tom, der nicht merkte, was für eine tiefe Wunde er aufriss.
»Tommy, ich bin eine Hure und eine Puffmutter«, sagte Mary ein wenig zu laut. »Ich verkaufe Sex gegen Geld. Deswegen darf ich an Kinder nicht einmal denken. Es ist nicht, dass ich ... bloß, ich bin nun mal nicht ...«
Tom sah sie an, überrascht über den plötzlichen Gefühlsausbruch.

»Jesus, Tommy, ich *möchte* doch, aber ich *kann* nicht«, sagte sie, und ihre Worte klangen sowohl verärgert als auch flehend, und der hoffnungslose, traurige Ton senkte sich auf ihn, breitete sich in seinem Körper aus wie ein billiger Whiskey, nur wärmte er nicht. Überhaupt nicht. Es fiel ihm auf, dass die Familie plötzlich nicht mehr da war.

Tom schaute auf das Fenster, und er sah nichts, nicht einmal das eigene Spiegelbild. Er wusste, er war an einem Wendepunkt angekommen. Solche Momente trafen ihn immer unvorbereitet. Am liebsten hätte er das Schicksal angeschrien, das sich gegen sie verschworen hatte. Die Zeit war noch nicht reif. Sein Kopf schmerzte. Der Gehsteig wankte. Was sollte er tun? Er brauchte Zeit, aber er hatte keine Zeit. Er musste handeln, und er wusste, dass das, was er jetzt, in diesem Moment, tat, sein weiteres Leben in Licht oder in Dunkelheit tauchen würde.

»Mary«, sagte Tom und suchte nach ihrer Hand. Er wandte sich ihr zu. Die Menschen auf dem Gehsteig, das Klappern der Kutschen auf dem Broadway, die Sonne, der Wind, die Welt um sie herum, alles verblasste und wurde still, als hörte die Welt zu.

»Mary.« Er sah die Tränen auf ihren Wangen, die Trauer in ihren Augen, er sah seinen alten Feind. Und er dachte sich, es wäre ihm gerade recht, wenn er das alte Gespenst das ganze restliche Leben lang vor sich herprügeln könnte.

»Mary?« Er zog sie an sich, und einen schrecklichen Moment lang fürchtete er, sie würde sich sträuben. Aber sie schmiegte sich an ihn, hier auf dem Broadway an einem sonnigen, böigen Apriltag des Jahres 1883. Die Leute starrten. Es gehörte sich nicht, dass man sich so eng, noch dazu so lange, in der Öffentlichkeit umarmte, nicht einmal im Park am Madison Square.

»Mary«, flüsterte er ihr ins Haar. »Mit dir würde ich durchs Leben gehen, bis ans Ende, wenn ich glauben dürfte, dass du mich nimmst.« Sie zuckte zurück und sträubte sich in seinen Armen. Er hatte Angst, sie loszulassen, Angst vor ihren Augen. Aber als er ihr in die Augen sah, erfüllte ihn Zuversicht.

»Ich glaube, das meinst du ganz ernst«, sagte sie mit Verwunderung. »Bitte, Tom, sag es nicht, wenn du es nicht ehrlich meinst. Du musst es nicht sagen …« Sie schüttelte den Kopf. »Aber das weißt du ja«, sagte sie fast zu sich selbst. Mary sah ihm eindringlich ins Gesicht: die kleinen Runzeln um die Augen, der Schnurrbart, die Narbe an der Schläfe, das kleine Büschel weißer Haare neben dieser Stelle. Es war ein starkes Gesicht, ein gutes Gesicht, ein Gesicht, das sie liebte und dem sie vertraute.

»Ich habe auch meine Träume, Tommy«, sagte sie und sah ihm in die Augen. »Ich habe sie weggesperrt. Bei dem, was ich tue, kann ich mir Träume vom normalen Leben nicht leisten. Familie und Kinder: Für mich sind sie nichts als Träume. So einen Traum kann es für mich nur ein einziges Mal geben.« Starker, verzweifelter Ernst lag in ihren Worten. Für sie war es ein großes Risiko, und Tom wusste, dass sie bereit war, dieses Risiko mit ihm einzugehen.

»Wenn ich diese Träume wieder hervorhole, und ich muss dann feststellen …« Sie schwieg und sah in die Ferne. »Es würde mich umbringen«, sagte sie abschließend.

Tom glaubte es ihr. »Ich will dich einfach glücklich machen, sonst nichts. Wir gehen es langsam an, aber ich glaube, dass wir den gleichen Traum träumen, wir beide.« Sein vorsichtiges, hoffendes Lächeln sagte noch mehr als seine Worte. Mary umarmte ihn stürmisch, mit einer Heftigkeit, die ihn fast erschreckte. Er wusste, er hatte den richtigen Weg eingeschlagen. Komisch: Eine Entscheidung, solange sie noch nicht getroffen war, erscheint so ungewiss, aber sobald sie getroffen wird, sieht es aus, als hätte es nie eine andere Wahl gegeben. Hand in Hand gingen sie wieder den Broadway hinauf. Die Sonne war stärker geworden. Der Wind hatte sich gelegt. Schweigend beschritten sie den Weg, den sie gewählt hatten.

11. Kapitel

Wenn es dann ans Planen geht,
kann ein einziger Kopf in einigen wenigen Stunden
tausend Männern jahrelange Arbeit verschaffen.

Washington Roebling

Captain Peter Coogan, Chef des vierten Bezirks der New Yorker Polizei, saß mit den anderen Männern des »Korps« in Coffins Büro, während Coffin wie ein eingesperrtes Raubtier hin und her lief.

Coogan und Coffin waren schon seit drei Jahren fast gleichberechtigte Partner im Korps, allerdings übernahm August Coffin meistens die Führung. Er hielt gerade eine Zigarre in der rechten Hand, mit der er in die Luft stach, um seine Ansichten zu unterstreichen. Zwischendurch sog er daran, worauf sie wie ein kleiner Schmelzofen brannte.

»Diesen Hundesohn mache ich fix und fertig, der wird noch um Gnade winseln.«

»Was genau willst du machen, August?«, fragte Coogan, der sich über Coffins Auftritt amüsierte.

»Nun, wir wissen ziemlich genau, wo Tom sein Geld herkriegt. Wir kennen die Bars, die Bordelle und die Spielhöllen genauso

gut wie er. Man muss kein Edison sein, um zu wissen, wer ihm Schutzgeld zahlt!«, schrie Coffin.
Coogan lehnte sich zurück, um Coffins Tirade besser zu goutieren. Er verschränkte die Finger auf dem Bauch und drehte in stiller Zufriedenheit die Daumen. Er hatte Coffin von einer Aktion gegen Braddock abgeraten, und jetzt genoss er die Schadenfreude.
»Einen nach dem anderen werden wir die Läden zumachen. Es muss nach Recht und Ordnung aussehen, der übliche Amtsweg und der ganze Scheiß, der dazugehört. ›Folge der Venkman-Finney-Affäre: Kriminalpolizei räumt auf mit kriminellen Elementen‹.« Coffin schwenkte die Zigarre. »So soll's in der Zeitung stehen, ganz einfach, und es ist sogar die Wahrheit. Wenn wir ein paar von denen einsperren, können wir Braddock ganz schön wehtun. Dann wird er klein beigeben. Was meint ihr dazu?«, fragte er die Versammelten.
Coogan ergriff als Erster das Wort. »Ich habe Braddock nie für ein zuverlässiges Mitglied unseres Korps gehalten, aber er ist ein guter Mann. Und ein guter Cop auch. Ich würde ihn mir nicht zum Feind machen.« Einige andere nickten zustimmend.
»Du hast doch nicht etwa Angst vor ihm, Pat?«, fragte Coffin sarkastisch.
»Angst nicht«, erwiderte dieser ruhig und ignorierte die Beleidigung, »aber ich bin auch nicht einfältig. Ich will damit nicht sagen, dass ich nicht mitmache; ich meine lediglich, wir sollten vorsichtig sein.«
»Und ihr?« Coffin sah die anderen zehn Cops herausfordernd an. »Gut. Wenn wir das richtig hinkriegen, wird er es im Nu kapieren. Er ist kein Dummkopf. Er wird schon merken, wo sein Vorteil liegt.« Dann wurde vereinbart, welches Etablissement als Erstes an die Reihe kommen sollte. Sobald sie sich geeinigt hatten, entließ Coffin die Versammelten. Coogan blieb noch da.
»Wieso willst du ihn unbedingt wieder bei uns im Korps haben, August? Wir kommen doch auch ohne ihn prächtig aus.«

»Also, wenn ich die Wahrheit sagen soll, verstehe ich es selbst nicht ganz«, sagte Coffin. »Er ist mir nämlich wirklich ein Dorn im Auge. Aber er ist verlässlich. Was er sagt, tut er auch. Und das kann ich von manchen der anderen nicht behaupten.« Coffin wusste, dass das eine Untertreibung war. »Und für uns ist es besser, wenn er auf unserer Seite mitmacht. So behalten wir die Zügel in der Hand. Wir wissen nicht, mit wem er außerhalb des Korps Umgang hat.« Tom dagegen war bestens über Coffins Freizeitbeschäftigungen informiert – es würde reichen, um Coffin für immer aus dem Verkehr zu ziehen. »Drittens, es wäre gefährlich, den Mann umzulegen – obwohl ich manchmal in Versuchung komme. Ich weiß nicht, was bei Venkman und Finney schief gelaufen ist, aber du hast ja gesehen, wie er die beiden zugerichtet hat. Finneys Kopf sah aus, als wäre ein Güterwagen drübergefahren, und sein Arm … Wie Braddock das geschafft hat, kann ich mir nicht vorstellen.« Coffin erwähnte lieber nicht, wie Tom ihn selbst entwaffnet hatte – diese Schmach würde er nicht so schnell vergessen.

»Nun, August, ich muss dir tatsächlich recht geben. Es hat mich überrascht, dass du so etwas riskiert hast – ihn so zu provozieren.«

»Hmm. Der Plan ging ein wenig schief.« August zuckte die Achseln. »Ich dachte mir, Tom bräuchte mal einen kleinen Dämpfer. Er hat sich ziemlich aufgespielt in letzter Zeit, sich beschwert, dass wir von den falschen Leuten Schutzgeld verlangen und so weiter. Ich wollte nur, dass ihn Finney verprügeln lässt. Dann wäre mir Tom etwas schuldig gewesen, weil er nichts erreicht hatte, und von Finney hätte ich ein paar Prozent mehr bekommen. Das wäre ein hübsches Geschäft gewesen.«

Coogan schmunzelte. »August, nur du bist imstande, ein solches Geschäft hübsch zu nennen.«

»Das wäre es auch gewesen«, verteidigte sich Coffin, »nur, dass sich die beiden nicht mehr bremsen konnten. Ich wollte ihn nicht tot, er sollte lediglich ein bisschen zurechtgestutzt werden.

Dieser Dutchman war so intelligent wie ein Holzklotz. Das hätte ich bedenken sollen. Aber was soll's? Es ist halt so gelaufen.« Coffin war nicht der Mensch, der lange über seinen Fehlschlägen brütete. Er konnte immer gleich wieder zur Tagesordnung übergehen. Das war eine seiner Stärken.

»Hmm. Und jetzt wollen wir Druck auf Tommy machen. Das darf aber nicht zu lange dauern. Ein Teil von diesem Geld sickert schließlich auch in unsere Taschen.« Coogan war schon immer ein praktisch denkender Mensch gewesen.

»Das brauchst du mir nicht zu sagen. Aber es wird nicht so schwer sein.« Coffin lehnte sich in seinem Drehsessel zurück. Die Federung gab ein langes, gedehntes Quietschen von sich, das Coogan bis in die Zahnplomben spürte. »Ich muss doch endlich einmal diesen verdammten Stuhl schmieren lassen«, sagte Coffin zerstreut. »Ach was, am besten fordere ich gleich einen neuen an.« Er legte die Füße auf den Schreibtisch und lächelte. Nur zu gern opferte er kurzfristig ein paar Dollar, um langfristig einen umso höheren Gewinn einzuheimsen. Er nahm eine nachdenkliche Pose ein und ließ den Bleistift zwischen den Fingern kreisen. Dann fasste er ihn an einem Ende und schnippte ihn in die Luft; nach drei Umdrehungen landete der Bleistift wieder in seiner Hand. Coogan nippte an seinem Kaffee und sah sich die kleine Vorstellung an: die hochgelegten Füße, den kreisenden Bleistift, den Denkerblick. Er wusste, jetzt kam noch etwas.

»Nein, es wird nicht lange dauern, bis es Tom kapiert. Natürlich habe ich einen Alternativplan, falls er begriffsstutzig ist. Tommy hat immerhin auch seine schwachen Seiten.« Coffin feixte hinterhältig.

Captain Thaddeus Sangree saß an seinem Schreibtisch und schrieb einen Brief an seine Verbindungsleute in Richmond. Das Treffen vom Vorabend war produktiv gewesen. Sullivan hatte einen vielversprechenden Vorschlag gemacht. Die Idee sei ihm gekommen, sagte er, als er oben in den Kabeln saß und die

Schrägseile mit den Hängeseilen verknüpfte. Im Grunde war es nur eine Verfeinerung ihres ursprünglichen Plans, aber es konnte sich als entscheidend erweisen. Da man dabei mit einfachen Mitteln viel erreichen würde, hatte der Vorschlag großen Anklang gefunden. Es würde am Ende gar nicht nötig sein, alle Verbindungen zwischen Kabeln und Versteifungsträgern zu durchtrennen. Es genügte, wenn man einige davon durchschnitt und auf diese Weise die anderen schwächte; das Gewicht der Brücke würde den Rest besorgen. Auf Grund der Tests, die sie schon durchgeführt hatten, war sich Thaddeus sicher, dass diese Methode die Brücke zum Einsturz bringen würde.

Zu einem früheren Zeitpunkt, als die Türme noch im Bau gewesen waren, war Emmons mit dem Vorschlag gekommen, in den hohlen Fundamenten der beiden Türme Dynamit anzubringen. Eine Explosion in den Türmen, sagte Emmons, hätte eine katastrophale Auswirkung und würde die Brücke wie ein Kartenhaus zusammenfallen lassen. So einladend diese Idee war, am Ende musste man sie verwerfen. Die Brücke in unfertigem Zustand zu sprengen, hätte die Symbolik der Tat zunichte gemacht. Oder man hätte das Dynamit jahrelang, bis zur Vollendung der Brücke, in den Hohlräumen lagern müssen, und es hätte die Gefahr bestanden, dass wegen der Feuchtigkeit und der langen Lagerzeit die Wirkung des Dynamits schwand.

Der Plan, auf den sie sich einigten, hatte nicht nur Vorteile. Kein Plan war vollkommen. Dieser aber war so einfach, dass er gute Chancen auf Erfolg zu haben schien. Der Captain musste schmunzeln, als er sich Roeblings Reaktion ausmalte.

»Mit dir möchte ich nicht tauschen, nicht für das ganze Gold in Kalifornien«, sagte er und sah zum Fenster hinaus. Obwohl er Roeblings großes Haus von seinem Büro aus nicht sehen konnte, wusste er, in welcher Richtung es lag. Es kam oft vor, dass er sich in Gedanken mit Roebling unterhielt. Er stand dann am Fenster, stellte ihn sich in seinem Haus drüben in Brooklyn vor, einen Krüppel, der kaum in der Lage war, allein zu essen oder im

Haus umherzugehen. Es freute den Captain, wenn er ihn so vor sich sah. »Ich wünschte, ich könnte dann dein Gesicht sehen: den Horror, die Weigerung, daran zu glauben. Dein Hirn wird es gar nicht erfassen können, so riesig, so schrecklich wird es sein. Wirst du laut aufschreien? Ich weiß es nicht. Wird der Schock allein dich umbringen? Du bist ja schon ein gebrechlicher Mann. Jeglicher Schock könnte tödlich sein. Daran sind schon gesündere Männer gestorben.« Er kicherte beim Gedanken an Roeblings Tod – an Roeblings Verzweiflung, an seine Niederlage. »Wirst du dich zwingen zuzuschauen? Wirst du zuschauen, wenn die Menschen auf das Wasser klatschen, oder wirst du nur Augen für die Brücke haben? Das werde ich wohl nie erfahren.« Thaddeus grübelte. Aber er konnte es sich ausmalen, und er weidete sich an den Bildern, die er heraufbeschwor. Der Captain wollte weiterschreiben, aber die Feder verharrte in der Luft über dem Papier. Er bemühte sich, die Gedanken zu sammeln, aber es gelang ihm nicht. Nur an eines konnte er denken. Es ging ihm immer wieder durch den Kopf, und bevor er wusste, was er tat, hatte seine Hand es hingeschrieben. »Ich lebe nur für diesen Tag«, stand auf dem Blatt.
»Verdammt!«, fluchte der Captain, knüllte das Papier zusammen und fing seinen Brief noch einmal an.

Tom war spät aufgestanden. Nach dem Aufwachen hatte er mit Mary gekuschelt, sich dann angezogen, und es war schon halb elf, als er endlich aufbrach. Cookie, Marys Köchin, hatte ihm Eier und Speck gemacht, die er hinunterschlang. Er hatte ein schlechtes Gewissen. Obwohl er gute Gründe gehabt hätte, im Bett liegen zu bleiben – Gehirnerschütterung, Nähte und eine immer noch geschwollene Hand –, hatte er das Bedürfnis, in der Sache Bucklin weiterzukommen. Sie saß ihm ständig im Hinterkopf, nagte an seinem Pflichtgefühl, besonders jetzt, wo es ihm etwas besser ging. Er dachte an das, was ihm der alte Bucklin gesagt hatte, und als er Marys Haus verließ, klimperte er mit dem kleinen Schlüssel in seiner Tasche. Er würde es schaffen – er würde herausfinden, was mit der verdammten Brücke los war, und auch, wer Terrence ermordet hatte, aber zunächst hatte er ein anderes Ziel.

Seit vier Tagen war er nicht mehr zu Hause gewesen, und er machte sich Sorgen wegen Grant und Lee. Zwar hatte Sam versprochen, sich um sie zu kümmern, aber Tom wusste, wie sie sich aufführten, wenn er sie zu lange allein ließ. Die beiden würden einen Guerillakrieg gegen ihn führen und in einer rücksichtslosen Kampagne die Möbel zerkratzen, die Teppiche beschmutzen und anderes Unheil anrichten. Sie waren in der Überzahl, ihnen war er unterlegen. Er wollte nur kurz vorbeischauen, dann würde er seinen dienstlichen Geschäften nachgehen.

Er rief eine Droschke und fuhr nach Süden. Die Fahrt würde wahrscheinlich lange dauern, denn mitten am Vormittag gab es immer viel Verkehr. An manchen Stellen kamen sie nicht schneller voran als die Fußgänger. Tom lehnte sich zurück, entschlossen, die Fahrt zu genießen. Im Vergleich zu seiner letzten Droschkenfahrt war sie auf jeden Fall ein Genuss. Plötzlich fiel ihm ein, dass schon der 3. April gekommen war und er noch kein Schutzgeld eingetrieben hatte. Er fluchte vor sich hin bei dem Gedanken, dass ihm mindestens zwölf Besuche bevorstanden. Die kriminellen Elemente sollten nicht meinen, er werde nachlässig. So weit durfte es nicht kommen. Diese Typen würden ganz schnell zuschlagen, wenn sie bei ihm eine Schwäche entdeckten. Wen sollte er zuerst aufsuchen? Am besten die drei oder vier schwierigsten seiner Klienten. Darauf wollte er möglichst nicht zu viel Zeit verschwenden, besonders jetzt, wo der Fall Bucklin ständig an ihm nagte. Er musste die schwierigen Klienten an der Kandare halten, dann würde sich herumsprechen, dass er nicht mit sich spaßen ließ. Wenn einer dieser Burschen eine Schwäche entdeckte, würden sie Blut riechen und Tom lebendig auffressen.

Tom legte sich die Route zurecht, die ihm am effizientesten erschien. Seine letzte Station sollte die Lower East Side sein, weil er auch den Bucklins einen Besuch abstatten wollte, um noch ein paar Fragen zu stellen. Tom klimperte wieder mit dem Schlüssel, den er zusammen mit dem Kleingeld lose in der Tasche trug. Würde der Schlüssel Geheimnisse preisgeben? Es musste doch noch irgendetwas zu finden sein: ein Hinweis, den man bereits erhalten, aber noch nicht erkannt hatte. Was sich an der Brücke zusammenbraute, konnte er sich nicht vorstellen, aber Martin hatte selbst gesagt, dass während der Bauzeit viele seltsame Dinge passiert seien: Bestechungen, Brände, Betrügereien, Todesfälle. Es konnte alles Mögliche sein.

Die Droschke rollte über die Pflastersteine und kam quietschend und knatternd vor der Colonnade Row zum Stehen. Tom stieg aus, zahlte den Kutscher und ging ins Haus hinein. Im Flur kam er an Mrs. Aurelios Tür vorbei, aus der italienische Opernarien zu hören waren: Seine Nachbarin begleitete die Grammofonmusik mit ihrem Gesang. Tom war kein Opernkenner, aber er merkte, dass die alte Dame furchtbar schlecht und entsetzlich laut sang – sie war fast taub. Das ganze Haus musste mithören.

Tom eilte die breite Treppe hinauf in den ersten Stock. Durch ihr Singen abgelenkt, hätte er fast übersehen, dass seine Tür nur eingeklinkt war. Der Anblick schreckte ihn auf wie eine Alarmglocke. Schnell zog er den Schlüssel wieder zurück und steckte ihn in die Tasche. Er nahm den Colt aus dem Schulterhalfter. Seine Hände schwitzten. Aus Angst, durch die Tür angeschossen zu werden, presste er sich gegen die Wand. Mit der linken Hand tastete er langsam nach dem Türknauf. Aber sobald er ihn berührte, zog er die Hand wieder zurück.

»Zum Teufel, was soll ich denn jetzt machen?«, brummte er vor sich hin. Er dachte an die quietschende Türangel. Was einmal nur eine lästige Kleinigkeit oder ein anheimelnder Willkommensgruß gewesen war, wirkte jetzt wie eine Totenglocke.

Die Minute, die er vor der Tür verbrachte, kam ihm sehr lange vor. Im Geist hörte er schon das Quietschen der Angel: ein Warnsignal für den, der in der Wohnung lauerte. Sollte er einfach im Gang stehen bleiben? Nein, das entsprach nicht seinem Temperament. Vielleicht hatte Sam nur vergessen, die Tür richtig zuzumachen, oder vielleicht auch Mrs. Aurelio, als sie den Eismann hineinließ. Aber es könnte für ihn schlecht ausgehen, wenn er sich auf solche Annahmen verließ. »Tommy, du bist ein Cop, du hast ein Schießeisen, du kannst nicht den ganzen Tag hier draußen herumstehen«, flüsterte er sich zu. Tom ging in die Hocke, hielt den Colt in der rechten Hand und griff mit der Linken nach dem Knauf. Sein Herz pochte, raste. So sanft, wie es ging, schubste er die Tür an. Sie ging auf, lautlos. Nichts. Auf vorsichtigen Katzenpfoten schlich er in den Vorraum und hielt den Colt mit beiden Händen fest. Er hatte einmal erlebt, wie einem Cop die Pistole weggeschlagen wurde, weil er sie nur mit einer Hand festhielt. Es hätte den Mann fast das Leben gekostet. Aus diesem Fehler hatte Tom gelernt. Aus dem Wohnzimmer war eine Stimme zu hören.

Scheiße! Es sind also zwei, dachte er. Aller Wahrscheinlichkeit nach zwei von Coffins Schlägern, die ihm einen Besuch abstatteten. Aber egal, wer es war, in seiner Wohnung hatten sie nichts zu suchen, und dafür sollten sie büßen.

Trotz seiner katzenhaften Vorsicht musste ihn Grant gehört haben. Der große Kater kam aus der Küche, und sobald er sah, wer sich da zur Wohnungstür hereinschlich, trottete er auf Tom zu. Mit ungewohntem Überschwang schnurrte der Kater, rieb sich an Toms Beinen und schlängelte sich voller Freude zwischen seine Füße. Ohne Rücksicht auf die Vernunft neigte sich Tom hinunter und streichelte Grant zur stillen Begrüßung den Kopf. Wieder drangen Gesprächsfetzen aus dem Wohnzimmer und mahnten ihn, etwas zu unternehmen, aber wegen des Opernlärms von unten konnte er nichts Genaueres verstehen. Er schlich den kurzen Gang entlang bis zur Küchentür. Von dort aus konnte er eine Ecke des Wohnzimmers überblicken. Er wartete, duckte sich und spitzte die Ohren. Er merkte, dass sich etwas bewegte, und sah einen großen Schatten an der Wand, dessen Umriss vom Tageslicht hervorgehoben wurde. Dann hob sich der Schatten eines Arms mit einem Gegenstand in der Hand, der aussah wie ein Hammer oder ein Knüppel. Das Bild von Terrence Bucklins eingeschlagenem Kopf trat ihm vor Augen.

Er glitt durch die Küche, dann durch das Schlafzimmer. Jeder Schritt war von Angst begleitet. Jeden Moment rechnete er mit einem kurzen Nahkampf auf Leben und Tod. Endlich konnte er sich aufrichten. Er stand mit dem Rücken zur Wand neben der Wohnzimmertür. Grant, der beleidigt war, weil die angemessene Begrüßung ausblieb, war ihm gefolgt. Toms Herz raste. Kalter Schweiß lief ihm den Rücken hinunter. Um die Nerven zu beruhigen, holte er tief Luft. Er nahm sich vor, zuerst auf den Schattenmann loszugehen. Der andere saß wahrscheinlich im roten Sessel. Er würde das zweite Ziel sein.

Tom holte noch einmal tief Luft, dann wirbelte er, mit beiden Händen den Colt umklammernd, durch die offene Tür.

»Polizei! Fallen lassen!«, rief er. Die Gestalt vor ihm wurde von hinten beleuchtet, und Tom erkannte nicht, wer es war. Irgendetwas aber kam ihm vertraut vor. »Fallen lassen, sage ich!« Ein Plumps, eine fürchterliche Erschütterung wie eine Explosion folgte. Tom spürte sie durch den Boden. Eine Flamme fuhr aus dem Lauf seines Colts. Der Schuss ließ Toms Ohren dröhnen. Lee kreischte auf und sprang aus dem roten Sessel. Mit gewölbtem Rücken und hocherhobenem Schwanz flitzte sie durch das Zimmer in die Küche.

Der Schattenmann verharrte bewegungslos, dann stieß er einen erstickten Schrei aus. »Jesus, erschießen Sie mich nicht! Sam hat mich hergeschickt, ich wollte Ihre Katzen füttern.«

»Jaffey! Mein Gott ... ich hab dich nicht erkannt!«, keuchte Tom. »Was zum Teufel hattest du in der Hand?«

»Die Hanteln. Ich wollte sie ausprobieren«, sagte Jaffey und lachte nervös.
»Nur gut, dass ich dich verfehlt habe«, sagte Tom.
»Es war meine Schuld. Ich hätte ... Aber Sie waren so schnell. Als Sie gesagt haben, ich sollte sie fallen lassen, habe ich es eben getan«, sagte Eli rasch.
»Scheiße!«, sagte Tom und holte tief Luft. »Ich dachte, jemand lauert mir auf. Ich sah den Schatten der Hantel und dachte ...«
»Ach so«, sagte Jaffey und nickte.
Tom sah sich im Zimmer um und runzelte die Stirn. »Mit wem hast du gesprochen? Mit der Katze?«
»Wir sind Freunde«, sagte Jaffey verlegen.
Tom lachte auf. Er fühlte sich benommen, alles drehte sich um ihn herum. Unten fiel eine Tür ins Schloss, dann polterten Füße die Treppe herauf. »Was Sie machen da droben? Mir fällt Verputz von Decke. Was Sie haben gemacht? Warten Sie, bis Mr. Tommy nach Hause kommen.«
»Bleib hier, Eli«, sagte Tom. »Setz dich doch. Du siehst aus, als ob du gleich umfällst.« Jaffey war wirklich einer Ohnmacht nahe. Es kam nicht jeden Tag vor, dass jemand auf ihn schoss. Auf so ein Erlebnis legte er keinen Wert. Er ließ sich in den großen roten Sessel fallen, den Lee kurz zuvor verlassen hatte, und Tom ging in den Gang hinaus, um Mrs. Aurelio zu beruhigen. Jaffey hörte, wie sie sich lautstark wegen ihrer Zimmerdecke beschwerte, und Tom schrie, dass alles in Ordnung sei, er würde für die Reparatur sorgen. Ein Gespräch mit ihr, das wusste Eli inzwischen, musste immer laut geführt werden, weil sie kaum etwas hörte. Aber diesmal redeten sie so laut, dass die Fenster klirrten. Jaffey starrte die ganze Zeit auf den Einschuss in der Wand, direkt neben der Stelle, an der er gestanden hatte. Ihm zitterten die Hände. Kurz darauf ging das laute Gespräch im Treppenhaus zu Ende, und die Wohnungstür wurde zugemacht. Vom Vorraum aus rief Tom: »Hast du Lust auf ein Bier, Jaffey? Ich könnte schon eins vertragen, wie steht's mit dir?«

Diesmal scherte sich Jaffey nicht um die Bestimmungen. »Gern.«
»Trinkst du ein Stout? Ich hab sonst nichts. Ich weiß aber nicht, ob es kalt ist.«
»Stout ist mir recht. Gestern wurde frisches Eis geliefert. Es wird schon kalt sein«, rief Jaffey.
Bald kam Tom mit dem Bier ins Wohnzimmer zurück. Er betrachtete das Loch in der Wand und den Mörtelstaub auf dem Boden. »Sieht aus wie eine kleine Arbeit fürs freie Wochenende.« Dann klappte er den Porzellanverschluss auf und hielt Jaffey die Flasche hin. »Auf dein Weiterleben.« Beide lachten grimmig.
»Darauf trinke ich gern, Detective«, sagte Jaffey. Ihm fiel auf, dass auch Toms Hand leicht zitterte. Allmählich, als ihm das weiche, bittere Stout durch die Kehle glitt, ging es ihm wieder besser.
Eine Zeit lang blieben sie im Zimmer sitzen, denn ihr Gespräch dauerte länger als zwei Flaschen Stout. Nach einer Weile fragte Jaffey: »Wissen Sie noch, wie Sie mich hinter Paddys Kneipe k.o. geschlagen haben? Ich fragte Sie, wie Sie das geschafft haben, aber Sie haben gesagt, das sei eine andere Geschichte. Würden Sie sie mir jetzt erzählen?«
Tom grinste. Er dachte daran, wie er die alte Kunst des Kung Fu kennen gelernt hatte, und an die Prügel, die er damals einstecken musste, um sie zu erlernen.
»Also gut. Vor ein paar Jahren war ich in der irischen Wohngegend um den Chatham Square auf Streife. Damals zogen die Chinesen allmählich in die Mott, Doyers und Pell Street ein; es waren zu der Zeit wahrscheinlich nicht mehr als tausend. Sie waren eine verschworene Gemeinschaft, die meisten waren Arbeiter bei der Union Pacific. Sie nannten sich die ›Tung‹. Neunundneunzig Prozent waren Männer. Sie hatten nur sehr wenige Frauen mitgebracht. Eines Tages geriet ich in der Doyers Street in eine Schlägerei. Der eine Kerl benutzte ein paar sehr geschickte Finten gegen den anderen Chinesen und verabreichte ihm eine

ordentliche Tracht Prügel. Also schreite ich ein – da geht er plötzlich auf mich los.« Tom klopfte sich auf die Brust. »Ich kann dir sagen, dieser kleine Mistkerl war zäh! Ein paarmal hätte er mich fast k.o. geschlagen. Er war schnell wie eine Katze und kam aus allen Richtungen gleichzeitig. Hände, Fäuste, Füße, alles! Er hat mich richtig verdroschen, und ich schäme mich nicht, das zuzugeben.« Tom nippte an seinem Bier. »Es kam zu einem richtigen Menschenauflauf. Anscheinend sahen es diese Chinesen nicht ungern, dass einer von den weißen Teufeln sein Fett abbekam. Schließlich hatte ich aber mehr Glück, versetzte ihm mit der Linken einen Hieb in den Magen und mit der Rechten einen ans Kinn.« Tom fuchtelte in der Luft. »Das Besondere daran war, wie ich später erfuhr, dass dieser Bursche der gefürchtetste Mann in Chinatown war. Er sammelte Schutzgelder für die Tong ein. Seine Kampftechnik hat mir Respekt eingejagt, aber neugierig war ich auch ... so wie du. Ich wollte mehr über diese Technik erfahren. Wenn er, bei seiner Körpergröße, mir schon die Hölle heiß machen konnte, dachte ich mir, dann würde es sich lohnen, sich mit der Methode zu beschäftigen. Kurz und gut, ich schloss mich einer Gruppe Chinesen an, die dieses Zeug unterrichteten und studierten. Sie nennen es Kung Fu.« Tom dachte daran, wie er diese Worte zum ersten Mal gehört hatte. »Es ist mehr als nur eine Methode der Selbstverteidigung, es ist eine richtige Philosophie. Ursprünglich kommt es nicht einmal aus China. Ich glaube, man fing damit in Indien an. Wie dem auch sei, je weiter man in dieser Kunst vorankommt, desto mehr wird es zu einer geistigen Angelegenheit. Master Kwan, unser Lehrer, sagt, es geht darum, die Energie gebündelt auf dem Weg des geringsten Widerstands fließen zu lassen. Wenn man es richtig macht, kommt es einem auch so vor; es ist ein Gefühl des Fließens, glatt, aber kraftvoll.« Tom schien in sich hineinzublicken. »Zunächst ist es Schwerarbeit: viele Streckübungen, Stoßtechniken, Abwehrstrategien, Fußtechniken und so weiter. Aber nach einer Weile, wenn sich alles zusammenfügt, denkst

du nicht mehr daran, was du als Nächstes tun musst, sondern du fängst an, den Fluss zu spüren. Dann wirst du gefährlich«, sagte Tom und sah Eli an. »Ich war der einzige Weiße in dieser Gesellschaft und der einzige Cop, der jemals Interesse zeigte. Als sie im Revier davon erfuhren, haben sie sich maßlos aufgeregt.« Tom schüttelte den Kopf. »Als der Captain davon Wind bekam, gab er mir den Befehl, damit aufzuhören. Er meinte, wir dürften nicht mit den Kulis fraternisieren. Trotzdem habe ich heimlich weitergemacht. Mein Captain war eigentlich kein schlechter Kerl, aber er hatte die üblichen Vorurteile gegen die Chinesen.«
»Kann ich mir vorstellen. Für Chinesen hat man in unserem Bezirk nicht viel übrig – ich versteh gar nicht so recht, warum.« Jaffey zuckte die Achseln.
»Das stimmt, aber ich habe viel von ihnen gelernt. Und ich habe immer noch ein paar gute Freunde unter ihnen. Ab und zu gehe ich dorthin zum Training, einfach, um in Übung zu bleiben.«
»Können Sie mich eventuell beim nächsten Mal mitnehmen?«, fragte Jaffey, fast wie ein schüchterner Junge.
Tom überlegte kurz und nippte an seinem Bier, bevor er antwortete: »Mal sehen. Ich muss sie vorher fragen. Sie lassen nicht jeden mitmachen. Man muss jemanden kennen, den Segen des Lehrers bekommen oder eines der Chefs der Tong. Mal sehen.«
Es beeindruckte Braddock, dass Jaffey ihn darum bat.
»Danke. Das wäre mir sehr recht. Ich würde Ihnen keine Schande machen«, sagte Jaffey, der unbedingt etwas lernen und alles auf sich nehmen wollte, um Braddock nachzueifern. Seine Bewunderung für ihn wurde immer größer. Je besser er ihn kennen lernte und je mehr er durch Sam und die anderen Cops über ihn erfuhr, desto stärker wurde ihm bewusst, dass er sich Tom zum Vorbild nehmen wollte. Jaffey brauchte so etwas, einen Helden, der ihn unter seine Fittiche nahm, sein Lehrmeister wurde, ihm Ratschläge erteilte. Ein besseres Vorbild als Braddock würde er wohl nirgends finden.
Tom hätte sich amüsiert und wohl auch ein wenig geniert, wenn

er von Jaffeys Gefühlen für ihn gewusst hätte – er betrachtete sich bestimmt nicht als Helden. Aber er ahnte etwas von Jaffeys Bewunderung, und er nahm an, dass er Jaffey in mancher Hinsicht Rat und Hilfe geben könnte. Bisher hatte Tom keine Lust verspürt, einen jüngeren Kollegen zu unterweisen. Er war immer zu sehr auf sich selbst und auf seine Karriere fixiert gewesen. Aber es wäre wohl keine schlechte Idee, jemanden wie Jaffey zu unterstützen – vielleicht hätte er so etwas schon früher machen sollen. Und ganz allgemein wäre es von Vorteil für die New Yorker Polizei, die er trotz aller Unvollkommenheiten zutiefst respektierte. Auf diese Weise könnte er ihr etwas zurückgeben, sozusagen seinen Beitrag leisten, die nächste Generation mit aufbauen. Diese Überlegungen gingen Braddock durch den Kopf, also sagte er: »Das würdest du sicher nicht.«

Später, als sie sich verabschiedeten, sagte Jaffey: »Ihre Türangel hat gequietscht. Ich hab sie geschmiert.«

»Vielen Dank. Das hatte ich mir schon lange vorgenommen. Ich hätte nie gedacht, dass ich wegen einer solchen Kleinigkeit jemanden fast kaltgemacht hätte. Komisch, so ein kleiner Anlass und so eine große Auswirkung.« Tom ließ die Tür hin- und herschwingen.

Bald darauf machte sich Tom auf den Weg zu seinen »Klienten«. Einige davon waren Bars. Sie zahlten Schutzgeld, damit sie sonntags den Hintereingang offen halten oder ein paar Mädchen in den oberen Räumen beschäftigen oder im Keller Glücksspiele betreiben konnten. Jeden Monat zwanzig Dollar für Tom, und sie würden ungestört ihren Geschäften nachgehen können. Dazu gehörte auch, dass sie nach Möglichkeit von einer geplanten Razzia rechtzeitig erfuhren. Tom war es immer wieder gelungen, die Betroffenen zu warnen. Die Captains in den meisten Revieren zeigten viel Verständnis dafür und kündigten die Razzien mindestens einen Tag im Voraus an, es sei denn, es handelte sich um einen politisch besonders sensiblen Fall. Im großen Ganzen funktionierte das System recht gut.

Es gab eine Reihe von Etablissements, die Tom persönlich betreute. So hielten es die meisten Detectives. Es gab auch eine zweite, größere Gruppe von Geschäften, die das Geld direkt an das Polizeirevier abführten. Auch von diesem Geld landete ein Anteil in Toms Taschen, wenn er sie über bevorstehende Razzien informierte. Natürlich ging immer wieder mal etwas schief, aber dieses Risiko gehörte dazu.
Nach zwei anstrengenden Stunden hatte Tom über hundert Dollar in der Tasche und wahnsinnige Schmerzen im Kopf. Wie immer gehörte ein Glas Bier an der Theke zum Ritus des Geldabholens. Es galt als unhöflich wegzugehen, ohne etwas zu trinken. Nicht nur das Bier, sondern auch das Herumrennen tat seinem Kopf nicht gut. Der Arzt hatte ihm die Anweisung gegeben, sich mindestens eine Woche zu schonen. Als schonend hätte Tom diesen Tag nicht bezeichnet. Man musste nicht Arzt sein, um zu erkennen, dass der dumpfe Schmerz in seinem Kopf und die verschwommenen Ränder seines Blickfelds auf etwas anderes als nur ein paar Schluck Bier zurückzuführen waren.
Als er eines dieser Lokale verließ, fiel Tom ein, dass Watleys Tanzpalast ganz in der Nähe lag. Da er nun einmal in der Gegend war, konnte er bei dieser Gelegenheit Watkins' Alibi überprüfen. Er war froh, dass er sich endlich wieder mit dem Fall Bucklin befassen konnte. Die »Klientenbesuche« hatten nicht dazu beigetragen, seine Schuldgefühle zu vertreiben.
Schon ein paar Minuten später war er in der Bowery und stand vor seinem Ziel. Der Tanzpalast hatte dasselbe knallbunte, schäbige Aussehen wie die meisten Etablissements dieser Art. Zu beiden Seiten des Eingangs hingen riesige Plakate, auch über der Tür war das Gebäude mit Ankündigungen voll geklebt. Tom ging hinein. Weiter unten in der Straße sah ihm ein Augenpaar unter einer Hutkrempe zu. Der Beobachter stellte die Uhrzeit fest, dann lehnte er sich an eine Haustür und wartete. Tom setzte sich an die Theke und fragte den Bartender nach Miss Clora Devine.

»Die hat sich schon seit Tagen nicht mehr hier blicken lassen. Aber wir haben viele andere Mädchen, die einem Mann wie Ihnen Appetit machen könnten.« Der Bartender zwinkerte anzüglich.
Tom zeigte ihm seine Dienstmarke und fragte nochmals nach Clora. »Ich bin dienstlich hier«, sagte er mit Bestimmtheit.
»Dann müssen Sie mit dem Geschäftsführer reden.« Der Bartender deutete mit der Schulter auf die hintere Wand des großen Saals. »Die linke Tür.«
Toms Interview mit dem Geschäftsführer war nicht viel erfolgreicher. Miss Devine war seit drei Tagen nicht mehr zur Arbeit erschienen, was ihn offenbar ärgerte. Er war ein Deutscher namens Haupt und erinnerte Tom an einen übereifrigen Bürgermeister.
»Dieses Mädchen ist einfach hier rausspaziert und nicht wieder aufgetaucht«, sagte Haupt, während er mit den Daumen die Hosenträger spannte.
»Hat man beobachtet, ob sie in Begleitung wegging?«
»Ach, sie war recht beliebt.« Haupt grinste. »Viele Herren wollten mit ihr tanzen. Und einige dieser Herren verließen manchmal das Lokal mit ihr. Ich kann nicht alle diese Mädchen im Auge behalten und habe keine Ahnung, was sie nach der Arbeit unternehmen.«
»Wissen Sie, ob sie mit einem gewissen Watkins bekannt war? Ein großer Hagerer, redet wie ein Südstaatler?« Tom deutete mit der Hand die Größe an.
»Hat er Pockennarben im Gesicht?«, fragte Haupt. Als Tom nickte, fügte er hinzu: »Ja, ich erinnere mich an ihn. Clora hat sich manchmal mit ihm verabredet.«
»Haben Sie Cloras Adresse?«, fragte Tom, der Watkins' Angabe bestätigt haben wollte.
»Klar. Ich schau gleich nach.« Haupt hatte offensichtlich genau Buch geführt, denn kurz darauf erschien er mit Miss Devines Adresse. Er reichte sie Braddock und sagte: »Hoffentlich hat

Clora keinen Ärger mit der Polizei. Sie ist ein braves Mädchen, ich möchte sie nicht verlieren.«
»Nein, nichts dergleichen. Sie muss mir nur etwas bestätigen. Macht es Ihnen etwas aus, wenn ich mich hier ein bisschen erkundige? Ich will wissen, mit wem sie zuletzt gesehen wurde.«
Haupt hatte keine Einwände. Er schlug vor, zuerst den Bartender zu befragen; der wisse über das Kommen und Gehen im Haus am besten Bescheid.
Der Bartender konnte jedoch nicht viel Nützliches sagen. Er erinnerte sich zwar an Watkins, wusste aber nicht, ob er ihn am vorigen Samstagabend gesehen hatte.
»So viele Männer kommen samstags hierher, ich kann sie mir nicht alle merken.« Er sah zum Eingang hin und sagte: »Da kommt ja Patty. Sie ist mit Clora gut befreundet.« Der Bartender winkte das Mädchen herüber. »Patty, komm mal her! Dieser Detective sucht Clora.«
»Das tun wir alle«, sagte die Frau. »Die ist schon seit Dienstag nicht mehr hier aufgetaucht.«
Tom notierte sich ihren Namen und stellte die üblichen Fragen über Clora, mit wem sie gesehen wurde und ob Watkins zu ihren Begleitern gehörte. Patty konnte bestätigen, dass Watkins zu den regelmäßigen Gästen gehörte, sie war sich aber nicht sicher, ob sie ihn am vorigen Samstag gesehen hatte. »Wissen Sie, letzten Samstag war ich auch ziemlich beschäftigt.«
»Sie sagten, Clora wurde Dienstag das letzte Mal gesehen?«, fragte Tom. »Verließ sie mit jemandem das Lokal? Oder gab es jemanden, mit dem sie an dem Abend viel zusammen war?«
Patty dachte kurz nach, dann sagte sie: »Ja, es gab schon so einen Kerl. Sah nach Büro aus, mit Fliege, Brille ... so ein Kleiner, Drahtiger. Ich glaube, er ging mit Clora weg. Sah recht harmlos aus. Hatte so ein Mausgesicht.« Patty zog die Nase nach oben und zeigte die Vorderzähne, so dass sie wie eine Ratte aussah.
Zehn Minuten später stand Tom vor dem Haus, das ihm Haupt genannt hatte, einem relativ sauber aussehenden, dreistöckigen

Bau in der Broome Street. Offenbar war niemand in Cloras Wohnung, aber der Vermieter sperrte sie ihm auf. Man bekam den Eindruck, als wäre Clora nur kurz fortgegangen. Im Schlafzimmer öffnete Tom den Schrank, der voll gestopft mit Kleidern war, vor allem mit den auffälligen Fähnchen, die die Mädchen in den Tanzpalästen gewöhnlich trugen. Tom ließ sich viel Zeit bei der Untersuchung der Kleidungsstücke. Er suchte nach einem Hinweis auf Watkins, auf die Brücke oder vielleicht sogar auf Bucklin. Er war auf alles gefasst. Wie sich schließlich herausstellte, war sein einziges brauchbares Ergebnis, dass Miss Devine nicht da war.

Eine Droschkenfahrt in die Suffolk Street ließ ihm ein wenig Zeit zu verschnaufen. Als er das Haus der Bucklins erreichte, hatte das Pochen im Kopf etwas nachgelassen. Tom stieg aus und blieb einen Augenblick in der belebten Straße stehen. Er hatte sich gedacht, Mikey könne irgendwo in der Nähe sein. Es war fast vier Uhr, also wäre er jetzt nicht mehr in der Schule, falls er überhaupt zur Schule ging. Aber wenn Mike in der Nähe wäre, würde Tom ihn unter diesen vielen Kindern sowieso kaum ausmachen können. Er ging ins Haus und stieg die dunkle Treppe hinauf.

Watkins hatte sich fast schon entschieden. Am liebsten hätte er Braddock auf der Straße angesprochen, aber Tom war schon zur Wohnung der Bucklins hinaufgegangen, bevor er ihn einholen konnte. »Macht nichts«, murmelte er. Er kaufte sich eine *Tribune* und setzte sich auf die Stufen vor einem der Nachbarhäuser. Watkins breitete die Zeitung auf den Knien aus und tat, als läse er, ließ aber Bucklins Haus nicht aus den Augen. Er war noch nie ein großer Leser gewesen, aber jetzt hinderte ihn seine Nervosität daran, auch nur ein Wort von dem Geschriebenen zu verstehen.

Es gab keinen anderen Ausweg, das war Watkins klar. Sangree hatte ihn zwar bis jetzt noch nicht erschossen, aber das bedeutete keineswegs, dass er ihn auch in der Zukunft verschonen würde. Offenbar wollte der Captain nur abwarten, bis er sich in Sicherheit wähnte. Watkins wusste nur zu gut, wie der Captain vorzugehen pflegte; er hatte oft genug gesehen, wie er mit Männern verfuhr, die ihm nicht nach der Pfeife tanzten. Seine Tage waren gezählt, das stand für ihn fest. Beim bloßen Gedanken schwitzten ihm die Hände.

Also blieb Watkins keine Wahl, es gab nur eine Möglichkeit, aus dem Schlamassel herauszukommen. Er musste den Captain opfern. Es musste sein. Einfach wegzurennen würde nichts nützen. Dieser Wahnsinnige würde ihn überall aufspüren. Er musste ihn anzeigen, und Earl und Weasel obendrein. Diese beiden würden ihn sofort umlegen, wenn man den Captain schnappte. Matt und Patrick dagegen, die würden Verständnis dafür haben. Im Gegensatz zu den anderen hatten sie ein Herz. Ihnen wäre es vielleicht nicht recht, aber sie wären so sehr damit beschäftigt, die eigenen Spuren zu verwischen, dass sie ihre Zeit nicht mit Watkins' Verfolgung verschwenden würden. Bei Earl und Weasel war er sich weniger sicher. Diese beiden waren genauso verrückt wie der Captain, vielleicht noch verrückter. Sie würden ihn finden, wenn man sie nicht rechtzeitig einsperrte. Davon war er überzeugt. »Die sind imstande, jemanden kaltzumachen, bloß weil er ein Bier zu viel getrunken hat«, grummelte er vor sich hin. Wieder sah er zur Haustür. »Aber … es wird nicht leicht sein.« Würde er es fertig bringen? Es würde Gefängnis bedeuten, Gerichtsverhandlungen, er müsste vor Gericht aussagen und dem Captain ins Auge sehen, während er den Yankees erzählte, was geplant worden war. Vor Gericht gegen ihn auszusagen – das wäre schlimm, fast so schlimm, wie von ihm erschossen zu werden. Er wusste nicht, ob er das durchhalten konnte. Es lag ihm nicht, zum Verräter zu werden, das hatte es in seiner Familie noch nie gegeben. »Gott sei Dank erlebt das mein Vater nicht mehr«, sagte er sich. Verrat – das wäre ihm nie in den Sinn gekommen, wenn sein Vater noch am Leben gewesen wäre.

Toms Besuch bei den Bucklins war fast so deprimierend wie beim ersten Mal. Sie hatten Terrence neben Julia und dem Baby in Brooklyn begraben, wie Tom von Patricia erfuhr. Das Begräbnis hatte ihr letztes Geld aufgezehrt, sie mussten sogar ein Darlehen aufnehmen, aber sie wollten unbedingt dafür sorgen, dass Terrence bei seiner Frau und seinem Kind ruhen konnte.
»Eine Sache war komisch«, sagte Patricia. »Als wir von der Beerdigung zurückkamen, hätte ich schwören können, dass Terrences Bild nicht mehr genau am alten Platz stand.« Tom machte große Augen, und sie merkte seine Skepsis. »Es stimmt, wirklich«, sagte sie mit fester Stimme. »Es war, als wollte uns Terry ein Zeichen geben.« Wehmütig betrachtete sie die Ferrotypie auf dem Schrank.
Auch Tom sah auf das Bild. »Gab es sonst noch etwas, das nicht mehr auf dem alten Platz war, als Sie zurückkamen?«
»Überhaupt nichts. Es ist ein Zeichen. Jetzt ist er bei den Engeln, er hat seinen Frieden gefunden. Es ist ein Trost, dass wir das wissen.«
Tom schwieg. Er glaubte nicht an Zeichen.
Mike habe alles sehr zu schaffen gemacht. Patricia erzählte Braddock, dass Mike die ganze Nacht weggeblieben sei, nachdem sie ihm vom Tod seines Vaters erzählt hatten. Jetzt sei er wilder geworden ... misstrauisch, wie ein Hund, der zu oft Schläge bekommen hat. Er habe viel geweint, aber ihr und ihrem Mann sei es auch nicht anders ergangen. Um über die Runden zu kommen, habe sie mit Heimarbeit begonnen, als Näherin und auch als Spitzenklöpplerin. Spitzenklöppeln habe sie in Irland gelernt und seitdem immer wieder etwas Geld damit verdient. Jetzt bringe es ihnen wenigstens etwas zu essen auf den Tisch. Eamon war noch dünner und grauer geworden, dem Tod einen Schritt näher gekommen. Dem, was er Tom schon beim letzten Besuch erzählt hatte, konnte er nichts mehr hinzufügen, auch fehlte ihm der Atem zum Reden. Mikey sei die meiste Zeit mit seinen Kumpeln unterwegs. Tom holte den kleinen Messing-

schlüssel hervor, den er damals beim Gerichtsmediziner in die Tasche gesteckt hatte.
»Haben Sie diesen Schlüssel schon einmal gesehen, Mrs. Bucklin?«
Patricia nahm ihn in die Hand und drehte ihn hin und her. »Ich glaube nicht, Tom. Er sieht ein bisschen aus wie der Schlüssel zu einem alten Kästchen, das einmal Terry gehörte. Aber ich glaube, das Kästchen ist damals beim Brand verloren gegangen. Ich habe es seit Jahren nicht mehr gesehen.«
Tom nahm den Schlüssel wieder an sich. Er überlegte, wie er seine nächste Frage formulieren sollte, und sagte schließlich: »Können Sie sich denken, weshalb dieser Schlüssel in Terrences Magen war? Man hat ihn dort gefunden.«
Sie erschrak. »In seinem Magen? Mein Gott, nein! Wie kommt denn ein Schlüssel in Terrys Magen?«
Tom betrachtete nachdenklich den kleinen Messinggegenstand in seiner Hand. »Genau das möchte ich auch wissen.«
Es war schon halb sechs, als Tom erschöpft die Stufen zur Straße hinunterging. Er sehnte sich nach einem ruhigen Tisch bei McSorley. Ein oder zwei Glas Bier, ein paar Crackers mit Zwiebeln und Senf und das Alleinsein unter Menschen – das könnte er jetzt brauchen.
Als Braddock aus dem Mietshaus kam, erhob sich Watkins von seinem Platz. Ihm zitterten die Hände, während er die Zeitung zusammenlegte und unter den Arm steckte. Wie angewurzelt blieb er eine Weile stehen.
Tom ging in südlicher Richtung die Suffolk Street hinunter; er bewegte sich langsam und dachte noch langsamer. Die Geräusche der Straße nahm er kaum zur Kenntnis. Gesprächsfetzen in verschiedenen Sprachen – Irisch, Italienisch, Englisch mit fremdem Akzent und noch andere Sprachen, die er nicht bestimmen konnte – zogen an ihm vorbei. Er hätte nicht sagen können, wie oft ihm der Name Mikey ans Ohr gedrungen war, ohne dass es ihm bewusst wurde. Plötzlich aber hörte er es und drehte sich

nach dem Jungen um, der vom gegenüberliegenden Gehsteig aus rief.
»Mikey! Komm doch, Mikey! Schick dich, sonst verpasst du das Beste.«
»Bin schon da, Smokes. Reg dich ab!«
Tom drehte sich um und sah, wie Mike zwischen den Fuhrwerken über die Straße flitzte. Er eilte ihm nach.
»Mike! Hey, Mike!«
Der Junge wandte sich um, und seine Augen verengten sich. Seine Freunde blieben in einiger Entfernung stehen.
»Hallo, Mike, kennst du mich noch?«
Mike sah aus wie ein Hase, der den Fuchs wittert. Er wich ein wenig zurück und war drauf und dran wegzurennen.
Tom respektierte den Abstand. »Mike, ich bin doch Detective Braddock. Ich war vorige Woche bei deinen Großeltern.«
Mikes Augen verrieten, dass er Tom erkannt hatte, aber die Wachsamkeit blieb.
»Was wollen Sie von mir? Ich habe nichts getan.« Mike warf einen kurzen Blick auf seine Freunde.
»Das weiß ich. Ich wollte nur wissen, wie es bei euch zu Hause geht.«
Eigentlich mochte Mike diesen Detective Braddock, aber das durfte er seinen Freunden nicht zeigen – Braddock war schließlich ein Cop. Auch war er sich nicht sicher, ob er ihm trauen durfte; Braddock war zwar bei seinem letzten Besuch nett zu ihm gewesen, aber das war kein Beweis. »Das juckt Sie doch nicht, wie es uns geht. Sie kennen ja meine Familie gar nicht.«
Darauf war Tom nicht gefasst gewesen. Er suchte nach einer Antwort. Unbewusst griff er in die Tasche und befühlte den kleinen Schlüssel. »Nun … das stimmt schon, Mike, ich kenne sie nicht gut, aber …« Wie konnte er diesem Jungen begreiflich machen, wie er sich fühlte, wenn er in der dunklen Küche der Großmutter saß und Gott dafür dankte, dass nicht er derjenige war, dessen Lebenslicht am Verlöschen war? Wie Terrences Bild

ihn anstarrte und ihm zurief, einem gefallenen Kameraden beizustehen? Würde dieses Kind so etwas verstehen? Er bezweifelte es. Trotzdem, er musste irgendetwas sagen. »Also ... erstens ... dein Vater und ich haben im Krieg auf der gleichen Seite gekämpft. Ich habe ihn ... nun, ich habe ihn damals nicht gekannt, aber ich kannte seine Einheit, und ich kannte einige seiner Kameraden.« Tom befingerte den Schlüssel in seiner Tasche, als ob er ihm Glück bringen könnte. Er behielt ihn in der Hand.

»Das hat nichts zu bedeuten.«

Das Kind hatte recht. Es hatte wirklich nichts zu bedeuten.

Was wollte er diesem Jungen klar machen? Er wusste es nicht genau. Gefühle ließen sich nur schwer in Worte fassen. Die meisten Worte, die er fand, schienen nicht die richtigen zu sein. Tom blickte in Mikes Augen, die ihm von Schmerz und Verlust erzählten. Das Misstrauen, das in ihnen lag, war vor einer Woche noch nicht da gewesen. Mike war nicht mehr der gleiche kleine Junge.

»Vielleicht hast du recht. Vielleicht bedeutet es dir nichts, aber mir bedeutet es etwas. Wenn du im Krieg gewesen wärest wie ich und dein Dad, dann würdest du es verstehen.« Das war noch lange nicht alles, aber mehr würde Mike nicht begreifen können. In seinen wachsamen Augen sah Tom ein unruhiges Flackern.

»Vielleicht sagen Sie das nur so. Woher soll ich denn wissen, dass Sie nicht lügen?«

Tom war etwas verunsichert, aber er musste sich eingestehen, dass der Junge nicht ganz unrecht hatte. »Du hast recht. Du kannst es nicht sicher wissen. Du musst mir entweder vertrauen oder eben nicht. Das liegt an dir.« Tom fing an, den kleinen Schlüssel in die Luft zu werfen und wieder aufzufangen, wie man es manchmal mit einer Münze tut. Es war eine unbewusste Handlung, eine Methode, die Spannung zu verringern, die Hände zu beschäftigen.

»Komm schon, Mike«, sagte einer seiner Freunde. »Wir brauchen hier keine Cops. Der da hat deinem Vater auch nichts genützt.«

Mikes Gesicht verfinsterte sich. »Gehen Sie weg, Mr. Braddock. Wir wollen Sie hier nicht. Sie konnten nichts dagegen tun, dass einer meinem Vater den Schädel eingeschlagen hat, und mir können Sie auch nicht helfen.« Mike drehte sich um und rannte mit seinen Freunden davon. Tom sah ihnen nach. Eine große Traurigkeit befiel ihn. Er musste an seinen Bruder Billy denken, der von einem Fieber hinweggerafft wurde, als Tom dreizehn Jahre alt war. Was er in Mike sah, das war Billy, und es tat ihm unvorstellbar weh, dass der Junge vor ihm davonlief. Er überlegte sich, was er sagen könnte, um ihn zurückzuholen. Er wusste, dass es Mike nicht so gemeint hatte. Er hatte die Qual in seiner Stimme gehört. Einen Moment lang wollte er hinter ihm herrennen, aber er hielt sich zurück. Das würde mehr schaden als nützen. Wie angewurzelt stand er da, während um ihn herum das Leben auf der Straße brodelte. Dann wandte er sich um, langsam und nachdenklich. Mike hatte etwas gesagt, das ihm dauernd durch den Kopf ging. Irgendetwas war da gewesen, irgendetwas Wichtiges. Ein anderer hatte schon ähnliche Worte gebraucht, aber er wusste nicht mehr, wer es gewesen war oder was er gesagt hatte. Er verwünschte seinen schwindligen Kopf, der immer noch pochte. Eigentlich müsste er darauf kommen. Tom befingerte den glatten Messingschlüssel und drehte ihn in der Hand hin und her. Es würde ihm schon einfallen. Langsam ging er weiter.

Von einem Eisenwarenladen aus, zwischen den Töpfen und Pfannen in der Auslage, spähte Watkins Tom nach. Er hatte sich dort im Laden versteckt, als Braddock das Haus verließ. Der Junge war schuld daran, dass er nichts unternommen hatte, sagte er sich. Der Junge war im Weg gewesen. Er musste einfach auf eine bessere Gelegenheit warten. Als Braddock um die Straßenecke bog, verließ Watkins das Geschäft. »So habe ich wenigstens

Zeit, mir einen besseren Plan zurechtzulegen«, sagte er mit einem Achselzucken, dann ging er in die entgegengesetzte Richtung davon. Ein misstrauisches Augenpaar unter einer zerknitterten Hutkrempe beobachtete Watkins genau, als der verschwand. Doch der Mann machte keine Anstalten, ihm zu folgen. Stattdessen ging er Braddock hinterher.

12. Kapitel

Gestatten, ich war ein Rebell,
Ich schlug mich tapfer und keck.
Auch jetzt fall ich nicht auf die Knie
Und bitte, dass man mir verzeih.

Maurice Thompson

Eigentlich hatte Mike nicht mit den anderen weglaufen wollen. Andererseits hatte Smokes recht: Wenn sich Detective Braddock so viele Gedanken machte, warum war sein Vater dann nicht mehr am Leben? So ganz sicher war er sich nicht, aber was sollte er jetzt überhaupt noch glauben? Eigentlich wollte Mike Mr. Braddock vertrauen. Er schien nett zu sein. Aber seit dem Tag in Brooklyn, an dem er zusehen musste, wie der Sarg seines Vaters in jenes dunkle Loch hinuntergelassen wurde, traute er niemandem mehr, abgesehen von Grandma und Gramps.

Außerhalb der Familie war Harlan, der Cop, der in seiner Nachbarschaft auf Streife ging, der einzige Erwachsene, der ihm halbwegs vertrauenswürdig erschien. Das Problem war nur, dass Harlan ihm, Mike, nicht über den Weg traute. Harlan traute, soweit Mike wusste, überhaupt niemandem über den Weg. Er verbrachte die meiste Zeit damit, die Kinder fortzujagen, ihnen die Köpfe aneinander zu schlagen und kleine Kuverts einzusammeln. Er sagte sich, selbst wenn er aufs Revier ginge, in das Gebäude, aus dem in der Frühe alle Cops herauskamen, würden sie ihn nur auslachen. Er kannte ja niemanden. Sie würden über ihre Schnurrbärte auf ihn hinunterschauen, ihre Backen aufblähen und wichtig tun, und sie würden lachen. Schließlich war er nur ein Kind. Er traute den Cops nicht, und die Cops trauten Kindern wie ihm auch nicht. Er könnte es versuchen. Aber wenn die bösen Männer ihre Ohren in seiner Nachbarschaft hatten, dann hatten sie sie vielleicht auch im Polizeigebäude. Grandma konnte er nichts davon erzählen. Was könnte sie schon tun? Sie könnte sich gegen die bösen Männer nicht wehren, schon gar nicht gegen den, der ihm bei den Latrinen aufgelauert hatte. Sie war alt und geriet außer Atem, wenn sie bloß die Treppe hinaufstieg. Wenn die bösen Männer es sogar fertig brachten, seinen Da umzubringen, würde es ihnen bei ihr leicht fallen. Er wollte auf keinen Fall, dass auch sie in dem dunklen Loch in Brooklyn verschwand. Außerdem musste sie für Gramps sorgen. Blieb nur noch Mr. Braddock. Er schien in Ordnung zu sein, und er war richtig nett gewesen, als er das erste Mal zu ihnen kam. Er hatte seinen Großeltern nichts von den Kartoffeln gesagt, und er hatte ihm sogar seine Pistole gezeigt. Trotzdem konnte Mike kaum glauben, dass Mr. Braddock wirklich etwas an ihm oder an seiner Familie lag. Aber warum war er noch einmal wiedergekommen? Die Geschichte von seinem Da und dem Krieg – stimmte sie wirklich, oder gab es einen anderen Grund? Ein wenig tat es ihm leid, dass er sich gegenüber Mr. Braddock so schlecht benommen hatte, aber seine Bande durfte doch nicht sehen, wie er sich mit einem Cop einließ. Vielleicht sollte er einfach Grandma fragen. Vielleicht wusste sie Bescheid. Vielleicht genügte es, wenn er nur mit Grandma sprach. Sie könnte ihm sagen, ob Mr. Braddock vertrauenswürdig war. Aber er musste trotzdem aufpassen. Seine Großmutter durfte das Geheimnis nicht erfahren.

Er wollte auf keinen Fall selbst in dem dunklen Loch in Brooklyn verschwinden.

»Grandma«, sagte er am Abend, »ich habe heute diesen Cop auf der Straße getroffen. Er wollte mit mir reden. Kann ich das, mit ihm sprechen?«
»Du meinst Detective Braddock, der Mann, der wegen deines Da hier war?« Seine Großmutter sah auf von der Näharbeit. »Natürlich, Mike. Der Detective ist ein guter Mensch, soweit ich es beurteilen kann. Er will uns nur helfen. Hast du mit ihm gesprochen?«
»Nein, nicht viel. Meine Freunde waren auch dabei, und ...« Mike zögerte.
»Ich verstehe. Es sollte niemand sehen, wie du dich mit einem Polizisten anfreundest, stimmt's?« Patricia lächelte ihn an.
»Ja, so ungefähr.«
»Du kannst dich ruhig mit Mr. Braddock unterhalten. Das musst du selber entscheiden, du brauchst dir von deinen Freunden nicht reinreden zu lassen.«
»Ja, ich werde es versuchen. Glaubst du, er wird den Mann finden, der Da umgebracht hat?«, fragte Mike hoffnungsvoll. Er würde so gern sehen, wie der große Detective mit einem bösen Mann mit geschwärztem Gesicht fertig wurde.
»Ich weiß es nicht, Mikey. Aber ich bin mir sicher, er wird sein Bestes tun, und mehr können wir nicht verlangen.«
»Hoffentlich. Ich habe Angst gehabt, dass diese Männer mich auch umbringen.« Es war ihm herausgeplatzt, bevor er es wusste.
»Um Gottes willen, Mike! Wie kommst du darauf? Niemand wird dir etwas antun, nicht, solange ich noch am Leben bin.«
Mike war sich nicht so sicher.

Tom betrachtete den nassen Mörtel. Beim Trocknen würde er schrumpfen und dort, wo das Einschussloch war, ein Grübchen bilden. Er würde noch eine Schicht auftragen müssen, aber erst morgen, wenn die erste Schicht trocken geworden war. Während er sein Werkzeug reinigte, dachte er wieder über die Bucklins nach. Man musste kein Hellseher sein, um zu erkennen, dass ihnen bald wieder ein Begräbnis ins Haus stand. Eamon hatte nicht mehr viel Zeit. Seit dem Tod seines Sohnes in der vergangenen Woche war er um Jahre gealtert. Tom fragte sich, wie lange sie noch durchhalten könnten, wenn außer den Einkünften durch Patricias Näharbeiten kein Geld mehr ins Haus kam. Es brachte ihr wahrscheinlich nicht mehr als einen Dollar am Tag ein. Tom fragte sich auch, wie viel Mike von der prekären Lage begriff – wahrscheinlich mehr, als Tom sich vorstellen konnte. Mike verbrachte offenbar viel Zeit mit seiner kleinen Jungenbande. Tom hatte gesehen, was aus den Kindern wurde, die auf der Straße lebten: Sie übernachteten in Hauseingängen, sie wühlten im Abfall nach allerlei Nützlichem, und wenn sie die Gelegenheit hatten, verkauften sie sich selbst. Mike stand schon mit einem Fuß auf diesem Weg. Er musste mit dem Jungen reden, wenn er allein war, nicht unter dem Einfluss seiner Freunde stand. Vielleicht könnte er auf diese Weise sein Vertrauen gewinnen.

Dann kamen ihm Zweifel. Warum machte er sich so viele Gedanken über Mikey? Er war zwar ein netter kleiner Kerl, aber Tom war nicht für ihn verantwortlich. Er hatte Mrs. Bucklin lediglich seine Hilfe versprochen, falls es eines Tages nötig sein sollte, aber nichts, was darüber hinausging. Falls es so weit käme, wäre es am besten, Mikey einen Platz in einem guten Waisenhaus zu besorgen. Wenn er jetzt darüber nachdachte, hatte er keine genaue Vorstellung davon, was er tun könnte. Das war es eben: Er hatte, ohne nachzudenken, seine Hilfe versprochen. Aber während er den nassen Mörtel von der Kelle wusch, blickte er in sich und wurde sich der Gefühle gewahr, die er für den Jungen hegte. Gefühle – vielleicht war dieses Wort zu hoch gegriffen, aber es war schon mehr als nur ein Versprechen gegenüber einer besorgten Großmutter. Billy war damals in Mikes

Alter gewesen, als ihn der Scharlach wegraffte. Es war im Vorfrühling gewesen, sie hatten draußen gespielt, als es plötzlich kalt wurde und ein Eisregen vom Himmel herunterprasselte. Er und Billy hatten sich nirgendwo untergestellt und waren völlig durchnässt worden. Als sie schließlich, blau und vor Kälte zitternd, nach Hause kamen, hatte sie ihre Mutter gescholten: »Ihr zwei Lausbuben, ihr werdet euch den Tod holen!« Billy hatte sich tatsächlich den Tod geholt, und Tom hatte nie aufgehört, sich Vorwürfe zu machen. Er war schließlich der Ältere gewesen. Er hätte sich damals um einen Unterschlupf kümmern sollen. Jetzt, als Erwachsener, wusste er, dass diese Selbstvorwürfe nicht gerechtfertigt waren, aber das Kind in ihm wurde die Erinnerung daran nicht los. War das der Grund?, fragte er sich. Er versuchte dieses Gefühl zu fassen, festzuhalten, in ein Einmachglas zu stecken, damit er es von allen Seiten betrachten konnte. Aber Gefühle lassen sich nicht zähmen, und sein Gefühl huschte davon wie ein Fisch im eiskalten Bach. Doch er konnte ihn sehen, wenn auch nicht mit Händen fassen; er erkannte diesen Fisch. Tom stand reglos da, und das Wasser tropfte von der Kelle auf den Küchenboden.

Er legte das Werkzeug wieder in den Eimer. Tom war noch nie ein geschickter Handwerker gewesen, und der Eimer genügte ihm als Ersatz für eine Werkzeugkiste. Er stellte ihn hinten in den Schrank, der im Flur stand, zu den Winterstiefeln und zu der Fahne, die er immer am vierten Juli hervorholte. Als er die Tür zumachen wollte, fiel sein Blick auf den Hammer, der aus dem Eimer ragte. Ein Lichtstrahl drang in den Schrank bis zur Rückwand, fiel auf den rostigen, blaugrauen Eisenkopf und verwandelte die Farbe in das Gold des Sommerweizens. Tom starrte darauf und umklammerte den Türknauf. »Watkins! Du Hundesohn!«

Er hatte gewusst, dass es ihm einfallen würde. Den ganzen Abend lang, während er bei McSorley saß, und auch später noch zu Hause, während er die Wand verputzte, hatte er immer

wieder daran gedacht. Wie oft hatte er an diesem Abend den Hammer gesehen? Die ganze Zeit ragte er direkt vor seiner Nase aus dem Eimer, aber er hatte ihn nicht zur Kenntnis genommen. Er schüttelte den Kopf. Jetzt erinnerte er sich wieder genau: Watkins hatte so etwas gesagt wie: »Ich hatte überhaupt keinen Grund, ihm den Kopf einzuschlagen.« Aber in dem Augenblick, als er das hörte, war Tom abgelenkt worden. Er hatte Emily auf der Brücke gesehen und alles andere vergessen. Seine Gedanken waren woanders gewesen, sonst wäre ihm sicher aufgefallen, dass er Watkins gar nicht erzählt hatte, auf welche Weise Bucklin getötet worden war.
»Hundesohn!«, wiederholte er leise. Idiotisch, dass er nicht früher daran gedacht hatte. »Das soll dir eine Lehre sein, Grant.« Der Kater sah ihn mit seinen gelben Telleraugen an. »Wenn du mit dem Pullermann denkst, versagt dein Hirn.« Grant schlenderte auf ihn zu und strich ihm um die Beine. »Aber wahrscheinlich brauchst du dir keine Sorgen zu machen. Du hast sowieso nicht allzu viel zwischen den Ohren.« Tom kraulte Grant den Kopf. »Morgen muss ich Mr. Watkins einen Besuch abstatten. Könnte interessant werden. Sag einmal, Grant, alter Freund, wie hießen bloß die anderen beiden, die im Krieg in Watkins' Einheit waren? Edmons oder Ebins oder so etwas Ähnliches, und Lebeau, glaube ich. Morgen muss ich meine Notizen durchgehen. Es ist schon ein komischer Zufall, dass die aus der gleichen Einheit kommen.«

Emily hatte den kleinen Buchhalter im Brückenbüro noch nie gemocht. Er war nun schon so lange dort beschäftigt, dass sie gar nicht mehr wusste, wann er angefangen hatte. Vom ersten Tag an war er ihr unsympathisch gewesen, ohne dass sie hätte sagen können, warum. Die wenigen Male, als sie sich unterhalten hatten, war er höflich, fast übertrieben höflich gewesen. Der Akzent und das Benehmen dieses Gentlemans aus den Südstaaten, seine gewählte Ausdrucksweise und offenkundige Bildung, alles das machte ihn zu einem interessanten Gesprächspartner. Aber irgendwie war er ihr unheimlich. Wie an einem offenen Fenster in einer Januarnacht lief es ihr in seiner Gegenwart eiskalt den Rücken hinunter. Dieses Eis konnte auch das zuvorkommende Auftreten des Südstaatlers nicht zum Schmelzen bringen. Vielleicht, dachte sie, hatte es etwas mit seinen Augen zu tun. Wenn die Augen das Fenster zur Seele waren, dann war dieser kleine Schreiber so seelenlos wie eine Maschine. In diese Augen sah sie nicht gern. Jetzt spürte sie Bartholomew Jacobs' unbewegliche schwarze Pupillen, die aus einer anderen Ecke des Raumes auf sie gerichtet waren, während sie sich mit Martin und Hildenbrand, dem Leiter der technischen Zeichner, unterhielt. Diese Blicke, die er über den Rand seiner Nickelbrille auf sie richtete, bohrten sich in sie hinein. Emily unterdrückte ein Schaudern.

»Und übrigens, Charles«, sagte sie zu Martin, »falls Sie diesen Detective wiedersehen, leisten Sie ihm bitte jede mögliche Unterstützung. Ich habe mit Washington darüber gesprochen. Auch er hält Braddocks Befürchtungen für weit hergeholt, aber er meint, wir sollen ihm für seine Untersuchungen so viel Freiraum wie möglich lassen.«

Martin nickte zustimmend. »Ach ja, der gute Detective Braddock. Ich habe ihn seit letzter Woche nicht mehr gesehen, aber falls er hier auftaucht, werde ich mich selbstverständlich entgegenkommend zeigen«, sagte er mit künstlichem Lächeln.

Hildenbrand sah ihn fragend an. »Wer ist Braddock? Was gibt es denn mit der Brücke? Hätte man mich nicht informieren sollen?«

Martin klärte Hildenbrand über Braddock und dessen Verdacht auf, fügte aber hinzu, dass man dem wenig Glauben schenke.

»Ich halte es in der Tat für das Beste, solches Gerede auf ein Minimum zu beschränken. Man weiß ja, wie schnell solche Gerüchte außer Kontrolle geraten.«

»Auch Wash hat sich wegen der Gerüchte Sorgen gemacht. Er

möchte auf keinen Fall, dass es zu einem Skandal kommt«, fügte Emily mit gesenkter Stimme hinzu.
»Das ist verständlich. Wir haben in den letzten Jahren genug Skandale erlebt«, sagte Martin.
»Genau. Also, falls Sie den Detective wiedersehen, bitten Sie ihn, zuallererst uns zu informieren, wenn er etwas herausfindet.« Emily hob den Zeigefinger, um ihre Anweisung zu unterstreichen. »Wash hat das besonders betont. Er ist sehr darauf bedacht, dass wir die Neuigkeiten nicht erst aus der Morgenzeitung erfahren, und das zu Recht.«
»Sie können sich auf mich verlassen, Emily.«
»Ich weiß, ich kann mich auf Sie beide verlassen, meine Herren.« Emily verabschiedete sich von Hildenbrand, der im Büro zurückblieb, und ging mit Charles zum kleinen Kraftwerk hinunter, um die Vorbereitungen für die Beleuchtung zu begutachten. Weasels Augen folgten ihr beim Hinausgehen. Vielleicht war es ganz gut, dass sie das nicht sah.
Ein paar Minuten später stand Emily vor der Tür des kleinen Kraftwerks. Erstaunlich, was die U.S. Illuminating Company entwickelt hatte, um Strom für die Beleuchtung der Brücke zu erzeugen. Noch vor zwei Jahren hatte sie so gut wie nichts über die Elektrizität gewusst, geschweige denn über Kraftwerke, Turbinen und Ähnliches. Aber sie hatte dazugelernt. Es war auch notwendig. Immer noch fand sie die riesigen Räder, die Transmissionsriemen und die ozongeschwängerte Atmosphäre ein wenig einschüchternd. Durch das Fenster betrachtete sie eine der Fähren, die über den East River tuckerte und den Schaum mit ihrem stumpfen Bug in die Höhe warf. Plötzlich erstand wieder das Bild vor ihr, wie damals der alte John Roebling die künftige Brückenbaustelle erkundet hatte. Er hatte auf den Bohlen der Fulton-Ferry-Rampe gestanden, als eine Fähre anlegte. Dabei war sein Fuß zwischen den Bohlen und Planken des Landestegs und dem Bug der Fähre eingequetscht worden. Der sture alte Deutsche, dessen Stiefel voller Blut und zerschmetter-

ter Knochenteile war, hatte erst aufgehört, seine Befehle zu erteilen und die Maße zu diktieren, als er in Ohnmacht fiel. Diese Sturheit kostete ihn etwas später das Leben, als er darauf bestand, sich mit Hydrotherapie selbst zu kurieren. Der Wundstarrkrampf machte das Sterben zur Qual.

Weshalb musste sie ausgerechnet hier im Kraftwerk an John Roeblings Tod denken? Das wusste sie selbst nicht. Noch heute sah sie vor sich die gespenstisch lächelnde Grimasse, die sein Gesicht schon vorher zu einer Totenmaske geformt hatte. Die Gesichtsmuskeln und nach und nach auch der restliche Körper waren von schrecklichen Zuckungen gepackt worden und schließlich zu Stein erstarrt, als die Infektion ihre tödliche Wirkung entfaltete. Die Ärzte waren ratlos. Emily war sogar dabei gewesen, und doch wusste sie, dass sie sich nur zum Teil die Qualen vorstellen konnte. Wash hatte daraufhin im Alter von zweiunddreißig Jahren die Leitung der Baustelle übernommen. So schnell, wie sie gekommen war, verging die Erinnerung an den Tod ihres Schwiegervaters wieder. Ein kalter Schauer durchfuhr sie, und sie schüttelte sich innerlich, um das Gespenst loszuwerden. Aus Angst vor der Wiederkehr der Vision lenkte sie ihre Gedanken auf Braddock. Mindestens vier Tage waren vergangen, seit Emily dem Detective begegnet war, und unwillkürlich fragte sie sich, was er wohl mache. Emily war täglich mehrere Male an der Brücke gewesen und hatte beiläufig nach ihm Ausschau gehalten. Um die Wahrheit zu sagen, hatte sie in den letzten Tagen mehr Zeit als bisher an der Baustelle verbracht. Sie log sich vor, dass es Wash nicht aufgefallen war, und musste sich ihre Enttäuschung über Toms Ausbleiben doch eingestehen. Sie hatte gedacht, er sei ebenso hingerissen von ihr wie sie von ihm, und seine Abwesenheit dämpfte ihre Tagträume ein wenig. Es war einfach angenehm, dass ihr jemand so viel Aufmerksamkeit schenkte und so mit ihr redete, wie er es getan hatte. Emily gefiel es, sie wollte mehr davon, auch wenn es zwecklos war. Sie wollte ihn zumindest als Freund betrachten.

Müde ging sie zu ihrer Kutsche zurück. Der Ablauf der Eröffnungsfeierlichkeiten musste bald endgültig festgelegt werden. Bis dahin blieben ihnen nur noch zwei Monate, und es gab tausenderlei zu erledigen. Aber jetzt war sie müde. Die Pläne mussten eben noch warten.

Später an jenem Abend berichtete Jacobs den um den großen Tisch bei Sangree & Co Versammelten, was er im Büro mitgehört hatte.

»Also hegt nach deinem Eindruck dieser Detective irgendeinen Verdacht, den er Mrs. Roebling und C. C. Martin mitteilte?«, fragte der Captain.

»Ganz bestimmt. Ich habe ganz deutlich gehört, wie sie darüber sprachen, und ich hörte die Wörter ›ominös‹, ›Skandal‹ und ›Auseinandersetzungen‹.«

»Das könnte alles Mögliche bedeuten. Es muss nicht heißen, dass sie von unserem Vorhaben etwas ahnen«, bemerkte Lincoln.

»Das nicht«, räumte Jacobs ein, »zumindest nicht, soweit ich es gehört habe. Aber wir wären gut beraten, auf das Schlimmste gefasst zu sein. Wir wissen, dass sich Braddock mit Mrs. Roebling und Martin getroffen hat. Wir wissen, aus welchem Grund er sich bei der Brücke umgesehen hat.« Dabei sah er Watkins und Lebeau an. Watkins' Adamsapfel fing zu zittern an, Lebeau zeigte sein übliches Pokergesicht.

»Egal, was ihn misstrauisch gemacht hat, er muss es ernst genommen haben, sonst hätte er denen nichts gesagt.« Der Captain blickte Lebeau an. »Hat dieser Cop einen Grund anzunehmen, dass Bucklins Tod mit einer weitergehenden Verschwörung zusammenhängt?«

»Captain, wir haben keine Ahnung, was er sich denkt«, warf Pat Sullivan ein. »Ich glaube, wir sollten uns lieber nicht mit Vermutungen abgeben. Er kann unmöglich etwas wissen. Stimmt's, Earl?« Er sah Earl erwartungsvoll an.

»Falls du mich damit fragen willst, ob ich Spuren hinterlassen

habe, dann ist die Antwort nein«, sagte Earl. »Ich habe ganz bestimmt nichts liegen lassen, was einen Verdacht auf uns lenken könnte. Wenn es anders wäre, hätte er mich von Anfang an in die Zange genommen.«
»Ja«, sagte Lincoln. »Dieser Cop hat nichts in der Hand als Vermutungen. Er hätte uns längst ausgequetscht, wenn er wirklich etwas wüsste.«
»Gar nichts weiß er! Ausgeschlossen! Nicht einmal Bucklin wusste etwas Genaues. Auch wenn mir das Bier ein bisschen die Zunge gelöst hat, er hat nie Einzelheiten erfahren.« Watkins log lauthals. Tatsächlich hatte er keine Erinnerung, wie viel er damals von ihren Plänen ausplaudert hatte. Nach dem achten Pint hatte er zu zählen aufgehört. Er wusste noch, wie er sich gebrüstet hatte, dass sie Züge zum Entgleisen gebracht hatten, aber seine Äußerungen über die Brücke waren im Alkoholnebel untergegangen.
»Watkins, du musst schon entschuldigen, aber deine Worte haben mich nicht beruhigt.« Der Captain räusperte sich und presste die Lippen zusammen.
Watkins nahm Sangrees scharfen Ton zur Kenntnis und spürte, dass ihm allmählich die Zeit entglitt. Er musste schnell handeln, wenn er am Leben bleiben wollte.
Die Unterhaltung drehte sich jetzt um Braddock. Wie viel wusste er wohl, und wo hatte er seine Weisheit her? Earl war sich sicher, dass es nicht Mike war, der ihn auf die Spur gebracht hatte.
»Wenn der Junge etwas gewusst hätte, hätte er bestimmt ausgepackt«, sagte Earl mit Bestimmtheit. »Er hatte solche Angst, er hat sich fast in die Hosen gemacht.«
Eines stand fest: Braddock wusste viel zu wenig, um handeln zu können. Trotzdem blieb die Frage, was mit ihm geschehen sollte.
»Kaltmachen.« Watkins blickte erwartungsvoll in die Runde.
Jacobs räusperte sich in seiner wichtigtuerischen Art und sagte gedehnt: »Vielleicht erinnert ihr euch daran, dass ich schon bei unserem vorletzten Treffen dafür plädierte.«

»Kein Problem«, sagte Lebeau. »Diesen Braddock können wir genauso leicht umlegen wie jeden anderen. Es wäre für mich nicht das erste Mal, und ich habe keine Angst, wenn ich es noch einmal machen muss.« Lebeau glaubte an seine Fähigkeiten als Killer. Für ihn war Braddock nichts als eine Zielscheibe; er musste nur ins Schwarze treffen.

»Es genügt nicht«, meinte Sullivan, »den Mann einfach umzubringen. Wir dachten damals, unsere Probleme wären gelöst, wenn wir Bucklin um die Ecke bringen. Aber es hat uns nur noch mehr Probleme eingebracht. Ich bin der Meinung, wir müssen uns das gründlich überlegen – es entweder ganz richtig machen oder bleiben lassen.«

»Das würde ich auch sagen«, sagte Matt. »Es geht hier um einen Detective der New York City Police. Ich glaube nicht, dass sie sich freuen, wenn einer der Ihren umgebracht wird. Das wäre ein Stich ins Hornissennest.« Einige nickten zustimmend. »Wir wissen nicht einmal sicher, ob es uns etwas bringt, wenn wir ihn umlegen. Vielleicht hat er schon einen Bericht abgeliefert, an einen Captain oder einen Polizeichef oder sonst jemanden. Wer weiß, mit wem er sonst über seine Vermutungen gesprochen hat? Wenn wir diesen Mann kaltmachen, könnte der Schuss nach hinten losgehen. Er braucht ja nur einem einzigen anderen Cop von seinen Recherchen zu erzählen. Wenn man Braddocks Leiche findet, dann schwirren die Cops hier herum wie die Fliegen um einen krepierten Hund.«

Der Captain, mit müdem Gesicht, schaute in die Runde. »Meine Herren! Wir haben noch viele andere Dinge zu besprechen, nicht nur das, was wir mit diesem verdammten Detective anfangen sollen. Mir macht es nichts aus, ihn umbringen zu lassen, aber bevor wir handeln, müssen wir Gewissheit haben, dass er auch wirklich auf uns zielt. Ohne diese Gewissheit darf nichts geschehen«, sagte der Captain mit Nachdruck. »Und wir selbst dürfen ihn nicht umbringen«, fügte er mit grimmigem Lächeln hinzu.

Jacobs und Lebeau waren sichtlich enttäuscht. Jacobs nahm

seine Brille ab und putzte die Gläser umständlich mit einem Taschentuch. Lebeau zuckte mit den Achseln.
»Wir lassen das von jemand anderem erledigen«, sagte Sangree. Als er das hörte, blickte Jacobs hoch, dann setzte er die Brille wieder auf die Nase. Seine kleinen schwarzen Augen spähten über den oberen Rand. Ein Raubtierlächeln erschien auf den dünnen Lippen.
»Ich hätte da jemanden, der uns zur Not helfen könnte«, sagte Sangree mit zufriedenem Grinsen. Die anderen nickten.
»Einer von uns muss trotzdem dabei sein«, bemerkte Jacobs ungerührt. »Erstens müssen wir sicher sein, dass dieser Mistkerl den Wölfen zum Fraß vorgeworfen wird, und zweitens müssen wir bereit sein, einzugreifen und ihm den Rest zu geben, wenn uns der Ausgang ungewiss erscheint.« Natürlich meinte Weasel Jacobs sich selbst. Ihm würde es überhaupt nichts ausmachen, diesem verdammten Detective das Messer in die Brust zu stoßen. Im Gegensatz zu der winselnden Clora Devine wäre das einmal eine echte Herausforderung.
Nachdenklich rieb sich der Captain das Kinn. »Meinetwegen«, sagte er langsam. »Es muss einer von uns sein, den er noch nicht gesehen hat. Es darf nicht sein, dass er einen von uns erkennt, bevor die Falle zuschnappt.«
Jacobs' zustimmendes Nicken war nur gespielt. Ihm war es scheißegal, ob er erkannt würde oder nicht. Er konnte, wenn es darauf ankam, unauffällig sein wie ein Priester im Beichtstuhl, und er würde nur zu gern ein Risiko eingehen, wenn man ihm die Chance gab, Blut fließen zu lassen.
»Dann verlasse ich mich auf dich, Bart … vorausgesetzt, dass dich Braddock nicht sieht, bevor wir die Operation starten.«
Jacobs grinste nur.
»Gut, Captain, aber wie sieht der Plan aus? Ich meine, wir müssen das alles ganz genau durchdenken«, sagte Matt.
Thaddeus faltete die Hände unter dem Kinn und lächelte kalt. »Durchdenken, ja, aber das kriegen wir schon hin. Ich stelle es

mir so vor.« Der Captain breitete vor ihnen den Plan in allen Einzelheiten aus: wie sie handeln sollten, wenn Braddock wieder auf der Baustelle erschien, was sie sagen und was sie verschweigen sollten, was sie tun sollten, wenn sie merkten, dass er für einen von ihnen besonderes Interesse zeigte.

Thaddeus sagte: »Wir werden ihm nur eine Stunde voraushaben, also dürfen wir keine Fehler machen. Du, Matt, du und Lebeau, ihr werdet morgen die Stellung halten. Braddock hat sich damals am meisten für dich interessiert, Watkins, also nimmst du dir morgen frei. Noch Fragen?«

Thaddeus sah sie alle der Reihe nach an, dann wandte er sich wieder Watkins zu: »Und du, Watkins, hör mir jetzt gut zu. Morgen bleibst du auch nicht zu Hause, und halte dich von deinen Stammlokalen fern! Hast du verstanden, Soldat?« Thaddeus drohte mit dem Finger.

Watkins nickte. Mit einigem Glück konnte er Braddock ausfindig machen und alles ins Reine bringen. Morgen wäre ein guter Tag dafür.

Captain Sangree fasste ihn ins Auge. Watkins hatte sich im Lauf der Jahre bis zu einem gewissen Grad durchaus als nützlich erwiesen, aber eigentlich steckte in diesem Männerkörper der Verstand eines Zwölfjährigen. Möglicherweise war Watkins nicht aus Überzeugung bei der Stange geblieben, sondern nur, weil er nicht wusste, was er sonst tun sollte. Er war faul, dumm und gefährlich, wie seine besoffenen Enthüllungen gegenüber Bucklin gezeigt hatten. Obwohl er auf seine Art der Sache treu geblieben war und sich bei Schlägereien Lorbeeren verdient hatte, war sein Nutzen unter den gegenwärtigen Umständen sehr beschränkt. Watkins war entbehrlich. Thaddeus hätte nichts dagegen, ihn zu verlieren, er würde ihn ohne Bedenken für einen nützlichen Zweck opfern. Watkins war das pure Gegenteil von seinem Bruder Franklin, ein Lehmklumpen im Vergleich zu diesem strahlenden Diamanten. Eine Lücke in der Front sollte man mit Lehm auffüllen, die Diamanten für die wichtigen Aufgaben aufsparen, um Dinge schneiden zu können, die ansonsten nicht geschnitten werden konnten. Aber in Gettysburg war alles anders ausgegangen. Der Diamant lag im Grab, unter der Erde, und der Lehmklumpen saß da vor ihm, mit glanzlosen Augen und schlecht rasiert. Captain Sangree seufzte. »Aber jetzt machen wir weiter. Wir sind spät dran, und ich muss noch einiges erledigen.«

Tom sah den Polizeiwagen vor dem Hauptquartier stehen, als er auf das Gebäude zuging. Diese Wagen – schwarze Kisten auf Rädern mit einer einzigen Tür auf der Rückseite – wurden zum Transport von Verhafteten verwendet. Jeden Morgen sammelten sie die am Vortag Festgenommenen bei den einzelnen Revieren ein und brachten sie zu den Tombs, dem städtischen Gefängnis von New York, wo sie dem Haftrichter vorgeführt wurden und auf die Anklageerhebung warteten. Bevor die Gefangenen zu den Tombs geschafft wurden, mussten sie sich zu Byrnes' morgendlicher Truppenschau aufstellen. Die Tatsache, dass diese Männer und Frauen noch keines Verbrechens überführt worden waren, schien niemanden zu stören.
Tom ging ins Gebäude und winkte dem Sergeant zu, der auf einem Podium an seinem Schreibtisch saß. Er stürmte die Treppe in den ersten Stock hinauf. Dann schritt er den holzgetäfelten Gang entlang, vorbei an den Büros der verschiedenen Superintendents, deren hohe Eichentüren nach Einfluss und Bedeutung rochen. Am Ende des Gangs bog er nach links ab zu der neuen Abteilung der Detectives. Als er in den Mannschaftsraum trat, wurde er von den Anwesenden mit überwältigender Herzlichkeit empfangen. Schulterklopfen, kräftiges Händeschütteln, Zurufe wie »Hallo, Tommy!«, »Schön, dass du wieder da bist!«, »Du hast Mumm!« – anscheinend gab es hier keine Geheimnisse. Jede Hoffnung, er könnte eine Erkrankung vortäuschen, war verflogen. Chowder Kelly schob sich durch die kleine Versammlung zu ihm vor und klopfte ihm mit seiner dicken Hand

auf die Schulter. »Schön, dass du wieder da bist, Thomas! Die Straßen der Stadt waren in Aufruhr, weil deine mäßigende Hand fehlte. Wir waren kaum in der Lage, der überschäumenden Verbrechen und Gesetzesverstöße Herr zu werden.«
Tom lachte ungläubig. »Wirklich? Ich hätte mir gedacht, eure starken Hände würden genügen, den Deckel zuzuhalten.«
»Wir geben uns Mühe, Tommy, aber die Schleusen haben sich geöffnet, und die kriminellen Elemente stellen uns auf die Probe, ob wir in der Lage sind, die Flut einzudämmen. Vorige Woche zum Beispiel fanden wir Venkman – du kennst ihn doch, Tommy? Wir fanden den Dutchman zusammengeschlagen und mit einem Loch im Bauch – der Täter war ein gewisser Finney. Und stell dir vor, auch Finney war mausetot! Du hast den ganzen Spaß verpasst.« Chowder blinzelte penetrant. »Wo du doch in dieser Zeit krank warst.«
»So sieht's aus. Ich erinnere mich, glaube ich, an Venkman: ein großer dummer Niederländer mit einem langen Vorstrafenregister?« Tom ging auf das Spiel ein.
»Sehr dumm und ellenlang. Das stimmt. Niemand hier betrauert sein Dahinscheiden; auch nicht den Abgang von Finney.« Die anderen Kollegen stimmten zu.
»Finney? Den kenne ich nicht.« Tom kratzte sich den Kopf und sah zur Decke hinauf. »Ich hab irgendetwas davon in der Zeitung gelesen, während ich krank war.«
Chowder zwinkerte. »Das kann ich mir denken.«
»Detective Braddock!« Die Stimme des Chefs der Kriminalpolizei dröhnte über ihren Köpfen.
»Jawohl, Sir!« Tom gab sofort Antwort.
»Kommen Sie in mein Büro!«, rief ihm Byrnes dröhnend zu.
Die kleine Gruppe schmolz schneller zusammen als der Aprilschnee. Tom wechselte einen Blick mit Chowder und zuckte die Schultern.
»Schön, Sie wieder hier zu sehen, Thomas«, sagte Byrnes und machte die Tür hinter ihm zu. Der Leiter der Kriminalpolizei

hatte einen großen Büroraum mit hoher Decke; an dem Milchglasfenster der Tür standen sein Name und sein Rang. »Wie geht es Ihnen?«, fragte Byrnes und musterte Tom eingehend.
»Sehr gut, Sir. Bereit, den Dienst wieder anzutreten.« Es stimmte zwar nicht ganz, kam aber der Wahrheit nahe. Die Nähte schmerzten und eiterten noch, und seine Hand war noch nicht auf ihre normale Größe zurückgegangen. Auch spürte er noch einen leichten Schwindel, wenn er sich zu schnell aus dem Stuhl erhob – aber irgendwie ging es.
»Hervorragend, hervorragend«, sagte Byrnes und spazierte um seinen Schreibtisch herum. Der Raum roch stark nach Byrnes' Lieblingszigarren. An den Wänden hing eine endlose Reihe von Fotografien, die Byrnes zusammen mit Politikern, Beamten und Größen aus der Geschäftswelt und der Stadtverwaltung zeigten; auf einem Bild war er sogar mit J. P. Morgan höchstpersönlich zu sehen. Alle schienen entzückt, sich in der Gesellschaft des großen Chefs der Kriminalabteilung zu befinden.
»Wir müssen auf unsere Gesundheit aufpassen, wissen Sie. Frische Luft, gesunde Nahrung, stramme körperliche Übungen, das ist mein Rezept für eine gute körperliche Verfassung. Würden Sie dem auch zustimmen?« Byrnes klopfte sich an die Brust.
»Das würde ich, Sir. Aber ich bin wieder fast tipptopp«, sagte Tom, ohne daran zu glauben.
»Großartig, großartig.« Byrnes verschränkte die Hände hinter dem Rücken und schaukelte auf den Fersen hin und her. »Übrigens waren heute früh im Polizeitransport ein paar Männer, die Sie vielleicht kennen.«
Tom wurde sofort misstrauisch. »Wirklich?«
»Ja, das glaube ich schon. Ich habe diese Burschen lange nicht mehr hier gesehen. Eigentlich gehören sie auch gar nicht hierher, hat man mir gesagt.« Byrnes' Hals platzte beinahe aus dem gestärkten Kragen, als er sich zum Tisch hinunterbeugte und einen Blick auf einige Papiere warf. Er war ein großes, rotgesichtiges Walross in einem zu eng sitzenden Anzug, der sich um die Mitte

kaum zuknöpfen ließ, aber er war auch energisch, wenn es darum ging, das Gesetz – wie er es auslegte – anzuwenden. Auch wusste er so gut wie alle anderen in der Abteilung, was sonst noch nebenher lief.

»Ich würde sie mir gerne anschauen«, sagte Tom mit ausdrucksloser Stimme.

»Wissen Sie, Coogan hat sie hierher gebracht. Ein guter Mann, dieser Coogan, wenn auch manchmal übereifrig. Vielleicht auch ein wenig zu sehr besorgt um das, was ihm seiner Meinung nach zusteht. Wie dem auch sei«, durch seine buschigen Brauen musterte Byrnes Tom aufmerksam, und sein Schnurrbart balancierte auf seiner geschürzten Oberlippe, »vielleicht erledigen Sie das besser persönlich, Detective. Ich möchte nicht, dass Spannungen zwischen den Abteilungen entstehen.« Byrnes wandte sich um und schaute zum Fenster hinaus; die Hände hielt er immer noch hinter dem breiten Rücken verschränkt. »Wir haben in dieser Stadt genug andere Probleme, Thomas. Wir wollen nicht, dass uns Coogan dazwischenpfuscht. Wahrscheinlich ist es seine Überreaktion auf die Finney-Geschichte.« Byrnes' Worte prallten vom Fensterglas zurück und trafen Tom wie ein Messer mitten in die Eingeweide. Toms Nähte fingen an zu jucken.

»Ich werde mich darum kümmern, Sir.«

»Ein Mann, ein Wort«, sagte Byrnes aufmunternd. »Sie können gehen«, fügte er hinzu, ohne sich umzudrehen, was ihn nicht daran hinderte, Toms Abgang im Fensterglas zu verfolgen.

Tom schloss die Tür zu Byrnes' Büro hinter sich zu. Niedergeschlagen blickte er hinunter auf die abgetretenen Ahorndielen, während er durch den Mannschaftsraum auf seinen Schreibtisch zuschritt. Eigentlich hätte er sich am liebsten die Verhafteten gleich angesehen, aber er hielt es für vernünftiger, noch zu warten. Er würde bald genug erfahren, um wen es sich handelte; trotzdem nagte die Neugier an ihm wie eine Made. Toms Stimmung stand ihm offenbar ins Gesicht geschrieben, denn Chowder trat sofort an seinen Schreibtisch.

»Was gibt's denn, Tommy? Du siehst geknickt aus. Hat dir Byrnes die Hölle heiß gemacht?«
»Nein, Byrnes ist in Ordnung. Er hat mir einen Wink gegeben. Ich bin nur noch nicht sicher, was ich damit anfangen soll.«
»Na ja, alles wird zur gegebenen Zeit offenbart werden. Das sagen die Priester schon seit Jahrhunderten. Jedes Mal, wenn sie nicht kapieren, warum Gott das tut, was er gerade tut, reden sie diesen Blödsinn daher: ›Es ist Gottes Wille‹ oder ›Die Wege des Herrn sind unerforschlich‹ oder, mein Lieblingsspruch: ›Gott hat einen höheren Plan.‹« Chowders Mund verzog sich zu einem bitteren Lächeln. »Damit drücken sie nur aus, dass sie keinen Schimmer haben, und geben gleichzeitig vor, Gottes Plan zu kennen. Also mach dir keine Sorgen, wenn du nicht weißt, was du tun sollst. Wenn's darauf ankommt, weiß es eh keiner.«
»Sehr tiefsinnig. Wir müssen uns unbedingt einmal über philosophische Probleme unterhalten«, sagte Braddock sarkastisch.
In diesem Augenblick trat Byrnes aus seinem Büro, und die Mannschaft versammelte sich zur Anwesenheitskontrolle und zum morgendlichen Befehlsempfang. Eine halbe Stunde später gingen alle gemeinsam hinunter zu den Zellen, wo die »Truppenschau« stattfand. Eigentlich hätte es sich gehört, dass Tom zumindest im Voraus informiert wurde, bevor Coogan seine Schützlinge verhaftete; wahrscheinlich wollte sich Coogan für Venkman und Finney rächen. Später würde er ihn aufsuchen müssen, um die Sache zu bereinigen.
Und in der Tat, als die »bösen Buben« vorgeführt wurden, sah Tom zwei seiner Schützlinge unter ihnen. Der eine betrieb ein kleines Bordell. Der andere besaß eine Kneipe mit den üblichen fragwürdigen Nebengeschäften. Das waren kleine Fische. Trotzdem würde ihre Verhaftung Tom um dreißig bis vierzig Dollar monatlich bringen – das Doppelte des durchschnittlichen Wochenlohns eines Arbeiters. Für Tom hielt sich der Verlust in Grenzen, aber wehtat es ihm trotzdem.
»Verdammter Coogan«, brummte Tom vor sich hin. Immerhin

konnte er noch auf diskrete Weise dazu beitragen, dass sie frühzeitig freigelassen würden; es hing davon ab, vor welchem Richter sie sich präsentieren mussten. Die beiden sahen Tom feindselig an. Das konnte er auch verstehen. Erst gestern Nachmittag hatte er ihr Bier getrunken und ihr Geld genommen.

»Und Coffin ist auch so ein Scheißkerl!«

Chowder stieß ihn an. »Bist du so wütend, Tommy?«, flüsterte er ihm zu, während sich Byrnes über Verbrecher und Verbrechen ausließ.

»Hm. Hab ich laut gesprochen?«, fragte Tom etwas verschämt und sah in die Runde.

»Ein bisschen sehr laut. Was hat dich so auf die Palme gebracht?«

»Ach, nichts, Chowder. Ich ärgere mich bloß. Bis heute Abend werde ich alles bereinigt haben.«

Chowder wandte sich wieder Byrnes zu, um Aufmerksamkeit zu heucheln, und murmelte aus dem Mundwinkel: »Das will ich auch hoffen, Thomas.«

Als Erster sah ihn Earl Lebeau. Braddock ging ziemlich schnell. Wie ein Raubtier drehte er seinen Kopf suchend hin und her; selbst aus der Ferne sahen seine Augen hell und wachsam aus. Earl pfiff durch die Zähne, und auch Matt Emmons wurde auf Braddock aufmerksam, der gerade die Brückenauffahrt neben dem Terminal heraufkam.

»Er sieht ziemlich geladen aus, Earl. Anscheinend sucht er jemanden«, bemerkte Matt und bemühte sich, Toms Aufmerksamkeit nicht auf sich zu lenken. »Bleib bei der Arbeit, Earl. Lass ihn ruhig zu uns kommen.« Er senkte den Kopf. Earl grunzte nur und nahm die Maurerkelle wieder zur Hand. Matt trat einen Schritt zu Earl hin. Aus dem Augenwinkel sah er Braddock näher kommen. Tom schritt direkt auf ihn und Earl zu. Erst als er ganz in ihrer Nähe war, stand Matt auf und warf einen kurzen Blick auf ihn.

»Morgen, Jungs«, sagte Braddock, aber diesmal klang der Gruß nicht allzu freundlich.
»Morgen.«
»Ich suche Watkins. Wo könnte er sein?«, fragte Braddock schroff.
»Heute haben Sie Pech, Detective«, sagte Earl lakonisch. »Watkins ist nicht zur Arbeit erschienen. Was ist an ihm so interessant?«
Braddock ignorierte die Frage. »Wo könnte ich ihn finden?« Er zwang sich, Geduld zu zeigen.
»Da müssen Sie sich im Brückenbüro erkundigen«, sagte Matt und zuckte mit den Schultern. »Watkins ist vor kurzem umgezogen. Ich weiß die Adresse nicht genau. Vielleicht weiß man im Büro Bescheid. Fragen Sie nach Jacobs, er wird Ihnen weiterhelfen.«
»Gut. Nachher muss ich auch noch mit euch beiden reden. Bleibt hier in der Nähe; ich habe keine Lust, euch lange zu suchen«, sagte Tom mit Bestimmtheit. Er hatte zwar keinen Grund, die Männer zu verdächtigen, aber sie waren immerhin mit Watkins befreundet, und ihn verdächtigte Tom auf jeden Fall.
»Sie wissen, wo wir zu finden sind«, sagte Matt, wobei er Toms Tonfall nachahmte.
Braddock musterte Emmons eindringlich und überlegte, was die Antwort und der Tonfall zu bedeuten hatten. »Das weiß ich«, sagte er schließlich. »Übrigens, seid ihr beide Rechts- oder Linkshänder?«

Matt und Earl schauten Tom nach, als er auf den Brückenturm zuging. »Es hätte gar nicht besser laufen können. Wieso sucht er eigentlich Watkins?«, sagte Earl und kratzte sich den Kopf. Sie hatten Glück, dass sich Braddock auf Watkins konzentrierte. Der Plan des Captains war also doch nicht so schlecht, und es war mehr als ein Glücksfall, dass Watkins sich freigenommen hatte.

»Was zum Teufel hat er mit seiner Frage gemeint?« Matt war ratlos. Sie waren ja beide Rechtshänder.
»Egal. Wir werden ihn sowieso nicht mehr wiedersehen.« Matts Tonfall drückte seine Befriedigung aus. Beide feixten.
Als Braddock den New Yorker Brückenturm passierte, sagte Earl: »Ich gehe jetzt. Kannst du dir etwas einfallen lassen, falls Hightower nach mir fragt?« Er machte sich auf den Weg, um das Räderwerk in Bewegung zu setzen.
Tom blickte hinüber zu der Reihe der Villen auf den Columbia Heights. Seltsamerweise empfand er diesen Blick von hier oben ähnlich wie Emily. Eben noch, nach seinem Gespräch mit Earl und Matt, hatte er nichts anderes im Sinn gehabt, als Watkins ausfindig zu machen. Da er sich ohnehin schon auf der Auffahrt befand, schien es ihm vernünftig, den direkten Weg nach Brooklyn fortzusetzen. Der Umweg über die Fähre hätte ihn zwanzig Minuten gekostet, und er wollte keine Zeit vergeuden. Als die Brücke vor ihm lag, die über dem Fluss zu schweben schien, fühlte sich Tom in eine andere Welt versetzt. Die brodelnde Stadt hinter ihm wirkte plötzlich klein und unscheinbar. Alles war klein, alles, bis auf die hoch aufragenden Türme. Mit offenem Mund starrte er zu den gotischen Bögen hinauf. Es drängte ihn, die Hände auf die Steine zu legen. Es waren nur Steine, aber er wollte sie berühren. Er spürte das Gewicht, die Spannung und die Harmonie der Brücke. Überrascht, wie dick es war, griff er nach einem der Kabel. Von unten sahen sie wie ein dünnes Netzwerk aus, aber schon dieses eine allein, steif, geflochten und gespannt, füllte seine ganze Hand aus. Das Geflecht aus Stahldrähten, eine metallische, zitternde Blutbahn, vibrierte fast unmerklich, als würde es von Schwingungen durchströmt. Er lächelte.
Mit bewusster Anstrengung schüttelte Tom den Zauber von sich ab. Er hatte eine Aufgabe zu erfüllen, und die Besichtigung von Sehenswürdigkeiten kam darin nicht vor. Trotzdem musste er noch einen Blick auf die Kabel werfen. Er sah hinauf zu den

Taklern, die die teergetränkten Taue um Hänge- und Schrägseile wickelten. Erst jetzt wurde ihm bewusst, wie viel Mut dazu gehörte, dort zu arbeiten. Patrick Sullivan sah auf den Fremden hinunter, schmunzelte und winkte ihm zu. Auch Braddock lächelte und winkte.

Toms Gedanken kehrten zu Emily zurück; er staunte, dass diese Frau imstande war, so ein Wunderwerk bis zu seiner Vollendung zu begleiten. Er selbst wäre nicht dazu fähig gewesen, das wusste er. Er versuchte sich vorzustellen, wie es wäre, wenn er sich als blutiger Anfänger technisches Wissen aneignen müsste: die Mathematik, die genauen Berechnungen, das technische Zeichnen. Wie lange würde er wohl brauchen, um das zu erlernen, was sie inzwischen wusste, wie lange, bis er in der Lage wäre, Seite an Seite mit den Ingenieuren zu arbeiten? Er sah sie wieder vor sich beim Mittagessen im Astor House und konnte sich nicht vorstellen, wie sie es fertig gebracht hatte. Es gab Stimmen, die behaupteten, dass sie der eigentliche Ingenieur der Brooklyn Bridge sei. Als er über die Brücke ging, wollte ihm nicht in den Kopf, dass diese Behauptung der Wahrheit entsprechen könnte.

Als er schließlich im Brückenbüro eintraf, war er heiterer gestimmt, aber nicht weniger entschlossen. Er trieb Jacobs auf, stellte sich kurz vor und fragte ihn, ob er Watkins' Adresse habe. Bart Jacobs spähte über seine Brillengläser und fixierte Braddock mit seinen kleinen dunklen Augen. »Hat dieser Watkins etwa Schwierigkeiten mit der Polizei bekommen, Detective Braddock?« Weasel spielte die Rolle des zuverlässigen Bürovorstehers ganz hervorragend.

»Wir wollen ihn verhören«, sagte Tom nur.

»Also besteht gegen ihn ein Verdacht? Und um was für ein Verbrechen geht es denn, wenn ich fragen darf?«, bohrte Jacobs weiter. Er wollte so viel wie möglich in Erfahrung bringen, bevor er Braddock in sein Verderben schickte.

»Mord, Mr. Jacobs. Vielleicht erinnern Sie sich, dass einer der

Arbeiter, ein gewisser Terrence Bucklin, seit einer Woche nicht mehr zur Arbeit erschienen ist.«
»Ja, das stimmt.« Jacobs deutete mit dem Bleistift auf Braddock. »Früher kam so etwas öfter vor, als die Caissons hinuntergelassen wurden. Wir konnten die Abwesenden kaum noch registrieren. Heutzutage ist es anders. Ja, Bucklin wurde tatsächlich vermisst.«
Tom nickte nur. »Man fand seine Leiche. Watkins könnte etwas darüber wissen.«
»Entsetzlich!«, sagte Jacobs und hielt erschrocken die Hand vor den Mund. »Wir werden Ihnen selbstverständlich jegliche Hilfe zuteil werden lassen, Sir. Ich muss nur die Adresse suchen. Watkins ist, soweit ich weiß, kürzlich umgezogen«, sagte er und blätterte in einem Heft.
Ein widerlicher kleiner Mann, dachte sich Tom, obwohl er den Grund seiner Abneigung nicht hätte nennen können.
»Ja, da hab ich's. Cherry Street 39. Keine gute Adresse. Eine passende Behausung für einen unappetitlichen Typ«, sagte Jacobs mit süßlichem Lächeln.
»Ja. Passen Sie auf … Wenn Sie Watkins sehen sollten, dürfen Sie ihm keinesfalls sagen, dass ich hier war. Haben Sie mich verstanden? Und versuchen Sie nicht selbst, ihn zurückzuhalten; er könnte bewaffnet sein. Schicken Sie einfach nach mir. Hier ist meine Karte.« Tom reichte sie ihm hin.
»Sie können sich auf mich verlassen, Detective.« Jacobs musterte die Karte und steckte sie dann in die Westentasche. »Um Gottes willen, ich habe bestimmt nicht die Absicht, einen Mörder festzuhalten, auf keinen Fall! Ich kenne meine Grenzen. Leider ist mein Bleistift meine einzige Waffe, Detective. Ich bin kein gewalttätiger Mensch, wissen Sie.«
Braddock nickte und lächelte gönnerhaft. Der Buchhalter sah wahrlich nicht aus wie ein »gewalttätiger Mensch«, wie er sich ausdrückte – aber seine Augen wirkten seltsam. Braddock verwarf diesen Gedanken und reichte Jacobs die Hand. Die Finger

des anderen fühlten sich an wie ein Bündel Stahldraht. Tom staunte über diese Kraft.

»Auf Wiedersehen, Mr. Braddock.« Jacobs' Mund verzog sich zu einem unterwürfigen Lächeln. Seine Zähne waren auch nicht gerade die besten, stellte Tom fest.

Die Adresse, die Tom von Jacobs erhalten hatte, war in der Tat unappetitlich. Es war sogar eine der berüchtigtsten Mietskasernen der Stadt. Sie hieß Gotham Court, wurde 1850 als Musterwohnanlage errichtet und bald zu einem der schlimmsten Beispiele dieser Bauweise. Die Hausnummern 37 und 39 bestanden aus zwei Reihen rückseitig aneinander grenzender Häuser, die fünf Stockwerke hoch waren und 234 Fuß in der Länge und 34 Fuß in der Tiefe maßen. Schmale Gässchen, die entlang den Häusern verliefen, führten zu den Eingängen. Fast 500 Menschen wohnten in diesen Gebäuden; es gab kein fließendes Wasser, keine Beleuchtung, kaum eine Lüftung, keine Toiletten, keine Kanalisation, und die Müllabfuhr kam nur selten vorbei. Die Rate der Kindersterblichkeit gehörte zu den höchsten der Stadt. Die Cops legten Wert darauf, nicht ohne Begleitung dorthin zu gehen. Es war einfach zu gefährlich.

Tom verzichtete auf ein Verhör von Matt und Earl. Da er vorher getrödelt hatte, wollte er nicht noch mehr Zeit verschwenden. Trotzdem machte er, als er von der Brücke kam, einen Umweg über das zweite Revier. Obwohl er wusste, dass die Cherry Street zum Bereich des vierten Reviers gehörte, wollte er nicht in der dortigen Polizeistation um Rückendeckung bitten. Das vierte war Coogans Revier, und dort kannte er niemanden, dem er vertrauen wollte.

Im zweiten Revier fragte Braddock nach Sam. Der Dienst habende Sergeant am Eingang sagte ihm, Sam sei auf Streife, und konnte ziemlich genau beschreiben, wo er sich gerade aufhielt. Schon aus der Ferne roch Tom die Suppe, und als er das Lokal betrat, sah er Sam an einem kleinen Tisch sitzen, wo er sein Chowder schlürfte.

»Hey, Sam, wie geht's?«, sagte Tom und ließ sich in einen knarzenden Stuhl fallen.
»Hmm. Heißer Chowder. Magst du auch was?«
Tom sah auf seine Taschenuhr. »Gern. Es wird heute meine letzte Gelegenheit sein.«
»Was gibt's? Du siehst schon besser aus.« Sam musterte ihn.
»Ja, mir geht's jetzt wieder gut. Pass auf, ich muss zum Gotham Court. Ich brauche Rückendeckung.«
Sam sah ihn interessiert an. »Hinter wem bist du her?«
»Bucklins Mörder.«
Sams Löffel verharrte mitten zwischen Schüssel und Mund. »Was? Da würde ich dich gern begleiten.« Er seufzte. »Aber ich muss noch einiges aufarbeiten. Der Captain setzt mir zu. Berichte und dieser Scheiß. Du kennst das ja.«
Tom zuckte die Achseln. »Wie steht's mit Jaffey?«
Sam lachte. »Reicht es dir nicht, dass du ihn fast erschossen hättest? Und jetzt willst du ihm schon wieder ein bisschen Action zumuten?«
»So ähnlich«, sagte Tom etwas verschämt. »Du hast also von unserem kleinen Missverständnis gehört. Es macht ihm nicht so viel aus, ein bisschen angeschossen zu werden. Davon abgesehen, hast du mir selbst gesagt, dass er in Ordnung ist.«
»Ich glaube schon, dass er es packt«, sagte Sam nach kurzer Überlegung. »Klar, nimm ihn nur mit. Die Erfahrung wird ihm gut tun. Nach dem Essen machen wir uns auf die Suche nach ihm. Im Augenblick ist er auf Streife.«

Nach einem dampfenden Teller voll Chowder, etwas Brot und einem guten Gespräch machten sie sich auf den Weg in Jaffeys Revier. Sie kamen vorbei an Fuhrwerken, die in Reihen vor den Lagerhäusern und Docks standen, an riesigen Zugpferden, die mit zottigen Hufen auf das Kopfsteinpflaster stampften, und an fluchenden Kutschern, ständig begleitet vom Lärm des geschäftigen Treibens.

»Also hast du das mit Coffin ins Reine gebracht?«, fragte Sam beiläufig.
Tom gab ihm keine direkte Antwort. Stattdessen sagte er: »Coogan hat gestern zwei meiner Schützlinge verhaftet. Heute früh habe ich sie bei der Truppenschau vorgefunden.« Er sah Sam an. »Byrnes hat das gemerkt. Er will, dass ich mit Coogan darüber rede ... die Geschichte bereinige.«
»Und du glaubst also, dass Coffin dahintersteckt.« Sam stellte damit keine Frage. »Diese Scheißrazzien gehen entschieden zu weit – anscheinend wollen Coffins Leute gar nicht mehr damit aufhören. Wahrscheinlich wollen sie Druck auf dich ausüben. So wie ich Coffin kenne, würde ich an deiner Stelle dem Druck nachgeben.«
»Ich habe dir ja gesagt, es ist erst der Anfang«, sagte Tom grimmig. Er musste an seinen Handschlag mit Coffin denken.
»Soweit ich weiß, habe ich dir nicht widersprochen«, sagte Sam.
Jaffey, den sie bald darauf trafen, war gern bereit, Tom zu begleiten – es war immerhin interessanter als die Regelung des Verkehrs. Sam versprach, Jaffeys Abwesenheit zu decken. Gemeinsam stiegen Tom und Jaffey in die El am Franklin Square, fuhren die zwei Haltestellen bis an ihr Ziel, und nach zehn Minuten standen sie in der Nähe der Cherry Street.
»Warte mal.« Tom hob die Hand, um sich Jaffeys Aufmerksamkeit zu vergewissern. »Hier in der Gegend muss man damit rechnen, dass man von hinten angegriffen wird. Deswegen will ich, dass du hinter mir hergehst«, sagte Tom. »Nicht zu nahe. Gib mir etwas Spielraum, etwa einen halben Häuserblock. Wenn wir ins Haus gehen, schließ zu mir auf. Kapiert? Und pass auch auf deinen eigenen Rücken auf.«
Jaffey nickte und schluckte. Er wirkte nervös. Eigentlich nicht schlecht, dachte sich Tom.
»Also, bleib auf der Hut. Diese Gegend ist auch bei Tag ein gefährliches Pflaster. Es könnte sein, dass Watkins unser Mann ist, und es könnte sein, dass er nicht allein ist, also mach dich aufs

Schlimmste gefasst. Wenn sich jemand einmischt, Knüppel drauf und dranbleiben.«

Tom wollte schon losgehen, als ihm noch etwas einfiel. »Ja … und falls es zu einem Menschenauflauf kommt, machen wir uns sofort aus dem Staub. Zu einer Massenschlägerei kommt es hier schnell, also nicht trödeln, wenn es gefährlich aussieht.«

Jaffey sah noch ernster drein – genau das wollte Tom bewirken.

Gotham Court war ein trauriger Ort. Eine enge, übel riechende Gasse ohne Luft, mit unebenen, glitschigen Pflastersteinen, trennte die beiden Gebäuden voneinander. Verblichene Wäsche hing an Leinen, die zwischen den Häusern gespannt waren, hoch oben, damit sich niemand von unten bedienen konnte. Die Kleidungsstücke hingen schlaff in der reglosen Luft, graues Wasser tropfte auf das Pflaster. Wie die leeren Höhlen eines Totenkopfs sahen verdreckte Fenster auf die Straße herunter, deren Pflastersteine fast ganz vom Pferdemist zugedeckt waren. Die Gosse starrte vor Dreck.

»Bleib einen Augenblick zurück«, sagte Tom. »Ich will mal schauen, wie es weiter hinten aussieht.«

Jaffey lehnte sich gegen eine Mauer und wartete, während er die Straße überquerte und in die Gasse hineinging. Es kam Tom vor, als springe er kopfüber in einen Abwasserkanal, und zunächst hielt er die Luft an, um den Gestank nicht einzuatmen. Als er dann doch Atem schöpfen musste, atmete er nur flach, und aus Furcht vor einer ansteckenden Krankheit spuckte er die Luft sofort wieder aus. Schon allein vom Gestank wurde ihm schwindlig.

Die Gasse kam ihm noch länger vor, als sie tatsächlich war. Das Licht wagte sich nur zaghaft hinein, als könnte der üble Geruch die Sonne verfinstern. Tom glaubte nicht, dass das Pflaster jemals trocknete. Menschen gingen an ihm vorbei. Ihre leeren, ausdruckslosen Augen sahen ihn nicht an. Vornübergebeugt schlurften sie vorüber, als müssten sie sich unter dem Gewicht unsichtbarer Ketten vorankämpfen. Tom unterdrückte ein Schaudern. Je weiter er sich dem hinteren Ende des Gebäudes näherte, desto größer wurden die Abfallhaufen, desto schwerer wurde die Luft. Plötzlich war die Gasse blockiert. Drei Männer waren aus den Schatten, dem Abfall und dem Dreck hervorgetreten. Schweigend bauten sie sich vor ihm auf, feixend zeigten sie die abgebrochenen Zähne ihrer Raubtiergesichter. Die Atmosphäre von Gotham Court war Fleisch geworden. Ein kurzer Blick über die Schulter zeigte Tom eine schwarze Silhouette vor dem grauen Licht am Anfang der Gasse. Auch der Weg zurück war abgeschnitten.

Langsam rückten die drei näher; sie waren sich ihrer Übermacht sicher. Tom hatte schlechte Karten. Wo blieb denn Jaffey bloß? Tom probierte es mit Diplomatie. »Wir wollen keinen Ärger, Jungs. Es geht mir nicht um eure Leute.« Die drei gehörten offenkundig zu den Plug Uglies, einer besonders brutalen Bande, deren Mitglieder sich durch ihre Kopfbedeckung, meistens ein zerknitterter Zylinder, auswiesen, auch wenn einer der drei eine Melone trug. Tom wollte Zeit gewinnen und wich langsam ein paar Schritte zurück. Sich schwach zu stellen konnte nützlich sein.

»Ihr macht mir keine Schwierigkeiten, und ich mach euch auch keine. Ich bin dienstlich hier«, sagte Tom und zeigte seine Marke. »Gegen euch habe ich nichts.« Tom dachte an den Colt, aber sie waren ihm schon so nahe gerückt, dass sie über ihn herfallen würden, bevor er die Pistole aus dem Halfter ziehen könnte. Alle drei trugen Knüppel und vermutlich auch Messer. Tom hielt es für klüger, eine Schlägerei zu riskieren als eine Schießerei. Diese Männer waren Toms Kampftechnik sicher nicht gewachsen, und drei Gegner konnten ihn in der engen Gasse nicht gleichzeitig angreifen. Er streckte die Finger seiner verletzten Hand und wünschte, er hätte seinen Schlagring dabei.

»Wir können dich nicht laufen lassen«, sagte der mit der Melone. »Jeder Cop, der hierher kommt, ist ein toter Mann. Also bist du jetzt tot.«

Tom musste handeln. Mit erhobenen Händen ging er auf sie zu. Ich muss auf ihre Hände achten, sagte er sich. Er verlegte sich aufs Bitten.
»Also bitte, Freunde, das muss wirklich nicht sein.«
Sie grinsten, noch selbstbewusster als zuvor.
Jetzt bin ich nahe genug, dachte Tom, während er demütig die Hände hochhielt. Jetzt! Er kickte mit dem rechten Fuß und erwischte den Mann mit der Melone über der Gürtellinie. Eine meisterhafte Fußtechnik. Master Kwan könnte stolz auf ihn sein. Mister Melone flog nach hinten wie ein Ballon, dem die Luft entweicht. Er verlor die Bodenhaftung, prallte auf einen der anderen und warf ihn gegen die raue Ziegelwand. Der dritte hieb, als wolle er Holz hacken, mit dem Knüppel fast senkrecht auf Tom hinunter. Zum Glück war Tom darauf gefasst. Er trat einen halben Schritt zur Seite, duckte sich, und der Schlag streifte ihn an der erhobenen linken Hand. Die Wunde an seiner Seite platzte auf, und er spürte einen stechenden Schmerz. Mit der vereinten Kraft seiner Beine und seines rechten Arms traf seine Rechte auf das Kinn des dritten Mannes. Toms Handballen fuhr nach oben, klappte den offenen Kiefer des Mannes zu und drückte seinen Kopf nach hinten. In einem erschreckenden Zeitlupentempo sah Braddock ein Stück Zunge in einem rosafarbenen Bogen vorüberfliegen. Auch ein Zahn war dabei, weiß und zackig. Die Gewalt des Schlags kippte den Mann fast kopfüber, und er landete schlaff auf dem Pflaster.
Der zweite Plug Ugly hatte sich inzwischen erholt; sein Hieb kam so schnell, dass ihn Tom fast nicht mehr abwehren konnte. Der Knüppel flog von links in einem Bogen auf Tom zu. Er fing ihn auf, so gut es ging, aber der Knüppel traf seine Wunde, und der Schmerz nahm ihm für einen Moment den Atem. Trotzdem gelang es Tom, den Knüppel mit dem linken Arm aufzuhalten. Er nützte den Schwung des Angreifers aus, warf sich nach links und wirbelte ihn herum. Mit der rechten Hand stieß er den Mann weg, so dass er über sein ausgestrecktes Bein stolperte und

mit dem Kopf voran gegen die Steine flog. Dann verlor Tom selbst das Gleichgewicht und rutschte auf den glitschigen Pflastersteinen aus. Er schlug auf, fluchte und schnappte nach Luft. Laute Schritte kamen durch die Gasse auf ihn zu – die drei kriegten Verstärkung! So schnell er konnte, kam Tom auf die Knie, aber der andere war schon über ihm. Scheiße, schrie sein Hirn. Hinter sich hörte er einen stumpfen Schlag und Stöhnen. Ein wuchtiger Stoß warf ihn auf den Bauch und drückte ihn zu Boden. Über ihm droschen Arme und Beine aufeinander. Tom hörte, wie ein Knüppel auf Knochen traf. Die Wucht der Schläge vibrierte durch seinen Körper. Da er mit dem Gesicht nach unten auf dem Pflaster lag, konnte er nicht sehen, wer da stöhnte. Er hoffte, dass es nicht Jaffey war. Noch ein wuchtiger Schlag, und der Mann war still. Tom wartete ab.

»Braddock! Geht's?«

Tom spürte, wie ein Gewicht von seinem Rücken weggezogen wurde.

»Du hast dir ganz schön Zeit gelassen.« Er hörte einen Seufzer der Erleichterung über sich.

»Gott sei Dank, es geht Ihnen gut.«

»Meinst du. Nur schade um den Anzug«, sagte Tom und kam langsam hoch. »Jesus, ich stinke nach Scheiße!«

»Tut mir leid, Detective«, sagte Jaffey fast händeringend. »Ich bin sofort gerannt, als ich den Typ in die Gasse hineingehen sah.«

Tom stand auf. »Jesus, Sie bluten, Detective«, sagte Jaffey und deutete auf Toms Hemd, auf dem ein großer roter Fleck zu sehen war.

»Erstens, jetzt kannst du ruhig Tom zu mir sagen. Zweitens, du hast alles gut gemacht.« Er sah auf den Blutfleck. »Es brennt nur ein bisschen.« Tom zuckte, als er sein Hemd nach vorn zog, um hineinschauen zu können. »Es wird schon wieder«, sagte er, wenig überzeugt. Er blickte auf den reglosen Körper hinunter, der vorhin auf ihm gelegen hatte, und stieß ihm in den Magen.

Die einzige Reaktion war ein leises Stöhnen. »Der wird schon überleben.«
Tom sah zum Mann mit der Melone hinüber, der sich auf die Knie gedreht hatte und keuchend aufzustehen versuchte. Tom ging zu ihm hin und fragte: »Hat euch jemand dazu angestiftet, oder war es eure eigene Idee?«
Der Mann drehte sein schmerzverzerrtes Gesicht Tom zu und keuchte: »Scher dich zum Teufel, Cop.«
»Aha! Scher dich zum Teufel, sagst du?« Tom holte aus und trat ihn so kräftig ins Hinterteil, dass er den Halt verlor und in einen Abfallhaufen rollte, wo er liegen blieb. »Eine Zeit lang wird er im Stehen scheißen müssen«, brummte Tom.
»Den anderen beiden geht es auch nicht so toll«, meinte Jaffey. Der eine lag auf dem Rücken und streckte alle viere von sich; blutiger Schaum trat ihm bei jedem Atemzug aus dem Mund. Der andere saß auf dem Boden, gegen die Wand gelehnt, und hielt einen Arm über den Kopf. Er sah jung aus, kaum älter als sechzehn, wie Braddock schätzte, und war unter dem Schmutz ganz blass im Gesicht.
Tom und Jaffey wurden aufmerksam auf den Lärm, der vom Ausgang der Gasse zu ihnen drang.
»Scheiße!« Tom spuckte aus. Verärgerung, Angst und Resignation waren in seiner Stimme zu hören. »Höchste Zeit! Wir müssen weg! Bleib mir auf den Fersen, bleib nicht stehen und mach schnell!« Inzwischen hatten sich ein paar Männer und Frauen in der Gasse versammelt. Sie machten nicht den Eindruck, als sei ihnen die Polizei willkommen.
»Die Scheißcops kommen hierher und schlagen anständigen Menschen die Köpfe ein«, sagte jemand.
»Diese Drecksäcke können uns nicht in Ruhe lassen.«
»Wird Zeit, dass wir es ihnen heimzahlen«, bellte eine heisere Frauenstimme.
»Bleib dicht hinter mir«, sagte Tom zu Jaffey. Tom versuchte, einen klaren Blick zu bekommen. Er war immer noch benom-

men, und das Blut lief ihm nun in einem warmen Rinnsal in die Hose hinein und das Bein hinunter. Er biss die Zähne zusammen.

»Schlagt die Scheißcops tot!«, brüllte jemand.

»Los, haut sie zusammen!«, schrien sie alle.

Als sie der Menge näher kamen, die immer größer wurde, beschleunigte Tom seine Schritte. So schnell, dass Jaffey gar nicht alles mitbekam, hatte Toms Faust auf den Anführer der Menge eingeschlagen. Wie ein Sack ging der Mann zu Boden. Ohne zu zögern, ging Tom schweigend weiter, und seine Hände und seine Füße brachen eine Bahn durch die Menge, die plötzlich vor ihnen zusammenschmolz. Jaffey war fast so verblüfft wie die Männer, die jetzt am Boden lagen.

»Komm schon, Jaffey! Wir dürfen hier nicht herumtrödeln«, rief ihm Braddock zu. »Watkins holen wir ein anderes Mal.« Als sie die Straße erreichten, lief Tom auf die Fourth Street zu. Jaffey rannte hinterher, und als er sich einmal umwandte, sah er nur erstaunte, wütende Gesichter. Ein paar Männer folgten ihnen und schrien ihre Wut heraus, aber keiner kam ihnen zu nahe.

Als Braddock und Jaffey aus der Gasse stürzten, lauerte Jacobs in einem Hauseingang. Er lehnte an einem Türpfosten vor einem besonders übel riechenden Schnapsladen. Sobald sie den Krawall gehört hatten, waren die Betrunkenen, stinkend und mit stumpfen Augen, aus dem Laden getorkelt und hatten blinzelnd nach der Quelle des Lärms gesucht. Trotz seiner Verwunderung, als er Braddock nicht nur lebendig wiedersah, sondern auch erleben musste, dass er die Leute wie Kegel umwarf, ließ sich Jacobs nichts anmerken. Er starrte Braddock nur nach und schluckte seinen Ärger hinunter. Das gehört zum Geschäft, sagte er sich. Es würde andere Gelegenheiten geben, diesem lästigen Detective das Fell über die Ohren zu ziehen. Dringender war jetzt das Schicksal der vier Plug Uglies. Gegen Braddock konnte er im Augenblick nicht viel unternehmen, aber bei ihnen sah die

Sache anders aus. Schnell überquerte er die Straße und bahnte sich einen Weg durch die aufgeregten Menschen; die meisten von ihnen waren erst eingetroffen, als sich die Cops schon zurückgezogen hatten. Man schrie und schubste, verfluchte die Cops, einige wollten sogar auf das nächste Polizeirevier losmarschieren, aber dieser Vorschlag fand keine Mehrheit. Kleine Gruppen hatten sich um die Männer geschart, die immer noch am Boden lagen; man rief nach Wasser und forderte die Umstehenden auf zurückzutreten, damit die Verletzten nach Luft schnappen könnten. Jacobs hatte keine Mühe, durch die Menge zu schlüpfen. In der Jackentasche umklammerte er den Griff seines eleganten Stiletts. Schnell bog er um die Ecke in die Gasse hinein. Er wusste, dass ihm nicht viel Zeit blieb, das zu tun, was jetzt notwendig geworden war. Das Klappern seiner Schuhe auf dem schmierigen Pflaster vermischte sich mit den Schreien der aufgebrachten Menge. Im trüben Licht sah er am anderen Ende der Gasse schwarze Schatten, die sich krümmten und stöhnten. Als er näher kam, entpuppten sich die Schatten als vier am Boden liegende Gestalten.

Jetzt musste er schnell und überlegt handeln. Keiner dieser halb krepierten Kerle durfte verhaftet und verhört werden. Die Cops konnten jeden Augenblick wieder auftauchen, und die Männer würden in ihrer jetzigen Verfassung womöglich vor lauter Dummheit etwas ausplaudern. Jacobs zog das Stilett, einen langen, kalten Fangzahn aus glänzendem Stahl, aus der Tasche. In langen Nachtstunden hatte er die Klinge geduldig gewetzt, bis die Ränder scharf wie Rasierklingen waren. Er liebte diese Waffe. Sie war ein so wunderbar unzweideutiges Werkzeug, so effizient, so … herrlich schön.

Als er näher kam, erhob sich ein Mann langsam auf die Hände und Knie. Jacobs langte hinunter, packte das ungewaschene Haar und zog den Kopf nach hinten. Das Stilett glitt so schnell durch die weiche Haut der Kehle, dass Jacobs fast keinen Widerstand spürte, als sich das Fleisch teilte. Schnell schob er den

Kopf von sich, um zu verhindern, dass das herausspritzende Blut seinen Anzug ruinierte. Gleichgültig sah er auf den zweiten hinunter, einen bleichen Jüngling, der zusammengekrümmt an der Wand lag. Sein Kopf war seltsam verrenkt, und er atmete nur flach. Das Messer fuhr blitzschnell in einem Bogen hinunter und vollendete, was Braddock begonnen hatte. Der dritte lag auf dem Rücken, und das Blut schäumte mit jedem Atemzug aus seinem Mund hervor. Jacobs schnitt ihm die Kehle so schnell durch wie den anderen vor ihm. Als seine Klinge das Fleisch teilte, musste er sich eingestehen, dass er für Braddock eine gewisse Bewunderung empfand. Er hatte ganz gute Arbeit geleistet. Das nächste Mal müsste man umsichtiger vorgehen. Jacobs wandte sich dem Letzten zu und freute sich, dass der Mann sich aufgerichtet und an die Wand gelehnt hatte. Entsetzt starrte er auf die drei Leichen, deren Blut sich in roten Fontänen auf die glitschigen Pflastersteine ergoss. Jacobs zögerte nicht. Er trat auf den Mann zu und achtete nicht auf die Hände, die er ängstlich und flehend in die Höhe hielt. Jacobs schwang das Messer wie eine Fliegenklappe und durchschnitt eine Hand. Fasziniert stellte er fest, wie die Finger erschlafften, als die Sehnen durchtrennt wurden. Der Mann heulte auf. Mit dem nächsten Messerhieb brachte ihn Jacobs zum Schweigen. Während er den Hals reckte, um die Menge auf der Straße im Auge zu behalten, wischte er die Klinge an der Weste des Mannes ab. Dann richtete er sich auf und verschwand durch den anderen Ausgang der Gasse. In dreißig Sekunden hatte er alles erledigt. Als er in die Straße einbog, lächelte er einer rattengesichtigen Frau zu, wobei er die Hand an den Hut führte und ihn ins Gesicht zog. Er war sehr mit sich zufrieden.

13. Kapitel

Lasst uns den Fluss überqueren
und im Schatten der Bäume ausruhen.

Stonewall Jackson

Die orangefarbene Sonnenkugel war soeben hinter dem rußigen Horizont verschwunden. Im Westen umrahmte der noch rot glühende Himmel die Silhouette von Manhattan und setzte die Baumspitzen der Palisades in Brand. Die letzten Farben der untergehenden Sonne wurden vom Wasserspiegel des Reservoirs reflektiert. Langsam verlor sich der blutrote Schein des riesigen Sees nach Westen, und die Stadt ergab sich der Dämmerung. Harte Ledersohlen knirschten über den Kies und hallten über das Wasser. Nur wenige Menschen waren noch unterwegs. Der Treffpunkt war gut gewählt. Schließlich durften sie nicht zu oft in Coffins Büro zusammen gesehen werden, auch nicht in ihren Stadtwohnungen. Das hätte verdächtig gewirkt.

»Gestern wollte er mich im Büro aufsuchen – ziemlich spät, so ungefähr um sechs«, sagte Coogan und grinste listig. Er steckte die Hände in die Taschen, weil er fror.

»Und?«

»Ich ließ ihm sagen, dass ich ihn nicht empfangen konnte. Keine Zeit ... er solle sich vorher anmelden.« Beide grinsten.
»Schön. Lass ihn nur schmoren. Wer steht als Nächstes auf der Liste?«, fragte Coffin, der die kleine Verschwörung sichtlich genoss.
»Die Lokale da unten an der Pearl Street und der Beekman Street.«
»Aha«, sagte Coffin schadenfroh. »Morgen früh kümmere ich mich drum. Allmählich wird er es zu spüren kriegen.« Er rieb sich die Hände.
Coogan war weniger zuversichtlich. »Warten wir ab, ob er aufschreit – aber vielleicht ruft er damit auch Byrnes auf den Plan. Bist du darauf gefasst?«
»Das wird nichts ändern«, sagte Coffin und kickte Steinchen ins Wasser, um das Platschen zu sehen. »Ich sorge dafür, dass sich niemand einmischt.«
Es würde nicht so einfach sein, Byrnes aus der Sache herauszuhalten, besonders nicht, wenn es sich um Braddock handelte. Aber Coffin war trotzdem optimistisch.
»Geht denn das?« Coogan war beeindruckt. Byrnes ließ sich nicht so leicht manipulieren.
»Eine Hand wäscht die andere. Byrnes und ich kennen uns schon lange«, sagte Coffin ruhig.
»Ach ... noch etwas, ich hätte es fast vergessen«, sagte Coogan. »Als Tom gestern wieder weggegangen war, schaut mein Sergeant zu mir ins Büro und fragt, ob ich Braddock gerochen habe. Ich sage, nein, ich habe ihn gar nicht gesehen, weil ich keine Zeit hatte, und er sagt, Braddock sah aus, als hätte er sich im Abwasserkanal gewälzt. Er stank zum Himmel.«
»Interessant«, bemerkte Coffin. »Worauf hat sich wohl unser verlorener Sohn jetzt wieder eingelassen?«

»Jum-bo, der E-le-fant! He, Mouse, hast du das gesehen?«, fragte Mike und zeigte auf das große farbige Plakat an der Hauswand.

»Ja, man sieht sie überall«, sagte Mouse. Er fühlte sich überlegen, da er es früher als Mike gesehen hatte. »Gestern war ein Mann hier, der hat sie an die Mauern geklebt. Hast du das nicht mitgekriegt?«

»Smokes«, sagte Mike und wandte sich an den Ältesten der Bande, »du kannst doch gut lesen. Was steht denn sonst noch drauf?« Mike wusste, dass es keinen Zweck hatte, Mouse zu fragen. Mouse konnte kein bisschen besser lesen als er selbst, obwohl er fast ein Jahr älter war.

»Da steht, der Elefant ist ein Dick-häuter – was ist denn das? Und dieser Jumbo ist der größte Dick-häuter auf der ganzen Welt, zumindest steht es auf dem Plakat. Es heißt, er tritt ausschließlich im P.-T.-Barnum-Zirkus auf.«

»Wo ist denn das, Smokes?«, fragte Mike. Das Bild des riesigen Elefanten hatte seine Phantasie beflügelt.

»Hm, schauen wir mal. Es heißt Ma-di-son Square Gar-den«, las Smokes vor. Seine Stimme klang skeptisch.

»Ein Garten? Warum lassen sie diesen Dickhäuter im Garten herumrennen?«, fragte Mike kopfschüttelnd.

»Es ist ein Elefant. Ich weiß nicht, was ein Dickhäuter ist, aber das ist das Bild von einem Elefanten, einem aus dem schwärzesten Afrika.« Mouse musste immer seinen Senf dazugeben.

»Also, es könnte ein Elefant *und* ein Dickhäuter sein … beides. Vielleicht heißt er so auf Afrikanisch. Du weißt schon, wie die jüdischen Leute in der Hester und Delancey Street. Die haben lauter andere Wörter und auch andere Buchstaben.« Smokes und Mouse waren von Mikes Argumentation beeindruckt. »Vielleicht sagen sie dort, wo Jumbo herkommt, ›Dickhäuter‹ zum Elefanten.«

»Aber ich verstehe immer noch nicht, wieso er in einem Garten ist«, sagte Mouse. »Das macht keinen Sinn. Ich geb kein Geld dafür aus, einen Elefanten in einem Garten zu sehen.«

»Du hast ja gar kein Geld, Mouse«, stellte Smokes fest. Das stimmte auch. Keiner von ihnen hatte Geld.

»Also, ich würde es auch nicht dafür ausgeben, wenn ich es hätte«, sagte Mouse empört. »Wie viel verlangen sie dafür, wenn man diesen Elefanten sehen will?«

»Sieht aus wie fünfzig Dollar«, sagte Smokes. Er pfiff ungläubig durch die Zähne.

»Fünfzig Dollar? Dafür könntest du den ganzen Elefanten kaufen. Bist du sicher?«

Smokes sah nochmal hin. Er schob die Zigarette, die er immer hinter seinem linken Ohr trug, in den Mund. Er zündete sie nicht an, das tat er nie. »Vielleicht heißt das fünfzig Cent. Ich bring das immer durcheinander. Das Zeichen für Cent ist ein C mit einem Strich durch, oder?« Er wusste, dass er sich vorhin getäuscht hatte. »Also, dann heißt es fünfzig Cent.«

Mouse war erstaunt. »Das ist viel Geld, wenn man nur einen Dickhäuter in einem Garten sehen will.«

»Ja, aber sie haben auch anderes Zeug«, sagte Smokes und bemühte sich, die übrigen Ankündigungen zu lesen. »Todes-mutige Akro-baten auf dem Tra-tra-pez aus Eur-opa, Clowns, Tanzbären, alles Mögliche.«

Mikes Gesicht hellte sich immer mehr auf, als er das zu hören bekam.

»Tanzbären?«, fragten Mouse und Mike gleichzeitig.

»So steht es hier. Seht ihr, da.« Smokes deutete auf das Bild von drei Bären. »Tanz-bä-ren«, las er jetzt noch einmal mit größerer Gewissheit.

»Wow!« Mike war fast sprachlos. »Smokes … was heißt ›Eur-opa‹?« Er hatte das Wort schon einmal gehört, wusste aber nicht mehr, in welchem Zusammenhang.

»Eine Stadt wahrscheinlich. Weit weg von hier, glaube ich … und sehr wichtig. Immer wenn es auf einem Plakat heißt, etwas ist sehr wichtig, dann schreiben sie, es kommt aus Europa.« Smokes wusste Bescheid.

Die drei konnten sich nicht satt sehen an dem Bild des riesigen Elefanten.

»Glaubst du, dass er wirklich so groß ist, Mouse?« Mike war skeptisch. »Ich meine, guck doch mal die Pferde auf dem Bild. Neben Jumbo sehen sie aus wie Mäuse.«

Mouse und Smokes musterten das Plakat kritisch.

»Nein. So groß ist gar nichts«, sagte Mouse. Er winkte verächtlich ab. »Gibt's nicht.«

Mike war immer noch vom Bild gefesselt. »Wie viel frisst er wohl? So ein großer Dickhäuter muss doch ganze Fuhrwerkladungen auffressen. Was fressen Dickhäuter überhaupt?«

Smokes zuckte die Achseln. »Scheiße, das weiß ich nicht. Alles, was ihnen schmeckt, nehm ich an«, sagte er und lachte.

»Scheiße!«, kicherte Mouse. Er krümmte sich vor Lachen. »Ich wette, wenn er scheißt, wiegt es eine ganze Tonne. Das möchte ich schon mal sehen – dafür würde ich auch zahlen. Ganze Häuser scheißt er!« Die drei bekamen einen Lachanfall, ihre Gesichter liefen rot an. Smokes fiel die Zigarette aus dem Mund.

»Häuser scheißt er«, kicherte Smokes. »Er frisst Stroh und Dreck und scheißt Ziegel.« Das löste den nächsten Lachanfall aus.

»Wo kriegen wir bloß das Geld her?«, fragte Mike. »Ich möchte so gern in den Zirkus. Ich hab noch nie einen Zirkus gesehen.« Die Vorstellung von riesengroßen Dickhäutern, Tanzbären und sonstigen Attraktionen hatte seine Phantasie beflügelt wie noch nichts zuvor.

»Ich auch nicht«, mussten Mouse und Smokes gestehen. Sie sahen auf den Boden, als ob das Geld auf der Straße läge und sie es nur entdecken und aufsammeln müssten. Aber sie entdeckten nichts.

»Irgendwie müssen wir zu Geld kommen«, sagte Smokes entschlossen.

»Wir könnten Obst klauen und verkaufen«, schlug Mouse vor, als wäre das eine originelle Idee.

»Und was ist, wenn sie uns erwischen? Im Gefängnis sehen wir keine Elefanten«, warnte ihn Mike.

»Ich lass es darauf ankommen. Ich war schon einmal im Knast an der Essex Street. Davor brauchst du keine Angst zu haben.« Mouse gab sich hartgesotten, wie die großen Jungen in der Nachbarschaft. Mike war nicht überzeugt.
»Wir könnten ... Arbeit suchen«, schlug Mike zögernd vor. »Wir könnten Läden putzen und so was. Der alte Brower hat mich das schon ein paarmal machen lassen und mir Lutschbonbons dafür geschenkt. Vielleicht würde er uns dafür auch Geld geben.«
Smokes sah ihn an, als sei er ein Dick-häuter direkt aus Eur-opa. »Spinnst du? Das mache ich auf keinen Fall. Und wer würde schon mir und Mouse Arbeit geben? Uns stellt niemand ein. Wir können genauso gut Obst klauen.«
Mike und Mouse ließen die Schultern hängen. Wenn sie nicht bereit waren, zehn oder zwölf Stunden täglich in der Möbelfabrik an der Broome Street zu schuften, hatten sie kaum Aussichten.
Plötzlich sah Mike auf und grinste über das ganze Gesicht. »Wir könnten Kohle klauen. An der Rivington Street gibt es so ein großes Kohlenlager. Alle Leute brauchen Kohle«, sagte er. Sie hatten es bisher noch nie versucht, denn das Kohlenlager gehörte zum Revier einer anderen Jungenbande.
»Mir wäre es lieber, wir klauen Obst. Beim Obstklauen wird man nicht dreckig. Und Kohle ist zu schwer.« Für etwas, das nach Arbeit aussah, konnte sich Mouse nicht so recht begeistern.
»Aber wir können die Kohle eimerweise stehlen«, sagte Mike. Er wollte die anderen überzeugen. »Beim Obst können wir nur ein oder zwei Stück auf einmal holen.«
Mouses und Smokes' Augen begannen zu funkeln.
»Hat deine Grandma einen Eimer, Mike?«, fragte Smokes.
»Ich habe einen«, warf Mouse ein.
»Meine Grandma hat einen«, sagte Mike. Er rechnete fest damit, dass ihm seine Grandma den Eimer für kurze Zeit überließ. »Ich hol ihn.«

»Wie viel bekommen wir für einen Eimer Kohle? Was meint ihr …? Vielleicht zehn, zwanzig Cent?«, überlegte Smokes. »Vielleicht. Wird sich herausstellen. Auf diese Weise kommen wir ganz bald in den Zirkus.« Visionen von riesigen Dickhäutern gingen ihnen im Kopf herum.

Captain Sangree wachte auf, als es draußen noch dunkel war. Glücklicherweise hatte ihn der Traum in der letzten Nacht nicht wieder heimgesucht. Aus Angst davor traute er sich manchmal nicht, die Augen zuzumachen, und lag lange wach. Auch wenn er sich noch so oft wiederholte, kam ihm der Traum immer wie die Wirklichkeit vor. Erst seit kurzem schaffte er es manchmal, ihn unter Kontrolle zu halten. Immer noch konnte er den Tod seines Bruders nicht ändern, das war unmöglich, aber manchmal, gegen Ende des Traums, wenn er seine Pistole auf Roebling abfeuerte, glaubte er, ihn getroffen zu haben. Zwar war er sich dessen nicht ganz sicher, aber es gab ihm ein wenig Hoffnung, eine Hoffnung, an die er nicht mehr geglaubt hatte. Aber auch damit konnte er das Geschehene nicht rückgängig machen. Immer noch hörte er im Traum Franklins Stimme, die Stimme eines Jungen mit einer tödlichen Wunde. Manchmal blieb sie nach dem Aufwachen noch stundenlang bei ihm. Oft, wenn ihn der Traum aus dem Schlaf riss, musste er sich aufsetzen, weil das Blut seines Bruders bis zum Ellbogen an seinen Armen klebte. Im Halbschlaf wischte er sich die Hände am Bettlaken ab, aber zwischen seinen Fingern blieb das kalte Blut kleben. Die einzige Möglichkeit, wieder einzuschlafen, war, das Blut wegzuwaschen – Blut, das nur er sah. Thaddeus war dankbar, dass es diesmal nicht der Traum gewesen war, der ihn geweckt hatte.
Es war Watkins. Sangree machte sich wegen Watkins Sorgen. Gestern Abend hatte er sich nicht zur Versammlung eingefunden. Sangree hatte ihn am Nachmittag vor dem Mietshaus der Bucklins gesehen, und jetzt wusste er nicht, was er davon halten sollte. Zunächst hatte er gedacht, dass Watkins vorhatte, Brad-

dock umzubringen, aber jetzt glaubte er nicht mehr daran. Er hatte Watkins jahrelang vertraut, so dass ihm bisher nie in den Sinn gekommen wäre, Watkins könnte ihn verraten. Aber jetzt war er sich nicht mehr so sicher. Thaddeus machte sich Sorgen. Nachdem ihm Jacobs mitgeteilt hatte, dass der Überfall gescheitert war, musste er Watkins so schnell wie möglich finden, um Braddock zuvorzukommen. Er hatte Braddock unterschätzt – das sah er jetzt ein. Wie er unversehrt hatte entkommen können, war Sangree ein Rätsel. Vier Plug Uglies hätten eigentlich genügen müssen, selbst wenn Braddock von einem Kollegen unterstützt wurde, wie er von Jacobs erfahren hatte. Sangree hatte Bart Jacobs energisch zurechtgewiesen, weil er sich entgegen seinem Befehl vor Gotham Court aufgehalten hatte, aber trotzdem war er dankbar, dass er vom Ausgang der Unternehmung erfuhr. Vielleicht wäre es besser gewesen, Earl oder Bart auf Braddock anzusetzen. Aber dafür war es jetzt zu spät. Braddock kannte ihre Gesichter, er hatte mit ihnen geredet. Sie konnten ihn unmöglich verfolgen. Besser war es jetzt, ihn von der Spur abzubringen oder eine neue Spur zu legen. Wieder dachte der Captain an Watkins, während er die Decke anstarrte. Er zählte seine Optionen auf: den Frontalangriff, den Angriff auf die Flanke, das Täuschungsmanöver, den strategischen Rückzug. Er bedachte die Beschaffenheit des Geländes, suchte nach dem höchsten Punkt. Aufgrund seiner Kenntnisse über seine Männer und seinen Gegner kalkulierte er die möglichen Folgen. Er schätzte jeden Mann ein nach seinen Stärken, nach seinen Schwächen und nach seinem Wert für den Erfolg der Mission. Stundenlang starrte er in der Dunkelheit seines mönchisch schlichten Zimmers an die Decke und dachte darüber nach. Schließlich kam er zu einem Ergebnis.

Die Entscheidung war nicht leicht, und er hätte sie am liebsten vermieden. Aber sie oblag ihm allein. Schon früher hatte er Männer aufgegeben, um ein Ziel zu erreichen. In seinem Kopf war kein Platz für die Namen all derer, die er auf die eine oder

andere Weise geopfert hatte. Während des Krieges hatte er es, ohne zu zögern, getan. Wie konnte er jetzt zaudern? Die Männer, deren Leben er in jenen Jahren um ein ungewisses Ziel eingetauscht hatte, forderten von ihm die Entscheidung. War dieses Opfer größer als das ihre? Sicher nicht. Seine Leute würden die Entscheidung verstehen und auch gutheißen, sobald die Tat geschehen war. Der Captain hielt es für eine Glaubensfrage. Immerhin waren sie Soldaten. Sie würden es verstehen.
Als er das überlegte, ging ihm eine Ode von Walt Whitman durch den Kopf, die er zum Tod des Tyrannen Lincoln geschrieben hatte. Zwar hasste Thaddeus den Tyrannen, aber den Dichter bewunderte er. Manchmal fielen ihm Strophen von Gedichten ein und brachten Licht in seine Dunkelheit. Aber die Zeilen, die am hellsten in seinen Kopf hineinschienen, brachten ihm diesmal weder Licht noch Trost.

Mit dem Wissen dann, dass der Tod an meiner Seite geht,
Und der Gedanke daran sich eng an mich schmiegt,
Und ich in der Mitte, wie unter Freunden,
als hielte ich sie an den Händen,
Floh ich hinaus in die bergend-empfangende Nacht,
die nie spricht,
Hinunter zu den Ufern des Wassers.

Es hatte Tom nicht überrascht, dass sich Coogan verleugnen ließ. Der Captain des vierten Reviers kämpfte offenbar mit harten Bandagen. Vermutlich steckte Coffin hinter dem Angriff auf Toms Einkünfte. Ohne eine Rückendeckung durch Coffin würde Coogan nicht so kühn vorgehen; also müsste er Coffin aufsuchen, wenn er bei Coogan etwas ausrichten wollte. Denn wie würde Byrnes reagieren, wenn noch mehr von Toms Schützlingen bei der Truppenschau auftauchten? Andererseits wäre das vielleicht gar nicht so schlecht. Byrnes konnte, wenn er wollte, viel Überzeugungskraft aufbringen; ihn, den Chef der New

Yorker Kriminalpolizei, als Vermittler zu haben, könnte durchaus von Vorteil sein.
Als er sich im hoffnungsfrohen Morgenlicht anzog, war Tom zuversichtlich, dass er nach einem Eingreifen von Byrnes keine Schwierigkeiten mehr mit Coffin und Coogan haben würde. Tom überlegte sogar, ob es nicht klug wäre, direkt zu Byrnes zu gehen und ihm zu melden, dass sich Coogan nicht kooperativ verhielt. Selbst wenn keiner seiner Schützlinge mehr bei der Truppenschau auftauchte, wäre es gut, wenn die Vorgesetzten erführen, dass sich Tom an die Regeln hielt. Und dann müsste nicht Tom handeln, sondern Coffin oder Coogan. So hatte es sich Tom vorgestellt, aber später an jenem Morgen, nach dem Appell und dem Befehlsempfang, musste Tom schon wieder einem seiner Schützlinge bei der Truppenschau in die Augen sehen. Diesmal gab es einen bedeutsamen Unterschied. Byrnes sagte ihm kein einziges Wort. Er sah Tom nicht einmal an. Der Chef las lediglich die Namen und die Vergehen vor, als handelte es sich um eine Einkaufsliste. Entweder wusste er nicht, dass einer der Ganoven zu Tom gehörte, oder Byrnes war ausgeschaltet worden. Tom wollte nicht hoffen, dass letzteres der Fall war. Er war einer von Byrnes' Männern, von ihm durfte er eine gewisse Unterstützung erwarten. Wenn ihn Byrnes fallen ließ, würde alles nur noch schlimmer werden.

Nach den üblichen morgendlichen Schreibarbeiten machte sich Tom auf zu den Tombs. Mit etwas Glück könnte er den beiden Schützlingen von gestern einen Vollstreckungsaufschub verschaffen. Alles hing davon ab, welchem Richter sie zugeteilt worden waren. Richter zu bestechen gehörte nicht zu Toms Gepflogenheiten. Dabei ging es ihm nicht um die Moral oder um ethische Grundsätze. Richter konnten so gefügig sein wie andere Leute auch, wenn sie entsprechend geschmiert wurden. Ihm ging es um die Gefahr. Da Richter den politischen Nutzen im Auge hatten, konnte man nie sicher sein, ob sich nicht einer gegen einen Detective wandte. Wenn einer in die Enge getrieben würde, könnte er es für nützlich halten, einen Detective zu opfern. Aus diesem Grund gehörte Tom nicht zu denen, die regelmäßig Geld für die Wiederwahl von Richtern spendeten, obwohl er ab und zu durchaus das Nötige zu tun pflegte. An diesem Morgen hatte er Glück. Nachdem er sich beim Gerichtsschreiber, dem eigentlichen Machthaber, angemeldet hatte, stellte er fest, dass heute einer der kooperativeren Richter amtierte. Tom erreichte eine sofortige Audienz, und zehn Minuten später waren seine Probleme gelöst. Es war ihm zuwider, dafür Geld auszugeben, aber die Räder des Gesetzes mussten eben von Zeit zu Zeit geschmiert werden. Das gehörte nun einmal zu den üblichen Geschäftsausgaben, nur stiegen diese Ausgaben leider unaufhörlich. Er würde auch mit Coffin und Coogan verhandeln müssen, aber die Brücke hatte Priorität. Da er in den nächsten Tagen nicht wieder nach Gotham Court zurückkehren wollte, beschloss Tom, Watkins' Stammlokale aufzusuchen und seine letzte Adresse vor dem Umzug in die Cherry Street in Erfahrung zu bringen. Etwas Besseres fiel ihm im Moment nicht ein, also machte er sich zur Brücke auf.

Auf dem Weg überlegte er sich, weshalb Coffin und Coogan gegen ihn zu Felde zogen. Das Problem war wohl Coffins Furcht davor, Tom seine eigenen Wege gehen zu lassen. Es lag vermutlich an der Überheblichkeit Coffins, der es nicht schätzte, wenn seine Autorität oder sein Urteilsvermögen angezweifelt wurden. Coffin wollte alle Fäden in der Hand behalten. Jetzt, wo sich Tom vom Korps losgesagt hatte, glaubte er, seine Kontrolle sei geschwächt und seine Autorität in Zweifel gezogen worden. Coffin musste sich Sorgen um die anderen Korpsmitglieder machen. Toms Weggang konnte die Schneeflocke sein, die eine Lawine auslöste. Und dann wäre August Coffin nur mehr einer unter vielen Revier-Captains – ohne schickes Haus, ohne schicke Kleidung für den sonntäglichen Ausritt auf der First Avenue. Ohne Korps würden seine Macht und seine Einkünfte schrumpfen. Wenn die anderen Männer sahen, dass sich Tom einfach verabschieden konnte, was würde sie zurückhalten? Tom bezweifelte, dass Coffin über eine echte Loyalität seiner Mannschaft verfügte. Er musste den Korpsmitgliedern Angst einjagen, um sie bei der Stange zu halten. August gefiel es, wenn man Angst vor ihm hatte. Er gab sich große Mühe, seine Männer aus dem Gleichgewicht zu bringen. Seine Autorität benutzte er als Waffe, als Knüppel, den er unter der samtenen Decke seiner Leutseligkeit versteckt hielt. Sein geselliger Charme war ein dünner Schleier, hinter dem sich ein Mann verbarg, der sich von der Angst und dem Respekt der Untergebenen nährte. Das Problem war: Braddock fürchtete niemanden, und Coffin wusste es.

Matt sah Braddock als Erster. Zusammen mit Earl arbeitete er wieder an der Straßenbegrenzung der New Yorker Auffahrtsrampe. Earl mischte den Zement in einem großen stählernen Bottich, Matt füllte ihn mit der Kelle in die Lücken und setzte, zusammen mit zwei anderen Männern, die Randsteine. Es war Schwerarbeit.

»Pass auf, Earl, jetzt kommt er her«, sagte Matt. Die beiden anderen Männer holten gerade einen neuen Randstein und waren außer Hörweite.

»Ja, ich hab ihn gesehen. Keine Angst, hinter uns ist er nicht her.« Earl drehte Tom den Rücken zu und spuckte den Priem aus, an dem er gekaut hatte. Auf den braunen Tabakfleck stellte er einen Eimer mit Ziegeln.

»Morgen, Jungs«, sagte Tom mit eisiger Stimme.

»Hi«, sagte Earl. Matt nickte nur.

Tom blieb stehen und sah die beiden an. »Ich bin immer noch auf der Suche nach eurem Freund Watkins. Habt ihr ihn heute schon gesehen?«, fragte er schließlich.

Earl stand auf und streckte sich. Diese Arbeit strapazierte den Rücken. »Nein. Wir fragen uns selber, wo er die ganze Zeit steckt. Er ist schon seit zwei Tagen nicht mehr da gewesen.«

Matt musterte Braddock. Man sah dem Detective nicht an, dass er kurz zuvor von vier Plug Uglies angegriffen worden war. Niemand wollte es glauben, als Jacobs ihnen bei der gestrigen Versammlung mitteilte, dass Braddock unverletzt davongekommen war. Im Jahre 69, als Matt sich in New York noch nicht auskannte, war er einmal allein in Gotham Court herumspaziert. Er wurde von drei Kerls zusammengeschlagen, den brutalsten, stinkendsten Wilden, die ihm jemals über den Weg gelaufen waren. Nicht einmal in Andersonville hatte er solche Typen erlebt. Mit leeren Taschen, aber um eine Erfahrung reicher, war er aus dem Viertel gewankt. Braddock musste schon ein besonderer Kerl sein, wenn er mit vier solchen Typen fertig wurde.

»Habt ihr eine Ahnung, wo man ihn auftreiben könnte, außer bei sich zu Hause? Hat er irgendwelche Stammkneipen, Schnapsbuden, Tanzlokale oder so was?« Tom bildete sich nicht ein, dass er von diesen beiden Hilfe erwarten durfte, aber die Frage musste nun einmal gestellt werden.

Matt und Earl sahen sich an. »Höchstens Paddys Bar. Da war er oft. Stimmt's, Earl?«

Earl hatte wieder angefangen, seinen Zement zu mischen, und sah nicht einmal auf. »Ja«, sagte er knapp.

»Wie ist es mit Watleys Tanzpalast und diesem Mädchen Clora Devine?« Braddock wollte den beiden zeigen, dass er selbst etwas herausgefunden hatte, um dann ihre Reaktion zu beobachten. Aber damit hatte er kein Glück.

»Nun, wissen Sie … Watkins war so etwas wie ein Einzelgänger, verstehen Sie?«, sagte Earl ohne Regung, wie ein guter Pokerspieler. »Ich hab Clora Devine höchstens einmal mit ihm gesehen. Mehr kann ich nicht sagen.« Die beiden hatten ihre beste Unschuldsmiene aufgesetzt.

Braddock sah sie prüfend an. »Wir lange kennt ihr eigentlich Watkins schon?«, fragte er beiläufig, als ob ihn die Antwort gar nicht interessierte.

Earl kratzte sich am Kinn. Nach kurzer Überlegung sagte Matt: »Seit 61, so ungefähr.«
Earl nickte zustimmend. »Ja, das dürfte hinkommen. Er hat sich nicht sofort freiwillig gemeldet, so wie wir.«
»Und ihr seid diese vielen Jahre zusammengeblieben. Das sind doch zweiundzwanzig Jahre, stimmt's?« Tom sah sie ungläubig an. »Und ihr wollt mir weismachen, dass ihr einen Dreck von ihm wisst? Wofür haltet ihr mich denn?«, brüllte er jetzt. Einige der anderen Arbeiter sahen herüber. »Ich verstehe schon, dass ihr euren Freund schützen wollt. Das sehe ich ja ein. Aber trotzdem werde ich ein paar Antworten aus euch herausquetschen.« Tom drohte Earl mit dem Zeigefinger. »Selbst wenn ich euch verhaften muss!« Er sah sie wütend an. »Ihr habt die Wahl. Entweder wir unterhalten uns ganz freundlich hier oben auf der Brücke, oder ich schicke euch in den Knast – vielleicht treibe ich ein paar Neger auf, die euch Südstaatler hassen, und sperre sie mit euch in eine Zelle. Hab ich mich verständlich gemacht?«
Braddock hatte keine Lust mehr, um den heißen Brei zu reden. Sie sind verdammt abgebrüht, dachte er sich, als er nach einer Reaktion in ihren Augen suchte. Weder Matt noch Earl fürchteten eine körperliche Auseinandersetzung mit Braddock. Sie fürchteten nur, er könnte ihre Pläne durcheinander bringen. Sie sahen sich an und kamen wortlos überein, dass sie lange genug standfest geblieben waren. Andererseits wollten sie es ihm nicht zu leicht machen.
Fünf Minuten später konnte sich Braddock auf den Weg ins Baubüro begeben. Matt und Earl feixten, als sie ihn davongehen sahen. Sie hatten Braddock so viele irreführende Hinweise gegeben und so viele zweifelhafte Tanzlokale in der Bowery genannt, dass er sie eine Zeit lang in Ruhe lassen würde.
»Dieser Hund wird noch eine ganze Weile hinter seinem eigenen Schwanz herlaufen«, kicherte Earl, aber er sah nicht gerade belustigt aus.
»Das glaube ich auch. Ich frage mich bloß, wo sich Watkins jetzt

herumtreibt. Eigentlich hätte er gestern bei der Versammlung sein sollen«, sagte Matt etwas besorgt. »Aber gut, dass er heute nicht zur Arbeit gekommen ist.«

»Allerdings. Sonst hätte ihn Braddock längst in den Knast gebracht. Der würde Watkins wie einen nassen Socken auswringen.« Earl schüttelte den Kopf. »Eins muss man Watkins lassen. Er ist zwar dumm, aber er hat immer Glück gehabt.«

Auch Thaddeus war früh am Tag auf der Suche nach Watkins unterwegs. Er kannte dessen Gepflogenheiten in Bezug auf Alkohol und Frauen, also machte er sich gar nicht erst die Mühe, zu seiner Wohnung zu gehen. Er zog es vor, gegenüber dem Fährterminal in Brooklyn zu warten. Thaddeus war zeitig eingetroffen und hatte sich in die Lobby des Hotels Ethier gesetzt, wo er Kaffee trinken und die Straße beobachten konnte. Als dann der Fährverkehr zunahm, verließ er das Hotel und stellte sich zum Warten an die Straßenecke bei der Zigarrenfabrik, dem Terminal gegenüber. Der Tabakduft erinnerte ihn an den Süden. Seinen Mantel hatte er zusammengelegt, er trug ihn über dem Arm.

Captain Sangree erkannte Watkins an seinen hängenden Schultern, noch bevor er sein Gesicht sah.

»Watkins!«, rief er fast zu dringlich. »Gut, dass ich dich erwische. Wo zum Teufel warst du denn die ganze Zeit?«

»Sie haben mir selbst gesagt, ich sollte mich verkrümeln, Captain«, verteidigte sich Watkins und breitete die Hände in Unschuld aus.

»Ich hab dir nicht gesagt, du sollst dich so gut verstecken, dass dich niemand finden kann«, sagte Thaddeus zornig. »Hör gut zu, es hat sich einiges geändert. Am besten kommst du jetzt mit mir, ich werde es dir gleich erklären.« Der Captain zog Watkins mit sich in das Terminal hinein. Sie stellten sich in eine Ecke mit dem Rücken zur Wand, und Sangree berichtete die Neuigkeiten.

»Braddock ist dir auf den Fersen, das steht fest«, sagte der Captain, wobei er die vielen Menschen in der Halle nicht aus den Augen ließ. »Wenn er dich findet, dann steckt er dich gleich in den Knast.«
Watkins setzte ein betroffenes Gesicht auf. »Heißt das also, ich soll abhauen?« Watkins bemühte sich, die Hoffnung in seiner Stimme zu unterdrücken. Das konnte für ihn der Strohhalm sein, aber er sollte nicht zu schnell danach greifen, nicht vor dem Captain.
Der Captain nickte. Er wirkte abgelenkt. Watkins vermutete, dass er sich wegen Braddock Sorgen machte.
»Ich habe bei der Old Dominion Line eine Passage nach Richmond gebucht. Das Schiff legt morgen um drei Uhr Nachmittag am North River, Pier 26, ab.« Watkins sah ihn entgeistert an. »Wollen Sie das wirklich, Captain?« Seine Überraschung war nicht zu überhören. Er war jetzt froh, dass er, wenn auch nur um ein Haar, nicht zum Verräter geworden war. Durch diese neue Entwicklung war er nicht mehr in Bedrängnis, der Captain hatte ihm einen Ausweg ermöglicht. Jetzt hatte er ein noch schlechteres Gewissen, dass er den Verrat erwogen hatte.
»Es ist nur zu deinem Besten, Private Watkins.« Der Captain sprach ihn mit seinem militärischen Rang an, um ihn an seine Pflicht zu erinnern. »Für dich ist es besser, wenn du nicht in New York bleibst. Du willst doch nicht, dass dich dieser Cop in Schwierigkeiten bringt?«
»Diesem Mistkerl ziehe ich die Haut ab, lassen Sie mich nur dran.« Watkins bleckte die Zähne und knurrte. Er meinte es sogar ehrlich. Fast wäre er zum Verräter geworden – wenn auch nur, um seine eigene Haut zu retten, nicht aus Liebe zu Braddock. Die *Montauk* legte an, und sie gingen mit den anderen Fahrgästen an Bord. Keiner von beiden sah zur Brücke hinauf.

Die *Montauk* war gerade in das Brooklyner Fährterminal eingelaufen. Tom war auf das Schiff aufmerksam geworden, als es das

Terminal auf der New Yorker Seite verließ. Es war unter ihm vorübergetuckert, während er über die Brücke ging. Der schwarze Rauch quoll aus dem hohen Schornstein. Die Fähre war schnell, auf jeden Fall schneller, als er gehen konnte. Sie war fast voll besetzt, obwohl die Stoßzeit schon vorüber war. Als Tom den Brooklyner Brückenturm erreichte, waren die Fahrgäste schon ausgestiegen. Er blieb einen Augenblick stehen und schaute auf die Menge hinunter. Da das Terminal und die Kais direkt neben dem Brückenturm, auf der flussabwärts gelegenen Seite, lagen, konnte er die Kutschen, die Fuhrwerke und die Menschen deutlich erkennen.

Aber als Tom noch einmal kurz stehen blieb, um den Einsteigenden zuzusehen, fiel ihm eine große, hagere Gestalt auf. Wenn er sich später daran erinnerte, wunderte es ihn, dass er ausgerechnet auf diesen Mann aufmerksam geworden war. Er fand keine Erklärung dafür. Aber er sah Watkins so deutlich, wie man ein Insekt unter einem Mikroskop erkennen kann. Braddock rannte auf die Brückenrampe zu. Seine Wunde, die am Vorabend neu genäht worden war, machte sich durch die plötzliche Bewegung wieder bemerkbar. Aber bald wurde ihm bewusst, dass er unmöglich rechtzeitig unten sein konnte. Allein der Weg bis zur Straße hinunter war fast eine Viertelmeile lang, und dann würde er noch zum Terminal zurücklaufen müssen. Das würde er nie schaffen. Wenn er dagegen zur New Yorker Seite lief, hätte er vielleicht eine Chance. Die *Montauk* würde ja erst in zwei, drei Minuten ablegen. Dieser Zeitvorsprung könnte ihm ausreichen, die Fähre am anderen Ufer abzufangen. Also drehte er um und rannte zurück; die Arbeiter starrten und zeigten auf ihn.

Seine Hast, der *Montauk* zuvorzukommen, hatte Tom dazu verführt, ein zu schnelles Tempo einzuschlagen. Er war zwar kräftig, aber kein guter Läufer. Nur zu bald wurde ihm bewusst, dass er sein Tempo drosseln musste. Er atmete in heftigen Stößen, und seine Lunge kam ihm vor wie der Blasebalg beim

Schmied in Kingston. Der Gedanke an Kingston beruhigte ihn. Er dachte daran, wie er als Junge gerannt war, an die Leichtigkeit, die langen, federnden Schritte und an die unendliche Kraft seiner Lungen. Jetzt war er kein Kind mehr, aber er erinnerte sich noch daran, wie es damals gewesen war. Die treibende Kraft seines Laufs war die Erinnerung.

Der Captain steuerte Watkins zu einer Bank im hinteren Teil der Fähre. In der Regel drängten sich die Fahrgäste, kurz bevor das Schiff anlegte, nach vorn. Diesen Umstand kalkulierte Thaddeus ein.

»Nur nicht den Kopf hängen lassen«, sagte er und fasste Watkins vertraulich am Arm. »Du kannst nach Hause fahren, wir anderen müssen hier leben.« Er deutete mit der Hand auf die Stadt des Feindes. Die Fähre legte ab, und die beiden Schaufelräder ließen den Fluss aufschäumen, als der Kapitän Volldampf gab.

Watkins wirkte gedrückt. »Schon, aber ihr erntet den ganzen Ruhm, wenn ...« – er schaute nach links und rechts auf die Fahrgäste in ihrer Nähe – »... wenn die Arbeit erledigt ist.«

Thaddeus holte tief Luft. »Private Watkins, ich schwöre dir, du wirst für dein Opfer in die Geschichte eingehen.« Eigentlich hatte er »Arbeit« oder »Beitrag« sagen wollen, aber das Wort »Opfer« rutschte ihm unversehens heraus.

Watkins aber schien sich darüber zu freuen. Eine Zeit lang schwieg er und zupfte an den Fingernägeln, dann sagte er leise: »Es wäre schön, wenn ich Richmond wiedersehen könnte. Als ich das letzte Mal da war, hat es nicht so besonders ausgesehen. Es wird sich seitdem sehr verändert haben.«

Thaddeus war mit anderen Gedanken beschäftigt. Aber er nickte. »Das stimmt. Du wirst es kaum wiedererkennen.«

»Ob es immer noch die Bordelle gibt, unten am Fluss? Ich habe schon seit hundert Jahren keine Hure aus dem Süden gefickt.«

Watkins wurde nostalgisch. Allmählich freute er sich. Auf sei-

nem pockennarbigen Gesicht erschien langsam ein breites Grinsen. »Vielleicht macht mir die Schiffsreise Spaß.«
»Das ist die richtige Einstellung«, sagte Thaddeus und klopfte Watkins auf den Oberschenkel. Er legte den Arm, der vom Mantel bedeckt war, auf die Rückenlehne ihrer Bank.

Tom hatte schon die halbe Strecke bis zum New Yorker Turm zurückgelegt, als er das Pfeifsignal der *Montauk* hörte. Das rauchende Ungeheuer schäumte das Kielwasser auf. Tom hatte noch ein großes Stück Weges vor sich, wenn er zuerst über die Rampe und dann wieder zurück über die Park Row die Anlegestelle erreichen wollte. Das Fährterminal auf der New Yorker Seite lag vier Häuserblocks von der Auffahrt entfernt. Er zweifelte schon, ob er das schaffen würde, da fiel ihm die Treppe ein. Auf der Nordseite des New Yorker Turms hatte man eine vorläufige Wendeltreppe angebracht. Wenn er sie benutzte, hätte er die Entfernung halbiert. Das Problem war nur, dass er sich jetzt auf der südlichen Fahrbahn befand. Tom lief nach rechts und schlüpfte durch den Zaun, der die Eisenbahntrasse von der Fahrbahn trennte. Mit drei Schritten hatte er die Geleise überquert, dann schlüpfte er durch den Zaun auf der anderen Seite. Plötzlich sah er nach unten und erstarrte. Eine schwindelerregende Leere gähnte unter ihm. Mit einem Fuß rutschte er aus, halb hing er über dem Fluss, und er konnte gerade noch ein Kabel packen.
»Scheiße!« Er konnte die Augen nicht von der Leere abwenden, die unter ihm lag.
Anders als auf dem Steg, der über ihm verlief, gab es hier keinen Boden, sondern nur Stahlträger und dazwischen das Nichts. Tom zögerte. Könnte er über das Gerüst auf den Steg hinaufklettern? Es wäre sicherer, aber es würde ihn Zeit kosten. Und Zeit hatte er nicht. Er holte tief Luft und setzte den Fuß entschlossen auf den Stahlträger. Vor Höhen hatte er schon immer Angst gehabt. Der Stahlträger war zehn Zoll breit, aber ihm kam

er so schmal vor wie das Seil eines Seiltänzers. Er beschloss, schnell zu handeln, bevor ihn der Mut verließ. Wenn er hinuntersah, schwindelte ihn, deshalb fasste er das andere Ende des Stahlträgers ins Auge und betete, dass er damit keinen Fehler beging. Tastend trugen ihn seine Füße hinüber. Dabei schob er immer wieder Bauschutt hinunter in den Fluss. Mit zitternder Hand packte er ein Hängeseil auf der anderen Seite der Lücke. Die Entfernung hatte nur zwölf Fuß betragen, aber ihm war sie wie zwölfhundert vorgekommen. Mit wackligen Beinen schlüpfte er durch den Zaun und rannte zur Wendeltreppe. Er lief hinunter, so schnell er konnte, und seine harten Ledersohlen hämmerten auf die eisernen Stufen. Bald musste er sein Tempo verlangsamen, denn sein Kopf hatte sich noch nicht von der Gehirnerschütterung erholt, und die ständige Drehung machte ihn schwindlig. Er packte den dünnen Handlauf, um nicht zu fallen. Zweimal wäre er fast ausgerutscht, das Herz klopfte ihm bis zum Hals. Der Gedanke an einen Sturz jagte ihm Angst ein, aber als er der Erde näher kam, fühlte er sich wieder sicherer und lief schneller. Die letzten Stufen sprang er hinunter, aber diesmal machte sein Kopf nicht mit. Er flog mit Wucht gegen die Granitsteine des Turms. Benommen sank er in die Knie, stand wieder auf und hielt sich an der rauen Wand fest. Er riss sich zusammen und torkelte weiter, kämpfte gegen den Zwang, sich nach links zu drehen. Bald konnte er trotz seiner Erschöpfung wieder schneller laufen. Auf der linken Seite färbte sich das Hemd wieder mit Blut. Ein kurzer Blick auf die *Montauk*, die nur noch dreihundert Yards vom Pier entfernt war, sagte ihm, dass er sich sputen musste.

Die *Montauk* hatte die Maschinen gedrosselt. Die Fahrgäste drängten nach vorn und ließen die beiden Männer allein im hinteren Teil des Schiffs zurück. Thaddeus wusste, wie das Anlegen vor sich ging. Es war immer das Gleiche: Die Fähre trieb beängstigend schnell auf den Pier zu. Die große bronzene Glocke läu-

tete, dann wurde der Rückwärtsgang eingelegt, die Dampfmaschinen heulten laut auf, und das Dreschen der Schaufelräder, die das Wasser aufschäumen ließen, boten einen großartigen Anblick und verstärkten jedes Mal den allgemeinen Lärm.
Thad legte den Arm, der von seinem alten Mantel bedeckt war, um Watkins' Schultern. Er beugte sich näher zu ihm hin und senkte die Stimme.
»Ich werde dich sehr vermissen, Watkins.« Einen Moment lang wurde er unsicher, zweifelte, ob er das Recht hatte, diese Tat zu begehen. Plötzlich läutete die große bronzene Glocke dreimal. Thad fuhr zusammen. Er beruhigte sich, sagte fast zärtlich: »Auf Wiedersehen, Watkins«, und neigte sich wieder zu ihm hinunter. Die Dampfmaschinen erwachten aufs Neue, und ihr lärmendes Stampfen ließ das Schiff erzittern. Die Maschinen pochten und heulten, der Dampf zischte. Das graue Wasser verwandelte sich in grünen Schaum, während die Schaufelräder rückwärts liefen.

Tom rannte mit schweren Schritten die South Street hinunter und wich den Pferden, den Fuhrwerken, den Stauern und den Fußgängern aus. Er war müde; das schwierige Vorwärtskommen im Verkehr erschöpfte ihn. Noch zwei Häuserblocks lagen vor ihm, als er das Pfeifen der Fähre hörte, die gerade anlegte. Verzweifelt legte er einen Spurt ein, bis er das Portal des Terminals erreichte.
Kaum war er, außer Atem, schwitzend und mit rotem Gesicht, dort angekommen, als das Tor geöffnet wurde. Tom atmete schwer, während er den Hals reckte, um jedem, der vorbeikam, ins Gesicht zu schauen. Watkins war hier, das wusste er, aber er konnte ihn leicht verfehlen. Gesichter, Gestalten, Pferde, Fuhrwerke und Kutschen, alles ging durcheinander und trieb an ihm vorbei. Tom lockerte den Colt in seinem Schulterhalfter. Watkins war ganz in der Nähe, das spürte er.
In weniger als einer Minute war der Menschenstrom verebbt.

Tom bahnte sich einen Weg durch die letzten Fahrgäste, die das Schiff verließen. Watkins war nicht unter ihnen.
»So ein Mist!« Tom spuckte aus. Er stürzte auf das Schiff, rannte auf der einen Seite nach hinten, untersuchte jede Bank, jede Ecke. Er ging durch die hintere Tür hinaus, überquerte das breite Fahrzeugdeck und riss die Tür zum Fahrgastdeck auf der anderen Seite auf. Atemlos blieb er stehen. Watkins saß auf der letzten Bank, die Beine hatte er gemütlich ausgestreckt, sein Hut bedeckte sein Gesicht. Tom grinste wie ein hungriger Wolf. Den Colt hielt er unauffällig, aber schussbereit in der Hand, als er auf den Schlafenden zutrat. Watkins war der Kopf auf die Brust gesunken. Die eine Hand lag auf seinem Bauch, die andere hing locker an der Seite herab. Etwas an dieser Hand machte ihn stutzig. Watkins schien einen festen Schlaf zu haben. Tom richtete den Colt auf Watkins' Bauch und stieß seinen Fuß an. Er fiel schlaff zur Seite. Noch einmal stieß er den Fuß an. Watkins rührte sich nicht.
»Komm schon, Watkins. Es hat keinen Zweck, dich zu verstellen. Wir zwei wollen uns ein bisschen unterhalten«, sagte Tom laut. »Steh auf, Mann! Ich warne dich. Mach mich nicht wütend!« Watkins rührte sich immer noch nicht. Tom heftete seine Augen auf Watkins' Hände und ging in die Hocke. Er schielte unter die Hutkrempe. Watkins' Gesicht war so ruhig und glatt wie die Oberfläche eines Teichs vor einem sommerlichen Regenschauer. Dann sah Tom zwei kleine rote Rinnsale; das eine drang ihm aus der Nase, das andere aus dem Mundwinkel, und sie färbten das Kinn dunkelrot, liefen weiter in den Kragen seines Hemdes und verbreiterten sich zu einem immer größer werdenden roten Fleck.

14. Kapitel

Warnschild am Steg:
Das Betreten des Stegs ist nicht mehr als 25 Personen
gleichzeitig gestattet. Nicht nahe hintereinander gehen!
Rennen, Springen und das Gehen im Laufschritt verboten.
Nicht im Gleichschritt gehen!

Washington Roebling

Kohle zu klauen war eine ziemlich gute Idee. Mike, Mouse und Smokes hatten je einen Eimer aufgetrieben, und gemeinsam marschierten sie wie die Jugendabteilung der Feuerwehr zum Kohlenlager hinter der Talbott Manufacturing Company. Zunächst gingen sie zum vorderen Tor an der Rivington Street, um zu erkunden, ob sie sich dort hineinschleichen könnten. Doch dieses Vorhaben gaben sie wieder auf. Zu viele Menschen gingen an dieser Stelle aus und ein, und es bestand die Gefahr, dass sie von einer der anderen Jungenbanden entdeckt würden. Einmal könnte es ihnen vielleicht gelingen, unbehelligt hineinzukommen, aber wenn sie genug Geld für den Zirkus verdienen wollten, müssten sie mindestens dreimal hineingehen. Als sie um die Zäune des Kohlenlagers herumschlichen, entdeckten sie ein schmales Gässchen hinter dem Holzzaun. Nach weiterem Suchen fanden sie eine geeignete Stelle hinter einem sieben oder acht Fuß hohen Kohlenhaufen. Es fiel ihnen nicht schwer, ein lockeres Brett herauszustemmen, um hineinzuschlüpfen. Hier konnten sie sich ungesehen bedienen. Als Erster kroch Smokes durch den Zaun. Auf sein Signal hin folgte ihm Mouse. Mike reichte die Eimer nach und stand Schmiere. Es dauerte keine Minute, und eine kleine schwarze Hand schob sich mit einem randvoll gefüllten schwarzen Eimer durch den Zaun. Zwei Minuten später schleppten alle drei ihre Eimer durch das Gässchen. Ein kurzer Blick nach links und rechts vergewisserte sie, dass kein Cop und kein Lagerarbeiter in der Nähe war, und weg waren sie.

Zuerst versuchten sie, die Kohle auf der Straße zu verkaufen. Sie saßen auf einer Außentreppe und schrien abwechselnd: »Kohlen zu verkaufen!« Damit hatten sie wenig Glück. Kaum jemand lief mit einem Eimer herum, und die eigenen Eimer durften sie nicht mitverkaufen. An dieses Problem hatten sie nicht gedacht. Nachdem sie bloß zweimal ein paar Kohlenstücke losgeworden waren, wurde Smokes ungeduldig. »Wir müssen uns eine bessere Idee einfallen lassen, sonst brauchen wir ein ganzes Jahr.«

Eine Zeit lang zerbrachen sie sich den Kopf. Mike meinte, sie sollten von Tür zu Tür gehen. Die Leute auf der Straße könnten keine Kohlen kaufen, weil sie keine Behälter zum Tragen hätten, also schlug Mike vor, die Kohlen zum Kunden zu bringen wie der Eismann das Eis.

»Ich weiß nicht. Das klingt nach ziemlich viel Arbeit. Wir müssten die Eimer die Treppen raufschleppen und so weiter«, sagte Smokes.

»Also, mir ist alles recht«, sagte Mouse. »Noch zwei Minuten bei dieser Scheißarbeit, und ich schmeiße alles hin.«

Mikes Idee funktionierte wie Zauberei. Nach fünfzehn Minuten in einem einzigen Mietshaus waren ihre Eimer leer.

»Wow, das war toll!«, rief Smokes. »Wir haben sogar mehr Geld eingenommen, als wir dachten.«

Auch Mouse war plötzlich begeistert. »Wollen wir gleich noch was holen?«
Smokes war eher dafür, zunächst einmal die Reichtümer zu genießen. »Gehen wir doch zu Brower und holen uns ein paar Bonbons. Wer kommt mit?«
Mike gefiel dieser Vorschlag. »Wir könnten diese langen Lutschstangen kaufen, die schmecken so gut.« Auf dem Weg zu Brower diskutierten sie, welche Bonbons die besten seien: Bärendreck, Lutscher, Karamellen oder Schokolade. Die Abstimmung ergab eine Mehrheit von zwei zu eins für Lutscher. Bald darauf saßen sie auf dem Randstein vor dem Laden und leckten die letzten Reste ihrer Bonbons von den kohlschwarzen Fingern.
»Bäh! Das letzte Stück hat nach Kohle geschmeckt«, sagte Mike. Angeekelt verzog er den Mund.
»Bei mir war's auch so, aber das meiste war ... echt gut«, sagte Mouse und leckte sich den Mund. »Also, was machen wir jetzt? Zum Kohlenlager zurück?«
Der zweite Ausflug verlief wie der erste. Nachdem sie die zweite Ladung verkauft hatten, waren sie schwarz bis zu den Ellenbogen. Schwarze Streifen und Kleckser schmückten ihre Gesichter – sie waren anthrazitfarbene Indianer in schwarzer Kriegsbemalung. Aber mit Geld in der Tasche und frischem Ehrgeiz zogen sie ein drittes Mal los.
Vielleicht ließ sie der Erfolg nachlässig werden. Vielleicht hatten sie einfach Pech. Wie dem auch sei, der dritte Ausflug verlief nicht so glatt. Wie zuvor hatten sie ihre Eimer voll geladen. Niemand hatte sie durch den Zaun hinein- oder herausschlüpfen sehen. Ein spannender Tag im Zirkus mit den Tanzbären, riesigen Dickhäutern, Clowns und Löwenbändigern war zum Greifen nahe gerückt. Aber als sie aus dem Gässchen in die Rivington Street einbogen, griff ein großer blauer Arm nach ihnen. Er packte Mike. Mike erschrak, ließ den Eimer fallen, und die Kohle breitete sich zu seinen Füßen aus. Mouse und Smokes, die

direkt hinter ihm gingen, blieben mit einem Ruck stehen. Mouse tat es so plötzlich, dass Smokes gegen ihn prallte.
»Also jetzt klaut ihr Kohlen?« Es klang wie Harlan, der Cop.
Mouse und Smokes traten den Rückzug an, während der große blaue Arm Mike am Genick packte und mit sich fortzog. Mikes Eimer lag auf der Seite, die Kohlen hatten sich auf der Straße verteilt. Smokes' Kübel schlug gegen den Zaun, und das Dröhnen klang in der schmalen Gasse wie ein Kanonenschlag.
»Wer ist da noch? Bleibt sofort stehen! Sonst hole ich euch.«
Smokes und Mouse rannten, so schnell es ihnen ihre Eimer gestatteten, in die andere Richtung davon. Kohlenstücke fielen ihnen wie schwarze Hagelkörner zu beiden Seiten herunter.
»Lauft nur, Jungs. Euer Freund hier wird alles auspacken, was ich wissen muss«, rief ihnen der Cop nach.
Die beiden rannten weiter und warfen schließlich die Eimer weg, um schneller vorwärts zu kommen. Mouse glaubte, er habe Mike aufschreien hören. Es klang, zumindest aus der Ferne, als ob man ihm wehtat.
Die laute Stimme des Cops verfolgte sie: »Euch krieg ich schon noch, Jungs. Harlan entkommt ihr nicht.«

Die Gehilfen des amtlichen Leichenbeschauers waren gerade dabei, Watkins auf eine Bahre zu legen. Zwei Stunden waren schon vergangen, seit ihn Braddock gefunden hatte, und der Schiffskapitän war über die lange Verzögerung aufgebracht. Der untersetzte kleine Mann mit der zerknitterten Kapitänsmütze und den verblassten Goldlitzen am Ärmel marschierte auf dem Deck hin und her und schimpfte über die Unentschlossenheit der Cops. Wie sollte er den Fahrplan einhalten? Tom und Sam ignorierten ihn. Die seit zwei Stunden währenden ergebnislosen Untersuchungen hatten ihre Laune nicht gebessert. An der Leiche waren keinerlei Erkennungszeichen mehr zu sehen. Wenn Tom Watkins nicht schon gekannt hätte, wäre es ihm schwer gefallen, seine Identität herauszubekommen.

»Jemand gibt sich große Mühe, die Spuren zu verwischen«, sagte Tom verbittert. »Sooft ich mich umdrehe, gerate ich in eine neue Sackgasse.«
Vom anderen Ende des Schiffs kam Coffin auf sie zu. »Da schau her, Detective Braddock! Hätte ich mir gleich denken können. Ihr Freund, Sam, scheint ja eine echte Pechsträhne zu haben.«
Sam ließ Coffins Sarkasmus an sich abgleiten. »Ich verstehe nicht, was Sie meinen.«
Coffin sah nicht Sam an, als er antwortete. Stattdessen fixierte er Braddock. »Überall, wo er hinkommt, sprießen die Leichen hervor wie die Pilze im Wald«, sagte Coffin, als mache er einen Scherz.
Sam und Tom wussten, dass es nicht spaßhaft gemeint war.
»Hm«, schnaubte Sam.
»Es geht das Gerücht um, dass man einen Beamten, der unserem Detective Braddock ähnlich sieht, angeblich gestern in der Nähe der Stelle gesehen hat, wo diese Plug Uglies umgelegt wurden«, sagte Coffin beiläufig. Sam und Tom war es klar, dass von Beiläufigkeit keine Rede sein konnte.
Coffins Blick wanderte zu den Blutflecken auf Toms Hemd, die die Jacke nicht bedeckte. Tom konnte nicht übersehen, dass bei dem Anblick Coffins Kinnlade fiel, er sagte aber nichts.
Sam war weniger vorsichtig. »Umgelegt, sagten Sie? Und wo ist das passiert?« Coffin sah Sam missbilligend an. »Wie ich sehe, haben die Herren die Morgenzeitungen noch nicht gelesen. Ich kann nicht deutlich genug betonen, dass es für die Polizei unumgänglich ist, sich über die Geschehnisse in unserer Stadt gründlich zu informieren. Das wissen Sie doch. Sie müssen die Zeitungen lesen, Sergeant. Es ist eine Pflicht, die Sie nicht vernachlässigen dürfen.«
Sam sah zum Himmel hinauf. Coffins Predigten waren ihm verhasst. »Jawohl, Sir. Ich werde es tun.« Er grinste. »Anscheinend habe ich es heute vergessen. Also, wo hat man diese Leichen gefunden?«

»Gotham Court. Ein passender Ort, Leichen zu finden«, sagte Coffin verächtlich.
Tom konnte nicht mehr an sich halten. »Wie sind sie gestorben, Augie?«
Coffin starrte Tom mit eisigem Blick an. Er konnte es nicht leiden, wenn man ihn mit Augie anredete, vor allem im Beisein seiner Untergebenen. Er räusperte sich. »Die Kehle wurde ihnen aufgeschlitzt.«
»Jesus Christus!«, rief Sam aus. Er pfiff durch die Zähne und tauschte Blicke mit Tom, als Coffin gerade nicht hinsah. »Also, wer zum Teufel ist imstande, so etwas zu machen? So etwas tut man nicht – sich einfach an vier Männer heranschleichen und ihnen die Kehle durchschneiden.«
»Genau. Vielleicht hat sie der Täter um Erlaubnis gebeten.« Coffin kicherte sarkastisch. »Oder vielleicht haben sie sich selber die Kehle durchgeschnitten. Angeblich hat man gesehen, dass Polizisten den Schauplatz verließen, bevor man die Leichen fand. Es gibt eine Menge Zeugen. Es hat fast einen Aufstand ausgelöst. Einige lieferten eine Beschreibung, die auf dich passt, Tommy.« Coffin betonte den Vornamen. »Natürlich haben sie sich getäuscht.« Es klang beiläufig, ließ aber seine wahre Meinung erkennen. »Das ist doch nicht dein Stil, Tommy? Du brichst doch den Leuten lieber die Knochen, oder?«
Tom antwortete nicht. Stattdessen sagte er: »Beim Morgenappell war davon nicht die Rede. Seit wann weißt du es?«
»Offenbar haben es die Zeitungen vor uns erfahren. Es wurde erst gegen Mittag per Telegraf an die Reviere durchgegeben. Das ist bei Coogan das Problem, er reagiert zu langsam. Er kümmert sich zu wenig um Details.«
Tom merkte, was Coffin damit sagen wollte.
Die Gehilfen des Leichenbeschauers hoben die Bahre mit Watkins auf und trugen sie von Bord.
»Grauenhaft«, sagte Coffin.
Tom und Sam sahen Coffin an und schwiegen.

»Ich hätte gern mit dir gesprochen, Captain«, sagte Tom, während sie die Fähre verließen.
»Gern«, sagte Coffin recht freundlich. »Dann gehen wir zu Fuß.«
»Morgen komme ich vorbei und bezahle dir meine Schulden.« Tom atmete die frische, salzige Luft tief ein. »Ich will meinen Verpflichtungen nachkommen, einen sauberen Schlussstrich ziehen.« Er atmete aus. Coffin sagte kein Wort. »Wie gesagt, ich bringe dir das Geld. Es hat keinen Wert, es weiter hinauszuschieben.« Er beobachtete die Wirkung seiner Worte.
»Geht schon in Ordnung«, sagte Coffin nur.
»Aber das ist nicht der Grund, warum ich mich mit dir unterhalten möchte«, fuhr Tom fort.
»So?«, sagte Coffin mit Unschuldsmiene. Er wusste nur zu gut, weshalb Tom mit ihm reden wollte. Tom spürte offenbar die Zange, genau wie es Coffin beabsichtigt hatte. Die Frage war nur, ob sie ihm genügend wehtat. Coffin vermutete, dass Braddocks Schmerzgrenze noch etwas höher lag. Er war zu stolz, zu halsstarrig; so früh würde er sich nicht geschlagen geben.
»Ja, es geht um etwas anderes. Es ist wegen Coogan«, sagte Tom und wartete auf eine Reaktion. Da sie ausblieb, fuhr er fort: »Du weißt, er hat einige meiner Schützlinge verhaften lassen, und ich hätte gern, dass er damit aufhört – oder zumindest, dass er mir vorher Bescheid gibt, so wie früher. So viel Rücksicht steht mir eigentlich zu.«
»Meinst du?« Coffin blieb mit einem Ruck stehen und starrte Tom an – mit einem ausdauernden, skeptischen Blick, der Überraschung heuchelte. »Tom, wir haben den Auftrag, die Gesetze zu wahren und den Frieden in dieser großen Stadt aufrechtzuerhalten. Es ist eine schwere Verantwortung, die wir, du und ich und jeder andere Hüter des Gesetzes, gemäß unserem Amtseid auszuführen verpflichtet sind.«
Tom biss sich auf die Lippe. Sich von einem wie Coffin eine Predigt anhören zu müssen, das war ihm fast unerträglich.
»Tommy, du weißt genauso gut wie ich, dass Verhaftungen

stattfinden müssen. Gesetzesbrecher müssen jederzeit mit einer Festnahme rechnen. Du weißt auch, dass es im gegenwärtigen Klima, sagen wir einmal, politisch geboten ist, der Öffentlichkeit zu zeigen, dass wir hart durchgreifen.« Coffin machte eine Faust und schlug damit, wie in einem Schmierentheater, gegen die andere Handfläche. »Wenn nun einige deiner kleinen Fische zufällig hineingeraten, haben sie Pech – aber es sind schließlich Kriminelle. In diesen schweren Zeiten bekommen wir es alle zu spüren.« Coffins geschickte Lügen erstaunten Tom immer wieder aufs Neue. Jedes Mal, wenn er glaubte, Augie bliebe nichts anderes übrig, als mit den Tatsachen herauszurücken, erzählte ihm dieser Mann in aller Gemütsruhe, dass sich die Erde um den Mond drehe.

»August«, sagte Tom, »warum erzählst du mir diesen Käse? Ich weiß, wie alles funktioniert. Ich weiß auch, dass wir ab und zu etwas einstecken müssen. Aber diese Geschichte sieht nach viel mehr aus.«

Coffin fasste Braddock scharf ins Auge und ballte die Fäuste. »Dieser Käse, wie du es nennst, entspricht der Wirklichkeit deiner persönlichen Situation, Detective. Unter diesen Umständen wirst du damit leben müssen.«

Tom dachte darüber nach, was hinter diesem Satz steckte. Seine Lage würde keinesfalls besser werden. Im Gegenteil, sie würde sich verschlimmern. Dieser Ganove wollte ihn aus dem Geschäft drängen, und es konnte ihm auch gelingen. Das war die Peitsche. Und wo blieb das Zuckerbrot?

»Wenn du weiter bei uns mitmachst, lassen sich diese Unannehmlichkeiten natürlich vermeiden. Du könntest, wie bisher, mit einer gewissen zusätzlichen Rücksicht rechnen. Es könnte sogar noch zusätzliche Entschädigungen geben.«

»Aha«, sagte Tom. »Das also ist das Zuckerbrot.«

Coffin seufzte. »Du hast so ein starkes Bedürfnis nach Unzweideutigkeit, Tommy. Aber ja, tatsächlich ist das das Zuckerbrot, wie du es so treffend bezeichnet hast. Zusammen sind wir stark«,

sagte er und dachte sehnsüchtig an seine Pläne. »Solange du dich weiter stur zeigst, wirst du eben ... ohne die Vorteile unserer Beziehung auskommen müssen.«
Tom ging schweigend weiter. Er war sehr versucht, wieder in das Korps zurückzukehren. Dass Coffin imstande wäre, ihm auf diese Weise die Daumenschrauben anzusetzen, damit hatte er nicht gerechnet.
Er hätte sich dafür ohrfeigen können, dass ihm erst so spät klar geworden war, welche Strafmaßnahmen Coffin anwenden konnte, um sein kleines Reich zusammenzuhalten. Coffin konnte ihm empfindlich wehtun. Selbst wenn Coffin nur die Hälfte der Lokale bekannt war, die an Tom Schutzgeld zahlten, würde die andere Hälfte bald davon Wind bekommen. Der Gedanke an das viele Geld, das ihm dadurch verloren ginge, erschütterte ihn. Was er Monat für Monat an Schutzgeld eintrieb, machte das Zweifache seines Gehalts aus. Coffin konnte diese Einnahmen vollständig ausschalten, wenn er über eine längere Zeit diese Kneipen, Bordelle, Hehler und Schwindelunternehmen aus dem Verkehr zog. Obwohl ein Teil dieses Geldes durch Schmiergelder an die höhere Revierebene Coffin zugute kam, konnte es sich dieser leisten, darauf zu verzichten. Aber welche Auswirkung das auf Toms Zukunft mit Mary haben würde, das konnte er nur ahnen. Ein armer Cop zu sein hatte nicht zu seinen Zukunftsplänen gehört. Hatte Mary etwa vor, einen armen Cop zu heiraten? Tom wünschte, er könnte entweder weniger skrupelhaft oder mehr aufs Geld aus sein. Dann wäre alles leichter.
»Ich kann nicht, August«, sagte er fast widerstrebend. Coffin gab keine Antwort, und Tom brachte es nicht über sich, deutlicher zu werden. Diese drei Worte fielen ihm schwer genug, wenn er bedachte, was sie ihn kosteten. »Du wusstest doch schon vorher, worauf es hinauslaufen würde, stimmt's? Hast du wirklich geglaubt, ich könnte etwas anderes sagen?«
»Ich hatte gehofft, du hättest mehr Einsicht, Tom.« Coffin seufzte resigniert. »Ich biete dir eine ganze Menge. Es könnte

sehr einfach sein, du müsstest nur mitmachen.« Coffin klang fast melancholisch. Tom kam es ganz und gar nicht einfach vor, sondern sehr schwer. Hinter Coffins traurigem Refrain steckte eine Drohung.

Vorübergehend erwog Tom, selbst eine Drohung auszusprechen, eine Drohung, die sich nicht hinter Bedauern versteckte. Sollte er vielleicht Coffin gegen die Mauer schleudern und ihm in allen Einzelheiten sagen, was er mit ihm tun würde, wenn er ihm weiterhin Schwierigkeiten machte? Er hätte ihm gern in die Eier gekickt, ihn keuchend auf allen vieren in der Gosse liegen sehen. Aber er tat nichts dergleichen. Das würde alles nur noch schlimmer machen. Coffin besaß Macht – durch seinen Rang, seine Beziehungen und sein Korps. Dagegen konnte Tom nichts ausrichten. Dafür wäre etwas Stärkeres als Drohungen nötig. Es musste eine Möglichkeit geben, Coffin abzuschütteln, aber Tom brauchte Zeit zum Überlegen.

»Morgen bringe ich dir den Rest deines Geldes, August.« Tom hatte sein Konto bei der Dry Dock geleert und was er sonst noch brauchte von Mary geborgt. Es war kein schönes Gefühl, blank zu sein. Tom wandte sich um und ging schnell davon, und erst nach mehreren Häuserblocks hatte er genug Dampf abgelassen, um auf andere Gedanken zu kommen. Er zwang sich, an Watkins zu denken, und beschloss, die Adresse an der Cherry Street noch einmal auszukundschaften. Diesmal ging er ohne Rückendeckung hin. Es war riskant, aber Zivilkleidung hatte ihr Gutes.

Justice Lincoln und Patrick Sullivan saßen rittlings auf dem Tragkabel an der Südseite der Brücke und aßen ihre Brote.

»Ist dir aufgefallen, dass die Fähre die ganze Zeit steht?« Lincoln deutete hinunter auf die *Montauk*.

»Ja. Da werden sich die Leute aufregen! Hier in dieser Stadt hat's jeder so verdammt eilig. Daran habe ich mich noch immer nicht gewöhnt.« Pat sah auf die Fähre hinunter, die endlich wieder abzulegen schien.

»Sie werden es gar nicht erwarten können, dass diese Brücke fertig wird.«
»Verdammt, die werden ganz schön enttäuscht sein in dieser Stadt.« Sie lachten, sie fühlten sich wie die Götter, die sich auf Kosten der nichts ahnenden Ameisen da unten einen Spaß erlaubten. Schweigend aßen sie ihre Brote, tranken ihr Bier und ließen die Beine zu beiden Seiten des Kabels hinunterbaumeln.
»Weißt du noch, wie es damals war, als Harry Supple ums Leben kam?« Pat erwähnte ein Thema, worüber sie seit langem nicht mehr gesprochen hatten. Alle Brückenarbeiter kannten Harry Supple, er war der berühmteste unter den Taklern. Im Laufe der Jahre hatte sein Ruf noch zugenommen, und für einige der Takler war er schon zum Mythos geworden.
»Natürlich. Wie kommst du jetzt darauf?«
»Weiß nicht.« Pat zuckte die Achseln. »Ich muss nur an die vielen Kumpels denken, die nicht mehr da sind. Wenn man so ein Ding baut ... du verstehst schon.«
»Eine ganze Menge. Es sind mindestens zwanzig.« Lincoln legte die Stirn in Falten. »Ich weiß auch gar nicht, wie viele außerdem durch die Caissonkrankheit zu Krüppeln geworden sind. Roebling, zum Beispiel.«
»Roebling ist mir scheißegal«, sagte Pat verächtlich, »aber es liegen so viele gute Männer unter der Erde wegen dieser Brücke. Supple war der beste von allen.«
»Er hatte Eier aus Stahl. Bei der Arbeit an den Kabeln hatte keiner so viel Mumm wie er. Weißt du noch, wie er sich hinaushangelte, um den Kumpel zu befreien?« Justice nahm einen Schluck Bier.
»Klar ... wie hieß der denn bloß?«
»Carroll, glaube ich. Ein großer Kerl.«
»Ja, der war's. Er hatte sich verfangen, als er die Laschen am zweiten Draht abschneiden wollte. Die Takelage an seinem Sitz hatte geklemmt.«
»Er konnte nicht vor und nicht zurück, baumelte da draußen,

hundert Fuß weit weg vom Turm«, fügte Justice hinzu. »Ja … Harry schwang sich hinaus wie ein Kletteraffe, schnitt den Draht durch, und Carroll konnte wieder zurück – er hatte die Ruhe weg.« Beide lächelten.

Die *World* hatte es in ihrer Schlagzeile am nächsten Tag einen »Erstaunlichen Drahtseilakt« genannt. Supple schien, wie eine Katze, neun Leben zu haben. Beim Bau des Brooklyner Turms hatte er den Zusammenbruch eines Lastkrans überlebt. Die anderen Arbeiter waren zerquetscht worden oder vom Turm hinuntergestürzt.

»Harry hatte Schneid, das muss man zugeben«, sagte Jus leise. »Ich habe ihn erst später kennen gelernt, aber ich weiß noch, wie ich ihm damals an meinem ersten Tag zugesehen habe. Weißt du noch, wie alle begeistert schrien? Auch ich habe geschrien, und ich schäme mich deswegen nicht.«

Pat lächelte. Es war ein großer Tag gewesen. »Schade, dass er auf diese Weise dran glauben musste. Wenigstens ging es schnell.«

Harry Supple starb auf spektakuläre Weise, wie es sich für eine legendäre Gestalt gehört. Man schrieb den 14. Juni 1878. Farrington, Supple, ein gewisser Blake und noch zwei Kollegen waren damit beschäftigt gewesen, einen der Stränge abzusenken. Jeder Strang bestand aus 278 Drähten, hing zunächst über der Ebene der Hauptkabel und wurde dann zum vorbestimmten Platz heruntergelassen. Farrington hatte das Signal gegeben, dass die Maschine den Strang absenken sollte. Plötzlich riss das Kabel, das den Strang mit der Maschine verband. Der Strang und sein gusseiserner Schuh schnellten auf Supple hinunter, rissen ihm die Brust auf und schleuderten ihn vom Verankerungsbau auf die Straße. Er brach sich das Rückgrat, die Arme und die Beine. Unglaublich, dass Supple, der das Bewusstsein nicht wiedererlangte, noch einen Tag lang weiterlebte! Blake war auf der Stelle tot, die beiden anderen Männer wurden schwer verletzt. Farrington kam mit einem Kratzer an der Hand davon.

»Weißt du was, Jus, manchmal mache ich mir Gedanken über Harry. Wenn man mich gefragt hätte, wer die Arbeit eines Taklers überlebt, dann hätte ich gesagt: Harry Supple. Dieser Mann kam in einem Baum zur Welt, das schwöre ich dir«, sagte Pat. »Keiner von uns hätte es mit ihm aufnehmen können.«
»Ich bin schon beim Versuch fast draufgegangen«, sagte Justice. »Ich hab's bald aufgegeben. Keine Chance gegen Harry.«
»Ja, aber ausgerechnet ihn hat's erwischt. Das ergibt keinen Sinn.« Pat schaute hinüber nach Staten Island. »Wir sitzen hier und machen unsere Pläne – du weißt schon –, und trotzdem atmen wir noch, während ein guter Mensch wie Harry unter der Erde liegt. Das gibt zu denken.«
Jetzt begriff Justice, worauf Pat hinauswollte. Schweigend hörte er zu.
»Es ist so etwas wie Gottes Wille. Du weißt schon, was ich meine«, sagte Pat.
»Ich kann von mir nicht behaupten, dass ich etwas davon verstehe, Pat. Ich glaube, meine Ansichten zu solchen Themen wurden durch den Krieg ausgelöscht. Damals habe ich noch nach einem Sinn gesucht – aber inzwischen hab ich es aufgegeben.« Jus schwieg einen Augenblick, dann sagte er: »Willst du eine saure Gurke? Ich hätte noch eine.«
Pat nahm sie an. Eine Zeit lang war als Einziges das Knirschen der großen sauren Gurken zu hören.
»Ich weiß, was du damit sagen willst«, sagte Pat endlich. »Früher lag ich nachts oft wach und fragte mich, wieso ausgerechnet ich noch am Leben geblieben war. Wie der Captain und sein Bruder. Warum musste es damals Frank erwischen? Der Captain sagte immer, dass Frank der bessere Mann gewesen war. Aber da lag er, und die Gedärme hingen ihm heraus, und der Captain wurde verschont, ob er wollte oder nicht.«

Nachdenklich saßen sie da und sahen dem Verkehr auf dem Fluss zu.
»Ich kann mir nicht helfen, Jus, mir kommt es vor, als hätte uns der Herr für diese Sache hier aufgespart. Vielleicht hat uns das Schicksal hierher geführt. Hast du je darüber nachgedacht? Es könnte sein, dass das der einzige Grund ist, warum wir in die Welt gesetzt wurden.«
Den gleichen Gedanken hatte Justice auch schon gehabt, besonders in letzter Zeit. Mit keinem hatte er darüber gesprochen, nicht einmal mit Pat. Er war sich nicht sicher, wie weit er gehen durfte, also gab er eine unverbindliche Antwort. »Der Gedanke ist mir auch schon gekommen. Wenn es wirklich so ist, kann man nicht viel dagegen tun. Ich nehme an, Gott wird mit uns machen, was er will.« Es tröstete ihn, das zu glauben.
»Aber wir haben einen eigenen Willen, Justice. Auch das hat uns Gott gegeben.« Pat sah direkt hinunter ins Wasser, was er selten tat. »Ich könnte jetzt gleich vom Kabel runterspringen, und Gott könnte mich nicht daran hindern.«
»Ja-a«, gab Jus langsam zu, »aber es war Gottes Wille, dass du hierher gekommen bist. Willst du dich vielleicht gegen Gott stemmen?«
Solche Behauptungen regten Sullivan auf. »Wie zum Teufel willst du wissen, was Gott will? Wie kann das überhaupt irgendjemand wissen? Du hast doch nur keine Lust, über die schwierigen Dinge selbst nachzudenken.« Pat ärgerte sich, was Jus nicht zu stören schien. Er war schon immer ein gläubigerer Mensch als Pat gewesen, eher bereit, seinem Glauben das Denken zu überlassen.
»Du brauchst doch kein Hellseher zu sein, der die Zukunft voraussagen kann. Du sollst sozusagen in dich selbst hineinschauen. Manchmal ist Gott in deinem Kopf, du musst da nur hineinsehen«, sagte Jus leise. Er hatte das in letzter Zeit öfter getan.
»Und wenn ich das tue und er mir etwas erzählt, was ich nicht hören will, Jus? Was ist, wenn er mir sagt: ›Was du vorhast, ist

schlecht‹?« Damit drückte Pat die Befürchtungen aus, die sie beide hegten.

»Solche Sachen kann ich nicht für dich entscheiden, und du auch nicht für mich«, antwortete Jus. »Ich glaube, wenn ein Mensch die Wahrheit Gottes sucht, dann wird er sie finden. Ich glaube, wenn sie in ihm selbst ist … oder irgendwo hier draußen …« – er machte eine Handbewegung über den Fluss und den Hafen hinweg – »… wenn du Gott suchst, wirst du ihn finden.«

Sie saßen noch eine Weile da, Patrick kaute eine Gurke und Justice trank die letzten Reste seines warmen Biers. Pat war sich nicht so sicher, dass er den Willen Gottes erkennen könnte. Den Willen Gottes zu kennen, das hieße, Gewissheit zu haben – als ob man die Gewinnzahlen in der Kentucky-Lotterie wüsste, bevor man ein Los kauft. Er konnte einfach nicht glauben, dass es eine solche Gewissheit gab.

»Meinst du, dass wir den Willen Gottes ausführen?«, fragte Pat in der Hoffnung auf … ja, auf was eigentlich? Er wusste es nicht; ihm kam es vor, als tastete er sich durch die Dunkelheit.

»Ich weiß es einfach nicht. Ich glaube, schon, aber …« Jus steuerte auf den Anker zu, an den sie sich alle klammerten. »Roebling hat bei uns jedenfalls eine Rechnung offen. So viel weiß ich. Auch beim Captain hat er eine Schuld zu begleichen. Manchmal sehe ich rot, wenn ich daran denke, was uns die Yankees angetan haben.«

»Ich weiß. Früher ging es mir auch so«, sagte Patrick nachdenklich. Diese Gefühle waren im Laufe der Jahre verblasst. »Jetzt geht es nicht mehr so schnell, wenn ich diesen Hass vorholen will. Ich muss mir Mühe geben.«

Justice wusste genau, was Pat sagen wollte. Trotzdem hatte er Angst davor, sich loszusagen. »Wir haben geschworen, Patrick. Wir haben alle geschworen, dass wir es tun.«

Pat hörte den warnenden Ton in seiner Stimme. »Ich weiß. Ich habe es ja auch geschworen … Aber es fällt mir schwer. Es ist nicht mehr alles so eindeutig – jetzt.« Pat bemühte sich, Klarheit zu schaffen, für sich und auch für Justice. »Diese Arbeit ... diese Brücke ... Wahrscheinlich habe ich nicht damit gerechnet, dass sie mir so gut gefallen könnte. Ich habe auch nicht damit gerechnet, dass ich meinen Hass verlieren könnte.«

»Mein Hass ist auch nicht mehr so stark wie früher«, gab Jus zu. »Aber das soll nicht heißen, dass ich nicht mehr weiß, was mir dieser Hass bedeutet oder warum ich hier bin.« Es klang, als versuchte Lincoln, sich selbst zu überzeugen.

»Ich verstehe. Aber jetzt sei einmal ehrlich, Jus. Wird es dir kein bisschen leid tun, wenn sie zusammenstürzt?« Pat schlug auf das Kabel, auf dem er saß, und sein zweiter Schlag fiel sanfter aus, fast schon wie eine Liebkosung. »Mir wird es vorkommen, als ob ich einen Teil von mir selbst verliere.«

Justice schwieg lange, so lange, dass Pat schon glaubte, er hätte nicht zugehört.

Schließlich wandte sich Justice ihm zu, und in seinem narbigen Gesicht stand eine Traurigkeit, die Pat nur selten bei ihm gesehen hatte.

»Ich denke nicht gern daran«, sagte Jus, und seine Augen verrieten mehr als seine Worte.

Die Brücke war es, die ihnen im Weg stand, die ihren Glauben, ihre Mission und ihre Rache gefährdete. Die Brücke hatte seine Phantasie immer stärker gepackt, bis er schließlich nicht mehr mit den anderen darüber sprechen konnte, nicht einmal mit Pat. Aber soeben hatte er es getan, und das nicht nur in Worten. Jetzt hatte er etwas in Bewegung gebracht. Jus wartete auf Pats Reaktion.

»Ich auch nicht, Jus«, sagte Pat nur. Es genügte.

»Es ist schon komisch. Im Krieg haben wir so viele Brücken gesprengt, und jetzt geht uns ausgerechnet diese hier so nahe.« Unwillkürlich war Jus' Stimme leiser geworden. Schließlich beschloss er, etwas zum Ausdruck zu bringen, woran er bis zu diesem Augenblick nur insgeheim gedacht hatte. »Pass auf, ich hab das noch nie zu jemandem gesagt, Pat, und du musst mir ver-

sprechen, dass du den anderen nichts davon erzählst.« Er sah ihm in die Augen.
»Klar. Wir sind unter uns.« Patrick zuckte die Achseln.
»Weißt du ... manchmal, wenn wir zum Beispiel hier oben in den Kabeln hängen und die Sonne scheint, könnte ich schwören, dass ich hier das Werk Gottes sehe. Und verdammt nochmal, ich bin stolz darauf. Zum Teufel, Patrick, so etwas habe ich noch nie gespürt, dass ich das Werk des Herrn ausführe – noch nie, außer vielleicht am Anfang des Krieges.« Seine Anspannung war nicht zu überhören. »Deshalb versuche ich, das, was wir hier machen, im richtigen Licht zu sehen – zu sehen, wo meine Pflicht liegt.« Er sah Sullivan an, wartete auf dessen Urteil.
Sullivan war das Gefühl auch nicht unbekannt, er hatte aber die ganze Zeit Angst davor gehabt, sich angesichts ihres Schwurs solche Gedanken zu erlauben. Doch jetzt legte er ein Bekenntnis ab.
»Ich weiß, Jus. So etwas Schönes haben diese Hände hier noch nie zuvor geschaffen.« Pat betrachtete seine Hände, als sähe er sie zum ersten Mal. Justice stimmte ihm leise zu. Patrick murmelte, halb an sich selbst gewandt, halb zu dem Wind in den Kabeln: »Das wird uns alle auf die Probe stellen.«

Mike hatte sich vorgenommen, nicht zu weinen. Er saß in einer kleinen Zelle im Keller der Delancey Street 178. Das dreizehnte Polizeirevier sah noch so aus wie zur Zeit seiner Erbauung im Jahre 1840. Mikes Zelle war fensterlos, auf den kalten Mauern bildeten sich Wassertropfen, die die unregelmäßigen Steine hinunterliefen. Sogar die Eisengitter seiner Zelle waren feucht, und der Rost blühte wie eine Flechte auf dem alten Eisen. Wenn er die Hände darauf legte, wurden sie braun. Die Obdachlosen, die mit Erlaubnis der Stadtverwaltung in Polizeirevieren übernachten durften, waren schon mit dem ersten Morgenlicht wieder verschwunden. Etwa zwölf Personen waren es diesmal gewesen, Menschen aller Altersstufen. Aber jetzt waren sie nicht mehr da.

Ihre Türen hatte man nicht abgesperrt. Zum ersten Mal hätte Mike gern mit ihnen getauscht.
Die Zelle enthielt ein Eisenbett und einen kleinen Waschtisch mit einem emaillierten Lavoir und einem Krug. Das Wasser im Krug roch komisch, deshalb trank Mike nichts davon. Er benutzte es nur, um das Blut wegzuwaschen. Harlan, der Cop, war nicht sanft mit ihm umgegangen. Die Rückseite von Mikes Oberschenkeln war so wund, dass er kaum sitzen konnte. Lange Striemen von Harlans Schlagstock brannten auf seiner Haut. Harlan hatte ihn die ganze Strecke bis zum Revier vor sich hergeprügelt. Dass er die Namen seiner Freunde nicht preisgab, hatte seine Situation nicht verbessert. Harlan schien Mikes Schweigen nicht zu schätzen. Jedes Mal, wenn er keine Antwort auf seine Fragen bekam, drosch er noch fester auf ihn ein. Auch Mikes Hintern hatte ein paar Hiebe abbekommen; es schmerzte, als hätte ihn ein Maultier getreten. Und sein »Unfall« hatte alles nur noch schlimmer gemacht: Kaum hatte er zwei unsichere Schritte auf der übel riechenden Treppe zurückgelegt, da traf ihn von hinten ein Stoß, der ihn hinunterstürzen ließ. Erst auf der Pritsche in der Zelle kam er wieder zu sich. Wanzen krabbelten schon in seinen Haaren und auf seiner Kleidung. Als er sich auf den Kopf schlug, um sich ihrer zu erwehren, griff er in eine rotbraune Blutkruste. Das komisch riechende Wasser brannte ihm auf der Haut, als er die Schnittwunde neben dem Haaransatz wusch. Er wimmerte, aber es waren nicht die Prellungen und die Wunden, die ihm am meisten wehtaten. Derartiges war er von den Raufereien auf der Straße gewöhnt. Als seine Ma und seine Schwester gestorben waren, wollte er seinem Da zuliebe stark sein. Aber damals lebte sein Vater noch, es gab jemanden, für den er stark sein wollte. Jetzt war er allein. Er liebte zwar seine Grandma und seinen Gramps, aber sein Da war etwas Besonderes gewesen. In der Düsternis seiner kleinen feuchten Zelle spürte er den Verlust bis in die Knochen. Dieser Verlust war schlimmer als jeder körperliche Schmerz.

Als man Mike gefragt hatte, wen man benachrichtigen sollte, war ihm nur »Detective Braddock« eingefallen.
Der Dienst habende Sergeant hatte ihn ungläubig angesehen und noch einmal nachgefragt: »Detective Braddock, sagst du? Und wie bist du mit ihm verwandt?«
Mike wollte weder erklären, wie er Braddock kennen gelernt hatte, noch, dass er ihn nur flüchtig kannte. Ihm fiel nur ein: »Er kannte meinen Vater.« Mehr wollte er nicht sagen.
»Was sich dieser Bengel einbildet«, sagte Harlan zu seinem Kollegen. »Er will uns mit seinen großartigen Beziehungen beeindrucken. Nun, wir werden uns bei deinem Freund Mr. Braddock erkundigen, aber vorläufig bleibst du noch eine Zeit lang unser Gast. Und ... falls sich herausstellt, dass du uns angelogen hast, wirst du es zu spüren kriegen. Also los.«
Nachher glaubte Mike, sein »Unfall« auf der Treppe habe damit zu tun gehabt, dass er Braddocks Namen genannt hatte.
Mike stützte den Kopf in die Hände. Er dachte an die Münzen, die er in einem kleinen Häufchen auf den Schreibtisch des Sergeants hatte legen müssen. Würde er diese Nickels und Dimes jemals wiedersehen? Er dachte an Mouse und Smokes. So wie er sie kannte, waren sie nicht gleich nach Hause gegangen, sondern hatten aus einiger Entfernung aufgepasst, ob nicht ein Cop zu ihnen ins Haus ging. Ob sie wohl schon im Zirkus gewesen waren? Schon trauerte er seinem Zirkus nach; den konnte er sich jetzt abschminken. Er hatte sich so darauf gefreut, vor den anderen Jungen in der Nachbarschaft angeben zu können. Aber es würde kein Angeben, keinen Jumbo, keinen Dickhäuter, gar nichts würde es geben. Er würde von Glück reden können, wenn man ihn nicht in den Jugendarrest steckte. Selbst wenn er davonkäme, würde ihn seine Grandma auf ewig bestrafen. Aus der Kellerperspektive des dreizehnten Reviers sah die Zukunft nicht rosig aus.
Mike dachte auch an seinen Da. Kleine Tränenrinnsale liefen ihm die Wangen hinunter und gruben Streifen durch den Kohlen-

staub und das getrocknete Blut. Er bemühte sich, leise zu weinen: Diese Genugtuung sollte Harlan nicht zuteil werden. Aber unwillkürlich hob sich seine Brust, hatte er einen Klumpen im Hals, und er konnte das Schluchzen nicht mehr zurückhalten. Dann fiel ihm der Mann mit dem geschwärzten Gesicht bei den Latrinen ein. An ihn hatte er schon seit Tagen nicht mehr gedacht, aber jetzt kroch die Erinnerung an die Oberfläche seines Bewusstseins. Auch hier auf der Polizeiwache hätte es keinen Sinn, jemandem davon zu erzählen. Man würde es nur für eine unglaubwürdige Geschichte halten, für eine kindische Ausrede. Sie würden ihn auslachen. Vielleicht täten sie ihm noch Schlimmeres an, als ihn die Treppe hinunterzustoßen. Es gab in der Nachbarschaft einige ältere Jungen, die nach einem Aufenthalt auf der Wache im dreizehnten Revier ins Krankenhaus mussten. Außerdem hatte man sogar Braddocks Namen mit Hohn aufgenommen. Jetzt war keine geeignete Zeit, sein Wissen über irgendwelche Männer hinter Latrinen auszupacken. Er würde noch abwarten müssen. Vielleicht, falls der Detective käme, könnte er es ihm sagen. Aber jetzt war es nicht diese Sorge, die ihn am meisten bedrückte.

Nach seinem Gespräch mit Coffin und dem ergebnislosen und ereignislosen Besuch in Gotham Court war Tom zu Sam zurückgekehrt, zu dem sich inzwischen ein anderer Streifenbeamter gesellt hatte.

»In Gotham Court kannte niemand den Namen Watkins«, sagte Tom, als sie auf die Brücke zugingen. »Eine Scheißsackgasse. Auch sonst kein Hinweis, dass er jemals dort gesehen wurde, soweit ich weiß.«

Sam schüttelte den Kopf. »Eine komische Sache. Glaubst du, jemand wollte dich in eine Falle locken?«

Tom zuckte die Achseln. Etwas war schon faul an dieser Sache. Die drei Cops gingen zur Brückenauffahrt und holten Matt Emmons und Earl Lebeau zum Verhör ab. Tom war sich sicher, dass nicht sie Watkins umgebracht hatten. Das wäre unmöglich gewesen. Aber ebenso unwahrscheinlich war, dass diese beiden nicht wussten, wer es getan haben könnte. Davon war er überzeugt. Aber selbst nachdem er sie zwei Stunden lang in die Mangel genommen hatte, gaben Lebeau und Emmons nichts preis. Eigentlich waren ihre Ausführungen auf eine geradezu verdächtige Weise unanfechtbar. Es kam selten vor, dass zwei verschiedene Menschen eine Geschichte absolut identisch darboten. Nach Toms Erfahrung pflegten verschiedene Zeugen jeden Vorgang unterschiedlich wiederzugeben, andere Menschen unterschiedlich zu beurteilen. Matts und Earls Berichte dagegen glichen sich so sehr, dass kein Messer dazwischenpasste. Es konnte vielleicht nichts oder aber sehr viel bedeuten. Wie sollte man dahinterkommen?

Ein Punkt, den Tom für bedeutsam hielt, war, dass die Nachricht von Watkins' Tod beide zu überraschen schien. Zunächst nahmen sie sie feindselig auf – vielleicht glaubten sie, Tom habe ihn getötet. Als sie erfuhren, dass man Watkins mit einem Schuss in den Hinterkopf aufgefunden hatte, konnten sie ihren Schock nicht verbergen. Doch von diesem Moment an schien sie nichts mehr zu verunsichern. Bei einem Verhör litten die meisten Menschen unter Schweißausbrüchen, einem trockenen Hals, ihre Nerven lagen blank; selbst völlig Unschuldige hatten ein Anrecht darauf, nervös zu werden. Diese beiden aber blieben völlig ungerührt. Sie wirkten nicht einmal, als wollten sie etwas verschweigen. Bei jedem Verhör erzählten zwei verschiedene Stimmen die gleiche Geschichte: von ihren gemeinsamen Jahren bei der Südstaatenarmee, der langsamen Rückkehr nach Hause nach dem Krieg, der Verzweiflung über die fehlenden Perspektiven und vom Umzug nach dem Norden. Mit nur kurzen Unterbrechungen hatten die drei seit 1870 an der Brücke gearbeitet. Sie hätten die Arbeit gern getan, sagten sie. So war es wohl auch, sonst wären sie nicht so lange geblieben, meinte Tom. »Sind noch andere aus eurer Einheit mit hierher gekommen?«, wollte

Tom von beiden wissen. Er bekam dieselbe Antwort: »Nur wir drei.« Tom war nicht überzeugt. Was ihm seltsam vorkam, war die Tatsache, dass keiner von den dreien jemals geheiratet hatte. Er selbst zwar auch nicht, aber darüber zerbrach er sich nicht den Kopf. Ihm erschien es unwahrscheinlich, dass drei junge Männer dreizehn Jahre hier leben und arbeiten konnten, ohne dass wenigstens einer von ihnen eine Frau fand.

Irgendetwas musste dahinterstecken. Zwei Männer waren tot. Auf Toms Leben war ein Anschlag verübt worden. Es hätte zwar ein böser Zufall sein können, dass er auf die vier Plug Uglies in Gotham Court gestoßen war, aber Tom glaubte nicht, dass der Zufall im Spiel war. Es hatte etwas mit diesen Männern aus dem Süden zu tun, aber was? Das war ihm ein Rätsel – noch.

Tom beschloss, von nun an anders vorzugehen. Das Kriegsministerium müsste Unterlagen über sie haben, und Tom hoffte dort auf nützliche Hinweise zu stoßen. In den letzten Tagen des Krieges waren viele Unterlagen verloren gegangen, besonders bei dem überstürzten Rückzug aus Petersburg und Richmond. Aber falls noch Akten existierten, würden sie im Besitz des Kriegsministeriums sein, oder man würde ihm zumindest sagen können, wo sie zu finden seien. Tom wusste zwar nicht genau, was er suchte, aber irgendwo musste er beginnen.

Nachdem er Emmons und Lebeau nach Hause geschickt hatte, saß er hinter seinem Schreibtisch, hatte die Füße auf die Tischplatte gelegt und die Hände hinter dem Kopf verschränkt. Er starrte ins Leere und versuchte, das Puzzle zusammenzusetzen. Unwillkürlich griff er in die Tasche und befingerte den kleinen Schlüssel. Er nahm ihn heraus, drehte ihn in der Hand um und betrachtete ihn zum hundertsten Mal. Er runzelte die Stirn. Das Dumme war, dass ihm mindestens die Hälfte der Puzzleteile fehlte … mindestens die Hälfte.

»Braddock! Detective! Ich muss mit Ihnen reden. Kommen Sie bitte in mein Büro!«

Zunächst erschrak Tom, aber er versuchte, sich nichts anmerken zu lassen. Er wusste schon, was Byrnes von ihm wollte. Eigentlich war er überrascht, dass ihn sein Chef erst jetzt zu sich bestellte. Tom schloss die Tür hinter sich, denn ihm war klar, dass dieses Gespräch unter vier Augen stattfinden sollte.
»Sir?«
»Berichten Sie mir von Gotham Court, Detective.« Byrnes wandte Tom den Rücken zu. Er stand hinter seinem Schreibtisch und sah zum Fenster hinaus, scheinbar damit beschäftigt, das abendliche Treiben auf der Mulberry Street zu beobachten. Trotzdem konnte Tom erkennen, wie ihn Byrnes' Augen im Spiegel der schmutzigen Fenster musterten. Seine Zigarre glühte wie ein kleiner Hochofen im schwachen Licht des Büros.
»Ich habe schon gehört, was mit den Plug Uglies geschehen ist, Sir. Zuallererst möchte ich Ihnen sagen, dass sie am Leben waren, als ich sie verließ, wenn auch nicht allzu munter.«
Byrnes grummelte und ließ beim Reden den Rauch aus seinem Mund entweichen. Es sah aus, als ob er innerlich brannte – Tom musste bei diesem Anblick an einen runden Kanonenofen denken.
»Wenn ich zu einem anderen Schluss gekommen wäre, Thomas, würde diese Unterhaltung ganz anders verlaufen.«
»Ja, Sir, das verstehe ich. Also, erstens ... ich war in Gotham Court, um einen Verdächtigen im Mordfall Bucklin zu verhaften, einen gewissen Watkins.«
Das ließ Byrnes herumfahren. Die Zigarre hing in der Luft, die Asche drohte herunterzufallen. »Watkins, sagen Sie? Ist das nicht der Mann, den Sie heute früh verfolgten und tot auf der Fähre vorfanden?«
»Genau der«, sagte Tom gleichmütig und grinste fast unmerklich. Er hatte Byrnes' Reaktion vorausgesehen.
»Interessant.« Byrnes sah Tom bedeutungsvoll an. »Und weiter?«
Braddock begann mit einem ausführlichen Bericht über den Fall

Bucklin. Byrnes lauschte fasziniert. Die Zigarrenasche fiel unbemerkt auf den Boden. Als Tom seinen Bericht beendet hatte, war die Zigarre fast ausgegangen. Beim Versuch, sie wieder zum Leben zu erwecken, sog Byrnes hastig daran und schmatzte dabei mit den Lippen.

»Also jetzt gibt es zwei Tote ... Hingerichtete, um es genau zu sagen. Auf Sie wurde ein Mordanschlag verübt, und Sie haben die Aussage eines Mannes, dass sein Sohn etwas im Zusammenhang mit der Brücke befürchtete. Es hat auch den Anschein, dass diese früheren Angehörigen der Südstaatenarmee in die Sache verwickelt sind. Ob es sich dabei nur um einen Zufall handelt oder ob es Teil eines größeren Szenarios ist, wissen wir nicht.« Byrnes gestikulierte mit dem Zigarrenstummel und hob die Augenbrauen.

»Damit ist das Wesentliche zusammengefasst, Sir. Und dieses Mädchen aus dem Tanzpalast, das Watkins angeblich ein Alibi liefern konnte, ist schlicht und einfach verschwunden. Ich habe telegrafisch alle Reviere informiert und gebeten, nach ihr Ausschau zu halten, aber sie ist nirgends aufgetaucht.« Tom hatte immer mehr das Gefühl, dass man sie nie wiedersehen würde. »Was Emmons und Lebeau betrifft, habe ich gerade an das Kriegsministerium geschrieben, um Näheres über ihre militärische Laufbahn zu erfahren. Ich weiß nicht, was dabei herauskommt, aber es ist einen Versuch wert. In der Südstaatenarmee haben viele gedient. Vielleicht hat es nichts zu sagen.«

»Gut, dann holen Sie sich einen Haftbefehl und durchsuchen Sie ihre Wohnungen. Die beiden sollen den Druck spüren. Vielleicht kommt etwas zum Vorschein.«

»Schon geschehen. Gerade fällt mir etwas ein, Sir ...« Tom zögerte, dann erläuterte er seine eigene Idee. »Es könnte sich lohnen, Berichte über Vorfälle auf der Brücke zu untersuchen, über unzufriedene Zulieferfirmen Erkundungen einzuholen, über Arbeiter, die unter ungewöhnlichen Umständen entlassen wurden und Ähnliches. Ich werde aber etwas Unterstützung

brauchen.« Tom strengte sich an, Byrnes den von ihm gewünschten Vorschlag in den Mund zu legen.
»Selbstverständlich, Thomas. Ich werde Ihnen Dolan und Heidelberg zuteilen. Sie sollen Ihnen auf jede mögliche Weise helfen. Es handelt sich wahrscheinlich um nicht mehr als einen ganz normalen Betrugsfall, aber …« Byrnes paffte. »Diese beiden werden bei der Durchsicht der Akten eine große Hilfe sein. Sie haben solche Untersuchungen schon öfter gemacht, auch Erfolg gehabt, also sind sie die Richtigen.«
Tom musste schmunzeln. »In Ordnung, Sir.« Er staunte, dass alles so gut lief. Dolan und Heidelberg waren alte Hasen und gehörten zu den besten Teams in der Stadt.
Byrnes drehte sich wieder zum Fenster hin, paffte und dachte nach. Dann sagte er zum Fensterglas: »Sie vermuten also, dass die vier Plug Uglies, die Sie in Gotham Court angriffen, getötet wurden, weil sie versagten?«
»Die Möglichkeit kann ich nicht ausschließen«, sagte Tom. »Der Angriff auf mich könnte vielleicht ein Zufall sein, in dieser Gegend besteht immer ein Risiko. Aber falls er geplant war, und dieser Ansicht neige ich zu, dann könnten Sie recht haben.«
»Das ergibt sechs tote Männer und möglicherweise auch eine tote Frau. Jemand gibt sich sehr große Mühe, seine Aktivitäten zu verbergen.« Byrnes, tief in Gedanken versunken, sagte es fast zu sich selbst.
»Ja, Sir, sie zu verbergen – wie im Grab.«
Damit war die Unterredung beendet, und Tom versprach, Byrnes mindestens jeden zweiten Tag über den Stand der Ermittlungen zu informieren. Er stand schon an der Tür, als Byrnes sagte: »Ich erwarte von Ihnen, Thomas, dass Sie bei Bedarf Unterstützung von den Revieren anfordern, in deren Bereich Sie ermitteln. Können Sie mir sagen, warum das gestern nicht geschah?«
Tom zögerte. Byrnes, der ihn eingehend musterte, warf ein: »Nein, sagen Sie mir lieber nichts. Sie haben Ihre Differenzen

mit Coogan noch nicht beigelegt, wenn ich mich nicht täusche. Sie konnten sich nicht auf seine Unterstützung verlassen, also holten Sie jemanden, dem Sie vertrauen konnten.« Byrnes nickte nachdenklich. »Am besten schweigen wir darüber. Sehr vernünftig, Tom. Sie sollten Ihre Differenzen aus dem Weg räumen, ich sagte es schon. Jetzt sehen Sie, wie in diesem System alles, was wir tun, Wellen schlägt.«

Braddock seufzte. »Ja, Sir, das sehe ich schon.«

»Hmm. Diese Nachforschungen dürften gefährlich sein, Thomas. Wenn Sie einen Streifenbeamten bekommen könnten, der Ihnen Rückendeckung verschafft, wen würden Sie nehmen?«

Tom kannte jede Menge wackerer Kollegen, die er gern in der Nähe hätte, wenn er in der Klemme saß. Wie es aussah, überließ ihm Byrnes die freie Wahl. Aber unversehens sagte er schnell: »Jaffey, Sir.« Sobald der Name ausgesprochen war, zuckte er zusammen und ärgerte sich über seine voreilige Entscheidung.

»Wirklich?« Verblüfft starrte Byrnes ihn an. »Ich kenne ihn nicht. Ist er etwa ein Neuling? Wieso er?«

Tom wäre froh gewesen, wenn er eine bessere Antwort parat gehabt hätte, aber was er nun einmal gesagt hatte, wollte er jetzt nicht zurücknehmen, nicht vor Byrnes. »Es ist einfach ein Gefühl, Sir. Jaffey ist zwar neu, aber er entwickelt sich gut. Anders als erfahrenere Männer kann er zuhören und auf Befehle achten. Beim Überfall in Gotham Court hat er sehr gut reagiert. Genau genommen hat er mir das Leben gerettet. Also ...«

»Ich weiß nicht, Tom. Ich habe Ihren Jaffey noch nicht kennen gelernt, aber an Ihrer Stelle hätte ich Bedenken, in einem solchen Fall einen Anfänger als Partner zu nehmen. Er ist erst seit kurzem bei der Polizei?«

Tom zuckte die Achseln. »Ein halbes Jahr, so ungefähr.«

Byrnes sog ein letztes Mal an seinem Zigarrenstummel, dann drückte er ihn im Aschenbecher aus. »Nun, das ist eine Entscheidung, die Sie selbst treffen müssen. Sie können wohl selbst am besten beurteilen, wen Sie zu Ihrer Unterstützung haben wollen. Manchmal ist es gut, wenn man seinem Instinkt folgt, auch wenn es nicht von vornherein vernünftig erscheint.« Byrnes zögerte, dann sagte er etwas widerstrebend: »Ich werde anordnen, dass Ihnen Jaffey für die Dauer des Falles zugeteilt wird.«

Tom ging an seinen Schreibtisch zurück. Er hoffte, dass seine Entscheidung richtig war. Er nahm seinen unfertigen Brief in die Hand und las ihn noch einmal durch, um den Faden wieder aufzunehmen. Dann fügte er hinzu, dass er sich für die Akten aller Männer dieses Regiments interessiere; insbesondere wollte er wissen, in welcher Kompanie sie dienten, wann sie eintraten und wann sie entlassen wurden, und auch Einzelheiten über Todesfälle. Byrnes wollte er bitten, mit zu unterschreiben. Das könnte eine schnellere Reaktion bewirken.

»Am besten werfe ich mein Netz möglichst weit aus«, sagte sich Tom. »Man weiß nie, was man alles fängt.«

Mary sperrte die Tür auf. Ihr Wohnungsschlüssel war ziemlich neu und blieb im Schloss hängen. Zunächst dachte sie, er passe nicht, aber nach einem Ruck und einer schnellen Drehung klappte es doch. Mit aufmerksamen Augen und gespitzten Ohren, wie zwei steinerne Löwen vor einem Amtsgebäude, warteten Grant und Lee am Ende des Flurs.

»Hallo, ihr beiden«, sagte sie liebenswürdig. »Bleibt ihr da sitzen, oder kriege ich eine richtige Begrüßung?« Langsam standen sie auf und schlenderten würdig und hochnäsig auf sie zu. »Eine tolle Begrüßung. Eigentlich sollte ich euch die Hühnerteile in dieser Tüte gar nicht geben.« Sie hielt sie hoch, als ob die Katzen wüssten, wovon sie sprach. »Ich bin mir nicht so sicher, ob ihr sie verdient.« Grant drängte sich an ihr Bein, machte einen Buckel und rieb sein Ohr an ihrer Wade. »So ist es gut, General. Du warst schon immer ein Herzensbrecher, genau wie dein Herrchen. Vielleicht verdienst du doch eine Belohnung.« Dann fütterte Mary die Katzen mit den Fleischstücken. Sie schubsten einander weg, um die Köpfe in die Schüssel zu bekommen, und Lee fauchte, als Grant zu grob wurde. »Zeig ihm nur, wer der Boss ist, Lee. Lass ihn nicht aus der Reihe tanzen. Den Männern muss man immer wieder zeigen, wo's langgeht, und dafür sind wir Frauen zuständig.« Mary lächelte.

Sie betrat das Schlafzimmer und holte ein paar Sachen aus ihrer Tasche. Dabei stellte sie sich vor, wie sie eines Tages alle ihre Sachen hier auspacken würde. Vor gar nicht so langer Zeit war eine solche Vorstellung für sie völlig undenkbar gewesen. Sie war eine Hure und eine Puffmutter, zwei Berufe, in denen für die Ehe kein Platz war. Im Laufe der Jahre hatte sie die Mauern um sich herum immer höher aufgerichtet, um ihr Herz – und ihre Träume – zu schützen. Es gehörte Disziplin dazu, sich das zu versagen, was sie sich am sehnlichsten wünschte. Eigentlich waren ihre Träume bescheiden. Anders als Madame Restell legte sie keinen Wert auf eine schicke Villa in der Fifth Avenue. Sie sehnte sich nicht nach Ruhm, strebte keine Bühnenkarriere an. Sie schätzte das Geld und die Dinge, die man dafür kaufen konnte, aber sie begehrte nicht mehr davon als das, was zu einem angenehmen Leben gehörte. Ihre Ambitionen waren viel alltäglicher und viel normaler, als man vermutet hätte. Für sie war es das Wichtigste, die Liebe eines braven, ehrlichen Mannes zu besitzen, dem es egal war, wie sie ihr Geld verdiente. Er müsste die Fähigkeit haben, darüber hinwegzusehen und sie um ihrer selbst willen zu lieben. In ruhigen Stunden würden sie sich einander offenbaren und die Freuden und Sorgen des Lebens miteinander teilen. Sie würden Kinder haben, und Mary würde das Wunder des Gebärens erleben. Sie würden eine Familie gründen.

Ganz gewöhnliche Träume. Aber dazu bedurfte es eines außergewöhnlichen Mannes. Das hatte sie schon vom ersten Tag an gewusst, als er vor ihrer Tür stand und sie verhaften wollte. Er hatte sie nicht, wie andere Männer, lüstern angeschaut. Er hatte ihren Körper nicht gierig betrachtet, obwohl sich ihr Körper für gierige Blicke darbot. Er hatte ihr in die Augen gesehen, als ob er

die Person sehen wollte, die sich hinter der Bordellbesitzerin verbarg. Sie hatten wenig miteinander geredet, aber ihre Augen hatten Bände gesprochen.
Jetzt lockerte sie die Zügel ihrer Träume. Es war gefährlich, das wusste sie. Sie riskierte alles, wenn sie ihr Herz aufs Spiel setzte. Dieses lebenswichtige Organ hatte im Laufe der Jahre viele Wunden erlitten, viele Narben waren geblieben. Was noch unversehrt war, wollte sie Tom schenken. Er wusste vom Wert dieses Geschenks, und auf seine etwas unbeholfene Art verstand er, wie zerbrechlich es war. Mary lächelte vor sich hin, während sie das Badewasser einlaufen ließ. Für seine Rückkehr hielt sie ein weiteres Geschenk bereit.

Matt und Earl hatten sich nach dem Verhör im Polizeihauptquartier getrennt. In der nächsten halben Stunde achteten sie darauf, dass ihnen kein Kriminalbeamter folgte, wechselten die Richtung, blieben stehen, um in den Schaufenstern das Spiegelbild der Straße zu kontrollieren, und gingen immer wieder in Läden, um mögliche Verfolger abzuschütteln. Keiner von beiden wurde beschattet. In Paddys Kneipe trafen sie sich wieder. Bis zu ihrer abendlichen Versammlung blieb ihnen noch eine Stunde Zeit, also setzten sie sich an einen Tisch in der Ecke, von wo aus sie die Straße im Auge behalten konnten. Hier mussten sie nicht mit Lauschern rechnen.
»Wer zum Teufel hat es bloß getan?« Earl sprach die Frage aus, als sie sich mit ihrem Bier an den Tisch setzten.
»Scheiße, das weiß ich nicht. Niemand außer uns sieben weiß, was wir vorhaben – außer uns sechs, wollte ich sagen.«
»Ich kann mir nur eins vorstellen«, sagte Earl. »Dieser verdammte Braddock hat es selbst getan – oder tun lassen.«
»Nein! Der war es nicht. Das ergibt keinen Sinn«, sagte Matt und schüttelte den Kopf. »Ein lebendiger Watkins wäre für ihn viel wertvoller als ein toter. Hast du es nicht bemerkt? Er war ganz wild darauf, etwas aus uns auszuquetschen.«

Earl nickte zustimmend. »Information braucht er, keine Leichen. Er sitzt im Schweinepfuhl und sucht nach Klee.« Er sah in sein Bierglas.
Matt sah Earl fragend an. »Also, wer war es?«
Allmählich füllte sich Paddys Bar mit den abendlichen Stammgästen. An seinem Ecktisch neben dem Fenster hielt Bob Hof und erzählte zwei Zuhörern, wie Hooker die Nerven verlor, als ihn Robert E. Lee bei Chancellorsville angriff. »Die einzig gute Sache, die dabei herauskam, war, dass Stonewall Jackson von den eigenen Leuten erschossen wurde. Manche sagen, das war die verlorene Schlacht wert. Dadurch hatten die Südstaatler einen größeren Verlust, als wenn dieser blöde Hooker die Schlacht gewonnen hätte.«
»Dem würde ich am liebsten eine Kugel in den Kopf schießen, wenn er über Stonewall so blöd daherredet«, sagte Earl leise.
Matt zuckte die Achseln. »Er hat verdammt recht, Earl. Für uns wäre es besser gewesen, wenn wir die Schlacht verloren hätten und dafür Jackson am Leben geblieben wäre. Außerdem ist Bob sowieso schon ein Krüppel. Wenn du ihm eine Kugel in den Kopf schießt, tust du ihm bloß einen Gefallen.«
Bob redete sich heiß. Das Bier tat seine Wirkung, und Bob war so laut, dass man überall in der Bar jedes Wort verstand.
»Dieser verdammte Jackson kam uns in die Flanke. Das Erste, was wir davon merkten, war, dass die Rehe aus dem Wald kamen und in unsere Linie hineinliefen. Was da alles kam: Rehe, Hasen, Waschbären – sie führten den Angriff an. Jackson war nur noch die Nachhut.« Alle an Bobs Tisch lachten.
»Noch ein Wort, und ich schieß ihm sein zweites verdammtes Bein weg, das schwöre ich.«
Matt legte die Hand auf Earls Arm. »Hat keinen Zweck, Earl. Gehen wir. Wir können auch anderswo unser Bier trinken.«
Earl murrte, stand aber trotzdem auf und stapfte durch das Sägemehl zur Tür, wobei er Bob feindselig anstarrte.
Matt sah auf die Uhr. »Für ein zweites Bier haben wir sowieso

keine Zeit mehr. Gehen wir am besten gleich hinüber ins Büro.« Sie traten auf den Gehsteig des Peck Slip hinaus und eilten zum Büro von Sangree & Co.

Während Tom seinen Brief an das Kriegsministerium mit einer Briefmarke versah, fiel ihm ein, dass er eigentlich noch einen Brief zu schreiben hatte. Es gehörte sich nicht, wie ein Hausierer unangekündigt an Roeblings Haustür zu stehen. In solchen Angelegenheiten musste man sich den gesellschaftlichen Gepflogenheiten unterwerfen. Darin kannte sich Tom nicht sehr gut aus. Doch er tat sein Bestes und schrieb einen kurzen Brief an Roebling, in dem er fragte, ob er ihn in zwei Tagen aufsuchen dürfe. Als er fertig war, ging er ihn noch einmal durch. Er enthielt zwar einen Tintenklecks und ein paar ungeschickte Wendungen, aber es würde schon gehen. Zusammen mit dem anderen Brief schickte er ihn ab.

Tom hatte nicht die Absicht, Roebling zu verhören. Vielmehr hoffte er, dass dieser in einigen Einzelheiten Klarheit schaffen konnte. Offenkundig gab es Leute, die stark daran interessiert waren, ihre Aktivitäten geheim zu halten. Den Grund kannte Tom nicht, aber er musste jeder Möglichkeit nachgehen. Die Liste der Möglichkeiten war eher kurz. Als Erstes kam Betrug in Frage. J. Lloyd Haigh hatte es bewiesen, als er für die Drähte der Hauptkabel schadhaftes Material lieferte: Man konnte eine Menge Geld damit verdienen, dass man das eine versprach und etwas anderes lieferte. Haigh hatte es fertig gebracht, einen Betrug zu begehen, minderwertigen Draht zu liefern und trotz Bekanntwerdens seiner Tat den Auftrag nicht zu verlieren. Es war nicht zu weit hergeholt, wenn man annahm, dass es auch andere Gruppen gab, die etwas Ähnliches versuchten. Wenn man unter die Oberfläche schaute, ging es bei Mordfällen meistens um einen materiellen Vorteil. Ein Projekt wie die große Brücke über den East River brachte das Geld kübelweise herein. Alle möglichen Menschen wurden von dem Futtertrog angezogen. Auch kleinste Leckstellen in einigen dieser Kübel konnten große Gewinne für diejenigen bedeuten, die nichts dabei fanden, diese Löcher zu bohren. Als Tom das Hauptquartier verließ, überlegte er, wie er selbst vorgehen würde, wenn er im Falle der Brücke einen Betrug begehen wollte. Da gab es unendlich viele Möglichkeiten.

Die wenigen Anhaltspunkte, die er hatte, gingen ihm dauernd im Kopf herum, während er mit der El nach Hause fuhr. Tom fuhr gern bei Dunkelheit mit der El. Beleuchtete Fenster flogen vorbei wie bewegliche Fotografien, die er einmal in einem Bilderbuch gesehen hatte. Mit dem Daumen an den Rändern hatte er die Seiten blitzschnell aufgefächert und fasziniert zugesehen, wie ein Reiter auf seinem Pferd über die Seiten zu galoppieren schien. Wie ein Voyeur der Großstadt spähte er durch die Fenster des Zugs in die Wohnstuben. Das Leben der Bewohner flitzte vorbei. Tom dachte an die Bewohner der Stadt New York – mehr als eine Million waren es jetzt. Was taten sie wohl in diesem Augenblick? Essen, trinken, einen Säufer in der Bowery beklauen, bumsen, Droschke fahren, durch die Straßen schlendern; in jedem Augenblick eine Million verschiedener Tätigkeiten. Aber in all diesem menschlichen Treiben, in all dieser unendlichen Vielfalt von Aktivitäten gab es einige Menschen, deren Denken auf die Brücke fixiert war. Irgendwo trieben sie sich herum. Sie hatten ihre Visitenkarten hinterlassen. Ihnen war bekannt, wer er war und was er vorhatte. Möglicherweise gehörten Matt Emmons und Earl Lebeau zu ihnen, aber er konnte es nicht beweisen, zumindest jetzt noch nicht. Vielleicht saßen einige mit ihm im Zug. Sollen sie nur kommen, dachte sich Braddock und sah sich um. Er wäre froh, wenn das Geheimnis endlich gelüftet würde.

Tom dachte immer noch an Verschwörer, als er die Treppe zu seiner Wohnung hinaufstieg. Zögernd öffnete er die Tür und rechnete fast damit, dass schwarze Hände im dunklen Flur nach ihm griffen. Er machte die Tür so behutsam hinter sich zu, dass das Schloss nur leise klickte. Etwas kam ihm seltsam vor, erregte seinen Argwohn. Er schnupperte wie ein Hund, der etwas in der Luft wittert. Vorsichtig streifte er durch den Flur. Als er an die Schlafzimmertür kam, erkannte er den Duft von Kerzen und einen zarten Geißblatthauch. Ein weicher, warmer Schimmer drang durch den Spalt unter der Tür. Lächelnd, ganz langsam, schob Tom die Tür auf und sah ein völlig verändertes Zimmer vor sich. Brennende Kerzen tauchten die Wände in flüssiges gelbes Licht. Ihm kam es vor, als beträte er eine Kapelle, in der jede Kerze ein Gebet, eine Andacht darstellte. Mary lag auf dem Bett. Der Kerzenschein spielte auf ihrer goldenen Haut, bildete einen feurigen Schleier. Ihr Lächeln, langsam und verführerisch, lud ihn ein. Tom stand wie angewurzelt auf der Schwelle.

»Oh, Mary«, hauchte er. Es klang wie ein Gebet.

»Willkommen zu Hause, Tommy. Ich warte schon lange auf dich.« Ihre Hände streichelten die Brüste mit sanften Liebkosungen. Sie schnurrte wie eine Katze. »Du hast so lange auf dich warten lassen, da habe ich ohne dich angefangen. Es macht dir doch nichts aus, Tom?«

Zitternd holte er Atem und knöpfte sich hastig das Hemd auf.

»Mmm, o ja«, flüsterte sie. »Ich will dich sehen.«

»Ooh, du schlimmes, schlimmes Mädchen«, stöhnte er. Tom sah sie unentwegt an; seine Kleider fielen zu Boden. Mary beobachtete ihn, und ihre Hände glitten über ihren Körper, während Tom sich ihr in seiner Nacktheit zeigte. Jetzt war es Mary, die keuchend atmete. Fasziniert sah sie ihn an. Dieses Spiel hatten sie noch nie gespielt.

»Ich begehre dich so sehr, Tommy«, flüsterte sie.

Ein schalkhaftes Lächeln stahl sich auf Toms Gesicht. »Zeig's mir.«

15. Kapitel

Für mich war es eine Sache der Ehre und des Stolzes,
meine Arbeit fortzusetzen.

Washington Roebling

Kaum war die Versammlung ohne Watkins zusammengetreten, als die verschiedensten Mutmaßungen gehandelt wurden. Matt und Earl waren gerade dabei, von ihrem Verhör durch Braddock zu berichten, da erhob sich der Captain und stellte sich aufrecht hin wie zu einer Parade. Mit der ernsten Würde eines Offiziers, in einem Ton, der die Anwesenden sofort zum Schweigen brachte, bat er um Ruhe.

»Watkins ist tot«, sagte er mit klarer Stimme. »Ich habe ihn getötet.« Die Worte trafen die Versammelten wie ein Schwertstreich. Minuten schienen zu vergehen, bis Sangree das Schweigen brach. »Als Captain trage ich eine zweifache Verantwortung: die für das Wohlergehen meiner Männer und die für den Erfolg der Mission. Wie ihr wisst, habe ich mich bemüht, das Gleichgewicht zwischen diesen beiden Verpflichtungen aufrechtzuerhalten – aber wir wissen auch alle, dass die Mission an erster Stelle stehen muss.« Die Männer hörten zu. Sangree konnte nicht erkennen, ob sie für oder gegen ihn waren. Sie verrieten ihre Empfindungen nicht. »Das wussten wir schon im Jahre 61, und seitdem hat sich nichts daran geändert. Im Leben eines Soldaten ist das die einzige Konstante.« Der Schauder, der ihn durchfuhr, blieb unbemerkt. »Diese Last zu tragen, habe ich geschworen. Unsere Mission … lief Gefahr zu scheitern, sie wurde durch einen von uns gefährdet. Angesichts dieser Lage musste ein Opfer gebracht werden.«

Eigentlich hatte er an dieser Stelle aufhören wollen, aber unversehens fing er an, ihnen sein Herz auszuschütten. »Ich schwöre euch, ich hätte genauso bereitwillig mein eigenes Leben geopfert, wenn ich dadurch das gleiche Ziel hätte erreichen können.« Er gab sich große Mühe, seine militärische Haltung zu betonen, die Männer durch die Miene eines Kommandeurs zu überzeugen. Sie hatten das verdient. Aber es fiel ihm schwer, von Watkins zu sprechen. »Ich bete, dass ihr alle versteht, mit welchem Ernst ich diese Entscheidung fasste. Diese Tat nahm ich nicht leichtfertig auf mich, und ich betete zum allmächtigen Gott, er möge mir beistehen und mir den wahren Weg der Gerechtigkeit zeigen.«

Er hielt einen Moment inne. Er brauchte diese Zeit, um sich zu fangen.

»Ihr müsst wissen – ich meine, ich will, dass ihr es alle versteht –, diese Tat … war mir eine Qual. Ich fasste den Entschluss nicht leichthin, und wenn ich auch im tiefsten Herzen weiß, dass ich richtig handelte, wird es mich immer … belasten, dass ich es zu tun … tun musste.« Er hatte nicht die Absicht, den anderen zu sagen, wessen er Watkins verdächtigt hatte. Manchmal war es besser, etwas unausgesprochen zu lassen. Er sah jeden der Männer einzeln an; er kannte sie. »Ich weiß, dass ich diese Tat einmal vor meinem Schöpfer verantworten muss, ebenso wie ich es heute vor euch tue.« Als er seine Rede beendet hatte, ließ er den Kopf auf die Brust sinken. Er hatte seine Rührung nicht zeigen wollen, aber er konnte nicht anders. Vielleicht fiel es den anderen deswegen leichter, die Tat zu akzeptieren. Sie sahen, mit welchem Ungeheuer er gerungen hatte. Er war ihr Captain, aber er war auch ein Mensch.

Es war nun einmal geschehen und konnte nicht rückgängig gemacht werden. Keinem von ihnen gefiel es, aber alle schienen es zu akzeptieren. Selbst Sullivan, der die menschlichen Probleme in ihrer kleinen Gruppe sensibler empfand, nahm es gefasst auf. Dass Watkins das am wenigsten geschätzte Mitglied der Mannschaft war, machte es ihnen leichter. Auch hatten sie das Gefühl, Watkins habe es selbst heraufbeschworen. Seine lockere Zunge war schuld daran, sie hatte ihn umgebracht. Jacobs, mit seiner Buchhalterstimme, sprach es als Erster aus.

»Nicht Sie haben ihn umgebracht, Captain. Sie haben nur zu Ende geführt, was sein lockeres Mundwerk angefangen hatte. Er war schon vorher tot. Er merkte es bloß nicht.« Einige nickten zustimmend.

»Das wird schon stimmen«, sagte Earl. »Ich sehe es nicht gern, wenn einer von uns draufgeht, aber wenn man's genau nimmt, hatte er es selbst zu verantworten.« Er blickte um Zustimmung heischend in die Runde, dann fuhr er fort. »Es hätte Watkins genauso gut schon vor ein paar Wochen erwischen können, damals, als er bei Bucklin das Maul nicht halten konnte. Sie haben getan, was Sie tun mussten, Captain, und Sie hätten es früher tun können, wenn es Ihnen nicht so schwer gefallen wäre, einen der eigenen Leute zu beseitigen.«

Einer nach dem anderen erklärte sein Einverständnis. Jeder bedauerte, einen Kameraden zu verlieren; andererseits hatten sie im Laufe der Jahre so viele verloren, dass es sie nicht mehr so stark berührte. Sie würden bis ans Ende des Weges zu ihrem Captain stehen. Die Leichenberge mochten noch so hoch sein: Zu guter Letzt, wenn die Zeit gekommen war, ihren Erfolg zu begießen, würden sie einen Toast auf die Toten ausbringen. In stillem Gedenken würden sie auf jene anstoßen, die auf dem langen, langen Weg gefallen waren. Der Captain hatte die Absolution erhalten.

Als Nächstes waren Matt und Earl an der Reihe. Sie mussten über ihre Behandlung durch Braddock berichten. Obwohl sich alle ermutigt fühlten, weil der Detective so wenig zu wissen schien, war es offenbar höchste Zeit gewesen, Watkins zu beseitigen. Ihnen war aufgefallen, wie schnell die Polizei am Tatort erschien. Unter normalen Umständen hätte ein Schlafender, und so hatte Watkins ausgesehen, stundenlang auf dem Fluss unbemerkt hin- und herfahren können, bevor man ihn entdeckte. Also musste die Polizei die Fähre beobachtet haben. Es war knapp gewesen, knapper, als sie es sich hätten vorstellen können.

Der Captain, der wie üblich die Führung übernahm, wandte sich mit einem ermutigenden Lächeln an Sullivan und sagte: »Also, Patrick, kannst du uns genauer über die Pläne informieren, die du uns vor ein paar Tagen vorgestellt hast? Du hattest ja inzwischen Zeit, ein paar Einzelheiten auszuarbeiten.«

Sullivan stand auf. »Das stimmt, Sir.« Eigentlich hatte er keine Lust zum Reden, jetzt, nachdem er eben erfahren hatte, wie einer von ihnen vom Captain aus dem Weg geräumt worden war. Er fühlte sich elend. Die Zweifel, von denen er mit Lincoln gesprochen hatte, hatten sich in den letzten Minuten wie die Pilze vermehrt. Sie ließen sich nicht länger im Hinterkopf verstauen. Justice, das merkte er, hegte die gleichen Empfindungen. Trotzdem stellte er seinen Plan vor.

Im kleineren Maßstab hatten sie schon früher die gleichen Methoden angewandt, bei den Brücken, die sie während des Krieges sprengten, und bei den drei Anschlägen auf Eisenbahnzüge nach dem Krieg. Die Arbeitsweise war ähnlich gewesen. Der Umfang und die Komplexität dieses Unterfangens jedoch waren diesmal ungleich größer.

»Wie ihr wisst«, fing er an, »wollen wir nur so viel sprengen, dass die Brücke von selbst auseinander fällt. Bart hat uns die Pläne besorgt, und er und ich haben sie in den letzten zwei Wochen gründlich studiert.«

Bart Jacobs entrollte einen Plan auf dem großen Tisch, und alle reckten die Hälse, um besser sehen zu können. Die Zeichnung war geradezu ein Kunstwerk, eine unglaublich genaue, maßstabgetreue Seitenansicht der Brücke. Alle wichtigen Komponenten waren zu sehen: Caissons, Türme, Verankerungen, Auffahrten, Fahrbahntafel, Tragkabel, Hängeseile und Schrägseile.
»Meine Herren«, sagte Pat, »so stelle ich mir vor, wie wir das achte Weltwunder zum Einsturz bringen.«
Wenn er einmal in Fahrt gerät, entwickelt er eine Ader für die Dramatik, dachte sich der Captain und lächelte.
Pat Sullivan wiederholte die Grundzüge des Vorhabens, die sie schon vor einiger Zeit festgelegt hatten. Er wollte sichergehen, dass ihm jeder folgen konnte.
»Der Trick besteht darin, das Tragwerk zu destabilisieren. Der Schlüssel dazu ist die Starre der Fahrbahntafel. Deshalb hat Roebling diese Versteifungsträger eingebaut.« Jacobs zeigte auf die relevanten Stellen, während Pat weiterredete. Selbst wenn durch ein Wunder die Brücke standhielt und nicht in den Fluss stürzte, würde das von den Explosionen verursachte Blutbad verheerende Auswirkungen haben. Mit Sicherheit würden Hunderte von Menschen dabei sterben. Während er sprach, konnte sich Sullivan alles lebhaft vorstellen. Wie ein dumpfes Donnern hörte er die Explosionen, er hörte den spitzen, metallischen Knall, als die Schrägseile rissen und auf die überfüllte Fahrbahn hinunterpeitschten.
»Ihr seht, wenn wir die Schrägseile hier und hier durchtrennen«, sagte Pat versonnen, ganz in seiner Vision der Zerstörung versunken, »und die Hängeseile von nur zwei der Tragkabel lösen, können wir eine Seite der Fahrbahn zum Absturz bringen.«
Nach zwanzig Minuten hatte ihnen Sullivan alles erklärt, zumindest das, woran er gearbeitet hatte. Die Vision war verblasst. Abschließend wies Pat auf die zeitliche Abfolge hin. Das Timing sei ebenso wesentlich wie die Platzierung des Sprengstoffs, sagte er. »Zuerst die Hängeseile und die Querträger, dann, im Ab-

stand von ungefähr fünf Sekunden, die Schrägseile.« So sollte es im Idealfall ablaufen, aber es würde Probleme geben, alles zu koordinieren. Als sie die Hindernisse besprachen, unterbrach sie der Captain. Er zweifelte, ob sich die zeitliche Abfolge überhaupt so genau vorherbestimmen lasse. Als letzten Punkt behandelte Pat die Anzahl der Sprengsätze und führte aus, wie viel Zeit benötigt würde, sie anzubringen – anderthalb Stunden, schätzte er. Die Sprengsätze würden an insgesamt sechsundzwanzig Hängeseilen angebracht, und zwar an deren Verbindungsstellen mit den Versteifungsträgern. Je dreizehn Sprengsätze sollten an den Verbindungen der Hängeseile mit dem Tragkabel auf der Nordseite befestigt werden. Zusätzlich sollten Sprengsätze so angebracht werden, dass sie die Schrägseile über den Eisenbahngleisen durchtrennten. Sie durften nicht zu viel Zeit darauf verwenden, also musste jeder Schritt gründlich vorbereitet werden. Zur Einübung schlug Sullivan Probeläufe vor, die man zum Teil auf der Brücke ausführen könne. Auf der Brücke selbst seien keine Polizeikontrollen zu erwarten, aber an beiden Brückenenden müsste man mit Polizisten rechnen und sogar mit Straßenverkehr, selbst um drei Uhr in der Frühe. Auch Unwahrscheinliches könne nicht ausgeschlossen werden.
»Sehr schön«, sagte der Captain, als Pat und Bart fertig waren. »Es gibt aber noch etwas, was wir uns überlegen sollten: Wie soll der Sprengdraht verlaufen?« Das Anbringen des Sprengdrahts und des tragbaren Dynamos für das Aufladen des Sprengsatzes bereitete ihnen viel Kopfzerbrechen. Bis jetzt hatten sie nur ungenaue Pläne entwickelt. »Mir fällt gerade ein, dass in nächster Zeit die elektrischen Leitungen für die Beleuchtung verlegt werden. Wenn wir Earl und Matt zu dieser Mannschaft einteilen lassen, könnten sie unseren Sprengdraht mit hineinfädeln.«
»Die Drähte zu den Sprengladungen an den Schrägseilen müssen gleichzeitig mit den Sprengladungen selbst verlegt werden. Das können wir nicht umgehen«, gab Pat zu bedenken. »Aber wenn wir vorher unseren Draht bis in die Mitte der Brücke

verlegen könnten, würde es uns viel Zeit und ein großes Risiko ersparen. Ich überlege es mir schon die ganze Zeit – trotzdem, um die Wahrheit zu sagen, gefallen mir meine Lösungen nicht so besonders. Aber Ihre Idee klingt recht brauchbar.«
Sangree stimmte zu. »Wenn wir es schaffen, direkt unter ihrer Nase den Draht bis zur Mitte zu verlegen, wäre es großartig«, sagte er und genoss diese Vorstellung.
Bart wurde beauftragt, Matt und Earl sofort der Beleuchtungsmannschaft zuteilen zu lassen; dann wurde der offizielle Teil der Versammlung beendet.
»Gibt's noch etwas?«, fragte Sangree.
Earl, in seiner lakonischen Art, gab seine Meinung kund: »Ja, Captain. Ich glaube nicht, dass sich Roebling darüber freuen wird.«

Als Tom um sechs Uhr zur Frühschicht an seinen Schreibtisch trat, fiel ihm als Erstes ein Telegramm auf, das klein, weiß und harmlos oben auf der eingegangenen Post lag. Wie die meisten Menschen rechnete Tom bei unerwarteten Telegrammen immer mit einer schlechten Nachricht. Mit spitzen Fingern hob er es auf. Es kam vom dreizehnten Revier und lautete: »Wegen Diebstahls inhaftierter Junge behauptet Sie zu kennen Stop Anklageerhebung beim Polizeigericht Essex Market morgen Mittag Stop Junge behauptet Michael Bucklin zu heißen Stop Bitte antworten Stop«. Tom las es noch einmal durch. Mike steckte offenkundig in der Klemme, und Tom glaubte nicht, dass seine Großeltern noch mehr Kummer verkraften konnten. Er ging hinunter ins Telegrafenbüro.
Es befand sich in den Kellerräumen 1 und 2 des Polizeihauptquartiers. Von hier aus konnte das Hauptquartier mit jedem Revier, jedem Krankenhaus, jeder Feuerwache und jedem Bahnhof, einschließlich der Stationen der El, in Verbindung treten. Wallace Wylie hatte gerade Dienst.
»Morgen, Wally.«

Wylie sah von seinem Schreibtisch auf. Sein Kopf hatte fast die Tischplatte berührt.

»Solltest du nicht längst zu Hause sein? Wo ist Brennan?«, fragte Tom.

»Nicht da. Ich muss ihn vertreten.«

»Ist das Leben nicht schön! Wie geht's dir, Wally? Ich hab dich in letzter Zeit kaum gesehen.«

»Gut, Tom, gut«, sagte Wally gähnend. »Es gibt nichts Neues. Die Kinder gedeihen wie Unkraut. Meine Frau erwartet schon das dritte.«

Tom wurde fast neidisch. »Großartig«, sagte er. »Schön, dass einiges normal läuft. Ich hätte eine Nachricht für das Dreizehnte.« Tom hielt ihm einen Zettel hin.

»Du bist in letzter Zeit sehr beschäftigt, Tom.« Wally hatte den Finger schon auf der Taste. »Mir kommt manches zu Ohren, selbst hier unten in den Katakomben.«

»Das glaube ich dir.« Wie Tom wusste, war Wylie der bestinformierte Mann im Haus. »Es gab ein paar interessante Vorkommnisse. Wie heißt wieder der alte chinesische Fluch? So etwas wie: ›Mögest du in interessanten Zeiten leben.‹ In den letzten vierzehn Tagen waren die Zeiten vielleicht ein wenig zu interessant. Aber jetzt muss ich sausen. Danke für deine Hilfe.«

Auf der Treppe traf er Chowder.

»Wie ich höre, sind dir Dolan und Heidelberg zugeteilt worden«, sagte Chowder. »Was gibt's? Ist es etwas Größeres?«

»Der Fall Bucklin. Könnte uns in einer anderen Sache weiterbringen.« Chowder hob die Augenbrauen und schwieg. »Die East River Bridge, zum Beispiel.« Damit beantwortete Tom die unausgesprochene Frage.

Chowder pfiff durch die Zähne. »Kann es sein, dass du mir einen Bären aufbinden willst, Thomas? Was hat denn die Brücke mit dem Fall Bucklin zu tun?«

»Es riecht nach Betrug oder Verschwörung, Chowder. Ziemlich stark sogar. Byrnes wittert einen großen Fall, er möchte nicht aus der Übung kommen. Du weißt, wie so was läuft.« Chowder verstand ihn nur zu gut.

»Mir macht's nichts aus.« Tom meinte das ganz ehrlich. »Meinetwegen soll er doch ruhig die Schlagzeilen einheimsen. Wenigstens krieg ich dabei noch ein bisschen Unterstützung und bin immerhin bei dieser Geschichte der Boss.«

Chowder klopfte ihm auf die Schulter. »Es könnte für dich einen großen Karriereschritt bedeuten, Tommy. Das hielte dir Coffin vom Hals. Wie sieht's aus? Gibt's schon Verdächtige?«

»Das ist eben das Problem.« Tom war plötzlich bedrückt. »Mein Hauptverdächtiger tauchte gestern mit Kopfschmerzen auf – 32er Kaliber.«

»Der Kerl auf der Fähre? Davon habe ich gehört.« Chowder fing an, das Puzzlespiel zusammenzusetzen. »Also braut sich etwas zusammen?«

»Es hat Byrnes darauf aufmerksam gemacht.« Toms Untertreibung war gewollt.

Chowder wiegte pathetisch den großen Kopf. »Jetzt habe ich kapiert. Klar wie Kloßbrühe. Hör mal, ich muss jetzt weiter. Pass gut auf dich auf! Dieser Fall sieht nicht ganz ungefährlich aus.«

»Das meine ich auch. Wir sollten einmal wieder ein Bier miteinander trinken, ein paar Neuigkeiten austauschen, meinst du nicht?«

Chowder freute sich. »Machen wir, Tommy. Möglichst bald.«

Als sich Tom wieder an seinen Schreibtisch setzte und seine Berichte für den Vortag abgelegt hatte, war es schon halb acht. Er besprach sich mit Pat Dolan und Charlie Heidelberg und machte für elf Uhr einen Termin aus. Er wollte mit ihnen den Fall besprechen und dann entscheiden, womit man beginnen sollte. Dann nahm er den hinteren Ausgang auf die Mott Street hinaus und lief zur El. Zehn Minuten später tuckerte er hinter einer besonders stark qualmenden Lokomotive nach Norden. Während die El hin- und herschaukelte, dachte er an Mike. Der Junge war

anscheinend gestern verhaftet worden. Das Telegramm hatte man erst spät am Abend auf seinen Schreibtisch gelegt; demnach saß Mike wahrscheinlich schon seit achtzehn Stunden in Haft. Seine Großeltern waren wohl inzwischen krank vor Sorge.
Eine Viertelstunde später stand Tom vor dem Schreibtisch des wachhabenden Beamten des dreizehnten Reviers.
»Morgen. Sind Sie Sergeant Thompson?«
»Nein«, sagte der Sergeant, ohne aufzublicken.
Tom wartete ab. Anscheinend hatte der Mann nicht vor, noch etwas zu sagen. »Egal. Thompson hat mir dieses Telegramm geschickt. Ihr habt einen Jungen namens Bucklin in Haft genommen. Ich möchte ihn gerne sehen.«
»Und wer sind Sie?«
Tom gab keine Antwort. Er wartete ab, bis der Sergeant endlich aufsah, dann knöpfte er seine Jacke auf. Wie die meisten Detectives hatte er die Dienstmarke unter der Jacke an der Weste befestigt, damit sie nicht sofort auffiel.
»Sergeant Detective Thomas Braddock, Central Detective Bureau«, sagte Tom überdeutlich. »Und Sie sind?«
»Sergeant Roodman. Aus welchem Grund wollen Sie mit dem Gefangenen sprechen?«, fragte der Sergeant, dessen Verhalten sich beim Anblick von Toms Dienstmarke nur geringfügig gebessert hatte. Braddock fragte nach dem Beamten, der Mike verhaftet hatte, und Roodman gab zur Antwort: »Er hat keinen Dienst, aber er ist auf Abruf. Ich sehe nach, ob er im Haus ist.«
Es war das erste höfliche Wort, das Tom von ihm zu hören bekam. Wer weiß, vielleicht wird er sich eines Tages noch zu einem zivilisierten Menschen mausern, sagte sich Tom.
»Danke. Wo wird Bucklin festgehalten?«
Der Sergeant händigte Tom einen Schlüsselbund aus und sagte: »Die Zellen im Keller. Dritte links.«
Als Tom in die Zelle sah, schlief Mike noch. In den Kellerräumen war es kühl und feucht. Mike hatte die schmutzig graue, fadenscheinige Wolldecke bis zum Kinn hochgezogen. Die

Füße schauten am anderen Ende hervor. Braddock sperrte die Zelle auf. Die verrosteten Scharniere kreischten und stöhnten, als die Tür sich öffnete. Mike schrak hoch und setzte sich aufrecht auf den Bettrand.
Tom musterte ihn. »Hey, Mike, wie geht's dir denn?«
»Es geht so. Sie haben mich erschreckt. Ich dachte, Sie wären Cop Harlan und wollten mich wieder ausfragen. Ich mag ihn nicht«, sagte Mike kleinlaut.
Tom kniff die Augen zusammen, um in der Dunkelheit besser sehen zu können. »Du hast ja eine schlimme Beule auf dem Kopf. Hat sie schon jemand angeschaut?« Tom betrachtete ihn eingehend. Ihm gefiel nicht, was er da sah. Er setzte sich zu dem Jungen auf die Bettkante.
»Ich konnte es ein bisschen waschen«, sagte Mike und deutete auf den Krug und das Lavoir.
»Komm mit. Wir müssen dich etwas säubern. In diesem Zustand dürfen dich deine Grandma und dein Gramps nicht sehen.« Tom bemerkte, dass Mike zusammenzuckte, als er sich erhob. Er sagte nichts. Am Haupteingang fragte Tom den Dienst habenden Sergeant nach dem Waschraum und warf ihm den Schlüsselbund hin. Tom war dabei, die angeschwollene Schnittwunde auf Mikes Kopf zu waschen, als Harlan Connolly den Raum betrat.
»So also behandelt ihr im Hauptquartier die kleinen Diebe!«, sagte Connolly laut. Tom drehte sich nach ihm um und setzte ein strahlendes Lächeln auf.
»Patrolman Connolly, nehme ich an.« Er streckte ihm die Hand entgegen. »Ich bin Detective Braddock. Danke für das Telegramm. Ich bin Ihnen sehr verbunden.«
Harlan ergriff die dargebotene Hand. Tom fiel auf, dass sich Mike bei Harlans Erscheinen hinter ihm verkrochen hatte.
»Geht in Ordnung. Dieser Junge behauptet, er kennt Sie … also darum.« Harlan wollte ihm die Hand entziehen, aber Tom hielt sie fest und schüttelte sie, als wäre der andere ein alter Freund.

»Ich möchte Ihnen herzlich dafür danken, Harlan, dass Sie den jungen Master Bucklin hier so gut behandelt haben.«
Connolly errötete nur leicht. Seine Knöchel waren unter Toms Griff ganz weiß geworden. »Ja … der Junge fiel ganz bös hin, aber er kam gleich wieder auf die Beine. Sie wissen ja, diese Gassenjungen sind unheimlich zäh.«
Tom verstärkte seinen Griff. »Ich wäre Ihnen außerordentlich verbunden, wenn Sie diesen Jungen in meine Obhut übergeben könnten. Ganz außerordentlich verbunden.«
Jetzt zog Connolly fester, um endlich seine Hand aus dem Schraubstock zu entreißen.
Tom belohnte ihn mit seinem wärmsten, aufrichtigsten Lächeln. Mike sah fasziniert zu.
»Natürlich, sicher, Braddock. Sie können ihn haben. Ich habe ihn nur aus Gefälligkeit Ihnen gegenüber hier festgehalten – Sie wissen schon … Das heißt, sobald wir erfuhren, dass Sie ein Interesse daran haben.«
»Das war wirklich nett von Ihnen, Harlan. Ich kann Ihnen gar nicht genug danken.«
Connolly war inzwischen knallrot angelaufen, und seine Fingerspitzen zuckten wie Maden in Toms Faust.
»Übrigens, könnten Sie mir einen Gefallen tun, Harlan?«, fragte Tom, als hätte er eben erst daran gedacht. »Würde es Ihnen etwas ausmachen, in Zukunft auf meinen kleinen Freund hier besonders gut aufzupassen? Ihn besonders im Auge behalten, sozusagen? Die Straße geht nicht pfleglich mit Kindern um, und es wäre gut, wenn jemand ein bisschen auf ihn Acht gibt.«
Connolly konnte kaum mehr aufrecht stehen, er trat von einem Fuß auf den anderen. Schweißtropfen erschienen auf seiner Stirn.
»Das wollte ich gerade selbst vorschlagen, Detective. Ich … es würde mich freuen, auf den kleinen Lauser aufzupassen. Kein Problem.«
»Großartig. Sie können sich gar nicht vorstellen, was für ein

Trost das für seine Großmutter sein wird, und auch mir fällt ein Stein vom Herzen. Vielen Dank.« Tom quetschte Harlans Hand noch einmal fest zusammen, so dass die Knochen aneinander rieben.
Ein kurzes, unterdrücktes Fiepsen drang aus Harlans Mund. Er versuchte es durch Husten zu übertönen. Er sah Mike rachedurstig an, während Tom seine Hand entließ. Sogleich aber spürte Harlan Toms schwere Hand auf seiner Schulter.
»Sie dürfen nicht meinen, dass Bucklin hier ganz ungeschoren davonkommt.« Tom umklammerte einen der Nackenmuskeln und drückte fest zu. »Nein, er wird dafür büßen, das kann ich Ihnen versichern. Machen Sie sich keine Sorgen, ich kümmere mich darum, dass er bekommt, was er verdient.«
Connolly wand sich unter Toms Griff, konnte aber die Hand nicht abschütteln, ohne vor dem Kind den letzten Rest seiner Würde zu verlieren.
»Da haben Sie recht, Braddock. Wir wollen doch nicht, dass die jungen Burschen auf die schiefe Bahn geraten, weil wir zu lasch mit ihnen umgehen«, brachte Connolly zwischen zusammengebissenen Zähnen hervor.
»Auf keinen Fall, das wollen wir bestimmt nicht, Harlan. Also denken Sie daran«, sagte Tom, »ich wäre Ihnen sehr verbunden, wenn Sie die Augen besonders gut offen halten könnten. Sorgen Sie dafür, dass ihm nichts passiert. So wie ein Schutzengel. Könnten Sie das für mich tun?«
Mikey konnte Toms Fingerspitzen überhaupt nicht mehr sehen, so tief waren sie in Connollys Nacken vergraben.
»Aber gewiss, Tom. Sie können sich auf mich verlassen«, presste Harlan heraus.
Braddock ließ den Cop los, bedankte sich noch einmal überschwänglich und klopfte ihm auf die Schulter.

Ein paar Minuten später gingen Tom und Mike die Delancey Street entlang. Mike hatte die Hände in den Taschen vergraben und befingerte das kleine Häufchen Dimes und Nickels, dic jetzt wieder bei dem kleinen Schlüssel ruhten. Jetzt kamen ihm die Münzen noch wertvoller vor, und er betastete sie liebevoll. Eine Zeit lang gingen die beiden schweigend nebeneinander her. Mike hinkte ein wenig. Die Prellungen an den Oberschenkeln hatten aufgehört zu brennen, aber ein tief sitzender Schmerz war an diesen Stellen entstanden. Aus dem Augenwinkel sah Tom, dass es dem Jungen schwer fiel, mit ihm Schritt zu halten. Er wusste nicht recht, was er ihm sagen sollte, also ging er einfach neben ihm her und hoffte auf einen guten Einfall.

Mike war der Kopf zum Platzen voll. In erster Linie war er erleichtert, endlich frei und der kalten, verwanzten Zelle entkommen zu sein. Trotzdem machte er sich Sorgen darüber, was Braddock mit ihm vorhatte und wie ihn seine Großmutter empfangen würde. Dass er bestraft würde, das stand fest. Andererseits war er überglücklich, sein Geld wiederzuhaben, und dass Harlan, der gefürchtete Oger des Stadtteils, von Braddock gedemütigt worden war, kam ihm so phantastisch vor, dass er seine Freude kaum noch fassen konnte. Diese Gedanken schwammen ihm im Kopf herum wie ein Strudel in einem steinigen Bachbett. Was sollte er einem Mann wie Braddock als Erstes sagen? Also lief er weiter neben Tom her, innerlich tosend, aber an der Oberfläche ruhig wie ein Mühlteich.

Schließlich unterbrach Tom das Schweigen. Er sah Mike zusammenzucken, als er jemandem ausweichen musste. »Dieser Cop – er hat dich doch mit seinem Schlagstock geprügelt?«

»Ja«, sagte Mike und sah ihn dabei nicht an.

»Er hat dir von hinten gegen die Beine geschlagen, stimmt's? Und du bist die Treppe hinuntergefallen, oder?«

»So ungefähr.« Mike wusste nicht so recht, wie viel er dem Detective sagen sollte.

»Macht er das auch bei anderen Kindern?«, fragte Braddock und sah auf Mike hinunter.

»Kann sein. Vielleicht hatten es einige verdient. Ich weiß nicht.«

Eine kluge Antwort, dachte sich Tom. »Ich glaube nicht, dass er dir in Zukunft etwas tut, aber am besten machst du einen Bogen um ihn, um sicherzugehen.«
Mike schaute zu Tom hinauf und strahlte ihn an. »Ich glaube, Sie haben ihm die Hand kaputtgemacht, Mr. Braddock.« In seiner Stimme mischten sich Schadenfreude, Triumph und Bewunderung.
»Meinst du?« Tom lächelte. »Das hoffe ich sehr.« Er grinste den Jungen an, und Mike lächelte zurück.
»Wie hast du es geschafft, dieses Schwein so auf die Palme zu bringen?«
»Kohle geklaut.«
»Kohle?«, wunderte sich Tom. »Kein Gemüse diesmal?«
Mike schüttelte den Kopf, aber seine Brust hob sich vor Stolz, als er sagte: »Wir haben viel Geld damit verdient.«
Tom schien beeindruckt. »Habt ihr etwas für das Geld gekauft?«
»Nur ein paar Lutschbonbons bei Brower. Wir wollten nicht gleich alles ausgeben. Wir wollten in den Zirkus gehen. Haben Sie schon von Jumbo gehört?« Mike sah Tom strahlend an.
»Diesen großen Elefanten, meinst du … beim Zirkus Barnum?«
»Ja. Er ist ein Dickhäuter.« Mike kannte sich aus. »Und wir wollen ihn im Zirkus sehen.« Er verhehlte seine Begeisterung nicht.
»Wer ist ›wir‹? Sind das die beiden Burschen, mit denen ich dich neulich gesehen habe?«
»Ja, aber ich darf Ihnen nicht sagen, wie sie heißen, Sir.« Mike ließ den Kopf wieder hängen.
»Das ist schon in Ordnung, das verstehe ich«, sagte Tom beschwichtigend. »Gehst du zur Schule, Mike?«
»Ja, ich bin in der Schule Nummer 75, an der Norfolk Street.«
»So? Wer ist deine Lehrerin? Ich kenne ein paar Lehrerinnen an dieser Schule«, fragte Tom, der herausbringen wollte, ob Mike die Wahrheit sagte.
»Die wechseln oft, wissen Sie … es wird wohl … Mrs. Doyle

sein.« Er sah Tom verstohlen an. Würde er ihm die Geschichte abkaufen? »Ja, Mrs. Doyle«, sagte Mike mit aufgesetzter Überzeugung.

Sie näherten sich Mikes Häuserblock. Die engen Straßen wimmelten vor morgendlicher Betriebsamkeit. Frühstücksduft aus tausend Wohnungen schwebte über dem Pflaster.

»Hat man dir etwas zu essen gegeben, Mike?« Tom blieb stehen und sah ihn fragend an. Mike hatte die Hand in der Tasche behalten, wo er den kleinen Schlüssel immer noch durch die Finger gleiten ließ. Er schüttelte den Kopf. »Dann hast du bestimmt Hunger«, sagte Tom.

»Ein bisschen«, antwortete Mike. Sein Magen war so leer, dass eine Faust hineingepasst hätte, aber das Hungergefühl war er gewöhnt.

»Ich auch. Gehen wir etwas essen.« Tom legte Mike die Hand auf die Schulter und steuerte ihn um die Ecke.

»O ja! Kann ich Pfannkuchen mit Butter und Sirup haben?«

»Klar, alles, was dir schmeckt. Und mach dir keine Sorgen wegen der Großeltern. Ich habe ihnen vorhin eine Nachricht geschickt. Sie wissen, dass du mit mir auf dem Weg bist.«

»Könnten wir ihnen vielleicht auch etwas zu essen mitbringen?«, fragte Mike vorsichtig. »Meine Grandma isst manchmal nicht sehr viel. Sie schenkt mir immer ihren Teil, weil ich noch wachsen muss, meint sie.«

Später, während Tom zusah, wie Mike mit seinem Pfannkuchen den Ahornsirup vom Teller aufwischte, fragte er: »Wie geht es deinem Gramps, Mike?«

Mike schluckte noch schnell, dann antwortete er. »Er hustet jetzt sehr viel, Mr. Braddock. Grandma sagt, er wird jetzt bald im Himmel sein. Er wird dort mit meinem Da und Ma und Sis beisammen sein, da ist er dann nicht so allein.« Mike spielte mit dem Essen auf seinem Teller, er zeichnete Muster in den Sirup, der die Pfannkuchen umgab. »Es macht mich so traurig, Mr.

Braddock. Ich würde sie auch gern wiedersehen – und ich will nicht, dass Gramps fortgeht.«
Tom fiel kein tröstendes Wort ein. Er nahm den Schlüssel aus der Tasche und drehte ihn in den Fingern hin und her.
»Kommt deine Grandma mit allem zurecht?«, fragte er.
»Es geht. Sie bleibt am Abend lange auf. Jetzt näht sie die ganze Zeit. Sie macht richtig schöne Spitzen und so Zeug.«
»Das kann ich mir vorstellen.« Eine ganze Weile schwiegen sie und starrten zum Fenster hinaus.
»Du wolltest also Jumbo sehen?«, fragte Tom schließlich.
»Ja, unbedingt. Er ist so groß, dass er Häuser scheißt.« Mike musste so laut lachen, dass Tom davon mitgerissen wurde. Dieses Kind hatte wirklich ein ansteckendes Lachen. »Das hat Smokes gesagt. Er ist mein Freund.«
»Aha. Häuser scheißt er?« Tom grinste. »Das muss man ja unbedingt gesehen haben. Ich habe noch nie gesehen, wie ein Elefant ein Haus scheißt, ich hab nur manchmal Häuser gesehen, die wie Scheiße aussahen.« Diesmal wieherten beide. Mike lachte so sehr, dass ihm die Milch aus der Nase spritzte.
»Mike, ich sage dir was. Ich möchte dir ein Angebot machen«, sagte Tom, als sie endlich mit ihrem Lachanfall fertig waren. »Weißt du, was ein Angebot ist?«
»Klar weiß ich das – ein Geschäft.«
»Genau. Also, das Geschäft sieht so aus: Du musst wieder in die Schule gehen. Damit meine ich nicht nur ab und zu. Ich meine jeden Tag.«
Mike sah betrübt aus. Er schob die Pfannkuchenreste hin und her, und sein Kopf hing so tief herunter, dass ihm das Haar ins Gesicht fiel.
»Was ist so schlimm daran?«, fragte Tom mit Unschuldsmiene.
»Ich weiß nicht. Eigentlich nichts«, grummelte Mike.
»Du musst in die Schule gehen, weißt du. Wenn du dich die ganze Zeit auf der Straße herumtreibst, gibt es nichts als Ärger.«
Mikes Haar berührte fast den Teller.

»Du willst doch nicht im Keller des dreizehnten Reviers eine Wohnung beziehen?«
»Nein, Sir«, sagte Mike zu seinem Teller.
Tom betrachtete den Wirbel auf Mikes Kopf. Er versuchte sich vorzustellen, wie man sich als Zehnjähriger fühlt. Die Erinnerung zurückzurufen fiel ihm schwer, und sie bestand nur aus Bruchstücken. Er versuchte, sich die Kleider seiner Kindheit anzuziehen, die Schuhe, die Hosen, das Hemd mit dem Schottenmuster. Sie passten ihm nicht mehr, aber er konnte sich jetzt an die Zeit erinnern, als sie noch passten. Er konnte sich daran erinnern, wie es damals gewesen war. »Wie lang ist es her, seit du zum letzten Mal in der Schule warst, Mike?«
»Weiß ich nicht.«
»Würdest du dich freuen, die anderen Kinder wiederzusehen? Hast du dort Freunde?«
»Na ja, schon.« Mike knabberte an einem Stück Pfannkuchen.
»Die meisten deiner Freunde bleiben die ganze Zeit auf der Straße, stimmt's?«, fragte Tom, obwohl er die Antwort wusste. »Aber weißt du, ich habe nicht gemeint, du sollst deine Freunde nicht mehr sehen. Du kannst dich mit ihnen nach der Schule treffen.«
Mike zuckte die Achseln. »Ja, ich weiß.«
Tom versuchte immer noch, dahinter zu kommen, was das eigentliche Problem war. »Ja, also, woran liegt's denn? Mögen deine Freunde keine Kinder, die in die Schule gehen?«
»Kann sein.« Es klang, als ob sich Tom der Wahrheit näherte.
»Was meinst du? Werden sie deine Freunde bleiben, auch wenn du in die Schule gehst? Oder werden sie dich aus der Bande rausschmeißen?«
Mike sah Tom immer noch nicht an. »So was Ähnliches, vielleicht.«
»Du hast wahrscheinlich nicht viele Freunde in der Schule?«
Mike schüttelte nur den Kopf, und die Haarspitzen streiften den klebrigen Teller.

»Das ist schon Pech«, sagte Tom sanft. »Darf ich dir etwas sagen, Mike?« Mike schwieg. »Du hast keinen Einfluss darauf, was die anderen Kinder tun. Das hat man nie. Du kannst nur du selbst sein.« Tom wusste nicht genau, wo dieser Anfang hinführen würde, aber er spürte, dass die Richtung stimmte. »Du kannst deine alten Freunde behalten und trotzdem auch in der Schule Freunde finden. Das Wichtige ist, dass du du selbst bleibst, egal, was kommt.« Mike schien aufzuhorchen. »Die Freunde, die dich mögen«, fuhr Tom fort, »und die deine Freunde bleiben, wenn du du selbst bist – die sind deine echten Freunde.« Das eine Auge, das Tom sehen konnte, verriet einen Schimmer des Verstehens. »Die echten Freunde wollen nicht etwas anderes aus dir machen. Sie mögen dich so, wie du bist.« Tom dachte an seine Freunde bei der Polizei und fragte sich, wie viele davon echte Freunde waren. »Manchmal ist es nicht leicht, die echten Freunde zu erkennen. Man sollte es aber versuchen.«

»Ich weiß schon, wer meine echten Freunde sind, Mr. Braddock«, verteidigte sich Mike.

»Das ist gut«, sagte Tom, obwohl er es ihm nicht recht glauben konnte. Er dachte kurz nach, dann sagte er: »Wenn du wieder in die Schule gehst, wirst du herausbekommen, wer deine Freunde sind – auch wenn es für dich vielleicht nicht leicht sein wird. Und wenn du in der Schule bleibst, wirst du eine besondere Belohnung brauchen, glaube ich.« Tom musste grinsen, als Mike den Kopf hob. »Wann genau ist der Zirkus in der Stadt – weißt du das?«

Mike sah ihn an. »Ich bin nicht ganz sicher, Mr. Braddock. Aber ich kann es herausfinden.«

»Dann mach das. Und wenn du heute in einem Monat immer noch in der Schule bist, dann gehen wir in den Zirkus, und du siehst deinen Jumbo.«

»Wow, Sie würden wirklich mit mir hingehen?« Mike konnte sein Glück nicht fassen.

»Natürlich«, sagte Tom, der sich über die Begeisterung des

Jungen freute. »Ich möchte diesen Jumbo auch sehen. Also, abgemacht?«

Mike zögerte nur ganz kurz. »Abgemacht!«

Zur Bekräftigung ließ Tom den kleinen Schlüssel in die Luft flutschen. Er drehte sich und glänzte in der Sonne. Mike sah fasziniert zu. Tom fing den Schlüssel wieder auf und ließ ihn mit einer wegwerfenden Handbewegung wieder verschwinden. Mike lächelte, schien aber zu stutzen. Tom streckte die Hand zu ihm hinüber und fragte: »Was hast du da hinter deinem Ohr?« Und als er die Hand hervorzog, siehe da, da lag der Schlüssel. Diesmal lächelte Mike nicht mehr. Im Gegenteil, er zog unwillig die Stirn zusammen und steckte die Hand in seine Tasche.

»Wie kommen Sie zu diesem Schlüssel? Er gehört meinem Da«, sagte er und hielt Tom seine Hand hin, in der ein ähnlicher kleiner Messingschlüssel lag. Tom sah Mike eindringlich an, und Mike wurde nervös. Er fürchtete, er habe etwas falsch gemacht.

»War das der Schlüssel deines Vaters?«, fragte Tom und hielt ihn in die Höhe.

»Klar. Er hatte den einzigen anderen. Als er mir das Kästchen schenkte, sagte er mir, ich sollte es versteckt halten. Er wollte nicht einmal wissen, wo, aber seinen Schlüssel wollte er behalten. Ich weiß nicht, warum.«

»Du besitzt das Kästchen, zu dem dieser Schlüssel gehört?«

»Klar. Mein Da wollte nicht, dass ich es jemandem erzähle, aber Ihnen kann ich trauen, glaube ich, Mr. Braddock.«

»Ich bin froh, dass du mir traust. Und du kannst dich bestimmt auf mich verlassen.« Als er das sagte, hatte Tom plötzlich das flüchtige Bild vor Augen, wie Finney ausgestreckt auf dem Boden seines Büros lag.

»Das tue ich auch«, sagte Mike sofort.

Tom schlug sich das gespenstische Bild von Finney aus dem Kopf. »Was hat dir dein Da gesagt, Mike?«

»Er hat mir erzählt, dass es böse Männer gibt, und es gibt sie wirklich, das weiß ich. Ich glaube, sie haben meinen Vater umge-

bracht. Einer von ihnen hat mich gefangen, als ich bei den Latrinen den Eimer ausgeleert habe.«
Tom schüttelte den Kopf. Er wusste nicht, was er glauben sollte. Langsam wurde die Sache seltsam.
»Mike«, sagte er, »du musst mir die ganze Geschichte erzählen, aber erst auf der Straße, auf dem Weg zu dir nach Hause. Du musst mir dieses Kästchen zeigen, Kumpel, und zwar sofort.«
Tom stand auf und kramte in der Tasche nach Geld. Ohne nachzuzählen, klatschte er es auf den Tisch und wollte gleich hinausgehen.
»Na gut, wenn es sein muss. Aber es ist nichts drin, nur ein paar Bilder und ein paar Münzen«, schmollte Mike.
Tom zögerte, als ihm die Veränderung auffiel, die über den Jungen gekommen war.
»Hör zu, Mike … es ist ganz wichtig. Es könnte mir einen Hinweis geben, wer deinen Da ermordet hat.« Mike sagte kein Wort. »Und mach dir keine Sorgen, wir gehen in den Zirkus, das verspreche ich dir, Ehrenwort. Wir haben eine Abmachung getroffen, und die halte ich ein.« Mike sah ihn zweifelnd an. Tom ging in die Hocke, so dass er ihm in die Augen sah. »Mike, ich würde nicht darauf bestehen, wenn es nicht wichtig wäre. Ich muss dieses Kästchen sofort sehen, verstehst du?«
Mike zuckte die Schultern und brummte: »Da ist eh nichts drin.«
Tom blieb stehen – Mikes Widerstreben war ihm unverständlich. Vielleicht dachte er, Tom habe über seinem plötzlichen Interesse an dem Kästchen den Zirkus ganz vergessen.
»Und wir werden Jumbo sehen – schwören Sie das?«
Tom sah ihn durchdringend an. »Mike, solange ich lebe, stehe ich in deiner Schuld, und nur mit dem Zirkus kann ich sie begleichen.« Sie gingen auf die Straße. »Wir werden Jumbo sehen – und alle anderen Nummern auch. Verlass dich drauf!«
Mike entspannte sich ein wenig, aber er wiederholte seine Worte von vorhin: »Da ist eh nichts drin.«

»Das macht nichts. Und jetzt erzählst du mir alles über diesen bösen Mann und die Latrinen«, sagte Tom und bemühte sich, so zu reden, als ob er die Geschichte für wahr hielte. Bald sollte er tatsächlich davon überzeugt werden.
So schnell sie konnten, machten sie sich auf den Weg in die Suffolk Street. Mike musste immer wieder laufen, um Toms Tempo mithalten zu können. Unterdessen hörte sich Tom die Geschichte von dem Mann mit dem geschwärzten Gesicht an und befingerte die beiden Schlüssel in seiner Tasche. Es musste doch etwas in diesem Kästchen sein, auch wenn der Junge noch so sehr das Gegenteil behauptete. Es gab keine andere Erklärung.
Eine Viertelstunde später hatten sie Bucklins Wohnung erreicht. Sobald sich Mike der Umarmung seiner erleichterten Großmutter entwinden konnte, entfernte er die Bodenleiste neben dem Kamin und zog das Kästchen aus seinem Versteck. Patricia Bucklin bedankte sich immer wieder bei Tom und hörte erst damit auf, als Mike das Kästchen vorzeigte.
»Da schau her!«, rief sie aus; offenbar war sie ebenso überrascht wie Tom, als sie es sah.
»Darf ich einen Blick hineinwerfen, Mike?«, fragte Tom, der sich kaum beherrschen konnte. Am liebsten hätte er es gleich an sich genommen. Mike übergab ihm das Kästchen. Tom nahm Terrences Schlüssel und steckte ihn nach kurzem Zögern in das Schlüsselloch. Mit leisem Klicken sprang das Schloss auf. Im Kästchen lagen nichts als zwei Fotografien und drei Münzen, die Tom auf das Bett legte.
»Sehen Sie, es ist nichts drin, wie ich Ihnen schon sagte.« Mike grollte.
»Sieht aus, als hättest du recht, Kumpel«, sagte Tom und drehte das Kästchen hin und her. Seine Schultern sackten zusammen und straften seinen optimistischen Ton Lügen. »Schon gut, Mike.«
Mrs. Bucklin bot ihm Tee an.
»Wenn Sie hier bei uns sind, Tom, müssen Sie sich schon hinsetzen und eine Tasse Tee mit uns trinken.«

Er setzte sich an den kleinen Tisch in der Küche und nippte an dem heißen Tee. Patricia brachte Eamon, der jetzt nicht mehr in der Lage war aufzustehen, eine Tasse ans Bett. Mike erzählte seiner Grandma von der Abmachung, die er mit Tom getroffen hatte, und die Aufregung erhellte sein Gesicht.

Tom nickte. »So sieht unsere Abmachung aus. Aber du musst deinen Teil auch einhalten«, mahnte er Mike. »Nicht nachlassen! Ich werde das kontrollieren.«

Beiläufig drehte er das geschnitzte Kästchen aus Eichenholz hin und her. Es war ein schönes Stück, offenbar ziemlich alt. Die Schnitzereien waren an manchen Stellen glatt gerieben, und es gab einige Kerben und Kratzer an den Seiten. Als er noch einmal hineinsah, fiel ihm auf, dass das grüne Samtfutter des Kästchenbodens nicht so alt war wie der Samt an den Seiten. Der Unterschied war gering, eigentlich kaum zu erkennen. Tom tastete den flaumigen Stoff ab, der weniger fadenscheinig war, als man bei einem Kästchen dieses Alters erwartet hätte. Sein Interesse war geweckt, und er klopfte den Boden ab. Es klang hohl, wie eine Kokosnuss. Plötzlich sagte Tom aufgeregt: »Mike, hast du was dagegen, wenn ich etwas ausprobiere?«

Mike runzelte die Stirn.

»Ich werde es nicht beschädigen«, versprach Tom.

Mike nickte, aber er sah ihm aufmerksam zu. Tom holte ein Messer aus der Tasche und klappte es auf. Vorsichtig schob er die Klingenspitze unter den Rand des Samtes, drehte sie und hob sie an der Naht leicht an. Er spürte, wie sie nachgab, dann hielt er plötzlich den Boden des Kästchens in der Hand. Aber es war nicht der richtige Boden. Es war ein falscher, unter dem ein kleiner Zwischenraum lag. Einige Fotografien und Zeitungsausschnitte, die darin versteckt gewesen waren, fielen heraus.

Die erste Fotografie, die Tom aufhob, zeigte vier Männer. Der eine war Terrence Bucklin. Neben ihm auf der Brücke standen Earl Lebeau, Matt Emmons und Simon Watkins. Mike und Mrs. Bucklin drängten sich näher an Tom, um es genauer zu sehen.

Das andere Foto zeigte nur Emmons und Watkins. Sie lächelten. Tom sah sich die Zeitungsausschnitte an. Der eine war aus der *Times* von Dezember 1870 und berichtete über das Feuer im Brooklyner Caisson. Er war schon vergilbt und an den Rändern eingerissen. Warum wohl hatte Bucklin diesen Ausschnitt versteckt? Noch seltsamer war der nächste. Er stammte aus der *Tribune* und war anscheinend in großer Hast herausgerissen worden. Die Ausschnitte enthielten nur Teile von Artikeln, keinen vollständigen Bericht. Einer, der besonders auffiel, handelte von den Eisenbahnzügen, die bald über die East River Bridge fahren sollten. Tom überflog die Zeilen und drehte das Blatt um. Auch hier gab es nichts Vollständiges. Es gab Anzeigen und Artikel über das gesellschaftliche Leben in Manhattan und über die Feierlichkeiten zum Memorial Day – nichts Auffälliges, auch keine handschriftlichen Notizen. Tom drehte die Seite wieder um. Offenbar hatten alle Ausschnitte etwas mit den Zügen zu tun. Nur in diesem Zusammenhang ließ sich ein Bezug zur Brücke herstellen. Wenn Terrence etwas über die Züge entdeckt hatte, einen Betrugsversuch oder Schlimmeres, dann … Tom verfolgte diesen Gedankengang nicht weiter.

»Eine ganze Menge Fragezeichen«, murmelte er. Hätte er nur ein paar konkrete Anhaltspunkte! Was ihn auch beunruhigte, war der alte Ausschnitt über das Feuer im Caisson. Offenkundig gab es einen Zusammenhang, aber was das eine mit dem anderen zu tun hatte, konnte er nicht ergründen. Das Feuer lag schon fast dreizehn Jahre zurück. Der einzige Zusammenhang schien darin zu bestehen, dass beide Geschichten die Brücke betrafen. Sonst bestand, zumindest oberflächlich, keine Verbindung. Tom war überzeugt, dass mehr dahintersteckte. Bucklin hatte die Ausschnitte bestimmt nicht ohne Grund gesammelt. Offensichtlich hatte es auch etwas mit Watkins zu tun. Da Watkins nicht mehr lebte, blieben ihm nur Lebeau und Emmons, und aus diesen beiden hatte er bisher nichts herausbekommen.

Eine Stunde später traf sich Tom im Hauptquartier mit Dolan und Heidelberg. Sie gingen den Fall von Anfang an gründlich durch und versuchten, einen Überblick zu gewinnen. Tom schlug vor, eine grafische Darstellung auf der Tafel im Mannschaftsraum anzulegen. Diese Methode gehörte nicht zur üblichen Prozedur, aber sie ließ manchmal einen Zusammenhang erschließen. Er zeichnete Quadrate, die er mit Linien verband. In den Quadraten standen die Namen der relevanten Personen: Bucklin, Watkins, die vier Plug Uglies, Bucklins Familie, Earl Lebeau, Matt Emmons und Clora Devine. Einige blieben leer; sie sollten die Namen von bisher unbekannten Personen aufnehmen. Alle bisher bekannten Fakten wurden durchgesprochen, gesicherte Verbindungen zwischen den Quadraten durch dicke Striche gekennzeichnet, vermutete Zusammenhänge durch gepunktete Linien. Bald hatten sie das grafische Bild des Ermittlungsstandes erstellt: die gesicherten Kenntnisse, die Vermutungen und was noch offen blieb. Es gab dreimal so viele gepunktete Striche wie durchgezeichnete.

Als sie damit fertig waren, machten sie sich an eine Liste der noch benötigten Informationen in der Reihenfolge ihrer Wichtigkeit. Ganz oben stand: Genaueres über Lebeau und Emmons. Deren Verbindung zu Watkins ließ auf irgendetwas schließen – sie wurde durch einen der wenigen dicken Striche auf der Grafik markiert. Ein erster Schritt zur Enträtselung sollte Toms Brief an das Kriegsministerium sein. Den zweiten Schritt sollten Dolan und Heidelberg unternehmen, indem sie einen Haftbefehl besorgten, wie Byrnes angeordnet hatte. Als dritter Schritt sollten nähere Auskünfte über die Brückenzüge eingeholt werden: über die Firmen, die die Waggons und die Dampflokomotiven herstellten, über den Ablauf der Ausschreibungen für die Geleise und vieles mehr. Ob Earl und Matt dabei eine Rolle gespielt haben könnten, wusste man nicht. Keiner von ihnen hatte auf der Bahnstrecke oder bei den Zügen gearbeitet. Man erwog, die beiden beobachten zu lassen, beschloss jedoch, noch eine Weile damit zu warten, bis handfestere Hinweise vorlagen. Für eine Beschattung wären trotz Dolans und Heidelbergs Mithilfe zusätzliche Beamte nötig gewesen, die man anderweitig nicht entbehren konnte. Außer der Tatsache, dass die beiden, Earl und Matt, Watkins gekannt hatten, gab es keine festen Anhaltspunkte. Braddock konnte nicht einmal sicher sein, dass Watkins der Mörder Bucklins war; er war nur sicher, dass Watkins gewusst hatte, wie Bucklin starb. Dieser Schluss, zusammen mit dem Mord an Watkins, wurde durch eine Reihe von gepunkteten Linien auf der Grafik markiert, die alle zu einem leeren Quadrat führten.

Tom und die beiden anderen überlegten, welche Fragen Tom den beiden Roeblings stellen sollte. Informationen, die die Bahn betrafen, standen oben auf der Liste. Charlie Heidelberg machte Tom auf andere wichtige Fragen aufmerksam.

»Frag ihn nach unzufriedenen Angestellten oder Subunternehmern – nach Leuten, die sich schlecht behandelt fühlen«, sagte Heidelberg. »Diese Sache läuft schon seit vierzehn Jahren. Nach einer so langen Zeit gibt es bestimmt ein paar Verbitterte – Unternehmer, die keinen Auftrag bekamen, Arbeiter, die ohne Grund gefeuert wurden.«

»Wir brauchen auch Zugang zu den Akten: die Buchhaltung, Lohnlisten, Aufträge und so weiter«, sagte Pat Dolan. Tom hätte dieses Gebiet lieber außer Acht gelassen; er hasste mühselige Aktenarbeit.

Während sie darüber redeten, kam Jaffey herein. Er wirkte nervös und übernächtigt.

Tom rief ihm zu: »Hallo, Jaffey, gut, dass du da bist.«

»Ja, ich habe erfahren, dass ich dir bis zur Aufklärung des Falles zugeteilt bin.« Jaffey gab sich vergeblich Mühe, seine Begeisterung zu verbergen.

»Ja. Kennst du schon Pat Dolan und Charlie Heidelberg? Das ist Eli Jaffey. Du hast doch nichts dagegen, dass sie dich Eli nennen?«, fragte Tom, der nicht mit einem Widerspruch rechnete.

»Nein, bestimmt nicht. Es freut mich, Sie beide kennen zu lernen. Sie haben einen legendären Ruf. Die beste Mannschaft in New York, hieß es in der Zeitung.« Jaffey bemühte sich, seine Bewunderung für die beiden nicht allzu auffallend zu äußern. »Nun, das brauche ich Ihnen nicht zu sagen.«

»Schon in Ordnung«, sagte Pat. »Ab jetzt sind wir einfach Pat und Charlie.«

Tom fiel auf, dass sich ihre Begeisterung, wie nicht anders zu erwarten, in Grenzen hielt. Eli war ihnen unbekannt, und es war immer klug, ein wenig auf der Hut zu sein. Man gab sich nur kurz und zögernd die Hand.

»Eli soll mir den Rücken freihalten. Er soll mir die Haut retten, wenn ich Blödsinn mache.«

Pat gab sich Mühe, seine Skepsis zu verbergen, aber Charlie hatte damit weniger Erfolg. »Dann wirst du eine Menge Arbeit haben, Eli.«

Die vier vereinbarten ein weiteres Treffen am späten Nachmittag und gingen auseinander. Pat und Charlie kümmerten sich um einen Durchsuchungsbefehl für Emmons' und Lebeaus Wohnung in einer Mietskaserne an der Henry Street. Tom war sicher, dass sie die Wohnung gründlich auseinander nehmen würden. Wenn es etwas zu finden gab, würden sie es finden. Er und Eli machten sich unterdessen auf den Weg zur Fähre. Sie wollten in Brooklyn einen Imbiss zu sich nehmen und dann die Roeblings aufsuchen.

»Ich würde gern im Baubüro vorbeischauen«, sagte Tom. »Ich will mit dem Buchhalter reden – den kenne ich schon. Er könnte uns vielleicht weiterhelfen. Außerdem sollten wir uns an der Brücke öfter sehen lassen. Die Leute, die in die Sache Bucklin verwickelt sind, sollen ruhig merken, dass wir da sind. Sie sollen den Druck spüren. Wenn sie glauben, dass wir hinter etwas her sind, werden sie vielleicht nervös und unvorsichtig – wer weiß.« Ratlos breitete er die Hände aus. Man sollte nichts unversucht lassen.

Nach der Überfahrt gingen sie ins Baubüro und fragten nach Bart Jacobs. Es war dreiviertel zwölf.
»Detective«, rief Jacobs aus, als er aus einem Lagerraum auf ihn zueilte. »Wie schön, Sie wiederzusehen. Ich habe gestern in der Zeitung von Ihren Heldentaten gelesen. Es klingt sehr aufregend.« Seine Augen leuchteten vor Begeisterung. »Das dürfte die erste Verfolgungsjagd der Polizei über die große Brücke sein.« Die Zeitungen hatten von der Geschichte erfahren. Es war Stoff für einen Knüller. In der *Tribune* zeigte eine phantasievolle Zeichnung, wie Braddock über die Brücke sprintete.
Braddock zuckte die Achseln, konnte aber ein kleines Lächeln nicht verbergen. »Leider ging es nicht so aus, wie ich gehofft hatte.«
»Nein, das ist wirklich schade«, heuchelte der Buchhalter.
Tom stellte Jaffey vor, dann ging es zur Sache. »Erst einmal eine kleine Frage. Als wir die Adresse aufsuchten, die Sie mir gaben, stellten wir fest, dass das fragliche Zimmer bewohnt war.«
Jacobs setzte eine überraschte Miene auf und rückte seine Brille zurecht. »Wirklich? Und nicht von Watkins, wollen Sie damit sagen?«
»Genau. Von einer armseligen italienischen Großfamilie. Sie sprachen fast kein Englisch und hatten keine Ahnung von einem Watkins. Mehr habe ich nicht herausbekommen, da ich niemanden dabeihatte, der ihr Kauderwelsch versteht.«
Jacobs sah besorgt drein. »Ich weiß nicht, wie ich Ihnen helfen kann, Detective. Offenkundig war Watkins uns gegenüber nicht ganz ehrlich. Ich kann aber gern noch einmal nachschauen«, bot er heuchlerisch an.
»Danke. Ich würde mir gern die Akte selbst ansehen, wenn es Ihnen recht ist.«
Jacobs zögerte nur kurz. »Natürlich, ich werde sie holen.« Er kramte kurze Zeit in einem hohen Aktenschrank im hinteren Teil des Büros, dann legte er Tom die Akte vor. »Sehen Sie selbst.« In makellosen Buchstaben und Zahlen stand, mit Blei-

stift auf einem grünen linierten Blatt geschrieben, Watkins' Adresse.

Bei näherem Hinsehen fiel Tom etwas Verblasstes unter der frisch geschriebenen Adresse auf. »Also war dies seine neue Adresse? Wie ist es mit der alten, wo er früher wohnte?«

»Als er umzog, haben wir die alte einfach ausradiert.« Jacobs zuckte die Achseln. »Deshalb schreiben wir immer mit Bleistift. Die Adressen ändern sich dauernd.«

Braddock nickte. »Ich möchte diese Seite mitnehmen.«

»Ich weiß nicht, ob ich sie Ihnen geben darf. Das ist unser einziges Exemplar.« Jacobs wollte ihn hinhalten.

»Nun … ich brauche diese Seite auf jeden Fall. Ich habe eine Idee. Lassen Sie die Seite auf ein frisches Blatt abschreiben, und in zwei Stunden hole ich mir das Original ab. Entschuldigen Sie bitte, dass ich Ihnen Umstände mache, nachdem Sie so hilfsbereit waren«, sagte Tom mit dankbarem Lächeln, aber bestimmt.

Jacobs war nicht allzu glücklich. »Na ja, wie Sie wünschen, Detective.«

Tom blinzelte ihm zufrieden zu. »Sehr verbunden. Bis so gegen zwei.«

Tom und Eli Jaffey saßen in einem kleinen Lokal.

»Übrigens, fast hätte ich es vergessen«, sagte Tom plötzlich. »Neulich habe ich Wei Kwan aufgesucht.«

Eli sah ihn fragend an. »Wen?«

»Den chinesischen Meister, bei dem ich trainiere«, erklärte Tom. »Er war nicht besonders gern bereit, noch einen weißen Teufel als Schüler aufzunehmen, aber ich konnte ihn überzeugen. Du darfst ein- oder zweimal mitkommen, und dann sehen wir weiter.«

Jaffey strahlte. »Großartig, vielen Dank.«

»Zunächst einmal kannst du ein bisschen hineinschnuppern, aber wenn du wirklich etwas lernen willst, musst du dich voll

engagieren. Ich werde derjenige sein, der Gesicht verliert, wenn du's hinschmeißt oder nicht genug Mumm zeigst.«
Eli nickte, aber runzelte gleichzeitig die Stirn. »Wieso Gesicht?«
»Das ist gar nicht so leicht zu erklären«, sagte Tom. »Es entspricht bei den Chinesen dem, was wir Ehre nennen. Sie nehmen es sehr ernst. Also wenn du lernwillig bist, tust du durch dein ernsthaftes Engagement mir, als deinem Förderer, Ehre an. Dabei wirst du natürlich auch selbst Ehre gewinnen«, sagte Tom geduldig.
Jaffey nahm Toms Erklärung mit angemessenem Ernst zur Kenntnis. »Ich werde mein Bestes geben. Ich will kein schlechtes Licht auf dich werfen.«
Tom nickte zustimmend. »Gut. Und jetzt essen wir.«

Emily ertappte sich dabei, dass sie wieder auf die alte Uhr sah. Wie oft hatte sie heute schon nach der Uhrzeit geschaut! Es war inzwischen über eine Woche her, seit sie Tom Braddock kennen gelernt hatte, und sie hätte sich nie vorstellen können, dass er eines Tages vor ihrer Tür stehen würde. Jetzt hatte es eins geschlagen; sie ging von einem Zimmer ins andere, rückte die Bilder gerade, schüttelte im Salon die Kissen auf und spähte durch die Jalousien. Wash dagegen trug wie immer seine bequeme Kleidung. Er saß in seinem Arbeitszimmer und ging, wie auch sonst, seiner Beschäftigung nach. Ihm war der Besuch des Detective egal.
»Er wird sowieso nur ein paar blöde Fragen stellen, auf die ich keine Antwort weiß. Wenn er weggeht, ist er auch nicht klüger, und ich bin erschöpft«, hatte Wash gesagt. »Ich habe ihm aber von mir aus Hilfe angeboten, also bin ich selber schuld.«
Emily war bei Martha in der Küche und bat sie, Tee und Gebäck herzurichten, als der große Messingklopfer an der Haustür dröhnte. Sie war drauf und dran, selbst zur Tür zu gehen, als ihr bewusst wurde, dass es unpassend wäre. Sie hörte, wie Hughes

die Besucher ins Haus führte. Kurz darauf steckte er den Kopf zur Küchentür herein.

»Madam? Ein Detective Braddock möchte Sie und den Colonel sprechen. Er hat einen Patrolman dabei, einen Mr. Jaffey.«

»Danke, Hughes. Ich komme gleich. Bitten Sie die beiden, im Salon Platz zu nehmen.« Sie erteilte Martha noch ein paar überflüssige Instruktionen, und nach einer angemessenen Zeit segelte sie aus dem sicheren Hafen der Küche, um ihre Gäste zu begrüßen. Martha amüsierte sich.

Emily war sich nicht sicher, wie sie das Wiedersehen mit Tom empfinden würde. Eigentlich hätte es nicht in ihrem Salon stattfinden sollen, nicht einmal in ihrem Haus. Zu Hause fühlte sie sich zu steif, nicht imstande, das zu sagen und zu tun, was ihr draußen auf der Brücke leicht gefallen wäre. Auf der Brücke war alles anders, dort spürte sie eine Freiheit wie nirgendwo sonst auf der Welt. Oben, über dem Wasser, spürte sie nicht die Fesseln, die sie an die Erde ketteten, dort konnte sie in Worte fassen, was sonst nur in ihrem Kopf vorging. Sie verstand nicht, warum das so war; es war nun einmal so. Die Brücke würde für sie immer ein magischer Ort bleiben. Als sie den Salon betrat, wünschte sie, sie wäre jetzt dort.

»Detective! Wie schön, Sie wiederzusehen.« Es klang etwas förmlicher, als sie beabsichtigt hatte. Sie reichte Tom die Hand. Er hatte sich verändert, dachte sie. Er wirkte müde. Um die Augen sah sie Falten, die sie das letzte Mal nicht bemerkt hatte.

»Es ist mir eine Ehre, Mrs. Roebling. Gestatten Sie, dass ich Ihnen Patrolman Jaffey vorstelle.« Etwas beiläufig begrüßte ihn Emily. Dann bot sie Tee und Gebäck an. Jaffey nahm ein kleines Kuchenstück, aber Tom bat nur um eine Tasse Tee.

»Eli, macht es dir etwas aus, hier auf mich zu warten? Ich möchte den ersten Ingenieur nicht mit zu vielen Besuchern überanstrengen.« Tom dachte dabei an die Berichte über Roeblings begrenzte Geduld, wenn es um Besucher ging. Jaffey hatte ganz und gar nichts dagegen, seine Dienstzeit bei Tee und Gebäck zu verbringen.

Emily begleitete Tom in Washingtons Arbeitszimmer. Als sie auf die Treppe zugingen, die in einem anmutigen Bogen in den ersten Stock hinaufführte, sagte sie leise: »Das ist eine Überraschung, dass Sie zu uns kommen.« Sie zögerte ein wenig, dann fragte sie: »Könnten Sie mir eventuell einen Gefallen tun?«

Tom hätte alles für sie getan, was in seiner Macht lag. »Natürlich, alles.«

Emily hatte nicht mit diesem Wort gerechnet. Sie stutzte. Hatte Tom vielleicht etwas anderes erwartet – nicht das, worum sie ihn bitten wollte?

»Falls Mr. Roebling gereizt reagiert«, erklärte sie geduldig, »oder falls Sie den Eindruck erhalten, dass er nicht mehr bei der Sache ist, möchte ich Sie bitten, ihn nicht weiter zu belasten und die Unterredung zu beenden.«

Tom wirkte etwas enttäuscht, aber er zeigte sofort Verständnis. »Natürlich, Emily, ich meine Mrs. Roebling, ich wollte Sie sowieso fragen, wie ich mich verhalten soll, und ich bin froh, dass Sie das Thema anschneiden.«

Emily lächelte ihn dankbar an. »Ich weiß Ihre Empfindsamkeit zu schätzen, Tom. Obwohl es ihm jetzt besser geht, ist Washington immer noch gebrechlich. Er empfängt niemals Gäste, kann Menschenmengen nicht ausstehen, und Gespräche erschöpfen ihn sehr. Er geht selten aus dem Haus, also hat er auch wenig Bewegung – aber mehr Bewegung könnte er sich gar nicht erlauben. Das Laufen fällt ihm schwer, wissen Sie.«

»Vielen Dank, dass Sie mir das sagen. Ehrlich gesagt, mir ist ein bisschen bange vor diesem Gespräch«, gab Tom zu. Das passierte ihm nur selten, aber heute traf es zu.

»Das muss es nicht sein, Detective. Er ist nur ein Mann.« Emily sah Tom mit einem fröhlichen Lächeln an.

Sie klopfte leicht an die Mahagonitür, wartete nicht auf Antwort, drehte den Knauf und trat ein. Tom wusste nicht, was ihn erwartete. Die Zeitungen hatten Washington Roebling seit Jahren als unheilbaren Invaliden beschrieben. Angeblich war er ein geheimnisvoller Mann, ein leidender Eremit, der in seiner Mönchszelle in Brooklyn Heights eingesperrt lebte und dessen Existenz durch die Brücke, die er baute, und durch die Qual, die er ertragen musste, definiert wurde. Tom hatte den Geruch eines Krankenzimmers erwartet, leichten Salmiakgeruch, die medizinischen Düfte, die ihn immer beunruhigten, Flaschen voller klebriger dunkler Flüssigkeiten mit unbestimmten Heilwirkungen, Pillen ... Krücken. Was er sah, als die Tür aufging, war ganz anders.

Washington Roebling stand neben seinem Schreibtisch. Seine Augen waren klar und durchdringend, sein Körper wirkte kräftig, robust sogar. Aufrecht stand er vor dem Fenster. Über seine Schulter hinweg sah man den Brooklyner Brückenturm und den Bogen der Tragkabel. Tom hatte sofort den Eindruck, vor einem großen Geist, vor einem aktiven Menschen zu stehen, der andere in seinen Bann zog. Der erste Eindruck betraf in der Tat eher den Geist als den Körper. Die Kraft seines Willens und seines Verstandes schien geradezu fassbar. Die einzige Schwäche, die Tom zunächst bemerkte, war ein leichtes Schielen, als Roebling seine Augen auf ihn richtete. Vielleicht lag es an der gebieterischen Art, vielleicht an der Achtung, die er für den Mann empfand: Wie auch immer, Tom erwischte sich dabei, dass er, fast in Hab-Acht-Stellung, die Hand zu einem militärischen Gruß an die Stirn führte.

»Ich habe die Ehre, Colonel. Ich freue mich sehr, Sie kennen zu lernen.«

Roebling erschien zunächst ein wenig irritiert, dann lächelte er Tom melancholisch zu. »Ich freue mich auch, Detective.« Roebling salutierte ebenfalls. Einen Moment standen sie einander verlegen gegenüber, überrascht, dass die alte Gewohnheit so mühelos zurückgekehrt war. Roebling unterbrach als Erster das Schweigen. »Das war seltsam. Ich kann mich nicht erinnern, wann ich das letzte Mal salutiert habe«, sagte er immer noch lächelnd.

»Ehrlich gesagt, Sir«, sagte Tom errötend, »ich weiß es auch nicht mehr.« Beide lachten leise, während sie sich die Hand gaben. Emily sah ihnen mit offenem Mund zu.

»Also, bei welcher Einheit waren Sie, Detective?«

»Die Twentieth New York State Militia. Eigentlich war sie die Eightieth. Sie wurde umbenannt, als wir uns freiwillig meldeten.«

»Ich kann mich an die Eightieth erinnern. Die Ulster Guard, wenn ich mich nicht täusche?«

»Stimmt«, sagte Braddock und freute sich, dass Roebling es noch wusste.

»Colonel Gates, wenn ich mich recht erinnere. Ich kannte ihn flüchtig. Ein sehr guter Mann ... befehligte eines der besten Regimenter auf unserer Seite. Sie haben es gut überstanden?«

Tom wies auf seine Schläfe, wo ein kleines Büschel weißer Haare zu sehen war. »Eine kleine Delle im Schädel als Beweis meiner Bemühungen, aber kein dauernder Schaden. Ich hatte mehr Glück als die meisten. Von 375, die bei Gettysburg kämpften, waren es 170, die gefallen sind, vermisst oder verwundet wurden«, sagte Tom und wunderte sich, dass er die Zahlen parat hatte, und noch mehr erstaunte ihn sein Bedürfnis, Roebling davon zu erzählen. Es war, als hätte er einen Schritt in die Vergangenheit getan.

»Sie waren bei Reynolds in der ersten Angriffswelle?«, fragte Roebling, der die Antwort bereits wusste. »Das muss ein heißes Gefecht gewesen sein. Ich kam erst mit der zweiten Welle, deshalb habe ich es verpasst. Schade um Reynolds.«

Braddock schüttelte langsam den Kopf. Er hatte seit Jahren nicht mehr an Reynolds gedacht, aber jetzt erinnerte er sich genau. »Ja, das stimmt, Sir. Er hat ihnen die Hölle heiß gemacht, bis man unsere Flanke angriff. Auch Sie hätte es dort fast erwischt.«

Roebling lächelte. »Gouverneur hatte immer ein wunderbares Gespür für den richtigen Zeitpunkt.«
»General Warren?«
»Ja. Er hatte die besondere Begabung, mich dorthin zu schicken, wo anscheinend alles ruhig war, aber sobald ich dort ankam, war die Hölle los.«
Tom wusste genau, worauf er sich bezog. »Little Round Top, zum Beispiel.«
Wash setzte sich langsam hin und atmete tief aus.
»Unter anderem. Manchmal war es noch knapper, aber Little Round Top war für uns das Bedeutsamste.«
»Das kann ich mir vorstellen. Es passiert nicht jeden Tag, dass man die Flanke der Army of the Potomac rettet«, sagte Tom mit Bewunderung in der Stimme.
»Wir haben die Flanke nicht gerettet, Detective. Weit gefehlt. Die Retter waren die Männer von der Twentieth Maine, die One Fortieth New York, Hazletts Batterie und die anderen. Gouverneur und ich – wir waren nur die Verkehrspolizisten.«
Tom überlegte. »In den Zeitungen stand etwas anderes, soweit ich weiß.«
»Man darf nicht alles glauben, was man in der Zeitung liest, Tom. Darf ich Tom zu Ihnen sagen?«
Braddock lächelte. »Gern. Ist schon komisch ... sobald etwas in der Zeitung steht, gilt es als Tatsache. Sie können bis ans Ende Ihrer Tage meinen, Sie seien nur der Verkehrspolizist gewesen, aber ich bin überzeugt, Sie werden immer als der Held dieser Schlacht angesehen werden.« Er sah, wie Roebling den Kopf schüttelte, fuhr aber trotzdem fort: »Die Zeitungen haben aber doch manchmal recht.« Sie grinsten sich verständnisinnig zu.
Roebling verschränkte die Arme, lehnte sich im Sessel zurück und sagte: »Also, was wollen Sie über unsere Brücke wissen?«
Emily blieb dabei, während Tom fast zwei Stunden lang Wash über die Brücke ausfragte. Die Liste der Fragen war lang. Ein so langwieriges und umfangreiches Bauprojekt wie die Brooklyn

Bridge lieferte reichlich Gelegenheit für Betrug, Mauscheleien, Preisabsprachen; mit Sicherheit gab es auch unzufriedene Angestellte. Roebling bemühte sich nach Kräften, sämtliche Möglichkeiten unter die Lupe zu nehmen, aber außer dem Schwindel mit dem Draht und ähnlichen Gaunereien, die schon in der Presse groß herausgekommen waren, ergab sich kaum etwas Neues. Er informierte Tom über Einzelheiten, die die Züge, die Maschinenbaumaßnahmen, die Teilnehmer an den Ausschreibungen, die Lieferanten und so weiter betrafen. Weder bei den Ausschreibungen noch beim Bau der Geleise und der Terminals war etwas Auffälliges zum Vorschein gekommen, ebenso wenig fanden sich Hinweise auf Betrug oder Diebstahl. Wie nicht anders zu erwarten, waren einige Angestellte entlassen worden, weil etwas gegen sie vorlag.

»Und dann war da noch dieser McDonald – obwohl der Brooklyner Branddirektor zu dem Schluss kam, dass er 1870 den Brand im Caisson unabsichtlich ausgelöst hatte. Wir haben nie erfahren, was aus ihm wurde. Er verschwand einfach. Vielleicht hegte er einen Groll, wir wissen es nicht. Wir gingen immer von einem Unglücksfall aus, aber was ist, wenn es keiner war?«

»Eben. Könnte es Ihrer Meinung nach eine Verbindung geben zwischen diesem Brand und den Bauarbeiten für die Eisenbahn – einen roten Faden, dem wir nachgehen könnten?«

»Nicht, dass ich wüsste, Tom, außer, dass beides mit der Brücke zu tun hat. Es sind völlig verschiedene Vorgänge, und viele Jahre liegen dazwischen. Es tut mir leid, ich erkenne keinen Zusammenhang.«

»Das bringt mich auf eine andere Frage. Gibt es irgendeine Verbindung zwischen den Männern, die bei der Arbeit ums Leben kamen?«

Emily und Wash besprachen diese Möglichkeit eine Zeit lang, aber abgesehen von der Tatsache, dass alle am gleichen Projekt gearbeitet hatten, gab es nur wenige Gemeinsamkeiten bei diesen Todesfällen. Die häufigste Todesursache war die Caissonkrankheit, die auch Roebling beinahe das Leben gekostet hätte. Die Druckluftkrankheit war zwar noch in mancher Hinsicht ein ungelöstes Rätsel, aber mit einer Verschwörung konnte sie nichts zu tun haben.

Als Letztes, nachdem alle anderen Möglichkeiten besprochen waren, stellte Tom die Frage: »Nehmen wir an, ich bin ein Saboteur. Wie würde ich vorgehen, wenn ich die Brücke sprengen wollte?«

Der Colonel sah ihn ungläubig an. »Das ist doch nicht Ihr Ernst. Könnte jemand so verrückt sein?«

»Ich hoffe nicht, Colonel, aber ich werde dafür bezahlt, dass ich allen Möglichkeiten nachgehe, besonders in so brenzligen Fällen. Bisher wissen wir nur aus zweiter Hand, von einem Mann, der inzwischen tot ist, dass an der Brücke etwas vorgeht. Irgendein Mensch oder eine Gruppe glaubte, dass das Wissen dieses Mannes ihnen gefährlich werden könnte, und man hat ihn ermordet. Auch den Zeitungsausschnitt über den Caissonbrand finde ich beunruhigend. Sie sagten, dass man damals von einem Unglücksfall ausging, aber den Mann, der den Brand auslöste, nie gefunden habe.«

Roebling sah zum Fenster hinaus und betrachtete die Brücke, während er über diesen Einwand nachdachte. »Da gibt es doch keinen Zusammenhang«, sagte er schließlich. Sein Ton verriet, dass er die Sabotagetheorie für unlogisch hielt. Ganz abgesehen von den technischen Schwierigkeiten, konnte er sich einfach nicht vorstellen, aus welchem Motiv jemand auf eine solche Idee kommen sollte.

Tom zuckte die Achseln. »Sie haben schon recht, aber sonst habe ich keinen einzigen Anhaltspunkt, also hat meine Frage eine Berechtigung: Wie würde ich die Brücke in die Luft sprengen, wenn ich so verrückt wäre, dass ich es versuchen wollte?«

Roebling sah plötzlich müde aus. Er ließ die Schultern hängen. Emily, die die ganze Zeit ruhig dagesessen war, warf Tom einen mahnenden Blick zu.

»Nun, Tom«, sagte Roebling endlich. »Eigentlich wäre es gar nicht so schwer.« Eine Viertelstunde lang beschrieb er eine Methode, wie man die Brücke zum Einsturz bringen könnte. Er wäre entsetzt gewesen, hätte er geahnt, wie sehr dieses Szenario dem Plan glich, den Patrick Sullivan am Abend zuvor vorgestellt hatte.

Da Emily nach dem Gespräch noch etwas an der Brücke zu erledigen hatte, bot sie Tom und Eli an, mit ihr in der Kutsche hinunterzufahren. Washington wirkte erschöpft, sein Händedruck war schwach, seine Finger zitterten. Die Augen aber waren noch hell, wachsam und lebhaft. Tom bedankte sich und sagte ihm wahrheitsgemäß, es sei ihm eine Ehre gewesen, ihn kennen zu lernen.

»Vielleicht können wir wieder einmal zusammenkommen, wenn sich alles beruhigt hat«, sagte der Colonel. Auch er meinte es ehrlich.

»Das würde mich sehr freuen. Ich werde Sie natürlich über alles auf dem Laufenden halten, soweit es die Brücke betrifft.«

»Er mochte Sie«, sagte Emily, als sie in die Kutsche stiegen.

Tom lächelte; er war selbst überrascht, wie sehr er sich darüber freute. »Ich mochte ihn auch. Er ist kräftiger, als ich mir ... Sie wissen ja, wie er in den Zeitungen beschrieben wird.«

Emily lächelte. »Er hat für Sie eine Schau abgezogen. Normalerweise hält er nicht länger als eine Stunde durch. Jetzt wird er sich ein paar Stunden hinlegen müssen, sonst kann er den restlichen Tag abschreiben. Aber Sie mag er wirklich. Sonst hätte er die Unterhaltung längst abgebrochen.«

Auf dem unebenen Pflaster vor dem Baubüro kam die Kutsche zum Stehen. Tom stieg als Erster aus und half Emily die Stufe hinunter. Emily wollte sich gerade verabschieden, als ihr Tom sagte, dass er noch mit Jacobs im Büro sprechen müsse. Emily verzog das Gesicht.

»Ja, ein richtiger Charmeur, ich weiß.« Tom schmunzelte.

Gemeinsam gingen sie hinein; Emily fragte nach Hildenbrand und Tom nach Jacobs. Eli folgte ihnen. Wie sich herausstellte, hielt sich Hildenbrand auf der Brücke auf, wo er sich um die Gestaltung des Fußgängerstegs kümmerte.
Sobald Tom die Seite mit dem Eintrag über Watkins erhalten hatte, fragte ihn Emily: »Könnten Sie mich ein Stück begleiten, Tom, und auch Sie, Mr. Jaffey?«
Sie konnten natürlich nicht ablehnen. Als sie oben auf der Zufahrtsrampe waren, erzählte Tom, wie er Watkins von hier aus erkannt hatte.
»Ich muss wie ein Idiot ausgesehen haben, als ich über die Brücke sprintete. Es stand auch alles in den Zeitungen – die Jagd und die ganze Geschichte«, fügte er hinzu, als wollte er seine Erzählung legitimieren.
»Wirklich!«, sagte sie, offenbar beeindruckt. »Ich muss gestehen, heute bin ich noch nicht dazu gekommen, die Zeitung zu lesen.«
»Es war alles für die Katz«, sagte Tom abwertend. »Egal, wer diese Männer sind, sie sind uns immer einen Schritt voraus. Das ist ein Grund, warum ich Jaffey dabeihabe, ich brauche Rückendeckung.«
Eli nickte lächelnd und gab sich Mühe, selbstsicher zu wirken.

16. Kapitel

Billiger Stahl bedeutet eine schwache Brücke.

The Herald

Coffin fluchte leise vor sich hin. Hätte er doch die El genommen! Damit wäre er viel schneller am Ziel. Er hasste die verdammte El, ihren Rauch, ihren Lärm und die vielen Menschen. Sie machte ihn nervös, wie sie hoch über den Straßen dahinbrauste, von Lokführern gesteuert, die sich, wie Coffin meinte, lediglich durch ihre irische Abstammung und ihre Trunksucht qualifizierten. Allerdings waren die Kutschen auch nicht ganz sicher. Schon allein das Ein- und Aussteigen war eine Herausforderung, wenn der Verkehr für niemanden anhalten wollte, nicht einmal für Frauen. Aber im Augenblick stand sowieso alles. Der Broadway war verstopft, und wahrscheinlich wäre er als Fußgänger schneller vorangekommen.

Dass er dennoch sitzen blieb, hatte hauptsächlich mit Tom Braddock zu tun. Coffin befand sich auf einer kleinen Pilgerreise: Er wollte Captain Parker vom sechzehnten Revier aufsuchen. Mit ihm hatte er etwas Geschäftliches zu besprechen. Der Druck auf Braddock hatte noch keinen Erfolg gezeigt; Braddock war im Gegenteil noch weniger als bisher geneigt, wieder

in den Schoß der Familie zurückzukehren. Coffin musste unbedingt etwas tun. Vor einer Stunde hatte er sich endlich mit Coogan darüber geeinigt.
»So viel Gewalt wie nötig, so viel Schmerz wie nötig, und alles an der richtigen Stelle«, hatte Coffin gesagt. Coogan hatte zustimmend genickt, obwohl ihm anzumerken war, dass ihm die Methode nicht gefiel.
»Wenn er überhaupt eine schwache Stelle hat, dann ist es diese. Aber wir müssen mit Augenmaß vorgehen«, warnte ihn Coogan. »Wenn wir es zu bunt treiben, kriegen wir es in dieser Sache mit einer höheren Ebene zu tun.«
»Keine Sorge. Ich werde mit Parker reden«, sagte Coffin zuversichtlich. »Und heute Abend treffe ich mich mit Byrnes zum Dinner. Er wird sich schon heraushalten.«
»Sei bloß vorsichtig, wie du Byrnes das klar machst. Du sagst, ihr seid alte Bekannte, aber Braddock hat zur Zeit einen wichtigen Fall. Byrnes hat ihm Dolan und Heidelberg zugeteilt, also nimmt er die Sache ernst. Wenn wir da hineinpfuschen, werden unsere Köpfe rollen«, hatte Coogan zu bedenken gegeben.
Coffin lächelte hochnäsig, als die Kutsche den Broadway hinaufrumpelte. Coogan war schon immer der Ängstlichere gewesen, er, Coffin, der Waghalsigere. Wenn sie mit diesem letzten Druckmittel Braddock ihren Willen aufzwängen, konnte sie nichts mehr bremsen. Braddock war der Schlüssel, auch wenn er sich dessen nicht bewusst war. Braddock hatte in seiner Beschränktheit die Möglichkeiten einfach noch nicht erkannt. Dazu bedurfte es der Weitsicht, und die glaubte Coffin selbst zur Genüge zu besitzen. Wenn Braddock zunächst etwas Schmerz zu spüren bekäme, sei's drum. Der Schmerz würde vergehen. Mit der entsprechenden Pflege würden die Wunden verheilen, dann konnte Coffin ihm die Zukunft zeigen. Aber in einer Hinsicht hatte Coogan recht. Sie wollten auf eine empfindliche Stelle zielen, auf Toms Achillesferse, und würden gut daran tun, umsichtig vorzugehen.

Sullivan und Lincoln sahen betreten in das voll gestopfte Zimmer hinein.
»Das könnte ein bisschen länger dauern, als wir dachten«, sagte Sullivan. Es sah aus, als hätte die Kavallerie darin übernachtet.
»Wundert dich das, Pat?«, sagte Lincoln. »Watkins konnte noch nie Ordnung halten. Damals 62, habe ich einmal drei Monate lang das Doppelzelt mit ihm geteilt, bis er seine Hälfte verlor.« Lincoln sah sich ratlos um.
»Nehmen wir am besten nur das wichtige Zeug mit. Sieht aus, als ob das meiste nur Gerümpel ist.« Pat schüttelte den Kopf. Diese Aufgabe hier war ihm genauso unsympathisch wie Lincoln, aber er sah ein, dass der Captain recht hatte.
»Der Captain sagte, wir sollten die Wohnung ausräumen. Bei dieser ganzen Scheiße könnten wir etwas Wichtiges übersehen«, sagte Justice Lincoln.
»Ich komme mir wie ein verdammter Grabräuber vor«, brummte Pat. »Aber je früher wir anfangen, desto früher sind wir fertig.« Die beiden machten sich an die Arbeit. Watkins hatte hier zur Untermiete gewohnt. Für ihn war es von Vorteil, dass seine Vermieter, zwei Deutsche, kaum Englisch verstanden. Für ein paar Dollar im Monat hatte er dieses Zimmer für sich gehabt, während die Deutschen in den anderen Räumen der Etage hausten. Das Zimmer war eng, fensterlos und roch nach einem ungewaschenen Bewohner. Man konnte nicht behaupten, dass Watkins besonders häuslich gewesen war. Der ganze Boden, außer der Fläche, auf der Bett und Schrank standen, war mit Gerümpel bedeckt. Anscheinend hatte Watkins alles gesammelt, was ihm wertvoll erschien: Konservenbüchsen, kaputte Kaffeemühlen, rostige, abgeschlagene Emailtöpfe, mindestens ein Dutzend Öllampen und zahllose andere Gegenstände verstopften den Raum. Ein Paradies für Packratten.
»Was zum Teufel wollte er bloß mit diesem ganzen Kram anfangen?« Justice hatte schon die dritte Fuhre auf den Karren geladen, der vor dem Haus stand.

Sullivan zuckte mit den Schultern. »Ein ganzes Leben, und das ist alles, was davon übrig bleibt«, sagte er nachdenklich.
»Ich habe auch nicht viel mehr«, sagte Justice. »Aber auf jeden Fall weniger Mist. Ich habe es nie verstanden, den Zaster beisammenzuhalten. Es hätte sich sowieso nicht gelohnt, es war immer viel zu wenig. Das Haushalten habe ich eben nicht gelernt.« Bedauernd schüttelte er den Kopf.
»Mir geht es kaum besser«, räumte Pat ein. »Ein bisschen habe ich auf die Seite gelegt, falls wir eines Tages abhauen müssen, aber mehr habe ich nicht.«
»Wenn alles vorbei ist, können wir vielleicht ein paar Union-Ferry-Aktien einlösen. Wenn die Brücke weg ist, bringen sie viel Geld ein.«
Lincoln ist eben immer schon ein Träumer gewesen, sagte sich Pat. »Aber gib's nicht jetzt schon aus«, kommentierte er halb laut.
Sie brauchten über eine Stunde, um Watkins' Zimmer zu leeren. Seine riesige Sammlung von Zeitungen und Zeitschriften zu transportieren war Schwerarbeit. Als Sullivan einen Stapel Kartons aufhob, kippte einer um, und der Inhalt breitete sich auf dem Boden aus. Unter all dem Ramsch wurde er auf ein Foto aufmerksam.
»Schau dir das an!«, sagte er, als er es aufhob. »Dieses Bild habe ich seit zwanzig Jahren nicht mehr gesehen.«
Lincoln beugte sich über seine Schulter. »Sind wir jemals so jung gewesen? Schau dich bloß an, richtig schick in der neuen Uniform. Das muss 61 oder 62 gewesen sein. Danach hatte keiner mehr eine ordentliche Uniform, zumindest keine vollständige.«
Sullivan schmunzelte. Er sah tatsächlich jung aus. Alle sahen sie jung aus, sogar der Captain. Alle waren sie auf dem Bild versammelt, auch einige, die den Krieg nicht überlebt hatten.
»Damals waren wir Feuer und Flamme«, bemerkte Justice. »Wir wollten die verdammten Yankees zu Hackfleisch machen, weißt du noch?« Er stieß Sullivan in die Rippen.

»Am Ende hat man uns zu Hackfleisch gemacht«, meinte Pat betrübt.
»Schau dir Watkins an«, sagte Justice, der das Thema wechseln wollte. »Kennst du dieses Bowie-Messer noch? Er sagte immer, er wollte es Abraham Lincoln in den Arsch stecken.« Beide lachten, aber in dem schmutzigen kleinen Zimmer klang das Lachen hohl.
»Ich möchte das behalten«, sagte Sullivan. »Wir sollten es eigentlich aufbewahren, meinst du nicht?«
Justice nickte nur und wandte sich ab. Er räusperte sich, dann hob er eine andere Schachtel auf. »Es wird allen gut tun, wenn sie es sehen«, sagte er, als er mit Watkins' letzten Habseligkeiten hinausging.

Wie zu erwarten war, kam bei der Durchsuchung von Lebeaus und Emmons' Wohnung nicht viel heraus. Dolan und Heidelberg fanden ein paar Briefe von Lebeaus Schwester in Louisiana und einige Ferrotypien von ihm und Emmons, die sie in der Südstaatenuniform, komplett mit Gewehr und Bajonett, zeigten. Fast jeder Soldat besaß solche Bilder. Richtige Waffen, außer zwei stehenden Messern, fanden sie nicht. Pat Dolan wunderte sich, dass es überhaupt nichts Verdächtiges gab.
»In fast jeder Wohnung dieser Stadt – in jeder Wohnung, die von einem Mann bewohnt wird – würde man mindestens eine Schusswaffe finden. Und wenn es nur eine kleine Pistole ist – fast jeder hat irgendetwas von der Sorte zu Hause.« Heidelberg gab ihm recht.
»Und hier haben wir gleich zwei Männer, und keiner hat eine Schusswaffe. Dabei sieht man sie hier auf den Bildern bis an die Zähne bewaffnet. Das ist schon komisch.«
»Dagegen gibt es kein Gesetz, Charlie«, sagte Tom, als sie ihm später von ihrer Durchsuchung Bericht erstatteten. »Vielleicht hatten sie nach dem Krieg die Nase voll von der Schießerei«, fügte er ironisch hinzu. »Schade, dass ihr nichts gefunden habt,

aber es überrascht mich nicht, dass ihr kein Glück hattet. Diese zwei sind einfach zu brav, um wahr zu sein.«

Als Nächstes berichtete Tom von seinem Gespräch mit den Roeblings, von den wenigen Anhaltspunkten, die sich aus ihrer Schilderung ergaben, und auch von Washingtons Darstellung einer Methode, wie sich die Brücke sprengen ließe.

»Als ersten Schritt«, sagte Tom, »müssen wir die alten Materialbestellungen durchgehen: Granit, Stahl, Eisen, Holz, Draht, alles. Wir müssen erfahren, wer die Zulieferfirmen sind. Als Nächstes kommen die Aufträge für die Eisenbahnstrecke. Alles, was mit den Zügen zu tun hat, müssen wir besonders gründlich durchleuchten, Geleise, Waggons, Lokomotiven, die Terminals und außerdem noch die Zulieferer: wer von ihnen den Zuschlag erhielt und wer leer ausging. Roebling sagte, dass alle Ausschreibungen ordnungsgemäß erfolgt seien – außer beim Draht, wo man Roeblings eigene Firma durch gerissene Manipulationen ausmanövrierte.«

Dann erzählte ihnen Tom, wie bei der Ausschreibung für die Drahtlieferung politische Korruption und Habgier ausschlaggebend gewesen waren.

»Könnt ihr euch an Abrahm Hewitt erinnern?«, fragte Tom. »Er war Vizepräsident des Kuratoriums, Kongressabgeordneter und Wahlkampfmanager, als Tilden für die Präsidentschaft kandidierte.« Die beiden anderen Detectives sahen Tom verständnislos an. »Könnt ihr gar nichts damit anfangen? Ihr seht mich an wie die Indianer auf der Zigarrenreklame. Also, dieser rechtschaffene Mr. Hewitt besaß eine Hypothek auf die Drahtfabrik von J. Lloyd Haigh und traf eine Übereinkunft, dass er seine Forderung nicht geltend machen würde, wenn ihm Haigh zehn Prozent seines Gewinns aus dem Liefervertrag zukommen ließ. Daraufhin sorgte Hewitt dafür, dass Haigh den Zuschlag bekam. Als Erstes brachte er das Kuratorium dazu, einen Beschluss zu fassen, dass sich niemand, der mit dem Brückenbau zu tun hatte, an der Ausschreibung für den Draht beteiligen

durfte. Auf diese Weise wollte er die Firma Roebling aus dem Drahtgeschäft hinausdrängen.«
Pat Dolan schmunzelte. »Ganz schön gerissen.«
»Warte nur«, sagte Tom. »Es wird noch besser. Ein klassisches Beispiel politischen Kuhhandels.«
»Anscheinend war Tricky Dick Connolly sein Vorbild«, sagte Charlie trocken.
»Hewitt war noch viel trickreicher, als man es ihm zugetraut hätte. Roebling war so beleidigt, dass er seinen Rücktritt erklärte. Er schickte den Brief an Henry Murphy, den Vorsitzenden des Kuratoriums. Murphy weigerte sich, den Rücktritt anzunehmen; er sagte, das ganze Kuratorium müsse darüber entscheiden. Es kam aber nie zur Abstimmung. Also wählte Roebling den einzigen Ausweg, der ihm blieb: Er verkaufte seine Anteile. Folglich durfte sich seine Firma an der Ausschreibung beteiligen.«
Charlie schüttelte den Kopf. »Mutig! Und was hat dann Hewitt dagegen unternommen?«
Tom lächelte. In gewisser Hinsicht bewunderte er Hewitts Rücksichtslosigkeit. »Er wollte Roebling auf keinen Fall gestatten, ihn um seine zehn Prozent zu bringen, also versuchte er es auf eine andere Weise. Alle Angebote mussten bis spätestens Anfang Dezember 1876 eingehen. Die Roeblings hatten das niedrigste Angebot für Bessemer-Stahl eingereicht. Haigh reichte das billigste Angebot für Crucible-Stahl ein. In den Bauplänen gab es keine Spezifikation der Stahlsorte. Kommt ihr noch mit? Aus irgendeinem seltsamen Zufall, an den Roebling keine Sekunde lang glaubte, erschien im *Herald* ein Interview mit einem völlig unbekannten Ingenieur namens Albert Hill, in dem dieser die Spezifikationen für den Draht in Frage stellte.«
»Ja, ich erinnere mich an den Artikel. Er hat riesiges Aufsehen erregt. Das ist natürlich schon Jahre her«, sagte Charlie.
»Ich wusste es selbst nicht mehr«, gab Tom zu. »Also, Hill behauptete, dass Roeblings Spezifikationen schlecht geschrieben

seien, zu allgemein, zu ungenau. Er bemängelte auch die Tatsache, dass Roebling bei den Tests das letzte Wort zu sagen hatte – obwohl Roebling gar nicht wusste, von welchem Hersteller die jeweiligen Drahtproben stammten. Und, was noch schlimmer war, er sagte, dass Roebling wegen seiner Krankheit nicht der geeignete Mann für die Leitung des Bauprojekts sei.«

Jaffey, der aufmerksam zugehört hatte, mischte sich ein: »Also eine richtige Schlammschlacht. Wie sollte sich denn der Colonel verteidigen? Alles, was er sagen konnte, hätte wie eine Ausrede gewirkt.«

Tom klopfte Eli auf die Schulter. »So ist es, Eli. Deshalb war es ein Geniestreich. Dieser Hill hatte selbst noch nie eine Hängebrücke gebaut. Weiß der Himmel, wo ihn der *Herald* aufgegabelt hatte, aber sobald es überall in der Zeitung stand, glaubten es die Leute. Bessemer-Stahl war plötzlich nicht gut genug.«

Tom nahm einen Schluck Kaffee, bevor er weitererzählte. Ihm zeigte diese Geschichte, auf welche Art von Betrügereien, Machenschaften und Winkelzügen sie achten sollten.

»Roebling war fuchsteufelswild. Selbst heute habe ich noch gemerkt, wie sehr die Sache ihn und seine Frau mitgenommen hat. Seine Ehre und sein Ruf wurden in den Schmutz gezogen. Als Kinsella, der Herausgeber des *Brooklyn Eagle*, Hill unterstützte, war das der letzte Sargnagel für Roebling.«

»Wir wissen, wie es ausging«, sagte Pat nachdenklich.

»Ja. Haigh bekam den Auftrag. Und ich schätze, Hewitt bekam seine zehn Prozent. Seine Motive und seine Integrität wurden von niemandem in Frage gestellt.« Tom schüttelte fassungslos den Kopf. »Auch nicht, als Haigh bei dem Schwindel mit dem minderwertigen Draht erwischt wurde. Haigh behielt sogar den Auftrag!«

»Unglaublich! Es lohnt sich eben, einflussreiche Freunde zu haben. Die alte Geschichte«, sagte Dolan.

»Der springende Punkt bei dieser Geschichte ist: Es könnte sein, dass es heute noch ein paar Haighs oder Hewitts gibt, die nicht

vor einem Mord zurückschrecken, um ihr Geheimnis zu bewahren und ihren Gewinn zu sichern.«
Dolan und Heidelberg leuchtete das sofort ein.
»Wir beginnen mit den Großen«, sagte Charlie, »dann schauen wir uns die kleineren Fische an.«
»Es könnte sich bezahlt machen, wenn wir uns auch die Auftragsbücher der Lieferfirmen ansehen. Ob deren Bestellungen mit den Anforderungen der Bauleitung übereinstimmen«, fügte Pat hinzu.
»Richtig. Am besten fangen wir damit an«, erwiderte Tom. Diese Aufgabe begeisterte ihn nicht, aber im Moment schien sie der einzig gangbare Weg zu sein.
Damit beendeten sie ihre Besprechung. Pat und Charlie blieben noch, um Aktenarbeit für einen anderen Fall zu erledigen, und Tom und Eli machten sich auf den Weg in die Pell Street zu Master Kwans Unterricht.
Jaffey wusste nicht, was ihn erwartete. Noch nie, außer bei den Freiübungen in der Polizeischule, hatte er systematisch trainiert. Er hielt sich zwar für fit, wusste aber nicht so recht, wie sich das messen ließ. Auch der Gedanke an die Chinesen beunruhigte ihn ein wenig, besonders der Gedanke an den Chef, den er, wie ihm Tom sagte, mit »Master Kwan« oder einfach »Master« ansprechen sollte. Ihm kam es komisch vor, einen Chinesen »Master« zu nennen. Die Chinesen nahmen in New York eine noch niedrigere Stelle ein als die Schwarzen. Es gab sogar Einwanderungsgesetze, die Chinesen diskriminierten. Bis dahin hatte Jaffey noch nie davon gehört, dass eine bestimmte Rasse an der Einwanderung gehindert wurde. Auch wusste er zu wenig über die Chinesen, um es sich erklären zu können. Sie waren ein geheimnisvolles, ruhiges Volk, so verschieden von ihm, wie es Menschen nur sein konnten. Das war ein Teil des Problems, vermutete er – sie waren ganz anders als die Mehrheit der Bevölkerung. Oder lag es vielleicht am Opiumhandel, den sie mit sich brachten? Während der Ausbildung hatte er nur wenig über das

Opiumproblem erfahren, man nahm es anscheinend nicht so ernst. Angeblich gab es viele Opiumhöhlen in der Stadt, es gab sogar ein Gesetz, das das Rauchen oder Kauen von Opium strafbar machte, aber bisher hatte es im Jahre 82 nur zwölf Verhaftungen gegeben und kaum mehr im Jahr darauf.

»Tom, warst du schon mal in einer Opiumhöhle?«, fragte Jaffey.

»Ja, hier in der Gegend hast du eine große Auswahl. Wieso? Willst du dir eine Pfeife genehmigen?«, grinste Tom.

»Wahrscheinlich nicht. Ich dachte gerade über die Chinesen nach, und über das, was man uns in der Polizeischule über den Opiumhandel erzählt hat.«

»Wenn du etwas aus erster Hand erfahren willst, können wir nachher einen kleinen Umweg machen.« Tom sagte es ganz lässig, als handelte es sich um einen Kneipenbesuch. Jaffey war sofort einverstanden. Als sie sich der Pell Street näherten, fiel Jaffey die Andersartigkeit dieser Umgebung auf. Es roch anders; die Luft war geschwängert vom Duft unbekannter Gewürze und Speisen. Auf der Straße hörte man nicht mehr Italienisch, sondern nur noch Chinesisch – genau genommen Kantonesich, aber Eli kannte den Unterschied nicht. Die Schriftzeichen waren für ihn unlesbar, das Alphabet ein Mischmasch aus Strichen und Bögen. Man kam sich vor wie in einer fremden Welt. Nur das Gedränge auf der Straße, die fliegenden Händler, die Gemüsestände, der Verkehr, die vielen Fußgänger, war wie in anderen Stadtteilen.

Als sie tiefer in Chinatown eindrangen, in die Straßenzüge um den Chatham Square, bemerkte Jaffey, dass er und Tom Aufmerksamkeit erregten. Hier waren sie die Außenseiter. Aber Jaffey fiel auch auf, dass Tom gelegentlich mit Chinesen einen unauffälligen Gruß tauschte. Zunächst verstand er nicht, was es bedeuten sollte – ein kurzes Kopfnicken und ein Lächeln, das keines war – dann wurde ihm bewusst, dass Tom das Gleiche tat.

»Kennst du diese Leute?«

»Klar, wenn man drei Jahre lang hier auf Streife geht, lernt man die Leute kennen«, sagte Tom. »Seitdem hat sich zwar einiges verändert, aber ich kenne immer noch viele von ihnen. Brave, fleißige Menschen im großen Ganzen. Sie haben nur zwei Laster: Sie zocken wie die Teufel, und sie lieben ihr Opium.« Als sie um eine Ecke bogen, deutete Tom mit dem Kopf auf ein Gebäude. »Bevor wir in den Unterricht gehen, möchte ich kurz hier hineinschauen.«

»Wollten wir die Opiumhöhle nicht erst nach dem Training aufsuchen?« Jaffey war verwirrt.

»Doch, das machen wir schon noch. Ich wollte nur zuerst nachsehen, ob der Master schon mit der Arbeit fertig ist. Wir sind etwas früh dran, weißt du.«

»Ach. Wo arbeitet er denn?« Jaffey blickte umher.

»An einem Ort, der noch süchtiger macht als eine Opiumhöhle«, antwortete Tom geheimnisvoll.

Sie standen vor einer vierstöckigen Mietskaserne aus rotem Backstein. Das Souterrain lag nur zum Teil tiefer als die Straße. Durch das große Fenster blickte Jaffey auf einen Tisch, an dem zwei Chinesen vor dampfenden Schüsseln saßen. Sie bearbeiteten den Inhalt mit zwei Bleistiften, wie Jaffey meinte. Tom ging die vier Stufen zum Eingang hinunter.

»Ein Restaurant ist es nicht offiziell oder nach dem Gesetz, aber hier in der Gegend werden die Vorschriften nicht so streng gehandhabt«, sagte Tom. »Ich war schon immer gern hier, weil es in der Nähe des Hauptquartiers, aber trotzdem abseits liegt.«

Eli sah das Haus etwas herablassend an. »Hier arbeitet der Master?« Tom spürte seine Skepsis. Jaffey hätte nicht sagen können, was er erwartete, aber es war bestimmt nicht das, was er hier sah.

Tom blieb vor der Tür stehen. »Pass auf«, sagte er. »Erstens: Du darfst einen Menschen niemals nach seinem Beruf beurteilen. Damit du es weißt: Es gibt viele Arbeiten, die einem Chinesen verwehrt werden. Für die Männer ist es fast unmöglich, überhaupt Arbeit zu finden, und wenn sie etwas gefunden haben, werden sie viel schlechter bezahlt als die Weißen. Master Kwan hat dreierlei Berufe: Er ist Koch, Kellner und Lokalbesitzer, alles zugleich.« Tom öffnete die Tür, und eine Woge köstlicher Düfte umfing sie. »Verstehst du, was ich meine?« Tom grinste. »Besser als Opium.« Kaum war er zwei Schritte weitergegangen, als er ruckartig stehen blieb, wie ein Schiff, das auf Grund gelaufen war. Fast wäre Jaffey mit ihm zusammengestoßen. Tom drehte sich wortlos um und schob Eli wieder zur Tür hinaus.

»Was ist los? Warum kehren wir um?«

Tom zog Jaffey eilig die Mott Street hinunter. Sobald sie zwei Häuser weiter waren, drehte sich Tom zu ihm hin.

»Zwei der Männer da drin sind Coffin und Byrnes. Sie sitzen beim Abendessen. Ich glaube nicht, dass sie uns entdeckt haben.« Tom reckte den Hals, um zu prüfen, ob ihnen jemand folgte. »Master Kwan hat mich an der Tür gesehen und mir ein Zeichen gegeben.«

»Verdammt, das habe ich überhaupt nicht bemerkt. Wo saßen sie denn?«

»In einer Ecke. Der Master hat uns gedeckt. Hast du nicht den Mann gesehen, der die Tischdecke auseinander faltete?«

Jaffey war immer noch verwirrt. »Was machen sie bloß hier, noch dazu zusammen?«

Tom war nicht weniger verunsichert. »Genau das, mein Freund, macht mir Sorgen.«

Sie liefen weiter bis zum Haus Pell Street Nummer 16, wo Tom eine unbeschriftete Tür aufstieß und mit Jaffey nach oben ging. »Das hier ist das Hauptquartier der Hip Sing Tong«, sagte Tom leise. »Du darfst keine Fragen stellen, am besten überhaupt gar nichts sagen. Mach immer das Gleiche wie ich. Wenn Master Kwan nicht im Haus ist, könnte einigen Leuten dort unsere Anwesenheit nicht passen.«

»Ich halte mich an dich.« Jaffey fühlte sich unsicher. Hier war er der Ausländer, und jede Hilfe, falls sie benötigt würde, war weit weg. Tom aber zögerte nicht.

Glücklicherweise saßen oben im Zimmer drei Männer, die Tom

kannten. Die anderen Anwesenden wirkten weniger freundlich. Tom stellte Jaffey den dreien vor, die sich leicht verbeugten und ihm dann die Hand gaben. Eli gab sich Mühe, ihre Verbeugungen nachzuahmen, aber sie nahmen ihn so steif und unterkühlt zur Kenntnis, wie es nur Chinesen fertig bringen. Zu fünft gingen sie dann in einen großen Raum im hinteren Teil des Gebäudes. Er war leer, nur Strohmatten lagen auf dem Boden, und Bambusstäbe lehnten in einer Ecke, zusammen mit einigen dick gepolsterten Stöcken, die, wie Eli vermutete, für die Übungen bestimmt waren. Tom und die drei Chinesen zogen sich bis auf eine kurze Hose aus und begannen mit dem Strecken und Dehnen. Eli bemühte sich, ihre Bewegungen nachzuahmen, und stellte bald fest, dass es ihm nicht gelang.

»Du musst nur versuchen, deine Muskeln zu entspannen. Nichts erzwingen«, mahnte ihn Tom. »Langsam und locker.«

Alle machten schweigend ihre Übungen, und die Chinesen verrenkten ihren Körper auf eine Weise, die Jaffey geradezu unmöglich schien. Auch Tom konnte es mit den dreien nicht aufnehmen, deren Glieder sich bogen, als seien sie aus Gummi.

Eine Viertelstunde später kam Master Kwan eilig herein. Auf Jaffey wirkte er ganz und gar nicht wie ein Meister. Er war eher klein und zierlich und wog bestimmt nicht mehr als 60 Kilo. Er war auch nicht jung. Eli schätzte ihn auf mindestens fünfzig, vielleicht sogar älter. Die Chinesen schienen auf andere Weise zu altern als die Amerikaner, dachte er sich. Auch wenn er alt und knochig war – Tom und die drei Chinesen unterbrachen bereitwillig ihre Übungen und begrüßten ihn mit tiefen Verbeugungen, viel tieferen, als sie Eli zuteil geworden waren. Er versuchte sie möglichst gut nachzuahmen, während Tom ihm verstohlen zusah.

Master Kwan winkte Tom zu sich und zog sich mit ihm in eine ruhige Ecke des Raumes zurück, wo er leise auf ihn einredete. Einmal bemerkte Eli, dass sie ihn bei seinen Streckübungen beobachteten. Grinsend kehrte Tom zu ihm zurück.

»Master Kwan hat eine noch tiefere Abneigung gegen Coffin als die meisten Menschen, vielleicht sogar tiefer noch als ich. Er sagt, Coffin hat keine Achtung vor den Chinesen, er behandelt sie wie den letzten Dreck. Er erzählte mir, dass der Koch jedes Mal in Coffins Suppe spuckt, aber trotzdem kommt Coffin immer wieder.« Tom grinste von einem Ohr zum anderen.

»Das ist doch nicht, weil er die Chinesen hasst«, sagte Jaffey. »So geht er mit allen Menschen um.«

Tom lachte. »Genau das habe ich ihm auch gesagt. Der Master meinte, jeder, der Coffin hasst, ist sein Freund und darf hier lernen.«

Jaffey wandte sich Master Kwan zu und verbeugte sich tief.

»Sehr schön«, sagte Tom leise. »Du machst dich.«

Die drei Chinesen wechselten sich beim Sparring ab, während Tom und Master Kwan mit Eli übten. Sie gingen es langsam an, zeigten ihm die Grundübungen des Punchings und ein paar einfache Kicks. Sobald er diese Bewegungen begriffen hatte, sagte Master Kwan: »Und jetzt üben! Jede Technik hundert Mal!«

Jaffey tat wie befohlen. Tom übte mit dem Master; ihre Bewegungen waren flüssig und sahen mühelos aus. Wie bei einem stilisierten Tanz floss eine Übung in die nächste hinüber. Im Gleichklang bewegten sie sich manchmal langsam, manchmal schnell und heftig. Eli fiel auf, wie sehr sie sich bei aller Verschiedenheit ähnelten. Wie Spiegelbilder, auf seltsame Weise verändert, glitten sie im rhythmischen Gleichklang nach den Regeln der Kunst dahin. Indessen war Eli bei seinen Übungen schon weit über hundert Wiederholungen hinausgekommen.

»Du hast es gut gemacht. Der Master war mit dir zufrieden«, sagte Tom auf dem Heimweg. »Er meinte, du zeigst durchaus Begabung, wenn man bedenkt, dass du ein ungeschickter weißer Teufel bist. Mir hast du Ehre erwiesen, und das heißt, du hast bei allen Ansehen gewonnen. Und jetzt führe ich dich in die Opiumhöhle von Chinatown.«

Eli wusste nicht so recht, was er davon halten sollte, und Tom schien es bemerkt zu haben. »Mach dir keine Sorgen, Eli. Heute rauchen wir nicht.«

»Entschuldige die Frage, Tom. Du klingst, als ob du viel vom Opium verstehst. Ich meine ...«

Braddock zuckte mit den Schultern. »Ja, ich hab's schon ausprobiert. Mehr als einmal, wenn du es unbedingt wissen willst«, räumte Tom ein. »Zunächst muss ich etwas klarstellen. Es ist gut ... man fühlt sich gut ... wie soll ich das erklären?« Tom überlegte, wie er etwas in Worte fassen könnte, was sich nicht beschreiben ließ. »Hast du schon mal etwas von Coleridge gelesen ... das Gedicht über Kublai Khan?«

Eli schüttelte den Kopf.

»Also, Coleridge hat oft Opium geraucht, und wenn du das Gedicht liest, bekommst du einen Eindruck, wie man sich dabei fühlt. Man kommt sich vor, als schwebe man auf einer Wolke – als sei man der Herrscher des Weltalls.« Die Erinnerung ließ Tom träumerisch lächeln. »Wie beim Liebesakt ... nur dass es unaufhörlich im Kopf weitergeht. Nicht so klebrig, natürlich«, sagte er lachend und stieß Jaffey in die Rippen.

Jaffey genierte sich. Tom vermutete, dass sich Jaffeys sexuelle Erfahrungen auf Knutschen und Grapschen vor irgendeiner Haustür auf Staten Island beschränkten.

»Aber das ist gerade das Problem, Eli.« Tom war jetzt wieder ernst. »Wenn du sehr oft rauchst, willst du nach einer Weile nichts anderes mehr tun, und damit meine ich, *gar nichts* anderes mehr.« Tom sagte das, als ob er genau Bescheid wüsste. »Alles, was dir etwas bedeutet, löst sich allmählich in Rauch auf: Geld, Karriere, Familie, Freundin, alles. Die Opiumpfeife nimmt dir alles und will noch mehr. Also probiere es einmal aus, wenn du willst, aber belasse es dabei, sonst setzt du alles aufs Spiel.«

»Ach was, so viel Macht kann das Zeug doch nicht haben! Ein starker Wille, moralische Stärke, und ...«

Tom unterbrach ihn. »Das hat alles nichts zu sagen! Jeder, der es über längere Zeit macht, geht als Verlierer daraus hervor. – Jetzt sind wir da.«

Sie standen vor einer Mietskaserne, die allen anderen in der Mott Street glich. Vor dem Eingang lungerten zwei Chinesen, die Tom und Eli schon beobachtet hatten, seitdem sie in die Straße eingebogen waren. Aus der Nähe wirkten sie brutal: pockennarbige Gesichter, das eine rund, das andere schmal und eckig, und schwarze Augen, die nichts verrieten, Schlitze, die Licht hinein-, aber nichts herausließen.

»Hallo«, begrüßte Tom die beiden. »Du bist also wieder draußen, Lee? Wie läuft's denn so auf Blackwell's Island?«, fragte er das Rundgesicht. »Keine Sorge, ich bin nicht euretwegen hier. Ich wollte nur meinem Freund den Weg des Heen Cheong zeigen.«

Wortlos und ohne Regung des Gesichts deutete Lee auf die Stufen, die zum Souterrain führten.

Tom fasste Jaffey am Arm. »Da geht's hinunter.«

Die Tür zu den Kellerräumen brachte sie in eine fremde Welt. In einem aufwendig dekorierten Vestibül hinter einem kleinen Tisch saß ein uralter Chinese mit einem Gesicht, das wie ein alter Hanfsack aussah. Auf seidenen Wandbehängen schlängelten sich bunt bemalte, feuerspuckende Drachen. Vorhänge mit Quasten hingen vor der gegenüberliegenden Tür. In einer Ecke glänzte eine spanische Wand aus exotischem dunklem Holz unter der Politur. Bei dem alten Mann saß ein dritter junger Schlägertyp.

Er wurde sofort wachsam, als die Cops durch die Tür kamen. Eli sah, wie seine Hand in die Tasche fuhr. Unwillkürlich griff er nach dem Pistolenknauf unter seiner Jacke. Tom legte ihm mäßigend die Hand auf den Arm und grüßte den jungen Mann mit einer Fingerbewegung.

»Wie geht's denn immer, Sung Chow?«, fragte er jovial. Der Alte mit dem Sackgesicht sagte etwas, schnell und scharf, auf Chinesisch. Auch wenn sie es nicht verstanden, merkten sie, dass sich der Wachhund daraufhin beruhigte und die Hand aus der Tasche nahm. »Wie läuft das Geschäft, alter Freund?«

»Ach, Tommy. Sehe Sie lange nicht auf Mott Street«, sagte er und sprang auf von seinem Stuhl: So viel Energie hätte Jaffey bei dem alten Mann nicht vermutet. Er verneigte sich und schüttelte Braddocks Hand, als wäre er der lang vermisste Neffe. »Schwer, gute Ware zu kriegen. Weiter Weg bis China. Kostet viele Dollar. Wir machen immer teurer, aber trotzdem nix Gewinn.«

Tom grinste ihn mit Verschwörermiene an. »Ja, aber eine Weile halten Sie schon noch durch, Sung?« Eine Zeit lang frotzelten sie hin und her und tauschten die neuesten Gerüchte aus. Offenbar kannte Tom das alte Sackgesicht recht gut. »Hören Sie, ich möchte gern meinem Freund hier Ihr Etablissement zeigen. Ich habe ihm schon erzählt, dass Sie das schönste Lokal in ganz New York betreiben.«

»Das stimmt, Tommy. Das schönste Lokal, Opium erste Klasse, sehr gut. Gehen Sie hinein, aber nicht die Kunden erschrecken, okay?«

»Klar, keine Sorge. Wir sind nicht hier, um jemanden zu verhaften«, sagte Tom und breitete die Hände in Unschuld aus.

Durch den Vorhang betraten sie einen Raum, der nur von wenigen flackernden Kerzen erleuchtet war.

»Der Alte besitzt mindestens sechs solche Lokale«, flüsterte Tom. »Er ist reicher als die Vanderbilts. Die reinsten Goldminen.«

Nachdem sich seine Augen an die Dunkelheit gewöhnt hatten, sah Jaffey, dass der Raum, bis auf ein paar Bänke entlang den Wänden, leer war. Hier hatten acht dieser Bänke Platz, dahinter lag ein ähnlicher Raum. Vier Männer ruhten da auf den Liegen. Sie hatten keine Matratzen. Eigentlich waren es nichts als hölzerne Rahmen, auf denen sich die Raucher zurücklehnen konnten. Überrascht bemerkte Jaffey, dass zwei der Männer keine Chinesen waren. Auch Tom fiel es auf.

»Feine Pinkel, die hier in den Slums auf den Putz hauen wollen«, sagte Tom zur Erklärung. »Mehr als die Hälfte der Opiumraucher sind keine Chinesen. Es wird bei den reichen Typen immer beliebter.«

Sie sahen zu, während einer der Chinesen mit dem Ritual begann.

»Pass jetzt auf«, flüsterte Tom. »Er holt sich ein kleines Stück aus dem Hop Toy.«

»Aus der kleinen Schachtel?«, fragte Jaffey. »Das heißt Hop Toy?«

»Genau. Er wird das Zeug ein wenig erhitzen, damit es weich und klebrig wird, wie Teer. Dann wird er es rauchen. Siehst du ... er sticht mit der Nadel in den kleinen Ball. Dann wird er ...«

»Sieht aus wie die Stopfnadel meiner Mutter«, sagte Jaffey. Die Vorstellung, seine Mutter könnte Opium rauchen, erheiterte ihn.

»Das ist die Yen Hauk. Pass auf, was er damit macht.« Der Chinese hatte den klebrigen Opiumball auf eine Nadel gespießt. »Jetzt wird er es ein bisschen erhitzen und dabei die Nadel hin- und herdrehen, wie ein Spanferkel am Spieß, damit es gleichmäßig warm wird.«

»Es riecht angenehm«, sagte Jaffey und atmete den Duft vorsichtig ein. »Wie Moschus und Früchte. Ich kann es fast schmecken.«

Der Chinese drehte die Nadel über einer kleinen Öllampe hin und her, damit die Flamme nicht zu lange an einer Stelle blieb. Beim Erhitzen rauchte der Opiumball und dehnte sich aus. Tom schien das Aroma zu genießen. Jaffey sah ihn tief einatmen, aber er sagte nichts.

»Okay, jetzt kommt es in die Heen Cheong, und dann raucht er es, bis es zu Asche wird – aber langsam, schön langsam.«

Sorgfältig schmierte der Mann die Teermasse um die Innenseite des Pfeifenkopfs; dabei drehte er die Nadel hin und her. Der Mann sah dabei ganz konzentriert aus, man hätte ihn für einen

Kunsthandwerker bei der Feinarbeit oder einen Priester beim Zelebrieren der Messe halten können.
»Warum rauchen sie im Liegen?«, fragte Jaffey, als der Chinese den Rauch inhaliert hatte. Es schien, als hätte er in einem riesigen Lungenzug das Ganze eingeatmet. Eine Ewigkeit lang hielt er den Atem an, dann stieß er ihn verzückt aus.
»Es hat einen guten Grund: Wenn du zu viel rauchst, fällst du um. Die Liege bewahrt dich davor, eine Beule am Kopf zu kriegen.«
»Es sieht gar nicht so toll aus«, sagte Jaffey abwertend, als der Mann fertig war. »Er liegt einfach da.«
»Du kannst mir glauben«, sagte Tom geduldig, »er ist jetzt in einer anderen Welt. Während du seinen Körper wie tot daliegen siehst, schwebt er im schönsten Traum davon.«

Später, draußen in der kalten Abendluft der Mott Street, staunte Jaffey über das, was er erlebt hatte: Es übte eine befremdliche Anziehung auf ihn aus. Allein der Rauch, den er dort drinnen eingeatmet hatte, machte ihn schwindlig. Gleichzeitig fühlte er sich erstaunlich wohl in seiner Haut, fast euphorisch. Es war ein friedliches Gefühl, und er kam sich stark vor; für ihn war die Welt in Ordnung.
»Fühlst du dich ein bisschen fremd?«, fragte Tom und grinste. »Jetzt hast du eine kleine Vorstellung davon, wie es beim Rauchen ist. Aber lass dir raten: Tu's nicht.«
Jaffey schüttelte nachdenklich den Kopf. »Ich habe es auch nicht vor. Wenn ich mir vorstelle, dass ich wie ein Maulwurf in diese deprimierende Höhle krieche und im Dunkeln an einer Pfeife sauge, dann vergeht mir die Lust. Dort ist alles nach innen gekehrt. Es ist nichts Lustiges dabei. Wenn man in eine normale Kneipe geht, trifft man Freunde, und man lacht, man singt oder scherzt mit den anderen.«
»Da hast du ganz recht«, sagte Braddock. »Eine schöne lärmende Kneipe ziehe ich diesem Grab jederzeit vor. Es sieht wirklich

aus wie in einer Gruft – sie liegen da alle wie tot, bloß wissen sie es noch nicht. Aber als Cop muss man so etwas gesehen haben.«
An der Haltestelle der El verabschiedeten sie sich und fuhren nach Hause.

Es musste ein Uhr in der Nacht gewesen sein, als Tom ein lautes Pochen an seiner Wohnungstür vernahm. Er hatte von Mary geträumt. Im Traum sah er ihren Körper, und er spürte ihn auch, nicht körperlich, aber vom Gefühl her. Er brauchte ihr Gesicht nicht zu sehen, um sie zu erkennen. Es war auch gar nicht ihr Gesicht, das er so deutlich vor sich sah. Das Klopfen hallte in seinem Traum wider, und er sah Mary an. Aber es war nicht Mary, es war Emily, die in seinen Armen lag. Er war schockiert und gleichzeitig fasziniert. Was ihn überraschte, war, wie sehr er diese Vorstellung genoss. Weniger überraschend war das Schuldgefühl, das sich wie eine kalte Dusche über ihn ergoss. Emily verschwand. Wieder kam das Pochen, und er vernahm es, als würden Schüsse abgefeuert: bumm, bumm, bumm. Kugeln dröhnten in seinem schlafenden Kopf. In seinem Traum war es Mary, die auf ihn schoss, weil er sie betrogen hatte. Er zweifelte keine Sekunde daran, dass sie dazu fähig war. Er ging in Deckung, rollte sich auf den Bauch und bedeckte seinen Kopf. Wieder: bumm, bumm, bumm. Aber diesmal war es nicht Kanonendonner. Sein halb waches Hirn hatte es nicht richtig erkannt, als er irgendwo zwischen Schlaf und Bewusstsein dahintrieb. Bumm, bumm, bumm!
»Tommy, wach doch auf!«, rief eine Stimme aus dem Treppenhaus.
Er riss die Augen auf und fuhr im Bett hoch, immer noch benommen. Bumm, bumm, bumm, bumm!
»Komm schon, Tommy! Mach auf!« Davon wurde er endgültig wach. Fast wäre er über Grant und Lee gestolpert, die nervös im Flur umherliefen.
»Aus dem Weg, ihr Mistviecher!«

Es war Sam! Tom sah ihm sofort an, dass er keine gute Nachricht brachte.
»Sam, weißt du nicht, wie spät ...?«
»Es geht um Mary, Tom. Zieh dich an, wir müssen raus!« Tom hörte nur die Worte: »Es geht um Mary.« Seit langem hatte er Angst um sie; er wusste, dass man bei ihrem Beruf mit Gefahren rechnen musste. Er sagte kein Wort, drehte sich nur um und lief wieder ins Schlafzimmer. Der Traum wirkte noch nach, und das Schuldgefühl nagte in ihm, als hätte er sie wirklich mit Emily betrogen. Er verfluchte sich. Sam stand noch im Flur, dann kam er ins Schlafzimmer nach. Tom lagen viele Fragen auf der Zunge, aber er wusste, dass sie ein Gespräch nur aufhalten würde. Mary lebte noch, das war das Wichtigste. Wenn es anders wäre, hätte es ihm Sam sofort gesagt. Noch nie seit dem Krieg hatte er sich so schnell angezogen.
Er steckte noch seinen Colt unter die Jacke, und zwei Minuten später waren sie auf der Straße.
»Fahren wir. Du kannst mir alles auf dem Weg erzählen.« Auf dem schmutzigen Pflaster des Lafayette Place wartete eine Droschke. Sie stiegen ein, und Sam rief: »New York Hospital.«
»Wie schlimm ist es, Sam? Du brauchst nichts zu beschönigen.«
Sam holte tief Luft. »Erst einmal, sie liegt nicht im Sterben. Man hat sie aber schlimm zugerichtet. Der linke Arm ist gebrochen, vielleicht sind auch eine oder zwei Rippen kaputt. Das Atmen tut ihr weh«, erklärte er. »Sie hat ein Riesenveilchen – das Gesicht ist ganz geschwollen. Und dann gibt es noch Prellungen und so weiter.« Grimmig, mit versteinerter Miene hörte Tom zu, die Lippen hatte er fest aufeinander gepresst.
»Ein Kunde? Ich muss es wissen, damit ich ihn kaltmachen kann«, knurrte Braddock. Auch das Klappern der Hufe und der Räder auf dem Pflaster konnte seine Verbitterung nicht tarnen. Wer Tom kannte, wusste, dass er keine leere Drohung ausstieß. Ein kalter Schauer durchfuhr Sam bei diesem Gedanken, und er

hoffte inständig, er könnte Tom noch bremsen, bevor alles außer Kontrolle geriet. Sam holte tief Luft.
»Es war eine Razzia. Du wirst niemanden kaltmachen, Partner.« Braddock fuhr hoch, und die Droschke schaukelte, als er die Faust gegen die Tür schlug.
»Scheiße! Was geht da vor? Das Sechzehnte hat ihr nie Schwierigkeiten gemacht. Sie bezahlt die richtigen Leute.« Tom schrie es fast, und man sah ihm die Verwirrung an.
Sam wusste keine Antwort. »Ich kann es mir auch nicht zusammenreimen.« Er sah Tom von der Seite an.
»Außerdem wissen sie, wer zu ihren Klienten gehört, deswegen wird sie in Ruhe gelassen«, sagte Tom. »Ich verstehe das nicht. So etwas sieht Parker überhaupt nicht ähnlich.« Parker war der Chef des sechzehnten Reviers. »Bist du sicher, dass sie es waren?« In der dunklen Droschke konnte Tom Sams Gesicht nicht deutlich sehen, aber er merkte, dass etwas nicht stimmte.
»Wir sind gleich da«, sagte Sam und sah zum Fenster hinaus. »Mary wird dir erzählen, was genau passiert ist. Ich weiß selbst nicht alles.«
Tom sah ihn eindringlich an. »Es passt gar nicht zu dir, dass du mir etwas verheimlichst, Sam.«
Sam zögerte, machte den Mund auf, besann sich aber eines Besseren. »Ich habe bloß eine Vermutung, deshalb behalte ich sie lieber für mich«, sagte er vorsichtig. »Jetzt sind wir sowieso da. Ich zahle den Kutscher, und du gehst gleich hinauf. Zimmer 214.«
Tom stürmte die Treppe hinauf in den ersten Stock und raste einen breiten Korridor entlang. Seine Schuhe hämmerten auf den Fliesen. Einmal bog er in den falschen Gang ein und musste kehrtmachen; schließlich fand er das Zimmer. Geräuschlos wie ein Einbrecher drehte er den Knauf und schob die Tür leise auf. Im Zimmer brannte kein Licht. Die Dunkelheit und die Gerüche eines Krankenzimmers trafen ihn wie eine feste Mauer. Zwei Betten standen darin. Tom konnte nicht erkennen, in welchem

Mary lag. Dann sah er Chelsea, die zusammengesunken auf einem Stuhl neben dem hinteren Bett saß. Von den Gaslaternen auf der Straße drang ein sanftes graues Licht herein. Tom stahl sich durchs Zimmer bis an Marys Bett, da er die beiden nicht wecken wollte. Das Licht von draußen warf lange, dünne Schatten, wie Gitter einer Gefängniszelle, auf ihr Bett. Selbst im zärtlichen Dämmerschein der Nacht sah Marys Gesicht verfärbt geschwollen aus. Ihr Kopf lag auf dem Kissen, die unverletzte Seite hatte sie nach unten gedreht. Ihr Haar war wild zerzaust. Der eine Arm, in einer weißen Schlinge, lag auf der Decke. Sie atmete schnell, flach, wie ein Vogel. Tom hörte Schritte im Gang, dann kam Sam hereingeschlichen.

»Sie schläft«, flüsterte Tom.

Sam nickte. »Ich sollte lieber gehen. Du bleibst ja hier.«

»Ja«, sagte Tom, eher an Mary als an seinen Freund gerichtet. »Und vielen Dank, Sam.«

Sam legte Tom die Hand auf die Schulter. »Kein Problem. Ich hatte sowieso Dienst.« Er verabschiedete sich leise und ging hinaus.

»Tommy, bist du es?« Mary musste die Tür gehört haben, denn sie wurde wach.

»Ich bin's, Liebling.« Er beugte sich zu ihr hinunter und küsste sie auf die feuchte Stirn. Ihre Hand fasste nach ihm. »Wie geht es dir?«

»Ungefähr so gut, wie ich aussehe, vielleicht noch ein bisschen schlechter.« Sie lächelte. »Wie sehe ich aus?«

Tom antwortete nicht darauf. »Wer hat das getan? Sam sagt, es war eine Razzia.«

Mary sah ihn beunruhigt an. »Das stimmt«, sagte sie langsam. »Zunächst … konnte ich es nicht verstehen.« Sie schüttelte den Kopf. »Ich hatte … noch nie Schwierigkeiten … mit ihnen. Dann sah ich die anderen.«

Tom erstarrte. »Welche anderen? Wer war sonst noch dabei?«, fragte er fast grob.

Mary zögerte. »Ich kannte nur einen oder zwei davon vom Sehen«, sagte sie vorsichtig; anscheinend wollte sie nicht mit der ganzen Wahrheit herausrücken. »Ich will nicht, dass du dich aufregst, Tommy. Was passiert ist, war zum Teil meine eigene Schuld.« Er merkte, dass sie es beschönigen wollte. »Ich war so wütend. Du kennst mich ja.« Tom nickte. Er konnte sich das lebhaft vorstellen. »Ich wurde einfach wütend ... ich schrie sie an und drosch auf sie ein, und einer schlug zurück. Dann fiel ich über einen Stuhl«, sagte sie mit schuldbewusstem Grinsen und verzog gleich darauf das Gesicht vor Schmerz. »Dabei verletzte ich mir den Arm. Das Atmen tut mir auch weh. Aber ich war selber schuld«, fügte sie etwas zu hastig hinzu. Die wahre Geschichte war natürlich viel schlimmer. Was ihre Verletzungen verursacht hatte, war mehr als ein Sturz gewesen, und nicht nur ein einziger Polizist hatte sie geschlagen. Es hatte noch anderes gegeben, Dinge, die sie Tom nie erzählen würde. Sie besaß die Kraft, damit fertig zu werden; aber sie war sich nicht sicher, ob er das auch könnte. Sie schwächte die Geschichte nicht ab, um sich selbst zu beruhigen, sie erzählte sie für Tom. Sie sah ihm in die Augen und merkte den Zweifel und den Zorn. Sie wusste, dass er mehr dahinter vermutete. »An allem bin ich selber schuld«, sagte sie leise, aber so bestimmt, wie sie es vermochte.

Tom schwieg, sein Gesicht lag zur Hälfte im weichen, grauen Lampenlicht, zur Hälfte im pechschwarzen Schatten.

»Du hast mir immer noch nicht gesagt, wer die anderen waren«, mahnte er sie. Seine Stimme klang liebevoll, aber gleichzeitig energisch.

»Tommy, versprich mir, dass du nichts unternimmst«, flehte ihn Mary an.

Tom sah sie mit finsterem Gesicht an. Er war entschlossen, er ließ sich nicht beirren. »Du musst es mir sagen. Ich werde nicht tatenlos zusehen, wie man dich zusammenschlägt. Was für ein Mann wäre ich da? Sie haben auch noch in deinem Haus ge-

wütet, nehme ich an?« Razzien dieser Art waren ihm nicht unbekannt.
Mary bemühte sich, ihn zur Vernunft zu bringen. »Es geht nicht um dich, Tom.« Aber es war ihr vollkommen klar, dass es doch um ihn ging. »Es geht nicht darum, ob du mich verteidigen kannst. Und mein Haus …?« Mary zögerte und dachte eher an sich als an ihr Haus. »Nichts ist kaputt, das sich nicht reparieren ließe.«
Tom hatte ihre Anstrengungen, ihn zu schützen, allmählich satt. Eigentlich brauchte sie die Namen gar nicht zu verraten. Er kannte sie.
»Es waren Coffins Leute, nicht wahr? Er steckt dahinter. Ich hätte gleich drauf kommen müssen.« Ihre Augen bestätigten, dass er richtig geraten hatte. »Dieser Hundesohn!«
Mit ihrer unverletzten Hand packte ihn Mary am Arm. »Ich glaube, schon«, sagte sie kleinlaut. »Ich hab sie reden hören.«
»Scheiße! Dieser Hundesohn!« Tom schrie beinahe. Er stand auf, eine riesige schwarze Silhouette vor dem grauen Lampenschein. Seine schwarzen Fäuste sahen aus wie mächtige Vorschlaghämmer.
Marys schlimmste Befürchtung drohte wahr zu werden. Wenn sie nicht imstande war, ihn zu bremsen, würde er Coffin umbringen.
»*Tommy, nein!* Die Sache lässt sich nicht auf diese Weise lösen«, flehte sie. »Sie werden auf dich warten.« Sie versuchte, an seine Vernunft zu appellieren. »Es gibt andere Mittel und Wege, mit dieser Geschichte fertig zu werden.«
»Nicht für mich, nicht in diesem Fall. Dieses Schwein hat Angst davor, sich mir zu stellen, deshalb lässt er es an dir aus.« Eine solche Gemeinheit war unfassbar. »Er wird noch spüren, wie es ist, wenn man geschlagen wird. Es wird ihm nicht gefallen, das garantiere ich dir.« Tom war außer sich vor Wut, in einem Zustand, der das klare Denken ausschloss und sofortiges Handeln erforderte. Wie viel davon noch auf sein Schuldgefühl wegen des

Traums zurückging, konnte er nicht wissen, aber es klebte an ihm wie billiges Parfüm. Kein Appell an die Vernunft konnte ihn zurückhalten, also sagte Mary das Einzige, was ihn noch rühren konnte.
»Ich liebe dich, Tommy.«
Die Hand am Türknauf, blieb er stehen. Im Nu stand er wieder an ihrem Bett und drückte sie so fest an sich, dass ihr die Rippen schmerzten. »Ich liebe dich auch, Mary. Immer und ewig.«
Sie spürte seine Anspannung, als er das sagte, die unausgesprochene Wut, die Verzweiflung. Sie presste ihn an sich, sie achtete nicht auf ihre Schmerzen.
»Ich muss aber gehen.«
»Tu's nicht, Tommy.« Sie unternahm einen neuen Versuch. »Selbst wenn du ihn umbringst ... und seine Leute dich nicht umbringen ... wird man dich dafür hängen. Du kannst nicht gewinnen.« Sie sah, dass sie nichts bei ihm bewirkte. Tom dachte nicht mehr logisch. Er handelte nach seinem Instinkt. Wenn sie ihm die Folgen zu bedenken gab, hörte er einfach nicht mehr zu.
»Ich gehe.« Er küsste sie ein letztes Mal. Diesmal ging er ganz schnell hinaus – er hatte Angst, sie könnte ihn noch einmal aufhalten.
Mary hätte am liebsten geweint. Sie wünschte, sie hätte ihn zur Vernunft bringen können. Tom war dabei, sein Leben wegzuwerfen und damit auch ihrer beider Zukunft. Aber als sie zu weinen anfing, schmerzten ihr die Rippen so stark, dass ihr der Atem stockte. In stummen kleinen Bächen liefen die Tränen ihre Wangen hinunter. Der stechende Schmerz in ihrer Seite bedeutete für sie den Tod der Hoffnung und des Herzens.

Der Angriff auf Mary zeigte Tom, dass es jetzt um mehr ging als nur ums Geschäft. Diesmal war es persönlich gemeint. Doch Coffin hatte den folgenreichsten Irrtum seines Lebens begangen, wenn er glaubte, Tom durch diese Handlung wieder Zügel anlegen zu können. Coffin würde dafür büßen müssen, und zum Teufel mit den Konsequenzen! Die Tatsache, dass Coffin Captain bei der Polizei war, hatte nichts zu sagen. Die Wahrscheinlichkeit, dass das kleine Korps bereits auf ihn wartete, beeindruckte ihn nicht. Toms Wut war wie eine Naturgewalt, die in seinem Kopf tobte, alles vernichtete, was sich ihr in den Weg stellte, die jede Vernunft, jede Logik und jede Vorsicht auslöschte. Jetzt war sie darauf ausgerichtet, Coffin auszulöschen. Toms Schritte auf dem gefliesten Boden klangen schnell und schwer wie das Metronom des Todes.

Tom wusste, wo Coffin seine Wohnung hatte, in der Thirty-Sixth Street, unweit der Lexington Avenue. Keine Droschke war zu sehen, also machte er sich zu Fuß auf den Weg. Dieser Fußmarsch rettete ihm das Leben. Die Straßen waren verlassen, nichts bewegte sich, kein Pferdewagen war in Sicht, keine Kutsche, kein Fußgänger. Tom lief allein durch die Straßen, in einem Traum, in dem sich Helligkeit und Dunkelheit abwechselten. Die Gaslaternen schufen Zonen eines künstlichen Tages, und in ihren hellen Kreisen schien die Vernunft stärker zu werden, aber dazwischen lagen schwarze Abgründe, wo Wut und Wahnsinn herrschten. Als er so auf diesen dunklen, schlafenden Straßen von einem Lichtkreis zum nächsten schritt, drang das Licht langsam zu ihm durch, und das Licht war Mary.

Er dachte nach über das, was sie gesagt hatte, und er spürte, was sie nicht ausgesprochen hatte. Es war vielleicht das erste Mal seit dem Krieg, dass er nicht in erster Linie sich selbst, sondern einen anderen Menschen in den Mittelpunkt stellte. Er war es nicht mehr gewöhnt. Aber jetzt, wo seine und ihre Zukunft aufs Spiel gesetzt wurde, musste er auf sie Rücksicht nehmen. Zuerst, in der Dunkelheit zwischen den Gaslaternen, fluchte er nur vor sich hin. Coffin hatte den Tod verdient. Tom würde ihm den Tod bringen. Auf schreckliche Weise würde Coffin endlich ernten, was er gesät hatte. Das war ein Versprechen und eine Verpflichtung. Aber als er an *seine* Mary dachte, denn so sah er sie jetzt, war seine Wut nicht mehr so grenzenlos. Auf diesem langen Weg durch die leeren Straßen begann sein Hirn allmählich, die Kontrolle zu übernehmen. Er musste sich einen Plan zurechtlegen. Er konnte nicht einfach an Coffins Tür klopfen und ihn im Schlafanzug erschießen, auch wenn ihn der Gedanke noch so reizte. Er wollte für den Rest seines Lebens mit Mary zusammenbleiben. Um dieses Ziel zu erreichen, musste er in den nächsten Minuten besonders umsichtig handeln. Fieberhaft dachte er nach und hörte plötzlich Schritte hinter sich.

Es wunderte ihn nicht, dass man ihn beschattete. In der aufgewühlten Verfassung, in der er das Krankenhaus verlassen hatte, hätte er nicht einmal eine Armee von Verfolgern wahrgenommen. Es war ganz logisch, dass einer aus dem Korps vor dem Krankenhaus Wache hielt. Tom war nur überrascht, dass er so lange gebraucht hatte, um darauf aufmerksam zu werden. Inzwischen hatte er die Kreuzung der Thirty-Fourth Street mit der Fifth Avenue erreicht. A.T. Stewarts Marmorpalast ragte an der gegenüberliegenden Ecke in die Höhe. Dieses Denkmal, das er sich selber gesetzt hatte, hatte den reichen Kaufmann mehr als drei Millionen Dollar gekostet. Stewart hatte Sarsaparilla Townsends ockerfarbene Sandsteinvilla dem Erdboden gleichgemacht, nur um eine noch größere Villa aus Marmor an dieselbe Stelle setzen zu können. »Mehr Geld als Verstand«, dachte Tom im Vorbeigehen. Ein rascher Blick nach hinten zeigte ihm, dass sein Verfolger in einer Toreinfahrt stehen geblieben war. Es gefiel ihm nicht, dass man ihn beschattete. Egal, wer es war, ob er ihn kannte oder nicht, ob sie miteinander getrunken hatten oder nicht: Er musste dem ein Ende bereiten. Niemand durfte ihn ungeschoren beschatten.

Tom überquerte die Thirty-Fourth Street und ging an Stewarts Villa vorbei die Fifth Avenue hinauf, dann eilte er in die Thirty-Fifth Street hinein, wo ihn sein Verfolger nicht mehr sehen konnte. Tom hörte die Schritte, bevor er seinen Beschatter kommen sah. Er versteckte sich in einem dunklen Hauseingang und

wartete, bis ihn der Mann überholt hatte. Tom erkannte ihn nicht, doch es war ihm egal. Leise und wie der Blitz sprang er auf ihn zu. Der Cop aber war auf der Hut, und als er Toms Schritte hörte, fuhr er herum. Mit einem nach hinten geführten Schlag versuchte er, Toms Kopf zu treffen. Tom duckte sich rechtzeitig, und der schwere Knüppel pfiff über ihn hinweg. Seine rechte Faust landete in den Rippen des Verfolgers, der mit einem Schmerzensschrei nach vorn kippte. Jetzt hielt Tom den Knüppel mit der linken Hand fest und versetzte dem Cop einen Nackenhieb mit der Rechten. Es tat ihm gut, als er sah, dass der Mann zu Boden ging. Vielleicht war er es gewesen, der Mary geschlagen hatte.
Der Cop lag auf dem Gehsteig, aber seine Hand suchte nach der Pistole. Als er an Mary dachte, versetzte ihm Tom einen Fußtritt in die Rippen und hörte es knacken. Er beugte sich über den Mann, griff unter seine Jacke und nahm ihm die Pistole ab.
»Nichts für ungut, Freundchen«, sagte Tom unaufrichtig. Fünf Minuten später stand er vor Coffins Stadthaus. Er betrachtete die Flügeltür mit ihrem schweren Messingknauf und dem Klopfer. Er freute sich auf sein nächstes Unternehmen. Ein grimmiges Lächeln erschien auf seinen Lippen, aber er wischte es weg. In diesem Augenblick, in Anbetracht seines Vorhabens, war ein Lächeln unangebracht. Der große Messingklopfer dröhnte durch das Haus und erschütterte die Flügeltür in ihren Angeln.

17. Kapitel

Und unsere eigene Stadt wird man immer dafür rühmen,
dass sie die großartigste architektonische und
technische Leistung des amerikanischen Kontinents
und unseres Zeitalters besitzt.

Thomas Kinsella

Mary schlief unruhig. Obwohl ihr Körper danach verlangte, ließen ihre Gedanken sie nicht zur Ruhe kommen. Stumme Tränen rannen ihr über die Wangen. Im Laufe von nur wenigen Stunden hatte sie fast alles verloren, was ihr lieb und teuer war. Ihr Geschäft war verwüstet worden, ihre Mädchen, die ihr so nahe standen wie eine eigene Familie, saßen in den Zellen des Jefferson-Market-Gefängnisses. Ihre Klienten würden wahrscheinlich, wenn überhaupt, nicht so bald wiederkommen. Und um Tom stand es weit, weit schlimmer. Er war drauf und dran, sein Leben wegzuwerfen und damit auch ihre gemeinsame Zukunft. Wie sehr hatte sie sich nach dieser Zukunft gesehnt! Aber er opferte sie seinem Stolz und seiner dummen männlichen Ehre. Dabei hatte sie ihn gerade wegen dieser Eigenschaften geliebt. Sie weinte, als sie in der Dunkelheit dalag, und trauerte um die Zukunft, die schon zum Greifen nahe gewesen war.

Es war nicht so, dass sie Coffin die verdiente Bestrafung ersparen wollte. Er verdiente zumindest, gnadenlos verprügelt zu werden. Aber sosehr ihm Mary die Prügel gegönnt hätte, so klar war ihr auch, dass ein Racheversuch zwecklos war. Wenn Tom nicht Coffins private Armee in die Hände lief, würde er mit Gewissheit in die Schlingen des Gesetzes geraten. Mary konnte sich nicht vorstellen, dass es eine Klausel in den Polizeivorschriften gab, die das Verprügeln eines Captains erlaubte. Falls es Tom gestattet würde, am Leben zu bleiben, würde er die nächsten Jahre im Gefängnis auf Blackwell's Island zubringen müssen. Und das würde er wahrscheinlich nicht überleben. Mary zweifelte nicht daran, dass sich Coffins Einfluss auch auf diesen Ort erstreckte. Tom hatte im Lauf der Jahre dafür gesorgt, dass eine Menge Übeltäter dort einsitzen mussten. Er würde in einer Gesellschaft leben müssen, die nichts lieber sähe als seinen Tod.

Die Rache würde sich nicht lohnen. Von ihr aus mochte Coffin ein langes und glückliches Leben genießen. Er mochte Polizeipräsident werden oder sogar Bürgermeister. Ihr war es egal. Er mochte sich als Sieger fühlen, sich damit brüsten, sie und Tom bestraft und Tom gefügig gemacht zu haben. Was scherte sie es, solange sie und Tom zusammen sein konnten? Sie konnten anderswo hinziehen, nach San Francisco oder Chicago, irgendwohin, wo sie ihr Leben neu aufbauen würden. Aber jetzt schien das alles nicht mehr möglich zu sein.

Die ganze traurige Nacht hindurch hielt Chelsea ihre Hand fest. So schlief Mary endlich vor Erschöpfung ein, bis sie mit einem Ruck aufwachte. Chelseas Hand streichelte ihre Finger, eine beruhigende, heilende Liebkosung. Marys rechtes Auge öffnete sich nur zur Hälfte, ihr linkes war völlig zugeschwollen und ließ sich überhaupt nicht öffnen. Die dämmrige Umgebung war von einem grauen Schleier verhüllt. Die Schwärze der Nacht hatte sich bereits in die Ecken und hinter das Bett zurückgezogen. Chelseas große kräftige Finger streichelten Marys kleine Hand, wiegten sie wie einen verletzten Vogel in einen schmerzlosen

Schlaf. Im Halbschlaf kam es Mary vor, als sei Chelseas Hand plötzlich viel größer geworden. Ihr müdes Auge öffnete sich, um diese Diskrepanz zu ergründen und Chelsea wieder in ihrer wirklichen Größe zu sehen.

Der dämmrig graue Raum verschwamm vor ihren Augen. Mary runzelte die Stirn, und ein schmerzhafter Stich durchzuckte ihren Kopf.

Sie reckte sich und sah Chelsea an. »Chelsea?«

»Ich bin's, Liebes. Ich bin da«, sagte eine Stimme. Chelsea hatte sie noch nie »Liebes« genannt. Sie sah so groß aus im Dämmerlicht; noch nie war Mary diese Größe aufgefallen. War es womöglich gar nicht ihr Dienstmädchen, das ihr die Hand hielt? Aber wer denn sonst?

»Tommy?«, hörte sie sich fragen. »Tommy?« Er drückte beruhigend ihre Hand.

»Ja, ich bin's«, sagte Tom leise, fast verlegen. »Du hast wohl nicht mit mir gerechnet?«

Mit einem Ruck wurde Mary wach. Einen Moment lang glaubte sie, alles nur geträumt zu haben. Vielleicht war er doch nicht fortgegangen, um Coffin zu töten. Vielleicht hatte er die ganze Nacht hier gesessen und ihre Hand gehalten. Aber bald wurde ihr die Wahrheit bewusst.

»Tommy! Du bist wieder zurückgekommen!«, hauchte sie heiser durch die trockenen Lippen. Ihre Verwunderung und ihre Erleichterung waren nicht zu überhören, für Tom eine süße Belohnung, denn er wusste jetzt, dass er richtig gehandelt hatte.

»Wohin sollte ich sonst gehen?«, antwortete er leise.

»Verulk mich nicht, du Mistkerl«, sagte sie mit gespieltem Zorn. »Was ist passiert? Du hast doch nicht ...?«

Tom schüttelte langsam den Kopf. »Coffin liegt wohlbehalten in seinem Bett. In nächster Zeit wird er noch nicht sterben.« Die Schärfe seiner Stimme klang nicht nach Scherzen.

»Was soll denn das, ›noch nicht‹?« Mary war verwirrt.

»Komisch«, sagte Tom, halb in Gedanken. »Dir habe ich es zu

verdanken, dass ich weder tot noch im Knast bin. Als ich von hier wegging, hatte ich in meinem dicken Schädel nur Platz für einen einzigen Gedanken: diesen Hundesohn kaltzumachen. Mein Kopf war ein Dampfkessel, zum Bersten voll, ein Höllenfeuer … Und dir hat es Coffin zu verdanken, dass er noch lebt. Eine ziemliche Ironie.« Tom lächelte.

Mary war immer noch verwirrt. »Was willst du mir damit sagen?«

»Ich will dir sagen, dass ich dich liebe. Als ob ich daran je gezweifelt hätte.«

»Das kapiere ich nicht … Du bringst Coffin um, aber jetzt tust du's noch nicht. Du liebst mich. Was willst du …?« Sie zögerte und legte eine Hand über die Augen. »Ich bin verwirrt. Ich meine … ich liebe dich auch, du Idiot, aber ich verstehe überhaupt nichts.«

Er lächelte sie geduldig an; er wusste, dass er sich nicht besonders klar ausgedrückt hatte. »Du hast mich davon abgehalten«, sagte er. »Ich war drauf und dran, ihn kaltzumachen. Als ich von dir wegging, schien es mir die einzige Lösung zu sein. Aber du hast mich davon abgehalten.«

Mary schüttelte wieder den Kopf. »Das sagst du immer wieder. Wie denn?«

»Mary … weil ich dich liebe, habe ich Coffin nicht getötet. Du hattest recht. Ich war dabei, alles über Bord zu werfen. Ich war einfach zu … aufgebracht, es einzusehen. Was uns verbindet, ist so kostbar«, flüsterte er. »Es ist mir so viel mehr wert …«

»Ach, Tommy!« Sie drückte ihn so fest an sich, dass ihre Rippen eisige Stiche in ihre Seite bohrten und ihre Tränen sein Hemd durchnässten. »Gott, bin ich glücklich, ich kann es nicht glauben! Die ganze Nacht musste ich an alle möglichen schrecklichen Dinge denken.«

Schweigend saßen sie da, Hand in Hand.

Schließlich sagte er leise: »Ich bin nicht ganz so edel, wie du meinst. Eines Tages wird er dafür zahlen müssen. Nach einem solchen Überfall lass ich ihn nicht ungeschoren davonkommen.« Er redete mit fester Stimme weiter. »Es ist eigentlich komisch. Ich habe ihn gebeten, mir Geld zu leihen, um dir zu helfen, damit du das Haus und alles wieder in Ordnung bringen kannst.«

Mary sah ihn entsetzt an. »Ich brauche sein Geld nicht. Warum sollte ich …?«

»Schon gut«, unterbrach er sie. »Das weiß ich. Außerdem werde ich es nie zurückzahlen müssen. So viel steht fest.«

Mary bemerkte die Härte in seiner Stimme, aber trotzdem fragte sie weiter. »Bist du dir ganz sicher? Das ist gefährlich. Du sprichst von … du sprichst von Mord?« Mary wollte das Wort nicht einmal in den Mund nehmen. Sie wollte auch nicht in Erwägung ziehen, dass Tom so etwas tun könnte, nicht einmal, wenn es um Coffin ging.

»Ja, man könnte es so nennen«, sagte Tom gleichmütig. »Ich bin nicht sicher, ob es das ist, was Coffin bevorsteht, wenn ich auch zugeben muss, dass ich nichts dagegen hätte.« Er lächelte grimmig. Mary lief es kalt über den Rücken. »Mord oder nicht, Coffin wird es überhaupt nicht gefallen.«

Später an diesem Morgen, während er die Stufen des Marble Palace hinaufstieg, dachte Tom an sein Gespräch mit Mary zurück. Vielleicht wäre es besser gewesen, wenn sie nichts erfahren hätte. Wenn etwas schief ginge, würden sie von der Polizei verhört werden. Er hätte einfach sagen können, dass er etwas vorhatte, und es dabei belassen sollen. Aber er wollte ihr gegenüber unbedingt ehrlich sein, ihr alles sagen. Sein Risiko war ihr Risiko und umgekehrt. Ein Boot, zwei Steuermänner.

»Morgen, Jungs.« Tom schleppte sich zu einem Stuhl. Pat, Charlie und Eli sprachen ihn erst an, nachdem er hineingeplumpst war.

»Du bist spät dran. Das passt gar nicht zu dir«, sagte Pat.

»Und du siehst, entschuldige den Ausdruck, auch noch beschis-

sen aus«, setzte Charlie hinzu. »Hast du in dieser Nacht überhaupt ein Bett gesehen?«
Tom zuckte die Achseln und fuhr sich durchs Haar. »Kleine Aufregung gehabt. Ich will lieber nicht davon reden. Mir fehlt einfach ein bisschen Schlaf.«
Diese Erklärung genügte ihnen. Sie vertrauten Tom und wussten, dass er ihnen alles sagen würde, was mit dem Fall zu tun hätte. Über anderes zerbrachen sie sich nicht den Kopf.
Dann besprachen sie den ersten Schritt: Welche Unterlagen und Auftragsbücher wollten sie sich vornehmen? Die Suche würde mühselig sein, so als wollte man eine Schraube in einem Kübel voller Bolzen finden. Pat und Charlie sollten als Erstes zum Baubüro gehen. Sie sollten herausfinden, an welchen Stellen der Brücke Bucklin und Watkins gearbeitet hatten. Tom glaubte, dass man dadurch eine Verbindung zwischen den beiden Männern und bestimmten Arbeiten an der Bahnlinie herstellen könnte, an den Schienen, den beiden Terminals – alles konnte von Bedeutung sein. Das wäre ein günstiger Ausgangspunkt, und es würde die Suche auf eine kleinere Zahl von Lieferfirmen beschränken.
Alle wussten, dass sich diese Suche möglicherweise als Zeitverschwendung erweisen konnte. Wenn sie einer falschen Vermutung nachgingen, konnte sie in die Irre führen, noch weiter weg von der eigentlichen Verschwörung. Aber sie mussten eine Auswahl treffen, die Möglichkeiten einengen, sich auf den speziellen Fall konzentrieren. Sonst hatten sie nichts in der Hand, sie konnten nur allgemein nach Zusammenhängen suchen. Ein Schritt in diese Richtung war schon erfolgt, als sie die Unterlagen über den Militärdienst der Verdächtigen anforderten. Hier bestand eine klare Verbindung zwischen Watkins einerseits und Lebeau und Emmons andererseits. Ob sich das auszahlen würde, wusste Tom nicht. Bei ähnlichen Recherchen hatte es anfangs oft nach vergeblicher Mühe ausgesehen, und dann war man auf einen oder zwei kleine Hinweise gestoßen, die zu einer

Lösung führten. Irgendwo waren diese Hinweise versteckt. Man musste nur nach ihnen graben. Davon abgesehen war es auch empfehlenswert, Byrnes zu beweisen, dass sie tätig geworden waren.

Beim Gedanken an Byrnes stand Tom auf und sagte: »Ich komme später nach. Ich muss erst einmal über unsere … Fortschritte Bericht erstatten.« Toms Ton ließ keinen Zweifel daran, dass er das Wort »Fortschritte« für eine Übertreibung hielt. Er sah dem Bericht mit gemischten Gefühlen entgegen.

»Morgen, Chef«, sagte er, als er ein paar Minuten darauf Byrnes' Büro betrat. Unbeweglich wie der Frühnebel hing schon der Zigarrenrauch in der Luft.

»Morgen, Tom. Wie geht's?« Tom merkte, dass die Frage nicht einfach aus Höflichkeit gestellt wurde.

»Gut, danke, Sir. Bisschen wenig geschlafen«, sagte Tom und hoffte, dass Byrnes die Vorgänge der vergangenen Nacht nicht schon bekannt waren. Gleich darauf wurde seine Hoffnung enttäuscht.

»Soeben habe ich die Morgenberichte aus den Revieren bekommen. Wie geht es Mary?«

Tom holte tief Luft und sagte es ihm unverblümt. »Sie ist ziemlich schwer verletzt. Ein Arm wurde ihr gebrochen, womöglich auch ein paar Rippen. Ein Auge und die eine Gesichtshälfte sind ganz verschwollen. Aber sie ist zäh – sie wird bald darauf drängen, aus dem Krankenhaus entlassen zu werden.«

Byrnes seufzte und paffte so inbrünstig an seiner Zigarre, als hielte sie die Lösung seiner Probleme bereit. Er sah Tom direkt ins Gesicht, und sein gewichster Schnurrbart stellte sich auf. »Sie sollen wissen, Tom, dass ich eine derartige Taktik nicht gutheißen kann. Ich habe Parker gleich ein Telegramm geschickt, um meine … Missbilligung auszudrücken.« Byrnes schien noch etwas sagen zu wollen, also wartete Tom ab. »Ich habe ihn gebeten, alle Anklagepunkte gegen Mary fallen zu lassen. Sie hat sowieso genug aushalten müssen.«

Tom war verblüfft. »Mary wird Ihnen sehr dankbar sein, Sir.« Es kam selten vor, dass sich Byrnes in die Angelegenheiten der Revierchefs einmischte. »Und ... auch ich möchte Ihnen meinen Dank aussprechen. Ich weiß es zu schätzen.«
Byrnes machte mit der Zigarre eine wegwerfende Geste und räusperte sich wie ein Walross. »Falls ich noch irgendetwas für Sie tun kann, sagen Sie mir bitte Bescheid. Ich glaube aber nicht, dass Mary wieder Ärger kriegen wird.« Aus Byrnes' Mund bedeutete das so viel wie eine Garantie.
Tom bedankte sich noch einmal, dann trug er seinen Bericht vor. Es gab zwar nicht viel zu berichten, aber Byrnes schien mit dem eingeschlagenen Weg zufrieden zu sein. Tom zeigte ihm die Zeitungsausschnitte aus Bucklins Kästchen. Byrnes betrachtete sie eingehend, drehte die Blätter mehrmals hin und her und las alles, was darauf stand. Schließlich murmelte er: »Also hat es etwas mit den Zügen zu tun?«
Tom bejahte. »So stelle ich es mir vor. Einen anderen Schluss scheint es nicht zu geben.«
»Ich habe ein ungutes Gefühl dabei«, sagte Byrnes. »Soweit ich mich erinnere, war der Brand im Caisson laut Gerichtsentscheid ein Unfall.« Er rieb sich nachdenklich das Kinn. »Das hier lässt auf etwas anderes schließen. Den anderen Ausschnitten kann ich nichts Konkretes entnehmen. Das blöde Bild von grinsenden Arbeitern sagt überhaupt nichts aus. Der Teufel steckt im Detail, Tom ... Da ist noch vieles offen, es bleibt noch viel zu tun.« Byrnes gab ihm die Blätter zurück.
»Ja, Sir. Zur Zeit sieht es nach einem Papierkrieg aus.«
»Fangen Sie mit den Zügen an, Tom. Ganz sicher ist da etwas faul. Ich möchte bloß wissen, was.« Er richtete seinen Zigarrenstummel auf Tom. »Und, Tom, nehmen Sie sich einen halben Tag frei und besuchen Sie Mary. Das sollten Sie tun. Und schicken Sie ihr ein paar Blumen«, setzte er lächelnd hinzu. »Blumen richten die weibliche Seele auf.«
Zum zweiten Mal war Tom erstaunt. Der Chef pflegte sonst

seinen Leuten nicht freizugeben oder Ratschläge über Blumen zu erteilen.
»Vielen Dank, Sir. Das werde ich machen.«
»Und Tom …«, sagte Byrnes und wandte sich den Papieren auf seinem Schreibtisch zu. »Sie brauchen Schlaf. Sie sehen entsetzlich mitgenommen aus.«
Tom grinste. »Diesen Befehl befolge ich nur zu gern, Chef.«
Byrnes sah Braddock mit ernstem Blick an. »Und noch etwas … Sie sollten die Sache mit Coffin klären. Die Geschichte muss ein Ende finden – schieben Sie es nicht auf die lange Bank, okay?«
»Schon geschehen.« Tom versuchte, möglichst glaubwürdig zu klingen.
»Gut.« Byrnes schlug sich mit der Faust in die Handfläche. »Gut, es freut mich, dass ich das höre. Nun … raus mit Ihnen, und sehen Sie zu, dass Sie den Fall lösen! Ich habe auch selbst Arbeit.«
Tom war gerade dabei, die Tür hinter sich zu schließen, als ihm Byrnes nachrief: »Sagen Sie, Tom, kennen Sie einen Cop namens Zimmer?« Braddock blieb stehen und dachte an den Cop, den er in der Thirty-Sixth Street als Häufchen Elend hinterlassen hatte.
»Zimmer? Nein, ich glaube nicht. Wieso?«
Byrnes deutete ein Lächeln an, das Tom nicht bemerkte. »Ach, nichts. Nichts Wichtiges.«

Matt und Earl hatten keine blasse Ahnung von Elektrizität. Das war auch gar nicht notwendig, denn die Arbeiter von der U. S. Illuminating Company verlegten die Drähte selbst. Matt und Earl waren nur dazu da, die Rohre zu befestigen, durch die die Drähte laufen sollten. Ihre Kenntnisse reichten gerade noch für diese Arbeit aus, und wenn sie etwas nicht wussten, konnten sie es den anderen Installateuren abschauen. Am ersten Tag verbrachten sie viel Zeit mit der Suche nach einer guten Methode, ihren eigenen Draht durchzufädeln, ohne die Aufmerksamkeit der Vorarbeiter oder der Elektriker zu erregen. Bald merkten

sie, dass ihre Beschäftigung bei den Leitungsverlegern allein keine Garantie für eine erfolgreiche Ausführung ihres Vorhabens bot.
Der Plan war einfach, wenigstens im Grundsatz. Die Leitungen für die Beleuchtung der Brücke gingen vom Dynamoraum unter der Brooklyner Auffahrtsrampe aus. Wenn sie eine Möglichkeit fänden, ihren Draht zusammen mit der Lichtleitung einzufädeln, konnten sie im entscheidenden Moment das große Gewölbe unter der Brooklyner Auffahrt für ihre Zwecke nutzen. Von dort aus konnten sie unbehelligt die Brücke sprengen. Sie hätten dort ein Versteck, wo sie vor neugierigen Augen und vor Cops sicher wären. Als Leitungsverleger hatten Matt und Earl ungehindert Zugang zum brückeneigenen Dampfkraftwerk, das direkt neben der Brückenauffahrt und dem Maschinenraum lag. Keiner würde fragen, was sie dort zu suchen hätten. Sie konnten sich die Schlüssel verschaffen und kommen und gehen, wie es ihnen passte. Die Brückenzüge sollten erst ab September fahren. Vor diesem Termin würde das Kraftwerk lediglich für die Beleuchtung benötigt. Da es Ende Mai auch an trüben Tagen bis mindestens sieben Uhr abends hell blieb, würden die Elektriker nicht vor fünf Uhr nachmittags eintreffen, um die Stromerzeugung in Gang zu setzen. Sie würden die Kessel anheizen und, sobald sie genug Dampf hatten, die Dynamos einschalten. Der Plan des Captains sah vor, die Brücke spätestens um vier Uhr am Nachmittag zu sprengen.
Aber es dürfte ein schwieriges Unterfangen werden, den Draht zu verlegen. Die Elektriker der U. S. Illuminating Company beaufsichtigten die ganze Arbeit. Überall hatten sie ihre Augen, auf jedem Gelenk des Kabelkanals, auf jeder Verbindung und jeder Nahtstelle. Dort, wo die Hauptleitungen zu den einzelnen Laternen abzweigten, achteten sie insbesondere auf die Verbindungsstücke, die sie selbst herstellten. Matt und Earl waren nur für die einfachsten Arbeiten zuständig. Sie hatten sich schon im Voraus auf ihre neue Arbeit eingestellt und ausführliche Pläne

gemacht, wie der Draht am besten einzufädeln wäre. Aber Theorie und Praxis waren zweierlei.
Schon nach ihrem ersten Tag teilte Earl dem Captain ihre Sorgen mit. »Es wird nicht so ohne weiteres klappen, Captain. Ein einziger Fehler, und sie rücken uns sofort auf die Pelle.«
Sangree wollte auch Matts Meinung dazu wissen und bekam von ihm das Gleiche zu hören. »Er hat recht, Captain. Earl und ich haben die Pläne genau studiert, die Bart für uns abgepaust hat. Wir können uns bis jetzt nicht vorstellen, wie wir den Sprengdraht direkt unter ihren Augen verlegen sollen.«
»Ja. Es könnte sie neugierig machen, wenn sie sehen, wie wir noch einen Draht durchziehen«, sagte Earl sarkastisch.
Thaddeus wollte nichts davon hören. »Schon gut, schon gut. Das weiß ich alles schon. Aber es muss klappen. Wir sparen viele Stunden Zeit, wenn wir unseren Draht auf diese Weise vorher verlegen. Sonst würdet ihr euch viel zu lange auf der Brücke exponieren. Wollt ihr das?«
Earl schüttelte den Kopf. Er dachte schon mit Grausen an die Stunden, die sie zum Anbringen der Sprengsätze brauchen würden. »Natürlich wollen wir das nicht, aber wenn wir es vorher machen, geschieht es direkt vor ihren Augen. Sie reden vom Exponiertsein. Zum Teufel, exponierter, als wir jetzt sind, können wir gar nicht mehr werden.«
Der Captain wollte nicht einsehen, dass sein Vorhaben mit dieser Methode nicht durchzuführen war. Mit hochgekrempelten Hemdsärmeln beugte er sich über die Pläne und sah die Zeichnungen stirnrunzelnd an. »Sprechen wir es noch einmal durch. Es muss hier etwas geben, was wir nicht sehen, irgendein Detail, das uns entgangen ist.« Es war fast ein Selbstgespräch.
»Ich weiß nicht, Captain«, sagte Earl und kratzte sich den Kopf. »Vielleicht klingt es verrückt, aber es erinnert mich an die Zeit, als ich zwischen den Fronten Jagd auf Yankees machte.«
Der Captain sah ihn entgeistert an.
»Wie soll uns das weiterbringen?«, fragte er skeptisch.

»Ich weiß es nicht genau«, sagte Earl. Er hatte kein Geschick mit Worten. »Damals hat man sich manchmal am besten versteckt, wenn man sich gar nicht versteckt hat. Man wird gesehen, aber nicht bemerkt. Vielleicht wäre es besser, wir machen uns weniger Gedanken darüber, wie wir das verheimlichen, was wir tun – dann kommen wir vielleicht auf eine Lösung.«

Eine Stunde verging, bis sie zu einem Entschluss gelangten. Sullivan hatte schließlich die rettende Idee.

»Wir müssten zuerst mit dem Vorarbeiter der Elektriker reden. Vielleicht wollen sie in einem oder zwei Jahren noch mehr Lampen aufhängen. Dann müssten sie nachträglich noch mehr Drähte verlegen. Wie wäre es, wenn wir vorschlagen, zwei zusätzliche Drähte durch das Rohr zu führen? Das wäre nicht dumm. Wir könnten sagen, dass man sie für einen späteren Zweck nehmen könnte, ohne noch einmal Rohre zu verlegen. Wir müssen ihnen einreden, dass sie damit Tausende von Dollar einsparen, was ja auch der Fall wäre, wenn wir ihre verdammte Brücke nicht vorher in die Luft jagen würden.«

»Willst du damit sagen, wir sollen ihnen von unserem Draht erzählen?«, fragte Thaddeus. Er tat sich schwer, Pats Gedankengang zu folgen.

»Es braucht doch nicht unser Draht zu sein. Es ist ihr Draht. Sie sollen ihn für uns verlegen.« Pat war offenkundig überzeugt, dass das die Lösung sei. »Mein Gott, wir kommen auf eine Idee, die ihnen auf lange Sicht Tausende von Dollar erspart. Sie sollten uns dafür dankbar sein.«

Aber dann drückte Lincoln aus, was sie alle befürchteten. »Was ist, wenn ihnen unsere Idee nicht gefällt?«

Sullivan warf die Hände in die Luft. »Dann sind wir auch nicht schlechter dran als jetzt, Jus. Außerdem käme mir ja vielleicht noch eine andere Idee für den Fall, dass diese nicht funktioniert.«

Der Captain lächelte. Sullivan hatte ihn noch nie enttäuscht. Die ganzen Jahre hindurch war er ihnen ein Fels der Zuverlässigkeit gewesen. Wenn es darauf ankam, hatte er immer eine Lösung parat. Klug, einfallsreich, wagemutig: Sullivan war in vieler Hinsicht der Beste von allen.

»Natürlich könnten wir immer noch unseren Draht in der Nacht durchziehen, in der wir die Sprengsätze anbringen, aber diese Lösung taugt nicht viel.« Sullivan schüttelte den Kopf. »Es wird Cops geben, die ausschließlich für die Brücke eingesetzt werden, und wir haben keine Möglichkeit, ihren Einsatzplan zu erfahren. Es könnte zwar sein, dass sie nach Mitternacht überhaupt nicht mehr auf Streife gehen. Trotzdem will ich nicht da oben einen Draht verlegen, und plötzlich tippt mir ein Cop auf die Schulter.«

Niemand widersprach ihm. Fürs Erste galt es, der Illuminating Company den Floh mit der Extraleitung ins Ohr zu setzen, am besten, indem man den Vorarbeiter überzeugte. Man musste einfach hoffen, dass dieser Vorschlag angenommen wurde.

»Wenn sie die Idee nicht kapieren, müssen wir ein bisschen nachhelfen«, sagte Matt. Allerdings dürften sie nicht zu sehr drängen, um keinen Verdacht zu erregen.

»Mir gefällt dieser Plan, Matt«, sagte Thaddeus. »Wenn er gelingt, erledigen sie die Arbeit für uns, und wir laufen weniger Gefahr, entdeckt zu werden. Ich bin dafür, meine Herren. Matt, du kümmerst dich um die Sache. Suche morgen eine Gelegenheit, mit dem Vorarbeiter zu reden, damit wir anfangen können, bevor sie mit dem Verlegen zu weit gekommen sind.«

»In Ordnung«, sagte Matt und lächelte.

Thaddeus kam zum nächsten Punkt.

»Ich habe eine gute Nachricht. Es betrifft den Sprengstoff«, sagte er.

Earl brummte: »Zwei Stangen wie damals in Prospect werden uns nicht reichen. Wir werden eine ganze Wagenladung brauchen, oder?«

Thaddeus nickte. »Das stimmt schon, aber es ist nicht so schlimm, wie wir befürchteten. Aus Richmond kam eine Auflistung, wie viele Sprengkörper wir für die einzelnen Sprengsätze brauchen und wie viele insgesamt. Zum Beispiel … an den Stellen, wo die Tragkabel auf die Versteifungsträger treffen, müssen wir jeweils acht Stangen anbringen. Hier seht ihr, wie das verteilt wird: drei zu beiden Seiten des Kabels oben auf dem Versteifungsträger und jeweils eine an den beiden Enden.«

»Das wird ganz schön Krach machen!«, bemerkte Earl sarkastisch.

Sangrees Augen leuchteten, ein Lächeln glitt über sein Gesicht und erfasste die Mundwinkel. So saß er da in seiner eigenen Welt, in Rachegedanken vertieft. Die anderen konnten nur ahnen, was er sich ausmalte. Er riss sich zusammen, blinzelte wie eine Eule und sah die anderen an, als frage er sich, was sie hier zu suchen hätten. »Ach ja … das macht also acht an jedem Versteifungsträger und wie viele … sechsundzwanzig Kabelverbindungen sind zu sprengen? Also ergibt das ein wenig mehr als zweihundert Stangen. Allerdings kommen die Sprengsätze für die Schrägseile noch dazu.«

»Was schätzt man in Richmond, wie viel wir dafür brauchen, Captain?«

»Man schätzt, Pat, dass an jeder Verbindungsstelle mit den Pfeilern zwanzig Stäbe benötigt werden. Das heißt noch einmal vierzig an jedem Turm.«

»Und was ist mit den Schrägseilen, die über den Turm verlaufen? Sie ragen am weitesten hinaus.«

»Ich schaue mal«, sagte der Captain. »Ah, hier steht's. Sechzehn Stäbe an der Sattelstelle. Die meinen, wir werden dort weniger brauchen, weil die Druckwelle an diesen Stellen stärker gebündelt ist.« Thad war seinen Helfern in Richmond unendlich dankbar. Ohne sie hätte man die benötigte Menge an Sprengstoff nur erraten können.

»Wir brauchen einen leichten Wagen oder eine Kutsche oder so etwas«, sagte Sullivan und unterbrach damit Sangrees Gedankengang.

Thad hatte das schon bedacht. »Am besten teilen wir uns. So fallen wir weniger auf. Wir verwenden eine Kutsche *und* einen Wagen, die Kutsche kommt von der einen, der Wagen von der anderen Seite auf die Brücke. Sechs Männer in einem Wagen um zwei Uhr in der Frühe, das könnte Aufmerksamkeit erregen.«

»Da haben Sie recht, Captain«, brummte Earl.

Man einigte sich darauf, dass der Captain und Jacobs die Wagen kutschieren sollten. Keiner von beiden wusste genau, wo die Sprengsätze anzubringen waren, und ihre Gegenwart würde die anderen nur behindern.

»Also werden Sie beide uns warnen, wenn der Wachdienst auftaucht?« Sullivan überlegte. »Wenn Sie allerdings plötzlich umdrehen müssen, werden wir das ziemlich spät merken. Sie werden höllisch aufpassen müssen. Trotzdem halte ich das für nützlicher, als wenn Sie uns beim Anbringen der Sprengsätze helfen.« Die Diskussion ging noch eine Weile hin und her. Jede Möglichkeit, Zeit zu sparen, wurde untersucht: Sollten sie Schuhe mit Gummisohlen tragen, sollten sie die Sprengsätze im Voraus bündeln, sollten sie sie mit Farbe markieren, sollten sie den Draht vorher ausmessen? Jacobs listete auf, was sie in den nächsten Wochen kaufen müssten. Es würde viel Zeit kosten, bis sie alles zusammen hatten. Auch wollten sie nicht alles von einem einzigen Lieferanten kaufen.

Ein Vorschlag, den Earl vorbrachte, schien vielversprechend zu sein. »Wisst ihr noch, wie wir damals im Juni 64 diesen Stützpfeiler sprengten? Wir hatten nichts dabei, um die Sprengsätze zu befestigen. Wir holten uns Lehm vom Flussufer. Wisst ihr noch?«

»Klar. Wir haben ihnen das Ding direkt unterm Hintern in die Luft gejagt! Als Notlösung hat das mit dem Lehm gut funktioniert.«

Auch Thaddeus erinnerte sich daran. Er wandte sich an Jacobs und sagte: »Sorge dafür, dass wir von irgendwo Lehm her-

kriegen, der genau die gleiche Farbe hat wie der Anstrich der Brücke.«
Jacobs schrieb es auf und grinste. Und so ging es bis spät in die Nacht weiter.
Am nächsten Morgen machte sich Matt an den Vorarbeiter des Elektrikertrupps heran und versuchte, ihm den Floh ins Ohr zu setzen. Es ging nicht ganz so aus, wie sie sich das vorgestellt hatten.

Noch nie in seinem Leben war Mike so unglücklich gewesen. Selbst damals im Keller des dreizehnten Reviers hatte er sich nicht so elend gefühlt, meinte er. Die Schule war eine Qual. Seine Lehrerin, Mrs. Greable, trieb ihn unerbittlich zur Arbeit an wie ein Bauer seinen Ochsen. Er hinkte so weit hinter den anderen in der Klasse her, dass er sich die meiste Zeit selbst dumm vorkam und mit rotem Kopf dasaß. Mrs. Greable hatte auch keine Hemmungen, die Breitseite des Lineals einzusetzen. Der Schmerz machte ihm nichts aus – er hatte Schlimmeres erlebt. Aber die Lehrerin hielt auch nicht mit bösen Worten zurück. »Nincompoop« – Dummkopf – war ihre Lieblingsbezeichnung für ihn. Dieses Wort erfreute sich großer Beliebtheit in der Klasse. Das Kichern hinter vorgehaltener Hand traf Mike stärker als das blöde Wort selbst. Er wusste nicht einmal, ob es ein echtes Wort war, aber jetzt hing es an ihm wie eine Klette. Die Mädchen in der Klasse nannten ihn »Ninny«, die Jungen sagten einfach »Poop« zu ihm.
Mike wusste, dass er nicht dumm war. Er wusste, dass er in vieler Hinsicht schlauer war als die meisten in der Klasse. Das Problem war nur, dass das wenigste von dem, was er wirklich wusste, mit Rechnen oder mit Lesen und Schreiben zusammenhing. Am meisten fürchtete er, in der Klasse vorlesen zu müssen. Es war demütigend: Er klang dumm und er fühlte sich dumm. Auch den anderen kam er dumm vor. Mike wünschte, er hätte die Abmachung mit Braddock nicht getroffen. War es der

Zirkus überhaupt wert, dass er so viel aushalten musste? Während er vor aller Augen in der Ecke stand, versuchte er sich vorzustellen, wie groß dieser Jumbo wohl war. Er malte sich aus, wie der gigantische Dickhäuter seinen ledrigen Rüssel um Mrs. Greables geschlechtslosen Körper wickelte. Er stellte sich ihre Schreie vor. Würde sie richtig laut schreien oder nur keuchen, wenn ihr Jumbos Rüssel die Luft aus der Lunge herauspresste? Er sah Jumbos riesigen Fuß auf ihrem Kopf und malte sich das Knirschen aus, wenn er ihn langsam zerquetschte. Beim Gedanken daran, wie Mrs. Greables Kopf wie eine Traube platzte, fühlte er sich etwas wohler.

»Sehe ich ein Lächeln auf deinem Gesicht, Master Bucklin?« Mrs. Greables Stimme unterbrach die Süße seines Tagtraums. »Hast du irgendeinen Grund zum Lächeln?«

Mike war so erschrocken, dass er kein Wort hervorbrachte. Konnte sie seine Gedanken lesen?

»Wohl nicht. Oder wenn schon, dann könntest du auch deine Klassenkameraden an deinem heimlichen kleinen Witz Anteil nehmen lassen, du Nincompoop. Dann hätten wir alle Grund zum Lachen.«

Mike klammerte sich an sein Schweigen wie an einen Rettungsanker.

»Nein? Du gönnst es ihnen nicht?«, fragte sie sarkastisch. »Dann bleibst du eben nach der Schule für eine kleine zusätzliche Arbeit hier, Master Bucklin. Jetzt geh zurück auf deinen Platz. Ich will keinen Mucks mehr von dir hören. Verstanden?«

»Ja, Mrs. Greable«, sagte er betrübt. Zusätzliche Arbeit bedeutete, dass man irgendetwas fünfzigmal an die Tafel schreiben musste. Aber inzwischen hatte er sich fast an diese langweilige Mühe gewöhnt.

Mike saß an seinem Platz. In einer Ecke der Tischplatte war ein Tintenfass eingelassen, dessen Messingdeckel er gern hin- und herschob. Diesmal unterließ er es. Ein paar andere Kinder sahen zu ihm hinüber und flüsterten miteinander. Er hörte, wie einer der anderen Jungen »Poop« sagte. Eigentlich sollte er ihnen ein Loch in den Kopf schlagen, dann ließen sie ihn vielleicht in Ruhe. Smokes würde auf diese Weise mit der Situation fertig werden. Smokes redete eher mit den Fäusten. Manchmal konnte er damit seine Probleme lösen, manchmal nicht. Smokes hatte ihm den Rat gegeben, einigen die Zähne einzuschlagen, dann würde keiner mehr »Poop« sagen. Obwohl es ihm Freude gemacht hätte, den einen oder anderen zusammenzuschlagen, war Mike klar, dass es seine Lage nur noch verschlimmern würde. Außerdem hätte er dann überhaupt keine Chance mehr, in den Zirkus zu kommen.

Mike war froh, dass ihm Smokes, Mouse und die anderen Freunde nicht verübelten, dass er wieder in die Schule ging. Solange er sich am Nachmittag mit ihnen herumtrieb, war er für sie der Alte. Er aber kam sich anders vor, und das nicht nur, weil er so unglücklich war. Er hätte den Grund nicht benennen können, es war nur ein Gefühl. Die letzten paar Tage waren schwer gewesen, und er litt unter der Behandlung durch die Lehrerin und die anderen Kinder, aber trotzdem machten ihm einige Sachen im Unterricht Spaß. Obwohl er hinter den anderen herhinkte, sog er die neuen Kenntnisse auf wie ein trockener Schwamm das Wasser.

Während ein Klassenkamerad im Rechtschreibunterricht an die Tafel schrieb, musste er an Gramps und Grandma denken. Die Kreide quietschte wie die Bremsen der El. Gramps ging es nicht gut. Er konnte das Bett nicht mehr verlassen. Seit letzter Woche kam er nicht mehr auf die Beine. Bald würde er bei Da sein. Am liebsten wäre Mike auch bei seinem Da gewesen.

In einer dämmrigen Kneipe in der Nähe des dritten Reviers saßen Coffin und Coogan an einem der hinteren Tische. August war in Siegerlaune. Er stürzte sein Bier hinunter und bestellte sofort ein zweites. Als ihnen die Kellnerin die Getränke hingestellt und sich entfernt hatte, hob Coffin seinen überschwappenden Krug zu einem spöttischen Toast in die Höhe und rief aus: »Wie ich dir sagte, es hat funktioniert. Gestern früh hat Braddock wie ein reuiger Sünder an meine Tür gepocht.« Coffins Lächeln brachte Licht in den düsteren Raum. »Der Mann stand an meiner Schwelle und war den Tränen nahe wegen seiner Hure. Ich wusste ja, es hat ihn wirklich an einem wunden Punkt getroffen. Er saß da in meinem Arbeitszimmer und flehte mich praktisch auf den Knien an, ihn wieder in unser Korps aufzunehmen und für Mary bei Parker ein gutes Wort einzulegen. Ich hab dir doch gesagt, dass sie der wunde Punkt ist.« Coffin jubelte, er konnte sein Triumphgefühl kaum bändigen.

»Das kann ich nicht abstreiten, August. Du hast ihn an seiner Achillesferse getroffen. Erzähl mal von Anfang an.« Coogan beugte sich gespannt nach vorn.

»Wie gesagt, er sah elend aus, als ich die Tür aufmachte. Er kam dann in meinen Salon und sagte mir geradeheraus, dass er meine Hilfe braucht. Er muss ganz schön geschluckt haben, um seinen Stolz hinunterzuwürgen, aber er hat es geschafft.«

»Wirklich? Hat er uns in Verdacht, dass wir hinter der Razzia auf Mary stecken?«

»Ich glaube, nicht. Er meint offenbar wirklich, dass alles nur vom sechzehnten Revier ausgegangen wäre. Er hat mir die ganze Geschichte erzählt und mir gesagt, er müsse dafür sorgen, dass Mary wieder gesund wird, dass ihr Geschäft wieder läuft und dass ihr Parker nicht mehr zusetzt. Er klang ganz aufrichtig. Er hat sich nicht für seinen früheren Scheiß entschuldigt, aber ich war großzügig und ließ es ihm durchgehen.«

»Und das war alles?«, fragte Coogan, dem klar war, dass noch mehr dahintersteckte. Seit Wochen ahnte er schon, dass Coffin irgendetwas im Schilde führte: Warum wollte er Braddock so unbedingt wiederhaben? Aber Coogan war ein geduldiger Mensch und konnte abwarten.

»Er sagte, das Haus sieht aus wie ein Schlachtfeld, und ich hoffe, das stimmt«, fuhr August fort. »Er wollte Geld, um Mary wieder auf die Beine zu helfen. Ich gab ihm dann ein paar Hunderter, um den Handel zu besiegeln«, sagte er beiläufig. Ein paar Hunderter – das war mehr, als der Durchschnittscop in vier Monaten verdiente.

»Es klingt fast zu einfach. Glaubst du, dass er dir die Wahrheit gesagt hat? Ich kann mir nicht vorstellen, dass Mary knapp bei Kasse ist.«

Coffin schien nachzudenken. »Er war aufgeregt und besorgt, ganz so, als ob er meine Hilfe brauchte, und die braucht er wirklich. Wenn er nicht gekommen wäre, würde die Sache für Mary weit schlimmer ausgehen.«

Zunächst reagierte Coogan nicht, dann sagte er misstrauisch: »Der Grund, weshalb ich dich frage, ob er es ehrlich meint, ist die Sache mit Zimmer, unserem Mann, der das Krankenhaus beobachtete.«

Coffin sah ihn an und zog eine Augenbraue fragend in die Höhe. »Zimmer lief Braddock nach, als er auf dem Weg zu dir war. Er wurde von hinten angegriffen. Er glaubt, dass es Braddock war, aber er ist sich nicht sicher. Kurz und gut, Zimmer liegt jetzt im New York Hospital. Komisch, eigentlich: in einem Raum direkt über Mary«, sagte Coogan mit einem ironischen Grinsen.

»Wird er wieder gesund?«, fragte August teilnahmslos.

»Er pisst Blut. Hat ein paar Prellungen und Schrammen. Er wird schon überleben, aber an einem Hindernisrennen wird er nicht so bald teilnehmen können.«

»Wahrscheinlich war er selber schuld. Braddock hätte doch gar nicht wissen können, wer er war. Er kennt Zimmer schließlich nicht, oder?«, fragte August und spielte mit dem Bleistift.

»Soweit ich weiß, nicht.« Coogan zuckte die Schultern.

Augusts Erwiderung war ein Brummen. »Vor Braddock muss man sich in Acht nehmen. Gestern Nacht war er nicht zu Späßen aufgelegt. Unter seinem reuigen Getue war er ganz schön geladen. Aber er wollte etwas für Mary tun und wusste verdammt gut, dass ich der Einzige bin, der ihm dabei helfen kann.«

Coogan nippte an seinem Bier und starrte, ohne sie zu sehen, auf die Fotografien an der Wand. »Also, wie stellst du es dir weiter vor? Was machen wir mit unserem verlorenen Sohn? Soll alles wieder wie normal laufen – alles vergeben und vergessen –, oder hast du etwas in petto?«, fragte Coogan schließlich, der endlich Näheres über Coffins Vorhaben erfahren wollte. Irgendeinen Plan hatte er bestimmt.

»Ich muss sagen, mir gefällt dein Gleichnis vom verlorenen Sohn.« Coffin lächelte zufrieden. Erriet Coogan seine wirklichen Motive? Coogan war kein Dummkopf, sie hatten schon seit Jahren eng zusammengearbeitet. August vermutete, dass Coogan zumindest etwas argwöhnte. Er beschloss, Coogan noch eine Weile im Unklaren zu lassen.

»Braddock hat harte Zeiten durchgemacht, aber jetzt sieht er, wo er sein Glück machen kann; er verdient eine Chance. Nein, das stimmt nicht ganz«, korrigierte er sich. »Er verdient es, wie ein echter verlorener Sohn behandelt zu werden. Wir müssen ihm zeigen, dass wir ihm nichts verübeln, wir müssen den Geldhahn aufdrehen, damit er das Geld kübelweise nach Hause tragen kann. Er soll sehen, dass er richtig gehandelt hat. Wir zeigen ihm, wie gut es ihm gehen könnte«, sagte Coffin großspurig.

»Also … kein Groll, August?«, fragte Coogan, der wusste, dass kein Mensch so lange grollen konnte wie Coffin, wenn ihm danach zumute war.

»Es mag dich überraschen … aber Groll würde ich es nicht nennen. Weißt du, ich kenne Tommy. Er hat seine Grundsätze und handelt danach.« Er zuckte die Achseln. »Es ist ein Fluch, der auf ihm liegt, das Kreuz, das er zu tragen hat. Ich weiß, wie er reagiert, also hat mich nichts überrascht. Es ist halt seine Natur.« Coffin philosophierte weiter, während er in seinen Krug starrte. »Hegst du einen Groll gegen einen Hund, der bellt, oder gegen einen Fisch, der schwimmt? Es liegt in ihrer Natur. Ich will vielleicht, dass der Hund zu bellen aufhört, aber ich kann ihm das Bellen nicht übel nehmen. Verstehst du, wie ich es meine?«

»Ich verstehe nichts von Hunden und Fischen, August, aber ich glaube, dass du einen bösen alten Bären eingefangen hast. An deiner Stelle würde ich eine Zeit lang vorsichtig sein – bis du weißt, dass er stubenrein ist. Er könnte auf die Idee kommen, dir den Kopf abzubeißen«, warnte ihn Coogan. Er war ein vorsichtiger Mensch. »Und wer könnte ihm daraus einen Vorwurf machen? Es liegt in der Natur des Bären.«
Coffin lächelte, doch seine Zuversicht war geheuchelt.
Coogan, der das Herumgerede satt hatte, beobachtete ihn kritisch. »Was wird hier gespielt, August?«
Coffin sah seinem Partner in die Augen. Er hatte Coogan lange genug auf die Folter gespannt, also setzte er seinen Bierkrug mit einem zufriedenen Lächeln auf den Tisch. »Mein Spiel, wie du es nennst, ist recht einfach. Trotzdem glaube ich, dass es dir gefallen wird.« Während der nächsten zehn Minuten entwickelte August die Grundzüge seines Plans. Er war tatsächlich einfach, geradezu elegant. Er würde ihnen zu einem Reichtum verhelfen, den sie bisher nie erträumt hatten, er würde sie in eine echte Machtposition katapultieren. Die Möglichkeiten, die Coffin in seiner Zukunftsvision beschrieb, schienen unbegrenzt zu sein. Die Palette leuchtete in allen Farben. Als er damit fertig war, merkte er, dass Coogan ebenso berauscht war wie er selbst.
»Heilige Scheiße!« Mehr brachte Coogan nicht heraus, dann nahm er einen riesigen Schluck aus seinem Krug.
»Also, von nun an behandeln wir Braddock wie ein ›gemästetes Kalb‹. Das Schlachten heben wir uns für später auf.« Coffin grinste.

18. Kapitel

Die Brücke ist, von der Ebene des Flusses aus betrachtet,
ein Wunder an Schönheit. So, wie sich ihre eindrucksvolle Länge
nicht nur zwischen den beiden Türmen über den Fluss erstreckt,
sondern auch noch über die bewohnte, geschäftige Uferlandschaft
der Stadt, scheint die Brücke eine Eigenschaft zu besitzen,
die sie weit über die Mühsal und die Zwänge der Geschäftswelt
dort unten hinaushebt.

Scientific American

Tom konnte gar nicht fassen, wie schnell die letzten Wochen vergangen waren. Mary hatte man schon nach drei Tagen aus dem Krankenhaus entlassen; nach einer Woche sah ihr Haus wieder ansprechend aus, und ihre Mädchen stellten fast genauso viele Klienten zufrieden wie in alten Zeiten. Natürlich musste Mary eine Zeit lang ihre regelmäßigen Termine absagen, was ihr Einkommen beträchtlich schmälerte, aber sie klagte nicht. Im Gegenteil, sie wirkte glücklicher als je zuvor. Immer noch trug sie die Spuren der Prügel im Gesicht. Ihr Auge war noch dunkel umrandet, auch wenn die Schwellung zurückgegangen war. Die Rippen taten ihr noch weh, und ihr Arm schickte pochende Schmerzwallungen durch den Körper, wenn sie ihn länger als zwei Minuten aus der Schlinge nahm. Aber das waren nur körperliche Beschwerden; sie würden vorübergehen. Auf eine unbestimmte Weise kam es Tom vor, als hätte Mary noch nie so schön ausgesehen wie jetzt. Fast fühlte er sich Coffin zu Dank verpflichtet.

Während er mit Jaffey zum Unterricht bei Master Kwan ging, machte sich Tom seine Gedanken. In den letzten Wochen war auch mit Coffin alles gut gelaufen, besser als je zuvor. Seine Schutzgelder kamen pünktlich herein. August hatte ihn sogar an einigen neuen Abmachungen beteiligt und ihm einen Teil der Gelder von betrügerischen Kartenspielern überlassen, die August persönlich protegierte. An der Schmutzarbeit, die gewöhnlich mit der Mitgliedschaft im Korps verbunden war, wurde er kaum beteiligt. Tom war sich bewusst, dass man ihn schonen wollte. Coffin hielt die eiskalte Seite seines Wesens versteckt, solange die Flitterwochen, die Zeit des Vergebens und Vergessens, noch dauerten. Jetzt lief alles prächtig, das Geld floss, die Arbeit war leicht, vom Druck nichts zu spüren, es war fast unmöglich, an Rache zu denken – aber nur fast. Ständig musste Tom sich bewusst machen, dass er sich auf keinen Fall einwickeln lassen durfte. Er kannte diesen Menschen. Man schmierte ihm Honig um den Bart, aus irgendeinem Grund sollte er gehätschelt werden, das stand fest. Alles lief einfach zu gut, das Geld kam zu leicht herein. Etwas war im Anzug, und gerade die Tatsache, dass ihm Coffin keinen konkreten Anlass zur Beunruhigung gab, war für Tom ein Grund, unruhig zu sein.

Aber das Training verhalf ihm zur Konzentration. Master Kwan lobte seinen großen Eifer. Auch Jaffey, der gute Fortschritte machte, hatte an den Übungen offensichtlich Spaß.

»Ich habe mich noch nie so wohl gefühlt, Tom. Die meiste Zeit habe ich Muskelkater, aber es ist ein gutes Gefühl. Mir kommt es auch vor, als hätte ich mich ganz allgemein besser im Griff«, hatte er nach dem gestrigen Besuch bei Master Kwan seinen Zustand beschrieben.

Tom kam aus anderen Gründen nach Chinatown. Die Anstrengung hielt ihm den Kopf frei und machte seinen Körper gefügig, befreite ihn von der Wut, die immer noch in seinen Eingeweiden kochte. Jedes Mal, wenn Coffin ihn anlächelte, ihm auf die Schulter klopfte oder ihm ein Kuvert mit Dollarscheinen aushändigte, zwang sich Tom, daran zu denken, wen er vor sich hatte und was dieser Mensch Mary angetan hatte. Die Übungen konzentrierten seine Wut und befreiten ihn von dem Druck. Manchmal musste er sich beim Sparring bremsen. Mehr als einmal hatte er andere Schüler verletzt, weil er sich Coffins Kopf auf ihrem Körper vorgestellt hatte. Mehr als einmal hatte ihn Master Kwan deswegen ermahnt.
Aber es gab noch einen Grund für Toms Eifer. Im Anschluss an das Training führte er lange Gespräche mit Wei Kwan. Master Kwan wusste, mit wem man sprechen musste, wenn bestimmte Dinge zu erledigen waren. Er wurde in diesem Teil der Stadt geachtet, ja sogar verehrt. In Chinatown konnte der Master eine große Hilfe sein. Tom hatte ihm ausführlich von seinen Schwierigkeiten mit Coffin erzählt. Der Master war ein guter Zuhörer, der nur gelegentlich eine Frage stellte. Aber die Fragen bohrten immer in die Tiefe, sie suchten nach der Ursache und nach der Art des Problems. Nach einem Gespräch mit Wei Kwan kam sich Tom immer wie eine Zwiebel vor, die der Master Schicht um Schicht abgetragen hatte. Die Worte »ja« und »nein« wurden selten verwendet und waren nicht angesehen.
»In den Herzen der Tung befindet sich keine Liebe für Captain Coffin, Tommy«, hatte ihm Kwan versichert.
Es gab vieles, dessen Tom sich nicht sicher war, aber er hegte keine Zweifel, als er auf seine eigene Brust zeigte und sagte: »Hier drin befindet sich auch keine Liebe für Coffin, Master. Vielleicht gibt es hier eine Lösung Ihrer und meiner Probleme.«
Master Kwan nickte nur und verriet nichts. Tom war klug und drängte ihn nicht. Er wurde ernst genommen. Seine Worte waren in die richtigen Ohren gelangt.

Die letzten Einladungen waren hinausgegangen, fast alle Vorbereitungen getroffen worden. Die Gravüre der Einladungskarten hatte man bei Tiffany in Auftrag gegeben. Auf der Gästeliste standen der Präsident, der Gouverneur, die Bürgermeister von Brooklyn und New York, Kongressabgeordnete, die Mitglieder des Kuratoriums und fast tausend andere Namen. Emily war für alles verantwortlich. Eine Zeit lang hatte Washington mit dem Gedanken gespielt, an den Eröffnungszeremonien teilzunehmen, aber er fürchtete, die langen Reden nicht durchstehen zu können. Es würde einen schlechten Eindruck machen, wenn der erste Ingenieur die Festlichkeit frühzeitig verließ. Stattdessen würde Emily die Festlichkeit zu ihm ins Haus bringen. Es sollte der größte Empfang werden, den Brooklyn bisher erlebt hatte. Das Haus sollte mit Girlanden und Blumen geschmückt werden, Musik sollte erklingen, ein reichhaltiges Menü war bestellt, und die mächtigsten und einflussreichsten Bürger des Landes waren geladen. Emily, unterstützt von ihren engsten Freundinnen, kümmerte sich um alles.
Sie dachte wieder an den Tag, an dem sie vor zwei Wochen als Erste die offizielle Überquerung der Brücke mit einem Fahrzeug unternommen hatte. Sobald die Fahrbahn fertig gestellt war, hatte sie mit offenem Verdeck in ihrem brandneuen Victoria-Einspänner eine Probefahrt durchgeführt. Wieder war ihr die Ehre zuteil geworden, die Erste zu sein – als Stellvertreterin ihres Mannes. Nicht Präsident Arthur, nicht Gouverneur Cleveland, keiner der Hochgestellten und Mächtigen wurde damit geehrt, sondern Emily. Millionen würden in den kommenden Jahren die Brücke überqueren, aber nur eine konnte die Erste sein. Solange die Brücke bestand, würde der Name Roebling die erste Stelle einnehmen. Für sie war dieser Tag ein Meilenstein. Auch wenn noch viel zu tun blieb, lag die Hauptarbeit jetzt hinter ihnen. Toms Freund Sam hatte recht gehabt, sagte sich Emily: Die Brücke stand für eine Art Unsterblichkeit. Sie hatte schon immer empfunden, dass ihr und Washingtons

gemeinsames Werk etwas Besonderes darstellte, aber an Unsterblichkeit hatte sie dabei nicht gedacht. Jetzt, wo das Ende abzusehen war und sie sich ihrer Leistung bewusst wurde, betrachtete sie es allmählich auch so wie Sam.
Wahrscheinlich war es ein schöneres Gefühl, Präsident der Vereinigten Staaten zu sein. Präsidenten wurden gewählt und auch abgewählt, selten überdauerten sie mehr als vier Jahre. Die Brücke aber würde die beiden Ufer des Flusses noch verbinden, wenn fünfzig Präsidenten nur mehr ebenso viele Namen für die Geschichtsbücher abgaben. Und mit der Brücke würde nur ein Name verbunden sein, ein Name, der für drei Personen stand: für einen Toten, für einen Invaliden und für eine Frau, die den Siegespreis für alle drei in Empfang nehmen konnte. Und dieser Name war Roebling.

Es war ihr erster großer Rückschlag, zumindest, wenn man nicht schon den Fall Bucklin als Rückschlag zählte. Nichts von dem, was Matt seinem Vorarbeiter einreden wollte, kein Argument, das er vorbrachte, hatte die geringste Chance gehabt, die U. S. Illuminating Company oder auch nur einen ihrer Ingenieure zu überzeugen.
»Geh wieder an die Arbeit, Emmons«, hatte der Vorarbeiter nach dem dritten Versuch, ihm einen zusätzlichen Draht einzureden, grob befohlen. »Lass mich mit deinen blöden Ideen in Ruhe. Wir haben einen Vertrag, und den können wir nicht ändern. Tu, was man dir sagt, und halt die Schnauze.«
»Was zum Teufel sollen wir machen?«, flüsterte er Earl zu, als er wieder an seinen Arbeitsplatz zurückkam. »Der hört mich nicht einmal zu Ende an.«
Earl zuckte die Achseln. »Pack wieder an.« Er deutete mit dem Kopf in die Richtung des Vorarbeiters. »Er beobachtet uns.«
Auch andere Versuche, leitende Angestellte zu überzeugen, blieben ergebnislos. Sangree hatte geschrien, wütend auf die Tischplatte getrommelt und zehn Minuten lang getobt, als er

von dem Misserfolg erfuhr. Beim nächsten Treffen ging es um nichts anderes. Die Vorschläge purzelten herein wie Schneeflocken im Februar, aber die meisten von ihnen schmolzen ebenso schnell wieder dahin. Andere Methoden, andere Argumente wurden vorgeschlagen, andere Ansprechpartner angegangen, aber es blieb vergebens. Jeder, mit dem sie sprachen, verwarf die Idee. Matt und Earl wurde bewusst, dass sie es aufgeben mussten, um nicht noch mehr Aufmerksamkeit auf sich zu lenken. Es wäre gefährlich, wenn ihre angeblichen Motive in Zweifel gezogen würden, noch dazu, wenn ohnehin keine Aussicht auf Erfolg bestand.

Was die Verschwörer geradezu in Panik versetzte, war die Aufhebung der Straßensperre. Keiner von ihnen wollte das Risiko eingehen, Hunderte von Metern Draht während der Nacht zu verlegen, wenn gleichzeitig der Verkehr über die Brücke rollte. Niemandem gefiel das, worauf sie sich schließlich einigten: Es war höllisch riskant. Aber niemandem fiel etwas Besseres ein. Auch wollte sich niemand freiwillig dazu bereit erklären, die Sprengsätze oben auf der Brücke zu zünden. Selbstmord stand nicht auf ihrem Programm.

Während die Krise um die Verlegung des Sprengdrahts die Verschwörer unerwartet ins Schleudern brachte, kamen sie mit anderen Vorhaben wie erhofft voran. Heute früh hatte die Rendrock Powder Company die Kisten mit dem Sprengstoff geliefert. Sie standen im kleinen Lagerhaus, das der Captain für seine Firma Dunn & Scrivner angemietet hatte. Alles, was sie benötigten, war hier vorhanden: Rackarock-Sprengpulver, das auf Dynamitbasis mit einigen Zusätzen hergestellt und in schmalen, zwölf Zoll langen, roten Rollen verpackt war; Zündkapseln; Draht; ein Pumpdynamo zur Ladestromerzeugung und verschiedene andere notwendige Gegenstände. Der Captain freute sich, dass sie einen Sprengstoffhersteller in der Nähe gefunden hatten. Es vereinfachte alles und verminderte die Unkosten obendrein. Ein Stapel kleinerer Kisten enthielt Töpferton in großen, formbaren, klebrigen Blöcken, der sich vorzüglich für unregelmäßige Oberflächen eignete. Im Laufe der nächsten Woche wollten die Verschwörer Sprengsätze zusammenbündeln, Draht abmessen, zurechtschneiden und mit verschiedenen Farben, den Brückenabschnitten entsprechend, kennzeichnen. Als Letztes wollten sie jedem eine bestimmte Menge Töpferton zuteilen.

Drei Probeläufe hatten sie bereits auf der Brücke durchgeführt. Mit einer Stoppuhr waren sie von einer Kabelverbindung zur nächsten gegangen, wobei sie jeweils zwanzig Sekunden für das Anbringen der Sprengladungen veranschlagten. Natürlich konnten sie während der Arbeit nicht viel mehr tun als mit der Uhr in der Hand von Stelle zu Stelle gehen, aber der Probelauf gab ihnen ein Gefühl für die benötigte Zeit. Was sich nicht einüben ließ, ohne Aufmerksamkeit zu erregen, war das Verlegen der Drähte. Sie mussten an Stellen verlaufen, die nicht einzusehen waren. Für die Sprengladungen auf der Nordseite mussten sie deshalb unter der Fahrbahn hindurchgeführt werden – oberhalb der Fahrbahn würden sie auffallen. Earl hatte sich zu der gefährlichen Aufgabe bereit erklärt, sich unter der Fahrbahn durchzuhangeln. Während der letzten beiden Wochen hatte er während der Arbeit keine Gelegenheit ausgelassen, an prekären Stellen das Hangeln zu üben.

»Es stärkt mir die Hände, damit ich besser vorwärts komme«, sagte er, »und mein Kopf gewöhnt sich daran ... und der Magen auch. Das ist das Schwierigste dabei«, räumte er ein. »Unter mir geht's so weit hinunter. Richtig ernüchternd. Manchmal nehme ich mir fest vor durchzuhalten, und dann drehen sich mir die Eingeweide so, dass ich kaum einen Fuß vor den anderen setzen kann. Aber ich gewöhne mich langsam daran. Wenn es so weit ist, wird es schon gehen.«

Matt ahnte, dass sich Earl aus einem besonderen Grund freiwillig gemeldet hatte. Vermutlich war Earl klar, dass Matt nicht die Nerven für eine solche Aufgabe besaß. Ob Earl seinem alten

Freund die Belastung ersparen wollte oder ob er glaubte, schneller zu sein, wusste Matt nicht so genau. Wie dem auch sei, er war Earl dankbar.
Auch Sullivan und Lincoln waren nicht müßig gewesen. Sie hatten sorgfältige Messungen durchgeführt, um die benötigte Drahtlänge zu ermitteln. Während der Arbeit waren sie auf die Hauptkabel geklettert und hatten die Entfernungen abgeschritten. Immer wieder übten sie, mit größtmöglicher Schnelligkeit an den großen Kabeln hinauf- und hinunterzusteigen. Sie machten ein Wettrennen daraus. Die Kollegen mussten lachen, für sie war es ein lustiges Spiel. Für Pat und Jus war es eine wertvolle Übung und todernst. Sie übten auch, mit Lasten hochzuklettern, die dem Gewicht der Sprengsätze und des Drahtes entsprachen. Dabei versuchten sie, nicht über den Zweck dieser Aufgabe nachzudenken.

Tom, Eli, Pat und Charlie saßen betrübt hinten im Mannschaftsraum. Die Grafik, die sie vor Wochen angefangen hatten, war nicht viel weiter gediehen als am ersten Tag. Nur das Kästchen für Watkins hatten sie dick durchgestrichen, sonst hatte sich kaum etwas verändert. Vom Kästchen um das Wort »Schlüssel« führten Striche zu Bucklin, Watkins und einem Kästchen um das Wort »Züge«. Pat und Charlie waren mit leeren Händen von der Durchsuchung der Wohnung Lebeaus und Emmons' zurückgekommen. Es gab nichts Handfestes, um eine Verbindung zwischen ihnen und dem Fall Bucklin herzustellen. Keine durchgezogenen Striche führten zu ihren Kästchen.
Tom besah sich noch einmal den Zeitungsausschnitt über die Züge und prüfte ihn auf etwas, das er möglicherweise übersehen hatte. Fast kannte er ihn schon auswendig. Er wusste alles über die Dampfmaschinen, den Seilantrieb der Brückenzüge und die Gleise, er kannte die Fahrpläne. Der Ausschnitt hatte schon abgegriffene Ränder, und ein großer Kaffeefleck verfärbte eine Ecke. Kaum ein Tag verging, an dem er ihn nicht hervorholte. Er

trug ihn, wie eine Klette unter dem Sattel, zur ständigen Ermahnung in der Tasche herum.
»Jetzt geht es schon seit Wochen so, und ich hab es verdammt satt, dem Chef nichts berichten zu können«, murrte Tom. »Eigentlich hat er mich kaum unter Druck gesetzt, aber ihr kennt ja Byrnes. Ein Wink mit seiner Zigarre sagt mehr aus als die Rede von Gettysburg. Seine Geduld hat Grenzen. Wenn wir nicht bald etwas ans Licht bringen, kriegen wir die zu spüren.«
Pat Dolan zog an seinen Schnurrbartspitzen. »Ich weiß nicht. Wir schauen uns Auftragsbücher, Verträge, Rechnungen, Konnossemente, Außenstände, zurückgewiesene Schecks und den ganzen anderen Scheiß an, bis uns die Zahlen vor den Augen schwimmen, und es bringt uns alles nicht weiter.«
»Was ist mit den Lieferfirmen, mit denen diese Männer vielleicht Kontakt hatten?«, fragte Tom, der sehnsüchtig nach einer Neuigkeit für seinen Bericht bei Byrnes suchte.
»Emmons, Lebeau und Watkins haben meistens Maurerarbeiten ausgeführt. Mit der Bahn hatten sie nie etwas zu tun. Lebeau und Emmons arbeiteten vor vielen Jahren in den Caissons, aber es schien uns nicht der Mühe wert, so weit zurückzugehen. Wir meinen, was hier läuft, gehört in die Gegenwart«, sagte Pat Dolan.
»Wahrscheinlich. Aber sie arbeiteten damals im Caisson, als der Brand ausbrach. Das halte ich nicht für einen Zufall«, brummte Tom, mehr zu sich selbst gesprochen.
»Mindestens zwanzig Männer waren damals im Caisson beschäftigt. Sollen wir die etwa alle ausfindig machen? Außerdem hat der Branddirektor erklärt, dass es sich um einen Unfall handelte.«
Mürrisch stimmte ihm Tom zu.
»Wahrscheinlich lohnt sich die Mühe nicht«, warf Jaffey ein. Niemand widersprach ihm.
»Auch bei den Verträgen zu den Maurerarbeiten scheint es keine Ungereimtheiten zu geben«, sagte Charlie. »Wir sind die Kor-

respondenz über die Lieferung der Steine, der Ziegel, des Zements und der Pflastersteine durchgegangen: Die Angaben im Baubüro stimmen mit denen der Lieferfirmen überein.« Ratlos hob er die Hände. »Es ging offenbar alles mit rechten Dingen zu.«

»Wir könnten etwas übersehen haben«, sagte Dolan langsam und schüttelte den Kopf, »aber ich glaube es nicht. Wir haben so gut wie alles untersucht.«

»Verdammt nochmal, irgendetwas muss es geben«, brummte Tom. Auch er wurde allmählich mutlos. »Wir sehen nicht an den richtigen Stellen nach ... oder wir stellen die falschen Fragen«, sagte er zum hundertsten Mal.

»Ich weiß«, sagte Jaffey. »Mir kommt es vor, als ob es direkt vor unserer Nase liegt und wir es einfach nicht merken.«

»Wir hätten wirklich schon längst etwas finden müssen«, sagte Charlie resigniert. »Ich muss dir recht geben, Tom. Egal, was hier vor sich geht, es hat nichts mit dem zu tun, was wir nachgeprüft haben.« Es klang, als wollte er diese Phase der Untersuchung damit beenden. »Wir hätten es inzwischen längst gefunden.«

Die Hände in den Hosentaschen, die Schultern hochgezogen, schritt Tom vor seinem Schreibtisch auf und ab. »Wegen dieser Geschichte sind Menschen ums Leben gekommen! Es muss etwas geben ...« Verzweifelt knüllte er ein Blatt Papier zusammen und warf es in die Richtung des übervollen Papierkorbs.

»Mir ist doch etwas aufgefallen, Tom«, sagte Charlie. Es klang, als hielte er es nur bedingt für erwähnenswert.

»Also, Charlie ... spuck es aus, damit es die ganze Klasse hören kann.«

»Eigentlich ist es nichts«, fing Charlie langsam an. »Es war nur so: Als ich bei Haigh war, um die Buchhaltung zu überprüfen, fiel mir noch ein Kunde auf, der eine kleine Menge des Crucible-Stahldrahts verlangte. Es war die gleiche Sorte, die auf der Brücke verwendet wird.«

»Und das ist alles?«, fragte Tom.
»Nun ... es klingt nicht nach einer großen Entdeckung, aber Pat stieß auf den gleichen Namen bei einer Rechnung der Edgemoor Iron Works.« Es klang, als schöpfte Charlie etwas Hoffnung.
Tom verzog den Mund zu einem ironischen Grinsen. »Das ist ja wirklich aufregend, Charlie.« Alle schwiegen. Charlie Heidelberg bemühte sich, seine Verärgerung hinter einem gleichmütigen Blick zu verbergen. Auch Jaffey sah Tom missbilligend an. »Pass auf, Tom. Erspare mir bitte deinen Sarkasmus. Bei uns allen liegen die Nerven blank. Ich und Pat können vor lauter Akten nicht mehr aus den Augen schauen. Falls du mich fragst: Es macht überhaupt keinen Spaß, und du machst es uns nicht leichter.« Charlie redete immer lauter.
Tom legte ihm beschwichtigend die Hand auf die Schulter. »Tut mir leid, Charlie«, sagte er. »Du hast recht. Ich schulde dir ein Bier.«
Charlie sah Braddock von der Seite an und lächelte. »Ein großes, du Mistkerl.«
Toms Hand zuckte zurück, als wäre sie auf eine heiße Ofenplatte geraten, aber er grinste zustimmend.
»Okay«, fuhr Charlie fort. »Das Interessante ist, dass in beiden Fällen die Rechnungen auf die gleichen Artikel lauten, die auf der Brücke verwendet werden. Der Unterschied besteht nur in der kleineren Menge.«
Jaffey unterbrach ihn. »Vielleicht baut jemand anderes auch eine Brücke? Ich meine, unsere hier ist vermutlich nicht die einzige Hängebrücke im Land, oder?«
»Ich weiß es nicht. Aber selbst wenn es so wäre, ist die bestellte Menge viel zu klein. Es sind nur ein paar Spulen Draht, Kabel und einige andere Dinge, wie Fahrbahnstützen, Winkelstützen, Flanschen, Verbindungsteile und solcher Scheiß.«
Braddock grummelte vor sich hin: »Wahrscheinlich ist es nichts, aber man sollte der Sache nachgehen.« Er war nachdenklich

geworden. »Gibt es keine Verbindung zu den Brückenzügen?«, fragte er hoffnungsvoll.

»In gewisser Hinsicht schon. Ein oder zwei der Teile waren für die Gerüste bestimmt, die über den Geleisen verlaufen«, sagte Pat und blickte in seine Notizen. »Morgen fahren wir nach Trenton und sehen uns die Auftragsbücher in den Roebling-Werken an. Es gibt auch noch einige Lieferfirmen, die wir überprüfen wollen. Aber es wird wahrscheinlich nichts bringen.« Er zuckte die Schultern.

Tom nickte. Wahrscheinlich würde es wirklich nichts bringen, aber sonst hatten sie überhaupt keinen Anhaltspunkt. »Also, wer hat dieses ganze Zeug bestellt?«

»Eine Firma, die sich Sangree & Co nennt«, sagte Pat mit einem weiteren Blick in seine Notizen. »Das Komische ist, die Rechnungen gehen an eine Adresse in der Water Street, aber die Lieferadresse ist in Richmond, Virginia.«

Tom blieb ruckartig stehen und drehte sich um. Er verschränkte die Arme vor der Brust. »Das ist nun wirklich eine merkwürdige Tatsache, meine Herren.«

Sobald er den Wagen vor der Haustür sah, wusste Mike, was passiert war. Gramps war zu seinem Da gegangen. Der traurigen Gesichter der Nachbarn hätte es nicht bedurft, um ihm das bewusst zu machen. Eine kleine neugierige Schar hatte sich um den Krankenwagen mit dem müden Klappergaul versammelt, der dampfende Pferdeäpfel auf die Pflastersteine fallen ließ. Sie beobachteten das Gespann, als hätten sie dergleichen noch nie gesehen. Als Mike sich mit seinen Schulbüchern an ihnen vorbeidrückte, empfing ihn mitleidiges Kopfschütteln und Zungenschnalzen, und trauerndes Gemurmel umgab ihn wie eine Wolke. Mike verstand nicht so recht, warum sie den Kopf schüttelten und schnalzten und murmelten. Er würde seinen Gramps zwar vermissen, aber immerhin war er jetzt bei den Engeln. Bei den Engeln zu sein war bestimmt viel besser, als sich Tag für Tag die Lunge aus dem Leib zu husten. Er hatte zwar noch nie einen Engel gesehen, aber er hatte Gramps gesehen, als er so krank war. Bei den Engeln musste es einfach besser für ihn sein. Sicher war es dort schöner als in der Suffolk Street. Er würde die ganze Straße dafür hergeben, wenn auch er seinen Da wiedersehen könnte. Deshalb weinte Mike nicht. Er wollte auch nicht für die neugierigen Nachbarn eine tränenreiche Schau abziehen. Sie warteten nur darauf, dass Gramps, mit einem Leichentuch bedeckt, herausgetragen wurde. In ihrem beschissenen Leben brauchten sie einfach die Bestätigung, dass es Menschen gab, denen es noch dreckiger ging als ihnen. Mike schleppte sich die dunklen Stufen hinauf. Seine Tränen hob er für Grandma auf.

Der Tag war vorübergehumpelt wie ein dreibeiniger Hund. Es war spät geworden. Schon vor Stunden war Toms Schicht zu Ende gegangen. Er saß mit Coffin in der Bibliothek seines Stadthauses. Der Duft der in Leder gebundenen Bände und des gewachsten Mahagoniholzes verlieh dem Raum die warme, männliche Atmosphäre eines Herrenclubs. Selbst Tom fühlte sich davon angesprochen, während er seinen Portwein im Kristallglas kreisen ließ. In einer Hinsicht war es ein guter Tag gewesen: Er hatte ihnen beiden ein prall gefülltes Kuvert beschert. Tom musste sich überwinden, um den nächsten Satz herauszubringen.

»Weißt du, August, ich möchte dir dafür danken, dass du Mary geholfen hast. Jetzt geht es ihr wieder ganz gut, und sie hat auch keinen Ärger mehr mit Parker oder den Kollegen vom sechzehnten Revier.« Er erstickte fast an diesem Satz, aber bis zu einem gewissen Grad entsprach er der Wahrheit.

»Nichts zu danken, Tom«, sagte Coffin mit abwehrender Handbewegung und einem Lächeln, das gar nicht so unecht wirkte. »Es freut mich, dass ich helfen konnte. Mary war mir schon immer sympathisch, sie ist so feurig, so lebendig. Mit ihr hast du es gut getroffen.« Manchmal zeigte August einen entwaffnenden

Charme und wirkte sogar sensibel. Braddock nahm sich vor, das nicht zu vergessen.

»Das weiß ich, August. Ich muss aber besser auf sie aufpassen, wenn ich sie behalten will.«

»Du darfst dir nicht selbst die Schuld geben, Tommy.« Coffin schüttelte den Kopf. »Du kannst doch nicht jeden Augenblick daneben stehen. Ihr Gewerbe ist nun einmal nicht ohne Risiko. Das weiß sie auch. Ich glaube, sie ist zäher, als du denkst.«

»Sie hat einen eisernen Willen, wenn es darauf ankommt, das stimmt schon, und praktisch denkt sie auch«, sagte Tom wahrheitsgemäß. »Und sie ist nicht nachtragend, davon hält sie nichts. Sie geht gleich wieder zur Tagesordnung über. Was sie nicht ändern kann, darüber zerbricht sie sich nicht den Kopf.«

»Eine sehr praktische Einstellung, tatsächlich, Tom. Und fast kommt es mir vor, als hättest du dir in letzter Zeit vorgenommen, ihrem Beispiel zu folgen.« Coffin lehnte sich über den Tisch und hob den Zeigefinger. »Diese Betrachtungsweise ist viel produktiver.«

Tom lächelte in sich hinein. Ihm war es egal, wie Coffin sich seine Bereitschaft erklärte, die neue Ordnung zu akzeptieren. »Ich muss zugeben, dass mich die letzten zwei Wochen davon überzeugt haben. So hat man mehr Zeit, sich mit Dingen zu befassen, die man ändern kann.« Tom sagte es fast beiläufig, fragte sich aber sogleich, ob er sich nicht vielleicht doch zu weit vorgewagt hatte. Er sollte besser aufpassen.

Mit selbstzufriedenem Grinsen lehnte sich Coffin in seinen Ledersessel zurück. Auch wenn er die Doppeldeutigkeit in Toms Worten herausgehört hatte, ließ er sich nichts anmerken. Er lächelte ihn herzlich an; es war ein aufrichtiges Lächeln, so aufrichtig, wie ein Coffin es vermochte.

»Zusammen sind wir stark, Tom«, sagte Coffin schließlich. »Mit dem Geld bist du zufrieden, nehme ich an?«

»Sehr zufrieden«, räumte Tom ein.

Coffin strahlte wie ein Zauberer, der gerade dabei war, ein

scheinbar unmögliches Kunststück erfolgreich auszuführen. »Es kann noch besser werden«, sagte er und lehnte sich wieder über den Tisch.

Tom hob interessiert die Brauen, aber sein Kiefer blieb gespannt. »Ich hatte noch nie etwas gegen Geld, August. Es gehört zu meinen Hobbys«, sagte er ehrlich. Immerhin hielt er es für nötig hinzuzufügen: »Aber du kennst meine Einstellung zu gewissen Dingen. Da hat sich nichts geändert. Es gibt Geld, das wir nicht nehmen sollten, und es gibt Menschen, die wir nicht schützen sollten.«

Sie grinsten sich an, wobei sich jeder bemühte, die Probleme der letzten Zeit in einem besseren Licht zu sehen. Coffins Lächeln wirkte wächsern, wie aufgemalt, und verschwand wie ein kurzes Wetterleuchten sogleich wieder.

»Gegen das hier wirst du bestimmt keine Einwände haben, Tommy. Es geht nur um ein paar Bereiche, die ich gerne erforschen will.«

Coffin tastete sich langsam vor. »Es könnte uns neue Einkommensquellen erschließen, ergiebigere als je zuvor.« Abwartend sah er Tom an.

»Wirklich? Du hast jetzt schon überall die Finger drin, denke ich. Hast du überhaupt noch Finger frei?« Tom lachte.

Auch Coffin lachte. »Guter Witz! Dafür werde ich schon einen freien Finger finden.«

Tom überlegte, was Coffin meinen könnte. Im Laufe der Jahre hatte er kaum eine Gelegenheit ausgelassen, Schutzgeld zu kassieren. Wenn er einmal auf seinen Schnitt verzichtete, dann nur deswegen, weil es nichts zu holen gab. Natürlich erstreckte sich sein Korps über viele Reviere, was die Möglichkeiten gewaltig vergrößerte.

Tom wurde neugierig. »Was ist denn das für eine tolle Sache, in der du noch nicht drinsteckst?«

Coffin schien einen Augenblick zu zögern, als wäge er ab, ob er seine Pläne jetzt schon enthüllen sollte.

»Etwas, wo du vielleicht wertvolle Hilfe leisten könntest«, sagte er endlich und ließ den Bleistift um den Finger kreisen.
»So?« Tom merkte auf.
»Hmm.« Coffin schien den nächsten Schritt zu bedenken. »Du bist doch eine Zeit lang in Chinatown auf Streife gegangen, stimmt's?«
Braddocks ganzer Körper war gespannte Aufmerksamkeit. Feuerwehrglocken läuteten in seinem Kopf. »Das weißt du ja. Drei Jahre ungefähr.« Tom konnte gar nicht fassen, dass ihr Gespräch ausgerechnet diese Richtung eingeschlagen hatte.
»Soweit ich weiß, bist du immer noch mit einigen wichtigen Chinesen dort bekannt.« August klopfte mit dem Bleistift auf den Tisch.
»Mit einigen«, gab Tom zu, der zu diesem Zeitpunkt noch nichts preisgeben wollte. Coffin sollte zuerst die Karten auf den Tisch legen.
»Du kennst doch ihre Geheimbünde, Tongs heißen sie, glaube ich?«
Tom holte tief Luft, hauptsächlich, um Zeit zu gewinnen. Nachdenklich zog er an seiner Zigarre und entließ langsam den Rauch, der zur Decke hinaufschwebte.
»Die Tongs sind harte Burschen«, sagte Tom schließlich. »Angeblich sind es soziale Vereine, die auch Geschäfte treiben, aber es steckt offenbar noch viel mehr dahinter.« Damit erzählte er Coffin kaum etwas Neues. Ein erwartungsvolles Lächeln zuckte um Augusts Lippen. »Nur wenige, und schon gar nicht Außenstehende, wissen genau, wer da das Sagen hat. Zu viele Barrieren. Die Sprache, die Kultur, die Sitten und Ähnliches. Die meisten Chinesen sprechen nicht gern davon, zumindest nicht mit uns Weißen.«
»Aber du weißt, mit wem man sprechen könnte«, stellte Coffin fest.
Wieder ließ sich Tom Zeit für seine Erwiderung. Er dachte an seine langen Gespräche mit Master Kwan und sah im Rauch

seiner Zigarre einen Plan heraufdämmern. Die Einfälle jagten einander, während er an seinem Portwein nippte.
»Ich weiß schon, wo ich den Anfang machen könnte«, räumte Tom ein. Er war auf der Hut. Um die Erwartungen des Captains nicht ausufern zu lassen, fügte er hinzu: »Ich kann nicht sagen, wie weit es uns bringen würde, aber ...«
»Weiter als die meisten, schätze ich«, unterbrach ihn Coffin. Tom sog wieder an seiner Zigarre, beäugte den Captain durch den Rauch hindurch und überlegte den nächsten Zug. »Kann sein«, gab er mit einem Schulterzucken zu. »Also, worauf willst du hinaus?« Er wusste nur zu gut, was Coffin im Schilde führte, aber er wollte, dass Coffin selbst es aussprach. Tom hatte nicht lange gebraucht, zumindest das Wesentliche zu durchschauen. In Chinatown gab es unsaubere Geschäfte, Glücksspiele, Prostitution wie anderswo auch; nur eines war anders, und das schuf eine einmalige Gelegenheit für Coffin und Konsorten: Opium, das teerige schwarze Gold.
»Was mir durch den Kopf geht, müssen wir mit Vorsicht angehen, Tom.« Coffin öffnete seinen Humidor und bot Tom eine weitere Zigarre an.
»Wir reden also vom Opium, August?«, sagte Tom und merkte sofort, dass er die Bemerkung lieber unterlassen hätte. Er schnupperte an der Zigarre und grinste mit gespielter Zufriedenheit. Coffins Zigarrengeschmack war vorzüglich. Innerlich war Tom voll nervöser Anspannung, wie eine Katze, die von Hunden umstellt ist.
»Ha – du bist und bleibst Detective, Tommy! Wir reden in der Tat von Opium.« August zündete sich eine neue Zigarre an. »Der Opiumhandel hat mich schon immer beschäftigt. Sowohl der Handel als auch die Opiumhöhlen haben sich in den letzten Jahren enorm ausgeweitet«, sagte er, lehnte sich nach vorn und stützte sich auf die Ellenbogen. »In unserer Stadt allein gibt es vielleicht fünftausend Konsumenten. Der durchschnittliche Opiumraucher gibt pro Tag einen Dollar dafür aus. Das heißt,

dass täglich fünftausend Dollar in Rauch aufgehen.« Coffin gurrte es fast, und seine Augen leuchteten. Allerdings hatte er davon noch nie einen Cent abbekommen ... Ein Ärgernis, zweifellos! »Selbst wenn wir nur einen Fuß in die Tür kriegen, könnte es uns ein paar Tausender im Monat bringen. Diese verdammten Chinesen, die sind so heimlichtuerisch, sie schließen sich vollständig ab von der restlichen Stadt. Es ist fast unmöglich, eine konkrete Auskunft darüber zu bekommen, wer die Fäden in der Hand hält. Du weißt ja, wie es ist: Wir schließen eine Opiumhöhle, sperren alle ein, und dann folgt immer die gleiche Geschichte. Keiner weiß etwas. Keiner spricht Englisch. Keiner hat eine Ahnung, wer dahintersteckt. Acht Tage später machen sie an einer anderen Stelle wieder auf.«

»Das habe ich mehr als einmal erlebt«, sagte Tom und dachte an die Anfangszeit seines Streifendiensts in Chinatown. Erst als er hinter die Kulissen sehen konnte, hatte er begonnen, Fortschritte zu machen. »Sie lassen sich nicht in die Karten schauen.« Noch keinem war es gelungen, den eisernen Griff der Tongs zu lockern oder ihren Handel auch nur im Mindesten zu beeinträchtigen.

»Aber du hast es geschafft, oder du weißt zumindest, wie du es schaffen könntest«, sagte Coffin mit wissendem Lächeln.

Die Vorstellung, Coffin könnte von seinen nächtlichen Unterhaltungen mit Wei Kwan erfahren haben, dass er Tom vielleicht durchschaute und seine innersten Gedanken kannte, ließ Tom erschauern. Möglicherweise war das alles nichts als eine List, eine Falle, in die er tappen sollte. Tom nippte langsam an seinem Portwein, ließ ihn im Glas kreisen und sah zu, wie die blutrote Flüssigkeit träge an den Seiten nach unten lief. Das Messer konnte zweischneidig sein, sagte sich Braddock, als er Coffins erwartungsvolle Haltung registrierte. Ihm blieb nichts anderes übrig, als das Spiel bis zum Ende mitzumachen und abzuwarten, wie es sich entwickelte. Die Möglichkeiten schwirrten ihm durch den Kopf, seine Pläne und deren voraussichtliche Folgen brachten ihn in Verwirrung. Wo es Verwirrung gibt, gibt es auch Chancen, dachte er sich.

»Ich müsste da ein paar Leute aufsuchen«, sagte Tom langsam, als überlege er sich den nächsten Schritt, obwohl er sehr gut wusste, was zu tun war. »Ich müsste zunächst allein hingehen. Einem Fremden würden sie sich nicht öffnen, besonders dir nicht, als Captain der Polizei. Mit dir würden sie nur den ganzen Tag lang Fan Tan spielen, und du würdest nichts erreichen.«

»Aus diesem Grund führen wir dieses Gespräch, Partner«, sagte Coffin mit breitem Grinsen.

Tom war das Wort »Partner« nicht entgangen. »Aber du wirst ihnen etwas anbieten müssen«, sagte er und paffte nachdenklich an seiner Zigarre. »Du kannst nicht einfach hineinspazieren und deine Prozente verlangen. Ich würde das Gesicht verlieren, und wir hätten einen noch schlechteren Stand als jetzt. Sie wissen ganz genau, dass wir den Opiumhandel nicht unterbinden können. Unsere Drohungen nimmt dort keiner ernst. Sie sind Geschäftsleute. Sie wollen Geld verdienen wie jeder andere auch. Von dieser Seite muss man sie ansprechen.«

Coffin wirkte enttäuscht. »Mit den üblichen Druckmitteln wird es also nichts, hm? Was ist, wenn wir ein bisschen grob werden?«

Braddock schüttelte den Kopf, als wäre diese Vorstellung der Gipfel der Dummheit. »Vergiss es, August. Auf diese Weise könntest du ihrem Geschäft vielleicht einen kleinen Dämpfer versetzen, aber du kannst sie nicht vollständig ausschalten. Auf diese Weise bekommst du niemals deinen Anteil.« Zur Bekräftigung richtete er die Zigarre auf Coffin. »Diese Leute haben viel Geduld. Sie würden eher Verluste in Kauf nehmen und bessere Zeiten abwarten, bevor sie ihren Gewinn teilen.«

Der Captain nickte nur. Ihm hätte ein gewaltsames Vorgehen besser gefallen. Gewalt war eine Methode, die hervorragend bei Iren, Italienern, Deutschen, bei fast allen Europäern funktionierte. Aber die Chinesen waren anders. Diese Angelegenheit war viel zu wichtig: Seine üblichen Methoden sollten die Sache nicht vereiteln. Bisher hatte man in Chinatown nichts erreicht. Es war Zeit für eine neue Strategie; Braddock sollte der Schlüssel sein, der ihm den Fernen Osten erschloss.

»Du hast eine Idee, Tom. Das sehe ich deiner Nasenspitze an.«

»Eigentlich nicht«, log Tom, der sich wieder fragte, ob Coffin ihn durchschaute. Er hatte sehr wohl eine Idee gehabt, schon vor Wochen, als Mary überfallen wurde. Er spielte das Spiel weiter; er wollte Coffin in die Falle locken. »Ich meine nur, du wirst ihnen etwas anbieten müssen. Schlage ihnen ein Geschäft vor. Biete ihnen etwas an, was sie noch nicht haben.«

»Ich biete ihnen gern ein paar Knochenbrüche an, wenn sie keine Lust haben, einen Kotau zu machen.«

Braddock lächelte ironisch. »Dazu würde ich nicht raten, August. Du könntest dir ein paar Lorbeeren bei unserem obersten Chef holen, doch zu dem, was du willst, verhilft es dir nicht.«

»Ich weiß, ich weiß. Aber mir kommt die Galle hoch, wenn ich sehe, wie diese verdammten kleinen Chinesen hierher kommen, direkt vor unserer Nase ihre Läden aufmachen und wir keinen Cent aus ihnen herausquetschen können.«

Braddock grunzte verständnisvoll. »Es ist ganz einfach, August. Sie haben drei Vorteile.« Er hielt drei Finger hoch und hakte sie der Reihe nach ab. »Die Sprache, die Sitten und vor allem die Lieferquellen. Die ersten beiden bedeuten eine Mauer des Schweigens. Ihr dritter Vorteil ist für uns der größte Schwachpunkt. Alle drei zusammen ergeben eine verdammt harte Nuss. Wenn du mich fragst: Schlag ihnen ein Geschäft vor!« Es war ein guter Rat, wenigstens im Prinzip.

Coffin schien eine Weile darüber nachzudenken. Er legte die Füße auf den Tisch. Er ließ den Bleistift kreisen, warf ihn hoch und fing ihn wieder auf. Er schien durch Tom hindurchzusehen, sein lebhafter Verstand suchte im Zigarrenrauch nach neuen Erkenntnissen und möglichen Vorteilen.

»Du wirst mir wohl Recht geben, wenn ich behaupte, dass ihre einzige Schwäche in der Unmöglichkeit liegt, ihr Geschäft über Chinatown hinaus zu expandieren. Sobald sie in eine andere Umgebung kommen, müssen sie mit uns ihre Geschäfte betreiben – mit uns Amerikanern, meine ich.«

»Das stimmt so ziemlich. Es gibt schon einige Leute, mit denen sie außerhalb der eigenen Umgebung zusammenarbeiten. Aber es ist nur Kleinkram – soweit ich weiß.«

»Ich könnte ihnen ein größeres Absatzgebiet anbieten, sie in andere Märkte außerhalb von Chinatown hineinschleusen. Wie wäre es: Wir gehen zu ihnen und sagen, dass wir ihr Geschäft in ein oder zwei Jahren verdoppeln können?«, schlug August vor.

»Das müsste gehen. Es dürfte nicht allzu viele Schwierigkeiten bereiten. Und ich verfüge über das geeignete Netzwerk. Man muss nur wissen, wie man die Sache in die Wege leitet.«

»Das ist ein guter Vorschlag.« Tom nickte anerkennend. »Allerdings werden sie unser erstes Angebot nicht gleich akzeptieren«, gab er zu bedenken. »Keine Aussicht. Sie werden nicht zu vertrauensselig erscheinen wollen. Auch wenn ihnen der Deal noch so gut erscheint.«

Coffin zog die Brauen zusammen und reckte das Kinn vor. »Verdammt noch mal, Tom! Kannst du ihnen nicht sagen, wer in dieser Stadt regiert? Mach sie darauf aufmerksam! Für was halten sie sich denn?«

»Es ist nichts anderes als ihr übliches Geschäftsgebaren«, sagte Tom beschwichtigend. »So machen sie es eben. Nach ihrer Ansicht akzeptiert nur ein Dummkopf das erste Angebot. Du machst es doch auch so?«, sagte Tom. Er wusste, dass die Antwort nur Ja sein konnte.

Coffin lächelte einen Augenblick, bevor er wieder ein böses Gesicht zog. »Das schon. Aber ich bin kein gottverdammtes gelbes Schlitzauge in der Welt des weißen Mannes!« Er hieb mit der Faust auf den Tisch.

Tom hatte Verständnis dafür, dass Wei Kwans Koch in Coffins Suppe spuckte. »August, du musst sie nicht mögen, aber wenn du Geschäfte mit ihnen machen willst, musst du ihnen zeigen, dass du sie respektierst. Wenn du meine Hilfe willst, musst du die Sache so anpacken, wie ich es dir sage.« Es gab Tom ein gutes Gefühl, dass er die Zügel in die Hand nehmen konnte. Noch einmal sog er an der Zigarre, und seine Gedanken schweiften weit in die Zukunft. Er glaubte, die Lösung gefunden zu haben. Aber er brauchte noch etwas Zeit und auch Handlungsfreiheit, wenn er sein Ziel erreichen wollte. »Also, wie wollen wir vorgehen? Als Erstes knüpfe ich ein paar Kontakte, und dann werden wir sehen, ob sie mit uns reden wollen.«

Es waren jedoch nicht die Kontakte, wie Coffin sie sich vorgestellt hatte. Etwa zwei Stunden später gingen Tom und Wei Kwan zu Sung Chow. Es wurde ein langes Gespräch. Der alte Mann mit dem Sackgesicht saß schweigend da und hörte sich Toms Anliegen ohne Regung an. Wenn man von einem gelegentlichen Kopfnicken absah, hätte man den Greis für einen uralten Holzschnitt halten können. Wei Kwan selbst äußerte sich nur selten, um Tom zu unterstützen. Als Tom endlich fertig war, sagte Sung Chow: »Und was wollen Sie uns als Gegenleistung bieten?«

Diesen Abschnitt der Verhandlung hatten Tom und Kwan schon durchgesprochen. Die Frage gehörte zum Ritual, das wusste Tom schon. Jedes Mal, wenn ein Verhandlungspartner seinen Teil der Abmachung wiederholen musste, empfand dieser das Bedürfnis, großzügiger zu erscheinen und mehr anzubieten, als er ursprünglich beabsichtigt hatte.

»Diese Gefälligkeit kommt Ihnen genauso zugute wie mir«, sagte Tom langsam. »Sie haben mir schon gesagt, dass Captain Coffin in Chinatown verhasst ist. Das ist bekannt. Es ist auch bekannt, dass er den Handel gestört und viele Ihrer Leute verhaftet hat. Jetzt muss ich Ihnen sagen, dass er noch mehr will. Er will einen Anteil an Ihrem Ertrag.« Tom hielt inne, um die Worte wirken zu lassen. »Und dabei wird er es nicht belassen. Wenn

Sie es zulassen, wird er innerhalb kurzer Zeit alles an sich reißen, und am Ende sind Sie lediglich der Lieferant.« Darüber hatte Tom keine genauen Informationen, aber er kannte Coffin. »Außerdem werde ich Sie warnen, wenn ich von einer bevorstehenden Razzia auf Ihr Geschäft erfahre. Ich habe Augen und Ohren bei der Kriminalpolizei. Sie wissen, dass ich das tun kann, und ich mache es aus freien Stücken. Wenn Sie mit meinem Vorschlag einverstanden sind, werde ich mit Kollegen in der Kriminalabteilung sprechen müssen, mit zuverlässigen Leuten in hohen Positionen. Sie werden Ihnen für Ihre Hilfe dankbar sein und Ihr Geschäft beschützen, solange es auf Chinatown beschränkt bleibt.« Tom konnte sich zwar nicht mit letzter Gewissheit darauf verlassen, dass die Sache genau so laufen würde, aber er war sicher, dass er damit den Rahmen abstecken konnte. Über Einzelheiten könnte man sich später verständigen.

Sung Chow nickte nur. »Sie erwarten viel von uns, Tom Braddock, aber Sie geben uns nicht so viel.«

Tom wollte etwas sagen, aber der alte Mann hob die Hand.

»Sie waren immer guter Freund für die Tung-Menschen. Sie haben uns viel Gutes getan im Laufe der Jahre, ohne Gegenleistung. Master Kwan, mein hochgeschätzter Bruder, spricht von Ihnen mit Lob. Er sagt, Sie sind ein Weißer, dem man vertrauen kann. Er sagt, Sie haben ... Herz von Tiger. Er ist stolz, Sie seinen Freund zu nennen. Ich glaube, er sagt die Wahrheit. Das alles ist viel wert – es fällt in die Waagschale.« Tom verbeugte sich schweigend. Sung Chow fuhr fort: »Ich werde mit meinen Brüdern im Geschäft reden. Ich glaube das, was Sie über Coffin sagen. Er ist ein böser Mensch, der alles nimmt, was er kann, und uns sehr wenig gibt. Mit so einem Mann Geschäfte zu machen heißt, dass man sich das Messer an die eigene Kehle setzt. Wir werden bald wieder darüber reden.«

Bei McSorley, am folgenden Abend, herrschte geschäftiges Treiben. Die meisten Tische waren besetzt. Lautstarke Gespräche und Gelächter erfüllten das rauchige Hinterzimmer. Der Tabak- und Biergeruch wirkte auf Tom wie ein Tonikum – er fühlte sich so entspannt wie lange nicht mehr. Er und Chowder hatten sich endlich zum Bier getroffen, und Tom hatte vor, es zu genießen. Nach den Ereignissen des Vortages hatte er eine Entspannung nötig.

Chowder musste es gespürt haben, denn kaum hatten sie sich an einen Tisch gesetzt, sagte er beiläufig: »Du siehst aus, als ob dich etwas bedrückt. Hast du Sorgen?«

Braddock begab sich sofort in Deckung. In letzter Zeit war das bei ihm zum Dauerzustand geworden. Er nahm sich vor, etwas gelassener zu sein.

»Nur dieser Fall«, brummte Tom. Eine halbe Wahrheit war besser als eine Lüge. »Nach wochenlanger Arbeit haben wir immer noch nichts vorzuweisen. Der Chef ist auch schon ungeduldig.«

»Byrnes ist nicht für seine Geduld berühmt, Thomas.« Chowder nahm einen großen Schluck Bier, schmatzte und leckte sich den Schaum vom Schnurrbart, als er wieder Luft holte. »Weißt du was, dieses Lokal ist meine Lieblingskneipe in dieser ganzen verdammten Stadt. Ein gutes Bier, ein warmer Ofen, der die Kühle der Nacht fern hält, nette Gesellschaft, ein gesundes Cornedbeef-Sandwich und ein großer Klatsch scharfer Senf. Etwas Besseres bietet das Leben nicht.«

Tom hob das Glas. »Auf McSorley!«

»Auf McSorley, Kumpel! Das schönste Pub in ganz New York.« Sie tranken und bestellten die nächste Runde.

Chowder ließ es bei Toms Erklärung bewenden, während sie sich ihr zweites Bier schmecken ließen. Vielleicht aus Neugierde, vielleicht aus irgendeinem anderen Grund kam er später dann doch wieder darauf zurück.

»Bist du sicher, dass es nur dein Fall ist, der dich bedrückt? Es sieht dir nicht ähnlich, dass du dir übermäßig Sorgen machst. Denkst du vielleicht immer noch an Captain Parker und an das sechzehnte Revier?«

Tom hörte die Alarmglocken läuten. Obwohl Chowder ein Freund war, fühlte sich ihm Tom nicht so nahe, dass er mit ihm alles durchkauen wollte. In letzter Zeit war er übervorsichtig geworden, vertraute er sich niemandem an, dessen er sich nicht absolut sicher war. Tom hasste diesen Zustand und hasste dessen Notwendigkeit nicht weniger. Trotzdem gab er nur vorsichtig Antwort.

»Warum sagst du mir das? Was geschehen ist, ist geschehen«, sagte er. Fiel Chowder die Gereiztheit in seiner Stimme auf? »Mary ist nicht der Typ, der lange grollt. Und wenn sie schon die Geschichte vergessen will, habe ich kein Recht, länger darüber zu brüten.«

Chowder warf ihm einen kurzen Blick zu. Vielleicht lag darin ein leichter Zweifel. Tom war sich nicht sicher, aber Chowder redete weiter: »Das klingt sehr vernünftig. Etwas anderes bringt dir nur Kummer. Und was könntest du sonst noch tun? Verdammt noch mal, er ist ein Captain, und wir sind nur gemeine Sergeants.«

»Ja. Ich könnte nichts dagegen tun, auch wenn ich's wollte«, sagte Tom und nahm wieder einen Schluck.

»So ist es. Und was würdest du tun, wenn du es könntest?«, fragte Chowder rhetorisch.

»Ich kann den Mann ja nicht umbringen. Wenn es jemand anders wäre, kein Captain der Polizei, würde ich mir vielleicht etwas in der Richtung überlegen. Es passt mir natürlich ganz und gar nicht, wenn irgendein Kerl Mary zusammenschlagen lässt. Aber wenn der Kerl ein Cop ist, noch dazu ein Captain – na, da bleibt einem nichts anderes übrig, als sich ein bisschen zu bremsen.«

Chowder nippte langsam an seinem Bier und sah auf den Boden seines Glases, als könnte die gelbe Flüssigkeit eine unveränderliche Wahrheit enthalten. Im Bier liegt Wahrheit, dachte er sich, eine eigentümliche Wahrheit. Manchmal schien es ihm, als gäbe es keine wahrhaftigere Wahrheit, noch öfter aber kam es ihm vor, als wäre diese Bier-Wahrheit nur Schaum. Er kitzelt und erfreut die Sinne, verspricht viel, enthält aber keine Substanz. Meistens sah die Wahrheit des Biers so aus, heute Abend aber nicht.

»Es gibt immer Mittel und Wege, Tommy. Auch wenn ein Mann Captain der Polizei ist, ist er immer noch nur ein Mann. Er steht nicht über dem Gesetz. Wenn er sich selber zum Gesetz macht, dann ist er demjenigen Rechenschaft schuldig, der ihn zur Rechenschaft ziehen kann, egal, wer das ist. Der Bessere wird siegen.«

»Das kannst du nach ein paar Glas Bier ruhig behaupten, Chowder. Du würdest wohl auch nicht mit einem Captain Streit suchen.«

»Im Bier liegt eine mächtige Wahrheit, Tommy, darauf kannst du dich verlassen. Man muss nur rechtzeitig merken, wenn die Wahrheit vor den Augen verschwimmt, sozusagen ... Außerdem gibt es keinen Captain, mit dem ich Streit hätte. Es gibt vielleicht einige, die umgelegt gehören«, sagte er mit einem kurzen Seitenblick, »aber keinen, bei dem ich es selber in die Hand nehmen würde.«

»Gesetzt den Fall, ich würde das tun – einen Menschen wie Parker umlegen, zum Beispiel. Kann es überhaupt jemals rechtmäßig sein, einen anderen zu töten, außer es geht um Selbstverteidigung?«

Chowder zögerte nur kurz. »Ich würde sagen, Selbstverteidigung kann aus allen möglichen Gründen notwendig sein. Man kann auf verschiedene Weise angegriffen werden. Manchmal ist es nicht so direkt, aber letzten Endes genauso tödlich wie eine Kugel im Kopf. Also, wo willst du die Grenze ziehen? Musst du bei einem wie dem Captain so lange warten, bis er mit dem Schießeisen in der Hand vor dir steht?« Er wartete nicht auf Toms Antwort. »Ich glaube nicht – bei niemandem, auch nicht bei ihm.«

»Chowder, du kennst doch die Bestimmungen über die Selbst-

verteidigung. Man braucht schon einen festen Anhaltspunkt. Du kannst doch nicht auf eine Drohung hin jemanden umbringen. In solchen Fällen sind wir gefragt – die Cops, meine ich.«
Tom hatte ein ungutes Gefühl, dass er, wenn auch nur in einem theoretischen Wirtshausgespräch, seine Bereitschaft gestehen sollte, jemanden auch aus anderen Gründen zu töten.
»Da ist etwas Wahres dran«, pflichtete ihm Chowder bei, »aber es ist die Wahrheit des Gesetzes. Es gibt Dinge, die Lösungen verlangen, die nicht unbedingt legal sein müssen.« Da es aus Chowders Mund kam, wusste Tom genau, wie es zu verstehen war.
Chowder tat einen riesigen Biss in sein Sandwich. Der scharfe Senf quoll hervor.
»Das ist ein verdammt gutes Sandwich«, sagte er, nachdem er den Bissen mit einem großen Schluck Bier hinuntergespült hatte. »Mir kommt es vor, als ob du unter einer Wolke lebst. Wer das tut, braucht einen Regenschirm, denn ob es ihm gefällt oder nicht, der Regen kommt bestimmt.«
Braddock konnte ein listiges Grinsen nicht zurückhalten. »Sprechen wir hier von Captain Parker?«
Chowder grinste mit vollem Mund zurück. »Ich weiß nicht, Tommy. Was meinst du?«
Als sie schließlich auseinander gingen, war es schon spät. Tom lief zu seiner Wohnung zurück, die nur einige Blocks entfernt lag, und verließ Chowder an der Treppe zur El. Etwas beduselt verabschiedeten sie sich – das Bier hatte seine Pflicht getan. Tom hörte Chowders schwere Schritte die eisernen Stufen hinaufpoltern, während er zur Colonnade Row zurückschlenderte. Er pfiff vor sich hin, als er über die Ereignisse der letzten Tage nachdachte. Auch bei längerer Vorbereitung hätte er es nicht besser planen können. Wochenlang hatte er Coffins Spiel mitgemacht, alle Richtungen nach Möglichkeiten abgesucht, ihm den Überfall auf Mary heimzuzahlen. Und nun hatte ihm Augie selbst etwas in die Hand gegeben – seine Gier hatte schließlich

den Haken geliefert, mit dem er den großen Fisch fangen könnte. Aber was, wenn dieser Fisch entkam ... Tom lief es bei diesem Gedanken kalt den Rücken hinunter. Wenn dieser Fisch entkam, könnte er, Tom, derjenige sein, der mit dem Bauch nach oben im Fluss trieb. Braddock war klar: Er musste dieses Risiko eingehen; er war ein guter Schwimmer.

Chowders Schritte hallten in der eisernen Treppenflucht, die zur El hinaufführte. Er sah Tom nach und holte an der obersten Stufe kurz Luft – das Bier hatte ihn müde gemacht. Der Puls pochte ihm in den Ohren, und er wiederholte sein übliches Versprechen, sich in Zukunft beim Bier ein wenig zurückzuhalten und sich mehr zu bewegen. Tom hatte den Weg in die Lafayette Street eingeschlagen und war nicht mehr zu sehen. Chowder grinste vor sich hin. Er mochte Braddock, hatte ihn schon immer gemocht. Langsam ging er auf den Bahnsteig hinaus und sah nach links und nach rechts. Kaum jemand war da zu sehen. Der kühle Nachtwind pfiff durch das gusseiserne Geländer. Die wenigen Wartenden auf dem Bahnsteig fröstelten, hatten die Schultern hochgezogen. Chowder ging, wie ausgemacht, auf das südliche Ende zu und sah den Leuten ins Gesicht. Er erkannte niemanden. Langsam ging er weiter, am letzten der Wartenden vorbei, und warf ihm einen kurzen Blick zu. Seine Absätze dröhnten auf den Holzbohlen. Der einsame Klang passte gut zu Verschwörertum und Verrat.

Als Chowder an dem entferntesten Ende des Warteraums vorbeiging, hörte er die Stimme aus der Dunkelheit.

»Du hast dir Zeit gelassen.«

Chowder blieb mit einem Ruck stehen und blinzelte in die dunkle Ecke, wohin kein Lampenlicht drang. »So viel Zeit, wie ich brauchte. Nicht mehr und nicht weniger.« Chowder entschuldigte sich nicht. Die dunkle Gestalt stand schweigend vor ihm. Chowder stellte sich ihm gegenüber und schwieg ebenfalls.

»Also ... wie ist es gelaufen?«, fragte schließlich der Schatten.

»Gut. Das Bier war schön kalt, die Sandwiches waren bester

Qualität.« Natürlich wusste Chowder, dass der andere nicht auf diese Antwort erpicht war.

»Keine Witze, Detective. Du weißt ganz genau, was ich meine.«

Chowder kicherte. »Nichts kann einen Menschen mehr ärgern, als wenn er lange warten muss«, sagte er und schüttelte den Kopf. »Es lief hervorragend. Wegen Braddock brauchst du dir keine Sorgen zu machen, er führt nichts im Schilde.«

»Freut mich, dass ich das höre. Aber du weißt ja, Braddock ist erst vor ganz kurzer Zeit zu unserer Schar zurückgekommen, und das, was wir planen, ist ziemlich heikel und sehr wichtig. Man wird sich stärker auf ihn verlassen müssen, als mir eigentlich lieb ist.«

Chowder brummte zustimmend.

»Es freut mich sehr, dass du dafür Verständnis hast«, sagte der Mann sarkastisch. »Was hältst du davon, wenn wir deinen Abend ein bisschen detaillierter durchsprechen?«

Chowder seufzte. Der Mann zündete ein Streichholz an. Es flammte kurz auf und warf ein gespenstisches Licht auf Coffin, der eine gute Zigarre zwischen die weißen Zähne geklemmt hielt. »Heutzutage kann man gar nicht vorsichtig genug sein, meinst du nicht auch?«

Potters Field war ein unwirtlicher, hoffnungsloser Ort, an dem viel zu viel frisch aufgegrabene Erde herumlag. Das ungepflegte Gras war hoch gewachsen, Unkraut streckte die Ranken nach frischen Lehmklumpen aus, die man auf die ärmlichen Fichtenholzkisten geworfen hatte. Viele dieser Kisten waren, wie Tom wusste, sehr klein. Er war schon früher einmal dort gewesen und war nicht erpicht darauf, wieder dorthin zu müssen. Niemand sollte diesen Ort zum letzten Ziel seiner irdischen Reise machen, niemand, der eine Familie hatte oder nicht ganz mittellose Freunde. Tom war nicht ganz mittellos, also veranlasste er, als er von Eamon Bucklins Tod erfuhr, dass man ihn in Brooklyn, neben Terrence und seiner Familie, bestattete. Auf diesem Grab war noch kein Gras gewachsen. Schweigend stand er da, einen Schritt hinter Mike und seiner Großmutter, die einander so fest an den Händen hielten, als fürchteten sie, der andere könnte sich wegstehlen. Sie hatten schon allzu viele Begräbnisse erlebt. Der Priester leierte das Ritual auf Lateinisch und Englisch herunter. Er hatte Schlamm am Saum seiner Soutane und einen alten Weinfleck neben seinem Kragen. Offenbar hatte auch er zu viele Begräbnisse erlebt.

Später, als sie das Grab verließen, unterhielt sich Tom mit Mike. Aus Sorge, alles nur noch schlimmer zu machen, wollte er nicht von seinem Großvater sprechen, also erkundigte er sich nach der Schule.

»Es geht«, sagte Mike. Es sei nicht leicht, aber er sei dabei, den Stoff aufzuholen. Er habe sogar einige neue Freunde gefunden. Er hatte jedoch eine Frage, und er zögerte, bevor er sie endlich herausbrachte. »Was heißt eigentlich ›Nincompoop‹, Mr. Braddock? Am Anfang hat es die Lehrerin immer wieder zu mir gesagt … in letzter Zeit nicht mehr so oft.«

Tom sah den Jungen besorgt an. Er konnte sich gut vorstellen, wie schwer es anfangs für ihn in der Schule gewesen sein musste.

»Es ist ein Wort für jemanden, der nicht in die Schule geht, aber das trifft ja nicht mehr auf dich zu, oder?«, fragte er sanft.

»Nein, Sir.«

Tom legte die Hand auf Mikes Schulter. »Gut. Bleib nur dabei. Morgen besorge ich uns die Zirkuskarten. Du hast deinen Teil der Abmachung eingehalten, nun bin ich dran.«

»Toll! Ich kann es gar nicht erwarten!« Mike strahlte, während ihm noch die Tränen in den Augen standen. Etwas schuldbewusst warf er einen Blick auf seine Großmutter. Tom entging es nicht.

»Ich auch nicht! Pass auf, ich möchte kurz mit deiner Grandma reden.« Mike sah ihnen aus einiger Entfernung zu, während sie sich leise unterhielten.

Viele Stunden waren vergangen. Mike und seine Großmutter waren längst wieder in ihre leeren Zimmer an der Suffolk Street zurückgekehrt.

Die Uhren der Stadt hatten drei geschlagen, die Schläge hallten über den Hafen und die unbeleuchtete Brücke hinweg. Nichts regte sich, keine Fähre überquerte den Fluss. Die Brücke war ein schwarzer Schatten. Nur an beiden Enden, in den Hütten der Nachtwächter, brannte Licht. Die beiden Männer verließen ihre Hütten nur selten und würden kaum ein Problem bedeuten. Ihre Aufgabe war es, Holz- und Materialdiebstahl zu verhindern. Sie würden nicht nach Personen Ausschau halten, die sich auf der Brücke zu schaffen machten.

»Scheiße!«, brummte Earl schon zum hundertsten Mal. »Wir hätten uns doch einen besseren Plan ausdenken sollen als diesen Mist hier.« Wieder hatte er sich den Knöchel aufgerissen. Matt hatte ihn noch nie so wütend erlebt.

»Hör doch auf und schieb den Draht hier durch«, sagte Matt, der ebenso wie Earl die Arbeit möglichst bald hinter sich bringen wollte. »Wir haben alles tausendmal durchgekaut. Keiner hatte eine bessere Idee, also sehen wir zu, dass wir mit dem hier endlich fertig werden!« Matt zog den Draht durch das Leitungsrohr, während ihn Earl von der anderen Seite nachschob und darauf achtete, dass er sich nicht verfing. In der Dunkelheit ging es besonders schwer, und das war der Grund, weshalb Matt und Earl die Ausführung übernommen hatten. Sie kannten sich am besten aus.

Heute waren sie schon die dritte Nacht damit beschäftigt, die dritte Nacht ohne Schlaf, mit aufgerissener Haut und angespannten Nerven. Sobald sich herausgestellt hatte, dass sie die Vorarbeiter nicht vom Nutzen eines zusätzlichen Drahtes überzeugen konnten, mussten sie sich etwas Neues überlegen. Der neue Plan hatte niemandem gefallen, schon gar nicht Earl Emmons und Matt Lebeau. Aber trotz allem war es immerhin besser, als in einer einzigen Nacht den Draht *und* die Sprengsätze anzubringen. Bald würde die Beleuchtung installiert sein, die Lampen würden brennen und die beiden Männer deutlich sichtbar machen; also durfte es keinen Aufschub geben. Schon dreimal hintereinander waren Matt und Earl an den Wächtern vorbeigehuscht, drei Nächte hintereinander hatten sie was tagsüber fertig gestellt worden war für ihre Zwecke verändert. Jede Buchse an den Abzweigungen von der Hauptleitung wurde aufgemacht und der Draht fast bis zu der Stelle, an der der Elektrikertrupp am nächsten Morgen weitermachen sollte, eingefädelt. Da sie schnell arbeiteten, schafften sie jede Nacht eine große Strecke.

In der ersten Nacht war es brenzlig geworden. Um halb vier, während sie sich im Dynamoraum unter der Brooklyner Auffahrt befanden, hätte man sie fast entdeckt. Hineinzukommen hatte ihnen keine Schwierigkeit bereitet; Jacobs hatte ihnen einen Schlüssel verschafft. Im stockfinsteren Raum brauchten sie Licht zum Arbeiten. Um zu verhindern, dass ein Lichtschein durch die Fenster hinausdrang, mussten sie ihre Laterne mit einer Blende versehen, die das Licht nur in eine Richtung warf. Es wirkte gespenstisch, und das Halbdunkel erschwerte ihre Arbeit beträchtlich. Nach einer Stunde hörte Earl knirschende Schritte auf dem Kies vor dem Fenster. Sofort löschte er die Lampe und tauchte den Raum in völlige Dunkelheit. Wie angewurzelt standen die beiden da und horchten, wie sich jemand am Schloss zu schaffen machte. Der Riegel wurde im Türrahmen hin- und hergerüttelt, und der Lärm hallte betäubend laut in dem Gewölbe aus Ziegeln und Stein. Matt spürte, wie sich Earls Blick in der Dunkelheit auf ihn richtete, als wolle er fragen, ob Matt die Tür zugesperrt habe. Totenstille. Endlich löste das Geräusch der sich entfernenden Schritte die Spannung.

Alles andere war reibungslos verlaufen. Noch zwei Nächte, und sie würden mit ihrer Aufgabe fertig sein. Da die Vorarbeiten, das Messen und Schneiden, schon erledigt waren, genügte es, die Verteilerbuchsen zu öffnen und den Draht durchzuziehen.

Auch mussten sie nur auf der einen Seite der Brücke arbeiten. Trotzdem spürten sie den Mangel an Schlaf. Sie hatten so viele Abschürfungen und Blutergüsse abbekommen, dass sie ein Vorarbeiter eines Morgens auf ihr Aussehen ansprach.

»Ihr zwei seht aus wie nach einer verlorenen Schlacht«, bemerkte er. »Ihr solltet besser aufpassen.«

19. Kapitel

Das Denken mag die Menschen trennen,
Die Liebe eint die Herzen der Nation.
Wir stehn am Grabe des Soldaten
Und ehren dich, Virginias Sohn.

Julia Ward Howe

Pat und Charlie hatten sich auf Toms Schreibtisch gesetzt und ließen die Beine baumeln. In der Nacht zuvor waren sie aus Trenton zurückgekommen, wo sie fast den ganzen Tag damit verbracht hatten, Auftragsbücher durchzusehen und Vorarbeiter, Techniker und Ingenieure der Roebling-Werke zu interviewen. Bald hatten sie gefunden, was sie suchten: Die Aufträge gingen alle an dieselbe Lieferadresse.

»Es sieht so aus, als müssten wir uns möglichst bald mit jemandem von dieser Firma Sangree & Co unterhalten«, sagte Charlie. »Für einen Brückenbau sind die Mengen zu klein. Wir haben alle befragt, Vorarbeiter und auch Ingenieure. Sie glauben, es könne sich nur um Reparaturarbeiten handeln. Eine andere Verwendung können sie sich nicht vorstellen. Dann haben wir ihnen die Liste gezeigt, die wir nach unserem Besuch bei Haigh und den anderen zusammengestellt hatten. Die einzige andere

Erklärung, die ihnen dazu einfiel, war, dass irgendjemand ihre Entwürfe nachbauen wolle. Wir sollten auf jeden Fall der Sache nachgehen.«

»Danke, Charlie. Ich gehe heute Nachmittag mit Jaffey hin. Was mich daran besonders interessiert, ist, wohin sie das ganze Zeug weiterschicken.«

»Das möchten wir auch gerne wissen. Die Männer, hinter denen du her bist, Watkins, Lebeau und Emmons, die stammen ja alle aus Texas. Die Orte sind zwar tausend Meilen auseinander, aber sie liegen im Süden«, sagte Pat etwas überoptimistisch. »Das ist unser einziger Anhaltspunkt, und irgendetwas müssen wir unternehmen.«

Tom sah auf seine Uhr und seufzte: »Ich muss jetzt Byrnes Bericht erstatten. Nachher gehe ich mit Eli zu Sangree & Co.«

»Wir können noch weiterbuddeln, aber ich kann nicht behaupten, dass ich besonders zuversichtlich bin«, sagte Charlie und wischte die Frühstückskrümel von seiner Weste. »Ich muss dem Zulieferer der Bahngesellschaft einen Besuch abstatten. Vielleicht ergibt sich da etwas.«

Halb hoffnungsvoll, halb resignierend zuckte Tom mit den Schultern. Allmählich gewöhnte er sich an die Sackgassen. »Ich wünschte, diese Akten über die Militärdienstzeit würden endlich auftauchen. Es ist schon bald drei Wochen her, seit ich sie angefordert habe. Jetzt wäre mir jede neue Information willkommen.«

»Und ich würde alles andere lieber vor mir haben als nur Verträge und Auftragsbücher. Ich seh die Zahlen schon im Traum«, sagte Pat und mimte den Taumelnden.

»Halte nur durch, Pat. Wer weiß, vielleicht hast du mit diesem Sangree-&-Co-Zeug etwas Nützliches entdeckt«, sagte Tom, der in Gedanken schon auf dem Weg zu Byrnes' Büro war.

Toms Bericht bei seinem Chef war schnell zu Ende. Nachdem er ihn über den Hinweis auf Sangree & Co informiert hatte, gab es nicht viel mehr zu sagen. Byrnes wirkte geistesabwesend und hob kaum die Augen von den Papieren, die vor ihm auf dem Tisch lagen. Nach wenigen Minuten schon gestikulierte er mit seiner Zigarre und brummte, Tom solle ihn auf dem Laufenden halten. Tom betrachtete dies als Aufforderung, das Zimmer zu verlassen, was er nicht ungern tat.

Captain Sangree saß an seinem Schreibtisch und überlegte sich einige Pläne für die Flucht in den Süden, die nach vollbrachter Mission erfolgen sollte. Er notierte sich, dass er noch an dem Manifest arbeiten müsste, das er gemeinsam mit Sullivan in Umrissen entworfen hatte. Es sollte ein großartiges Dokument werden, und bisher gefiel es ihm recht gut. Beginnen sollte es nach dem Vorbild der Unabhängigkeitserklärung mit einer Präambel. Sie sollte klarstellen, welche Rechte den Südstaaten verwehrt worden waren. Dann sollten die Gründe ihrer Unzufriedenheit aufgelistet werden: der Raub des Grundbesitzes, die vielen Toten, das Niederbrennen und Plündern der Farmen, der Wohnstätten, der Betriebe und Geschäfte. Alle diese Dinge durften nicht in Vergessenheit geraten. Für die Südstaatler seien sie offene Wunden. Die Besatzung und der so genannte Wiederaufbau ihres Landes würden den Gipfel der Beleidigung darstellen. Die Liste wurde lang, als er ernsthaft daranging, alles zusammenzuzählen: Der Beweis der Tyrannei der Yankees war unwiderlegbar. Es würde ein brillantes Dokument werden. Es würde zwar nicht alles in Ordnung bringen, aber es würde der Welt die ganze Wahrheit verkünden, nicht nur die Wahrheit der Yankees. Das allein wäre schon ein Sieg.

Thaddeus hatte nicht vor, einen Hinweis auf Roebling hinzuzufügen. Obwohl ihn das Verlangen nach Rache die ganzen Jahre hindurch angetrieben hatte, wusste er, dass es ihre Sache nicht fördern würde. Ihm persönlich genügte es, dass Roebling würde leiden müssen.

Ein lautes Klopfen an seiner Bürotür schreckte ihn auf. Er erwartete keinen Besuch. Verärgert über die Unterbrechung, schob er seine Papiere in die oberste Schublade des Schreibtisches und sperrte sie ab.

»Augenblick«, rief er schroff, stand auf und ging zur Tür hinüber, die er heftig aufriss, um den unwillkommenen Besucher möglichst schnell abzufertigen. Wie ein schlechtes Gewissen stand Braddock vor ihm und füllte den Türrahmen aus. Thaddeus gab sich große Mühe, seine Stimme unter Kontrolle zu halten, als er höflich fragte: »Was kann ich für Sie tun, meine Herren?«, aber er wusste nicht, ob er überzeugte. Angestrengt überlegte er, was er tun sollte. Es kam ihm vor, als gehöre ihm sein Hirn nicht mehr. Seine Pistole lag im Schreibtisch, weggesperrt. Diese Option war also ausgeschlossen. Er wog die Chancen ab, an dem großen Detective und dem Cop hinter ihm vorbeizukommen; es war wohl nicht möglich. Also blieb ihm nichts anderes übrig, als das Theater weiterzuspielen.

»Wir führen Untersuchungen über ungesetzliche Handlungen durch, Sir, und würden Ihnen gern ein paar Fragen stellen.« Für den Anfang schlug Tom seinen besten Amtston an. Einschüchterung war immer ein effektives Werkzeug.

»Ungesetzliche Handlungen? Wie das?«, fragte Thaddeus mit gut gespieltem Erstaunen. Er bildete sich ein, recht geschickt gemimt zu haben; der verwirrte, unschuldige Klang der Stimme war ihm fast perfekt gelungen. Nur gut, dass man seine plötzlich schwitzenden Hände nicht sah, die er schnell an den Hosenbeinen abwischte.

»Dürfen wir eintreten, Sir?«, fragte Braddock und schaute dem Captain über die Schulter.

»Aber natürlich, entschuldigen Sie bitte. Darf ich Ihnen einen Kaffee anbieten?«

»Gern«, sagte Tom. »Schwarz.« Während sie hineingingen, musterte Tom das Zimmer mit geübtem Blick und prägte sich die Einzelheiten ein. Jaffey lehnte den Kaffee ab. Während Thaddeus einschenkte, achtete Tom darauf, ob seine Hand zitterte – nur aus diesem Grund hatte er den Kaffee angenommen.

Thaddeus zitterte nicht, er bemühte sich nach Kräften, Gleichgültigkeit vorzutäuschen, aber seine Eingeweide waren wie von tanzenden Flöhen bevölkert. Er reichte Tom den Kaffee und setzte sich wieder hinter seinen Schreibtisch. Tom und Jaffey nahmen ebenfalls Platz. »Ich bin Detective Braddock, und mein Kollege hier ist Patrolman Jaffey«, stellte sich Tom ein wenig verspätet vor.

»Und ich bin Thaddeus Sangree, der Besitzer dieser Firma«, sagte Thad mit einer ausladenden Handbewegung. »Nun, was soll denn das mit den ungesetzlichen Handlungen? Ich kann Ihnen versichern, dass unsere Firma den Ruf genießt, nur einwandfreie Geschäfte zu tätigen.«

»Davon bin ich überzeugt.« Toms Ton verriet, dass er ganz und gar nicht überzeugt war. Er nahm einen Notizblock aus der Tasche, hielt den Bleistift über dem Papier bereit und sah Sangree abwartend an. »Haben Sie in letzter Zeit eine Bestellung für Crucible-Stahldraht aufgegeben?«, fragte er langsam.

Der Captain zögerte nur kurz. »Ja, in der Tat. Vor etwa einem halben Jahr, wenn ich mich recht erinnere.« Thad schwirrte der Kopf. *»Sie wissen es!«*, schrie eine Stimme in ihm. *»Sie wissen es!«* Wie das möglich war, war ihm ein Rätsel.

»Und Sie haben auch Bauteile aus Stahl und Gusseisen bestellt, wie sie auf der neuen East River Bridge verwendet werden. Stimmt das?«, fuhr Tom fort.

»Nun, ich kann Ihnen nicht sagen, ob die bestellten Bauteile denen auf der East River Bridge entsprechen, aber ja, ich habe solche Teile bestellt.« Thad glaubte, es sei das Geschickteste, die Wahrheit so weit wie möglich zuzugeben, um sie dafür umso besser zu verbergen. »Ist denn das ungesetzlich?«, fragte er und nippte mit unschuldiger Miene an seinem Kaffee.

Wenn dieser Bursche irgendeines Vergehens schuldig war, ließ er sich überhaupt nichts anmerken, dachte sich Tom.

»Soweit wir wissen, nicht, Mr. Sangree. Können Sie mir sagen, weshalb diese Bestellungen aufgegeben wurden?« Tom wollte

nicht mehr als notwendig preisgeben, und er hatte nicht die Absicht, derjenige zu sein, der Fragen beantwortete.
»Nicht genau, Detective«, sagte Thad. »Ich war nur der Mittelsmann, wissen Sie. Einige Männer, mit denen ich zuvor geschäftlich noch nicht zu tun hatte, baten mich, ihnen behilflich zu sein, diese Materialien zu erwerben und ihnen zuschicken zu lassen.«
Tom schien diese Auskunft abzuwägen, während er in seinen Notizblock schrieb. »Und wer waren diese Herren?«
»Ein Mr. Lansdorf und ein Mr. Limner. Sie leiten eine Firma, die Liberty Construction heißt. Wie Sie wahrscheinlich schon wissen, hat die Firma ihren Sitz in Richmond«, sagte der Captain in der sicheren Annahme, dass, wenn sie über die Sendung informiert waren, ihnen auch der Bestimmungsort bekannt war. »Ich hatte, wie gesagt, vorher noch nicht direkt mit ihnen geschäftlich verkehrt, aber sie hatten gute Referenzen von anderen Geschäftspartnern, auf deren Wort ich mich verlassen kann.«
Sangree teilte Tom die Namen seiner Gewährsleute mit. Seine Geschichte wirkte vollkommen plausibel.
»Und Sie waren der Mittelsmann, haben Sie gesagt?«
»Genau. Wissen Sie, ich mache schon seit langem Geschäfte im Norden – schon seit der Vorkriegszeit. Meine Geschäftsverbindungen mit dem Süden habe ich immer beibehalten, und sie waren nützlich, wenn es darum ging, Beschaffungen für die dortige Region in die Wege zu leiten.«
Tom nickte; er wartete länger als nötig ab, bevor er die nächste Frage stellte. »So. Wann sind Sie nach New York gekommen, Mr. Sangree?«, fragte er beiläufig.
»Ach, etwa 1859 muss es gewesen sein.«
»Damals müssen Sie noch sehr jung gewesen sein.«
Thaddeus lächelte. »Ja, noch nicht achtzehn. Ich kam mit meinen Eltern hierher, die nicht mit dem einverstanden waren, was im Süden vor sich ging«, log Thaddeus mit der größten Leichtigkeit. »Sie besaßen keine Sklaven, wissen Sie, und hatten auch kein Verlangen danach. Sie … sahen in der Sklaverei ein Phäno-

men, das … sich destruktiv auswirken könnte.« Er wählte seine Worte sorgfältig. »Zu der damaligen Zeit hielten sie den Norden für die bessere … Wahl. Wie sich herausstellte, hatten sie völlig recht.« Er fügte noch ein wissendes Lächeln hinzu. Allmählich ging ihm das Lügen leichter von der Zunge. Er entspannte sich ein wenig, fühlte sich in seiner Geschichte heimisch.

»Haben Sie beim Militär gedient, Mr. Sangree?«, fragte Tom und setzte seine Notizen fort.

»Nein, leider nicht. Heute schäme ich mich deswegen, aber mein Vater wollte auf keinen Fall zulassen, dass ich gegen meine angestammte Heimat die Waffen erhob. Obwohl wir nach dem Norden gezogen waren, hatten wir immer noch Verwandte im Süden. Mein Vater zahlte dreihundert Dollar, damit ein anderer an meiner Stelle diente. Darauf bin ich nicht stolz, Detective.« Thad sagte es mit leicht gebeugtem Kopf. Er wollte verhindern, dass ihm Braddock in die Augen sah.

»Aha, und wie kamen Sie dazu, sich im Süden geschäftlich zu betätigen?«

»Ach, ich machte einfach weiter, wo mein Vater aufgehört hatte. Er hatte nach dem Umzug seine Verbindungen aufrechterhalten. Nach seinem Tod im Jahre 73 setzte ich sie fort.«

Die Geschichte klang plausibel, und er hatte sie sich für den Notfall ausgedacht. Thaddeus rechnete auch damit, dass man fragen würde, wie man mit Liberty Construction Kontakt aufnehmen könne. Er wusste, dass sie dabei kein Glück haben würden. Sobald die Polizisten das festgestellt hatten, würden sie mit weiteren Fragen wiederkommen, die sich nicht so leicht beantworten ließen. Vielleicht konnte er sie dann noch einige Tage hinhalten, aber länger bestimmt nicht. Dieser kleine Kaffeebesuch hatte alles verändert. Er würde den Zeitplan vorverlegen müssen. Die Brücke würde in ein paar Tagen eröffnet werden, aber seine Mannschaft brauchte länger, um alles vorzubereiten. Mit etwas Glück könnten sie vielleicht bei der Gelegenheit diesen Yankee-Detective gleich mit umbringen; das wünschte sich

Thaddeus ganz besonders, während er Braddock über die Kaffeetasse hinweg zulächelte.
»Haben Sie eine Ahnung, was Liberty Construction mit diesen Bauteilen vorhatte?« Toms Stimme zeigte keine Gefühlsregung.
»Leider nicht. Ich nahm an, dass sie irgendetwas bauten.«
»Die Tatsache, dass die bestellten Bauteile identisch waren mit den Teilen, die auf der Brooklyn Bridge verwendet werden, hat Sie nicht neugierig gemacht?«
»Ist das der Fall? Davon hatte ich keine Ahnung«, log Thaddeus mit Unschuldsmiene. »Ich bin kein Ingenieur, meine Herren. Ich erhielt die Anweisung, bestimmte Artikel ausfindig zu machen und zu kaufen. Der Auftrag kam von einer eingetragenen und reputierlichen Firma, also führte ich ihn eben aus.« Thaddeus stellte seine Tasse hin und starrte Braddock an. »Die Bitte erschien mir völlig unverdächtig. Auf jeden Fall fanden die Roebling Company, J. Lloyd Haigh und die anderen Lieferfirmen nichts Unrechtes an dieser Bestellung. Wieso hätte ich da Zweifel hegen sollen? Wissen Sie, mein Geschäft bezieht sich normalerweise auf das Vermitteln von Baumwolle und verschiedener landwirtschaftlicher Geräte, deshalb sind meine Kenntnisse über Aufträge dieser Art eher beschränkt.«
»Weshalb, glauben Sie, hat man ausgerechnet Ihre Firma gewählt, Mr. Sangree?«, fragte Eli, womit er sich zum ersten Mal an der Befragung beteiligte. Tom sah ihn warnend an. Die Frage war gut, aber er, Tom, war der Mann, der die Fragen zu stellen hatte.
»Nun, ich nahm an, es geschah aufgrund einer Empfehlung – Sie wissen schon, gemeinsame Geschäftsfreunde, so etwas.«
»Hm. Und an diese Adresse haben Sie geliefert, stimmt das?«, Tom hielt Sangree einen Zettel zum Lesen hin.
Thaddeus sah sich die Adresse an und tat so, als lese er sie sorgfältig durch. »Das stimmt genau, Detective«, sagte er, wobei er im Stillen fluchte. »Ich würde Ihnen gern weiterhelfen, aber leider weiß ich nichts mehr hinzuzufügen.«
»So. Sie haben uns auf jeden Fall sehr geholfen, Mr. Sangree.

Falls es noch Fragen gibt, bei denen Sie uns Auskunft geben könnten, werde ich mich wieder bei Ihnen melden«, sagte Tom und stand auf.

»Wenn es Ihnen nichts ausmacht, hätte auch ich eine Frage, Detective. Sie sprachen anfangs von ungesetzlichen Handlungen. Sie haben mir noch nicht gesagt, in was für einer Sache Sie ermitteln.«

Braddock wandte sich wieder nach Sangree um. »Es geht um Mord, Mr. Sangree.«

Sangree mimte vorzüglich den Erschrockenen. »Was sollen diese Käufe mit einer Untersuchung in einem Mordfall zu tun haben? Mord ist eine sehr ernste Anschuldigung, Mr. Braddock.«

Braddock antwortete nicht auf die Frage, sondern sagte nur: »Mord ist in der Tat eine sehr ernste Anschuldigung, Sir. Vielen Dank, und danke auch für den Kaffee.«

»Es war mir ein Vergnügen, meine Herren. Auf Wiedersehen.«

Ganz plötzlich, als wäre ihm gerade etwas eingefallen, drehte sich Braddock noch einmal in der Tür um. Thaddeus, die Hand schon am Türknauf, wurde davon überrascht.

»Sagen Sie«, begann Braddock, »kennen Sie zufällig einen der folgenden Namen? Hier steht's, äh … Matthew Emmons, Earl Lebeau oder Simon Watkins?« Er sah ihn mit entschuldigendem Lächeln an.

Die Unterredung hatte Thaddeus auf diese Frage vorbereitet; trotzdem traf es ihn in der Magengrube, als er aus Braddocks Mund die Namen vernahm. »Mir sind sie nicht bekannt, Detective. Um wen handelt es sich? Nein, warten Sie! Wurde nicht ein Watkins vor einiger Zeit auf der Fähre ermordet? Davon habe ich tatsächlich gelesen, aber es wird sich wohl um einen anderen handeln.«

Braddock ließ sich Zeit, bevor er wieder fragte: »Sie behaupten also, Sie kennen keine dieser Personen?«

»Natürlich kenne ich sie nicht, Detective.« Thaddeus klang beleidigt. »Wieso sollte ich diese Männer kennen?«

»Das stimmt natürlich, Mr. Sangree. Wieso sollten Sie?« Dann stellte er eine dritte Frage, wobei er den Bleistift abwartend bereithielt. »Ach ... Ihre Privatadresse, wenn ich fragen darf, Sir?«
Eine Minute später schloss der Captain die Tür hinter ihnen. Sein Seufzer der Erleichterung verwandelte sich rasch in Wut. »Scheiße!«, fluchte er zwischen zusammengebissenen Zähnen.

»Sag mal, Eli, ist dir bei dieser Unterhaltung etwas seltsam vorgekommen?«, fragte Tom, als sie zur Haustür hinausgingen. Jaffey fiel dies und jenes ein, und Tom ergänzte Jaffeys Beobachtungen. Auf dem Weg zur El beschrieben sie ihre Eindrücke und suchten nach möglichen Erklärungen. In einem Punkt waren sie sich mehr oder weniger einig: Beide hielten Sangree für verdächtig. Sie hatten zwar keine Beweise, aber die Summe ihrer Beobachtungen sprach dafür. Der Zug dröhnte und klapperte über ihre Köpfe hinweg, so dass Jaffeys Worte kaum zu hören waren. »Ich finde, für einen Geschäftsmann hat er verdammt wenige Papiere auf dem Schreibtisch liegen. In den meisten Büros liegen große Stapel herum. Er schien sich auch nicht dafür zu interessieren, was genau er da bestellt hatte. Ich an seiner Stelle wäre neugieriger gewesen.«
»Vielleicht ist er bloß ein ordnungsliebender Mensch«, sagte Tom zweifelnd. »Er wirkte ziemlich überrascht, als er uns sah, beruhigte sich jedoch schnell. Aber das könnte ohne Bedeutung sein. Fast jeder wird nervös, wenn Cops vor seiner Tür stehen. Ist dir auch aufgefallen, dass er ganz allein war? Ich fand es etwas seltsam, dass er das Geschäft ganz allein betreibt, ohne Büroangestellte. Hast du den Raum hinter dem Büro bemerkt?«
»Sieht aus, als ob er einen Haufen Stühle besitzt«, sagte Eli trocken.
Tom nickte zustimmend. »Und noch etwas. Hast du gesehen, wie nah dieses Haus an Paddys Bar liegt?«
Jaffey zuckte die Achseln. »Könnte ein Zufall sein. Es gibt Dutzende von Geschäften in der Nähe von Paddys Bar.«

»Sicher. Dutzende.« Toms Stimme drückte seinen Zweifel aus. »Schauen wir doch bei Byrnes vorbei.«

Das Treffen mit Byrnes dauerte diesmal ziemlich lange, auch wenn die Entscheidung, dem Hinweis auf Liberty Construction nachzugehen, schon nach wenigen Minuten gefällt wurde. Es waren die anderen Punkte auf Toms Liste, die Zeit und Mühe in Anspruch nahmen. Byrnes hörte gespannt zu und war am Ende ausgesprochen kooperativ.
»Warst du schon einmal in Richmond, Eli?«, fragte Tom auf dem Weg zum Büro der Old Dominion Steamship Line.
»Ich bin kaum über New Jersey hinausgekommen«, musste Eli etwas verlegen zugeben.
»Nun, jetzt wird es Zeit, dass du die Welt kennen lernst. Als ich das letzte Mal in Richmond war, wirkte die Stadt nicht allzu wohlhabend. Im Hafenviertel gab es fast nur ausgebrannte Häuser. Und wir hatten keine Zeit, allzu lange zu glotzen. Damals waren wir auf der Jagd nach Bobby Lee.«
»Du warst also bei Appomattox?«, fragte Eli, der sich auf eine Kriegsgeschichte freute.
»Appomattox habe ich eigentlich nicht gesehen. Aber Lee sah ich schon – zum ersten und einzigen Mal.«
Das stachelte Jaffeys Neugier noch mehr an. »Wirklich? Wie sah er aus?«
»Ich kann mich nicht an alle Einzelheiten erinnern«, sagte Tom zögernd, obwohl er sich tatsächlich sehr gut erinnerte.
»Er war auf dem Rückweg vom McLean-Haus, wo er die Kapitulation unterschrieben hatte. Er saß auf seinem großen weißen Pferd, Traveler«, sagte Tom langsam. »Was mich am meisten beeindruckte, war seine … Würde. Dieses Wort passt am besten. Ich habe Generäle gesehen, die wie Pfaue auf und ab stolzierten, die so von sich eingenommen waren, dass im Raum kaum noch Platz für die Luft blieb. Lee war ganz anders. Er war die Würde selbst.« Tom lächelte leicht. »Als wäre er in diese Würde hinein-

gewachsen; er trug sie wie einen Mantel. Kein Stolzieren, nichts Pompöses. Er war damals schon ein alter Mann, nicht alt an Jahren, aber der Krieg hatte ihn alt gemacht. Sein Bart war schneeweiß, aber er saß aufrecht auf dem Pferd, stark wie eine alte Eiche. Er trug seine Paradeuniform: goldene Litzen, weiße Handschuhe, hohe glänzende Stiefel.« Tom ahmte die aufrechte und würdige Haltung für Jaffey nach. »Er ritt langsam, fast wie bei einem Begräbnis. Er sah weder nach links noch nach rechts. Und während er vorbeiritt, sah ich seine tränennassen Augen – er musste blinzeln, um die Tränen zurückzuhalten. Es war ein trauriger Anblick. Als er vorüberritt, nahmen die Männer – einer nach dem anderen – ihre Mützen ab. Auch ich. Es wurde ganz still, nur das Klicken der Hufe, das Quietschen des Leders, das Klirren des Geschirrs und des Säbels. Es war, als ob die Stille mit ihm vorüberzog. Wir alle standen schweigend da und schauten nur auf den alten Mann.«

Die Droschke, in der sie saßen, schaukelte über den Pflastersteinen, als sie sich dem Pier 26 am North River näherten, wo die Schiffe der Old Dominion Line anlegten. Tom schwieg eine Weile; Eli vermutete, er dachte an die Kriegsjahre. Er stellte keine weiteren Fragen. Mochte Tom schweigen, solange es ihm gefiel.

Als sie stehen blieben, kehrte Tom jäh in die Gegenwart zurück. Auf dem Weg zum Büro der Schifffahrtslinie sagte er: »Für den Süden war dieser Mann wie ein Gott. Ich kann das auch verstehen. Dort unten ist er immer noch wie ein Gott.« Er drohte mit dem Finger. »Ein guter Rat: Südlich des Potomacs darfst du nie schlecht von Robert E. Lee reden.« Nach einer kleinen Pause fügte er hinzu: »Und rede niemals schlecht von ihm in meiner Gegenwart!«

Sie buchten die Passage nach Richmond für den morgigen Nachmittag um drei Uhr. Sie mussten sich eine Kabine teilen, da Byrnes die Ausgaben niedrig halten wollte.

»Gut, das haben wir jetzt erledigt. Ich muss zum zweiten Revier,

Captain Coffin besuchen. Du kannst ja mitkommen, wenn du willst, aber …«

»Klar komme ich mit. Ich habe Sam und die anderen schon seit Wochen nicht mehr gesehen. Ich will wissen, was es Neues gibt.« Keinem von beiden fiel auf, dass Earl, mit tief über die funkelnden schwarzen Augen gezogenem Schlapphut, auf der anderen Straßenseite hinter einem Fuhrwerk lauerte.

Im Revier war alles ruhig, als sie um zwölf Uhr fünfundvierzig eintrafen. Der Mannschaftsraum war fast leer, und der Sergeant an der Tür knabberte an einem Sandwich, während er die *Tribune* las. Tom wurde sofort von Coffin empfangen.

»Hast du ein paar Minuten Zeit, August? Ich habe eine gute Nachricht«, sagte er, als er den Kopf zur Tür hineinsteckte.

»Für gute Nachrichten habe ich immer Zeit«, sagte Coffin jovial. »Mach bitte die Tür hinter dir zu. Du hattest also ein Gespräch mit unseren gelben Brüdern in der Doyers Street?«

Tom zögerte. »Ja, unsere ›gelben Brüder‹ sind damit einverstanden, dass wir uns heute Abend treffen.« Coffin ignorierte den Sarkasmus.

»Gut. Um wie viel Uhr?«

»So um sieben. Nur wir zwei«, sagte Tom, auch wenn er nicht damit rechnete, dass Coffin bereit wäre, ohne eine versteckte Rückendeckung dorthin zu gehen.

August freute sich, aber Tom hielt eine weitere Warnung für notwendig. »Wie ich dir schon sagte, wird ein einmaliges Treffen noch nicht zum Ziel führen, also wundere dich nicht, wenn diesmal nichts dabei herauskommt.«

»Ich verstehe. Es passt mir nicht, aber ich verstehe. Also treffen wir uns … sagen wir, um halb sieben.« Tom nickte nur und wollte schon gehen. Er hatte bereits den Türknauf in der Hand, als Coffin ihn aufhielt. »Tom?«, sagte er beiläufig. »Kann ich mich darauf verlassen, dass du die Situation hier richtig einschätzt?«

»Wie meinst du das, August? Ich weiß, was ich zu tun habe, wenn du darauf anspielst.«
Der Captain schüttelte den Kopf und spitzte die Lippen, als würde er über etwas nachdenken. »Nicht nur das. Es geht mir darum, ob du verstehst, wer hier das Sagen hat«, sprach er es direkt aus.
Tom musste erst einmal Luft holen. »Du bist der Boss, Captain«, sagte er so nüchtern, wie er konnte.
»Gut. Ich weiß, dass du derjenige bist, der die Verbindungen geknüpft hat«, räumte Coffin ein. »Mach dir keine Sorgen: Sobald alles läuft, wirst du einen großen Schnitt machen.«
»Ich lebe für meinen Schnitt, Captain«, gab Tom zurück. Sein verschwörerisches Grinsen war so falsch, dass er sich fragen musste, ob es Coffin nicht auffiel.
Coffin lachte nur. »Also dann, bis halb sieben.«
Tom machte die Tür hinter sich zu und fluchte innerlich. Sein Entschluss stand so fest wie noch nie zuvor.

Tom, Eli und Sam saßen bei einem verspäteten Mittagessen beisammen. Es war schon drei Uhr, als sie sich trennten.
»Hört zu, ich möchte bei einer gewissen Adresse in der Twenty-Sixth Street einen Überraschungsbesuch machen. Wenn jemand nach mir fragt, wisst ihr, was ihr sagen müsst«, sagte Tom.
Sam grinste und blinzelte Tom zu. »Viel Vergnügen. Viele Grüße an Mary«, sagte er. Als sie auseinander gingen, stand Jaffey etwas verwirrt daneben.
Tom bemerkte die Ratlosigkeit des jungen Mannes. »Willst du nicht eine nette Erholungsfahrt mit der Staten-Island-Fähre machen, Eli? Wir sehen uns morgen wieder.«
Jaffey grinste, winkte und schlenderte davon. Für heute hatte er frei.

Der Nachmittag ging allmählich in den Abend über. Schatten krochen über den Boden, als die untergehende Sonne sich in

Gold verwandelte. Es war in mehr als einer Hinsicht ein goldener Nachmittag gewesen.

»Das war wunderschön, Mr. Braddock«, flüsterte Mary. »Du solltest mich öfter überraschen.«

»Es war mir ein Vergnügen. Ich habe dir hoffentlich nicht wehgetan? Ich wusste nicht, ob das Stöhnen ein gutes oder ein schlechtes war.«

Mary rieb sich die Seite. »Die Rippen sind noch etwas empfindlich, aber es war hauptsächlich ein gutes Stöhnen – ein besonderes Stöhnen, das ich nur für dich aufhebe.«

Tom wiegte sie in seinen Armen. »Ich liebe es am Nachmittag – auch das faule Gefühl danach, dass ich sonst nichts tun muss.«

»Du hast wirklich nicht den schlechtesten Job.« Mary grinste ihn an. »Ich kenne das Gefühl. Aber Arbeit steckt schon drin«, schäkerte sie. Sie lachten so lange, bis Mary ihre Hand an die Seite legte und keuchte. Tom warf ein Kissen auf sie und kicherte, als sie mit ihrem gesunden Arm zurückschlug. Doch sie hatte keine Chance. Sie ergab sich, und er drückte sie auf die Matratze. Manchmal muss man kapitulieren, wenn man den Krieg gewinnen will, dachte sie sich.

Später, als sie auf den aufgewühlten Decken lagen und ihre Schweißtropfen wie Sterne in der Nachmittagssonne glitzerten, wartete Mary auf das, was ihr Tom mitteilen wollte. Sie kannte ihn schon so gut und wusste, dass dieser besondere Nachmittagsbesuch aus mehr als einem Grund erfolgte. Aber sie hatte Geduld und war sicher, dass er ihre Geduld zu gegebener Zeit belohnen würde. Sie spürte, dass er es nötig hatte, sie zuerst einmal zu lieben, und dass es ihm in der ruhigen Stimmung danach leichter fiel, ihr das mitzuteilen, was ihm auf dem Herzen lag.

»Unser erstes Treffen mit den Tong findet heute Abend statt«, sagte er schließlich zur Decke hinauf.

Er war so berechenbar! War sie die Einzige, die das merkte? Fast hätte sie geschmunzelt, aber das, was er sagte, war viel zu ernst.

»Nur du und Coffin?«, fragte sie leise.

»So ist es ausgemacht«, antwortete er.
»Du kannst dich also nicht darauf verlassen, dass Coffin allein kommt?«, fragte Mary. Es war wohl nur vernünftig, Coffin nicht zu trauen.
»Keine Angst, ich rechne nicht damit. Seine Leute werden uns beschatten. Dürfte nicht zu schwierig sein, sie zu erkennen – in seinem Korps hat er schließlich keine Chinesen.«
Sie drehte sich ihm zu und schmiegte sich so nahe an ihn, dass sie die winzigen Fältchen um seine Augen zählen konnte. »Bitte pass auf, Tom.« Sie drückte seinen Arm.
»Coffin ist der, der aufpassen muss. Ich habe alles unter Kontrolle, so fest geschnürt wie das Korsett einer dicken Dame.« Tom schmunzelte über den Vergleich. Gern wäre er so zuversichtlich gewesen, wie er klang.
»Was wirst du tun, wenn man dich beschattet?«
»Ich habe einen Plan. Und es werden Dutzende von Augen aufpassen. Ich werde Hilfe bekommen, wenn ich sie brauche.«
»Aber heute Abend wird noch nichts passieren?«, fragte sie.
»Nein. Es wird nichts passieren, bevor ich zurückkomme. Am Vierundzwanzigsten wahrscheinlich.«
»Zurückkommen? Wohin willst du?«, fragte Mary überrascht.
»Übrigens findet am Vierundzwanzigsten das Feuerwerk zur Eröffnung der Brücke statt. Du hast mir versprochen, dass wir hingehen.«
Tom hatte es vergessen, gab es aber nicht zu. »Das tun wir auch. Ich möchte es auf keinen Fall versäumen.«
»Gut, aber wohin willst du denn so plötzlich?«
»Es gehört zum Fall Bucklin. Ich muss nach Richmond – eine Baufirma kontrollieren, die nicht ganz koscher wirkt«, sagte Tom, als sei nichts Besonderes dabei. »Eine lange Geschichte. Wir glauben, dass Bucklin ermordet wurde, weil er etwas über Schwindelverträge herausgefunden hatte. Wir sind uns noch nicht sicher, aber es kommt uns plausibel vor. Wir fahren morgen um drei. Jaffey begleitet mich.«

»Also deshalb bist du heute Nachmittag gekommen? Du wusstest, dass du mich ein paar Tage lang nicht sehen würdest, und deshalb ...«

Tom wehrte mit einer Handbewegung ab, und ein theatralischer Blick voller Kränkung und Empörung erschien auf seinem Gesicht. »Ach nein, Mary, das ist nicht fair. Ich dachte nur an dich. Du hättest mich entsetzlich vermisst, wenn ich weggefahren wäre, ohne mich vorher um deine intimen Bedürfnisse zu kümmern. Oder etwa nicht?« Tom rieb sein Gesicht an ihrer Brust und grinste.

Mary setzte ein strenges, forderndes Gesicht auf. »Ich habe noch ein intimes Bedürfnis, das du befriedigen musst, Detective, wenn du schon so sehr um mein Wohlergehen besorgt bist.« Rittlings warf sie sich auf ihn, und ihre goldenen Schenkel lagen zu beiden Seiten seiner Brust. »Kannst du dir vorstellen, wie dieses Bedürfnis aussieht, oder muss ich dir ein Bild davon zeichnen?«

»Ich sehe das Bild schon vor mir ... Liebste. Es ist mein Lebenszweck, dir jeden Wunsch zu erfüllen.«

Earl hatte die Füße auf den großen Tisch gelegt. Er putzte sich die Fingernägel mit einem Taschenmesser, während er redete. »Ich hab sie aus dem Büro der Old Dominion kommen sehen und am Kartenschalter nachgefragt. Sie nehmen morgen den Dampfer um drei Uhr.«

Der Captain ging in seinem Büro auf und ab, die Stirn hatte er in Falten gelegt und die Hände hinter dem Rücken verschränkt. »Das heißt, es bleiben uns nicht mehr als zwei, drei Tage, bis sie mit weiteren Fragen hier wieder auftauchen. Ich werde unseren Freunden in Richmond ein Telegramm schicken.«

»Wollen Sie einen Spezialempfang arrangieren, Captain?« Earl zeigte mit dem Taschenmesser auf seine Kehle und grinste listig.

»Ich bin für jeden Vorschlag offen. Aber wenn der Plan danebengeht, haben wir sie gleich wieder am Hals«, sagte Thaddeus.

»Selbst wenn wir sie umbringen, sind gleich andere da, die wissen, worauf ihre Untersuchung gerichtet war. In jedem Fall haben wir Feuer unter dem Hintern. Trotzdem wäre es besser, sie in Richmond auszuschalten. Das könnte die Cops, bis sie dahinterkommen, ein paar Tage von uns ablenken.« Thaddeus zögerte und dachte nach. Die Cops waren ihnen offenkundig näher, als sie es sich vorgestellt hatten. Keine der Optionen versprach auf lange Sicht Erfolg, aber vielleicht würde es etwas bringen, wenn es ihnen gelänge, Braddock in Richmond umzulegen. »Wir brauchen mehr Zeit«, sagte er nur und lief auf und ab.

»Warum warten, bis sie in Richmond sind?«, fragte Earl lässig. Thaddeus wandte sich ihm zu und sah ihn fragend an. »Wir könnten sie gleich auf dem Dampfer umbringen«, sagte Earl, als sei es eine Selbstverständlichkeit.

Sullivan meldete sich zu Wort. »Ich kann mir nicht vorstellen, dass das etwas ändert. Ich meine, abgesehen von dem Spaß, den du daran hättest – es gibt immer noch genug andere Cops, die weitermachen. Ich weiß nicht, ob wir damit viel Zeit gewinnen.«

Earl feixte. »Aber wenn sie ganz verschwinden? Wenn sie nach ein paar Tagen nicht wieder auftauchen, haben die Cops alle Hände voll zu tun, nach ihnen zu suchen. Damit könnten wir leicht eine ganze Woche gewinnen.« Ein gutes Argument.

»Glaubst du etwa, du könntest sie kaltmachen und über Bord werfen, ohne dass man dich sieht oder hört?«, rief Sullivan ungläubig aus. »Das könntest du vielleicht schaffen, wenn alles hundertprozentig gelingt, aber damit kannst du kaum rechnen. Du hast keine Zeit zum Planen, und selbst wenn du sie hättest, wäre es meiner Meinung nach zu riskant. Kein Plan gelingt hundertprozentig. Es kommt immer etwas Unerwartetes dazwischen. Das weißt du genauso gut wie ich. Denk doch daran, was damals passiert ist, als wir die Plug Uglies auf sie ansetzten. Hat jemand an diesem Tisch damit gerechnet, dass es nicht klappen könnte?«

Pat sah alle der Reihe nach an. Niemand widersprach ihm.

»Ja, aber diesmal …«, begann Earl wieder.
»Vergiss es, Earl!«, fuhr ihn Thaddeus an. »Ich erkenne deinen Eifer an, Soldat, aber ich glaube, wir brauchen unter diesen Umständen eine andere Taktik. Ich werde die entsprechenden Anordnungen für Richmond treffen«, sagte er bestimmt. »In der Zwischenzeit«, fuhr er fort, »gibt es noch ein kleines Problem, mit dem wir uns befassen sollten.«
Alle schwiegen und hörten aufmerksam zu. Selbst Earl hörte auf, sich die Nägel zu säubern, und sah den Captain neugierig an.
»Ich habe mir darüber den Kopf zerbrochen, wie dieser verdammte Detective unsere Verbindung zu Richmond ausschnüffeln konnte.« Sangree sah die anderen an. »Ich meine, wie zum Teufel hätte er etwas wissen können, wenn es ihm nicht jemand gesagt hat? Er könnte vielleicht zufällig auf die Bestellungen bei den Roebling-Werken und den anderen Firmen gestoßen sein, aber das setzt eine unheimliche Menge Schnüffelarbeit voraus. Und weshalb hielt er die Lieferungen überhaupt für verdächtig? Ich habe mich auch gefragt, wieso er hinter Watkins her war. Er hat ganz bestimmt von keinem hier einen Hinweis bekommen.« Die Männer nickten ihre Zustimmung. »Mir kommt es vor, als ob irgendjemand mehr weiß, als wir für möglich hielten.« Der Captain sah Earl fragend an.
Earl schüttelte den Kopf. »Ich habe da meine Zweifel, Captain. Wenn ich Sie richtig verstehe und Sie den kleinen Bucklin meinen … also, ich weiß nicht. Ich muss schon sagen, ich habe ihm geglaubt, als er gesagt hat, dass er nichts wusste. Fast hätte er sich in die Hose gemacht. Ich habe ihm sogar einen Schnitt mit dem Messer verpasst – er hat trotzdem nichts gesagt.«
Thaddeus nahm das zur Kenntnis, war aber nicht überzeugt. Der Junge musste einfach etwas wissen. Terrence hatte ihn in seinen letzten Tagen immer in seiner Nähe behalten. Warum wohl? Es musste mehr dahinter stecken. Oder wusste vielleicht die Großmutter etwas? Diesen Gedanken verwarf er gleich

wieder. Wenn das der Fall gewesen wäre, hätten die Cops gleich nach Terrences Tod Sangrees Leute ins Visier genommen. Seiner Mutter hätte er bestimmt alle Einzelheiten erzählt. Vielleicht hatte der Junge etwas aufgeschnappt, gerade so viel, dass Braddock die Spur witterte. Vielleicht hatte Terrence gemerkt, dass der Junge mehr wusste, als ihm gut tat. Thaddeus lief im Zimmer auf und ab, dann wandte er sich an Earl.

»Ich glaube trotzdem, dass ein nochmaliger Besuch bei Master Bucklin angebracht wäre. Er mag nur wenig wissen, aber wahrscheinlich weiß er doch mehr, als uns lieb ist.« Dass alle diese Ansicht teilten, sah er ihren Gesichtern an. »Wenn Braddock nicht aus Richmond zurückkommt und die Cops dann die Untersuchungen zurückverfolgen, führt die Spur direkt zu dem Jungen, das ist euch doch klar.«

Earl seufzte. Es hatte ihm zwar nichts ausgemacht, dem Kerlchen Angst einzujagen. Wenn der Junge damals gesungen hätte, hätte ihn Earl ohne Bedenken umgebracht, aber jetzt war es anders. Sie hatten nur die vage Ahnung, dass der kleine Bucklin etwas wissen könnte, mehr war es nicht. Kinder grundlos umzubringen gehörte nicht zu Earls Hobbys. Trotzdem war er nicht der Typ, der etwas nicht zu Ende führte. Er kannte seine Pflicht, und er würde sie, so gut es ging, erfüllen.

»Also muss ich es machen«, sagte Earl, und es war keine Frage. Thaddeus sah ihn einen Augenblick an und überlegte. »Nein, Earl, ich glaube nicht«, sagte er langsam. »Für diese Arbeit habe ich einen anderen vorgesehen.« Earl bemühte sich, seine Erleichterung zu verbergen.

Ein Entschluss war schnell gefasst. Innerhalb von zwei Tagen sollten Braddock in Richmond und der junge Bucklin hier in New York ausgeschaltet werden. Damit wären noch zwei Hindernisse beseitigt!

»Bis die Polizei dahinterkommt, haben wir vielleicht ein paar Tage gewonnen. Inzwischen ziehen wir uns zurück – nein, zurückziehen ist nicht das richtige Wort. Wir tauchen ab, das ist genauer«, erklärte der Captain. »Sobald wir einmal außer Sichtweite sind, müsste schon ein Wunder geschehen, wenn sie uns aufspüren – noch dazu, wenn Braddock und der Junge aus dem Spiel sind.«

»Also schlagen wir unsere Zelte anderswo auf«, sagte Matt, womit er die Gedanken des Captains präzisierte. Er hatte sich mit allem abgefunden. Jetzt käme ihm das Untertauchen gerade recht.

»Aber nicht alle, nein ... zumindest nicht sofort. Nur Earl, Matt und ich, wir müssen weg. Falls sie zurückkommen, ist es besser, wir sind nicht hier. Und auch wenn sie nicht zurückkommen, wäre es besser so.«

»Mir ist es recht, Captain«, sagte Earl und setzte seine Maniküre fort.

»Klar«, sagte Matt. »Unsere Arbeiten an der Leitung sind sowieso praktisch fertig.« Er und Earl benötigten nurmehr eine Nacht, um die restlichen Drähte einzufädeln. Die Arbeiten der Elektriker waren schon beendet, aber Earl und Matt folgten, wie geplant, einen Schritt hinterher. »Nach dem gestrigen Probelauf gibt es für uns nicht mehr viel zu tun, zumindest nichts, was unsere Mission betrifft.«

Am Abend zuvor, am 19. Mai, lange nachdem der rote Sonnenball hinter der unregelmäßigen Silhouette der Stadt verschwunden und seine orangefarbene Aura ihm nachgefolgt war, hatten New York und Brooklyn ein bisher nie gesehenes Schauspiel erlebt. Das Dampfkraftwerk der Brücke zischte und stampfte unter einer riesigen Dampfwolke. Große gusseiserne Räder setzten mit ihren Treibriemen die Dynamos in Bewegung, die sich mit gefährlichem Tempo und unwiderstehlicher Kraft drehten. Der Ozongeruch wurde von den rastlosen Luftströmen weggetragen, während die Dynamos harmonisch summten. Schalter wurden gekippt, und auf einmal erstrahlte Licht über dem East River. Siebzig Lampen blitzten auf und tauchten die Brücke und den unter ihr liegenden Fluss in die Glut eines neuen Zeitalters. Die Schiffe ließen ihre Sirenen und Glocken ertönen. Die Menschen an den Ufern applaudierten. Auch Matt und Earl waren unter ihnen und sahen von der Auffahrt über dem Kraftwerk aus zu. Obwohl keiner den Grund hätte nennen können, applaudierten auch sie. Aus der Ferne wirkten die Lichter wie eine Kette leuchtender Perlen, die von Stadt zu Stadt gespannt war. Kleinen, in Glas gefangenen Sonnen gleich, glühten sie sanft im Mondschein. Der Triumph des Industriezeitalters sonnte sich im elektrischen Glanz. Nie zuvor waren die zwei Städte auf eine so wunderschöne Weise miteinander verbunden worden. Es wäre ihnen schwer gefallen, das Applaudieren zu unterlassen.

»Sie hätten dabei sein sollen, Captain. Es war eine Schau!«

»So was habe ich in meinem Leben noch nie gesehen«, sagte Earl und schüttelte verwundert den Kopf. »Es war wirklich schön.«

Der Captain teilte ihre Begeisterung nicht. »Ich glaube euch, dass es schön war, aber wir wollen wieder zur Sache kommen. Also, wir drei müssen untertauchen. Ihr beide«, dabei zeigte er auf Earl und Matt, »ihr reicht morgen eure Kündigung ein. Heute Nacht werdet ihr mit dem Draht fertig, nehme ich an?« Die beiden nickten. »Gut. Sagt dem Buchhalter, ihr wollt wieder nach Texas zurück. Das bringt die Cops auf die falsche Spur. Ich mache hier den Laden dicht. Wir alle müssen uns neue Wohnungen suchen.«

»Also, Pat und Jus und Bart brauchen noch nicht wegzuziehen, stimmt's?«, fragte Matt, der sich vergewissern wollte, ob er alles richtig verstanden hatte.

»Ja. Soweit wir wissen, sind sie nicht in Verdacht geraten, aber du, Bart, du solltest auch kündigen. Es hat keinen Zweck, etwas zu riskieren.«

Jacobs zuckte nur mit den Achseln. Ihm war es ohnehin egal. Pat und Justice waren schon in der Woche zuvor entlassen worden. Da die Arbeiten an den Kabeln beendet waren, gab es nichts mehr für sie zu tun.

»Ich wüsste keinen Grund, warum du hier bleiben solltest.«
»Ich bin mit der Arbeit im Büro so ziemlich fertig«, räumte Weasel ein.
»Also gut, wir ziehen morgen alle um. Es dürfte nicht schwer sein, neue Zimmer zu finden. Wir werden sowieso nicht lange bleiben. Aber keine Hotels, Matt, und die echten Namen nicht nennen! Wir müssen vorsichtig sein. Von nun an treffen wir uns bei Bart – sagen wir, morgen um sieben?« In Erwartung ihrer Zustimmung sah der Captain die anderen an. »Inzwischen werde ich für einen Empfang in Richmond sorgen. Mit etwas Glück sehen wir die beiden nie wieder. Und der kleine Bucklin ... nun, ihr wisst, was da zu tun ist.«
Thaddeus erwartete keine Antwort und erhielt auch keine.

Vom Heck des Dampfers »Norfolk« aus sah Tom zu, wie sich New York langsam von ihnen entfernte. Die Stadt füllte die Insel Manhattan vollständig von Ufer zu Ufer aus und ging über in eine verwirrende Masse von Schornsteinen, Masten und Takelwerk. Die scharfen Konturen der Gebäude schienen an den Rändern mit dem Wasser zu verschwimmen.
»Wie mag es wohl ausgesehen haben, als das alles noch nicht hier stand?«, sagte Jaffey nachdenklich. »Hast du dir das schon einmal überlegt? Kannst du dir vorstellen, wie das war, als die ersten Segler in diesen Hafen hineinfuhren? Es muss ein Paradies gewesen sein.«
»Wälder, stelle ich mir vor«, sagte Tom, »auch Moore ringsherum, in Brooklyn und Jersey. Eine klare, saubere Luft, kein Abfall, kein Abwassergestank über dem Hudson River. Es muss hübsch gewesen sein.«
»Manchmal, wenn ich auf der Fähre bin, muss ich daran denken. Wie es damals war. So wird es nie wieder sein.«
»Das nennt man Fortschritt, Eli. Er lässt sich nicht mehr bremsen«, sagte Tom. »Bei allem, was wir bauen, geht ein Stück Natur verloren. Das ist der Lauf der Welt. Die Brücke, zum

Beispiel.« Er deutete auf das Bauwerk, das hinter ihnen verschwand. »Irgendwo gibt es ein großes Loch in einem Berg, aus dem der Granit für die Türme kommt. Dieser Berg wird auch nie wieder so sein wie früher.«

»Ja. Aber schau sie dir an!«, erwiderte Jaffey. »Ist sie nicht großartig?«

Tom sah auf den Bogen, der den Fluss überspannte und alles andere klein aussehen ließ.

»Weißt du, auch wenn du den Verlust der Natur bedauerst – das hier ist ein Fortschritt, der es mit der Schönheit der Natur aufnehmen kann«, sagte Jaffey.

Die beiden Männer lehnten an der hinteren Reling. Toms Gedanken schweiften zurück zu dem Treffen vom Vorabend mit Coffin und Sung Chow. Alles war genau nach seinem Plan verlaufen. Das alte Sackgesicht hatte schweigend und einschüchternd dagesessen, während Coffin redete. Eines musste Tom dem Captain lassen: Coffin verstand es meisterlich, dem alten Chinesen sein Vorhaben schmackhaft zu machen. Er redete sehr überzeugend und malte in bunten Farben aus, wie sie ihren Reichtum gemeinsam vermehren, den Handel erweitern konnten, wie ein Mohnfeld, das sich immer weiter ausbreitete. Seine Logik ließ sich schwer entkräften. Mit seiner Hilfe würde der Opiumhandel blühen wie nie zuvor. Geld würde fließen, mehr, als man zählen oder ausgeben könnte. Alle würden davon profitieren. Der alte Sung Chow hatte an den richtigen Stellen genickt, aber als Coffin sein Angebot unterbreitete, setzte er sein Pokergesicht auf. Der alte Mann sagte nur, er werde darüber nachdenken, er glaube aber nicht, dass das Angebot so gut sei, dass er es in Erwägung ziehen könne. Er spielte seine Rolle ausgezeichnet.

Tom spürte, dass Coffin innerlich kochte, als sie das Haus verließen, und amüsierte sich. Auf der Straße bemerkte er eine Bewegung in den Schatten am Ende des Häuserblocks. Also hatte sich Coffin doch Rückendeckung verschafft, obwohl sie Tom

auf dem Hinweg nicht aufgefallen war. Die Gestalt hatte eine gewisse Ähnlichkeit mit Chowder, aber das schrieb er den Lichtverhältnissen und der Flüchtigkeit des Eindrucks zu.
»Die verdammten Schlitzaugen bilden sich ein, sie könnten mich erpressen! Wofür halten sie mich eigentlich?« Coffin schäumte.
»Ich sagte dir schon, dass es so laufen würde, August. Reg dich nicht darüber auf!«, riet ihm Tom. Obwohl Coffin mit großem Geschick dem alten Mann sein Angebot unterbreitet hatte, war es ihm nicht gelungen, seine Verachtung zu verhehlen. Diese Haltung trug dazu bei, Coffins Schicksal zu besiegeln. Sung Chow hatte Tom ein kryptisches Lächeln gezeigt, als sie auseinander gingen. Coffin hatte nichts gemerkt.
Tom lächelte grimmig vor sich hin, als er daran dachte. Er und Eli schauten zu, wie die Küste von Jersey im vergehenden Licht verschwand und die zweite Runde Bier serviert wurde. Nach einem guten Abendessen gingen sie früh zu Bett. Tom war das nur recht. Als sie aufwachten, lag Chesapeake schon hinter ihnen, und sie fuhren in den breiten James River hinein.
Das Frühstück war schon lange vorbei, als die Außenbezirke von Richmond sichtbar wurden. Die Docks waren voller Lastkähne, Küstendampfer, Fischerboote, Frachtschiffe. Die Stauer fluchten und schwitzten, die Lastwagenkutscher lenkten ihre schweren Fahrzeuge durch die lauten, dicht bevölkerten Straßen.
»Es liegt an der Ecke Carey und Fifteenth Street.« Tom zeigte in die Richtung. »Ich glaube, wir müssen links abbiegen.« Wie neugierig gaffende Touristen spazierten sie die Carey Street hinauf. »Ich kann nichts mehr wiedererkennen. Damals war alles ausgebrannt gewesen. Nur Ziegelmauern und Kamine standen noch.« Während sie weitergingen, staunte Tom, wie sehr sich die Stadt verändert hatte. Dann, an der Ecke der Carey und der Nineteenth Street, blieb er plötzlich stehen.
»Was ist los?«, fragte Jaffey, der fast mit ihm zusammengestoßen wäre.

Tom antwortete nicht sofort. Schweigend blickte er auf das gegenüberliegende Gebäude. »Das Gefängnis! Hast du schon einmal von Libby Prison gehört?«, fragte er leise.
»Nein.«
Tom starrte Jaffey befremdet an.
»Was zum Teufel hat man dir auf Staten Island in der Schule beigebracht?«
»Eine ganze Menge«, verteidigte sich Eli, »aber soweit ich weiß nichts über Libby Prison. Was gab's denn da?«
»Ein Kriegsgefangenenlager«, sagte Tom. »Vor dem Krieg, glaube ich, war es ein Lagerhaus oder eine Fabrik. Zunächst einmal für Offiziere, aber später kam jeder hinein, den sie noch hineinstopfen konnten.« Tom blieb schweigend stehen und starrte das Gebäude an, während der Verkehr unbeachtet vorbeirollte. »Merk dir diese Stelle, Eli. Aus diesem Bau wurden mehr gute Männer mit den Füßen voran hinausgetragen als aus den meisten Schlachten. Seuchen waren es hauptsächlich. Verdorbenes oder gar kein Essen, überfüllte Räume, die im Winter kaum geheizt wurden, und im Sommer herrschte eine höllische Hitze. Die Männer gaben einfach auf.« Tom ging endlich weiter, und Jaffey glaubte zu sehen, dass ihn schauderte.
An der Ecke Carey und Fifteenth Street fanden sie die gesuchte Hausnummer. An der Tür stand »Broome Brothers Warehouse«. Schweigend sahen sie sich an. Das war kein guter Anfang. Sie brauchten nicht lange, um festzustellen, dass die Firma Liberty Construction dort völlig unbekannt war. Niemand konnte ihnen sagen, ob eine Firma dieses Namens jemals an dieser Stelle oder in der Nähe existiert hatte. Tom und Jaffey befragten ein gutes Dutzend Angestellter, vom Betriebsleiter bis zum Lagerarbeiter: das Ergebnis war immer gleich, erstaunlich gleich sogar. Zuerst sprachen sie mit dem Geschäftsführer, einem Chester Wilsey. Als Tom die Auftragsbücher zu sehen wünschte, sah ihn der Mann mit eisigem Blick an und sagte gedehnt: »Euch Yankees werde ich einen Dreck zeigen. Hier habt ihr nichts zu sagen.«

Tom ließ sich nicht einschüchtern. »Ich kann mir die Mitarbeit der hiesigen Behörden sichern, wenn das nötig ist, Mr. Wilsey«, sagte er unbewegt, auch wenn er nicht überzeugt war, dass es ihm gelingen würde. »Ich möchte das aber nicht tun, deshalb würde ich es für eine persönliche Gefälligkeit halten, wenn Sie mir weiterhelfen könnten.« Er brachte sogar ein verbindliches Lächeln zustande.

»Hm. Was soll's? Sie werden nichts finden. Machen Sie nur – stecken Sie ruhig überall die Nase hinein, aber vergeuden Sie meine Zeit nicht, und halten Sie meine Arbeiter nicht auf! Die Nigger arbeiten ohnehin viel zu langsam.« Schlecht gelaunt trieb Wilsey ein paar Faulenzer an, die ihnen zusahen.

Wilsey hatte recht. Sie fanden wirklich nichts.

In den folgenden Stunden erkundigten sie sich in der Nachbarschaft nach Liberty Construction. Sie gingen ins Rathaus und sahen die Handelsregister nach einer Firma dieses Namens durch; auch das war vergeblich. Sie stießen auf keinen Limner, aber auf zwei Lansdorfs, die sie nacheinander aufsuchten. Wie sich herausstellte, handelte es sich in dem einen Fall um eine alte Frau, im anderen um einen Herrenausstatter. Beide hatten noch nie etwas von Liberty Construction gehört. Es gab zwei Geschäfte mit dem Wort Liberty im Firmennamen, aber das eine war eine Kurzwarenhandlung, das andere ein Wertpapierhändler. Ihrem Ziel am nächsten kamen sie, als sie einen gebrechlich aussehenden alten Mann auf der Straße gegenüber von Broome Brothers ansprachen. Seine Nase war verschwollen, geädert und rot wie eine reife Erdbeere. Er stank nach Alkohol und torkelte auf seinem verbliebenen gesunden Bein.

»Ihr seid auf der Suche nach Liberty?«, fragte er mit heiserer Trinkerstimme. »Ihr werdet kein Glück haben. Niemals.« Er drohte ihnen mit einem knochigen Finger. »Ich würde euch raten, haltet euch da raus.« Während er redete, sah er verstohlen auf die andere Straßenseite hinüber. Plötzlich veränderte sich sein Ausdruck, als hätte sich eine dunkle Wolke über den Himmel seines verwitterten Gesichts gelegt. »Mehr kann ich euch nicht sagen.« Er schüttelte den Kopf und rief aus: »Verdammte Yankees! Lasst mich in Ruhe! Reicht's euch nicht, dass ihr mir in Chicamogy das Bein weggeschossen habt?!« Der Mann drohte ihnen mit dem Stock. »Haut ab! Leuten wie euch sage ich gar nichts.«

Tom folgte seinem Blick zum Lagerhaus hinüber. Zwei weiße Vorarbeiter standen mit verschränkten Armen in einer offenen Tür. Um dem alten Mann einen Gefallen zu erweisen, rief Tom laut: »Unfreundlicher Kerl! Wir haben doch nur eine höfliche Frage gestellt.«

Die zwei Männer an der Tür starrten nur.

Es war schon spät geworden, als sie mit der Durchsicht der Einwohnerlisten im Rathaus fertig waren, also erkundigte sich Tom bei einem Angestellten nach dem nächsten Hotel. Man erklärte ihm, das *Powhatan* sei näher, aber das *America* unterhalb des alten Capitols sei billiger und fast genauso gut. Sie freuten sich auf ein heißes Bad und wollten sich früh schlafen legen. Nach dem fruchtlosen Herumgerenne fühlten sie sich enttäuscht und erschöpft.

»Die Burschen bei Broome haben uns etwas verheimlicht«, sagte Jaffey beim Abendessen mit vollem Mund.

»Ja«, stimmte ihm Tom bedrückt zu. »Von diesen Leuten hier werden wir nichts erfahren. Sie haben etwas zu verbergen. Eli – wir sind hier auf etwas gestoßen, das viel bedeutender ist, als wir ahnten.«

»Diesen Eindruck habe ich auch. Hier drinnen fühle ich mich auch nicht wohl.« Eli sah sich im Speisesaal um. »Ich hatte den ganzen Tag das Gefühl, dass man uns beobachtet. Ich kann mir nicht helfen. Ich kann nicht sagen, wer es ist, aber das Gefühl werde ich nicht los.«

»Nicht so laut«, sagte Tom und sah zu den anderen Tischen hinüber. »Das habe ich mir auch gedacht. Einige Gesichter auf der Straße sind mir heute mehr als einmal aufgefallen.«

Nach dem Abendessen gingen sie auf ihr Zimmer. Tom prägte sich die Lage der Treppen ein, schritt jeden Gang ab, um ins Treppenhaus hinauf- und hinunterzuschauen. Er kontrollierte auch die Besenkammern und prüfte, ob sie abgesperrt waren. Er und Eli gingen gemeinsam zur Toilette. Als sie wieder im Zimmer waren, schob Jaffey einen Stuhl gegen die Tür.
»Das dürfte genügend Lärm machen, falls sich jemand hereinschleichen will.«
Tom nickte und überprüfte die Fenster. Sie lagen im dritten Stock, und es gab keine Feuerleiter. Wenigstens konnten sie sicher sein, dass auf diesem Weg niemand einsteigen könnte.
»Es gibt nur eine Möglichkeit, wenn man herein- oder hinauswill. Schlaf nicht zu fest«, ermahnte er Eli.

Tom hatte keine Vorstellung von der Uhrzeit, als er viel später aus einem traumlosen, leichten Schlaf erwachte. Er hatte anfangs nur gedöst. Es musste schon spät sein, mindestens zwei oder drei Uhr, schätzte er. Etwas hatte ihn geweckt, und alle seine Sinne waren plötzlich hellwach. Das Knarren einer Diele im Gang ließ ihn abrupt zur Zimmertür hinsehen. Das schwache Licht, das im Spalt unter der Tür vom Gang hereindrang, verriet einen Schatten, der sich bewegte und dann stehen blieb. So schnell er konnte, versetzte er Eli einen Schlag mit der einen Hand und griff mit der anderen nach seinem Colt. Während Tom aus dem Bett rollte, wurde die Tür aufgestoßen und der Stuhl krachend ins Zimmer geschleudert. Tom duckte sich hinter die Kommode, die neben dem Bett stand. Fast gleichzeitig ging von der Tür her ein Schuss los, der das Zimmer wie ein Blitz erhellte und Toms Ohren dröhnen ließ. Sein Federbett barst, und die weißen Federn wirbelten hoch. Dann war Jaffeys Bett dran. Jaffey war wohl tot, wenn er nicht rechtzeitig aus dem Bett gekommen war – in der Dunkelheit konnte Tom nichts erkennen. Auf die Flintenschüsse folgten jetzt Salven aus Pistolen. Eine zweite dunkle Gestalt stand in der Tür und feuerte mit beiden Händen drauflos. Gelbe Flammen fuhren aus den Läufen, Kugeln schossen durch das Zimmer, Splitter flogen durch die Luft, Glas zerschellte. Ein großer Wasserkrug und die Schüssel, in der er stand, lösten sich in einem Hagel aus Porzellan und Wasser auf. Dann waren die Pistolen leer. Tom machte sich hinter der Kommode so klein, wie es nur ging. Es war vollkommen finster, und er zweifelte, ob die Eindringlinge ausmachen konnten, worauf sie zielten, also wartete er ab, bis der Sturm verebbte.

Wie erwartet, trat kurz Ruhe ein, sobald die Pistolen leer geschossen waren. Die zwei Männer hielten einen Augenblick lang ein. Tom sah, wie die Flinte wieder hochkam. Der erste Mann hatte sie erneut geladen, während der zweite die Pistolen leer schoss. Würde Jaffey überhaupt in der Lage sein, das Feuer zu erwidern? Tom wusste, dass jetzt seine letzte Chance gekommen war. Die beiden Männer wurden vom Ganglicht erhellt, also boten sie ein deutliches Ziel. Tom hob den Colt und zielte um die Ecke der Kommode. Der Mann mit der Flinte musste die Bewegung gesehen haben und richtete seine Waffe auf ihn. Plötzlich, noch bevor Tom Zeit hatte zu schießen, pfiff eine Kugel von hinten an ihm vorbei. Tom schoss noch einmal, um sicherzugehen, aber es war nicht notwendig. Der eine Mann fiel nach hinten in den Gang, der andere verschwand. Schwere Füße hallten durch das Treppenhaus.

»Jaffey!«, rief Tom durch den Rauch und die herumwirbelnden Federn. »Alles okay?«

»Ja«, drang eine überrascht klingende Stimme von der anderen Seite des Zimmers durch das Dröhnen seiner Ohren.

»Ich laufe ihm nach«, sagte Tom, stürzte zur Tür hinaus, sprang über die Gestalt, die auf dem Boden lag, und sprintete den Gang hinunter. Er hörte Schritte hinter sich, drehte sich aber nicht um. Andere Gäste streckten die verschlafenen Köpfe zu den Zimmertüren heraus; einige wagten sich sogar auf den Gang und sahen mit offenem Mund zu, wie Eli und Tom vorüberstürmten.

Vor ihnen wurde eine Zwischentür zugeworfen. Die beiden rannten darauf zu und rissen sie auf. Tom erreichte als Erster die Treppe, nahm zwei Stufen auf einmal und sprang hinunter. Jaffey blieb dicht hinter ihm. Als sie den nächsten Treppenabsatz erreichten, explodierten Schüsse im Treppenhaus. Tom warf sich auf den Boden und rollte sich zur Seite. Jaffey drückte sich an die gegenüberliegende Wand. Keiner von ihnen erwiderte das Feuer, beide mussten ihre Waffen nachladen.

»Siehst du ihn?«, rief Eli. Von unten drang das Klappern eiliger Schritte herauf. Als sie die Jagd wieder aufnahmen, flog die Haustür zu.

»Er ist schon draußen.« Tom keuchte. Sie stürzten durch die Tür und sahen gerade noch rechtzeitig, wie eine Gestalt um die Ecke in die Carey Street bog.

Es war eine lange Jagd durch die dunklen Straßen von Richmond. Tom, in Unterwäsche und Socken, und Eli, der nur eine Unterhose trug, rannten die Carey Street hinauf, verfolgten den Mann hinunter zum Kanal und bogen dann nach links in die Seventh Street ein. Der andere war ihnen fast einen ganzen Häuserblock voraus. Barfuß, ohne Schuhe, fiel ihnen das Laufen immer schwerer, aber sie gaben nicht auf. Aus der großen Entfernung, noch dazu in der Dunkelheit, lohnte es sich nicht, einen Schuss abzugeben, also sparten sie die Munition auf und rannten weiter. Immer wieder tauchte der Mann in ihrem Blickfeld auf, als er den Kanal überquerte und auf die massigen Bauten der alten Tredegar-Eisenhütte zulief. Die Gebäude ragten in der Dunkelheit vor ihnen auf: Gießereien, Schuppen und Kamine bildeten einen Irrgarten und damit ein ideales Versteck. Tom erkannte, dass sie den Mann einholen mussten, bevor er dort untertauchen konnte, also forderte er Eli keuchend zu einem letzten Spurt auf. Tom wollte auf den Mann zielen, solange er sich noch im offenen Gelände befand, aber dafür mussten sie näher an ihn herankommen. Seine Füße waren aufgerissen und bluteten, und Jaffey ging es mit Sicherheit auch nicht besser, aber

Tom steigerte noch einmal sein Tempo und kam bis auf etwa hundert Yards an den Mann heran.
Es war wohl zu spät. Trotzdem blieb Tom stehen und zielte mit beiden Händen. Auf diese Entfernung zu treffen war fast unmöglich, besonders bei Nacht, noch dazu nach der langen Verfolgungsjagd, aber sie mussten es versuchen. Auch Jaffey blieb stehen und zielte. Fast gleichzeitig erhellten ihre Schüsse die Nacht. Tom feuerte einen nach dem anderen ab, wobei er sich bemühte, regelmäßig zu atmen und ruhig zu zielen. Jaffey schoss einfach drauflos. Achtmal krachten ihre Waffen, aber der Mann lief weiter, anscheinend unverletzt, und verschwand im Schatten eines Gebäudes am Kanalufer.
»Hast du das gesehen?«, fragte Jaffey schwer atmend. »Ich glaube, wir haben ihn getroffen. Ich habe ihn stolpern sehen.« Von der Stadt her hörten sie Pfiffe von Polizisten und Stimmen. Sie schienen näher zu kommen.
»Ich bin mir nicht sicher, Eli. Gehen wir hinein, aber sei vorsichtig.« Tom keuchte. »Hast du noch Munition?«
»Eine Kugel«, stieß Jaffey hervor.
Auch Tom hatte eine aufgehoben und war froh, dass auch Eli einen kühlen Kopf bewahrt hatte. »Okay«, sagte er und zuckte bei jedem Schritt zusammen. »Sehen wir nach.«
Erst nach einer Stunde wurde die Leiche von einem dortigen Polizisten gefunden. Sie schwamm bäuchlings im Kanal. Drei Kugeln hatten ihn getroffen, die offenbar nicht den sofortigen Tod verursacht, aber sein Entkommen verhindert hatten. Wahrscheinlich war er ertrunken. Ein toter Mann nützte Tom und Jaffey nichts. Tom verfluchte sein Pech. Der Mann mit der Flinte, im Hotelflur, war, wie sie erfuhren, ebenfalls tot.
»Ihr beide wart fleißig«, bemerkte einer der Cops lakonisch, nachdem sie sich identifiziert hatten.
»Ja«, sagte Tom betrübt.
Die restliche Nacht verbrachten sie damit, der dortigen Polizei genau zu erklären, warum es zu dem Schusswechsel gekommen

war. Sie saßen im Polizeihauptquartier, wo man ihre Waffen vorläufig konfiszierte, und wurden von einer Reihe von Cops ausgefragt, während ihre blutenden Füße dicke rote Flecken auf dem Boden hinterließen. Tom und Eli sagten nicht alles, was sie über den Fall vermuteten, sondern nur so viel, dass sie die Cops zufrieden stellten.

Am frühen Morgen brachte man Tom und Eli zur Leichenschau. Die Toten hatte man auf alte Holztische im Keller des Gebäudes gelegt. Zum ersten Mal konnten sie sie richtig sehen. Der aus dem Kanal gefischt worden war, sah aus, als ob er schliefe. Er hatte drei Einschüsse, im rechten Oberarm, in der linken Wade und links unten im Rücken. Der andere, den sie im Zimmer erschossen hatten, bot einen grauenhaften Anblick. Eine Kugel hatte ihn im Gesicht getroffen, den Unterkiefer weggerissen und ein großes Loch im Schädel hinterlassen. Die örtlichen Cops gaben vor, die beiden nicht identifizieren zu können, was Tom mit grimmigem Nicken zur Kenntnis nahm. Jaffey gelang es weniger gut, sein Misstrauen zu verbergen.

Um neun Uhr am Vormittag durften sie das Hauptquartier verlassen. Sie humpelten in das grelle Sonnenlicht hinaus und blinzelten wie zwei Waschbären. Die Cops hatten ihre Kleider aus dem Hotel geholt und brachten sie zum Krankenhaus, wo ein Arzt sich ihrer Füße annahm, Jod auf die Wunden tat und sie mit Mullbinden umwickelte. Unter Schmerzen und nur mit großer Mühe zogen sie ihre Schuhe darüber. Sie buchten ihre Rückreise mit dem nächsten Dampfer nach New York. Mit Hilfe eines Telegramms von Byrnes erhielten sie das Versprechen der Polizei in Richmond, mit ihnen zusammenzuarbeiten.

»Was meinst du, werden wir jemals erfahren, wer diese beiden Burschen waren, Eli?«, fragte Tom später, als er den Verband wechselte.

»Hm«, antwortete Jaffey, »mein Onkel sagt immer, in einem Kohlenbergwerk lässt sich kein Gold finden.«

Tom lachte grimmig. »Dein Onkel scheint ein weiser Mann zu

sein. Ich wette fünf zu eins, dass wir niemals etwas Brauchbares über die beiden erfahren.« Er dachte eine Weile nach. »Diesen Sangree müssen wir jedenfalls ausquetschen wie eine Zitrone.« Tom hoffte, dass sein zweites Telegramm, an Dolan und Heidelberg, den erwünschten Erfolg bringen würde.
»Du glaubst, dass sie ihn erwischen?«, fragte Eli.
»Scheiße ... ich weiß nicht. Möglicherweise ist er gleich abgehauen, nachdem wir vor zwei Tagen sein Büro verlassen hatten. Er könnte schon über alle Berge sein. Morgen sehen wir weiter. Für heute haben wir alles getan, was möglich ist.«

Später, auf dem Dampfer nach New York, schimpfte Eli: »Das war eine richtige Zeitverschwendung. Wir wären fast draufgegangen, und erfahren haben wir einen Dreck.«
Tom sah ihn an, als wäre ihm ein zweiter Kopf gewachsen. »So, glaubst du das?« Hätte Jaffey Braddock besser gekannt, wäre ihm die Schärfe in der Stimme aufgefallen.
»Na ja. Was haben wir denn überhaupt erfahren – an Tatsachen, meine ich?«
Tom schüttelte bedächtig den Kopf, wie ein Lehrer, der es mit einem schwerfälligen Schüler zu tun hat. »Wir haben viel erfahren. Erstens, dass dieser Fall bedeutsamer ist, als wir vermuteten. Zweitens, dass viel mehr Leute auf allen möglichen Ebenen dahinter stecken, besonders hier in dieser Stadt. Drittens, dass Sangree wahrscheinlich bis zu den Augenbrauen in dieser Sache steckt. Das sage ich jetzt einmal aus dem Stegreif. Ich glaube, wenn wir alles bedenken, haben wir eine Menge erreicht. Wir leben noch, zum Beispiel, was sehr viel besser ist als das Gegenteil. Ich gebe zu, wir haben nicht so viele neue Tatsachen erfahren, aber wir wissen mehr als zuvor. Hast du das Abschiedskomitee am Hafen bemerkt?«
»Die beiden vor dem Tabaklager vis-à-vis?«, fragte Eli. »Sie sind mir schon aufgefallen. Sie haben sich ganz außergewöhnlich für uns interessiert.«

»Ja. Diese Burschen haben alles fest in der Hand. Ich wünschte nur, ich wüsste, was da läuft.« Tom schüttelte den Kopf. »Eines ist ganz sicher, Eli: Hier geht es um weit mehr als um betrügerische Lieferungen.«

»Ja, aber um was bloß?« Jaffey zuckte zusammen, als er von einem Fuß auf den anderen trat.

Tom brummte nur. Er wollte das Wort nicht aussprechen, das ihm in den Sinn kam. Also murmelte er nur: »Wir haben Glück, dass wir diese Stadt nicht mit den Füßen voran verlassen müssen, Kumpel.«

Mikes Großmutter hatte die Wohnung früh am Tag verlassen, um die Spitzen, die sie geklöppelt hatte, in einem Geschäft in der Hester Street abzuliefern. Anschließend wollte sie eine Frau aufsuchen, für die sie ein Kleid nähte, und dann in einem Laden Stoff und Klöppelseide kaufen. So genau hatte Mike nicht hingehört. Ihm war klar, dass sie eine Weile fortbleiben würde – mehr interessierte ihn nicht. Wie immer schob er den festesten Stuhl unter die Türklinke. Auch wenn er seit Wochen keinen bedrohlich aussehenden Mann in der Nachbarschaft gesehen hatte, hielt er Vorsicht für angebracht. Den Schrecken, den er damals bei den Latrinen erlitten hatte, konnte er nicht ganz vergessen, und von Zeit zu Zeit, wenn er daran dachte, lief es ihm kalt über den Rücken. Der Schrecken war so groß, dass ihm Vorsichtsmaßnahmen zur täglichen Gewohnheit geworden waren. Er lief zum Beispiel zweimal um den Block, bevor er zur Haustür hineinging, und manchmal nahm er den rückwärtigen Eingang, an den Latrinen vorbei, und kletterte über Zäune und über den Abfall in den Hinterhöfen. Auf der Treppe und am Treppenabsatz passte er besonders gut auf und spähte ängstlich um die Ecken. Er hatte sich sogar Pläne für den Notfall zurechtgelegt.

Mike zählte gerade die Münzen, die er seit dem Verkauf der Kohle aufgehoben hatte. Ihre Zahl hatte sich verringert. Die Verlockung der Süßigkeiten in Browers Laden hatte den Haufen schrumpfen lassen. Trotzdem hatte er seinen Schatz sorgsam gehegt. Es würde ihm genug für Bonbons übrig bleiben, wenn er mit Tom in den Zirkus ging. Ein leises Klopfen an der Tür schreckte ihn auf. Rasch strich er das Geld vom Bett in ein Marmeladenglas, bevor er zur Tür ging. Mit bösen Männern rechnete er nicht, nicht am helllichten Tag, aber man konnte nie sicher sein. Er bückte sich und schaute durch ein kleines Loch, das er schon vor Wochen in die Tür gebohrt hatte – mit Das altem Bohrer ... für alle Fälle. Bevor er überhaupt etwas sagte, wollte er wissen, wer draußen wartete. Zunächst sah er nur einen dunklen Mantel, ganz nah, als horchte der Wartende dicht vor der Tür. Aber dann trat die Person zurück und klopfte wieder, direkt über Mikes Kopf, und er konnte den Mann sehen. Es war ein kleiner Mann mit kleinen Brillengläsern und einer ordentlich gebundenen Fliege, der wie ein Buchhalter aussah. Er wirkte harmlos.

»Einen Augenblick«, rief Mike durch die Tür. Er zog den Stuhl ein wenig zur Seite, sperrte auf und öffnete die Tür einen Fußbreit. »Was wollen Sie, Mister?«

Der Mann lächelte ihn künstlich an, als Mike zu ihm hinaufsah; es war das Lächeln eines Erwachsenen, der sich nur ungern mit Kindern abgibt. Mike war es nur zu vertraut.

»Ist Mrs. Bucklin zu Hause, mein Junge?«, fragte der Mann. Mike zögerte. Etwas an diesem Mann gefiel ihm nicht. Er gab keine Antwort, also redete der Mann weiter. »Ich komme von der Gerichtsmedizin. Ich bringe ein paar Sachen aus dem Besitz von Terrence Bucklin. Dies ist doch die Wohnung der Familie Bucklin, oder?«

»Ja«, antwortete Mike argwöhnisch. Er wusste noch, dass seine Grandma Das Sachen schon vor Wochen abgeholt hatte, zu der Zeit, als sie die Leiche herausbekam. »Meine Grandma ist nicht zu Hause«, sagte er voreilig, dann versuchte er, seinen Fehler wieder gutzumachen, und setzte hinzu: »Sie wird gleich wiederkommen.«

»Also bist du jetzt Herr im Haus?«, sagte der Mann. »Darf ich kurz eintreten und auf deine Großmutter warten?« Er hatte bereits einen Fuß auf der Schwelle. Mike wollte ihn schon vorbeilassen, dann besann er sich. Zum ersten Mal fiel ihm auf, dass der Mann die Hand in der Manteltasche versteckt hielt. Außer dieser Hand war noch etwas anderes in der Tasche, etwas Langes, Spitzes, so spitz, dass es durch die Naht herausstach. Eine Sekunde lang fiel das Licht darauf, dann verschwand es, und die Hand kam aus der Tasche hervor. Für einen Zehnjährigen besaß Mike einen sicheren Instinkt. Mit seinem Absatz trat er, so fest er konnte, dem Mann auf den Fuß und warf ihm die Tür vor der Nase zu. Ein Fluch des Schmerzes drang von draußen herein, und Mike hörte, wie der Mann auf und ab hüpfte. Mike schob den Riegel vor und wollte den Stuhl wieder unter den Knauf schieben, als etwas gegen die Tür schlug. Splitter flogen, eine Klinge fuhr direkt neben seinem Gesicht durch das alte Holz. Mike trat zurück und sah starr vor Schreck, wie die Tür wieder und wieder getroffen wurde. Die Tür bog sich, dann begann der Pfosten zu bersten. Er würde nicht lange standhalten, das war Mike klar. Schließlich rannte er ins Schlafzimmer auf der Rückseite des Mietshauses, warf die Zimmertür hinter sich zu, schob einen Stuhl dagegen und einen kleinen Schrank gegen den Stuhl. Er musste Zeit gewinnen.

Bart Jacobs war kein kräftiger Mann. Obwohl die Tür alt war und locker in den Angeln hing, musste er sich lange mühen, bis sie nachgab. Die ganze Zeit verfluchte er den Jungen und den pochenden Schmerz in seinem Fuß. Schließlich versetzte er der Tür einen letzten kräftigen Stoß, der den Stuhl quer durchs Zimmer schliddern und die Tür gegen die Wand prallen ließ. Mit gezücktem Messer stürzte er in den Raum, bereit, den kleinen Mistkerl abzustechen. Der aber war nirgendwo zu sehen. Dann wurde Jacobs auf ein Geräusch aus dem hinteren Zimmer aufmerksam. Er warf sich gegen die geschlossene Tür, und sie

öffnete sich mit einem Ruck, der die Möbelstücke, mit denen sie verbarrikadiert war, in den Raum schleuderte. Keuchend stand er im Schlafzimmer und suchte es mit den Augen ab. Das Zimmer war leer, bis auf das Bett, den Stuhl und den kleinen Schrank. Er bückte sich und fuhr mit dem Messer unter dem Bett hin und her. Ihm war egal, was er damit traf, wenn es nur Menschenfleisch war. Aber es gab nichts.
»Was zum Teufel?« Er war ratlos. Die Wohnung war leer. Es gab keine Ecke, in der sich der Junge hätte verstecken können, keine Vorhänge, kein Badezimmer. Langsam drehte er sich um die eigene Achse. Dann hörte er einen Laut aus dem Hinterhof. Er sprang zum offenen Fenster und konnte gerade noch sehen, wie Mike das Ende eines Seils erreichte, das am Bettpfosten befestigt war, und sich auf den Boden fallen ließ.
»Scheiße!« Jacobs zögerte. Sollte er den gleichen Weg nach unten wählen? Lieber nicht. Er sah, wie Mike im Labyrinth der Zäune, Latrinen, Schuppen und des Unrats verschwand, merkte sich die Richtung und lief durchs Treppenhaus hinunter.

Mike kannte sich in diesem Labyrinth besser aus als jeder andere Bewohner des Häuserblocks. Unzählige Male hatte er hier mit seinen Freunden gespielt. Er kannte jede Ecke, jede Abzweigung, jede Sackgasse, jedes Versteck. Er wusste, welche Richtung er einschlagen musste. Fast hoffte er, dass ihm der Mann folgen würde, obwohl er vor Angst zitterte. Er achtete nicht auf den schmierigen Schlamm, mit dem er sich besudelte, duckte sich und kroch durch ein Loch im Zaun. Er streifte den Schmutz ab, blieb stehen und horchte, schwer atmend, ob sich sein Verfolger näherte. Von der Mietskaserne her hörte er rasche Schritte. Mike wartete ab. Zu seinem Versteck führte nur ein Weg hinein und einer wieder hinaus. Jetzt, da er wusste, dass sein Entkommen gesichert war, postierte er sich an einer geeigneten Stelle und wartete. Beim Spielen hatte er oft die gleiche Taktik angewandt. Aber diesmal war es kein Spiel. Er wusste, dass er nur diese eine Chance hatte. Der Zaun war etwa acht Fuß hoch, der Mann müsste also durch das Loch kriechen. Mike zitterte, seine Angst war größer als je zuvor. Ihm schlotterten die Knie so sehr, dass er Angst hatte, der Verfolger könnte das Klappern seiner Knochen hören. Sein Keuchen, fürchtete er, sei bis ans andere Ende der Stadt zu hören. Beim Versuch, langsamer zu atmen, erstickte er fast. Trotzdem blieb er stehen. Ein Geräusch, diesmal aus der Nähe, ließ ihn erschauern. Schritte wurden deutlicher. Im Geiste sah er, wie sich der Mann zu seinem Versteck vortastete, wie er vielleicht Mikes Fußspuren im dunklen Schlamm nachging. Der Zaun bewegte sich, als der Mann dagegendrückte. Seine Fingerspitzen erschienen auf der oberen Kante, als er vergeblich versuchte, sich hochzuziehen. Seine Füße scheuerten an den Brettern. Mike hörte ihn fluchen. Ein paar Sekunden später schob sich ein bebrillter Buchhalterkopf durch das Loch.

Jacobs hatte schon die Schultern nachgezogen und stützte sich mit beiden Händen in den Schlamm, um sich vollends durchzuziehen, als er den Fuß sah, der hinter dem Gerümpel am Zaun hervorkam. Jetzt hatte er den Mistkerl, dachte er sich, jetzt konnte er ihn abschlachten. Sein Anzug war mit Jauche beschmiert, der Fuß tat ihm höllisch weh, und dieser kleine Scheißer sollte es büßen. Dann blickte er nach oben.

Mit der ganzen Kraft, die ein verängstigter Zehnjähriger aufbringen konnte, schlug Mike mit dem alten Stuhlbein zu. Es war aus Ahornholz und stammte von einem der alten, unbequemen Stühle mit gerader Rückenlehne, die vor Jahren in Mode gewesen waren. Manchmal hatten er und seine Freunde das Stuhlbein als Baseballschläger verwendet. Es brach auf dem Buchhalterkopf auseinander und splitterte mit solcher Wucht, dass Mike die Hände taub wurden. Jacobs Brille fiel in den Dreck. Mike bemerkte noch flüchtig, wie der Kopf und die Brille im Schlamm lagen, dann lief er weg. Er rannte schnell und er rannte weit, und er kehrte lange, lange Zeit nicht zurück.

Coogan spülte den letzten Bissen seines Steaks mit einer Flasche Bier hinunter. Ihm gegenüber, im Speisesaal von Nash & Fuller in der Park Row, saß Coffin. Die Spätnachmittagsgäste hatten nach und nach den Raum verlassen, und die nächsten Tische waren nicht mehr besetzt.
»Wie lief die Sache mit Braddock und dem Chinesen?«, fragte Coogan mit vollem Mund.
»Eines muss man Tom lassen, er versteht die Denkweise dieser Burschen. Es lief vermutlich ganz gut. Aber das lässt sich nicht so leicht feststellen. Dieser Chinese hat das raffinierteste Pokergesicht, das ich jemals gesehen habe.«
»Du glaubst also, dass sie anbeißen?«
»Ich glaube, schon. Braddock meint das auch. Eigentlich brauchen wir momentan nur eine Zehe in die Tür zu kriegen. In ein, zwei Jahren werden die Chinesen zu uns kommen müssen, wenn sie etwas wollen«, prophezeite Coffin. »Wenn wir es richtig ausbauen, werden wir einen größeren Teil des Handels in unsere Kontrolle bringen, als es die Chinesen je schaffen könnten. Chinatown und das Importgeschäft können wir ruhig ihnen überlassen. Der übrige Kuchen ist so groß, dass das kaum ins Gewicht fallen wird.« Coffin seufzte. Er nahm einen Schluck Wein und ließ ihn auf der Zunge zergehen, als sei er ein Symbol ihres künftigen Reichtums. »Wenn wir einmal Nachschub und Verkauf gesichert haben, werden wir im Geld schwimmen, mein Freund.«
»Und Braddock?«, fragte Coogan, während er mit der Ecke der Serviette einen Bierfleck von seinem Hemd wischte.
»Nun – bis dahin wird Tom seinen … seinen Nutzen überlebt haben«, feixte August. »Ich werde seine Karriere beschneiden müssen. Nicht, dass ich ihm etwas nachtrage, Gott bewahre!« Coffin grinste über seinen eigenen Sarkasmus. »Es geht nur ums Geschäft. Aber wir werden sehen. Momentan ist er uns ausgesprochen nützlich.«
»Alles zu seiner Zeit, meinst du, Augie?«

»Genau. Soll er sein Leben genießen, mit Geld um sich werfen, seine Hure ficken, uns kann es gleich sein. Uns geht es um einen größeren Fang. Diesen kleinen Fisch können wir später braten.«

Tom hatte auf der Rückfahrt schlecht geschlafen. Er fürchtete, dass während der Nacht ein erneuter Anschlag auf ihr Leben erfolgen könnte. Jaffey, dem anscheinend die bedrohliche Atmosphäre Richmonds kein Kopfzerbrechen mehr machte, hatte er diese Befürchtung nicht mitgeteilt. Eli hatte die ganze Nacht hindurch geschnarcht, während Braddock mit dem Colt auf den Knien in seiner Schlafkoje saß. Jedes Knarzen der Bretter auf dem Deck, jedes unerwartete Geräusch im Gang ließ ihn mit schwitzenden Händen nach dem Revolver greifen. Ab und zu nickte er kurz ein, bis er auf ein Geräusch hin die Augen aufriss und sein Herz wild pochte. Gähnend, schlaftrunken ging er von Bord; er genierte sich, dass er so ängstlich geworden war. Als Erstes gingen sie zum Marble Palace, um Byrnes sofort Bericht zu erstatten. Der Chef war gerade von einem nachmittäglichen Gerichtstermin zurückgekommen. Sie besprachen sich hinter geschlossenen Türen.
»Nun, Jaffey – hat Ihnen Tom etwas Nützliches beigebracht?«
Eli, etwas verunsichert, zögerte.
»Doch, Sir. Ich habe bei ihm sehr viel gelernt.«
Byrnes lächelte wohlwollend hinter seinem Schnurrbart und nickte zustimmend. »Schön. Nennen Sie mir ein Beispiel.«
Jaffey lief rot an wie eine Tomate im Garten seiner Mutter und dachte angestrengt nach.
»Irgendetwas?«, bohrte Byrnes nach.
»Das Beobachten, Sir«, sagte Jaffey endlich. Es klang, als hätte er bis dahin den Atem angehalten. »In erster Linie lerne ich, wie man unter die Oberfläche schaut und dass man manchmal eher seinem Gefühl trauen muss als konkreten Hinweisen.«
Byrnes lächelte hinter seinem Zigarrenrauch. »Wenn Sie das gelernt haben, mein Sohn, dann haben Sie viel gelernt. Es sieht

auch aus, als hätten Sie gelernt, auf sich selbst aufzupassen. Es war schon eine Leistung, wie Sie aus diesem Schlamassel lebendig herausgekommen sind.«

»Das heißt, wenn Sie von unseren Füßen absehen, Chef«, sagte Tom und verbiss sich den Schmerz.

Byrnes schmunzelte. »Und was haben Sie in Richmond gelernt, Tom?«, fragte er, als er es sich hinter seinem Schreibtisch bequem machte und ihnen Zigarren anbot. Braddock nahm zwei und reichte Eli eine davon.

»Alles und nichts«, sagte er, während er die Zigarre anzündete. Unterstützt von Eli, schilderte Tom ihre vergeblichen Bemühungen in der früheren Hauptstadt der Konföderierten. Sie konnten zwar nicht mit konkreten Hinweisen aufwarten, aber zu erzählen gab es viel, und noch mehr gab es Stoff für Vermutungen. Schließlich sagte Tom: »Ich neige nicht mehr zu der Theorie, dass es sich um betrügerische Verträge handelt. Aber ich bilde mir immer noch ein, dass es etwas mit den Zügen zu tun hat. Bucklin hat uns auf seine Weise auf die Spur gebracht. Irgendwie muss diese Spur zu den Zügen führen. Alles andere gibt keinen Sinn.«

»Sabotage?«, fragte Byrnes. Damit führte er Toms Gedankengang zu Ende, aber man merkte sein skeptisches Kopfschütteln.

»Es könnte sein«, sagte Tom. Auch nur daran zu denken, war ihm zutiefst zuwider, aber ihm blieb nichts anderes übrig. »Sie haben sehr viel vor uns verheimlicht, und das auf verschiedenen Ebenen. Wir hatten auch das Gefühl, dass die dortige Polizei nicht mit ihrem Wissen herausrücken wollte. Bei Betrügereien läuft das anders. Betrug ist wie ein Zaubertrick: Man behält die eine Hand des Zauberkünstlers im Auge, aber es ist die andere, die das Kunststück ausführt. Beim Zaubertrick in Richmond ging es darum, wie man etwas verschwinden lässt. Wir müssen unbedingt mit diesem Sangree reden. Wir müssen sein Geschäft und sein Haus gründlich durchsuchen, schauen, ob wir etwas finden.«

»Tun Sie das. Sie wissen ja, wohin Sie gehen müssen, um das zu veranlassen. Nehmen Sie Pat und Charlie mit. Verhaften Sie diesen Herrn und quetschen Sie ihn bis aufs Blut aus. Ich will wissen, was da vor sich geht, und mir macht es nichts aus, wenn er dabei ein paar Schrammen abbekommt.« Eine emphatische Geste mit der Zigarre unterstrich das Gesagte. »Ich kann aber Ihre Meinung, dass es sich um Sabotage handelt, nicht ganz teilen. Das ist einfach Wahnsinn. Ein bisschen sehr ehrgeizig auch. Ich brauche Beweise, wenn ich davon überzeugt werden soll.«
Tom zuckte die Achseln. Byrnes wollte Beweise, also sollte er sie bekommen.
»Ich habe gestern ein Telegramm an Pat und Charlie geschickt – sie sollten Sangree festnehmen«, sagte Tom.
Byrnes machte ein erfreutes, aber gleichzeitig erstauntes Gesicht. »Eine gute Idee, aber mir ist nicht zu Ohren gekommen, dass sie jemanden eingeliefert hätten.«
Tom und Eli sahen sich an.
»Genau das haben wir befürchtet«, sagte Tom.
Zwanzig Minuten später standen sie zu viert vor der Tür der Firma Sangree & Co. Pat hatte Tom erzählt, dass sie gestern nichts gefunden hätten. Auch Sangrees Privatadresse hatte dieses Ergebnis erbracht: eine leere Wohnung. Braddock bestand darauf, es noch einmal nachzuprüfen. Er wollte es mit eigenen Augen sehen. Mit einem Dietrich öffnete Charlie das Schloss der Geschäftsräume und stieß die Tür leise auf. Keine Menschenseele.
»Dieser Hundesohn!« Toms Stimme dröhnte durch das leere Büro. »Scheiße! Wir hatten ihn schon, Eli! Wir hatten diesen Mistkerl hier an dieser Stelle!« Braddock packte einen Stuhl an der Lehne und warf ihn durchs Zimmer, als wäre er ein Fetzen Papier, so dass er an der Wand zersplitterte. »Scheiße!« Die anderen blieben stumm. Sie durchsuchten eilig das Büro, förderten aber nichts von Interesse zu Tage.
Nach zehn Minuten sagte Charlie: »Sehen wir nach, ob Lebeau und Emmons noch am Arbeitsplatz sind. Wollen wir wetten?«

»Das wäre keine Wette. Wir wissen die Antwort schon.« Tom machte ein saures Gesicht.
Eine Stunde später standen Tom und Eli vor einer anderen Tür. Diesmal wussten sie, dass sie die Gesuchten antreffen würden. Der verzierte Messingklopfer dröhnte auf dem beeindruckenden polierten Mahagoniholz. Eine Minute später machte Hughes mit demonstrativer Würde einen Türflügel auf.
»Guten Morgen, meine Herren. Ist Ihr Besuch angemeldet?«, fragte er.
»Nein, leider nicht, Hughes«, sagte Tom. »Es war doch Hughes, wenn ich mich recht erinnere?«
»Ganz recht, Detective.«
»Ich wäre Ihnen sehr verbunden, wenn Sie sich erkundigen könnten, ob der Colonel oder Mrs. Roebling ein paar Minuten Zeit für uns hätten.«
Hughes zog die Augenbrauen missbilligend in die Höhe. Es war offenkundig, dass heute in diesem Haus sehr viel los war. Überall Vasen voller Blumen; Girlanden von Fähnchen hingen um Tür- und Fensterrahmen; das Haus war voller Menschen.
»Es ist wichtig«, sagte Braddock entschuldigend.
Hughes sah sie skeptisch an, sagte aber: »Gewiss. Kommen Sie bitte herein. Wenn Sie im Salon warten möchten, ich bin sofort wieder da.«
Hughes hielt sein Versprechen. Gleich darauf führte er sie in den Garten. Emily stand auf dem Backsteinboden einer breiten Terrasse; das Licht der Vormittagssonne verlieh ihr ein Strahlen, während die beiden Besucher aus der relativen Dunkelheit des Hauses auf sie zugingen. Sie beaufsichtigte die Aufstellung von zwei großen Tischen, und die Kellner kümmerten sich um die Einzelheiten.
»Tom … was für eine freudige Überraschung! Ich wagte nicht zu hoffen, dass wir uns wiedersehen.« Sie reichte ihm die schneeweiße Hand.
Tom ergriff sie, als könnte sie entfliehen. Ihre Augen trafen sich

zu einem langen Blick. »Die Freude ist ganz auf meiner Seite, Emily. Es ist schön, Sie wiederzusehen, aber leider ist der Zweck meines Besuchs weniger schön.«

»Ach?« Mit verlegenem Zögern zog sie ihre Hand zurück.

»Ja. Aber zunächst darf ich Sie und Ihren Herrn Gemahl zur Vollendung der Brücke beglückwünschen – eine großartige Leistung. Sie sind sicher sehr stolz darauf«, sagte er. Auf dem Weg hierher hatte er sich seine Worte sorgfältig zurechtgelegt, und er glaubte, dass sie einen guten Eindruck machten. Emily dankte ihm huldvoll, wobei sie, wie ihm vorkam, leicht errötete.

»Ach … entschuldigen Sie, Sie erinnern sich doch an Patrolman Jaffey?« Eli sah ihn komisch an und gab Emily etwas ungeschickt die Hand.

»Also, Tom, worum geht's denn?«, fragte sie stirnrunzelnd. »Haben Sie eine schlechte Nachricht?«

»Ist der Colonel zu sprechen? Ich würde ihm gerne mitteilen, was ich herausgefunden habe … und … von meinen Vermutungen erzählen. Vielleicht kann er mir weiterhelfen.«

Im Verlauf der nächsten Stunde besprach er mit Emily und ihrem Mann die Ergebnisse seiner Ermittlungen. Als Braddock fertig war, hatte sich eine tiefe Sorgenfalte in Washingtons Stirn gegraben. Zum fünften Mal entschuldigte sich Tom, dass er ihnen am Tag vor dem Eröffnungsfest eine solche Nachricht überbringen musste. »Aber ich dachte mir, Sie sollten es erfahren, Colonel. Die Vorfälle der letzten Tage … der Anschlag auf uns … das Verschwinden Sangrees und der anderen …«

Roebling unterbrach ihn. »Ich verstehe, Tom. Aber was sollen denn *wir* tun? Sie wissen, was ich von Ihrer Sabotagetheorie halte. Trotz allem, was Sie mir erzählt haben, halte ich sie nach wie vor für weit hergeholt.«

Tom wusste auch nicht genau, was er empfehlen sollte, aber zwei Punkte fielen ihm ein. Nach einem Augenblick verlegenen Schweigens schlug er das Nächstliegende vor. »Eine Inspektion wäre angebracht.«

Roebling nickte rasch, beinahe wegwerfend. »Ich werde mit Mr. Martin darüber reden. Aber wir lassen das besser nicht an die Öffentlichkeit dringen. Zum diesem Zeitpunkt wollen wir niemanden beunruhigen.«

»Auch häufigere Patrouillen durch die Brückenpolizei würde ich gutheißen, Sir«, sagte Tom. Die Brückenpolizei unterstand nicht der Stadt New York. Tom blieb nur die Möglichkeit, erhöhte Wachsamkeit zu empfehlen. »Darüber hinaus sind uns die Hände gebunden. Unsere Ermittlungen werden natürlich fortgesetzt.«

»Emily und ich wollten gleich nach der Eröffnung nach Newport fahren«, sagte Wash mit einem Blick auf seine Frau. »Ich weiß nicht, ob ich in Anbetracht dieser Probleme Brooklyn verlassen soll. Was meinst du, Em?«

Emily seufzte fast unhörbar. »Wir können hier nicht länger bleiben als bis zum einunddreißigsten, Wash. Das Haus ist schon ab Anfang Juni vermietet«, gab sie ihm zu bedenken. »Wissen Sie, Tom, wir werden jetzt, wo die Brücke fertig ist, nicht mehr hierher zurückkehren. Wir wollen wieder nach Trenton.«

Tom nickte. »Jetzt kommt mir eine Idee«, sagte er. »Es wäre vielleicht gut, wenn diese Männer glauben, Sie hätten die Stadt verlassen. Ich will nicht, dass Sie Ihr Leben hier riskieren. Wenn Sie glauben, unbedingt hier bleiben zu müssen, schicken Sie doch an Ihrer Stelle Hughes mit dem Dienstmädchen nach Newport. Ich könnte meinen Freund bei der *Tribune* dazu veranlassen, in der Zeitung eine Meldung über Ihre Abreise zu bringen. Allerdings dürften Sie nicht aus dem Haus gehen. Man darf Sie nicht sehen.« Er sah sie nacheinander an. Washington schaute Emily an. Tom fiel auf, dass sie ohne Worte miteinander sprachen.

Der Colonel wandte sich wieder Tom zu. »Nur eine Woche, Tom. Dann sehen wir weiter.«

Emily begleitete Tom und Jaffey hinaus. Als Eli schon draußen vor der Haustür stand, verabschiedete sich Tom von Emily.

Dabei holte er etwas aus der Tasche und drückte es ihr in die Hand.
»Was ist denn das?«, fragte sie, als sie den schweren Gegenstand spürte.
»Sie werden sie vielleicht brauchen«, sagte Tom schnell, um eine Weigerung zu verhindern. »Ich bete zu Gott, dass es nicht so weit kommt, aber ich würde mich wohler fühlen, wenn Sie sie behielten.«
»Tom, ich glaube ...« Emily wollte widersprechen, aber Tom schnitt ihr das Wort ab.
»Emily, diese Männer sind gefährlich. Nehmen Sie sie ... bitte, mir zuliebe. Ich würde mich wohler fühlen.« Er brachte es nicht fertig, seine Sorge um sie deutlicher in Worte zu kleiden.
Emily sah hinunter auf die doppelläufige Remington-Derringer-Pistole, deren Elfenbeingriff in ihrer zarten Hand glänzte. Sie umfasste ihn mit ihren Fingern. »Danke, Tom.«
Tom stieß einen Seufzer der Erleichterung hervor. Er gab ihr mit sanftem Druck die Hand. »Ich danke Ihnen.«
»Du glaubst doch nicht, dass sie das Ding wirklich braucht?«, fragte Eli, als sie die Treppe hinuntergingen.
Auf der untersten Stufe drehte sich Tom noch einmal nach dem festlich geschmückten Haus um. »Hoffentlich nicht, Eli.«

Am Abend des gleichen Tages saßen Tom und August im Büro des Captains.
»Habt ihr immer noch kein Glück bei der Suche gehabt?« Coffin wirkte ziemlich selbstzufrieden. Vielleicht entstand dieser Eindruck, weil er die Füße auf den Tisch gelegt hatte.
»Noch nicht«, sagte Tom. »Die drei sind verduftet. Abgehauen! Sie haben ihre Jobs aufgegeben, ihre Wohnungen ausgeräumt, und Sangree hat sein Geschäft geschlossen. Alle Hinweise darauf, wer diese Männer wirklich sind und was sie vorhatten, sind verschwunden.« Tom schüttelte den Kopf. »Das sind Profis, August. Sie wussten, dass ich mit einer Wut im Bauch zurück-

kommen würde, und machten sich aus dem Staub. Byrnes ist fuchsteufelswild. Er will die Männer kriegen, egal, was es kostet«, sagte Tom mit grimmiger Miene. »Sie haben keine Nachsendeadresse hinterlassen – aber das brauche ich dir nicht extra zu sagen. Obwohl das nicht ganz stimmt. Einem der Angestellten im Brückenbaubüro erzählten sie, dass sie wieder nach Texas wollten – Lebeau und Emmons zumindest. Von Sangree wissen wir gar nichts.«
»Und du glaubst das?«, fragte Coffin.
»Wir haben die Spur weiterverfolgt, aber ich halte es für Zeitverschwendung. In ihren Namen wurden Fahrkarten gekauft, aber das passt nicht zu ihrer sonstigen Handlungsweise. Viel zu nachlässig! Sie werden in keinem Zug nach Texas zu finden sein.«
»Ihr habt hinuntertelegrafiert?«
»Die Polizei wartet auf sie im nächsten Bahnhof. Wir haben sie angewiesen, den Zug zu durchsuchen. Sie werden aber nicht drin sein.« Tom hatte keine Zweifel. »Leute, die sonst so gründlich vorgehen, machen keine solchen Fehler. Sie wollen uns nur auf eine falsche Fährte locken. Sie sind noch hier – hier in New York. Ich spüre sie fast.«
»Ein interessanter Fall, Tom, aber deswegen bist du nicht hierher gekommen«, sagte Coffin und ließ den Bleistift kreisen.
»Nein.« Tom holte tief Luft, wie ein Taucher vor dem Sprung. »Ich hatte eine Unterredung mit Sung Chow. Der Alte will, dass wir uns morgen Abend treffen.«
»Scheiße. Um wie viel Uhr?«, fragte Coffin gereizt. »Ich muss morgen unten an der Brücke sein. Fast die ganze Mannschaft hat Dienst bei der Eröffnungsfeier, den ganzen Tag lang bis elf Uhr abends, bis nach dem Feuerwerk.«
Tom nickte. »Das habe ich mir schon gedacht. Das Feuerwerk beginnt um neun, oder?« Tom wusste genau, wann das Feuerwerk beginnen sollte; er hatte es in seinen Plan einbezogen.
»Ja, aber ich bin den ganzen Tag dort, ab elf Uhr vormittags. Es wird ein langer Tag werden.«

»Sung Chow wollte das Treffen um halb neun«, sagte Tom. »Eigentlich habe ich auch Dienst. Byrnes will alle Mann einsetzen, wegen der Taschendiebe.«
Coffin nickte. »Er hat recht. Das wird ein Traumtag für Taschendiebe sein. Es wird das größte Ereignis in der Stadt seit der Eröffnung des Erie-Kanals. Ich hatte mich darauf gefreut.«
»Nun ja, die Chinesen haben die gleiche Vorliebe für Feuerwerke wie wir, nur dem alten Sackgesicht scheint es egal zu sein. Ich glaube aber, wenn schon so viele Leute auf einem Haufen sind, ist es ziemlich einfach, sich für eine kurze Zeit rar zu machen«, sagte Tom, der wusste, dass eine genaue Zeitplanung für sein Vorhaben unverzichtbar war. »Ich weiß nicht – was denkst du?« Sein lässiger Ton verschleierte seine Nervosität.
»Ich denke, dass ich meinen Anteil am Opiumhandel will. Das ist es, was ich denke«, sagte Coffin mit Bestimmtheit. »Ich will also nicht gleich zu Anfang einen Fehler machen. Wäre er beleidigt, wenn wir nicht kämen?«
»Das könnte sein«, warnte ihn Tom. »Jeder Schritt, den wir tun, alles was wir sagen, unsere Körpersprache, der Tonfall beim Sprechen, alles ist wichtig. Für einen Chinesen hat alles eine Bedeutung.«
»Ich habe schon damit gerechnet, dass du so etwas sagst.« Coffin seufzte, als er seine Entscheidung traf. »Vorläufig werde ich nach seiner Pfeife tanzen. Wenn es darauf ankommt, kann ich geduldig sein. Eines Tages wird er sowieso nach unserer Pfeife tanzen.« Tom grinste nur. »Also treffen wir uns um kurz vor halb neun am Chatham Square«, sagte August abschließend. »Wer weiß, Tommy, mit etwas Glück können wir noch einen Teil des Feuerwerks sehen.«

Es gab nichts mehr zu tun. Emily konnte nicht schlafen und zählte die Schläge der alten Uhr im Parterre. Washington schnarchte im Bett neben ihr. Während der letzten vierzehn Jahre hatte die Arbeit nie aufgehört. Vierzehn Jahre lang war sie mit dem Gedanken schlafen gegangen, dass vieles noch unerledigt geblieben war und der nächste Tag weitere Aufgaben mit sich bringen würde. Jetzt war die Zukunft gleichzeitig verlockend und bedrohlich. Sie sehnte sich nach Ruhe, nach der sommerlichen Sonne von Newport, der Meeresluft, dem Strand, dem faulen Nichtstun in einem Leben ohne Verpflichtungen, wo sie mit dem Mann zusammen sein konnte, den sie liebte und bewunderte. Dieser Sommer sollte ihnen allein gehören, eine einmalige Zeit sein. Sie und Wash würden auf der schattigen Veranda schaukeln und zuschauen, wie die Sonne den Mond über den Himmel jagte. An den Abenden würden sie den Grillen lauschen, am Morgen den Tauben, und sie würden ihr künftiges Leben planen. Emily versuchte einzuschlafen, aber der Schlaf stellte sich nicht ein. Morgen würde der Höhepunkt sein, der ihre Leistung markierte. Weil Washington morgen nicht zu den Eröffnungsfeierlichkeiten kommen konnte, würde Emily sie zu ihm ins Haus holen. Er verdiente es, und sie hatte dafür gesorgt, dass er die Anerkennung erfuhr, die er verdient hatte. Aber was dann? Die Pläne standen fest: Sie würden bleiben, während Martha und Hughes an ihrer Stelle die Stadt verließen. Aber was konnten sie eigentlich tun, eingesperrt, im Haus versteckt? Sie konnte sich nicht vorstellen, dass sie damit etwas ausrichten würden, aber Wash hatte ein so besorgtes Gesicht gemacht, dass sie nachgeben musste. Immerhin sollte es nur eine Woche dauern. Schließlich könnte ihr künftiges Leben so lange noch warten.

Mike hatte sich eine Weile im hinteren Teil eines Kurzwarenladens versteckt. Er tat so, als wolle er etwas kaufen, während der Besitzer argwöhnisch darauf achtete, dass nichts in seinen Taschen verschwand. Dafür behielt Mike die Straße im Auge. Dann, als er sich etwas beruhigt hatte und sich ein wenig sicherer fühlte, ging er auf die Suche nach seinen Freunden. Zusammen mit ihnen fühlte er sich stark, auch wenn sie erst zehn oder zwölf

Jahre alt waren. Bald hatte er sie gefunden. Smokes, Mouse und ein weiterer Spielkamerad namens Willie warfen Münzen gegen die Eingangsstufen einer Haustür unweit von Mikes Wohnung. Sie lachten und redeten aufgeregt von der morgigen Brückeneröffnung und dem Feuerwerk, das sie sich unbedingt ansehen wollten. In New York und Brooklyn gab es wohl kein Kind, das nicht dabei sein wollte.

Mike rannte auf sie zu. Als er atemlos berichtete, was ihm kurz zuvor passiert war, hörten sie gespannt zu.

»Du hast ihn tatsächlich mit einem Stuhlbein k.o. geschlagen?«, fragte Smokes ungläubig.

»Das stimmt, ich schwöre es. Ich habe ihn erwischt, wie er durch das Loch im großen Zaun kriechen wollte, ihr wisst schon, der Zaun hinter dem grünen Haus an der Norfolk Street«, sagte Mike, der einerseits stolz auf seine Leistung war, andererseits die Hilfe seiner Freunde brauchte. »Er hatte ein riesengroßes Messer in der Hand, aber er sah aus wie ein Buchhalter. Ihr werdet schon sehen. Kommt mit und schaut nach, wenn ihr mir nicht glaubt.« Tatsächlich legte Mike mehr Wert auf eine Rückendeckung als auf den Nachweis, dass er den Buchhalter k.o. geschlagen hatte. Wenn der Mann mit der Fliege noch dalag und sogar noch lebte, wäre es sowieso klüger, ein paar Freunde dabeizuhaben. Außerdem, dachte Mike, könnten vielleicht noch andere Männer da sein. Immerhin kam es ihm vor, als sei der Mann, der ihm bei den Latrinen aufgelauert hatte, größer gewesen als der Buchhalter. Was wäre, wenn der andere auch auf ihn wartete?

»Das ist neben unserem Haus«, sagte Willie.

»Genau«, stimmte ihm Mike zu, als sei das schon ein Beweis. »Kommt doch mit! Hat jemand von euch ein Messer?«, fragte er, als sie aufbrachen. Er hatte in der Eile sein Taschenmesser im Schlafzimmer vergessen. Mouse und Smokes hatten ihre dabei, und selbst Willie besaß ein kleines Messer. Mike kam es vor, als sei er der Anführer eines kleinen Heeres, das für jede Gefahr gerüstet war. Begeistert und entschlossen marschierten sie auf

Mikes Mietshaus in der Suffolk Street zu. Jacobs konnte froh sein, dass sie ihn nicht fanden.

Sorgfältig erkundeten die Jungen die Nachbarschaft. Zuerst beobachteten sie Mikes Haus und suchten den ganzen Block nach fremden Gesichtern ab. Dann stiegen sie langsam mit gezückten Taschenmessern und tellergroßen Augen die Treppe hinauf. Als sie die aufgebrochene Tür und das Seil sahen, das vom Fenster hinunterhing, waren sie überzeugt. Sie streckten die Hälse, um den Hinterhof nach dem Buchhalter abzusuchen. Da sie vom Fenster aus nichts entdeckten, blieb ihnen nichts anderes übrig, als hinunterzugehen und im Hof selbst nachzuschauen. Sie fanden ihn nicht. Aber sie fanden das zerbrochene Stuhlbein und etwas Blut.

Als seine Grandma nach Hause kam, hatte Mike schon aufgeräumt und das Seil unter dem Bett verstaut. Er erzählte ihr, er habe die Tür so vorgefunden, als er vom Spielen mit den anderen Jungen zurückgekommen sei. In dieser Gegend kamen Einbrüche häufig vor, aber weil sie nichts vermisste, sagte Grandma nur, sie würde später ein Brett holen und den Türrahmen reparieren. Damit war der Fall erledigt. Trotz seiner Sorge, dass die Männer wiederkommen könnten, wollte er seine Großmutter nicht beunruhigen. Immerhin hatte er sich bei diesem Überfall ziemlich gut geschlagen. Warum sollte er ihr Sorgen bereiten? Schließlich konnte er selbst auf sich aufpassen. Der Mann mit der Fliege dürfte wahrscheinlich eine Zeit lang höllisches Kopfweh haben.

20. Kapitel

Kaum war der letzte Funke verglüht, da ging der Mond langsam über dem jenseitigen Turm auf und schickte einen breiten Strahl als Segnung über den Fluss.

The Tribune

24. Mai 1883

Die Statue schien der Versammlungspunkt zu werden. Bereits um zehn Uhr hatte sich die Menschenmenge um Hand und Fackel der Freiheitsstatue versammelt, die vor kurzem von der Jahrhundertausstellung in Philadelphia hierher geschafft worden waren. Sie standen in der nordwestlichen Ecke des Madison Square Garden und reichten fast bis zu den Wipfeln der sie umgebenden Bäume hinauf. Aber die Menschen hatten sich dort nicht versammelt, um die Hand und die Fackel der Statue zu betrachten. Sie warteten darauf, einen Blick auf den Präsidenten der Vereinigten Staaten werfen zu können. Chester A. Arthur hatte sich im Fifth-Avenue-Hotel einquartiert, das eineinhalb Häuserblocks weiter südlich lag. Er war als Ehrengast zur

Eröffnungszeremonie geladen. Hunderte von Schaulustigen warteten bereits, obwohl sein Erscheinen erst für zwei Stunden später angekündigt worden war.
Die Eröffnungsfeierlichkeiten sollten um zwei Uhr beginnen. Sie sollten im Brooklyner Brückenbahnhof, einer imposanten Konstruktion aus Eisen und Glas, stattfinden. Nur die Reichen, die Bedeutenden, Bürger mit Beziehungen zur Politik, hatten Einladungskarten erhalten, die für diesen Anlass von Tiffany geprägt worden waren. Andere hatten eine Einladung zweiter Klasse erhalten, die ihnen gestattete, die Brücke vor der offiziellen Eröffnung zu begehen. Um neun Uhr wurde die Sperre, die die Straße auf der New Yorker Seite abgeriegelt hatte, abgebaut, und die Inhaber dieser Einladungskarten durften dann die Brücke betreten. Es würde noch Stunden dauern, bis der Präsident, der Gouverneur und verschiedene Würdenträger ihre Wallfahrt über die Brücke antreten konnten. Auf beiden Seiten des Flusses stand die Menge dicht gedrängt. Die meisten Geschäfte schlossen schon um die Mittagszeit. Eine Stunde später war aus dem übrigen New York eine Geisterstadt geworden. Es sah aus, als drängte sich mindestens die Hälfte der Bevölkerung Manhattans in die wenigen Straßen bei der Brücke. Auf der ganzen Uferstrecke und besonders in Brückennähe schoben und schubsten die Menschen, um die besten Plätze zu ergattern. Auf den Dächern gab es nur Stehplätze. In vielen der höchsten Gebäude dieses Stadtteils wurden Brückenfeste für geladene Gäste veranstaltet. Straßenverkäufer machten das Geschäft ihres Lebens: Sie boten Speiseeis an, Popcorn und Süßigkeiten; es gab Souvenirs aller Art, von Anstecknadeln bis zu zusammenklappbaren Fächern, alle mit dem Bild des achten Weltwunders, als handelte es sich um einen Talisman für die Wiederkunft des Herrn. Hunderte von Fahnen wehten von den Dächern und aus den Fenstern, dazwischen hingen Leinen mit rot-weiß-blauen Wimpeln. Es war ein Karneval, wie ihn New York noch nie erlebt hatte. Straßenmusikanten und Leiermänner an ihren Drehorgeln verstärkten

noch den Lärm der Tausende, die an der Uferstraße hin und her wogten.
Auf dem graugrünen Wasser des Flusses und im Hafenbecken waren allerlei Schiffe unterwegs. Es war, als tanzte alles, was auf dem Wasser schwimmen konnte, fröhlich auf den Wellen. Ein Sportler hätte mit Sprüngen von Deck zu Deck den ganzen Hafen überqueren können. Dutzende Ausflugsdampfer pflügten schäumende Furchen durch das Wasser, während die Bordkapellen flotte Weisen spielten. Auf den größten Dampfern fanden fast tausend Passagiere Platz. Auch die Nordatlantikflotte hatte sich eingefunden, sechs riesige Kriegsschiffe, auf deren Decks und Sparren sich die Matrosen in ihren blauen Uniformen aufgereiht hatten. Zwischen all diesen Schiffen fuhren während der ganzen Zeit die Fähren hin und her, und sie waren so mit Passagieren voll gestopft, dass sich keiner bewegen konnte. Aber trotzdem stieg niemand aus.
Es war genau zwölf Uhr vierzig, stellte Emily fest, als die Musik zu spielen begann. Die Kapelle des Dreiundzwanzigsten Regiments, in weißen Helmen und blauen Jacken, bildeten zusammen mit einer Abordnung von Artilleristen aus dem Fort Hamilton und Matrosen aus der Brooklyner Marinekaserne die Spitze des Zuges, der sich von der City Hall aus in Bewegung setzte. Langsam, wie ein riesiges Akkordeon, zog die Prozession die Remsen Street hinunter. Bürgermeister Low, Emily und ihr Sohn John, der soeben aus der Internatsschule eingetroffen war, folgten in Roeblings glänzender Victoria-Kutsche; hinter ihnen kamen zweihundert städtische Beamte, die Mitglieder des Brückenkuratoriums und ausgewählte Gäste. Genau in diesem Augenblick trat Präsident Arthur in den hellen Sonnenschein vor dem Fifth-Avenue-Hotel hinaus. Hochrufe erhoben sich aus der Menge. Dann setzte sich die Kapelle des Siebten Regiments mit einem Militärmarsch in Bewegung. Eine Eskorte der berittenen Polizei und fünfundzwanzig Kutschen folgten. An der Fourteenth Street bogen sie nach Osten ab, dann, auf dem

Broadway, zogen sie südwärts auf die City Hall zu. Die jubelnde Menge zu beiden Seiten der Straße schloss sich der Prozession an. Es dauerte fast eine Stunde, bis sie die City Hall erreichten, wo das Gedränge fast außer Kontrolle geraten war. Die Cops schwitzten und fluchten, als sie dic Menschenmenge zurückdrängten, um für den Präsidenten Platz zu schaffen. Nach zehn Minuten ging die ganze Prozession zu Fuß weiter; die Kapelle spielte immer noch mit Hingabe und führte den Zug an. Tausende von geladenen Gästen drängten sich auf die Fahrbahnen der Brücke. Etwa dreizehntausend Karten waren vom Kuratorium ausgegeben worden. Siebentausend hellblaue Karten berechtigten zum Betreten der Fahrbahnen, die übrigen galten für die Feierlichkeiten im Brooklyner Terminal der Brückenbahn. Es schien, als hätten sich alle Siebentausend und noch mehr zum Spalier aufgestellt, als der Präsident die Auffahrtsrampe betrat. Eine Welle der Bravorufe begleitete seinen Weg. Bürgermeister Low wartete unter den hohen Gewölben des Brooklyner Turms und sah, wie die Kapelle mit ihren glänzenden, von der Sonne beschienenen Instrumenten langsam auf der Höhe des Brückenbogens erschien. Als schließlich der Bürgermeister von Brooklyn den Präsidenten begrüßte, wurde eine Signalflagge gesenkt. In Sekundenschnelle begann die ganze Flotte mit ihrem Salut aus allen Kanonen; meilenweit zitterten die Fensterscheiben. Dann begannen alle Glocken und Dampfsirenen auf den Fähren, Ausflugsdampfern, Schleppern zu läuten und zu pfeifen, zu brüllen, zu schreien, zu tuten und zu schellen. Wieder brach die Menge in Hochrufe aus. Die Kapelle spielte, so laut es ihre Instrumente hergaben, »Hail to the Chief« und wiederholten die Melodie immer aufs Neue, während die Bürger der Stadt sich die Kehlen heiser schrien.

Emily saß im Brooklyner Terminal, umgeben von sechstausend Gästen, als die Hochrufe erklangen. Die riesigen Fahnen, die vom hohen Glasdach herunterhingen, bewegten sich in dem

Strom des Atems, der aus tausend Kehlen aufstieg. Die Fenster zitterten, der Boden bebte unter den Salutschüssen der Kanonen. Emily strahlte, als sie mit Glückwünschen überhäuft wurde. Freundlich bedankte sie sich bei jedem Einzelnen, aber die Gratulationen vermischten sich und gingen ineinander über, bis Emily nichts mehr unterscheiden konnte. Ihre Gedanken waren bei Wash, und ein Schauer lief ihr über den Rücken, als sie vor sich hin flüsterte: »Sieh, was wir hier geschaffen haben!«

Sie hätte genauso gut allein sein können, so wenig wurde ihr die Menschenmenge bewusst, die sie umgab. Genauso gut hätte sie zu Hause bei ihrem Mann sitzen können.

Wie so oft saß Washington in seinem Arbeitszimmer und musterte durch seinen Feldstecher die Brücke und den Fluss. Eigentlich war er von Anfang an eher gegen eine große Eröffnungsfeier gewesen. Obwohl er ein Drittel seines Lebens mit der Arbeit an dieser Brücke zugebracht hatte und ihre Kosten und ihre Bedeutung besser kannte als jeder andere, wäre ihm lieber gewesen, wenn man einfach ein Schild aufgestellt hätte mit der Aufschrift: DIE BRÜCKE IST ERÖFFNET. Trotzdem liefen ihm beim Anblick des Schauspiels dort unten Schauer über den Rücken. Es war erstaunlich. Washington ertappte sich dabei, dass er die Tränen fortwischen musste, die ihm die Wangen hinunterliefen. Er bemühte sich, sie zurückzuhalten, und konnte fast nicht schlucken, als er es versuchte. Aber die Tränen kamen trotzdem. Hätte er gewusst, dass Emily soeben dieselben Worte ausgesprochen hatte, die er in seinem leeren Zimmer auf den Columbia Heights flüsterte, er wäre nicht überrascht gewesen.

Im Polizeihauptquartier hatte man für heute alle anderen Angelegenheiten zurückgestellt. Die Suche nach Sangree, Emmons und Lebeau samt allem, was damit zusammenhing, wurde verschoben. Alle Beamten wurden für die Eröffnungsfeierlichkeiten gebraucht. Man erwartete die größte Menschenansammlung, die New York bisher erlebt hatte, und Byrnes wollte jeden verfügbaren Mann gegen Rowdys und Taschendiebe einsetzen. Tom wollte das nicht gutheißen und gab zu bedenken, dass es wichtiger sei, die Suche nach den Verschwörern fortzusetzen, als Taschendiebe und Betrunkene zu verhaften.

Byrnes sah das sogar ein, sagte aber schließlich: »Hören Sie zu, Tom, die Brücke ist kontrolliert worden. Man hat nichts gefunden. Keine einzige Schraube fehlt. Überall wachen Cops und Soldaten. Das Menschenmögliche ist getan worden. Alle Reviere haben die Beschreibung der Verdächtigen erhalten. Wenn diese Narren wirklich die Absicht hätten, bei ihrem Vorhaben zu sterben, wäre heute der ideale Tag dafür.«

Tom unternahm einen letzten Versuch.

»Aber …«

Byrnes schnitt ihm das Wort ab.

»Kein Wort mehr, Detective«, sagte er mit gespielter Strenge und wies auf die Tür. »Außerdem dauert es noch Monate, bis der erste Zug fährt. Erst dann kommt die Zeit der erhöhten Wachsamkeit. Bis nachher«, rief er Tom nach.

Um zwei Uhr hatte Tom schon seinen dritten Taschendieb verhaftet. Byrnes' Anweisung, notorische Taschendiebe schon auf Verdacht in Gewahrsam zu nehmen, wurde gewissenhaft ausgeführt. Ob sich der Dieb tatsächlich an einer Tasche zu schaffen gemacht hatte, darauf kam es nicht an. Auch Frauen, die im Gedränge und unter dem Druck eng geschnürter Korsetts ohnmächtig geworden waren, hielten die Polizei auf Trab. Jaffey hatte die letzten zwei Stunden damit verbracht, Schaulustige von Straßenlaternen und anderen gefährlichen Aussichtspunkten herunterzuholen. Einmal wurde er von einem Mann vollgekotzt, der zur El hinaufklettern wollte, einmal schlug ihn eine Frau mit dem Sonnenschirm, als er ihr Ansinnen zurückwies, ihrer Kutsche den Weg zum Fluss hinunter freizumachen. Für einen Cop war es ein langer, schwerer Tag. Trotzdem, wenn man alles bedachte, war die Menge bemerkenswert gut gelaunt;

überall herrschte Feiertagsstimmung, als seien der vierte Juli, Silvester und Weihnachten auf den gleichen Tag gefallen.
Bei allem Gedränge und trotz der vielen Aufgaben, die zu erledigen waren, dachte Tom ununterbrochen an das Treffen, das ihm am Abend bevorstand. Er konnte es sich nicht aus dem Kopf schlagen. Immer wieder ging er mögliche Szenarien durch, stellte sich auch die unwahrscheinlichsten Zwischenfälle vor und überlegte eine passende Reaktion. Alles hing von diesem Abend ab. Wenn es schief ging, setzte er seine Zukunft und wahrscheinlich auch sein Leben aufs Spiel. Diese Möglichkeit hatte er bedacht und auch in Kauf genommen. Aber er wollte es nicht so weit kommen lassen.
»Es wird schon alles gut gehen«, sagte er sich zum hundertsten Mal. »Ohne Probleme, ganz nach Plan.« Er wünschte, dass er auch daran glauben könnte. Während er sich durch das Gedränge kämpfte, bekämpfte er auch seine Zweifel. Manche dieser Zweifel konnte er mit Vernunftgründen zerstreuen, andere schob er einfach zur Seite. Dieser Abend würde nicht nur für die Stadt, sondern auch für ihn ein Wendepunkt sein. Dieser Abend würde ihm die Freiheit bringen, ihm und Mary. Er würde einen Fluss des Zweifels überqueren, der das sichere Wissen von Gut und Böse mit sich trug. Dass er ihn auf einer Brücke des Verrats überqueren wollte, war eine bittere Ironie. Die Widersprüche bildeten Strudel, aber am anderen Ufer erwarteten ihn die Befreiung von Coffins Tücke und die Rache für das, was Mary angetan worden war. Seine Brücke war auf Sand gebaut – nur gut, dass er sie nicht mehr als einmal benutzen müsste.

Emily hatte keine Lust, das Ende der langen Reden abzuwarten. Die Halle des Terminals eignete sich nicht für Reden. Die Akustik war entsetzlich, nur die in der Nähe des Podiums Sitzenden konnten etwas verstehen. Die meisten Redner wiederholten, was die Vorgänger gesagt hatten, und obwohl die Reden Stunden dauerten, war die Botschaft einfach und deutlich. Die

Brücke stelle das schönste Beispiel der menschlichen Fähigkeit dar, das Gesicht der Natur zu verändern – dergleichen habe die Welt noch nie gesehen. Sie sei ein Denkmal der Begabung, der Ausdauer und des Genies ihrer Schöpfer und gerate den beiden Städten, denen sie diene, zur Ehre.

Aber es gab noch etwas, was die meisten Redner vergebens in Worte zu fassen versuchten. Es war eine Empfindung, die sich aus der täuschend einfachen Schönheit des Gegenstandes und dem fast spirituellen Hochgefühl beim Beschreiten der Brücke ergab. Emily gefiel am besten, was der Bürgermeister von Brooklyn, Seth Low, dazu sagte: »Der Besucher empfindet ein Erstaunen, das mit jedem weiteren Besuch wächst. Wer einmal auf der Brücke stand, kann sie nie wieder vergessen.«

Emily musste nach Hause zu Wash, um die ersten Gäste begrüßen zu können. Sie rechnete mit tausend Gratulanten. Als die Kutsche in ihre Straße einbog, bewunderte sie wieder den schönen Anblick, den sie bot. Die meisten Häuser waren mit Wimpeln und Girlanden dekoriert. Lampions hingen von den Bäumen. Fahnen flatterten aus jedem Fenster. Die Fassade ihres Hauses war mit Flaggen, Blumen und den Wappen von Brooklyn und New York bedeckt. Eine riesige Fahne hatte man über die Straße gespannt, gerade so hoch, dass Kutschen noch passieren konnten. Die Fenster von Bürgermeister Lows Haus am unteren Ende der Straße waren mit Bündeln von Wimpeln dekoriert, und die Flagge von Brooklyn wehte über dem großen Eingangstor. Nach dem Empfang bei den Roeblings sollte Präsident Arthur Bürgermeister Low beehren.

Wash lag mit geschlossenen Augen und gefalteten Händen auf seinem Bett, als Emily das Zimmer betrat. Er sah so friedlich aus, dass sie ihn am liebsten nicht gestört hätte. Sie war erstaunt, dass er bei all dem Trubel im Haus schlafen konnte. Den ganzen Tag über waren die Speiselieferanten ein und aus gegangen. Die Musikanten, die Emily auf der Galerie des Salons postiert hatte,

trafen nach und nach ein, und von der Treppe drangen laute Schritte herauf. Sie berührte sanft seine Schulter.
»Wash? Liebster?«
Er öffnete die Augen, und ein Lächeln breitete sich wie die aufgehende Sonne über sein Gesicht. »Ich habe heute an dich denken müssen. Als ich die vielen Menschen und den Trubel sah, musste ich … daran denken«, sagte er wehmütig.
»Woran?«, fragte Emily. »Woran musstest du denken?«
»Erinnerst du dich an den Tag, als du das erste Mal über die Brücke gegangen bist?«
Emily lächelte sanft. »Natürlich«, sagte sie mit schmelzender Stimme.
»Ich musste daran denken, wie du damals ausgesehen hast: der Wind in deinem Haar, wie du dich nach mir umgedreht hast, als ob du bis ins Innerste meines Herzens sehen konntest. Alles andere verblasste, und ich sah dich an – so schön wie ein erfülltes Gebet.« Er lächelte zu ihr hinauf.
Emily setzte sich zu ihm auf das Bett und ergriff seine Hand. »Eines weiß ich: *Meine* Gebete sind erhört worden. Wir haben es geschafft, Wash, und es liegt immer noch so viel vor uns. Du bist erst sechsundvierzig, und du wirst von Tag zu Tag kräftiger. Ich kann mir nur vorstellen, was uns die Zukunft bringen wird. Aber zuerst einmal, mein Ritter ohne Furcht und Tadel«, sagte sie mit gespieltem Ernst, »musst du dich zum Kampf rüsten und die Lorbeeren in Empfang nehmen, die dir zustehen.«
»Muss ich das wirklich?«, bettelte er, halb schalkhaft, halb im Ernst.
Sie ergriff seine Hand und zog ihn in die Höhe. Sie warf die Arme um seine Schultern und hauchte ihm einen Kuss auf die Nase. »Mein lieber Gemahl, ich will dich den Höchsten des Landes vorzeigen. Und sie werden erkennen, dass du der brillanteste, schönste Held unseres Zeitalters bist. Also zieh dich an. Dieser Sache entkommst du nicht.« Sie versetzte ihm einen leichten Stoß in die Rippen.

Washington Roebling zog seinen Prinz-Albert-Rock an, und wenige Minuten später schritt er Arm in Arm mit Emily die Treppe hinab.
»Mein Gott, was hast du aus diesem Haus gemacht, Em!«, rief er aus. »Es ist wirklich wunderschön.« Rote und weiße Rosen, Glyzinien, Flieder, Lilien und viele andere Schnittblumen waren in großen Körben über das ganze Haus verteilt, kleinere Arrangements standen in jedem Zimmer. Das Haus war durchdrungen vom süßen Duft des Erfolgs. Sie saßen nebeneinander auf einem Sofa im vorderen Salon und warteten auf ihre Gäste, die nicht lange ausblieben. Als um halb sechs Präsident Arthur eintraf, war die Menschenmenge vor dem Haus so groß, dass die Polizei nur einen schmalen Durchgang zur Haustür offen halten konnte. Der Präsident bemerkte Washington sofort. Mit ausgestreckter Hand schritt er auf ihn zu, und ein Lächeln aufrichtigen Entzückens erhellte seine Züge.
»Es ist mir eine sehr große Freude, Ihre Bekanntschaft zu machen, Sir«, sagte er und schüttelte energisch Washingtons Hand.
»Ganz meinerseits, Mr. President«, sagte Wash, und ein breites Lächeln überzog sein bärtiges Gesicht. »Es ist mir eine Ehre, Sir.«
»Colonel, mit dieser Brücke haben Sie etwas Großartiges geleistet. Sie ist einfach erstaunlich!«, sagte der Präsident und unterstrich seine Worte mit einer ausladenden Geste. »Sie haben Ihrem Land einen unschätzbaren Dienst erwiesen und ein dauerhaftes Monument der schöpferischen und erfinderischen Kraft des amerikanischen Volkes geschaffen. Wir alle stehen in Ihrer Schuld.«
»Sie übertreiben, Mr. President«, sagte Wash bescheiden. »Ich habe nur eine Brücke gebaut.«
»Quatsch!«, brüllte Präsident Arthur und klopfte Wash auf die Schulter. »Ich untertreibe eher. Ich sage Ihnen, als ich heute Nachmittag über die Brücke ging, war mir regelrecht ... schwindlig. Natürlich hatte ich schon Bilder gesehen, aber wenn

man auf der Brücke selbst steht, ist es – wie soll ich sagen? – einfach erhebend. Erhebend – das ist das richtige Wort. Ich gratuliere Ihnen, Sir. Sie haben etwas geschaffen, wozu kein Mensch vor Ihnen imstande war. Ich beneide Sie, Colonel, und ich spreche Ihnen meine Hochachtung aus.«
Emily errötete vor Stolz und nahm Washingtons Hand. Washington dankte mit einer Verbeugung. Er wusste nicht, was er sagen sollte.
»Und Sie, Mrs. Roebling«, sagte der Präsident und wandte sich an Emily. »Wenn auch nur die Hälfte dessen, was ich von Ihnen höre, der Wahrheit entspricht, dann steht Ihnen die Hälfte der Anerkennung zu.«
Obwohl sie wusste, dass seine Einschätzung stimmte, errötete sie aufs Neue.
»Mehr als die Hälfte, meiner Meinung nach, Mr. President. Mehr als die Hälfte«, sagte Wash und drückte ihre Hand.
Der Präsident schaute Emily mit einem durchdringenden Blick an, und was er sah, bestätigte ihm die Wahrheit dieser Einschätzung. »Ich glaube Ihnen, Colonel«, sagte er überzeugt. »In diesen schönen Augen erkenne ich eine stählerne Entschlossenheit.«
Wash lachte. »Sie haben keine Ahnung, wie entschlossen sie sein kann, Mr. President.«
Alle lachten, der Präsident aber ergriff Emilys behandschuhte Hand und verbeugte sich zu einem formellen Handkuss.
»Ein weiterer Grund, Sie zu beneiden, Colonel. Es ist mir eine zweifache Ehre, Sie beide kennen zu lernen.«
Als mehr und mehr Menschen in den Salon drängten, zog sich der Präsident, umgeben von Bewunderern, Schmeichlern und Politikern, in ein Nebenzimmer zurück.
»Der Präsident beneidet dich, Colonel«, flüsterte Emily Wash ins Ohr.
»Jeder Mann hier beneidet mich«, sagte er mit selbstbewusster Miene. »Nicht meinetwegen, sondern deinetwegen werde ich beneidet. Ich bin der glücklichste Mann auf der Welt.«

Bürgermeister Low, Gouverneur Cleveland, William Kingsley, General Henry Slocum, der Generaldirektor der Baugesellschaft und alle Kuratoriumsmitglieder, von denen die Mehrzahl heute Abend Washington zum ersten Mal sah, drängten sich durch die Türen. Die Räume waren gesteckt voll, die Kapelle spielte, für die Gäste standen Erfrischungen in einem großen Gartenpavillon mit Blick auf den Fluss bereit. Hamilton Fish, der frühere Außenminister und ein Freund der Familie, Pfarrer Henry Ward Beecher mit seiner Gattin, Washingtons Brüder und ihre Frauen, seine Schwester und ihr Mann, der frühere Bürgermeister Grace und einige hundert andere überschütteten den Colonel mit Glückwünschen und sprachen ihm ihre Bewunderung aus. Nach etwa einer Stunde begab sich der Präsident zum Empfang in das Haus des Bürgermeisters. Darüber war Washington froh, denn er konnte den Empfang nicht verlassen, solange der Präsident noch zugegen war. Nach zweieinhalb Stunden im Trubel war er erschöpft.

»Em, ich muss hinaufgehen. Ich bin fix und fertig. Ich halte es keine Minute länger aus.«

Sie sah es ihm an. »Geh nur, Wash. Leg dich eine Weile hin. Sobald die Gäste weg sind, komme ich hinauf. Kann ich dir etwas bringen?«

»Nein, nein. Du hast schon mehr getan, als ich verdient habe.«

Als er langsam die Treppe hinaufschritt, fing jemand in der Menge an zu applaudieren. Zunächst war es nur einer, aber kaum war Wash zwei Stufen weitergegangen, da jubelte das ganze Haus. Einen Augenblick lang verwirrte ihn der Beifall. Er wusste nicht recht, wie er reagieren sollte. Er fühlte sich verlegen und errötete wie ein Schulmädchen, aber er setzte seinen langsamen Weg fort, demütig, erstaunt, triumphierend.

Noch ein Taschendieb, ein unachtsamer Fuß, der im Gedränge von einem Fuhrwerk zerquetscht wurde, zwei Betrunkene und ein Überfall, dann stand Tom vor dem Gebäude der *Tribune*.

Hier drängten sich die Menschen fast so dicht wie unten am Fluss. Die Hotels, Bars und Restaurants machten das Geschäft ihres Lebens. Die meisten Kneipen waren so voll, dass die Kunden auf der Straße stehen mussten. Sobald einer hinausging, drängten zwei neue hinein.

Tom beobachtete die Menge mit glasigen Augen. Der Tag war schwer gewesen, die Füße brannten ihm, aber der Druck, der wegen der bevorstehenden Zusammenkunft auf ihm lastete, wog noch schwerer. Tom hatte sich mit Mary um halb acht am *Tribune*-Gebäude verabredet. Sie verspätete sich, was ihn nicht überraschte. Das Gedränge der vielen Menschen hatte ihr das Durchkommen erschwert. Plötzlich, als er wieder auf die Uhr schaute, stand sie vor ihm.

»Mein Gott, so viele Menschen, vor der City Hall sind es mindestens hunderttausend. Nur gut, dass wir einen Treffpunkt ausgemacht hatten. Ich hätte dich sonst nie gefunden.« Mary sah zu ihm auf und küsste ihn. »Du siehst müde aus, Tommy. Es war wohl ein schwerer Tag.«

»Es war schon einiges los«, räumte er ein. »Möchtest du hinaufgehen?« Tom, der ein paar Reporter kannte, hatte zwei Einladungen zu ihrem Brückenfest ergattert, das schon in vollem Gange war. Es konnte nicht schaden, wenn er dort gesehen wurde. Im Gewühl würde er das Fest unbemerkt für eine kurze Zeit verlassen können.

»Ja, gehen wir. Ein kaltes Getränk wäre gerade das Richtige. Dir würde das auch gut tun.«

Tom blieb gerade lange genug da, um von einigen Bekannten gesehen zu werden und um Mary einigen der Anwesenden vorzustellen. Zum letzten Mal blickte er auf die Uhr und sagte: »Ich muss jetzt weg.«

Mary sah ihn mit ihren großen dunkelbraunen Augen unerschrocken an. »Pass auf dich auf, Tom. Bis nachher. Ich bleibe hier.« Tom wollte noch etwas sagen, aber sie unterbrach ihn. »Geh nur zu. Wir können später miteinander reden.« Tom drückte sie kurz an sich, und sie flüsterte: »Ich liebe dich, Tommy. Komm zu mir zurück.«

Ein wehmütiges, aber entschlossenes Lächeln umspielte Toms Mund.

»Das werde ich tun«, sagte er leise.

Die erste Etappe des Weges zum Chatham Square dauerte länger, als er es sich vorgestellt hatte. Die vielen Menschen hielten ihn auf, und mehr als einmal ging er nicht gerade höflich mit den Leuten um, die sich ihm in den Weg stellten. Als er in die weniger bevölkerten Straßen kam, schob er sich wie ein Dampfer voran und ließ ein breites Kielwasser hinter sich zurück. Halbwegs pünktlich erreichte er die Ecke Park Row und Worth Street. Der Chatham Square lag wie ausgestorben da. Die Menschen waren entweder unten an der Brücke oder oben auf den Dächern. Tom überquerte die Kreuzung Worth und Mott Street und eilte weiter zur Einmündung der Doyers Street. Dort wartete er. Die Abenddämmerung senkte sich über den Platz. Ein offensichtlich besoffener, schlurfender Laternenanzünder im Zylinder war dabei, die Gaslampen zum Leuchten zu bringen. Tom hätte ganz gerne zugesehen, wie der Mann trotz seines Torkelns die Arbeit bewältigte, aber er war zu aufgeregt. Zerstreut zog er Bucklins Zeitungsausschnitt aus der Tasche, überflog ihn wieder und suchte nach Hinweisen, die er noch nicht erkannt hatte. Wieder schaute er auf die Uhr; noch immer war Coffin nirgends zu sehen. Er lehnte sich an den Laternenpfahl und beobachtete jede Person, die aus einer der Seitenstraßen auf den Platz trat. Es waren nur wenige. Doyers Street war der ideale Ort für das, was sich an diesem Abend abspielen sollte: eine verwinkelte Sackgasse, die nur von den wenigen Gebäuden aus, die hinter einer Biegung verschwanden, Einblick bot. Nach Sung Chows Aussage würde niemand in diesen Gebäuden zum Fenster hinaussehen.

Endlich kam Coffin angerannt. Verschwitzt, mit zerknitterter Kleidung tauchte er im Schein der Gaslaterne auf.

»Ich hatte schon angefangen, mir Sorgen um dich zu machen, August«, sagte Braddock verärgert.

»Diese verdammte Menschheit! Ich bin nicht so schnell vorangekommen, wie ich hoffte. Von der Dover bis zur Pearl Street habe ich zehn Minuten gebraucht. War das ein fürchterlicher Tag!« Er klopfte sich den Staub von der Jacke und glättete den zerknitterten Kragen. »Ich bin nicht in der richtigen Stimmung für Sung Chows Chinesenscheiße. Wir machen das Geschäft ab, und dann nichts wie weg.«

»Ich werde mein Bestes versuchen, aber ich kann für nichts garantieren«, sagte Tom und versuchte, ruhig zu klingen. »Ich glaube, sie sind bereit, sich auf ein Geschäft einzulassen, und wenn meine Vermutung stimmt, wirst du mehr bekommen, als du erwartet hast.«

Coffins Laune schien sich zu bessern. »Meinst du?«

»Nur so ein Gefühl«, sagte Tom. »Wir werden sehen.«

Coffin strich ein letztes Mal sein zerknittertes Hemd und seine Jacke glatt. »Also, gehen wir. Heute Abend machen wir das große Geld.«

Sie gingen in die Doyers Street hinein, und ihre Schritte hallten auf dem verlassenen Pflaster. Coffin bemerkte: »Mein Gott, das ist ja eine Geisterstadt. Sogar die Chinesen sind heute unten an der Brücke.«

»Nun, die Chinesen lassen sich von einem Feuerwerk genauso begeistern wie wir, vielleicht sogar noch mehr. Immerhin haben sie das Schießpulver erfunden.« Tom wusste, dass diese Information Coffin ärgern würde.

»Kaum zu glauben, dass die Kulis so etwas fertig gebracht haben.«

Tom sah Coffin scharf an. »Du darfst sie nicht unterschätzen, August«, warnte er ihn. Es sollte seine letzte Warnung sein, und August täte gut daran, sie zu beachten.

»Ja, klar.« Coffins Stimme verriet seine Verachtung. »Jetzt sind wir da, oder?«

Tom nickte nur in die Richtung einer dunklen Treppe, die zu einer unbezeichneten Kellertür führte. »Ich gehe voraus.« Die Stufen sahen aus, als führten sie zur Hölle. Sie waren schwarz wie die Seele der Nacht, und beim Hinuntersteigen musste er sich vorantasten.

Das Treffen verlief gut. Tom führte Regie, er tat und sagte das Richtige, beachtete das Ritual, zeigte immer den angemessenen Respekt, handelte als ehrlicher Makler. Coffin breitete seine Angebote mit dem Geschick eines geborenen Kaufmanns aus. Er malte das Bild in den schillerndsten Farben. Alle würden sie reich werden, betonte er, sie müssten nur über ihre Differenzen hinwegsehen und zusammenarbeiten, um den Handel auszuweiten. Das Potenzial sei riesengroß, und mit dem Geld, das hereinflösse, würden sich Cops, Richter, Stadträte und auch noch Tammany Hall kaufen lassen. Sie müssten nur zusammenarbeiten, dann wären ihre Macht und ihr Einfluss grenzenlos. Coffin könne eine sichere Expansion auf neue Märkte in Uptown New York garantieren, wo man die Taschen der Wohlhabenden anzapfen könnte, der vergnügungssüchtigen Gecken und der gelangweilten jungen Männer auf der Suche nach einem Kick. Im Laufe der Zeit könnte man die Prostitution mit dem Opiumhandel verbinden und die beiden Geschäftszweige unter ein Dach bringen. Dieses Thema biete endlose Variationen und lasse unendliche Geldsummen erwarten. Sie brauchten sich nur die Hände zu reichen, sich einfach das Wort zweier Geschäftsleute zu geben, einander in die Augen zu schauen, und die Welt würde sich für alle Beteiligten ändern.
Tom vernahm kaum ein Wort. Er war in Gedanken ganz woanders. Bald kam es zum Händeschütteln, zum Austausch der Schwüre, die Räder setzten sich in Bewegung. Während des ganzen Schauspiels behielt Tom sein aufgesetztes Lächeln bei. Schließlich verbeugten sich Sung Chow und August Coffin zum Abschied und verständigten sich auf ein baldiges Wiedersehen.

Immerhin gab es noch zahlreiche Einzelheiten zu klären. Sung Chow verbeugte sich auch vor Tom, aber dann ergriff er Toms Hand und murmelte: »Du hast gute Arbeit geleistet, Tom Braddock. Wir werden es nicht vergessen.«
Mit unerwartet gemischten Gefühlen ging Tom hinaus in eine Nacht, die noch schwärzer war als sein Verrat. Er wandte sich nicht um, als er das Scharren der Füße auf der Treppe hinter sich hörte. Einem Verdammten sah er nicht gern ins Auge, auch wenn es sich nur um einen wie Coffin handelte.
»Hey! Was soll das? Tom! Sag ihnen, dass wir Sung Chow besucht haben!«, forderte ihn Coffin auf. »Nehmt die Pfoten weg! Tom!«
Tom drehte sich um und stellte sich neben Coffin.
»Tommy, sag ihnen, sie sollen ihre verdammten Pfoten wegnehmen!« Coffin schien eher empört als besorgt zu sein. Drei Chinesen standen da, je einer hielt einen Arm fest, und der dritte stand hinter seinem Rücken. Wo sie sich versteckt gehalten hatten, konnte nicht einmal Tom erraten.
»Verdammt nochmal! Ich bin ein Captain der Polizei«, rief Coffin aus und versuchte, seine Arme zu befreien. »Lasst mich los, ihr verdammten …«
Wortlos griff Tom Coffin in die Jacke und nahm ihm die Pistole ab.
»Tom?« In diesem einzigen Wort drückten sich Erstaunen, Empörung und das Eingeständnis seiner Niederlage aus.
»Hast du allen Ernstes mit einem anderen Ausgang gerechnet, August?«, sagte Tom, und in der Entschlossenheit seiner Stimme klang auch Bedauern mit. »Du kennst mich doch. Hast du dir wirklich eingebildet, ich würde das, was du Mary angetan hast, einfach wegstecken?«
Coffin gab keine Antwort. Sein schockierter Gesichtsausdruck verriet alles.
»Damals hättest du dich eigentlich gleich der Polizei stellen können, Augie. Seit jener Nacht bist du ein verurteilter Mann.«

Coffin gab seinen Widerstand auf und blickte Tom an, als sähe er ihn zum ersten Mal. Ruhig sagte er: »So haben wir nicht gewettet, Freundchen.« Was er mit Tom beabsichtigt hatte, drückte sich in diesen wenigen Worten aus.

»Tut mir leid, August«, sagte Tom und meinte es ehrlich. Tom nickte den Chinesen, einem bösartig wirkenden Trio, zu. Sie schoben Coffin wieder die schwarze Treppe hinunter. Wieder ging die Tür am Ende der Treppe auf. Vor dem milden, goldenen Glanz der Lampen zeichnete sich Byrnes' Silhouette ab. Coffin wusste sofort, wen er vor sich hatte. Er zuckte kurz zusammen, dann platzte es aus ihm heraus: »Chef! Jesus, bin ich froh, dich hier zu sehen! Diese ... diese ...«, stotterte er, als er den Ausdruck in Byrnes' Gesicht wahrnahm.

»Ich habe jedes Wort gehört, August. Ich saß im Zimmer nebenan.« Byrnes' Stimme klang wie die Entstehung einer Lawine. »Wir müssen uns unterhalten, wir zwei.« Während er das sagte, streifte Byrnes langsam einen engen schwarzen Handschuh über seine riesige Hand und zog an den Fingern, damit er genau passte.

Coffin sah zuerst Byrnes, dann Tom an, und die Verzweiflung war ihm ins Gesicht geschrieben. Ein leises Keuchen, Zeichen seiner Niederlage, entfuhr seiner Kehle, und sein Mund bewegte sich, ohne dass ein Laut herausdrang. Er trat noch einen Schritt nach vorn; es sah aus, als müssten ihn die drei Chinesen stützen. Als er zwei Stufen weiter unten stand, hörte man schwere Schritte von der Straßenecke her. Wegen des Echos ließ sich nicht unterscheiden, ob ein oder zwei Menschen sich näherten. Alle erstarrten. Tom hielt noch Coffins Pistole in der Hand. Er prüfte, ob sie schon entsichert war. Dann erschien eine riesige dunkle Gestalt oben an der Treppe. Sie hielt etwas in der Hand, etwas Dickes, Kurzes, Drohendes. Die Schritte verlangsamten sich, als die Gestalt näher kam. Etwas an ihrem Gang kam Tom vertraut vor. Er hob die Pistole und legte den Finger an den Abzug. Seine Hand zitterte. Er wollte kein Risiko eingehen.

»Chowder, er hat meine Pistole!«, schrie Coffin. Und im selben Augenblick, auf die Minute um neun Uhr, explodierten fünfzig Raketen und gleichzeitig zwanzig riesengroße Feuerbälle über der Brooklyn Bridge. Selbst aus der Entfernung einer halben Meile spürten alle die Erschütterungen und sahen, wie sich der Himmel erhellte. Tom zuckte zusammen. Hatte Chowder geschossen? Fast hätte er selbst auf ihn gefeuert. Nur das Bewusstsein, dass es Chowder Kelly war, der da oben in der Dunkelheit stand, hielt ihn davon ab. Unten, am Fuß der Treppe, hatte auch Byrnes seine Pistole gezogen. In seiner riesigen, schwarz behandschuhten Hand wirkte sie fast unbedeutend. Chowder, der eine abgesägte Flinte in seiner großen Pratze hielt, wurde im flackernden, unheimlichen Glanz erhellt: eine gespenstische, drohende Gewitterwolke mit einer Schusswaffe, die wie eine Kanone wirkte. Durch den Lärm der Explosionen hindurch rief er Tom zu: »Verdammt! Jetzt verpassen wir auch noch das Feuerwerk, Tommy!«

»Chowder, pass auf«, schrie Coffin, der sich loszureißen versuchte. »Sie sind zu dritt.«

Chowder zuckte kurz zurück; er wusste nicht, was ihn erwartete. Aber sofort hatte er sich in der Gewalt und rief: »Du kannst die Pistole wegstecken, Tommy. Du wirst sie nicht mehr brauchen.«

»Chowder!«, rief Coffin verzweifelt.

Tom sagte kein Wort, er steckte nur die Pistole in die Tasche.

»Hilf mir, Chowder!«, rief Coffin wieder, als Chowder vor ihm stehen blieb.

»Halt's Maul, Augie«, feixte Tom, erstaunt und erleichtert. Er hätte nur ungern Chowder Kelly erschossen.

»Sieht aus, als ob ihr da unten auch ein paar Raketen habt, Tommy«, sagte Chowder, während das Feuerwerk in der Ferne weiter zischte und donnerte. »Sieht tatsächlich so aus.«

Mit letzter Anstrengung riss sich Coffin von den drei Chinesen los, so dass einer die Treppe hinuntertaumelte und gegen die Tür

fiel. Coffin wollte auf die Straße rennen und hatte seinen Fuß schon auf der obersten Stufe, als Chowder ausholte und ihm in den Bauch trat. Er wäre rückwärts die Treppe hinuntergefallen, hätten ihn nicht die zwei Chinesen aufgefangen. Grinsend sagte Chowder: »Das hat mir gut getan.«
Coffin klappte zusammen und erbrach sich auf den Stufen. Die drei Chinesen hielten ihn wieder fest im Griff.
»Chowder ... du ... Scheiße!« Er würgte und spuckte. »Fahr zur Hölle, du Schweinehund.«
Chowder, der, das vielfarbig flackernde Feuerwerk über sich am Himmel, wie ein Jahrmarktsteufel dastand, grinste und sagte leise: »Nach dir, August.«
Braddock und Byrnes schwiegen. Byrnes nickte den Chinesen nur zu, die Coffin aufhoben und die Treppe hinuntertrugen. Während sie ihn in den Keller zogen, schlugen seine Fersen auf die Stufen. Eins musste man ihm lassen: Er ließ alles wortlos über sich ergehen, und seine anklagenden Augen waren das Letzte, was Braddock von ihm sehen sollte ... in diesem Leben.

Eine Viertelmeile oberhalb der Brücke saß Captain Sangree am Rand eines Landestegs. Auch Jacobs, Lebeau, Lincoln, Emmons und Sullivan saßen in seiner Nähe, aber Sangree nahm sie kaum wahr. Es schien, als hätte ihn das Feuerwerk davongetragen. Die Explosionen der ersten Salve klangen in seinen Ohren wie Artilleriegranaten, und der Knall und die Schockwellen, als die Luft über seinem Kopf komprimiert wurde, gaben ihm das Gefühl, in ein Sperrfeuer geraten zu sein. Es trug ihn zurück nach Gettysburg, zu den Salven des dritten Tages. Lees Kanonen hatten den Angriff eröffnet und die ganze Kanonade auf einen einzigen Punkt in der Linie der Yankees gebündelt. Die Geschütze dröhnten und donnerten. Ein Sturm von heulenden Geschossen, grellroten Explosionen, pfeifenden Granatsplittern und Erdfontänen schien auf die Linie der Yankees wie eine rächende Hand niederzugehen. Zu bald schon hatte der Rauch der Kanonen alles verdunkelt, aber man feuerte blind weiter in das Lager der Nordstaatler hinein. Thaddeus musste wieder daran denken, wie Franklin von einer Granate getroffen wurde. Er erinnerte sich daran, dass er den Yankees das Gleiche gewünscht hatte. Eine Salve berstender Raketen brachte ihn aus seinem Wachtraum zurück. Die Raketen regneten rote, weiße und blaue Sterne herunter und ließen sie über dem Fluss schweben und flackern. Unten wurden die Schiffe geisterhaft beleuchtet, alles Licht war auf der einen Seite, die Dunkelheit auf der anderen. Das schwarze Wasser reflektierte die Explosionen und die funkelnden Kaskaden, so dass es manchmal aussah, als ritten Geisterschiffe auf Feuerwellen. Rauchwogen ließen sich auf dem Fluss nieder. Bald, stellte er sich vor, würde die Artillerie ihre Ziele nicht mehr sehen.

Sangree befingerte das Telegramm in seiner Tasche. Schon vor Tagen hatten es ihm seine Geldgeber aus Richmond geschickt. Die Nachricht war noch schlechter gewesen als erwartet:

empfang deiner freunde nicht wie geplant verlaufen stop
kommen morgen nach ny zurück stop
werden dich sofort besuchen stop
dringender rat zeitplan vorziehen stop
keine zeit verschwenden stop
unbedingt durchführen stop

Thaddeus kannte den Wortlaut auswendig. »Braddock, dieser verdammte Hund! Gott verdamme diesen Scheißdetective!«, sagte er halblaut. Er sah zu Jacobs hinüber, der eine weiße Binde um den Kopf trug und blass aussah. Sogar von einem Kind waren sie jetzt schon besiegt worden, dachte er sich. Was war bloß mit ihnen los? Warum war es ihnen nicht gelungen, den Detective und diesen Bengel auszuschalten? Inzwischen hasste er Braddock fast so sehr, wie er Roebling hasste.

Der Gedanke an Roebling brachte ihn auf etwas anderes.

Allmählich setzte sich der Gedanke an einen möglichen Fehlschlag in seinem Kopf fest – aber das durfte nicht sein, daran durfte er nicht einmal denken. Die Drohung im Telegramm war klar genug. Nicht, dass es einer Drohung bedurft hätte, ihn anzutreiben. Aber wenn sie tatsächlich scheiterten, was dann? Was, wenn er einen Fehlschlag überlebte? Eine Rückkehr in den Süden wäre dann undenkbar. Sein Leben wäre nicht mehr lebenswert. Er würde gejagt werden, und wenn er Pech hatte und sie ihn erwischten, würde man ihn aufhängen. Nein – einen missglückten Anschlag zu überleben, das war keine Option. Aber ihm blieb immer noch Roebling. Wenn alles andere scheiterte: Roebling würde ihm immer noch bleiben.

»Verdammt, das war hübsch, Jus. Hast du gesehen, wie sich die Farben verändern? Wie kriegen die das bloß hin?«

»Ja, das ist wirklich einmalig, Pat. So etwas habe ich noch nie gesehen.«

»Ich habe auch noch nie so viele Menschen auf einem Fleck gesehen. Anscheinend ist die ganze verdammte Stadt auf den Beinen. Stell dir bloß vor, wie viele allein auf diesen Schiffen sitzen.« Pat deutete mit dem Finger auf den belebten Fluss. »Es sind bestimmt mindestens zwanzig- oder dreißigtausend.«

»Vielleicht sogar noch mehr«, stimmte ihm Justice zu. »Allein auf den Kriegsschiffen müssen es drei- oder viertausend sein.« Die beiden Männer mussten sich gegenseitig anschreien, um sich über den Lärm der Explosionen und der jubelnden Menge hinweg verständigen zu können.

»So etwas hätte ich mir nie vorgestellt, Kumpel. Ich weiß, dass sie etwas Großes vorhatten, aber irgendwie kam mir nie in den Sinn, dass sie so ein Spektakel aufziehen könnten.«

»Und die Brücke – ist sie nicht wunderschön, Pat?«

»Ja. Egal, was geschieht, ich muss schon sagen, ich werde immer stolz darauf sein, dass ich auf ihr gearbeitet habe.«

»Ich auch«, gab Justice unumwunden zu. »Ich werde tun, was

ich tun muss, das weißt du ja, aber ...« Seine Stimme verebbte, als der Feuerregen die mächtige Brücke hervortreten ließ. Um sie herum riefen die Leute »Ooh« und »Aah« und schrien »Bravo«.

»Jus, weißt du was, es muss nicht unbedingt so laufen, wie es der Captain will«, flüsterte ihm Pat ins Ohr und behielt dabei Sangree im Auge. »Ich meine ... zum Teufel, ich weiß nicht, was ich meine. Es ist wie damals, als wir uns oben auf den Kabeln unterhalten haben, weißt du noch?« Justice nickte nur. »Du sagtest, wenn ich nach einer Antwort suche, werde ich sie auch finden. Weißt du noch?« Justice sah Pat an und wusste, worauf er hinauswollte. »Ich habe gesucht, und ...« Sullivan hielt inne – er fürchtete sich davor, seine Gedanken in Worte zu fassen.

»Sag's mir lieber nicht, Pat. Ich will es nicht wissen. Das musst du mit dir selbst abmachen. Ich kann dir nicht helfen – lass mich damit in Ruhe.« Jus hatte Angst davor, etwas zu hören, was, wie er wusste, ihr Leben ändern könnte. Er war fast verzweifelt.

Pat erkannte, dass Justice mit seinen eigenen Dämonen zu kämpfen hatte. Es stand in seinen Augen geschrieben, die jetzt von den Blitzen des Feuerwerks erhellt wurden. Es war, als machten die sich verändernden Muster aus Feuer und Schatten seine heimlichen Gedanken sichtbar. Sie schienen einander in der durchfurchten Landschaft seines Gesichts zu bekämpfen – zumindest kam es Pat so vor.

Es dauerte lange, bis Justice wieder zu sprechen anfing. Das Feuerwerk hatte nun ohne Unterbrechung schon eine halbe Stunde gedauert. Schließlich wandte Justice sein Gesicht Pat zu und sagte: »Was du auch beschließt, mir ist es recht, Pat. Ich halte dich nicht davon ab, und ich stelle mich dir nicht in den Weg.«

Pat antwortete nicht. Er streckte dem alten Freund seine schwielige, narbige Taklerhand hin. Justice nahm sie und drückte sie fest. Der Captain schien es nicht zu bemerken.

Auch in Brooklyn, in Washingtons verdunkeltem Zimmer, gaben sich Emily und Wash die Hand. Sie wechselten kaum ein Wort. Emily hatte das befremdende Gefühl, dass sie nicht mehr dazugehörten. Sie waren nur mehr Zuschauer. Sie hatten ihre Arbeit getan, ihre Lorbeeren eingeheimst, und jetzt unterschied sie nichts von den Tausenden anderen, die das Schauspiel um die Brücke betrachteten. Im Haus war es ruhig geworden. Die Musikanten hatten ihre Instrumente eingepackt und waren nach Hause gegangen. Die Speiselieferanten würden erst am nächsten Morgen wiederkommen, um aufzuräumen. Emily und Wash waren allein im Haus. Plötzlich überfiel Emily eine große Müdigkeit, sie kam sich alt vor. Erst jetzt erlaubte sie sich, die Last der letzten vierzehn Jahre zu spüren.

»Jetzt stehst du in den Geschichtsbüchern, Colonel Roebling«, sagte sie, während die Brücke in das aufblitzende Licht der explodierenden Raketen getaucht wurde.

»Ich stehe nicht allein dort, Em.«

»Wer weiß, woran man sich in hundert Jahren noch erinnern wird?« Emily seufzte. »Die Menschen vergessen schnell.«

Wash schüttelte energisch den Kopf. »Em, die Brücke wird in hundert Jahren noch da sein, und solange sie steht, wird man deinen und meinen Namen damit verbinden. Einige werden ihn vielleicht vergessen, aber bei so etwas ...«, dabei deutete er zum Fenster hinaus, »über so ein Bauwerk werden die Menschen immer noch mehr erfahren wollen. Immer wird es Menschen geben, die mehr wissen wollen, und sie werden unsere Namen entdecken, immer wieder aufs Neue, in jeder Generation.«

Emily lächelte sanft, als sie sich das vorstellte. »Das ist ein schöner Gedanke.« Sie kuschelte sich an ihn. »Glaubst du wirklich, dass künftige Menschen noch darauf neugierig sein werden? Irgendjemand wird mit Sicherheit eine größere Brücke bauen. Außerdem gibt es so viele wunderbare neue Erfindungen.« Sie hielt die Hand hoch und zählte sie an den Fingern ab. »Elektrischer Strom, Telefon, Kutschen mit eigenem Antrieb und noch Tausende andere Neuheiten. Es ist möglich, dass der Mensch durch die Luft fliegen wird, noch bevor dieses Jahrhundert zu Ende ist. Wenn es so etwas gibt, meinst du, dass eine Brücke dann immer noch die Neugier der Menschen erwecken kann?«

»Ich glaube es«, erwiderte Wash langsam. »Diese Brücke ist mehr als bloße Ingenieurkunst oder ... ein Ergebnis der Wissenschaft. Sie ist kein ... Gerät, das man benutzt und dann wegwirft. Sie hat Substanz und Anmut und ist von zeitloser Schönheit. Die Harmonie ihrer Proportionen geht weit über ihre bloße Funktion hinaus. Solche Dinge werden immer einen Wert haben.«

Wash sah zum Fenster hinaus. »Die Brücke dient nicht nur materiellen Bedürfnissen, sondern auch der Seele. Du weißt ja, was man empfindet, wenn man auf ihr steht. Kannst du dir vorstellen, dass dieses Gefühl den Menschen eines Tages nichts mehr bedeutet? Ich glaube es nicht.«

Sie schauten dem Feuerwerk zu, das über der Brücke krachte und hallte.

»Ich glaube, dass in hundert Jahren die Welt den wahren Wert dieses Schatzes erkennen wird«, sagte er leise.

»Wer weiß?« Emilys Augen strahlten, als sie ihren Mann ansah. »Vielleicht geben sie dann wieder ein Fest für uns.«

Vom Fenster des *Tribune*-Gebäudes aus sah Mary zu, wie die ununterbrochenen Salven den Nachthimmel erleuchteten. Die Scheiben der geöffneten Fensterflügel klirrten; die großen Raketen brachten den Fußboden zum Schwingen. Vier Reihen tief standen die Gäste dort und klatschten und jubelten bei jedem neuen Knall. Mary hatte ein derartiges Schauspiel noch nie gesehen. Vierzehn Tonnen Feuerwerkskörper, stand in den Zeitungen, wolle man innerhalb einer Stunde in die Luft jagen. Nach ihrer Einschätzung waren es bestimmt noch mehr. Ihr kam es vor, als hätte man schon seit Stunden ununterbrochen Raketen und Feuerbälle hinaufgeschossen. Das Schauspiel schien kein

Ende finden zu wollen, und jede neue Explosion zerrte an ihren Nerven und pochte an ihre Schläfen.
Wieder sah Mary auf die Uhr: Viertel vor zehn. Wenn es so lange dauerte, konnte kaum alles nach Plan verlaufen sein. Je länger Tom ausblieb, umso schlimmer wurden ihre Befürchtungen. Während die Stadt feierte, verging nach und nach ihre Zuversicht. Sie stellte sich vor, wie sie als einziger Gast in diesem Gebäude übrig blieb und, während die Putzkolonnen aufräumten, auf einen Mann wartete, der nie mehr zurückkehren würde.
»Komm zu mir zurück, Thomas Braddock«, flüsterte sie vor sich hin, während die Menge jubelte.
Es war beinahe zehn, und Mary hatte inzwischen zwei weitere Male auf die Uhr gesehen. Jede einzelne Minute schien eine Ewigkeit zu dauern, bis sie Vergangenheit wurde. Ihre Hände schwitzten, sie fing sogar an, bei jeder neuen Explosion zusammenzuzucken. Sie gab sich Mühe, vor ihrer Nervosität nicht zu kapitulieren. Obwohl ihr die schrecklichsten Vorstellungen in den Sinn kamen, klatschte sie teilnahmslos mit, wenn die anderen jubelten. Jetzt steigerte sich das Feuerwerk zu einem betäubenden Crescendo, und Dutzende von großen beleuchteten Ballons sprühten glitzernde Funkenbänder auf die Stadt hinunter, während die letzte Serie der Feuerwerkskörper mit einem donnernden Stakkato explodierte, das die Sinne betäubte.
Da spürte sie, wie eine schwere Hand ihre eigene ergriff. Ihr stockte der Atem. Sie musste sich nicht umwenden, um zu sehen, wer es war; aber sie tat es trotzdem und warf Tom die Arme um den Hals.
»Ach, Tom ... Gott sei Dank, du bist wieder da«, flüsterte sie. »Ich hatte solche Angst. Ist alles in Ordnung?« Ihre Hände tasteten ihn ab. War er verletzt?
»Natürlich ist alles in Ordnung. Ich sagte dir doch, dass ich wiederkommen würde«, sagte er mit gespielter Lässigkeit.
Mary versetzte ihm einen Schlag, und er japste vor Überraschung.

»Mach dich nicht über mich lustig, Tom Braddock«, sagte sie mit gespielter Empörung. »In der letzten Stunde bin ich tausend Tode gestorben.«

Toms Stimme wurde weicher. »Es tut mir leid, Mary. Es tut mir leid, dass du das alles meinetwegen durchmachen musstest.« Das Feuerwerk donnerte, funkelte und erleuchtete die Stadt. »Tolles Feuerwerk, was?« »Wechsle bloß nicht das Thema, du Mistkerl«, sagte Mary. »Halt mich jetzt fest, Tommy. Wenn du das nicht tust, wirst du mich einfangen müssen.«

Das Feuerwerk endete fast so plötzlich, wie es begonnen hatte. In der betäubenden Stille, die darauf folgte, hielt Tom sie an sich gepresst und flüsterte ihr ihre gemeinsame Zukunft ins Ohr.

Die Stille dauerte nur Sekunden. Noch bevor sich der Rauch auf das schwarze Wasser unter der Brücke gesenkt hatte, gingen zuerst eine, dann Dutzende, dann Hunderte von Dampfpfeifen auf den Schiffen los, Schiffsglocken läuteten, Kanonen und Gewehre feuerten Salut. Auf beiden Ufern setzte sich der Lärm fort. Kirchenglocken, Fabriksirenen, Trompeten, Trommeln und alles, was sonst noch Lärm machen konnte, beteiligte sich am Freudentaumel. Hunderttausende Kehlen brüllten ihr Einverständnis hinaus. Die Brücke war eröffnet, der Weg zum anderen Ufer war frei.

21. Kapitel

Der seiner Sache so treulich folgte
Und im Wissen seines hohen Ziels
Nie zu dir sein suchendes Auge erhob,
Sondern unbewusst deinem Willen entsprach.

Ambrose Bierce

Mit einem Eisbeutel am Hinterkopf lag Jacobs auf seinem Bett. Kalte Bächlein rollten ihm in den Nacken und aufs Bettlaken. Trotz des Eises kochte er innerlich. Ein kleiner Junge hatte ihn zusammengeschlagen! Bewusstlos geschlagen! Wenn seine Verletzungen nicht so empfindlich gewesen wären, hätte er sich den anderen nie in diesem Zustand gezeigt. Er hatte es kaum geschafft, sich nach Brooklyn zurückzuschleppen. Auf der Fähre hatte er über die Reling gekotzt; ihm war so übel und so schwindlig gewesen, dass er wie ein Betrunkener torkelte. Auf dem Hinterkopf hatte er eine Beule, so groß wie ein Ei, und eine Wunde, aus der schon seit drei Tagen Blut und Eiter sickerten. Der schwerste Schlag aber hatte sein Ego getroffen. Er war ein Killer, ein durch und durch gefährlicher Mensch. Seit vielen Jahren hatte er diesen Ruf gepflegt. Die anderen hatten Angst vor ihm, das wusste er – wenigstens war das bisher der Fall

gewesen. Aber gestern hatten sie ihn ausgelacht! Ihn verspottet! Er konnte es immer noch nicht glauben. Sie hatten es nicht böse gemeint, aber trotzdem tat es ihm weh, vielleicht mehr noch als die Beule auf seinem Kopf. Ein Zehnjähriger hat mich bewusstlos geschlagen, sagte er sich zum hundertsten Mal.
Der kleine Scheißkerl sollte dafür büßen. Bart Jacobs war egal, was Thaddeus dazu sagte; ihm war scheißegal, dass Thaddeus keinen Wert mehr darauf legte, den Jungen beseitigen zu lassen. Er, Bart, würde das Bürschchen auf eigene Verantwortung abschlachten, und wenn es seine letzte gottverdammte Handlung hier auf Erden sein musste. Nach dem Fehlschlag in Richmond sei der Junge nicht mehr von Belang, hatte der Captain gemeint. Braddock war wahrscheinlich inzwischen ohnehin alles bekannt, was der Junge wusste. Da Braddock immer noch lebte und ihnen immer noch nachspürte, bedeutete der Junge für die anderen kaum mehr als ein Ärgernis. Jacobs aber musste noch etwas beweisen. Von einem Kind ließ er sich nicht besiegen, niemals! Er würde dem kleinen Scheißer die Eingeweide herausreißen und ihn an seinen Gedärmen aufhängen … ihn so grausam wie möglich zu Tode quälen … ein Beispiel setzen. Er würde den anderen zeigen, dass er nicht mit sich spaßen ließ. Dann würde ihnen das Lachen vergehen.
Er wälzte sich aus dem Bett, zuckte zusammen und machte die Augen zu, weil ihm schwindlig war. Morgen würde er etwas unternehmen. Morgen würde er auf die Jagd gehen. Bis dahin würde er sich zu den anderen setzen, den gemeinsamen Plan weiterverfolgen, so tun, als ob er nichts anderes vorhätte. Seine Absichten würde er für sich behalten. Je weniger der Captain erfuhr, desto besser. Vielleicht würde er sie alle überraschen und ihnen den Kopf des Kindes in einem Korb präsentieren. Er lächelte, als er daran dachte.

Seit zwei Tagen war die Brücke jetzt offen für die Allgemeinheit. Captain Sangree hatte sein Möglichstes getan, um die Cops auf die falsche Fährte zu führen. Da die Polizei in der ganzen Stadt nach ihnen suchte und ihre alten Wohnungen observierte, lauerte überall Gefahr. Auch die Firma Sangree & Co wurde in den letzten Tagen rund um die Uhr observiert. Zu ihrem Glück rechnete man Sullivan und Lincoln nicht zu den Verdächtigen. Sie konnten unbehelligt die Bewegungen der Polizei verfolgen. Was sie davon berichteten, war jedoch beunruhigend. Bei den Verschwörern lagen die Nerven blank, und die Stimmung war gereizt. Sie schliefen schlecht.

Das Manifest war fast fertig. Pat und Matt hatten sich bereit erklärt, den Entwurf des Captains durchzulesen und letzte Änderungen vorzuschlagen.

»Freunde, dies ist unser Credo, unser Ehrenkodex. In diesem Dokument sprechen wir für den ganzen Süden und für alle unsere Brüder, die den Märtyrertod starben«, sagte Sangree, während er in Jacobs' kleiner Wohnung auf und ab schritt. »Es wird die passende Coda zur Zerstörung der Brücke sein.«

»Amen, Captain«, rief Earl aus, der nicht wusste, was eine Coda war, aber Gefallen an dem Klang des Wortes fand. Er klatschte mit der knochigen Faust auf die Handfläche. »Lassen wir die Yankee-Schweine quieken!«

Seit der Eröffnung hatten sie die Zeit genutzt, ihre Pläne zu vervollkommnen und Teile des Ablaufs zu proben. In der letzten Nacht waren sie sogar mit ihrem Fuhrwerk und einer Kutsche auf die Brücke gefahren. Die beiden Fahrzeuge fuhren gleichzeitig los, das eine von der New Yorker Seite, das andere von Brooklyn aus; sie trafen sich in der Mitte und entluden dort ihre Kisten – natürlich nicht die echten Dynamitkisten. Es war zwei Uhr fünfzehn, als sie den Probelauf unternahmen. Abgesehen von einer einzelnen fremden Kutsche, die die Brücke nach Brooklyn überquerte und ihren Zeitplan durcheinander brachte, ging alles erstaunlich gut. Es dauerte nur sechsundvierzig Sekunden, bis die Kisten ausgeladen und zwischen den Gleisen aufeinander geschichtet waren. Innerhalb von zwei Minuten war alles wieder eingepackt und auf dem Weg zum anderen Ufer. Es ging schneller, als sie erwartet hatten.

Nicht alles verlief so glatt. Jacobs hatte am zweiten Tag nach der Eröffnung das Brückenbüro aufgesucht. Bei seiner Rückkehr berichtete er von der Absicht der Brückenpolizei, ihre Kontrollen rund um die Uhr durchzuführen.

»Jesus Christus!«, hatte Earl gebrüllt. »Das bringt alles durcheinander!« Niemand widersprach ihm. Mit ihrer gewohnten Entschlossenheit gingen sie das Problem an.

In den letzten Tagen hatten sie den Ablauf der Brückenpatrouillen genau studiert. Es hatte sie um viel Schlaf gebracht, lieferte ihnen aber die gewünschten Resultate. Auch da offenbarte sich aber ein Problem. Seit dem fünfundzwanzigsten, von zwei Uhr an, hatten Nacht für Nacht zwei der Verschwörer an den Brückenenden gestanden und registriert, wie die Patrouillen abliefen. Sie blieben bis drei Uhr dreißig und verglichen am nächsten Morgen die Ablösungszeiten miteinander. Eigentlich sollten die Patrouillen jeweils zur vollen Stunde wechseln, und anfangs taten sie das auch. Bereits in der zweiten Nacht aber verschob sich der Zeitpunkt, zu dem die Patrouillen zu ihrem Erkundungsgang aufbrachen; auch die Zeit, die sie benötigten, um die Brücke zu überqueren, variierte. Die Unterschiede waren nicht groß; zehn Minuten früher oder später, das war um diese frühe Morgenstunde ziemlich unbedeutend – zumindest sahen es die Cops so. Für die Verschwörer aber konnten zehn Minuten alles entscheiden. Ihre Risiken wuchsen enorm. Und es wurde noch schlimmer: Ein paar Cops hatten es sich angewöhnt, unterwegs stehen zu bleiben, eine Rauchpause einzulegen und das erhebende Gefühl der nächtlichen Einsamkeit auf der Brücke zu genießen.

»Wir müssen sie bis zur vorletzten Nacht beobachten und die Zeiten notieren, Captain«, sagte Earl.

»Genau. Jacobs' und meine Aufgabe ist dadurch auch riskanter geworden. Wir müssen uns darauf gefasst machen, dass wir notfalls erst auf ein Zeichen hin losfahren. Wir können nicht im Voraus wissen, wie viel Zeit uns bleibt. So wie es jetzt aussieht, können wir mit fünfzig bis siebzig Minuten rechnen.«

»Seit Donnerstag schnüffeln diese beiden Detectives immer wieder im Baubüro herum«, sagte Bart beiläufig.

»Hast du mit jemandem im Büro noch Kontakt?«, fragte Thaddeus. Jacobs nickte.

Jetzt, da überall Cops herumschwirrten, waren die Verschwörer gezwungen, sich den ganzen Tag versteckt zu halten und in der Nacht den geplanten Ablauf zu proben – zumindest galt das für Matt, Earl und den Captain. Wie lange würde es noch dauern, bis auch die anderen identifiziert waren und gejagt würden? Nicht mehr lange, stellte sich Bart vor. Er nestelte an seinem Verband und dachte wieder an sein Vorhaben, den jungen Bucklin zu erwischen.

»Es war gut, dass du dort so lange ausgehalten hast«, sagte Thaddeus und klopfte Jacobs auf die Schulter.

»Danke, Sir. Ich habe einfach den braven kleinen Schreiberling gespielt, was mir nebenbei die Gelegenheit gab, ein paar zusätzliche Abdrücke der Schlüssel für das Kraftwerk und die Räume der Dampfgeneratoren und Dynamos zu machen.« Jacobs kicherte, hielt die Schlüssel in die Höhe und rasselte mit ihnen.

»Will jemand einen Kaffee?«, fragte er gut gelaunt.

Zwei sagten ja. Jacobs machte sich am Ofen zu schaffen. Er schüttete Bohnen in seine Kaffeemühle und mahlte sie mit rhythmischen Bewegungen, als diktiere ihm ein Metronom den Takt. Diese Aufgabe schien ihm zu gefallen, und er konzentrierte sich auf jede Drehung der Kurbel. Schließlich löffelte er den gemahlenen Kaffee in die Kanne. Selbst die kleine Pause, während er den Duft einatmete, war offenkundig ein Teil seines Kaffeerituals. Die anderen sahen ihm fasziniert zu. Sogar bei dieser angenehmen kleinen Aufgabe wirkte er wie eine Maschine, präzise und effizient. Genauso präzise arbeitete Jacobs, wenn es um einen Mord ging. Die meisten betrachteten seinen Misserfolg mit dem jungen Bucklin als untypischen Zufall, der einmal im Leben passieren kann. Keiner zweifelte an seinen Fähigkeiten, auch wenn sie ihn jetzt aufzogen.

»Du bist doch der penibelste Kerl, der mir je über den Weg gelaufen ist, Bart«, sagte Earl sarkastisch. »Eines Tages wirst du einem glücklichen Mann eine gute Ehefrau abgeben.« Alle lachten, sogar Bart Jacobs, der Earl den Rücken zugewandt hatte. Plötzlich, mit bedrohlicher Geschwindigkeit, wirbelte er jedoch um die eigene Achse, und seine Hand fuhr wie die Zunge einer Schlange nach vorn. Glänzender Stahl flog durch die Luft und stieß mit voller Wucht knapp über Earls Kopf in die Wand. Das Messer zitterte wie der Schwanz einer Klapperschlange.

»Auch mit Besteck kann ich geschickt umgehen«, sagte Jacobs fröhlich. In seinen Augen aber war keine Fröhlichkeit zu erkennen. Während der letzten zwei Tage hatte er mehr als genug einstecken müssen.

Earl erhob sich halb aus dem Stuhl, aber die anderen brachen in kreischendes Gelächter aus und schoben ihn auf seinen Sitz zurück.

»Das war gut, Bart!« Matt lachte. »Um ein Haar hättest du Earl eine neue Frisur verpasst. Mit dem Messer bist du ein Zauberkünstler.«

Auch Pat schmunzelte – er wollte die Situation entschärfen. Earl saß stumm da, geladen wie eine Gewitterwolke, während die anderen kicherten. Schließlich, als das Gelächter verstummte, sagte er langsam, ganz der Gentleman aus den Südstaaten: »Ich glaube, euch verstanden zu haben.«

»Also gut, meine Herren, jetzt, wo wir unseren kleinen Spaß hatten, wollen wir wieder an die Arbeit denken«, sagte Thaddeus. »Uns bleiben nur noch drei Tage.«

Sullivan war froh, dass Jacobs und Earl Lebeau nicht mehr im Rampenlicht standen. Diese beiden waren noch nie so recht miteinander ausgekommen, also empfahl es sich, sie mit anderen Dingen abzulenken. »Wir müssen klären, an welcher Stelle auf der Brücke jeder stehen soll, wie die zeitliche Abfolge aussehen soll und wie wir uns die Signale geben.« Durch Braddocks Nachforschungen war die Zeit für ihre Probeläufe auf ein Minimum geschrumpft. Sie hatten mit mehr Zeit für die Vorbereitungen gerechnet. Sie alle standen unter Druck, und die Folgen zeigten sich schon, wie Barts kleiner Wutanfall bewies.

»Die Signale werden das Entscheidende sein«, sagte der Captain, der die Aufmerksamkeit erzwingen wollte. »Es werden hoffentlich viele Tausende auf der Brücke stehen. Es ist unabdingbar, dass sich unsere Männer auf der Brücke so platzieren, dass sie das Signal sehen können. Ich habe keine Lust, euch mitsamt der Brücke in die Luft zu sprengen«, sagte er mit grimmigem Lächeln. Sullivan wusste, dass der Captain keine Hemmungen hätte, genau das zu tun, wenn es ihm notwendig erschiene; auch sein Gewissen würde es nicht belasten. »Sobald ihr das Signal seht, habt ihr genau fünf Minuten Zeit, keine Sekunde mehr.« Alle wussten, dass es der Captain ernst meinte. »Für euch Männer auf der Brücke müsste das genügen, um die jeweilige Landseite der Türme zu erreichen. In welche Richtung ihr lauft, hängt davon ab, wie viele Menschen euch im Weg stehen. Wenn ihr einmal über die Türme hinaus seid, seid ihr in Sicherheit. Die Brückenenden auf der Landseite könnten vielleicht ein bisschen durchhängen, sie werden aber nicht zusammenbrechen.«

»Das tröstet uns, Captain«, sagte Earl und grinste. »Und nachher treffen wir uns also … oder?«

Mit einem verärgerten Seufzer ließ der Captain den Bleistift fallen. »Nein, Earl. Das haben wir doch gestern durchgesprochen. Nachher trennen sich unsere Wege. Wir treffen erst wieder zusammen, wenn die Umstände danach sind. Wenn keine Gefahr droht, wird der Rollladen im Zimmer an der Nordwestecke im dritten Stock des Powhattan-Hotels heruntergelassen. Wenn ihr dieses Zeichen seht, fragt an der Rezeption, ob es eine Nachricht für euch gibt. Dort erhaltet ihr weitere Instruktionen. Hat jemand noch Fragen?« Der Captain sah herausfordernd in die

Runde. »Gut. Dann wollen wir noch einmal die Platzierungen und die Signale besprechen. Wir haben nur diese eine Gelegenheit.«

Im Polizeihauptquartier ging es zu wie im Bienenhaus; zu jeder Tages- und Nachtzeit schwärmten Kriminalbeamte ein und aus. Coffins plötzlicher Rücktritt hatte eine Leere in der Machtstruktur hinterlassen und, was vielleicht noch kritischer war, die Kollegen unsicher gemacht. Im Marble Palace breiteten sich Gerüchte aus wie die Pest und hinterließen die Eiterbeulen des Zweifels und des Misstrauens. Tom beobachtete mit makabrer Faszination, wie die Gerüchtemühle arbeitete. Er hatte keine Ahnung, wie viele Kollegen Coffins Korps angehört hatten, aber wenn das Ausmaß ihrer Aktivitäten ein Indikator dafür war, musste ihre Zahl hoch gewesen sein. Einige von ihnen hatten allen Grund zur Sorge. Byrnes war kein Monstrum, aber er war auch nicht der Typ, der Coffin mit einem bloßen Rücktritt und ohne weitere Folgen davonkommen ließ. Coffin hatte gesungen. Ihm war nichts anderes übrig geblieben. Tom kannte Byrnes und wusste, wie er sein konnte, wenn er in Rage geriet. Dass noch weitere »Rücktritte« bevorstanden, dessen war er sich sicher. Inzwischen fand ein ständiges Kommen und Gehen vor Byrnes' Büro statt. Das »Vorher« und »Nachher« der Mienen der zum Chef bestellten Kollegen verglich Braddock mit großem Interesse. Es war entlarvend. Für die meisten aber bedeutete die verstärkte Aktivität nichts anderes als eine nervöse Reaktion auf das Revirement. Es war nicht der richtige Zeitpunkt, sich beim Müßiggang erwischen zu lassen.
Der andere Beweggrund war wohl die Aussicht auf Beförderung. Sooft die Stelle eines Captains vakant wurde, und das geschah nicht allzu oft, überkugelte sich vor Eifer, wer bemerkt werden wollte. Wie in einem bizarren Balzritual wurde das Gefieder geputzt. Blaubrüstige, Melonen tragende Vögel mit spiegelblanken Messingknöpfen und messerscharfen Bügelfalten

stolzierten im Gebäude auf und ab: ein Schauspiel nach der Regieanleitung eines Darwin. Tom nahm alles interessiert zur Kenntnis, während er seiner Arbeit nachging. Er konnte es sich leisten, seine Aufgaben genauso zu erledigen wie bisher. Das war ihm das Wichtigste, die einzige Konstante in dieser aufgewühlten blauen See. Mochten die Wellen brechen, mochte die Gischt schäumen – ihm konnte das alles nichts anhaben.

Mitten am Vormittag wurde er zu Byrnes gerufen. Im Laufe der letzten Tage hatten sie sich schon ein paarmal über Coffin, das Korps und Braddocks Verstrickung unterhalten. Tom belastete sich so wenig wie möglich und hielt sich mit Angaben über Dinge zurück, die Byrnes nicht unbedingt wissen musste. Der Chef war einsichtig und lenkte Toms Enthüllungen ausschließlich auf Coffins Operationen. Ob Tom noch weitere Auskünfte geben wollte, blieb einzig und allein in seinem eigenen Ermessen. Es ging Byrnes nicht darum, Tom zu beschuldigen. Trotzdem ärgerte er sich über die ganze Episode. Er hatte buchstäblich alles aus Coffin herausgeprügelt und seine Wut darüber, dass er ihn in diese Situation gebracht hatte, an ihm ausgelassen. Erschütterungen dieses Ausmaßes waren zuweilen schmutzig und brutal. Byrnes eignete sich zwar gut für diese Art von Arbeit, aber trotzdem war sie ihm zuwider.

»Die Zeitungen interessieren sich zusehends für Coffins Finanzen«, sagte Byrnes unvermittelt, als Tom die Tür hinter sich schloss. »Es wird einiges herauskommen.« Seine Worte wie auch sein Gesichtsausdruck schienen Unheil zu verkünden. »Ich hoffe, dass du Pat und Charlie noch eine Weile entbehren kannst.« Byrnes hatte die beiden von Toms Mannschaft abgezogen, weil er sie für die Affäre Coffin selbst brauchte.

»Selbstverständlich, Sir«, sagte Tom, dem klar war, dass Byrnes sie ohnehin nicht herausgeben würde. Er durfte nicht den Eindruck erwecken, die Untersuchungen über Coffin behindern zu wollen, auch wenn sein eigener Fall darunter litt. Trotzdem wandte er zögernd ein: »Aber, Sir, ich muss schon sagen, ich habe

ein ungutes Gefühl im Fall Bucklin.« Er rieb an dem ramponierten Zeitungsausschnitt in seiner Tasche, als wollte er damit eine Lösung herbeizaubern. »Sie sind noch auf freiem Fuß. Sie sind nur untergetaucht. Um ehrlich zu sein: Mir macht das Angst.«
Byrnes sagte nichts darauf. Tom fühlte sich dadurch nicht gerade ermutigt.
»Ich will nicht bestreiten, dass Sie zusätzliche Männer brauchen, Sir«, fuhr Tom fort. »Es ist nur so …« Byrnes runzelte missbilligend die Stirn. »Ich wollte es Ihnen nur aus meiner Sicht darstellen.« Tom sah ein, dass er mit dieser Vorgehensweise nichts erreichen würde.
»Danke«, brummte Byrnes. Ihm kam dieser Fall nicht so dringend vor. Falls er mit den Brückenzügen zusammenhing – und darauf deutete alles hin –, dann blieb ihnen immer noch Zeit. Die Züge würden erst Monate später fahren, nach neuesten Berichten erst ab September. Das würde ihnen Zeit genug lassen, erst einmal die Sache mit Coffin unter den Teppich zu kehren, dachte er sich.
»Ich habe die Untersuchung von Coffins Finanzen veranlasst. Einige Ergebnisse gefallen mir ganz und gar nicht.«
»Das ist mir klar, Sir. Es ging mir allerdings nur zum Teil um Coffins … Finanzen. Es war die Art, wie er seine … Geschäfte betrieb – das hat mich dazu veranlasst, Sie darüber in Kenntnis zu setzen.« Tom hatte sich vorgenommen, so weit wie möglich die Wahrheit zu sagen.
»Hm … aber Sie haben sich damit Zeit gelassen. Kam es Ihnen nicht in den Sinn, mich früher aufzusuchen?«, fragte Byrnes. Sie hatten diese Frage schon einmal durchgesprochen, aber Byrnes wollte ihn auf die Probe stellen.
Tom war sich dessen bewusst und hatte dafür Verständnis. »Zunächst einmal, Sir, nahm ich an, dass Ihnen zumindest teilweise bekannt war, was Coffin trieb. Ich hatte auch keine stichhaltigen Beweise.« Das war zwar eine Lüge, aber er glaubte damit durchzukommen. »Und … ich bin mir nicht sicher, ob ich Ihnen

etwas gesagt hätte, wenn ich einen Beweis gehabt hätte. Ich glaube nicht, dass ich dazu befugt gewesen wäre. Erst als ich sah, dass Coffin außer Kontrolle geriet ...« Tom ließ den Satz unvollendet und fragte sich, ob Byrnes die Doppeldeutigkeit erkannte.

Byrnes stieß eine kleine Kumuluswolke seines Zigarrenrauchs in die Luft und musterte die Zimmerdecke. »Eigentlich sehe ich das genauso, Tom. Ich lege viel Wert auf die hierarchische Ordnung. Hinter dem Rücken eines Vorgesetzten zu agieren ist einer Karriere nicht förderlich. Aber im Falle Coffin habe ich Verständnis. Er ist tatsächlich außer Kontrolle geraten, er hat sich sozusagen jenseits der Grenzen des Erlaubten begeben. Ich habe auch für Sie Verständnis, was den Vorfall mit Mary betrifft.« Byrnes sah Tom durch den Zigarrenrauch bedeutungsvoll an.

Tom nickte und lächelte. »Ich bin erleichtert, dass Sie mich verstehen, Sir.«

»Aber Sie sagen mir nicht alles.« Zur Bekräftigung blies Byrnes eine Rauchwolke hinaus. »Das weiß ich.«

Tom geriet ins Schwitzen, und ein kaltes Rinnsal lief ihm den Rücken hinunter.

»Aber das ist schon in Ordnung. Ich befasse mich hier nicht mit Ihnen. Ich weiß, wie die Dinge laufen. Auch ich habe von der Pike auf gedient.« Byrnes grinste ihn verschwörerisch an. »Nur ist Coffin eben bis über beide Ohren in die Bredouille geraten, und ich muss mich damit befassen. Und was die Superintendents und den Commissioner angeht, sie müssen nicht unbedingt alles wissen, meinen Sie nicht auch?« Diese Frage war rhetorisch gemeint.

Tom grinste verständnisinnig. »Das meine ich auch, Sir.«

»Diese Geschichte sollte möglichst bald in Vergessenheit geraten. Je weniger schmutzige Wäsche, desto besser.«

»Ein weiser Entschluss«, stimmte Tom zu.

»Hm. Ich habe vor, diese Sache noch eine Weile weiter zu verfolgen, aber sobald die Zeitungen der Wahrheit zu nahe kommen, werde ich ganz schnell die Akte zuklappen.«

Tom nickte. Nur eines wollte er noch wissen, und er musste die Frage einfach stellen. »Was wird mit Coffin geschehen?«
Byrnes sah ihn missbilligend an. »Er scheidet ohne Abfindung aus. Wenn er nicht gesungen hätte, hätten wir ihn vor Gericht gestellt. Ihm hätte ein langer Aufenthalt in Sing Sing geblüht. Wenigstens das bleibt ihm erspart.« Byrnes gestikulierte mit seiner Zigarre. »Eigentlich ist er dabei ganz gut weggekommen. Er muss nicht ins Zuchthaus, die Polizei wird nicht noch einmal in einen Skandal hineingezogen, und Sie sind ihn endlich los. Auf diese Weise haben wir die Möglichkeit, ihn durch jemanden zu ersetzen, der« – er suchte nach dem passenden Wort – »wollen wir einmal sagen ... kooperationswilliger ist.«
»Hm«, sagte Tom. »Eigentlich ist das keine schlechte Lösung.«

Beim Hinausgehen lief Tom Chowder in die Hände. Er war auf dem Weg zu Byrnes.
»Hey, Tommy! Wie läuft die Schlacht?«
»Geht schon.«
Chowder senkte die Stimme um einige Oktaven. »Hat er dir arg zugesetzt?«
»Es gab nichts Unerwartetes«, sagte Tom und zuckte die Achseln.
»Gibt's was Neues über Coffin?«, fragte Chowder mit ernster Miene.
»Nichts, was du nicht schon weißt, Kumpel.« Tom sah ihn eindringlich an. »Byrnes hat ein paar Leichen in Coffins Keller gefunden – das, was man eben erwarten konnte. Keine Überraschungen. Er wird den Deckel darauf tun, bevor zu viel herauskommt.«
»Ein kluger Schachzug, der der Polizei viel Ärger ersparen wird.« Chowder kicherte. »Byrnes war schon immer ein praktisch denkender Mann. Vielleicht wäre es das Beste für alle Betroffenen, wenn Coffin einfach von der Bildfläche verschwin-

det.« Er blinzelte Tom zu. »Aber jetzt bin ich zum Grillen bestellt, Tommy. Ich möchte den Chef nicht warten lassen.«
»Okay«, sagte Tom und lächelte. »Gehen wir bald wieder auf ein Bier? McSorley ruft.«
»Das höre ich auch. Ein Sirenengesang, Tommy! Der Ruf des Bieres!«, sagte Chowder zum Abschied und steuerte auf Byrnes' Büro zu.
Tom ging an seinen Schreibtisch zurück und warf sich auf seinen harten Eichenholzstuhl. Die eingegangene Post hatte sich gestapelt, aber er hatte noch keine Lust, sie durchzuackern. Das Gespräch mit Byrnes hatte ihm den Wind aus den Segeln genommen. Er nahm ein paar Schreiben in die Hand und mischte sie wie Spielkarten, wobei er nicht einmal darauf achtete, was sie enthielten. Es war eine alte Gewohnheit, die von der Befürchtung diktiert wurde, untätig zu wirken, wenn ein Vorgesetzter zufällig vorbeikam. Er grübelte darüber, dass er jetzt Pat und Charlie verloren hatte, was die Untersuchungen verlangsamen würde. Wegen der Eröffnung der Brücke, die sie einen ganzen Tag gekostet hatte, und des Debakels um Coffin, das die Kriminalabteilung ins Chaos gestürzt hatte, war ihnen kaum Zeit zum Arbeiten geblieben. Natürlich hatten er und Jaffey Emmons' und Lebeaus Zimmer durchsucht, aber sie waren genauso leer gewesen wie die Büroräume von Sangree & Co. Zusammen mit Sam, den das Polizeirevier zur Verfügung gestellt hatte, hatten sie die Wohnungen observiert. Tom hatte in einem Telegramm die anderen Reviere gebeten, nach Lebeau, Emmons und Sangree Ausschau zu halten, und in Bahnhöfen und Postämtern hingen Plakate mit den Namen und Beschreibungen der drei, unter der Überschrift: GESUCHT WEGEN VERSCHWÖRUNG. Es hatte sich herausgestellt, dass Emmons und Lebeau nicht mit dem Zug nach Texas gefahren waren, zumindest hatte man sie nicht entdeckt.
Erst gestern hatten Pat und Charlie damit begonnen, die Sprengstoffhändler in und um New York abzuklappern, aber

bis zu dem Zeitpunkt, als sie von Byrnes abgezogen wurden, waren sie auf keinen brauchbaren Hinweis gestoßen. Damit war wohl auch kaum mehr zu rechnen, dachte sich Tom. Hinter dem mörderischen Empfang, den er und Jaffey in Richmond erfahren hatten, musste etwas Schlimmeres stecken. Sie hatten außerdem alles geprüft, was sie über die Züge in Erfahrung bringen konnten, und waren zu keinem greifbaren Ergebnis gekommen. Wieder holte Tom den Zeitungsausschnitt aus der Tasche und las die Zeilen, die er längst auswendig kannte. In ungeschickt übertreibenden Worten wurde beschrieben, wie wunderbar bequem es sei, in nur fünf Minuten über den Fluss transportiert zu werden. In glühenden Worten wurde der Komfort der Waggons dargestellt. Die großartige Technik des Kabelsystems wurde in Einzelheiten beschrieben und mit der neuen Kabelbahn in San Francisco verglichen. Tom kannte alles auswendig. Er wandte sich den Papieren zu, die auf seinem Schreibtisch lagen, und schob den Zeitungsausschnitt zur Seite.

Charlie hatte ihm eine Liste der Händler gegeben, die aufzusuchen waren – hoffentlich konnte er sie finden! Nachdem er die Stapel auf seinem Schreibtisch sortiert hatte, hatte er schließlich in die oberste Schublade geschaut, und da lag sie. Tüchtig wie immer, hatten Dolan und Heidelberg diejenigen Adressen abgehakt, die sie schon besucht hatten. An den Rand hatten sie Anmerkungen über die Personen gekritzelt, mit denen sie geredet hatten, und was dabei herausgekommen war. Das Ergebnis war mager. Mürrisch, resigniert sah Braddock die Liste an.

»Zum Teufel«, brummte er. »Aber immer noch besser als die Warterei auf das nächste Gerücht über Coffin.« Schwerfällig stand er auf und begab sich auf die Suche nach Jaffey.

Es war ein langer Tag gewesen. Sie waren in der ganzen Stadt herumgerannt und hatten die Sprengstoffhändler befragt. Das bedeutete jedes Mal ein langes Warten, bis die Angestellten in den Büros die Auftragsbücher und Rechnungen nach Lieferun-

gen an die gesuchten Personen durchgesehen hatten. Tom und Jaffey vergeudeten den ganzen Tag mit dem Durchforsten der Bücher nach den Namen Sangree, Emmons, Lebeau und Watkins und stießen nur auf eine Lieferung an einen Samuel Watkins in White Plains. Es sah nicht nach einem Fund aus, aber Tom nahm sich vor, den dortigen Cops ein Telegramm zu schicken mit der Bitte, den Mann zu überprüfen.
Als sie zur Mulberry Street zurückkehrten, waren die Nachmittagsausgaben der Zeitungen noch deutlicher geworden in ihren Vermutungen über Coffins Rücktritt; man munkelte über Korruption an höchster Stelle. Wenn Byrnes dem nicht ein Ende setzte, würde bald der Teufel los sein. Mit derartigen Reaktionen, sowohl von der Presse als auch von der Kriminalpolizei, hatte Tom gerechnet. Er bemühte sich, keine Gedanken daran zu verschwenden. Da er ohnehin viel um die Ohren hatte, gelang es ihm zeitweilig sogar. Aber Coffins Gespenst suchte ihn immer wieder heim. Manchmal erschien es Tom nur wie ein Gefühl, das ihn die Nackenhaare sträuben ließ, manchmal sah er Coffins Gesicht, vom Hass verzerrt, aber auch verängstigt und hoffnungslos. Diese Augen würden ihn bis zu seinem Tod begleiten. Doch so bedrückend dies auch war, Tom wusste, dass es nur eine Frage der Zeit gewesen wäre, bis ihm Coffin das gleiche oder ein noch schlimmeres Schicksal bereitet hätte – wahrscheinlich mit weniger Gewissensbissen.
Byrnes rief Tom zu sich, um ihm amtlich mitzuteilen, dass er Pat und Charlie vom Fall Bucklin abgezogen und den Untersuchungen im Fall Coffin für die nächsten Tage oder bis zum Abschluss dieses Falles zugeteilt hatte.
»Das muss jetzt an erster Stelle behandelt werden, Tom. Wir unterhalten uns später«, sagte Byrnes und schnitt Tom die Möglichkeit ab, weitere Einwände vorzubringen.
Ein paar Minuten später informierte Tom Jaffey.
»Das überrascht mich nicht«, sagte Jaffey nur und zuckte mit den Schultern, obwohl diese neue Entwicklung noch mehr

Lauferei für ihn und Tom bedeuten würde. »So eine Geschichte passiert ja nicht alle Tage. Die ganze Sache stinkt, und die Tatsache, dass Coffin schweigt, macht den Gestank noch schlimmer. Man sagt, dass er in alle möglichen Affären verwickelt war – Erpressung, Prostitution, Versicherungsbetrug und so weiter.«
»Ja ... ich zweifle nicht daran«, sagte Tom leise. Allmählich begann er, die Lügen zu zählen, die großen und die kleinen. Zum Schluss würde es ein ganzes Gebäude ergeben, schwer und gleichzeitig brüchig. Er betete nur, dass es nicht zusammenkrachte.

Mike kam es vor, als habe er den Buchhalter mit der Fliege an diesem Tag schon zweimal gesehen. Das erste Mal hatte er noch einmal hingeschaut und festgestellt, dass es doch ein anderer war. Das zweite Mal war er sich nicht so sicher. Der Mann war sofort wieder im Gewühl der Straße untergetaucht. Es hatte ihm einen kalten Schauer über den Rücken gejagt. Trotzdem gammelte er nach der Schule noch den ganzen Nachmittag mit seinen Freunden herum. Sie hatten keinen Versuch unternommen, sich zu verstecken oder nach dem Mann Ausschau zu halten. Schließlich war das ihre Straße, ihr Revier. Sie würden schon rechtzeitig merken, wenn es irgendetwas Außergewöhnliches gab.
Es dämmerte schon, schlurfende Männer zündeten die Gaslaternen an. Plötzlich sah Mike den Mann mit der Fliege wieder; diesmal war er sich ganz sicher. Mike war auf dem Weg nach Hause und wollte sich nach dem Abendessen wieder mit Smokes treffen. Er war schon in der Norfolk Street, als der furchterregende kleine Buchhalter vor ihm in der Dämmerung auftauchte. Noch nie zuvor hatte ihn jemand so angesehen wie dieser Mann. Seine Augen waren entsetzliche schwarze Höhlen, die Mike frieren ließen wie ein eisiger Wind. Einen Moment lang stand er wie angewurzelt auf der Stelle, wie ein vom Licht geblendetes Reh, dann drehte er sich um, rannte davon und schrie

nach seinen Freunden. Als er loslief, spürte er hinter seinem Nacken einen Luftzug. Die Klinge sah er nicht – er wusste aber, dass ihn ein Messer knapp verfehlt hatte.
Mike lief schnell, schneller als er je gelaufen war; er konnte nur hoffen, dass ihn seine Freunde gehört hatten. Er drehte sich nicht um; wenn er nur einmal zögerte, das wusste er instinktiv, wäre er tot. Er war ein gejagtes Kaninchen: Er musste schneller laufen als der Fuchs. Die Schritte des Verfolgers waren ihm so nahe gekommen, dass er sie fast für seine eigenen hielt. Er hörte ihn atmen. Es klang laut, aber ihm kam es nicht angestrengt vor. Der Mann mit der Fliege war ein guter Läufer! Für einen Zehnjährigen war Mike schnell, aber der Mann mit der Fliege war genauso schnell. Mikes Lungen brannten schon, als er direkt vor einem Fuhrwerk einen Haken schlug und über die Straße spurtete. Das Pferd schnaubte und bäumte sich auf. Das Manöver bremste den Verfolger, wie er gehofft hatte, hielt ihn aber nur einen kurzen Augenblick auf. Weiter, die Norfolk Street hinauf, ging die Jagd, an der Rivington Street vorbei auf die Stanton Street zu. Niemand beachtete sie. Dass ein Erwachsener hinter einem Kind herlief, war hier in der Gegend nichts Ungewöhnliches. Ohnehin waren zu dieser Tageszeit kaum noch Menschen unterwegs. Essensdüfte wehten durch die Straßen.
Auf einen plötzlichen Einfall hin sprang Mike in einen Durchgang hinein. Es war eigentlich eher ein Hof, aber da er nur zwanzig Fuß breit war, wirkte er wie eine schmale Gasse. Am Ende stand eine Mauer, und Mike hoffte, hinüberklettern zu können, bevor ihn der Mann einholte. Dann könnte er ihn abschütteln und, wie beim letzten Mal, zwischen den Häusern verschwinden. Als er über einen Ziegelhaufen sprang, hörte er, dass der Mann mit der Fliege schon an der Ecke war. Er stieg auf eine Kiste, um an einem Abflussrohr an der Ziegelmauer hochzuklettern. Er umklammerte das Rohr mit den Füßen, aber er war doch nicht schnell genug. Seine Hand rutschte ab! Mike befand sich erst fünf Fuß über dem Boden, als er den Mann über den

Ziegelhaufen springen hörte. Mühsam kletterte er weiter; aber ihm wurde klar, dass er keine Chance hatte. Er geriet in Panik.
Jacobs jubelte, als er um die Ecke bog. Er hatte den kleinen Bengel in die Enge getrieben, in die Falle! Obwohl der Junge schon dabei war, das Abflussrohr hinaufzuklettern, sah Jacobs sofort, dass er es nicht schaffen würde.
Im selben Moment, als Jacobs über den Ziegelhaufen sprang, traf ihn etwas an der Schulter, und er ging zu Boden. Was war passiert? Er ließ sich abrollen, kam auf die Füße und sah sich um. In diesem Moment flog eine Flasche knapp an seinem Kopf vorbei; er hatte sie nicht einmal kommen sehen. Jacobs hob den Arm, um sich zu schützen, und bemerkte fünf Silhouetten am Ende des Durchgangs. Eine zweite Flasche flog aus der Dunkelheit auf ihn zu, prallte an seinem Unterarm ab, und er hörte eine Kinderstimme rufen: »Lassen Sie unseren Freund in Ruhe, Mister!«
Eine Kanonade aus Flaschen, Steinen und Ziegeln prasselte auf ihn herab. Jacobs duckte sich und sprang hin und her, aber in der Dunkelheit sah er die Geschosse zu spät und konnte ihnen nicht ausweichen. Sie taten höllisch weh.
»Verdammte Scheißkerle!«, fluchte er, riss das Messer hoch und ging zum Angriff über. Er rechnete damit, dass sie die Flucht ergreifen, erwartete, dass sie beim Anblick eines Erwachsenen mit gezücktem Messer in alle Richtungen auseinander stieben würden. Er täuschte sich. Zum zweiten Mal ging eine Kanonade von Flaschen und Steinen auf ihn nieder. Jacobs hatte schon an fünf oder sechs Stellen Schnitte und Beulen. »Euch Hunde bringe ich um!«, schrie er mit sturer Entschlossenheit und lief dem Sturm der Wurfgeschosse entgegen. Diese Kinder würde er alle abschlachten, sobald er sie zu fassen kriegte. Aber als er näher kam, sah er etwas aufblitzen: Drei von ihnen hielten ebenfalls Messer in einer Hand, in der anderen hielten sie die Deckel von Abfallkübeln, die sie, wie Ritter, als Schild vor sich hertrugen.
Trotzdem ging er auf sie los, fuchtelte mit dem Messer nach

links und nach rechts, sprang wie eine Katze hin und her und zielte immer wieder mit gefährlichem Geschick. Seine Klinge schlug Funken aus den Deckeln, schnitt durch die Luft und traf sogar mehr als einmal auf Kinderfleisch. Aber drei der Jungen kreisten ihn ein, und die anderen beiden, die etwas weiter entfernt standen, bombardierten ihn weiterhin mit Wurfgeschossen. Sie gaben nicht auf, sie liefen nicht weg, sie kämpften.

Inzwischen hatte Jacobs Mike Bucklin vergessen. Schon hatte er eines der Kinder mit dem Messer am Arm getroffen und ihm eine blutige Furche durch den Hemdärmel geschnitten. Der Junge schrie auf, ganz und gar nicht wie ein Ritter. Immer noch flogen die Flaschen, aber sie trafen ihn nicht. Der Wendepunkt schien gekommen, als ihn plötzlich etwas von hinten erwischte.

Als Mike sah, dass seine Freunde den Buchhalter angriffen, war er von der Mauer heruntergeklettert. Während er die Schlacht im Auge behielt, ging er langsam auf den Ziegelhaufen zu und schnappte sich zwei Backsteine. Der Mann bemerkte ihn nicht, so sehr war er mit Smokes und Mouse und den anderen beschäftigt. Als Mouse verletzt wurde, sah Mike seine Chance gekommen. Er näherte sich dem Mann und warf den ersten Ziegelstein. Ohne zu schauen, ob er getroffen hatte, warf er schon den zweiten. Die beiden Stöße warfen Jacobs zu Boden. Der Rücken schmerzte ihm, als hätte ihn eine Kanonenkugel getroffen. Ihm blieb keine Zeit, sich zu erholen. Noch bevor er wusste, was geschehen war, hatten sich die Kinder auf ihn gestürzt, traten ihn, stachen auf ihn ein, schlugen ihn mit ihren Schilden und schrien wie die Teufel. Er konnte sich nur mit einem Arm schützen und mit dem Messer herumfuchteln. Alles tat ihm weh, er blutete aus vielen kleinen Wunden, und ihm kam es vor, als hätte man ihm die Rippen eingetreten. Wenn es so weiterging, musste er mit seinem Tod rechnen. Er holte kräftig aus, sah, wie seine Klinge in ein Bein fuhr, hörte den Jungen aufschreien, merkte, wie sie alle einen Augenblick zurückwichen, um dann wieder auf ihn loszugehen.

Mühsam raffte sich Jacobs auf und kam auf die Füße, holte wieder aus, fuhr mit dem Messer nach links und nach rechts und schlug eine Bresche in die Reihe der Angreifer. Er kam bis zur Straße, wo einige Passanten von weitem das Geschehen verfolgten. Taumelnd, blutend, fluchend rannte er weiter. Nach ein paar Metern gaben die Jungen die Verfolgung auf. Während die letzten Flaschen hinter ihm auf dem Straßenpflaster zerschellten und die Stimmen der jugendlichen Sieger ihn verhöhnten, verschwand Bart Jacobs in die Norfolk Street. Er war so erleichtert, dass ihm alles egal war.

Eine Stunde später, in einem ganz anderen Teil der Stadt, saß August Coffin an seinem Schreibtisch und starrte mit blutunterlaufenen Augen vor sich hin. Er blickte auf die Trophäen seines Erfolgs, die Fotografien, auf denen er mit berühmten und einflussreichen Leuten zu sehen war, die gerahmten Urkunden, die seine Tugendhaftigkeit, seinen Bürgerstolz, seine Verdienste um Stadt und Land rühmten. Er war ein bedeutender Mann gewesen, ein angesehener und mächtiger Mann. Sein Wort hatte Gewicht. Seine Meinung hatte Geltung. Er war ein Führer. Er ließ die Augen durch das Zimmer schweifen, über die Wände, die mit Mahagoniholz aus Honduras getäfelt waren, über die Regale mit den in Leder gebundenen, zum Teil recht wertvollen Büchern, über die silberne Schreibtischgarnitur mit Tintenfass und Löschpapier, den großen Eichentisch, dessen Maserung wie ein Tigerfell aussah. Ölgemälde von angesehenen Künstlern hingen an den Wänden. Sie zeigten das Meer und die Schiffe, sich blähende cremefarbene Segel vor dem Hintergrund des blaugrünen Wassers: Bilder, die Selbstvertrauen und Stärke gegenüber den unbesiegbaren Elementen symbolisierten. Er hatte diese Bilder geliebt, hatte in ihnen etwas von sich selbst gesehen.
Das Zimmer verkündete Macht. Ein Hauch des guten Geschmacks, der Eleganz und Kultiviertheit durchdrang diesen Ort wie auch die anderen Räume seiner Burg am Murray Hill.

Es war alles eine Illusion. Er hatte diesen Raum im Herzen seines Hauses, im Herzen seiner Macht, geliebt. Er liebte ihn immer noch. Er hatte in dem Wissen geschwelgt, dass seine Macht und sein Einfluss weit über diese getäfelten Wände hinausreichten. Er erinnerte sich an die schönsten Tage, die er in diesem Zimmer erlebt hatte, an das Feuer im marmornen Kamin, das an Winterabenden Wärme spendete. Er dachte an die Geschäfte, die hier abgeschlossen worden waren, an den Triumph, an die Siege, an die besiegten Feinde, die hier um Gnade gewinselt hatten. Das alles verkörperte dieser Raum. Er erinnerte sich an alle, auch an Braddock, der ihm im roten Ledersessel auf der anderen Seite des Schreibtisches gegenübergesessen und um Mary, seine Hure, gejammert hatte. Wie selbstzufrieden war er damals gewesen, seines Sieges über Tom so sicher. Er hatte nicht an sich gezweifelt. Er, der große Manipulator, hatte einen Triumph gefeiert, als er diesen geprügelten Hund gefügig machte. Coffin seufzte in die Dunkelheit hinein: Wie blind war er doch gewesen. Wieder ließ er den gelben Scotch in seinem Kristallglas kreisen und nahm einen großen Schluck. Er brannte ihm in der Kehle.

Jetzt aber hatte alles keinen Sinn mehr. Dort, wo seine Gefühle ihren Sitz hatten, war er schon taub. Selbst sein Zorn war taub und kalt geworden. Ein Vakuum, eine große gähnende Leere, hatte sich ausgebreitet. Das Bewusstsein der vollständigen Niederlage ergriff ihn, eine Depression, die seine Seele mit einer kalten, durchdringenden Umarmung lähmte. Er hatte kaum noch Kraft zu atmen, sich zu bewegen, zu essen. Er wusste nicht einmal mehr, wie viele Tage vergangen waren, seit ihn Byrnes so lange geprügelt hatte, bis er alles zugab, bis er alle Gefährten, sogar sein Korps, preisgab. Die Prellungen spürte er nicht mehr. Das Gefühl der Taubheit ließ sogar diesen Schmerz ersticken. Er sah hinab auf seine 32er Smith & Wesson, eine elegante Waffe. Einladend lächelte sie ihn von ihrem Platz auf der ledernen Schreibunterlage an. Entschlossen griff August nach der Pistole, strich über die vertraute Wölbung des Griffs, der genau in seine Hand passte, spürte die Kühle des stählernen Rahmens, das warme Nussbaumholz unter seinen Fingern. Sein Zeigefinger betastete den sinnlichen Bogen des Abzugs, die kleinen Furchen auf der Oberfläche. Die Mündung passte mühelos in seinen Mund, als sei sie dafür geschaffen.

Was man versprochen hat, muss man halten. Das gehörte zu Toms Grundsätzen. Obwohl er nicht in Zirkuslaune war, hatte er mit Mike die Abmachung getroffen, und an die fühlte er sich gebunden. Aber als er am Abend des Neunundzwanzigsten die Suffolk Street hinaufging, wurde er die Ahnung nicht los, dass während seines Besuchs bei Jumbo mindestens drei Männer irgendwo in der Stadt einen Anschlag auf die Brücke vorbereiteten. Der Gedanke belastete ihn wie ein Mühlstein. Seit Richmond hatte er nicht mehr richtig essen und schlafen können. Teilweise lag das an Coffin, aber hauptsächlich war es das unerschütterliche Gefühl, dass Sangree sein Vorhaben, was immer es auch sei, bald in die Tat umsetzen würde. Seit Tagen schwebte das Gefühl drohenden Unheils über ihm wie eine Sturmwolke, und wenn er noch so viel arbeitete oder Ablenkung suchte: Er konnte es mit Vernunftgründen nicht vertreiben. Er hatte sich und Eli zur Arbeit angetrieben, war Hinweisen nachgegangen, blieb dauernd in Verbindung mit den Revieren und den Detectives, die Sangrees Büro und die Wohnungen der Verdächtigten observierten. Nichts war dabei herausgekommen, die Männer blieben wie vom Erdboden verschwunden, und es gab auch keinen Hinweis auf Unregelmäßigkeiten an der Brücke. Die Brückenpolizei konnte nur von normalen Patrouillen berichten. Tom kam diese Ruhe unheimlich vor.
»Vielleicht tut es mir gut, wenn ich Jumbo besuche«, sagte er sich. »Es wird mich für ein paar Stunden von diesem verdammten Fall ablenken.«
Er holte Mike ab, der vor Aufregung ganz aus dem Häuschen

war. Etwas an dem Jungen kam ihm aber seltsam vor. Auch seine Großmutter war unerwartet schweigsam, als hätte sie etwas zu verbergen. Mehr als einmal glaubte Tom, dass sie und Mike Blicke tauschten, die er sich nicht erklären konnte. Vielleicht steckten Familienstreitigkeiten dahinter.
Auf dem Weg zur El redete Mike ununterbrochen – die Vorfreude schien alles andere aus seinem Kopf vertrieben zu haben. Immer wieder sprach er von den seltsamen Dingen, die im Zirkus zu sehen seien. Was es dort alles geben würde: dicke Damen, Jungen mit Hundegesicht, Hunderte von erstaunlichen Lebewesen, Menschen, die halbe Tiere waren. Pygmäen aus Afrika, Riesen aus China und Zwerge aus Wer-weiß-wo gehörten zum Spektakel. Mikes Begeisterung war ansteckend. Als sie die Haltestelle der El erreicht hatten, lachte auch Tom mit dem Kind und vergaß für einen Augenblick die Gedanken, die ihn bedrückten.
Sie waren auf dem Weg zum Madison Square Garden und hatten soeben die Lexington Avenue überquert. Mike erzählte, dass er ein paar Souvenirs kaufen wolle, damit er sie seinen Freunden zeigen könne. Dann sagte er: »Darf ich meine Eintrittskarte behalten, den Abriss, meine ich? Ich will ihn aufheben, damit ich mich immer an heute erinnern kann.«
»Klar. Gute Idee. Du kannst auch meinen haben, sobald wir drin sind«, bot ihm Tom an.
»Danke. Toll.« Mike schwieg eine Minute lang; Tom hatte das Gefühl, dass er noch etwas sagen wollte. Tom wartete ab. Schließlich hob Mike den Kopf, schaute Tom auf eine ruhige, erwachsene Weise an und sagte: »Vielen Dank, Mr. Braddock. Diesen Tag werde ich nie vergessen.«
Etwas an der Art, wie Mike das sagte, machte Tom stutzig. Er sah auf den Jungen hinunter. Ein paar peinliche Sekunden lang sahen sie einander an, bis Tom einen Arm ausstreckte. Er legte ihn Mike um die Schulter, und der Junge lehnte sich an ihn.
»Ich auch nicht, Kumpel«, sagte Tom und drückte ihn zögernd

an sich. »Und was wirst du mit diesen Eintrittskarten machen?«, fragte er. Er wollte nicht sentimental werden.
»Ach, ich werde sie in meinem Kästchen aufbewahren.« Mike hielt seinen kleinen Messingschlüssel in die Höhe und strahlte Tom an.
»Ein gutes Versteck.« Tom nickte zustimmend. Ihm wurde plötzlich bewusst, welche Bedeutung der Zirkus für Mike hatte. Dieses Kästchen war nur für seine wichtigsten Wertsachen bestimmt. »Das würde mich richtig freuen«, fügte er hinzu. Mikes ehrliche Augen sahen ihn fragend an, als wollte er den genauen Sinn dieser Worte abwägen. Tom hielt seinem Blick stand. Mit einem kleinen Lächeln wandte sich Mike ab.
Tom räusperte sich, dann fragte er: »Was hättest du lieber, Erdnüsse oder Eis? Ich mag beides gleich gern.«
Der Zirkus bot Mike alles, was er sich erhofft hatte. Jumbo war noch größer, als er oder Tom es sich vorgestellt hatten. Das Tier schlurfte auf eine fast muntere Weise in der großen Manege herum, als mache es ihm Spaß, vor der jubelnden Menge auf und ab zu stolzieren. Eine schwerfällige Herde kleinerer Elefanten, mit farbenfrohen Decken auf den Rücken, trampelte hinter dem großen Dickhäuter her. Jumbo schiss, wie sich herausstellte, keine Häuser. Trotzdem war Mike fasziniert von dem Clown, der dem Elefanten mit Schaufel und Schubkarren nachlief.
»Meinst du, das ist eine Strafarbeit für böse Clowns?«, überlegte er.
Tom grinste. »Bestimmt. Das gibt es auch bei der Polizei. Bei uns gibt es viele Clowns, die in der Stadt die Scheiße aufsammeln. Die Reviere sind voll davon.«
Mike schien das für bare Münze zu halten.
Eine erstaunliche Menagerie der seltsamsten Tiere und der noch exotischeren Menschen folgte auf den Auftritt der Elefanten. Prächtig geschnitzte, grell bemalte Dampforgeln, von schneeweißen Pferden gezogen, tuteten, pfiffen und stießen Dampf aus. Die Kapelle, in schicken roten Uniformen mit vielen Gold-

litzen und weißen Handschuhen, gab ihre Melodien mit ohrenbetäubender Lautstärke zum Besten. Mike schaufelte sich, so schnell er kauen konnte, Erdnüsse in den Mund. Er kam sich vor wie im Paradies. Auch Tom war von Mikes Begeisterung mitgerissen. Eine Zeit lang konnte er seine Arbeit vergessen und seiner Phantasie freien Lauf lassen. Beide, er und Mike, hatten eine Erholung nötig.

Erst viel später, auf dem Heimweg, erzählte Mike von dem Mann mit der Fliege. Tom wollte es zunächst nicht glauben. War es Mikes überhitzte Phantasie, oder hatte er bloß zu viel Eis gegessen? Ein Blick in Mikes Gesicht überzeugte ihn.

»Ich hätte es Ihnen schon früher erzählt, aber ich hatte Angst … Sie wissen schon, Angst, dass wir …«

»Dass wir nicht in den Zirkus gehen würden«, ergänzte Tom.

»So ungefähr.«

»Das kann ich gut verstehen. Also erzähle mir von diesem Mann mit der Fliege. Ich muss alles wissen, Mike. Es ist wirklich wichtig.«

Mike brauchte lange, um alles zu beschreiben, vom ersten Mal, als der Buchhalter an der Wohnungstür erschien, bis zu dem Kampf, der erst wenige Stunden zurücklag. Tom gab sich Mühe, nicht zu oft zu unterbrechen, damit Mike alles auf seine Weise berichten konnte. Tom fiel auf, dass er ein gutes Gedächtnis hatte und gut beobachten konnte. Als Mike fertig war, sagte Tom: »Verdammt noch einmal, das klingt genau nach diesem fürchterlichen Buchhalter im Brückenbaubüro! Mike, wir gehen jetzt sofort zu eurer Wohnung und holen ein paar Sachen ab. Du und deine Grandma werden die nächsten Tage an einem anderen Ort verbringen, bis ich diese Sache geklärt habe. Und vielen Dank, dass du es mir erzählt hast, Partner. Es könnte wichtiger sein, als du denkst.« Eine Stunde später waren Mike und Patricia Bucklin bei Mary in einem Gästezimmer sicher untergebracht. Tom eilte ins Hauptquartier zurück. Er musste nachdenken, einen Plan machen. Obwohl es spät war und keine

Chance bestand, Jacobs vor dem nächsten Morgen zu finden, wollte er unbedingt sofort etwas unternehmen. Er kannte seine Adresse nicht, hatte auch keine Ahnung, wo er ihn suchen könnte. Das Brückenbüro war zu dieser Nachtzeit bestimmt geschlossen. Zunächst dachte er daran, die Roeblings aufzusuchen, dann verwarf er diesen Gedanken wieder. Das würde zu weit gehen. Wegen eines unbestimmten Gefühls konnte er den Colonel nicht gut wecken. Er entschied sich für das Abwarten. Aber an Schlaf war nicht zu denken. Also stand er einsam und allein hinten im Mannschaftsraum und trug neue Linien in seinen Übersichtsplan ein. Als er damit fertig war, trat er einen Schritt zurück und verschränkte die Arme auf der Brust.
»Schweinehunde!«, brummte er vor sich hin.

Die Mittagshitze verwandelte das Lagerhaus allmählich in einen Backofen. Pat Sullivan und Justice Lincoln schwitzten. Die Kisten mit dem Sprengstoff und mit dem schweren Modellierlehm zu schleppen war Schwerstarbeit. Das Lagerhaus an der Canal Street war klein und schäbig, vor den Fenstern und vor einer schweren Schiebetür, die zu einer wackeligen Laderampe führte, hatte man die gusseisernen Läden geschlossen. Das Gebäude hatte schon bessere Zeiten gesehen und war halb leer. Nur ein kurzsichtiger Buchhalter und ein schläfriger Arbeiter, der gleichzeitig für die Frachtbeförderung zuständig war, befanden sich noch im Lagerhaus. Seit zehn Minuten schon schleppten Pat und Jus Kisten vom ersten Stock, wo sie in der hintersten Ecke aufbewahrt worden waren, nach unten, um sie auf ein Fuhrwerk zu laden. Sie wollten die Arbeit möglichst schnell hinter sich bringen.
»Ich hätte nie gedacht, dass ich noch den Tag erlebe, an dem ein paar Gassenjungen Bart Jacobs in die Pfanne hauen«, sagte Jus, und das Erstaunen war ihm anzuhören.
»Hast du ihn gesehen?«, fragte Pat. »Die haben ihn ganz schön zugerichtet. Ich glaube, der Captain hätte ihm den Rest gegeben,

wenn er nicht ohnehin schon fast krepiert wäre. Wahrscheinlich hatte er Mitleid.«

»Der Captain war fuchsteufelswild. Wo er doch Bart gesagt hatte, er solle das Kind in Ruhe lassen. Richtig blöd, wenn du mich fragst!«

»Ja. Er hat sein Hirn nicht eingeschaltet. Bart hat einfach nicht verwinden können, dass ihm ein kleiner Bengel den Schädel einschlägt«, sagte Pat. »Der Mann hat noch nie etwas wegstecken können.« Er richtete sich auf und streckte sich. »Am besten, wir machen uns so bald wie möglich aus dem Staub. Braddock wird wahrscheinlich schon gehört haben, was mit Jacobs los ist. Wer weiß, was er sonst noch erfahren hat?«

Obwohl sie noch nicht zu den polizeilich Gesuchten auf den Plakaten gehörten, konnten sie sich ausrechnen, dass es nicht mehr lange dauern würde. Der Captain hatte sie gewarnt, als sie aufbrachen, um den Sprengstoff abzuholen.

»Kann sein, dass dieser verdammte Braddock auch schon weiß, wo der Sprengstoff gelagert ist«, hatte er gesagt. »Passt bloß gut auf! Geht erst ein paarmal um den Block, bevor ihr das Zeug abholt. Es kann sein, dass das Lagerhaus observiert wird.« Sie meinten, dass der Captain übervorsichtig sei, aber nach dem zu schließen, was sie aus Richmond erfahren hatten, war Vorsicht angebracht, wenn sie am Leben bleiben wollten.

Zu dieser Tageszeit, kurz vor Mittag, herrschte starker Verkehr auf der Canal Street. In der breiten Straße konnten die Fuhrwerke nur noch dahinkriechen. Nach dem Beladen ihres Fuhrwerks sollten sich Pat und Jus mit den anderen Männern bei Jacobs treffen. Dessen Wohnung war für diesen Zweck ideal. Sie lag in einem kleinen Haus in den sumpfigen Niederungen Brooklyns; ein schmaler Hof und eine winzige Scheune gehörten dazu. Jacobs' Zimmer lagen auf der Rückseite im Erdgeschoss. Ihr kleines Fuhrwerk wollten sie in den Hof hineinfahren und in der Scheune, wo niemand sie sehen konnte, die Sprengladungen bündeln und mit Zündern versehen.

Als Sullivan den starken Verkehr in der Canal Street sah, sagte er: »Könnte wohl ein bisschen länger dauern, als wir dachten.«
Jus nickte. »Die Leute wollen alles vor dem Feiertag erledigen.«
Pat zuckte die Achseln und ging noch einmal nach oben, um die letzte Kiste zu holen.

Auch Tom und Eli waren zu dieser Zeit in der Canal Street. Sie hatten schon frühzeitig das Brückenbaubüro aufgesucht, Jacobs' Adresse erfahren und waren sofort dorthin geeilt. Tom war nicht erstaunt, als sich diese Spur als Sackgasse erwies. Jacobs wohnte dort nicht, hatte es nach den Angaben der Bewohner des kleinen Mietshauses in der Bowery nie getan. Lustlos verließen sie diesen Ort und dachten mit abnehmender Begeisterung an die mühselige Arbeit, die ihnen bevorstand. Ein paar Stunden später jedoch verließen sie hoffnungsvoll und im Laufschritt die Rendrock Powder Company. Sie winkten eine Droschke heran und drängten auf höchste Eile. Der Kutscher peitschte auf seine kreuzlahme Mähre ein und wollte sie zu einem Tempo bewegen, das das arme Tier nicht mehr bewältigen konnte. Tom und Eli beugten sich nach vorn und hielten sich fest, während die Kutsche über die Pflastersteine holperte. Rendrock war, nach dem fruchtlosen Versuch, Jacobs zu finden, ihre zweite Station gewesen. Tom hatte mit einer endlosen Suche durch Auftragsbücher und Lieferlisten gerechnet. Genau das Gegenteil war der Fall. Sobald sie sich dem Angestellten im Eingangsbüro vorgestellt und ihn vom Zweck ihrer Untersuchung in Kenntnis gesetzt hatten, wurde ihnen jede denkbare Hilfe zuteil. Der Vorsitzende der Firma, ein gewisser J. C. Rand, war selbst aus dem hinteren Büro gekommen, um dafür Sorge zu tragen.
»Wir stellen das beste Sprengpulver her, das auf dem Markt zu finden ist, Detective. Es ist so gut wie Dynamit, wenn nicht noch besser, möchte ich behaupten. Unser Geschäft läuft sehr gut. Bei der gegenwärtigen Bautätigkeit ist unser Rackarock-Spreng-

pulver gefragt wie noch nie. Die Insel New York hat einen felsigen Boden, wie Sie wissen.«

Tom fragte ihn, ob man es auch bei Stahl und Eisen gebrauchen könnte.

»Wenn es um einen Abbruch geht, wahrscheinlich schon. Aber wir liefern hauptsächlich an Baufirmen.« Rand war hilfsbereit und überließ ihnen alle Unterlagen. Tom und Eli hatten sich an einen Tisch in der Ecke gesetzt und sich über die Auftragsbücher und Lieferlisten gebeugt.

»Es bleibt uns nichts anderes übrig, als von hinten nach vorn zu arbeiten«, meinte Jaffey und seufzte. Der Angestellte brachte ihnen Kaffee, und sie fingen an.

Die Tassen waren schon fast geleert, und sie hatten schon alle Aufträge der letzten Wochen durchgesehen, als Braddock plötzlich ausrief: »Halt! Was ist das?«

Eli streckte den Hals, um einen Blick auf das Blatt zu werfen.

»Und?«, fragte er, als er den Eintrag las.

»Mister Fliege!«, sagte Tom triumphierend.

»Mister wer?«

»Der Buchhalter, Jacobs. Diese Rechnung lautet auf seinen Namen!«

»Scheiße!«, rief Jaffey aus. »Was für eine Nummer hat der Auftrag? Ich suche gleich in der Liste, dann kriegen wir die Lieferadresse.«

Bald entdeckte er, dass die Rechnung an Sangree & Co gegangen war. Minuten später waren sie auf dem Weg zum Lagerhaus, das auf der Liste stand. Sie hatten gerade erst die Christie Street passiert, als Sullivan und Lincoln die Wand ihres Fuhrwerks hochklappten, die Plane über die Ladung zogen und sich in den Verkehr auf der Canal Street einreihten.

Bald darauf standen Jaffey und Braddock vor dem kurzsichtigen Angestellten des Lagerhauses, der sie missmutig durch seine dicken Brillengläser ansah.

»Jacobs, sagten Sie? Sie meinen Sullivan. Er hat dafür unterschrieben.« Tom sah ihn fragend an, während der Angestellte bedauernd mit der Zunge schnalzte: »Sie haben sie gerade verpasst. Sie hatten ein paar Kisten oben im ersten Stock gelagert. Sie sind gerade damit ...«

»Wann war das?« Tom unterbrach ihn mitten im Satz. »Wann genau?«

Der Angestellte, der so erschrocken war, dass ihm die Brille fast von der Nase fiel, stammelte: »Vor ein paar Minuten ...«

Braddock packte ihn vorn an der Jacke und hob ihn hoch; er stand fast auf den Zehenspitzen. Sein Mund formte sich zu einem O, und seine Füße tasteten nach einem Halt.

»In welche Richtung?«, schrie Braddock, und er war ihm so nahe, dass die Brille beschlug. Der Angestellte brachte nur einen krächzenden Laut heraus, aber er deutete in die Richtung der Canal Street. Tom fragte: »Nach Westen?« Der Mann nickte heftig und fiel zurück auf einen Stuhl. Schon war Braddock aus der Tür und auf dem Weg zur Laderampe. Inzwischen war ein anderes Fuhrwerk auf dem Weg in den Hof; der Arbeiter sah zu, wie der Kutscher rückwärts auf die Rampe zufuhr. Tom blieb auf der Rampe stehen und sah suchend nach Westen in die Canal Street hinein.

»Das Fuhrwerk, das eben weggefahren ist«, fragte er den Arbeiter. »Wie sieht es aus?«

Der Arbeiter sah von seiner Liste auf. »Klein, blau«, brummte er. »Ein Pferd. Zwei Männer.«

Braddock war schon unten, bevor der Mann ausgeredet hatte, Jaffey folgte ihm auf dem Fuß. Tom sah sich nach einer Droschke um, gab aber die Hoffnung sofort auf.

»Zu viel Verkehr, Eli. Ich glaube, wir kommen zu Fuß schneller voran.« Er wartete die Antwort nicht ab und trabte los.

Pat und Jus wollten sich gerade durch den Verkehrsstau drängen, um in die Centre Street einzubiegen, als ein Verkehrspolizist seine weiß behandschuhte Hand hochhielt und ihnen mit einem Pfiff zu halten befahl. Sullivan unterdrückte einen Fluch, lächelte, nickte dem Cop zu und hielt den Wagen an. Sie waren Braddock immer noch um sieben Häuserblocks voraus, aber der Abstand verringerte sich. Tom und Eli holten allmählich auf; immer wieder reckten sie den Hals, um über den Verkehr hinweg auf der Canal Street und in den Nebenstraßen nach dem kleinen blauen Fuhrwerk Ausschau zu halten. Sie kamen tatsächlich zu Fuß schneller voran. An den meisten Kreuzungen war der Verkehr zum Stillstand gekommen. Als sie sich der Bowery näherten, erspähte Tom, wie ein Mann sein Pferd vor einer schäbigen Kneipe an das Geländer band. Die Tür zur Kneipe war gerade hinter dem Mann zugefallen, als Tom angerannt kam. Da er schon eine große Strecke im Laufschritt zurückgelegt hatte, konnte Tom ein Pferd gut gebrauchen. Auch Jaffey, stellte er fest, würde bald schlapp machen. Tom lief auf das Pferd zu, löste die Zügel vom Geländer und schwang sich in den Sattel. Der große Fuchs bäumte sich kurz auf, als er den fremden Reiter spürte, und wieherte seinen Protest hinaus. Die Passanten hörten den Lärm und blieben stehen.

»Komm schon, Eli, spring auf! So kommen wir schneller voran«, rief Tom. Als sich Eli hochhievte, stürzte der Besitzer des Pferds aus der Kneipe und schrie wie ein Wahnsinniger. Tom versuchte, sich verständlich zu machen und rief nach hinten: »Polizei! Ich brauch das Pferd! Ich bin im Dienst!«

Aber der Mann ließ sich nicht beschwichtigen. Vielleicht schrie er selbst so laut, dass er nichts verstehen konnte, oder vielleicht verstand er kein Englisch – auch das war möglich. Wie auch immer, Tom hatte nicht vor, sich auf eine Verhandlung einzulassen. »Ich bringe es wieder zurück!«, rief er, während er mit Eli davonritt.

Mittlerweile hatte sich ein kleiner Menschenauflauf vor der Kneipe gebildet. Mit ihrem Geschrei »Pferdediebe!« und »Haltet sie!« verstärkten die Männer noch den Lärm. Einige liefen hinterher, andere wollten die eigenen Pferde oder Kutschen holen, während Tom und Eli die Canal Street hinuntergaloppierten.

Pat und Jus hatten ungeduldig auf das Zeichen zur Weiterfahrt gewartet, aber auch in der Centre Street war ziemlich viel los, und der Cop hatte es anscheinend nicht eilig, den Verkehr aufzuhalten. Als er es endlich tat, versetzte Pat dem Pferd einen Schlag mit dem Zügel, und das leichte Fuhrwerk machte eine schnelle Drehung nach links. Sie hatten soeben die Ecke umrundet und fast die Rückseite der Gebäude auf der Südseite der Canal Street erreicht, als sich Pat umsah. War es der Anblick eines galoppierenden Pferdes mit zwei Reitern, oder geschah es einfach aus Zufall, dass er einen genaueren Blick hinter sich warf? Er hätte es nicht sagen können. Aus dieser Entfernung konnte er nicht ahnen, dass Braddock der Reiter war, aber wegen der großen Eile und wegen des Verhaltens der beiden Reiter, die die belebte Straße immer wieder mit den Augen absuchten, war Pat überzeugt, dass irgendjemand hinter ihnen her war. Sullivan wandte sich wieder nach vorn, brüllte ein Kommando und hieb mit den Zügeln auf das Pferd ein. Der Wagen schlingerte kurz beim Beschleunigen und rumpelte über das Pflaster weiter.

»Was zum Teufel treibst du da, Pat?«, schimpfte Jus.

Pat warf einen besorgten Blick nach hinten. »Ich glaube, es ist Braddock!« Er schlug wieder mit den Zügeln zu.

Auch Jus sah kurz nach hinten, hielt sich mit der einen Hand am Sitz fest und griff mit der anderen nach dem Knauf seiner Pistole.

Tom und Eli kamen schneller voran, mussten aber auf ihrem Weg die Straße und die Einmündungen der Seitenstraßen sorgfältig absuchen. Der Ruf »Pferdediebe« folgte ihnen wie eine Sturmwolke, eilte ihnen manchmal sogar voraus, so dass sich die Fuhrleute und Kutscher nach ihnen umwandten, um zu sehen, was los war. Einige versuchten sogar, sie aufzuhalten. Plötzlich bemerkte Eli, wie das gesuchte Fuhrwerk in die Centre Street einbog.

»Ich glaub, ich hab sie gesehen!«, schrie er Tom ins Ohr.

»Wo?«, schrie Tom zurück und drehte sich um.
»Sie sind nach links in die Centre Street abgebogen«, sagte Eli und zeigte in diese Richtung.
Tom trat dem Pferd in die Seite und zwang es zu einem Galopp. Bis zur Centre Street hatten sie noch einen Häuserblock vor sich. Sie legten die Strecke in weniger als zwanzig Sekunden zurück, aber die Rufe »Diebe!« folgten ihnen ebenso schnell. Eli sah wütende Gesichter, drohende Fäuste und ein paar Reiter, die sie verfolgten.
Als er wieder nach vorn schaute, bemerkte er den Cop an der Kreuzung, der ihnen missmutig und überrascht entgegensah. Tom hatte ihn auch bemerkt.
»Vorsicht!«, rief er Jaffey zu.
Die Rufe »Haltet den Dieb!«, wütende Verfolger, der Verkehr auf der Centre Street und der einsame Verkehrspolizist: Alles brach gleichzeitig über Tom und Eli herein. Als sie sich verlangsamten, um einem Karren auszuweichen, wurden sie fast von ihren Verfolgern überholt. Der Cop an der Kreuzung lief ihnen entgegen und griff in die Tasche. Der Lärm wurde stärker, und Toms Rufe »Wir sind von der Polizei!« blieben ungehört. Da er und Eli Zivilkleidung trugen, hätte man ihnen sowieso nicht geglaubt. Der Cop holte die Pistole aus der dunkelblauen Uniformjacke und feuerte einen Warnschuss ab, das Pferd bäumte sich auf, und die Hufe rutschten auf dem Pflaster aus. Tom und Eli hatten größte Mühe, das Pferd zu bändigen, fast wären sie gestürzt.
»Halt!«, brüllte der Cop und legte auf sie an.
Braddock hob die Hände und sagte resignierend: »Tu die Hände rauf, Eli! Es bringt nichts, wenn wir uns erschießen lassen.« Dem Cop sagte er: »Wir sind von der Polizei, und die beiden da werden uns jetzt entkommen.« Er deutete mit dem Kopf in die Richtung der Flüchtenden.
»Das werden wir gleich sehen«, fuhr ihn der Cop an. »Steigt ab, und zwar plötzlich!« Eli wollte protestieren, aber der Cop

schnauzte ihn an: »Steigt sofort ab, oder ich hol euch mit der Kanone herunter.«
Tom und Eli sahen den Wagen mit den zwei geduckten Gestalten auf dem Kutschbock nur noch in der Centre Street entschwinden. Es wurde ein langer Nachmittag. Bis Braddock und Jaffey die Affäre geklärt hatten, waren Pat und Jus längst sicher in Brooklyn angekommen.
Erst viele Stunden später hatte Tom Gelegenheit, ins Hauptquartier zurückzukehren. Vorher hatte er noch einmal das Brückenbaubüro aufgesucht, um nach Sullivan zu forschen. Er erfuhr, dass Sullivan ein Takler war oder es zumindest gewesen war. Er erfuhr auch, dass er sich meistens in der Gesellschaft eines gewissen Lincoln befand.
»Das sind sie, Eli«, sagte Tom. »Ich habe die ganze Zeit gewusst, es müssen noch mehr dabei sein.«
»Ja, und jetzt haben sie eine Wagenladung voller Sprengstoff.«
»So ist es.« Tom ließ die Schultern hängen.
Die Adressen, die sie erhalten hatten, stellten sich als ebenso unergiebig heraus wie die der anderen Verschwörer. Völlig ausgelaugt kehrten Tom und Eli ins Hauptquartier zurück. Auf Toms Schreibtisch lag ein Telegramm von Charles C. Martin, ein Bericht über eine zweite Brückeninspektion, die er auf Geheiß Roeblings durchgeführt hatte. Keine einzige Schraube habe sich am falschen Platz befunden. Am Tag zuvor habe Martin zusammen mit einer kleinen Gruppe von Ingenieuren und Vorarbeitern die Brücke von oben bis unten inspiziert. Dem Ton des Telegramms war zu entnehmen, dass die Roeblings mit dem Ergebnis zufrieden seien und Hughes und Martha wohl bald nach Newport folgen würden. Wenigstens diese kleine Finte war ihnen gelungen; die Presse hatte pflichtschuldigst von ihrer Abreise am Tag nach der Brückeneröffnung berichtet. Seitdem hatten sie das Haus nicht verlassen. Alle glaubten, sie lägen auf Rhode Island in der Sonne. Tatsächlich beabsichtigten sie, New York in zwei Tagen zu verlassen; auch Tom wusste keinen

Grund, weshalb sie länger in der Stadt bleiben sollten. Die Brücke war inspiziert, die Brückenpolizei in Bereitschaft versetzt worden, überall hingen Beschreibungen der Verdächtigen aus.
Am späten Abend hatte Tom eine Unterredung mit dem Captain der Brückenpolizei. Er versuchte den Mann davon zu überzeugen, dass die Patrouillen verstärkt werden sollten. Die übertriebene Zuversicht des Captains war nicht dazu angetan, Toms Befürchtungen zu zerstreuen.
»Wir haben alles unter Kontrolle hier, Detective«, hatte der Captain selbstzufrieden versichert. »Nichts gegen Ihren Chef, Byrnes. Ein Telegramm von ihm ist vor kurzem eingetroffen«, fuhr er fort, indem er sich auf die Nachricht bezog, die ihm der Chef auf Toms Bitte hin zugeschickt hatte. »Die Ratschläge von euch City-Cops habe ich nicht nötig. Meine Leute passen sehr gut auf. Keine Sorge, Braddock. Meine Brücke sprengt niemand in die Luft.«
Als Tom sich umwandte und davonging, wusste er nicht, ob er überhaupt etwas erreicht hatte. Offiziell unterlag die Brücke nicht seiner Zuständigkeit. Er konnte nur darum bitten, dass die Brückenpolizei die Augen offen hielt. Alles andere hing von ihnen ab.

Es war ein langer, langer Tag gewesen, und er erschien Tom noch länger durch die ständige, zermürbende Unruhe in seinem Bauch. Immer wieder kehrten die einzelnen Szenen der Verfolgungsjagd wieder. Hätte er nur schneller reagiert, wäre er bloß ein paar Minuten früher im Lagerhaus gewesen! Noch am Abend war sein Kopf voll davon. Erst spät aß er mit Mary, Mike und Patricia zu Abend und hörte kaum, was die anderen redeten. Mike schwärmte immer noch vom Zirkus. Er konnte es kaum erwarten, seinen Freunden davon zu erzählen. Er hatte sein Kästchen zu Mary mitgenommen, und er sperrte es vor aller Augen auf, um ihnen die Eintrittskarten zu zeigen. Das erinnerte Tom an den Zeitungsausschnitt, den er noch in der Tasche

trug und der jetzt so abgegriffen war, dass man ihn kaum noch lesen konnte. Während sich die anderen unterhielten, breitete er ihn auf dem Küchentisch aus, neigte sich darüber und las ihn noch einmal durch. Der Artikel gab ihm wieder etwas Hoffnung. Erst in zwei Monaten würden die Züge verkehren. Es war noch nicht zu spät. Warum aber hatten Sullivan und Lincoln den Sprengstoff schon heute geholt?
Er hörte, wie jemand die Brücke erwähnte, und wurde wieder auf das Gespräch aufmerksam.
»Wie?«, fragte er zerstreut.
»Ich sagte eben«, erwiderte Mary, »ich würde furchtbar gerne morgen zur Brücke gehen. Ich bin noch nie hinüberspaziert, und alle sagen, wie toll das ist. Morgen wird sie für alle offen sein, sogar die beiden Fahrbahnen.«
»Mm, ja, sie ist schon schön«, murmelte Tom.
»Und weil du nicht mitgehst«, Mary war eingeschnappt und versuchte, Toms Aufmerksamkeit auf sich zu lenken, »muss ich eben allein hin, mit Chelsea natürlich.«
Endlich begriff Tom, worauf sie hinauswollte. »Ach so. Tut mir leid, Mary. Du weißt ja, ich würde dich gerne begleiten, aber dieser Fall … du weißt, wie schlecht alles läuft. Und jetzt, wo Pat und Charlie nicht mehr dabei sind, ist es einfach …«
Mary hob die Hand, um ihn zu unterbrechen. »Ist schon okay, Tom. Ich verstehe, was du meinst. Ich wollte dich nur aus deinen Träumen aufwecken. In letzter Zeit bist du wie ein verrückter Professor, führst Selbstgespräche, schließt dich völlig ab. Du bist dauernd zerstreut. Aber ich verstehe es ja. Ich weiß, dass dieser Fall wichtig ist.« Sie warf einen kurzen Blick auf Mike und Patricia. »Wir werden genug Zeit haben, gemeinsam auf der Brücke spazieren zu gehen, wenn wir das alles hinter uns haben.«
Tom lächelte, als sähe er diesen Tag schon vor sich. »Führe ich wirklich Selbstgespräche?«, fragte er mit besorgter Miene.

Es war schon spät, und Tom lag immer noch wach im Bett neben Mary, die leise schnarchte. Erst um drei Uhr fiel er erschöpft in einen unruhigen Schlaf. Vom wachen Zustand glitt er übergangslos ins Träumen. Er sah sich die Rampe hinaufrennen. Mary stand mitten auf der Brücke. Sie hielt Mike an der Hand, und beide winkten ihm zu. Es war ein leuchtend klarer Tag, die Sonne ergoss sich wie Honig über die Erde. Menschenmassen stauten sich wie eine Kuhherde auf der Rampe. Sie schwätzten aufgeregt und lachten. Er stieß mit ihnen zusammen, wurde aber nicht bemerkt. Er schob sie zur Seite und wurde nicht beschimpft. Sie waren nur dazu da, um ihn am Vorwärtskommen zu hindern. Mary, von der goldenen Sonne beschienen, winkte ihm zu. Auch Mike winkte mit einem Fähnchen. Ein übermenschlich großer Uncle Sam auf Stelzen, der zum Zirkus gehörte, erschien plötzlich fähnchenschwingend auf der Rampe. Alle hielten auf einmal Fähnchen in den Händen und schwenkten sie langsam hin und her.
Er musste einfach zu Mary durchkommen. Das war die wichtigste Aufgabe seines Lebens. Ihr Lächeln war so strahlend, dass es die Sonne beschämte. Irgendwie wurde seine Angst dadurch noch größer. Er schreckte zurück, als links von ihm Terrence Bucklin erschien. Mit seinen toten Augen flehte ihn Bucklin an. Er sagte nichts – es war auch nicht nötig. Ein Blitz und ein rollendes Donnern erschütterte ihn und ließ die Bohlen der Rampe erzittern. Die Menschenherde stand mit offenen Mäulern da. Die Fähnchen ließen die Köpfe hängen. Torkelnd, schwindelerregend, senkte sich die Brücke. Die Fahrbahn krümmte sich, ihr breites Band rutschte nach der einen Seite ab, als die Kabel rissen und durch die Luft peitschten. Mary und Mike wurden hinuntergeschleudert und verschwanden vor seinen Augen. Die Menge brach in Schreie aus, die Herde ging durch, wild, trampelnd, erdrückend … Schwer atmend erwachte Tom und griff nach dem Bettlaken, um sich festzuhalten. Er wischte sich das Traumbild aus den Augen – seine Finger wurden feucht. Es war

vier Uhr fünfundvierzig am Memorial Day des Jahres 1883. Eine Stunde zuvor waren die Sprengladungen angebracht worden.

Anfangs war alles gut gelaufen. Das kleine Fuhrwerk und die Kutsche waren schon beladen. Die Kutsche mit dem Captain, Matt und Justice wartete auf der Brooklyner Seite. Das Fuhrwerk mit Jacobs, Sullivan und Lebeau war mit der Fähre nach New York herübergekommen und wartete jetzt in der Park Row, dem Gebäude der *Tribune* gegenüber. Der Aufbruch sollte erfolgen, sobald die Patrouille, etwa um halb drei, den Turm passiert hatte und wieder auf dem Weg zurück zum Brückenaufgang war. Um zwei Uhr vierundzwanzig sah man, wie der Cop zurückkam. Jacobs schnalzte mit der Zunge und schlug mit den Zügeln auf die Pferde ein. Er zahlte den Brückenzoll und ließ das Gespann den sanften Anstieg hinauftraben. Sie waren das einzige Fuhrwerk auf der Brücke, und der Cop sah sie gelangweilt an, als sie an ihm vorbeifuhren. Der Lärm der Pferdehufe auf der hölzernen Straßendecke hallte durch die Nacht. Eine Kutsche kam aus der entgegengesetzten Richtung. Sonst war nichts los. Zwei Minuten später hatten sie die Mitte der Brücke erreicht, nach vierzig Sekunden angestrengter Arbeit lag ihre Fracht auf den Bahngleisen, und Jacobs setzte mit einem Schnalzen sein Gespann wieder in Bewegung. Während er weiterfuhr, hielt die Kutsche auf der gegenüberliegenden Fahrbahn an. In noch kürzerer Zeit hatte man dort die Fracht ausgeladen.
Die vier Männer, durch und durch Soldaten, machten sich sofort an ihre Aufgaben. Pat und Justice schnallten sich ihre schweren Ladungen mit Rendrock-Sprengstoff, Zündkapseln und Draht auf den Rücken und kletterten zum leeren Fußgängersteg hinauf. Nach zwei Minuten waren sie über den Lichtkegel der Lampen hinausgelangt. Pat atmete schwer, als er oben ankam, aber er und Jus hatten lange genug geübt, und es machte ihm nicht viel aus. Pat schnallte seinen Pack ab, band ihn an den Handlauf des Tragkabels und machte sich an die Arbeit. Als Vorbereitung auf

diesen Teil der Arbeit hatten er und Justice die Sprengladungen zusammengebündelt, um sie schneller an der großen Stange befestigen zu können, dort, wo die Schrägseile damit zusammentrafen. In Dreierbündeln, von denen Drähte herunterhingen, zog er die Sprengladungen aus dem Sack. Das eine Ende des Drahtes war um die Ladung gewickelt, mit dem hängenden Teil sollte sie an die Stange gebunden werden. Matt und Earl benutzten große Lehmklumpen, um ihre Ladungen zu befestigen, aber Pat und Jus hielten diese Lösung für weniger geeignet. Schweigend, schnell und effektiv verrichteten sie ihre Arbeit. Innerhalb von fünfzehn Minuten hatten sie das Dynamit angebracht und die Drahtenden um die Stangen gewickelt, genau dort, wo die Schrägseile befestigt waren. Hinter der Stange wurden Dreierbündel befestigt, ebenso wurden Dreierbündel zwischen die Granitsteine des Turms und die Enden der Schrägseile geklemmt. Andere Bündel brachte man dort an, wo die Schrägseile verankert waren. Pat arbeitete pausenlos an den oberen Schrägseilen. Auf dem Tragkabel liegend packte er die Sprengladungen um die Hängeseile und passte auf, dass die Enden der Drähte frei herunterhingen. Er hatte alles genau durchdacht und verrichtete seine Arbeit, als hinge sein Leben davon ab. Jede Verbindung passte genau. Er führte den Hauptdraht zum Handlauf des Tragkabels hinunter und wickelte ihn gleichzeitig um einen Punkt, der etwa acht Fuß über dem Fußgängersteg lag. Von dort führte er den Draht an einer der Stützen für die Handläufe hinunter und unter dem Tragkabel entlang. Von diesem Punkt lief der Draht weiter an einem Hängeseil nach unten. Vorsichtshalber hatten sie ihre Drahtspulen in die Farbe getaucht, die für den Brückenanstrich verwendet worden war. Es war kein Problem gewesen, eine halb volle Büchse zu ergattern. Damit blieb der Draht fast unsichtbar.

Während Pat zur Brückenmitte zurückrannte, ließ er den Draht von der Spule abrollen. Auch Justice war schon fast so weit. Schwitzend, atemlos, trafen sie sich mitten auf der Brücke.

»Alles okay, Partner?«
»Alles bestens, Pat. Ich mache mir nur Sorgen, wie es bei Tag aussehen wird. Meinst du, jemand könnte die Sprengladungen bemerken?«
Pat sah hinauf. Auch wenn man wusste, dass sie da waren, konnte man sie in der Dunkelheit nicht erkennen. »Das glaube ich nicht, Jus.« Pat ließ noch etwas Draht abrollen, dann schnitt er das Ende ab. »Die gleiche Farbe wie die Brücke. Aus dieser Entfernung merkt es keiner.«
Lincoln zuckte die Achseln. »Wahrscheinlich hast du recht. Man kann sowieso nichts mehr daran ändern«, sagte er und holte tief Luft. »Können wir den Rest machen? Bist du so weit?«
Als die beiden hinuntergeklettert waren und schon auf den Gleisen standen, hörten sie vom New Yorker Turm her Stimmen. Sie duckten sich und warnten Matt und Earl leise, die zwanzig Fuß entfernt Sprengladungen an den Eisenträgern der Fahrbahntafel befestigten.
»Schnell unter den Steg, es kommt jemand!«, flüsterte Pat. Lautlos wie Gespenster schlüpften die Männer hinunter. Auf den Eisenträgern, die nur neuneinhalb Zoll breit waren, balancierten sie hoch über dem Fluss. Unter ihnen war nur noch Luft.
Die Stimmen näherten sich, torkelnde Schritte ließen den Steg klappern und quietschen. Es waren Betrunkene, dic laut und ausgelassen redeten.
»Du würdest dir das Genick brechen, du Idiot«, sagte eine Stimme.
»Darauf kannst du Gift nehmen, Bob. Wenn dich der Sturz nicht umbringt, dann besorgen es das Wasser und die Strömungen.«
»Ach, diese Scheißbrücke ist gar nicht so hoch. Das ist machbar, sag ich euch. Wer das macht, wird berühmt ... das sag ich euch.«
»Du bist stockbesoffen, Odlum. Verrückt bist du auch, aber doch nicht so verrückt.«
»Nein, Gil, ich würde es so machen ...«, sagte der, den sie Odlum nannten. Dann waren sie nicht mehr zu hören.

Die drei anderen schauten zu Sullivan hin, bis er das Zeichen zum Weitermachen gab.
»Nicht um das ganze Geld dieser verdammten Stadt würde ich hier runterspringen«, sagte Jus, während er auf das ölig schwarze Wasser sah.
Sie hatten wertvolle Zeit verloren und waren schon mindestens fünf Minuten im Rückstand. Nachdem sie sich vergewissert hatten, dass Fahrbahn und Fußgängersteg leer waren, spurteten Pat und Justice hinüber und kletterten die Kabel an der stromaufwärts gelegenen Seite hinauf. Sie hielten sich eng an die Granitsteine des Turms und hangelten sich wieder vom Tragkabel hinab, kletterten die Stange hinunter und erreichten die Verankerungen der Schrägseile. Die Arbeit ging ruhig voran, da sie sich weder durch die Höhe noch durch ihre gefährliche Lage behindern ließen. Von ihrem Platz hoch oben waren die Lampen auf dem Fußgängersteg nur als schwaches Glimmen zu sehen. Sie glaubten zwischen den Sternen zu schweben. Pat musste einfach innehalten, um dieses Gefühl zu genießen. Es würde das letzte Mal sein, dass er in den Kabeln hing, und es war das erste Mal, dass es mitten in der Nacht geschah. Die Sterne leuchteten am blauschwarzen Himmel. Konnte Gott sehen, was er tat? Pat glaubte es. Der Himmel wäre hoffnungslos kalt und einsam ohne diesen kleinen Trost. Er hoffte, dass Gott sah, welche Wahl er getroffen hatte.

Zum siebten Mal schon holte Jacobs seine Taschenuhr heraus. Es war fast drei Uhr. »Jetzt dürften sie die Hälfte fertig haben«, flüsterte er seinen beiden Pferden zu. Er streckte sich, um die Rückenmuskeln zu entlasten, und stöhnte. »Diese kleinen Mistkerle«, fluchte er. Es tat ihm alles so weh, dass er sich kaum rühren konnte, und von den vielen kleinen Schnittwunden war sein Hemd mit Blutflecken bunt gemustert. Die Prellung auf dem Rücken hatte die Größe einer Melone, und seit der vorigen Nacht pisste er Blut. Wieder grummelte er vor sich hin, dann sah er auf die Brücke und stellte erstaunt fest, dass ein Cop die Auffahrt in Richtung New York hinaufging.

»Jesus Christus!« Er peitschte auf seine Pferde ein und brachte sie fast zum Traben. An der Mautstelle verlangsamte er seine Fahrt und warf dem schläfrigen Zöllner eine Münze zu, dann trieb er die Pferde mit einem Zügelschlag wieder an. Noch vor dem Brooklyner Turm überholte er den Cop und bemühte sich, so schnell wie möglich an ihm vorbeizukommen, ohne zu sehr aufzufallen. »Scheiße! Die nächste Patrouille sollte erst in dreißig Minuten sein.« Jacobs hielt sich an die linke Fahrbahnseite, um dem Gitterwerk über den Gleisen möglichst nahe zu sein. Es versperrte den Blick auf den Steg. Als er sich der Mitte näherte, kam er fast zum Stehen. Zunächst konnte er niemanden sehen, aber er pfiff und sah, wie Matts und Earls Hände hinter dem Tragkabel auftauchten. Jacobs wies zurück nach Brooklyn, rief »Cop!« und fuhr weiter.

Matt Emmons und Earl Lebeau waren schneller als erwartet fertig geworden. Die Verwendung von Lehm zur Befestigung der Sprengladungen hatte besser geklappt, als sie es sich erhofft hatten. Noch bevor Pat und Jus von ihren Schrägseilen heruntergeklettert waren, hatten sie ihre Sprengladungen schon an allen dreizehn Eisenträgern des stromaufwärts gelegenen mittleren Kabels angebracht und verdrahtet. Nachdem die Betrunkenen vorübergegangen waren, setzten sie ihre Arbeit beim äußeren Kabel fort, aber dort kamen sie nur langsam voran. Sie mussten an der Außenseite des Fahrbahngeländers arbeiten und jede Möglichkeit nutzen, um sich festzuhalten. Dabei ging viel Zeit verloren. Matt hatte noch nie in seinem Leben solche Angst gehabt. Nicht einmal der Caisson hatte ihm derartige Angst eingejagt; wie eine Fliege klebte er in der dunklen Nacht an der Außenseite der Brücke. Unter ihm fuhr zischend ein Schiff vorbei; die Schaufelräder schlugen das schwarze Wasser zu einer milchig grauen Brühe auf. Als er hinuntersah, musste er sich fast übergeben. Ihn schwindelte. Er klammerte sich an das Kabel und hielt sich daran fest, bis seine Panik vorbei war. Langsam arbeiteten sich er und Earl weiter zur Mitte vor. Immer wieder mussten sie über das Geländer zurückklettern, um Sprengstoff und Lehm zu holen.

Sie waren gerade mit einer dritten Sackladung zurückgelaufen, als sie das Fuhrwerk kommen hörten. Da sie nicht wussten, wer es war, versteckten sie sich hinter dem Kabel und warteten. Jacobs' Pfeifsignal schreckte sie auf. Sie konnten den Cop nicht sehen, zweifelten aber nicht daran, dass er unterwegs war. Earl bemerkte, dass ihn Matt fragend ansah. Sollten sie bleiben, wo sie waren, oder sollten sie es riskieren, über die Fahrbahn zu laufen, um sich unter dem Steg zu verstecken? Earl war fürs Stillhalten, auch wenn es unbequem war. Das Hauptkabel verbarg sie ziemlich gut, und sie konnten am Ende der Eisenträger sitzen bleiben, bis der Cop vorbei war. Es war wohl die bessere Lösung. Earl deutete mit der Handfläche nach unten, das Zeichen, dass sie bleiben sollten.

Der Cop ließ sich Zeit. Es dauerte eine Weile, bis er die Mitte der Brücke erreichte. Aber anstatt weiterzugehen, blieb er stehen und lehnte sich über das Geländer des Fußgängerstegs. In der Stille hörten sie, wie er ein Streichholz anzündete. Vielleicht blieb er deswegen stehen. In dieser Nacht war die Aussicht zauberhaft. Während er darauf wartete, dass der Cop endlich weiterging, klammerte sich Matt mit steifen Fingern und schmerzenden Muskeln an seinen Halt hoch über dem Fluss. Nur zwanzig Fuß trennten sie. Oben auf den Tragkabeln, verborgen im Dunkel der Nacht, lagen Pat und Justice auf dem Bauch. Keiner zuckte auch nur mit der Wimper. Nicht einmal die Maske der Nacht würde eine Bewegung verbergen, also gaben sie sich Mühe, zu einem Teil der Brücke zu werden.

Matt traute sich fast nicht zu atmen, aber je länger der Cop da stand und rauchte, desto ruhiger wurde er. Das Problem war, dass sich seine Hände verkrampften und die Füße taub wurden.

Die harten Ränder des Eisenträgers drohten seinen Blutkreislauf abzuschneiden. Ihm brannten die Finger. Sein Halt auf dem Träger war so unsicher, dass er sich zurücklehnen musste, um nicht hinunterzufallen. Die Minuten krochen vorüber, und nun steigerte sich seine panische Angst im gleichen Maße, in dem seine Kräfte nachließen. Um sich zu zerstreuen, summte Matt alte Melodien, so leise, dass er sie selbst kaum hörte, Melodien von den Lagerfeuern des Krieges und den langen Märschen. Irgendetwas musste er tun, um sich von seiner gefährlichen Lage abzulenken. In seiner Verzweiflung summte er leise »Lorena«.

Noch ein paar Minuten verstrichen, bis der Cop seinen Spaziergang in Richtung New York fortsetzte. Dabei ging er so langsam, dass es noch weitere quälende Minuten dauerte, bis er hinter dem New Yorker Turm verschwunden war. Earl rappelte sich als Erster hoch und schüttelte sich das Blut wieder in die verkrampften Muskeln zurück. Unsicher ging er auf Matts Versteck zu, wobei er mit jedem Schritt seiner eingeschlafenen Füße zusammenzuckte.

»Scheiße, Matthew – ich dachte, dieser Hund würde die ganze Nacht hier kampieren!«

»Jesus … bin ich steif!«, stöhnte Matt.

»Brauchst du Hilfe?«, fragte Earl.

»Ich glaube, schon. Ich weiß nicht, ob ich hochkomme. Meine Hände sind ganz verkrampft … auch die Beine sind taub.«

»Halt dich fest«, sagte Earl, der die Angst in Matts Stimme hörte. »Warte, bis ich dich packen kann.« Earl beugte sich über das Hauptkabel und griff hinunter nach Matts Hand. Matt setzte einen Fuß auf die untere Lippe der Eisenschiene und versuchte aufzustehen. Seine Beine fühlten sich an wie tot. Die Füße konnte er überhaupt nicht spüren. »Gib mir die Hand, Kumpel.« Matt streckte die Hand nach oben, aber sein tauber Fuß rutschte von der Lippe der Eisenschiene ab. Die eine Hand, mit der er sich noch festhielt, konnte dem Ruck nicht standhalten. Er prallte gegen die stählerne Kante, dann wurde er in die Tiefe geschleudert. Versteinert stand Earl da, von Matts Augen wie gelähmt. Weit aufgerissen starrten sie ihn an, schwarze Löcher in einem weißen Rahmen. Es hatte nur einen Moment gedauert, aber diese Augen sprachen von einer Ewigkeit des Grauens. Earl sah, wie sich dieses Grauen in Resignation verwandelte. Matt Emmons fiel nach hinten in die Schwärze über dem East River, dann verschwand er. Ungläubig starrte ihm Earl nach. Ohne einen Schrei war Matt abgestürzt, ein Laut war erst zu hören, als er auf das schwarze Yankee-Wasser klatschte. Pat und Jus kamen angerannt. Auch sie waren hinuntergeklettert, als der Cop außer Sichtweite war.

»Jesus Christus! Jesus Christus! Pat!«, schrie Earl. »Er war hier, direkt vor mir. Ich hatte ihn schon, ich schaute ihm ins Gesicht, er gab mir seine Hand. Jesus Christus! Wir müssen etwas tun.« Earl stöhnte und trat von einem Fuß auf den anderen. »Wir müssen ihn holen, lieber Gott!«

»Jesus! Er ging ohne einen Laut«, sagte Jus und schaute in die Tiefe. Nichts als grauweißer Schaum war auf der glatten schwarzen Fläche zu sehen. »Er ist weg, Kumpels. Einfach weg.«

»Sollen wir ihn nicht suchen?«, fragte Earl und sah von einem zum anderen. »Wir müssen etwas tun. Vielleicht lebt er noch, er könnte doch …« Earl legte den Kopf in die Hände, und seine Finger griffen in das wilde Haar, als wollte er den Kopf festhalten. »Ich hatte ihn doch schon fast«, sagte Earl und streckte die Hände wieder aus. »Er wollte gerade nach mir greifen, als er ausrutschte. Mein Gott, ich habe ihn fallen sehen! Ich habe seine Augen gesehen.« Er hielt sich mit der Hand die Augen zu, um das Bild loszuwerden. »Ich habe ihn direkt angeschaut.«

»Earl, wir können überhaupt nichts machen. Er ist nicht mehr da«, sagte Pat leise und legte dem Kameraden den Arm um die Schultern. »Er ist wie ein Soldat von uns gegangen!«

»Da hast du recht«, sagte Jus, und seine Bewunderung war deutlich zu hören. »Er hat den Mund gehalten, weil er uns nicht verraten wollte. Jesus, er war tapfer!«

»Er … er hat uns ein Beispiel gegeben«, sagte Pat. »Nach dem, was er getan hat, dürfen wir nicht aufgeben. Wir müssen es zu Ende bringen.« Er sah noch einmal hinunter, dann sagte er leise: »Machen wir weiter.«

»Zum Trauern haben wir später Zeit«, fügte Justice feierlich hinzu und unterdrückte den Kälteschauer, der ihn durchfuhr.

Pat drehte sich um und kletterte wieder das Kabel hinauf. Er war mit der Arbeit fast fertig gewesen, als Matt abstürzte. Er musste nur noch drei Bündel befestigen und dann den Sprengdraht am Kabel entlang hinunterführen. Das dauerte nur mehr wenige Minuten. Diese Minuten waren entsetzlich. Er klammerte sich fest. Ein unbeherrschbares Zittern hatte sich seiner Hände bemächtigt. Nach zehn Minuten waren er und Justice fertig und halfen Earl mit den Sprengladungen an den Eisenschienen. Nachdem alles verdrahtet war, gab es nur noch eine Aufgabe zu erledigen. Earl nahm die Drahtrolle, die mit allen Sprengladungen auf der flussaufwärts gelegenen Seite verbunden war, und hängte sie an einen langen Drahthaken, den er an seinem Gürtel befestigt hatte. Die Rolle sollte sich abspulen, während sich Earl an einem der Querträger unter der Fahrbahn hindurch zur anderen Seite hinüberhangelte.

»Bist du so weit?«, fragte Pat und sah ihn eindringlich an.

Earl, der jetzt, da er sich wieder in der Gewalt hatte, schweigsam wie ein Grab war, atmete tief durch und streckte die Finger, dann sagte er: »Ja.«

Ohne ein weiteres Wort stieg er über das Geländer, kletterte nach unten und verschwand unter der Fahrbahn. Die Füße waren das Letzte, was man sah. Er hatte sie zu beiden Seiten des Querträgers eingehakt, während er sich Hand über Hand vorwärts hangelte. Pat und Jus liefen auf die andere Seite hinüber und warteten gebückt neben dem Querträger, bereit, Earl zu packen, wenn er auftauchte. Kutschen fuhren vorbei, aber im Schatten des Fußgängerstegs wurden die Männer nicht bemerkt. Kurz darauf hörten sie Earl kommen, der vor Anstrengung stöhnte.

»Helft mir, ich kann bald nicht mehr.« Er keuchte. Sie griffen hinunter, packten ihn am Hemd und hielten ihn, während er sich vorsichtig auf den Träger hinaufzog. Schwer atmend lag er eine Weile dort und klammerte sich fest. Er starrte auf den Fluss hinunter. »Jesus Christus!«, stieß er keuchend hervor. »Jesus Christus!«

Zehn Minuten später waren sie mit dem Verlegen des Drahtes fertig und verbanden ihn mit dem Hauptdraht, der vom Dynamoraum ausging.

Sie hatten geplant, nach getaner Arbeit die Brücke einzeln zu verlassen. Als Letzter sollte Pat gehen. Earl machte den Anfang und verschwand auf der New Yorker Seite wie ein Gespenst in der Dunkelheit.

»Ich kann es gar nicht fassen, dass Matt nicht mehr da ist«, sagte Jus, während er mit Pat abwartete, bis Earl nicht mehr zu sehen war.

»In den vielen Jahren der Arbeit an den Kabeln ist kein Einziger abgestürzt«, sagte Pat fast zu sich selbst. »Und jetzt sind wir eine Stunde da – und schon haben wir einen Mann verloren.« Er schüttelte den Kopf.

»Er ist abgerutscht«, sagte Justice. Damit beantwortete er die unausgesprochene Frage.

Pat sagte nichts. Er sah auf seine Uhr. »Also … Earl ist jetzt seit fünf Minuten weg. Jetzt bist du dran.«

Patrick Sullivan saß oben auf dem Gitterwerk, das das Geländer des Fußgängerstegs bildete, und schaute dem alten Kriegskameraden nach, der in die Stadt der Yankees hinuntermarschierte. Das würde ihr letzter Marsch sein. Watkins war tot. Nun würde auch Emmons nicht mehr mitmarschieren. Wie viele würden wohl morgen sterben? Er sah hinauf zum Sternenkreis, der wie eine Krone über der Brücke stand. Er hatte geholfen, diese Brücke zu bauen. Hatte auch Gott dieses Gefühl angesichts seiner Schöpfung? Nahm der Allmächtige irgendwie Anteil an seinem Stolz? Vielleicht war es so. Diese Brücke war wie ein

Lebewesen. Durch die Kabel spürte er das Vibrieren ihres Herzens. Er wollte nicht dazu beitragen, dass sie ermordet würde. Er konnte seine Freunde nicht enttäuschen, wollte aber selbst nicht zur Zerstörung beitragen. Er wusste, dass Justice genauso dachte, er hatte es auch gesagt. Pat vergewisserte sich, dass Jus hinter dem New Yorker Brückenturm außer Sichtweite war, dann drehte er sich um und nahm sein Messer aus der Tasche. Er musste es vorsichtig anstellen, wenn er Jus' Drähte durchschnitt. Es wäre schlimm, wenn man es morgen entdeckte. Vielleicht würde die Brücke nicht zusammenbrechen, wenn die Schrägseile an Ort und Stelle blieben. Während er sich über das Geländer lehnte und nach unten griff, um die Drähte mit dem Messer durchzuschneiden, hörte er plötzlich die Bohlen hinter sich knarzen.

»Was zum Teufel machst du da, wenn ich fragen darf?« Eine dröhnende Stimme in der Dunkelheit schreckte ihn auf. Pat brauchte sich nicht umzudrehen, um zu erkennen, dass es ein Cop war. Er hatte sich so sehr darauf konzentriert, Jus nachzublicken und dann nach den Drähten zu tasten, dass er nicht darauf geachtet hatte, ob sich jemand von der Brooklyner Seite näherte. Er behielt seine Lage, über das Geländer gebeugt, noch einen Augenblick bei, schob das Messer in einen Ärmel und überlegte, was er tun sollte.

»Sag was, Mann! Was machst du da? Musst du kotzen oder was?«, fragte der Cop fordernd.

Pat, der verzweifelt nach einer Ausrede gesucht hatte, ergriff die Anregung wie eine Rettungsleine. Er stöhnte und hoffte, dass es echt genug klang. Ein Rippenstoß mit dem Schlagstock war seine Belohnung.

»Was ist los, hey?« Der Cop gab sich nicht zufrieden. »Dir fehlt doch nichts«, sagte er skeptisch. »Was hast du da gemacht?«

Die Polizei war offenkundig in Alarmbereitschaft, stellte Pat fest. Übelkeit vorzutäuschen würde nicht genügen. Er tastete nach dem Messer im Ärmel, aber das sollte höchstens der letzte

Ausweg sein. Eine schwere Hand legte sich auf seine Schulter und versuchte ihn umzudrehen. Pat wurde von Panik erfasst. Er drehte sich weg, damit der Cop sein Gesicht nicht sah, und rammte einen Finger so weit in den Hals, wie es nur ging. Es war ein Zaubermittel.

Er würgte, dann, krampfartig, entleerte sich sein Magen über das Geländer, und die Kotze deckte die Drähte zu, die er soeben hatte durchschneiden wollen. Er wandte sich nach dem Cop um und erbrach sich wieder: Diesmal über die Schuhe des Cops und über seine eigene Kleidung.

Der Cop sprang zurück, als hätte er sich verbrüht. »Herrgottsakra…«, schrie er Pat an, als dieser auf ihn zutorkelte und beide Hände auf den Bauch presste. »Scher dich zum Teufel!«

Der Cop streckte die Hand aus, um ihn fern zu halten. Wieder klatschte eine Ladung auf den Steg. »Verdammt! Du besoffener Hund! Sieh zu, dass du wegkommst!«

Pat machte eine entschuldigende Geste. »Es tut mir leid. Wirklich leid, Officer«, sagte er und hielt ein erneutes Würgen zurück.

»Mach bloß, dass du verschwindest!«, sagte der Cop und schüttelte die Kotze von seinen Schuhen. »Geh doch zurück in die Bowery, wo du hingehörst!«

Pat torkelte ein paar Schritte weiter und hielt sich immer noch den Bauch.

»Geh zu! Hau ab!«, brüllte der Cop und schubste ihn wieder mit seinem Schlagstock.

Sullivan entschuldigte sich noch einmal, dann drehte er sich um und schwankte den Steg entlang auf dem Weg in die Freiheit.

22. Kapitel

Ich war ein Geschoss, in Hass getränkt,
Hinausgeschleudert wie von Kanonen
Durch des Schicksals unwiderstehliche Hand,
Besinnungslos rasend bis ans Ende.

Maurice Thompson

31. Mai 1883, 5 Uhr 30

Tom stand vor der Tür zum Büro der Firma Sangree & Co. Der Traum ließ ihn nicht los, das Grauen haftete an ihm wie ein Geruch an den Kleidern. In der Hoffnung, durch irgendeine Tätigkeit seine Dämonen zu vertreiben, war er früh aufgestanden. Er musste einfach noch einmal dieses Büro durchsuchen. Als er um fünf Uhr mit der El nach Süden gefahren war, hatte er noch keine genaue Vorstellung gehabt, was er unternehmen sollte, nur das Gefühl, dass er irgendetwas tun musste. Zuerst ging er in den Peck Slip, wo die Straße langsam zum Leben erwachte, und stand eine Zeit lang vor Paddys Bar. Vielleicht ließen sich die alten Gespenster aufwecken, wenn er zum Anfang zurückkehrte, vielleicht käme er auf neue Ideen. Er war sich nicht sicher. Er ging weiter zu Sangree & Co. Noch einmal wollte er dort nachforschen, dachte er sich, während er das Milchglas in der Tür zu den Geschäftsräumen betrachtete. Später würde er noch einmal das Brückenbaubüro aufsuchen. Irgendetwas musste er übersehen haben. Diese Männer konnten nicht so raffiniert sein. Pat und Charlie hatten dieses Büro schon durchsucht, und sie waren immer so gründlich, wie man nur sein konnte, aber …

»Was soll's!«, murmelte Tom und trat die Tür ein. Glas zersprang, Holz splitterte, und der Lärm war groß. Er hatte keine Lust gehabt, die Schlüssel zu holen.

Tom blieb eine Weile im Eingang stehen, um eine Übersicht zu gewinnen. Es gab nicht viel zu sehen. Ein großer Rollschrank in einer Ecke, ein paar Stühle, ein Kleiderständer, ein schäbiger Teppich und einige nichts sagende gerahmte Drucke an den Wänden waren im ersten Zimmer das einzige Mobiliar. Im trüben Licht der Morgendämmerung sah alles noch schemenhaft und undeutlich aus und wirkte wie eine Traumwelt. Braddock holte tief Luft und trat ein in den Traum – oder war es ein Albtraum? Hier an diesem Ort waren Dinge geplant und ausgeführt worden, die er sich kaum vorstellen konnte. Wenn solche Pläne Spuren hinterließen, einen Hinweis auf eine negative Energie, dann wären sie hier zu finden. In diesem Raum, in dem die Glassplitter unter Toms Füßen knirschten, hatte Sangree seine Pläne geschmiedet. Irgendetwas musste übrig geblieben sein, eine Spur dieser wahnsinnigen Gedanken und Pläne.

Das Morgenlicht strömte schon hell, als Tom die Durchsuchung des Büros abbrach und in den dahinter liegenden Versammlungsraum ging. Im Schreibtisch hatte er außer ein paar Bleistiften und einem halb leeren Tintenfass nichts gefunden. Er hatte sogar, in der Hoffnung auf verborgene Hinweise, die Drucke an den Wänden aus ihren Rahmen genommen. Er hatte kein Glück. Der Versammlungsraum schien noch weniger zu versprechen. Er enthielt nur einen Tisch, etwa sechs Fuß lang, und acht verschiedene Stühle. Durch die schmutzigen Fenster fiel ein schräger Sonnenstrahl herein und warf einen hellen Farbstrich über den düsteren, grauen Raum. Tom schob die Stühle hin und her und sah unter jedem Sitz nach. Unter der Tischplatte entdeckte er zwei Schubladen. Einen Augenblick lang wuchs seine Hoffnung, aber die eine Schublade war ganz leer und die andere enthielt nur einen unbeschriebenen Notizblock. Er blätterte die leeren Seiten durch, die ihn zu verlachen schienen. Als er enttäuscht den Block auf den Tisch warf, erhob sich eine goldene Staubwolke im schrägen gelben Sonnenlicht. Fasziniert sah Tom zu, wie der Staub von einem unsichtbaren Luftstrom weggetragen wurde. Interessant, dachte er sich ... manchmal muss man etwas gar nicht sehen, um zu wissen, dass es vorhanden ist.

Tom blickte auf den Notizblock, der das Licht des frühen Morgens reflektierte. Vielleicht lag es an dem Winkel, in dem die Sonnenstrahlen auf das Papier fielen, vielleicht lag es daran, dass er jetzt in einer Verfassung war, in der er sehen konnte, was schon immer da gewesen war: Jetzt erkannte er die Schrift, oder zumindest ihren Schemen. Er nahm den Block wieder in die Hand und drehte ihn im Licht hin und her, um die schwachen Abdrücke auf dem Papier auszuleuchten. Es gab eine Fülle von Abdrücken, die einander überlagerten. Er glaubte einige Wörter zu erkennen, war sich aber nicht sicher. Tom ging wieder ins Büro und suchte einen der Bleistifte, die er in der Schreibtischschublade gefunden hatte. Er setzte ihn schräg an und fuhr damit ganz sanft auf der Seite hin und her. Worte traten hervor. Viel konnte er nicht ausmachen, aber ein wenig schon. Vor allem war da kaum ein Zusammenhang: hie und da ein Wort und dazwischen ein Durcheinander von Buchstaben. Aber die Worte, die hervortraten, waren Gold wert. Eines leuchtete heller als alle anderen: »Dynamos«.

Zwanzig Minuten später stürmte Braddock die Stufen des Po-

lizeihauptquartiers hinauf. Im Mannschaftsraum fiel ihm der große gelbe Umschlag auf, der auf seinem Schreibtisch lag. Anscheinend hatte man ihn gestern am späten Abend hingelegt.
»Hm, vielleicht hat dir Uncle Sam endlich diese Regimentslisten geschickt, Tommy«, dachte er. Und so war es auch. In schöner, deutlicher Schrift waren die Namen aufgereiht. Daneben, in sauberen Spalten unter den entsprechenden Überschriften, standen die Daten der Einberufung, des Todes, der Gefangennahme, der Verwundungen und der Entlassung aus dem Dienst. Es waren viele eng beschriebene Seiten in einer kleinen Handschrift. Das zu lesen würde lange dauern.
Der erste Name, der ihm ins Auge stach, war Thaddeus Sangree, und das überraschte ihn nicht.
»Der verdammte Captain der ganzen Bande!«, rief er aus. Zum ersten Mal wurde ihm bewusst, wie weit der Bund dieser Männer in die Vergangenheit zurückreichte. Eine Minute später platzte er heraus: »Scheiße! Auch der kleine Buchhalter!« Ein paar Kollegen sahen zu ihm herüber, als er mit der Faust auf den Tisch schlug. »Dieses Schwein war von Anfang an dabei!« Eines war sicher: Er musste diese Namen mit der Liste der Brückenbauarbeiter abgleichen. Wer wusste, wie viele noch dazugehörten? Bisher waren ihm sechs bekannt, aber es konnten womöglich doppelt so viele sein.
Noch vor halb acht konnte er Byrnes von seiner Entdeckung Bericht erstatten. Nachdem er die beiden Sprengstofffahrer, von denen einer mit Gewissheit Patrick Sullivan war, so knapp verfehlt hatte, zeigte sich Byrnes endlich bereit, den Fall ernst zu nehmen. Tom informierte Byrnes ebenfalls über die Mordversuche an Mike Bucklin und über den Schreibblock, den er in Sangrees Büro gefunden hatte.
»Chef, meine große Befürchtung ist, dass sie inzwischen ihren Zeitplan vorverlegt haben.«
Byrnes nickte und strich sich über den Schnurrbart.
»Wir haben sie aufgescheucht, Sir. Sie haben sich mit Sack und

Pack aus dem Staub gemacht. Sie halten sich versteckt. Wenn sie sich sicher fühlten, würden sie sich anders verhalten.«
»Da stimme ich Ihnen zu«, sagte Byrnes.
»Man sollte bedenken«, fuhr Tom fort, »dass ihnen die Symbolik sehr wichtig ist. Warum sollten sie sonst ausgerechnet die Brücke ins Visier nehmen?« Er machte eine Pause, um den Satz wirken zu lassen. »Chef, ich glaube, sie werden sehr bald versuchen, die Brücke in die Luft zu sprengen, egal, was da im Zeitungsausschnitt steht.«
Byrnes sagte zunächst gar nichts. Tom schwieg, während der Rauch der ersten Zigarre des Tages über Byrnes' Kopf hinaufstieg. Der Chef stand auf und lief vor den Fenstern auf und ab. Dann wandte er sich Tom zu.
»Nimm dir Pat und Charlie. Ich werde die Brückenpolizei anweisen, dir jede denkbare Hilfe zu gewähren. Und nimm auch Jaffey mit.«
Eli unterhielt sich gerade mit Pat und Charlie, als Tom Byrnes' Büro verließ. Sie merkten sofort, dass etwas im Gange war.
»Gehen wir, meine Herren«, sagte Tom. »Pat, Charlie, heute seid ihr mir wieder zugeteilt worden. Versteht einer von euch etwas von Elektrizität?«
»Ja«, sagte Charlie. »Ben Franklin hat sie entdeckt.«
»Sehr witzig«, sagte Tom, während sie hinter ihm hergingen. »Du könntest direkt im Varieté auftreten.«
Im Baubüro machten sich die vier daran, die langen Listen der Beschäftigten mit der Liste der Company B, Fifth Texas, zu vergleichen. Der Büroschreiber schätzte, dass im Laufe der Jahre mehr als zweitausend Männer an der Brücke gearbeitet hatten.
»Jesus Maria«, brummte Jaffey, »da werden wir ja blind, wenn wir das alles durchlesen sollen.«
»Müssen wir nicht, Eli. Wir wissen, dass Matt und Earl bis vor kurzem dabei waren. Vielleicht gehörten zu dem Trupp noch andere, die uns gar nicht aufgefallen sind. Vielleicht sind sie schon weg, wie Jacobs. Gibt es eine Möglichkeit, die Suche auf

diejenigen zu beschränken, die in letzter Zeit noch beschäftigt waren?«, fragte Tom.
»Ja«, sagte der Schreiber. »Am besten beginnen Sie mit der Liste der Männer, die Anfang dieser Woche ausgeschieden sind.«
»Die sollten wir uns anschauen, meinst du nicht, Eli?«
Zwei Minuten später fanden sie die Bestätigung, dass Patrick Sullivan und Justice Lincoln dazugehört hatten. Tom schickte Pat und Charlie los, um die Wohnungen der beiden zu durchsuchen, und vereinbarte für später ein Treffen auf der Brücke. Er hatte kaum Hoffnung, dass sie etwas finden würden, aber es gehörte nun einmal dazu.

Tom war gereizt. Er wollte draußen auf der Brücke sein, nicht eingesperrt in einem Büro, über Listen gebeugt. In zwei Stunden wollte man sich treffen. Zuerst befragten Tom und Eli den Dienst habenden Cop im New Yorker Terminal. Er hatte erst um sechs Uhr seinen Dienst angetreten und sagte, dass am Morgen nichts Außergewöhnliches passiert sei. Bei der Durchsicht des Kontrollbuchs stellte er fest, dass für die vergangene Nacht keine besonderen Vorkommnisse eingetragen waren. »Hier steht nur, dass irgendein Besoffener Bob Brenner auf die Schuhe gekotzt hat. Sonst nichts.« Tom vergewisserte sich, dass der Cop die Bilder von Earl, Matt, dem Captain und Jacobs erhalten hatte. Die Wahrscheinlichkeit, dass einer der Gesuchten dem Cop über den Weg lief, war gering, das wusste Tom, aber es war ihm den Versuch wert. Dann eilten Tom und Eli wieder zurück nach Brooklyn. Der Cop hatte gesagt, dass man seinen Sergeant, der die Schlüssel zum Kraftwerk und zu den Generator- und Dynamoräumen habe, im Brooklyner Terminal antreffen würde.
Kurz nach neun machten sie den Sergeant ausfindig und baten ihn um die Schlüssel zum Maschinenraum und zum Kraftwerk. Obwohl er das Telegramm von Byrnes gesehen hatte, war es nicht leicht, ihn zu überzeugen.
»Hören Sie zu«, hatte er gesagt. »Meine Leute unternehmen Tag

und Nacht Kontrollgänge. Wir haben die Kontrollen auch verstärkt. Mr. Martin bestand darauf. Hier ist nichts passiert, was nicht mindestens einer von uns gesehen hat, und es wird auch nichts passieren, ohne dass wir es sehen. Ich verstehe nicht, wie ihr mit eurem Schnüffeln mehr erreichen wollt als wir.« Schließlich gab er doch die Schlüssel heraus, aber er schickte einen Patrolman mit, der auf sie aufpassen sollte. Dieser Cop, Dan Monzet, war ein Neuling wie alle anderen bei der Brückenpolizei, aber er hatte wenigstens ein bisschen Erfahrung. Er war schon früher Cop auf Coney Island gewesen, hatte es aber dort im Winter unerträglich langweilig gefunden.

»Als ich hörte, dass man hier auf der Brücke Männer sucht, dachte ich, es wäre interessanter als Coney Island im Januar. Jetzt sind wir da.«

Sie standen vor einem der riesigen Bögen unter der Brooklyner Brückenauffahrt, in der Nähe der Prospect Street. »Dieses Gebäude hier ist das Kraftwerk. Hier sind die Dampfkessel.« Er deutete auf das Gebäude neben der Auffahrt. »Zum Maschinenraum müssen wir hier durch.« Er zeigte auf ein schweres Tor in der Ziegelmauer unter einem Brückenbogen. »Dort sind auch die Dampfmaschinen.« Monzet schloss das Tor auf. »Zu dieser Tageszeit ist niemand hier. Sie kommen erst gegen fünf Uhr, um den Dampfdruck in den Kesseln zu verstärken.«

Tom sah sich in dem großen, gewölbten Raum um. Gusseiserne Räder, zehn Fuß hoch, mit drei Fuß breiten Riemen, beherrschten die eine Seite des Raums. Drähte, Hebel und viele andere undefinierbare Maschinen gaben den Polizisten das Gefühl, im Labor eines verrückten Professors zu sein. Dr. Frankenstein könnte sich hier heimisch fühlen, dachte sich Tom. Die Atmosphäre kam ihm bedrohlich vor; er unterdrückte einen Schauder.

Tom hatte keine Ahnung, was das alles zu bedeuten hatte, geschweige denn, wonach er suchen sollte. Er fragte Jaffey: »Wo wollen wir eigentlich anfangen?«

»Weiß ich nicht, Tom. Die Elektrizität macht mich nur nervös. Wenn ich die Wahrheit sagen soll, ich verstehe sie nicht.«
»Schauen wir uns trotzdem um! Es sind offenkundig keine verdammten Anarchisten hier, aber schauen wir, was wir sonst noch finden.« Selbst wenn sie auf die Idee gekommen wären, in den Verteilerkasten an der Wand hineinzuschauen, hätten sie weder die zusätzlichen Drähte entdeckt noch deren Zweck erkannt. Auch im Maschinenraum sahen sie sich um. Die beiden massigen Dampfmaschinen standen ruhig da, ihre Kolben wirkten, als wären sie mitten im Hub stecken geblieben. Jeder Kolben hing an einem gusseisernen Rad, dessen Durchmesser Tom auf zwölf Fuß schätzte und dessen Speichen so dick wie seine Beine waren. Sie lieferten den Antrieb für die Kabel, die die Züge über die Brücke ziehen sollten.
»Tom, das ist alles sehr interessant, aber es ist kein Mensch hier.« Eli zuckte mit den Schultern, als er diese Selbverständlichkeit aussprach.
»Wir verstehen nicht einmal, was wir sehen«, stimmte Tom zu. Er seufzte. »Aber eines können wir tun.« Er wandte sich an Dan Monzet. Als sich Tom und Eli verabschiedet hatten, blieb der Patrolman als Wache vor dem Maschinenraum zurück.
Im Wissen, dass Monzet Wache hielt, fühlte sich Tom etwas sicherer.
Ob der Patrolman etwas gegen die Verschwörer ausrichten könnte, war ungewiss, aber er könnte abschreckend wirken. Tom und Eli gingen wieder auf die Brücke. Tom war der Meinung, sie sollten sich dort so lange wie möglich aufhalten. Langsam schlenderten sie auf die New Yorker Seite zurück und nahmen die Spaziergänger eingehend unter die Lupe. Tausende flanierten auf und ab; nach kurzer Zeit ließ die Aufmerksamkeit der Polizisten nach, und die Gesichter verschwammen.
»Heute wäre ein guter Tag für ein Attentat«, bemerkte Eli. »Falls es einen *guten* Tag für so etwas gibt.«
»Ja«, stimmte Tom zu. »Der Memorial Day ist immer ein großer

Feiertag, und diese Brücke zieht die Leute an wie ein Magnet. Sieht aus, als wäre die halbe Stadt hier.« Vielleicht würde er Mary sehen. Halb wünschte er, sie wäre hier, halb hoffte er, sie würde nicht kommen. Es wäre wohl besser, wenn sie wegbliebe – aber allein wegen eines unguten Gefühls oder gar eines Albtraums konnte er ihr nicht raten, auf den Ausflug zu verzichten. Er hatte ihr nichts von seinem Traum gesagt; ihm wäre es albern vorgekommen, seine Befürchtungen damit zu begründen.
»Wie viele sind damals im Krieg gefallen, Tom?«, fragte Eli.
»Wie?«, erwiderte Tom, vom Themenwechsel verwirrt.
»Dafür ist doch der Memorial Day da, damit wir uns an die Toten erinnern. Deshalb frage ich dich, wie viele gefallen sind.«
»Angeblich waren es um die sechshunderttausend, das heißt beide Seiten zusammen, verstehst ... Jesus Christus!« Tom wirkte schockiert, dann wurde er von Panik ergriffen.
Jaffey sah ihn an; er verstand nicht, was über Tom gekommen war. »Was? Was hast du?«
Tom gab keine Antwort. Er griff in die Tasche, seine Hand zitterte unter der Hast, in der er den Zeitungsausschnitt herauszog.
»Scheiße!« Tom fluchte, als das Papier riss. »Ich hoffe nur, dass ich nicht recht habe, Eli.« Er legte die Fetzen auf dem Geländer zurecht und schützte sie vor dem Wind.
»Wir haben die ganze Zeit geglaubt, sie hätten es auf die Brückenzüge abgesehen, aber schau hierher!« Tom zeigte auf das Blatt. Es war die Rückseite des Ausschnitts, die Seite mit dem Artikel über die Feierlichkeiten zum Memorial Day. »Was ist, wenn uns Bucklin das hier mitteilen wollte?«
Jaffey wurde von einem Kälteschauer erfasst. Er machte den Mund auf, aber kein Laut kam heraus. Schließlich rief er aus: »Der Sprengstoff!«
Toms erster Gedanke galt Mary. Er musste sie fern halten. Heute wollte er sie nicht in der Nähe der Brücke wissen. Sollte er ihr ein Telegramm schicken? Nein, an einem Feiertag konnte es

Stunden dauern, bis sie es erhielt. Er selbst konnte auch nicht zu ihr gehen.
»Eli«, sagte er und sah ihn mit einem sorgenvollen Gesicht an. »Du musst mir einen Gefallen tun.«

Dolan und Heidelberg erreichten Tom eine Stunde später. Wie nicht anders zu erwarten, kamen sie mit leeren Händen zurück. Falls Sullivan und Lincoln jemals in einem der angegebenen Häuser gewohnt hatten, waren sie längst ausgezogen. Tom sagte Pat und Charlie, welchen Verdacht er wegen des Memorial Day hegte. Während dieses Gesprächs kam Jaffey angerannt.
»Sie war nicht da«, sagte er atemlos. »Die Bucklins sagten, dass sie vor einer Stunde weggegangen ist. Zusammen mit Chelsea.«
»Schöne Bescherung! Sie müssen irgendwo hier in der Nähe sein«, sagte Tom und sah verzweifelt in die Menge der Spaziergänger. »Mein Gott, hoffentlich habe ich unrecht!« Bilder aus seinem Albtraum tauchten vor ihm auf, und Angstschauer überkamen ihn.
Alle vier gingen über die Brücke zurück. Tom bat Pat und Charlie, die Arbeitsplätze der gesuchten Verschwörer festzustellen. Vielleicht konnte die Art der Arbeit, die Sangrees Leute verrichtet hatten, einen Hinweis liefern. Das galt besonders für Sullivan und Lincoln, über die man bisher sehr wenig herausgefunden hatte. Charlie und Pat murrten über die ewige Papierarbeit, behaupteten, sie seien kurz vor dem Erblinden, machten sich aber trotzdem auf den Weg zum Baubüro.
»Eli und ich bleiben hier oben«, sagte Tom, der sich um Mary noch größere Sorgen machte als um die Brücke. Er schob die Hände in die Hosentaschen, damit die anderen nicht sahen, wie sehr sie zitterten. »Gehen wir diesmal auf die südliche Fahrbahn, Eli?«
Die vier trennten sich, nachdem sie ein weiteres Treffen am Brooklyner Terminal um halb vier vereinbart hatten. Wie die Haie bahnten sich Tom und Eli den Weg durch die Menge,

ständig auf der Suche. Zwei Cops der Brückenwache kamen ihnen entgegen, und Tom vergewisserte sich, dass auch sie die Beschreibungen der Verschwörer kannten. Auch Mary beschrieb er ihnen.

»Passt unbedingt gut auf«, sagte Tom. Es war eher ein Flehen als ein Befehl. Ungefähr um die gleiche Zeit befand sich Mary oben auf dem Fußgängersteg, genoss mit Chelsea den Sonnenschein und wünschte, sie hätte Tom zur Begleitung.

Die Männer waren zum Aufbruch bereit. Dieser Teil der Operation war einfach im Vergleich zur vergangenen Nacht. Sie würden ihre Plätze einnehmen, sich vergewissern, dass sie an Stellen standen, wo sie sich gegenseitig im Auge behalten konnten, und auf das vereinbarte Zeichen warten. Vier Uhr war die vereinbarte Zeit. Der Captain schätzte, dass am späten Nachmittag die größte Menschenmenge auf der Brücke sein würde; er rechnete mit zehn- bis fünfzehntausend Menschen, die sich vorgenommen hatten, das Achte Weltwunder zu erleben. Seit der Eröffnung vor einer Woche war die Brücke zunehmend zu einem Anziehungspunkt geworden. Am Sonntag zuvor hatten insgesamt 163 500 Spaziergänger die Brücke besucht. Gemessen daran war Sangrees Schätzung nicht übertrieben.

Es war halb drei, als die Verschwörer auf der New Yorker Seite ankamen. Zu ihrem Glück hatten sie beim Anbringen der Sprengladungen und der Drähte sorgfältige Arbeit geleistet, so dass von der Fahrbahn aus fast nichts zu sehen war; die Sicht auf das innere Kabel wurde durch die Gleise und die Geländer zum Teil blockiert. Immerhin hielten sich die meisten Menschen auf dem Fußgängersteg auf. Als sie sich der Brücke näherten, sagte Pat Sullivan: »Ich glaube, wir sollten den Ablauf noch etwas ändern, Captain.«

Thaddeus sah ihn an, als hätte er den Verstand verloren. »Wieso, was ist daran falsch?«, fragte er mit Panik in der Stimme.

Sullivan zuckte die Achseln. »Schauen Sie doch, diese Menschenmassen!«, sagte er. »Jus und ich werden länger brauchen, um von der Brücke wegzukommen. Fünf Minuten nach dem Signal wird zu kurz sein.«

Thaddeus nickte nachdenklich. »Wie viel meinst du? Zehn?«

»Das wäre sicherer. Ich kann nicht für Justice sprechen, aber ich persönlich habe keine Lust, mitten auf der Brücke festzusitzen, wenn sie hochgeht.« Im Stillen betete Pat, er möge in der Lage sein, heute das zu tun, was er in der vergangenen Nacht nicht hatte ausführen können.

»Geht in Ordnung. Also, zehn Minuten. Ihr geht jetzt los. Earl und Justice nehmen den Fußgängersteg, Pat die Fahrbahn, wie wir es geprobt haben. Um genau drei Uhr dreißig werden wir das Signal geben. Vergleichen wir die Uhren! Auf meiner wird es gleich zwei Uhr siebenundvierzig ... jetzt!« Alle stellten ihre Uhren. »Und jetzt los, und viel Glück, meine Herren.« Thaddeus gab jedem die Hand. »Wir sehen uns in Richmond wieder.« Ihr Abschied hatte etwas Unwirkliches an sich, als fehlte noch etwas. Es folgte ein peinliches Schweigen, während sie einander im blendenden Sonnenlicht des Memorial Day ansahen. Dann gingen Sullivan, Sangree und Jacobs auf der nördlichen Fahrbahn nach Brooklyn hinüber. Braddock und Jaffey, die auf der Südseite patrouillierten, sahen sie nicht.

Patrolman Dan Monzet langweilte sich wie noch nie. Auf Coney Island gab es während des Sommers wenigstens attraktive Frauen, denen er schöne Augen machen konnte. Nach stundenlangem Herumstehen vor den Toren des Kraftwerks glaubte er allmählich, dass es auf Coney Island selbst im Januar nicht so schlimm gewesen wäre. Als zwei Männer auf ihn zukamen, machte er sich überhaupt keine Gedanken darüber. Der Kleine mit dem Wieselgesicht war vermutlich Büroschreiber, wenn auch seine blauen Flecken und der humpelnde Gang nicht so recht dazu passten. Vielleicht kamen sie von der U. S. Illuminating Company und wollten eine Inspektion vornehmen.

»Tag, die Herren«, sagte Monzet freundlich.
»Guten Tag, Officer«, sagte der Größere der beiden. Er schien sich zu wundern, dass Monzet da war. Wäre der Patrolman etwas wachsamer gewesen, hätte er misstrauisch werden müssen. Aber er fragte nur ganz harmlos: »Kann ich Ihnen helfen?«
»Wir kommen von der U. S. Illuminating Company, Officer.« Thaddeus machte ein besorgtes Gesicht. »Warum bewachen Sie diese Tore? Sonst war noch nie eine Wache hier.«
»Ach, irgendein Blödsinn wegen Saboteuren. Ich habe den ganzen Tag keinen Einzigen gesehen.« Dan Monzet lächelte.
Auch Jacobs und der Captain lächelten.
»Also, lassen Sie uns bitte hinein!«, sagte Jacobs etwas von oben herab. »Wir müssen einige Instrumente überprüfen.« Monzet drehte sich zum Tor und griff nach den Schlüsseln in seiner Tasche. »Sie müssen sich aber ausweisen, meine Herren«, sagte er und steckte den Schlüssel ins Schloss.
»Selbstverständlich, Officer«, sagte Jacobs. »Ich habe den Ausweis dabei.«
Dan Monzet schob den schweren Torflügel auf. Als er sich wieder umdrehte, um die Ausweise zu prüfen, passierte etwas Eigenartiges. Der kleine Mann, der vor ihm stand, schlug ihm gegen die Kehle. Zunächst hielt er es für ein Missverständnis, dachte, dass es versehentlich geschah. Eher verwirrt als wegen des Schmerzes schaute Monzet den kleinen Mann fragend an. Dann, blitzschnell wie eine Schlange, schlug der kleine Saukerl wieder zu. Erst beim zweiten Mal bemerkte Monzet das Messer, das mit seinem Blut rot gefärbt war. Er wollte schreien, aber seine Stimme gurgelte und pfiff nur durch die Löcher in seiner Kehle. Auch gab es plötzlich so viel Blut, das jetzt seine Uniformjacke ruinierte. Obwohl sich Brooklyn schon um ihn drehte, schaffte es Monzet immerhin, seine Pistole aus dem Halfter zu reißen. Ihm gelang nur noch, sich ins Knie zu schießen.
Mein Gott, dachte er, als er hinfiel, was habe ich jetzt schon wieder angestellt?

»Tor zu! Schnell!«, befahl der Captain.
Jacobs schob Monzet mit dem Fuß zur Seite. »Ziehen Sie ihn weiter herein, Captain!«
Thaddeus packte Monzet am Uniformkragen und zog ihn hinein. Sie warfen das Tor zu und sperrten ab, dann gingen sie ans Fenster, um zu sehen, ob irgendjemand aufmerksam geworden war. Nichts schien darauf hinzudeuten. Der Pistolenschuss war nicht laut gewesen. Auf dieser Seite der Brücke standen hauptsächlich Lagerhäuser, die am heutigen Feiertag geschlossen waren.
»Hervorragend. Niemand scheint etwas bemerkt zu haben«, sagte Thaddeus.
»Außer ihm«, sagte Jacobs und deutete mit dem Kopf auf Monzet, dessen Atem immer schwächer wurde.
»Das macht mir Sorgen, Bart«, sagte der Captain und sah auf den Patrolman hinunter.
»Mir auch.« Jacobs sah den Verletzten böse an. »Wer ihn hier postiert hat, kommt bestimmt wieder zurück.«
»Mit diesem Problem können wir uns befassen, wenn es akut wird«, sagte Thaddeus. »Machen wir uns an die Arbeit! Ich will alles fertig haben, damit wir jederzeit blitzschnell zünden können.«
Sie arbeiteten schnell und verbanden ihre Drähte mit dem Generator. Innerhalb von fünf Minuten hatten sie die Verbindung zum Hauptdraht hergestellt, der zu den Sprengladungen führte, und die Drähte an den Polen ihres tragbaren Dynamos festgeschraubt.
»Fertig, Captain!«, rief Jacobs.
»Ich bin auch fertig, Bart. Wie spät hast du's?«
»Drei Uhr einundzwanzig, Captain. In neun Minuten kontrollieren wir die Signale.«
»Jetzt können sie uns nicht mehr stoppen, Bart«, intonierte der Captain mit feierlicher Stimme. »Jetzt nicht mehr!«

Sullivan staunte über die vielen Menschen. So etwas hatte er noch nie gesehen. Nach dem Abschied vom Captain und von Bart hatten sie eine Viertelstunde abgewartet, um nicht als Gruppe aufzufallen. Auf dem Fußgängersteg drängten sich die Menschen. Er war froh, dass er unten auf der Fahrbahn stand. Es gab wenig Verkehr, nur ein paar Kutschen fuhren ab und zu vorbei. Wegen des Feiertags kamen kaum Fuhrwerke auf die Brücke. Er sah wieder auf seine Uhr. Sie hatten noch Zeit. Er hielt Schritt mit Justice und Earl, die sich oben auf dem Fußgängersteg aufhielten. Gelegentlich erblickte er sie zwischen den Zylindern, Sonnenschirmen, Melonen, Hauben und Strohhüten. Trotz des Gedränges war es eine muntere Gesellschaft, und die Schönheit des Tages trug zur Fröhlichkeit bei. Die neue Brücke hatte noch nichts von ihrer Anziehungskraft verloren. Alle wollten sie sehen, über die monumentale Architektur staunen und vor allem einfach darauf stehen.

Was Patrick am meisten beunruhigte, waren die Frauen und Kinder. Hunderte von Kindern waren unterwegs. Meistens hielten die Eltern sie fest an der Hand, aus Angst, sie zu verlieren. Aber viele liefen allein herum, kicherten und lachten. Sie zeigten auf die Boote, Spielzeugschiffe in einer Badewanne, auf die Möwen, die ihnen um die Köpfe flogen, auf die Menschen am Ufer, die klein waren wie Ameisen. Die Kinder zeigten ihr Staunen am freimütigsten. In ihnen sah Patrick die ungehemmte Freude, die Begeisterung, das Gefühl der Freiheit. Erst jetzt wurden ihm die Auswirkungen des Plans richtig bewusst. In der letzten Nacht hatte er aus Liebe zur Brücke versucht, die Drähte durchzuschneiden, denn die Brücke hatte in seinem Leben mehr bedeutet als alles andere. Er hatte dabei nur an sich selbst gedacht, an sich und an Jus. Jetzt wurde ihm bewusst, dass es auch noch um anderes ging. Es ging auch um Parasols im Sonnenschein, um begeisterte, lachende Kinder. Es ging um Eltern, die ihre Kinder an der Hand hielten und die Stadt von einem Ort aus sehen wollten, von dem man sie noch nie zuvor gesehen hatte. Es ging

darum, dass man sich über das einengende Gewimmel der Stadt erhob und sich wenigstens für kurze Zeit wie ein König fühlte. Sullivan sah zu Justice hinüber. Er erhaschte einen flüchtigen Blick von ihm in der Menge, durch die er sich langsam bewegte. Jus sah Pat direkt in die Augen, als suchte er seinen Blick. Dieser kurze Moment machte Pat klar, dass sein alter Freund den gleichen Horror empfand wie er. Earl dagegen schien mit sich erstaunlich zufrieden zu sein.
Sullivan wurde bewusst, dass sie schon die Brückenmitte erreicht hatten. Verwirrt blieb er stehen. Automatisch ging er in Gedanken seine Checkliste durch. Er kontrollierte möglichst unauffällig die Sprengladungen. Er sah, wie Earl und Jus das Gleiche taten. Sie begaben sich an die verabredeten Plätze und stellten sich zum Warten hin. Sullivan lehnte sich gegen das äußere Geländer und spielte den entspannten Zuschauer bei der Parade des Lebens, die an ihm vorüberzog. Innerlich kämpfte er, kämpfte gegen das, was er geschworen hatte. Es war schlimmer als Folter. Unter der Folter hätte er seinen Schmerz laut hinausschreien … und anderen die Schuld an seinem Leiden geben können. Langsam tickten die Sekunden.

Tom und Eli warteten am Terminal auf Pat und Charlie. Die zwei unbeirrbaren Detectives hatten zwei Stunden lang die Akten durchsucht. Sie wussten, dass Matt und Earl ebenso wie Watkins als Maurer beschäftigt gewesen waren. Sie hatten aber keine Vorstellung davon, welche Arbeiten Sullivan und Lincoln verrichtet hatten, auch nicht, was sie in weiter zurückliegenden Jahren getan hatten. Tom machte sich Vorwürfe, dass er nicht früher auf die beiden gekommen war. Erst während der allerletzten Tage hatte er herausbekommen, in welcher Richtung er suchen sollte. Das ärgerte ihn. Während er sich mit diesen Gedanken herumquälte, kamen Pat und Charlie angerannt.
»Tom! Sie waren zum Verlegen der Stromkabel eingeteilt!«, keuchte Charlie.

»Die Beleuchtung, meint ihr?«, fragte Tom. »Was zum Teufel hat das … ach, Scheiße!«
»Was?«, fragten Eli, Pat und Charlie im Chor.
»Los, gehen wir!«
»Gehen? Ich verstehe dich nicht«, sagte Charlie verständnislos.
»Charlie, wer die Brücke sprengen will, muss Draht verlegen«, rief Tom aus. »Du kannst nicht einfach mit einer Fuhre Dynamit angefahren kommen. Das würde gar nicht gehen. Außerdem, wie solltest du rechtzeitig wegrennen?«
»Und?«, fragte Charlie.
»Pass auf, diese Kerle sind raffiniert. Seit vielen Jahren haben sie hier auf der Baustelle unentdeckt gearbeitet. Wir müssen annehmen, sie sind so klug, dass sie die Brücke aus sicherer Entfernung sprengen können. Sie hatten Zeit genug, das auszutüfteln.«
»Das stimmt«, sagte Eli.
»Eben. Vergesst nicht, dass Jacobs im Büro beschäftigt war«, sagte Tom. »Er hat sie wahrscheinlich den Beleuchtungsarbeiten zugeteilt. Nun, was wäre, wenn sie ihre Sprengdrähte zusammen mit der Lichtleitung verlegt hätten?«
»Also«, sagte Pat, »mach mal einen Punkt!« Er blieb stehen.
»Wie meinst du das?«, fragte Tom.
»Nun, die Elektriker, Vorarbeiter, Techniker, einfach alle schauen ihnen ständig über die Schulter. Kontrollieren alles nach, nehme ich an.« Pat sah zu den anderen hin. »Wie wollen sie ihren Draht verlegen, ohne dass sie jemand dabei erwischt?«
»Zum Teufel, Pat, das weiß ich nicht. Vielleicht hast du eine bessere Theorie?«, knurrte Tom. Alle blieben stehen und starrten sich an. »Also seht ihr!«, sagte Tom. »Gehen wir!« Sie waren schon am Ausgang des Terminals, als sie Sam Halpern auf sich zukommen sahen.
»Sam! Was machst du hier?«
»Schön, dich zu treffen, Tommy. Eli, Pat, Charlie, wie geht's, wie steht's? Sieht aus, als hättet ihr es eilig.«

»Ja, alles in bester Ordnung«, sagte Tom zerstreut. »Kommst du mit? Wir müssen sofort los.«
Sam zögerte nicht. »Geht nur voraus. Ich bin schon dabei.«
Sie eilten gemeinsam auf die New Yorker Seite zu. »Also, Sam, was machst du hier?«, fragte Tom.
»Ich war im Marble Palace und kümmerte mich um irgendeinen Blödsinn, da hörte ich, dass du heute früh bald übergeschnappt wärest. Ich hab mir gedacht, wenn dir Byrnes Pat und Charlie zurückgibt, dann muss es etwas Wichtiges sein.«
»Dein Instinkt ist einfach unfehlbar, Samuel«, sagte Tom. »Diese verdammten Fanatiker waren beim Verlegen der Lichtleitung dabei, und ...«
»Was? Welche Fanatiker?«, fragte Sam verständnislos. »Wie viele sind es denn?«
»Keine Zeit für lange Erklärungen, Sam. Sie wollen die Brücke in die Luft sprengen«, antwortete Tom schnell. »Könnte heute sein. Ich bin mir nicht sicher, aber es ist sehr gut möglich.«
»Brauchst nichts weiter zu sagen, ich komme mit.«

Sie drängten sich durch die Menschenmassen aus dem Terminal, dann liefen sie die Treppe hinauf auf die Brücke.
»Colonel Roebling hat mir erklärt, wie man dabei vorgehen könnte«, sagte Tom, während sie sich den Weg durch die Spaziergänger bahnten. »Natürlich war das damals reine Theorie. Er meinte, es sei am wirksamsten, wenn man den Sprengstoff in der Brückenmitte anbringt und die Verbindung zwischen den Tragkabeln und den Trägern der Fahrbahntafel durchtrennt. Wenn man sehr viele dieser Verbindungen dort wegsprengt, wo sie mit den Versteifungsträgern zusammentreffen, fällt die ganze Konstruktion auseinander. Roebling sagte, wenn er so etwas machen wollte, würde er auch die Schrägseile wegsprengen.«
»Die diagonalen?«, fragte Charlie.
»Ja. Die müssen wir überprüfen. Hinaufklettern, wenn es sein muss.«

»Großartig.« Charlie wirkte nicht besonders begeistert. »Das überlasse ich lieber dir.«
Sie hatten gerade den Brooklyner Turm passiert, als Tom plötzlich stehen blieb: Er hatte ein ungutes Gefühl im Bauch. Auch die anderen blieben stehen und fragten sich, was los sei. Unbemerkt von Tom stand Mary auf der anderen Seite des Turms, die sanfte Brise umspielte ihr cremefarbenes Kleid. Von dort aus hatte sie einen wunderbaren Ausblick auf die Brooklyn Heights. Auch sie sah Tom nicht.
»Was hast du?«
Tom drehte sich um und starrte nach Brooklyn hinüber. »Wir sollten den Dynamoraum überprüfen«, murmelte er und sah zum Kraftwerk hin. Er hatte das Gefühl, dass es noch etwas zu tun gab.
»Ha?« Sam sah die anderen an. Ob die wohl verstanden, was Braddock wollte?
»Wir haben einen Cop dort postiert, Tom«, sagte Eli. »Das Kraftwerk wird bewacht.«
»Ich hab nur ein komisches Gefühl. Weißt du noch, was ich heute früh auf dem Notizblock gelesen habe? Denk einmal nach! Wo sonst sollten sie ihren Generator aufstellen? Es ist dort schön ruhig, man kann es nicht einsehen – es könnte nicht besser sein.« Er sah Sam an, der langsam nickte.
»Ja, aber die Sprengladungen müssten mitten auf der Brücke angebracht sein, oder?«, fragte Sam.
»Ein guter Einwand. Wir schauen zuerst dort nach, dann im Dynamoraum.«
Tom drehte sich auf der Stelle um und lief wieder auf die Mitte der Brücke zu. Es war drei Uhr fünfundvierzig.

Punkt drei Uhr dreißig hatte Patrick Sullivan mit seinem kleinen Spiegel das Signal in Richtung Brooklyn gegeben. Fast sofort blitzte die Antwort von einer Stelle neben dem Kraftwerk auf. Pat signalisierte »bereit«, Jacobs gab Antwort. Sullivan steckte den kleinen Spiegel wieder in die Tasche und gab Jus und Earl ein kurzes Handzeichen. Jetzt mussten sie noch warten, bis der Verkehr stärker wurde. Wie auch immer, der Zeitpunkt stand fest: Bis spätestens vier Uhr wollten sie sprengen. Patrick zog sich wieder in seine persönliche Hölle zurück.

»Ich würde zu gern sein Gesicht sehen, Bart«, sagte Thaddeus, und seine Stimme hallte im Dynamoraum. »Ich wünschte, ich könnte ihn sehen, wenn er die Explosionen hört. Da hast du übrigens gute Arbeit geleistet, wie du das mit den Roeblings herausgefunden hast.«

»Vielen Dank, Thaddeus«, sagte Jacobs bescheiden. »Ich habe nicht lange suchen müssen. Ich kenne den Krämer, bei dem sie ihre Lebensmittel kaufen. Es wäre immerhin komisch, wenn sie sich Milch, Eier und so weiter ins Haus liefern lassen, während sie sich in Newport aufhalten.«

»Bist du sicher, dass sie es wirklich sind – Roebling und seine Frau?« Thaddeus legte die Stirn in Falten.

»Der alte Drecksack ist nicht der einzige Mensch, der einen Feldstecher besitzt, Thad. Er ist es, ganz bestimmt.«

»Aber wozu diese Finte? Glaubst du, sie hatten Angst wegzufahren? Vermutlich hat sie der gute Detective Braddock gewarnt.« Thad kicherte. »So fleißig, so engagiert, aber immer einen Schritt hinterher. Zu blöd, dass wir ihn nicht mit der Brücke in die Luft jagen können! Seit Monaten schon ist uns dieser Saukerl ein Stachel im Fleisch. Wer weiß, vielleicht haben wir Glück und jagen ihn mitsamt seinem irischen Arsch hinunter in den Fluss!« Bart und Thaddeus mussten herzlich lachen.

»Ich freue mich, dass die Roeblings hier geblieben sind. Ich werde an Roebling denken, wenn ich diesen Hebel hinunterdrücke«, sagte der Captain und tippte leicht darauf. Einen Augenblick lang schwieg er, und seine Augen deuteten etwas an, das Jacobs stutzen ließ. »Falls etwas schief geht, Bart ... ich meine, falls irgendwie das da«, er klopfte auf den Generator, »falls das da nicht funktioniert, werde ich ihn mir selbst vornehmen. Er muss büßen, egal wie.«

»Roebling?«, fragte Jacobs, obwohl ihm völlig klar war, wen der Captain meinte.

Thaddeus zuckte die Schultern. »Nur für den Fall«, sagte er in der Überzeugung, dass mit dieser Möglichkeit kaum zu rechnen war. »Aber alles wird nach Plan verlaufen. Es muss einfach klappen.« Wieder sah er auf die Uhr. »Bei mir ist es drei Uhr achtundvierzig, Bart«, sagte der Captain, und die Spannung schnürte ihm die Kehle zu. »Am besten, wir gehen auf unsere Posten.«

Jacobs ging hinaus und lehnte sich gegen die Mauer des Kraftwerks. Wieder hielt er den kleinen Spiegel in der Hand.

»Verdammt viele Leute da oben, Captain. Es wird eine Menge Tote geben – noch besser, als wir erwartet haben«, rief er Thaddeus zu, der im Raum, nur ein paar Schritte vom Zünder entfernt, wartete.

»Diesen Tag wird das Land jahrhundertelang nicht vergessen, Bart. Er ist wichtiger als der Tag, an dem Abraham Lincoln hingerichtet wurde. Wir werden in den Geschichtsbüchern stehen, mein Freund«, intonierte Thaddeus. »Stell dir nur vor, eine solch mutige Tat mit dieser Symbolik. Unsere Namen werden für immer eingebrannt bleiben in der Seele der Nation.«

»Es sind mindestens zwanzigtausend da oben«, rief Jacobs. »Das wird eine Schau! Ashtabula war gar nichts dagegen. Sie werden hinunterfallen wie die Blätter an einem stürmischen Tag.« Er sah auf die Uhr. »Ich habe zehn vor, Captain. Soll ich das Signal geben?«

Thaddeus zögerte ein paar Sekunden, nur des dramatischen Effekts wegen. Dann sagte er: »Gib das Signal, Corporal. Auf mein Zeichen ... Jetzt!«

Jacobs ließ seinen Spiegel in der Sonne des Memorial Day aufblitzen. »Befehl ausgeführt, Sir!« Es war drei Uhr einundfünfzig.

Earl hatte sie kommen sehen. Die Gruppe der Detectives und Cops stach aus der fröhlichen Menge hervor wie Stiere auf dem Pferdemarkt. Soeben war das Signal aufgeblitzt.
»Lass sie nur kommen«, sagte er sich. Viel könnten sie nicht ausrichten, da sie nicht wussten, wonach und an welcher Stelle sie suchen sollten. Earl drehte ihnen den Rücken zu und stützte die Ellbogen auf das Geländer. Er spürte, wie sie hinter ihm vorübergingen, und wendete den Kopf, um diesen todgeweihten Männern nachzuschauen. Denn tot würden sie sein, wenn sie in zehn Minuten noch auf der Brücke standen.
In diesem Moment drehte sich Charlie um. Bevor Earl untergetaucht war, während der Tage, als Charlie immer wieder zum Baubüro gegangen war, hatte er ihn unter den Arbeitern an der Fahrbahn gesehen. Erst heute hatte ihm Tom wieder die Bilder gezeigt. Er erkannte ihn nicht sofort. Erst nach ein paar Sekunden sagte er zu Pat: »Ich glaube, ich habe Lebeau gesehen!«
Beide drehten sich um, und Charlie zeigte auf Earl.
»Das ist er!«
Sofort riefen sie Tom, der weitergegangen war. »Da vorne ist Lebeau! Wir holen ihn uns!« Dann nahmen Charlie und Pat die Verfolgung auf.
Tom, Sam und Eli sahen ihnen nach, zögerten kurz, setzten aber dann ihren Weg fort.
»Sie schaffen es schon alleine«, rief Tom. »Uns brauchen sie nicht.« Sie beschleunigten ihre Schritte und gingen weiter auf die Brückenmitte zu. Tom, den das Gefühl nahenden Unheils nicht losließ, hielt in alle Richtungen Ausschau nach Mary; der Schweiß stand ihm auf der Stirn.

Als Earl den Ausdruck in den Augen des Cops sah, merkte er sofort, dass er einen Fehler gemacht hatte. Er griff in seine Jacke und tastete nach der Pistole, die er in einer Innentasche versteckt trug. Die Detectives gingen weiter in Richtung New York. Earl drehte sich schnell um und lief in die entgegengesetzte Richtung auf Brooklyn zu. Vielleicht hatten sie ihn doch nicht erkannt. Er drängte sich durch die Spaziergänger, schwerfällige, träge Yankees, die sich nichts ahnend wie die Tiere zur Schlachtbank führen ließen. Als er am Brooklyner Turm vorbei war, wagte er einen Blick nach hinten. Zwei der Detectives, die er an ihren Melonen erkannte, waren ihm auf den Fersen. Die anderen drei konnte er nicht sehen.

»Scheiße!«, brüllte Earl. Eine stattliche Dame rügte diesen unanständigen Ausruf mit missbilligendem Blick. Earl ging schneller und hoffte immer noch, die Verfolger im Gedränge abschütteln zu können. Seine langen Beine brachten ihn schnell voran, aber gerade wegen dieser langen Beine war sein Kopf weithin über der Menge zu sehen. Schon nach wenigen Schritten hörte er einen Ruf.

»Bleib stehen, Lebeau!«

Earl blieb nicht stehen und drehte sich auch nicht um. Er lief, stieß immer wieder mit Spaziergängern zusammen und strebte auf das Ende des Stegs zu, das nur noch fünfzig Fuß entfernt war. Dort wollte er die Treppe zur Auffahrtsrampe hinunterlaufen.

»Halt!«, rief es wieder hinter ihm. Jetzt klang die Stimme etwas weiter entfernt. Earl glaubte noch, eine Chance zu haben. Aber kurz vor der Treppe stieß er fast mit einem großen Kinderwagen zusammen, den eine schöne Frau mit auffälligem weißem Hut schob. Er zog sich aus der Affäre, indem er der Frau mit einem Lächeln sein Bedauern zu verstehen gab. Sein Tempo warf ihn jedoch mit solcher Wucht gegen einen Herrn im seidenen Zylinder, dass er an ihm abprallte und in Richtung der Treppe geschleudert wurde. Er stolperte, hielt aber noch das Gleichgewicht. Vor ihm, auf der obersten Stufe, stand eine Frau. Earl versuchte ihr auszuweichen, aber die Fliehkraft warf ihn gegen sie, und beide stürzten kopfüber die Treppe hinunter. Ihr Schrei durchdrang den Lärm der Menge. Jetzt wusste Earl, dass alles verloren war. Er konnte gerade noch den Kopf mit den Armen schützen, dann prallte er seitlich mit voller Wucht auf die Stufen, so dass es ihm fast das Bewusstsein nahm. Sein rechter Oberschenkel schlug auf die Kante einer Stufe, seine Rippen auf die nächste. Ellbogen und Oberarm trafen auf die darunter liegende Stufe. Der dreifache Aufprall wirkte wie eine Pistolensalve, die ihn vom Oberschenkel bis zur Schulter durchpflügte. Earl hatte im Krieg erlebt, wie Schüsse schmerzen; dieser Schmerz hier war genauso schlimm.

Dieses verdammte Weib sollte endlich mit ihrem Geschrei aufhören! Man hörte sie bis zur Mitte der Brücke. Beide stürzten weiter hinunter – dabei prallten sie immer wieder gegen andere, die auf der Treppe waren. Als Earl halbwegs zu sich kam, spürte er den kalten rauen Beton unter seinem Gesicht. Er wusste nicht, wie viel Zeit vergangen war, ob er das Bewusstsein verloren hatte. Er war wie betäubt. Der Beton vibrierte unter den Schritten der herbeieilenden Menschen. Er musste versuchen aufzustehen. Gleich würden ihn die beiden Detectives überwältigen. Als er sich abmühte hochzukommen, durchfuhr ihn ein Schmerz, als hätte ihn ein Bajonett durchbohrt. Mit einem Aufschrei fiel er keuchend auf das Pflaster zurück.

Noch mehr Schaulustige liefen zusammen. Die Schreie waren über die ganze Länge der Brooklyner Brückenseite zu hören. Einige bekamen Angst und schrien, dass die Brücke auseinander breche. Die Menschenmassen stürmten auf das Brooklyner Ufer zu, das Gedränge wurde überwältigend. Auch Mary und Chelsea wurden davon erfasst. Menschen, die soeben noch oben an der Treppe gestanden und entsetzt auf Earl und die schreiende Frau gestarrt hatten, wurden durch den Druck der Menge hinuntergeschoben. Wieder versuchte Earl aufzustehen, aber jetzt lag jemand auf seinen Beinen. Ungeachtet seines Schmerzes versuchte er verzweifelt, den anderen wegzustoßen, konnte sich aber nicht befreien. Arme, Beine, Ellbogen stießen ihn zurück und drückten ihn wieder zu Boden. Er spürte harte Ledersohlen auf seinem Rücken, als die wahnsinnig gewordene Menge über

ihn und die vielen anderen Gestürzten hinwegtrampelte. Seine Seite schmerzte, als hätte sie ein Pfahl durchbohrt. Eine gebrochene Rippe, stellte er fest. Er wollte sich bewegen, wegkriechen, aber das erdrückende Gewicht der Körper, die sich über ihm auftürmten, hielt ihn gefangen. Schreie, Rufe, Weinen und Stöhnen, sein Kopf war voll davon, alles andere wurde übertönt. Immer mehr Menschen stürzten, während die in Panik geratene Menge von dem Fußgängersteg herunterdrängte. Hunderte wurden zwischen die Stäbe des Geländers gequetscht, die Treppe hinuntergestoßen und vom Gewicht der Tausende, die noch folgten, erdrückt. Mit jedem neuen Körper, der auf den Haufen über ihm fiel, drang das abgebrochene Ende seiner Rippe tiefer in die Brust hinein. Das Atmen wurde ihm schwer, jede Bewegung unmöglich. Earl war begraben, wurde unaufhaltsam zu einem Bestandteil der Yankee-Erde – zu einem Bestandteil der Brücke selbst. Um ihn herum war alles schwarz. Er machte den Mund auf, wollte schreien, dann wurde der Druck noch größer. Er spürte, wie etwas in seiner Seite nachgab: ein stechender Schmerz, und sein Lungenflügel platzte. Earls Schrei wurde zu einem Gurgeln, Blut drang in seinen Mund, er keuchte, glaubte zu ertrinken. Er wollte spucken, aber nicht einmal dazu reichte der Atem. Seine Finger, wund vom Versuch, sich in den Boden zu krallen, hinterließen blutige Streifen auf dem Beton.
Earl Lebeaus Welt schrumpfte zu einem immer kleiner werdenden Lichtkreis, während sich sein Leben davonstahl. Fasziniert von der Helligkeit dieses Lichts gab er den Widerstand auf. Sein Hirn, des Sauerstoffs beraubt, sah den blendenden Blitz einer Explosion; er glaubte, der Captain habe die Brücke gesprengt. Dann ein Flackern, und das Licht ging aus.

Pat Dolan und Charlie Heidelberg sahen, was da vor sich ging, waren aber machtlos. Hinter ihnen kamen Tausende angerannt, drückten sie weiter, auch wenn sie noch so brüllten in ihrem Bemühen, die Masse aufzuhalten. Panik hatte alle erfasst. Vor lauter Angst hatte die Menschenmenge ein Eigenleben angenommen, wie Lemminge in ihrem Selbstzerstörungstrieb stürzten die Menschen auf die Treppe zu. Die meisten hatten keine Ahnung, warum sie rannten, sie liefen einfach, weil die anderen liefen. Fast hätte die schreiende, hysterische Flutwelle die beiden Detectives weggefegt. Um sich zu retten, kletterten Pat und Charlie auf das Gitterwerk über der Bahntrasse. Vor dort aus zogen sie möglichst viele Menschen vom Fußgängersteg zu sich herauf und halfen ihnen, auf die tiefer liegende Fahrbahn zu gelangen. Manche Frauen und Kinder wurden über die Köpfe der brodelnden Menge hinweg zu den beiden Cops hinaufgereicht. Andere hatten weniger Glück.

Schreie, dass die Brücke auseinander breche, Rufe, dass Anarchisten die Brücke sprengten, wurden laut. Die beiden Cops hörten die Schreie, aber vor ihren Augen lagen so viele Verletzte und Sterbende, dass sie sich davon nicht beirren ließen. Menschen bluteten aus Nase und Ohren. Einige entkamen, indem sie über die anderen hinwegstiegen. Kleider wurden zerrissen und zerfetzt. Manche Menschen waren halb nackt.

Schuhe, Handtaschen, Hüte, Parasols, Kleidungsstücke, Spazierstöcke, Spielzeug, Geldbeutel und lose Münzen rieselten auf die Dächer und Pflastersteine Brooklyns hinunter. Sie fielen zwischen die Eisenbahnschwellen und gaben Zeugnis von dem Gemetzel, das sich oben abspielte. Darunter fand sich ein auffälliger weißer Hut und eine Babydecke.

Justice hatte nicht gesehen, wie Earl die beiden Detectives abzuschütteln versuchte. Es war drei Uhr sechsundfünfzig, als er und Pat Sullivan das Geschrei hörten und auf die Menschenwoge aufmerksam wurden, die sich auf Brooklyn zubewegte. Keiner der beiden hätte sagen können, weshalb er noch da war. Eigentlich hätten sie längst auf dem Weg nach New York sein sollen. Stattdessen blieben sie wie angewurzelt auf ihren Posten stehen, als hätte sie ein Zauber gebannt, sie dazu verdammt, mit der

Brücke zu sterben, die sie gebaut hatten. Seltsamerweise war es Earl gewesen, der den Zauber gebrochen hatte. Earl Lebeau, der eingefleischte Yankee-Hasser, hatte dafür gesorgt, dass die Mitte der Brücke frei wurde. Innerhalb von zwei Minuten waren Lincoln und Sullivan praktisch allein, während es auf dem Fußgängersteg und der Brooklyner Fahrbahnseite zu brodeln schien.

Sullivan sah auf die Uhr. »Jus, es ist drei Uhr achtundfünfzig«, rief er in panischer Angst hinauf. »Wir müssen entweder wie die Teufel laufen, oder ...«

Justice sagte kein Wort. Er griff in die Hosentasche und zog ein großes Messer hervor. Er grinste, während er es aufklappte. Patrick war das Gitterwerk hochgeklettert und sah zu ihm hinauf. Justice griff hinunter und tastete nach den Drähten ...

»Keine Bewegung!«, rief eine Stimme hinter ihm und ließ ihn erstarren. In diesem Moment begegneten sich die Blicke der beiden Freunde. Jus schien von seinem Freund Abschied zu nehmen, als er ihm das Messer reichte.

Tom, Sam und Eli hatten gerade eine Bresche durch die fliehende Menschenmenge geschlagen, als sie sahen, wie sich Lincoln über das Geländer beugte. Tom hatte Lincoln kaum seine Aufforderung zugerufen, als dieser mit einer Pistole in der Hand herumfuhr. Eli war Tom ein paar Schritte voraus und sah die Pistole als Erster.

»Er schießt!«, schrie Eli, noch bevor Justice abdrückte. Sie waren einander so nahe, dass Tom glaubte, die Hitze des Schusses zu spüren. Jaffey brach zusammen, doch Tom hatte sich auf den Angreifer gestürzt, bevor dieser ein zweites Mal feuern konnte. Tom hatte keine Zeit gehabt, die eigene Pistole zu ziehen. Er sprang Lincoln mit bloßen Händen an und schlug ihm mit dem Handrücken die Pistole weg, so dass sie über den Rand des Fußgängerstegs hinunterflog. Unter Aufbietung aller Kraft schlug er mit der Rechten zu. Seine Faust traf mit voller Wucht und ließ den anderen mit wild fuchtelnden Armen über den Steg hinweg gegen das Geländer krachen. Erstaunlicherweise ging Lincoln nicht zu Boden. Braddock ließ ihm keine Zeit, wieder Luft zu holen. Er brüllte vor Wut, packte ihn, hob ihn hoch und schleuderte ihn die achtzehn Fuß hinunter auf die Bahntrasse. Justice Lincolns Leben endete abrupt.

Tom drehte sich um nach seinem Freund. »Eli!«, rief er, als er sah, wie sich Sam über ihn beugte. Sam sah besorgt aus, auch wenn Eli eine zitternde Hand hochhob, um anzudeuten, dass ihm nichts fehle. Aus dem Augenwinkel merkte Tom eine Bewegung und fuhr herum. Den Colt hatte er schon in der Hand.

»Halt!«, schrie er Sullivan an, der, von dem plötzlichen, schrecklichen Geschehen gelähmt, noch am Geländer hing. In der Hand hielt er den Hauptdraht, der aus dem Verteilerkasten für die Brückenbeleuchtung herausragte. Er zerrte an der Verbindung, konnte sie aber nicht lösen. »Halt, hab ich gesagt! Keine Bewegung!« Braddocks Pistole war plötzlich nur ein paar Zoll von Pats Kopf entfernt; aus der Nähe wirkte der Lauf wie ein Maul, das ihn verschlingen wollte.

Sullivan atmete tief ein, sah Braddock direkt ins Gesicht und sagte: »Mein Gott, Braddock, lassen Sie mich diese Drähte durchschneiden, sonst sind wir alle tot!«

Der Schock auf Toms Gesicht war deutlich, aber er nahm die Pistole nicht weg. Tom wusste instinktiv, dass ihm Sullivan die Wahrheit sagte, aber wenn er danach handeln sollte, musste er … dem Feind vertrauen. Nur sekundenlang zögerte er – es schien ihm wie eine Ewigkeit. Der Herzschlag pochte ihm in den Ohren, während die Zeit vorbeitickte.

Dann steckte Braddock die Pistole in den Gürtel und sagte: »Geben Sie mir das Messer!«

Jetzt war es Pat, der zögerte.

»Her damit!«, befahl Tom. Das Messer ging von Hand zu Hand, Vertrauen gegen Vertrauen. »Wo muss ich schneiden? Zeigen Sie's mir, schnell!«, rief er.

Sullivan riss sich zusammen und sagte: »Dort. Schneiden Sie die Drähte dort durch, wo sie aus dem Verteilerkasten kommen!«
Tom musste sich tief über das Geländer beugen, um zu sehen, wo die Drähte lagen. Er entdeckte sie und sägte mit dem Messer los. Einen Augenblick später hatte er sie durchschnitten und zog sie auseinander, um sicherzugehen, dass der Kontakt unterbrochen war. Als er suchend auf die Bahntrasse hinunterblickte, sah er, wie Sullivan in Richtung New York davonlief.
Tom, dessen Hand immer noch ein Ende des bloß liegenden Sprengdrahts hielt, sprang unter dem plötzlichen Schock eines Stromstoßes hoch, der ihn wie ein Blitz durchfuhr.
»Jesus!« Benommen ließ er den Draht fallen.
Er fasste sich schnell wieder und sah zu Jaffey und Sam hinüber.
»Lauft zu!«, sagte Eli mit schwacher Stimme. »Lauft zu! Es geht mir nicht so schlecht. Lauft zum Dynamoraum!« Erstaunlicherweise konnte er sich noch aufraffen und auf eine Bank zugehen, wo er sich hinsetzte. Seine Füße hinterließen rote Spuren auf dem Holzboden.
Sam sah ihn mit offenem Mund an.
»Worauf wartet ihr? Geht schon!«, schrie Eli.
Tom und Sam kletterten am Gitterwerk hinunter auf die Bahntrasse. Sam wollte Sullivan folgen, aber Tom hielt ihn zurück.
»Lassen wir ihn laufen! Zum Dynamoraum!«, schrie er und rannte schon los.
»Jesus, schau dir die vielen Menschen an!«, keuchte Sam, während er neben dem Freund herlief.
Tom sagte nichts mehr. So gut es ging, kämpften sie sich durch das Gewühl. Tom sah, wie Charlie auf dem obersten Geländer stand und den schreienden, aufgewühlten Menschen half, vom Fußgängersteg hinunterzusteigen. Plötzlich ließ ihn ein Schrei aufhorchen. Mit einem Ruck blieb er stehen und suchte die Menge ab. Wieder hörte er den Schrei, und ein kalter Schauer durchfuhr ihn. *Mary!* Jetzt sah er sie, gegen das Geländer

gepresst, mit aufgelöstem Haar und blutüberströmtem Gesicht. Dann verschwand sie.

»Sam! Da ist Mary!«, schrie er und versuchte hinaufzugelangen. Die vielen Menschen, die herunterkletterten, drückten ihn wieder nach unten. Er schaffte es nicht.

»Charlie!«, rief er, und seine Stimme klang heiser und unnatürlich. »Charlie!« Heidelberg sah fragend auf Tom hinunter. Er wollte seinen Platz nicht verlassen, dort wurde er dringend gebraucht. Auch Mary hatte Tom offenbar gehört, denn plötzlich war über den Lärm hinaus ein durchdringender, verzweifelter Ruf zu hören.

»*Tommy!*«

Auf einmal verstand Charlie, worum es ging, und suchte die Menge mit den Augen ab. Tom sah, wie er hinuntergriff. Wie ein Floß, das auf einen Wasserfall zutreibt, wurde Mary vom Mob auf die Treppe zugeschoben. Im Zeitlupentempo wurde sie fast an Charlie vorbeigetragen. Charlie streckte die Hand aus wie eine Rettungsleine. Mary packte sie und hielt sich daran fest, während er mit aller Kraft zog. Mit letzter Anstrengung fasste sie mit der anderen Hand nach ihm und packte ihn am Ellbogen. Sie wurde hochgerissen. Sie spürte, wie ihr die Schuhe ausgezogen wurden und ihr Kleid zerriss. Sie ließ nicht los. Dann, endlich, war sie frei. Sie kletterte auf das Geländer neben Charlie hinauf, der sie in Toms wartende Arme hinunterreichte.

»Gott sei Dank, du lebst noch!«, rief er und drückte ihren zitternden Körper an sich. »Gott sei Dank.« Sie hielt sich an ihm fest, dann schienen sie die Kräfte zu verlassen. Tom sah den wilden, verzweifelten Ausdruck in ihren Augen. Schüttelfrost erfasste sie, und ihre Knie wurden schwach. Sie suchte Halt, hielt sich an Tom fest, ihre Lider flackerten.

»Tom«, sagte Sam. Er brauchte nichts hinzuzufügen. Tom wusste, dass er nicht länger bei ihr bleiben durfte. Die einzige Chance, die ihnen noch blieb, Sangree zu fassen, wurde mit jedem Pulsschlag geringer. Aber er konnte sie nicht einfach dort zurücklassen. Sie brauchte Hilfe. Verzweifelt sah sich Tom um. Er erspähte in der Menge Pat Dolan, der den Menschen vom Geländer herunterhalf.

»Pat!«, schrie Tom. »Kümmere dich um Mary! Wir müssen Sangree fassen!« Er wandte sich ihr zu und sagte sanft: »Mary, ich muss jetzt weiter.« Sie schien ihn nicht zu verstehen und nickte zerstreut. »Mary, jetzt bist du in Sicherheit. Ich bin bald wieder da.«

Sie strich sich mit blutender Hand übers Haar und sah sich um, als hätte sie etwas verloren. »Tommy, wo ist Chelsea?«

Tom übergab sie an Pat und sagte: »Pass auf sie auf, Pat. Sieh zu, ob du ihr helfen kannst, Chelsea zu finden. Ich komme wieder zurück.«

Tom und Sam rannten wieder los, während um sie herum die Schreie aus Tausenden von Kehlen kein Ende nehmen wollten. Gemeinsam liefen sie zur Straße hinunter und bogen nach links zum Kraftwerk ab. Vor der Ecke, hinter der das Tor zum Maschinenraum lag, blieb Tom einen Augenblick stehen, drückte sich gegen die Wand, holte seinen alten Colt aus dem Halfter und atmete tief durch. Sam wusste Bescheid.

»Bist du bereit?«, keuchte Tom. Sam nickte. »Also los!« Sie schlichen sich um die Ecke des Kraftwerks. Von dort aus konnten sie das Tor zum Maschinenraum sehen. Patrolman Monzet war nicht mehr da.

»Scheiße!«, brummte Tom. »Das habe ich befürchtet.« Sie spurteten auf die Mauer zu. Mit den Schusswaffen im Anschlag drückten sie sich zu beiden Seiten des Tors gegen die Ziegelmauer. Sam deutete mit dem Kopf auf den Boden.

»Blut!«, flüsterte er.

Tom nickte. »Ich habe den Schlüssel«, sagte er leise.

Fünf Minuten zuvor war Jacobs hineingerannt. Er hatte das Tor hinter sich abgeschlossen.

»Auf der Brücke ist irgendwas los!«, rief er aus. Er war perplex.

»Wieso? Wie meinst du das?«, schrie ihn Thaddeus an. »Was zum Teufel geht hier vor?«
»Von hier aus kann ich nichts Genaues sehen, aber die Leute schreien. Ich weiß, es klingt verrückt, aber es sieht aus, als ob Kleidungsstücke von der Brücke herunterfallen, kurz vor der Brooklyner Verankerung.« Jacobs konnte es selbst nicht glauben.
Thaddeus reagierte sofort.
»Bart, jetzt ist's so weit! Jetzt sprenge ich sie in die Luft!« Aus voller Brust ließ er den Schlachtruf der Konföderierten durch den Raum dröhnen. Das Echo kam von den Wänden der gewölbten Halle zurück und weckte die Rachegeister vergangener Schlachten. Einen Augenblick lang konnte man meinen, dass der Captain diese Geister heraufbeschworen und losgelassen hatte. Er drückte den Hebel des Zünders hinunter, worauf sich der kleine Dynamo in Bewegung setzte und einen Stromstoß über den Fluss hinausschickte …
Nichts geschah!
Ungläubig, mit weit aufgerissenen Augen, starrte der Captain auf den Zünder. Jacobs glotzte ihn mit offenem Mund an. Wie gelähmt standen beide da. Sekunden voller Hohn tickten vorüber.
»Nein! Nein! Nein! Nein!«, schrie der Captain und drückte den Hebel immer wieder hinunter. Minuten vergingen, während sie am Zünder herumfummelten und die Drahtverbindungen nachprüften, um die Ursache des Versagens herauszufinden. Sangree tobte, hörte nicht auf, immer wieder auf den Hebel zu schlagen.
Bleich vor Schreck trat Jacobs einen Schritt zurück. Er sah noch einmal zum Fenster hinaus. Mit unnatürlicher Ruhe sagte er dann zum Captain: »Wir werden gleich Besuch bekommen. Zwei Cops, einer davon ist Braddock.«
Jacobs stand wie erstarrt neben dem Tor. Jemand versuchte, den Torflügel aufzustoßen, dann klapperten Schlüssel; das weckte Jacobs aus seiner Lähmung. »Thaddeus! Thaddeus!« Der

Captain schien die Gefahr nicht zur Kenntnis zu nehmen. In panischer Hast fummelte er weiter an den Drähten und schlug den Hebel immer wieder hinunter. »Captain Sangree! Captain!«, schrie Jacobs.
Endlich schien Thaddeus zu sich zu kommen. Mit roten Augen, in denen Tränen standen, sah er Jacobs an.
»Sie müssen jetzt weg. Jetzt, sofort!«, sagte Jacobs und deutete auf das Fenster an der gegenüberliegenden Wand. »Jetzt ist Roebling dran! Gehen Sie zu, ich werde sie aufhalten.«

»Jesus, hast du das gehört?«, sagte Sam, der am schweren Tor horchte. Gleich nachdem sie sich gegen die Mauer gedrückt hatten, hörten sie von drinnen, von der Steinmauer gedämpft, einen gellenden, wilden Schrei. Tom und Sam wechselten besorgte Blicke.
»Ich hätte nie gedacht, dass ich diesen Schrei noch einmal höre – außer in der Hölle«, flüsterte Sam.
Tom stieß ihn an.
»Probier, ob wir da reinkommen können.« Sam drückte sich langsam, aber so fest er konnte gegen das schwere Tor. »Abgesperrt.«
Tom deutete auf den Schlüssel. Von drinnen hörten sie wieder Schreie.
»Hast du das mitbekommen?«, fragte Sam.
»Etwas über Roebling, glaube ich.« Tom sah ihn besorgt an.
»Vorsicht!«, flüsterte Sam.
Der Schlüssel klapperte, bevor ihn Tom endlich ins Schlüsselloch bekam. Behutsam drehte er um und hoffte, das Schloss lautlos zu öffnen. Sie hörten den Klick, als der Bolzen zurücksprang.
»Ich zähle bis drei«, flüsterte Tom. »Eins … zwei … drei!«
Sam traf als Erster auf die Tür, und obwohl er kräftig drückte, ging sie nur zwei Fußbreit auf. Sie hörten ein kratzendes Geräusch; anscheinend hatte man etwas dahinter geklemmt. Dann

sah Tom, wie Sam sich duckte und zurückprallte. Eine helle, blutbeschmierte Stahlklinge blitzte wie ein Eiszapfen an seiner Kehle und wurde unter seinem Uniformkragen herausgezogen. Sie erschien und verschwand so schnell, dass Tom kaum glauben wollte, dass er sie gesehen hatte.

Als Tom Sams Smith & Wesson bellen hörte, glaubte er es doch. Sam fiel gegen ihn, und noch im Fallen feuerte er durch den Türspalt. Auch Tom feuerte von hinten, splitternde Löcher erschienen im dicken Holz des Tors. Die Schüsse hallten ohrenbetäubend in der Nische zwischen dem Kraftwerk und der Auffahrtsrampe, und die Splitter flogen ihnen um die Köpfe. Pulverdunst und der Geruch des Fichtenholzes hingen in der Luft. Die plötzliche Stille nach dem Kugelhagel klang ihnen in den Ohren. Tom zog Sam zur Seite, vom Tor weg.

Sam hustete und keuchte. »Mir fehlt nichts. Er hat bloß ...« Er drückte die Hand an den Hals, aus dem das rote Blut in seine blaue Jacke sickerte und einen purpurfarbenen Fleck bildete.

»Hast du sie gesehen? Wie viele?«, fragte Tom seinen alten Freund.

»Soweit ich weiß, nur einer.« Sams Stimme klang seltsam abgeschnürt. Mit zitternder Hand lud er nach. Tom tat das Gleiche. Wieder stellten sie sich zu beiden Seiten des Eingangs auf. Sam war blaß, aber entschlossen.

»Ich unten, du oben.«

Sam nickte. Gemeinsam stürmten sie das Tor, Tom duckte sich und gelangte mit einem Hechtsprung hinein, Sam folgte ihm vorsichtig. Ihre Augen suchten den Raum ab; sie suchten nach einem Ziel zwischen den Dynamos, den Rädern, den Riemen und den Maschinen. Weasel Jacobs kauerte hinter einem Dynamo, einem großen, gusseisernen Ungeheuer, das drohend mitten im Raum stand. Zwei Schüsse hatten ihn im Kugelhagel getroffen. Der eine hatte eine zackige Furche in seinen linken Arm gepflügt, der andere hatte ihn von hinten nach vorn durchbohrt. Er sah hinunter auf das Loch in seiner Brust und staunte über den Anblick seiner Lunge, die wie Schaum daraus hervortrat. Sein Atem ging kurz und unregelmäßig, und ihm wurde bewusst, dass er ihm bald ausgehen würde. Das Messer nützte ihm nichts mehr. Es lag an der Stelle, wo er es hatte fallen lassen. Er machte sich bereit, den 44er Remington in der zitternden Hand. Tom sah das Messer mit der bösartigen, blutigen Stahlklinge auf dem Boden liegen. Während er sich hinkniete, um es aufzuheben, hielt er den Kopf aufrecht und suchte weiter den Raum ab. Fast schemenhaft sah Tom, wie ein Blutstropfen niederfiel und neben zwei Füßen hinter dem Dynamo aufspritzte. Neben den zwei Füßen stützte sich eine Hand auf den Boden. Tom wollte Sam ein Zeichen geben, als die Hand nach oben fuhr. Jacobs sprang hoch, so schnell es ging, aber die plötzliche Bewegung machte ihn schwindlig. Er taumelte. Einen Schuss auf den Sergeant konnte er abfeuern, bevor Sam zurückschoss, aber Jacobs wusste nicht, ob er ihn getroffen hatte. Er war so benommen, dass er glaubte, er durchsiebe den ganzen Raum mit Kugeln. Der 44er dröhnte wie eine Kanone. Jacobs' Auftauchen, der Schuss aus dem Revolver, das Surren der Kugel: Für Sam geschah alles gleichzeitig. Ohne zu zielen schoss er zurück. Auch Tom feuerte drei Ladungen auf Jacobs' Füße ab. Die Schüsse prallten von den Wänden ab. Glas klirrte, Holzsplitter flogen durch die Luft. Jacobs kam es vor, als würde ihm ein Teppich unter den Füßen weggezogen. Er meinte, der linke Fuß explodiere. Er taumelte hinter dem Dynamo hervor, und sein Revolver spuckte in ohrenbetäubendem Stakkato Flammensalven aus. Toms Kugel war es, die Jacobs in den Hals traf. Offensichtlich hatte sie sein Rückgrat getroffen, denn die rote Fontäne war mit weißen Flecken gesprenkelt. Jacobs' Kopf hing herunter auf die Schulter, ein Marionettenkopf mit durchtrennter Schnur. Er stand da, schwankend, benommen, verständnislos. Zwei Herzschläge und zwei kleine Fontänen dunkelroten Blutes gingen vorüber, während Jacobs' Hirn zu ergründen versuchte, weshalb der Raum jetzt kippte. Eine Antwort erhielt er nie.

»Geht's, Sam?«, fragte Tom mit zitternder Stimme.
»Ja, es geht ... glaube ich«, sagte Sam unsicher und sah an sich hinunter. Aber seine Hemdbrust färbte sich zusehends mit seinem Blut. Gemeinsam inspizierten sie zuerst Jacobs' Leiche, dann den Rest des Raums. Das offene Fenster verhöhnte sie. Schreie und das Getrappel angsterfüllter Menschen drangen von außen herein und erinnerten sie an die Katastrophe auf der Brücke. Sie sahen auf die Straße hinaus, aber Sangree war nicht zu sehen.
»Jesus! Schau dir das an, Tommy.« Sam zeigte auf den Zünder, dessen Hebel ganz hinuntergedrückt war.
Tom lief es eiskalt über den Rücken. Die Hände zitterten ihm vor Aufregung und Angst. »Deswegen habe ich oben auf der Brücke diesen elektrischen Schlag bekommen.«
Sam schüttelte den Kopf. »Jesus Christus!«, sagte er.
»Ja«, flüsterte Tom. »Und wo ist Sangree?« Tom erinnerte sich plötzlich. »Sam, du hast doch gehört, dass sie etwas über Roebling sagten, stimmt's?«
Sam nickte. »So hat es geklungen, ja.«
Plötzlich dämmerte es Braddock. Auf seinem Gesicht zeichnete sich Entsetzen ab. »Mein Gott, Sam ... die Roeblings!«
Sams müde Augen belebten sich: Er hatte Tom verstanden.
»Geh nur, geh!«, sagte er und deutete auf das offene Fenster. »Ich komme schon zurecht. Lauf!«
Tom hechtete zum Fenster hinaus und spurtete die ganze Strecke, eine halbe Meile, den Berg hinauf zur Roebling-Villa. Er raste durch die Menge, die von dem Geschrei auf der Brücke angezogen worden war. Die Menschen behinderten und ermüdeten ihn, und es kostete ihn immer mehr Mühe, das Tempo beizubehalten. Er hoffte, dass sich Sangree zu einem langsameren Gang gezwungen sah, um unter den Schaulustigen nicht aufzufallen. Darauf konnte er sich aber nicht mit Sicherheit verlassen. Das Bild der Roeblings, insbesondere das Bild Emilys, stand wie ein Leitstern vor seinen Augen. Er hatte Sangree nicht

daran hindern können, den Hebel des Sprengzünders zu drücken, weil er zu spät gewesen war. Wenn er jetzt auch zu spät käme … Er wollte nicht an die Folgen denken. War er schnell genug? Schwitzend lief er die Poplar und Hicks Streets hinauf, schnappte nach Luft wie ein Ertrinkender. Er betete. »Lieber Gott! Nach allem, was sie durchgemacht haben, lass es nicht so enden!« Während er durch die Orange Street sprintete, hielt er den Colt in der Hand und lud nach. Die Roebling-Villa war am Ende der Straße. Als er sich ihr näherte, wurde ihm das Herz schwer. Die Haustür stand offen.

Thaddeus hatte nicht gezögert. Jacobs war ein Soldat. Er würde seine Pflicht erfüllen und, wenn nötig, sterben, um den Feind aufzuhalten. Der Captain sprang zum Fenster hinaus und war Sekunden später in der Menge verschwunden. Er ging schnell, gab sich aber Mühe, niemanden auf sich aufmerksam zu machen. Doch als er aus dem Kraftwerk die dumpfen Schüsse hörte, entschloss er sich zu einem schnelleren Gang. Niemand schien ihn zu bemerken. Er behielt das Tempo bei und fluchte die ganze Strecke hinauf. Innerlich tobte er. Der Fehlschlag aller ihrer Pläne, die Vergeblichkeit der vielen Jahre des Schweißes und der Opfer hatten ihn aus dem Gleichgewicht gebracht. Er spürte es – er wusste, dass ein Teil von ihm den Bezug zur Wirklichkeit verloren hatte. Ein anderer Teil von ihm, teilnahmslos und nüchtern, schien von außen zu beobachten, wie er auseinander brach. Thaddeus wusste, dass es geschah, konnte es aber nicht verhindern. Fast bereitete es ihm Vergnügen, eine wahnsinnige, berauschende Erlösung von der Welt. In seinem Zorn hätte er am liebsten aufgeheult, den Kopf zurückgeworfen und einen Laut ausgestoßen, der aus der Tiefe der Verzagtheit und der seelischen Qual entstieg. Er wusste, dass es Wahnsinn war, aber er hatte sich nicht mehr unter Kontrolle. Hilflos und doch jubelnd, ließ er sich davon treiben. Er kam sich unendlich mächtig vor … unaufhaltsam. Eine Stimme in seinem Hinterkopf sagte ihm, dass es die Macht des Wahnsinns sei. Eigentlich gefiel ihm dieses Gefühl. Die Menschen, die ihm begegneten, scheuten vor ihm zurück. Die Augen brannten in seinem Gesicht, dem Gesicht eines Gejagten. Er sah furchterregend aus, das wusste er. Und auch das gefiel ihm. Wie ein tollwütiger Hund rannte er durch die Straßen der Brooklyn Heights. Er hatte nur ein Ziel: Roebling. Ängstliche Passanten traten zur Seite, aber sie hatten nichts zu befürchten. Er hatte nur eine Mission, nur einen Lebenszweck. Er war ein Todesengel, war auf die Erde geschickt worden, um ein altes Unrecht wieder gutzumachen. Keine irdische Gewalt konnte ihn daran hindern.

Mit unglaublicher Kraft stürzte er sich auf die schwere Mahagonitür der Roebling-Villa. Er wusste nicht mehr, wie er dort hingekommen war, spürte nur den Aufprall und das Splittern des Holzes. Unaufhaltsam! Einen Moment lang stand er in der Eingangshalle, spähte umher, schnupperte die Luft, um seine Beute zu orten. Ein Geräusch, vielleicht ein Schritt oder das Rücken eines Stuhls, zog ihn den Treppenbogen hinauf in den ersten Stock. Er witterte die Beute, wusste, dass sie nicht entkommen konnte, und stürmte nach oben. In ein paar Sekunden würde der Colonel tot sein. Er sah ihn schon vor sich: die glasigen Augen, das pochende Blut. Er warf die erste Tür auf, zückte die Pistole. Das Zimmer war leer bis auf einen Lichtstrahl auf dem Boden, den die großen Fenster ins Zimmer ließen. Ein Stück den Flur hinunter gelangte er zu einer zweiten Tür, die er aufzumachen versuchte, aber der Knauf drehte sich nicht. Ihn konnte keine Tür abhalten! Er ging einen Schritt zurück, dann trat er sie mit solcher Wucht ein, dass sie gegen die Wand flog und zersplitterte. Mrs. Roebling stand vor ihm. Sie stieß einen kleinen Schrei aus. Aber sie interessierte ihn nicht. Sie durfte leben. Der Colonel war es, der sterben musste. Roebling, vom Fenster eingerahmt, stand auf der gegenüberliegenden Seite des Zimmers. Thaddeus trat ins Zimmer und wollte Mrs. Roebling zur Seite stoßen, um besser auf den Colonel zielen zu können. Sie aber stand dort mit entschlossenem Blick. Er hatte nicht vorgehabt, sie zu töten, aber wenn sie ihn dazu zwang …

Als er den Arm ausstreckte, um sie wegzuschieben, hob sie ihre Hand und drückte damit gegen seine Brust. Wollte sie sich ihm etwa widersetzen? Sah sie das Unvermeidliche nicht ein? Wusste sie nicht, dass sie ihn nicht aufhalten konnte? *Nichts* konnte ihn aufhalten. Zu spät sah er den Schimmer des Stahls in ihrer Hand, spürte er den Druck auf seinem Brustbein, dann kam die Explosion. Es erstaunte ihn, dass er sie eher hörte als spürte. Er war nicht verletzt, sagte er sich, nur ein bisschen aus dem Gleichgewicht geraten, als er rückwärts aus dem Zimmer, auf die Balustrade im Treppenhaus zutaumelte. Das Geländer hielt ihn auf, und er streckte die Hand aus, um sich festzuhalten. Er sah auf seine Hemdbrust hinunter und lächelte über den roten Fleck, der sich immer mehr ausbreitete. Es schmerzte überhaupt nicht. Die Frechheit dieser Frau erfüllte ihn mit Zorn. Er hob seine Pistole, und ein widerstrebendes Lächeln glitt über sein Gesicht, als er zielte.

Jetzt stand sie in der Tür und versperrte ihm den Weg. Jetzt müsste er auch sie bestrafen.

Tom hörte den Schuss, als er die Stufen zur Haustür hinaufrannte. Das Herz schlug ihm bis zum Hals. Verzweiflung ergriff ihn. Zu spät! Der Gedanke durchfuhr ihn, als er durch die zersplitterte Tür ins Haus stürmte und auf dem Marmorboden der Eingangshalle zum Stehen kam. Er sah sie oben an der Balustrade. Sangree hob mit steifer Hand seine Pistole, Emily stand in der Tür, um den Colonel bis zum Letzten zu schützen, und hielt die leere Derringer kraftlos in der Hand. Tom wusste nicht, wie er seinen Colt anlegte, wusste nicht, wie er zielte. Es gab einen Rückstoß, und er empfand nur noch Überraschung darüber, dass der Schuss so schnell losging. Sangree krümmte sich und drehte sich ihm zu, als ihm die Kugel in die Hüfte fuhr. Im Zeitlupentempo legte Sangree auf ihn an. Tom feuerte wieder und

sah die rote Fontäne, als die Kugel Fleisch und Knochen durchpflügte. Dann stürzte Sangree ab.
Die schwache Balustrade konnte ihn nicht halten. Sie brach unter seinem Gewicht, und er stürzte zwölf Fuß hinunter auf den Marmorboden der Eingangshalle. Durch den Aufprall verlor er kurze Zeit das Bewusstsein, aber er spürte immer noch keinen Schmerz, sondern nur ein seltsames körperloses Gefühl, als wäre er nicht mehr Herr seiner selbst. Er konnte sich kaum rühren. Seine Lungen sogen die Luft nicht mehr ein. Wo war seine Pistole? Er brauchte sie, um den Colonel zu erschießen. Seine Hände tasteten danach. Er musste jetzt aufstehen. Der Drecksack durfte nicht entkommen! Aber als er sich bewegen wollte, kam der Schmerz, kamen große Wellen des Schmerzes, die ihm den Atem nahmen und seinen Willen schrumpfen ließen. Jetzt wusste er, was Franklin gespürt hatte. Die Erinnerung an seinen Bruder schien ihn von seinem Körper zu entfernen. Das Gefühl war ihm nicht unwillkommen. Es war vielmehr ein warmes, fast sonniges Gefühl. Er sah Braddock, turmhoch und unerbittlich, über sich stehen.
Du brauchst nicht so unerbittlich zu sein, Braddock, dachte er sich. Mrs. Roebling hat die Arbeit für dich getan. Er lächelte zum Detective hinauf, ein großes, warmes Lächeln, denn so war ihm jetzt: warm. Sie waren nicht länger Feinde. Er konnte sich ein Lächeln leisten. Er war auf dem Weg nach Hause.
Tom sah hinauf zu den Roeblings, die oben am Treppenabsatz standen. Washington hatte seinen Arm um Emily gelegt, die immer noch den Elfenbeingriff der Derringer kraftlos in der Hand hielt.

Epilog

Die beiden Freunde saßen in Toms Wohnzimmer in der Lafayette Street. Der Tag stahl sich allmählich davon, der Abend schlüpfte herein. Es war der 2. Juni 1883.

»Donnerwetter, diese Frau hat Mumm!«, bemerkte Sam und nippte an seinem Bier.

»Das meine ich auch! Sie ist beharrlicher als jeder Mann, und für den Colonel würde sie durchs Feuer gehen.«

»Beide Läufe, aus nächster Nähe«, sagte Sam und schüttelte verwundert den Kopf. »Das muss ja ein Riesenloch gerissen haben, so groß wie eine Faust.«

»Es ging ihm nicht so besonders, als ich ankam, das kann ich dir sagen. Er ist ziemlich schnell ausgelaufen. Hat nur ein paar Minuten gedauert.« Tom nahm einen Schluck Bier und schüttelte den Kopf. »Das Komische ist nur – und ich muss immer wieder daran denken –, er hat mich angelächelt.«

»Sangree?«, fragte Sam ungläubig.

»Ja. Er liegt da auf dem Rücken und blutet wie ein frisch geschlachtetes Schwein … und dann lächelt er mich so komisch an, als ob er mein Freund wäre oder so was. Es war irgendwie … traurig. Ich meine, eine Sekunde lang war er … ich weiß nicht recht … menschlich.«

»Er war ein seltsamer Kerl«, sagte Sam langsam. »Aber wer weiß, wie es einem geht, wenn man am Sterben ist?«

»Seltsam, ja«, sagte Tom nachdenklich, und die Szene im Treppenhaus der Roebling-Villa trat ihm wieder vor die Augen.
»Fast schade, dass die Geschichte nicht an die Öffentlichkeit kommt.« Sam schüttelte den Kopf, zuckte vor Schmerz zusammen und legte die Hand auf seinen verbundenen Hals.
»Da bin ich anderer Meinung. Besser, man lässt es ruhen«, sagte Tom und bückte sich, um Grant am Ohr zu kraulen, als sich der Kater schmeichelnd an seinem Bein rieb. »Die Roeblings haben mehr als genug durchgemacht. Wenn ich die Geschichte so erzähle, wie sie wirklich abgelaufen ist, gibt es eine Untersuchung, die Reporter kommen, Bilder erscheinen in den Zeitungen. Sie haben es verdient, dass sie sich im Triumph verabschieden – dass die ganze Welt ihre Verdienste lobt. Warum sollte man Emilys Hände mit Blut besudeln? Außerdem ist es durchaus möglich, dass Sullivan und Emmons einen Vorwand suchen, um sich zu rächen.«
Die beiden hatte man noch nicht gefunden; sie bedeuteten vermutlich immer noch eine Gefahr. Selbstverständlich hatte man die Polizeireviere der Umgebung telegrafisch informiert und in Alarmbereitschaft versetzt. Die Bahnhöfe wurden überwacht. Braddock aber rechnete nicht damit, dass man die Männer finden würde. Er glaubte auch nicht, dass sie wieder nach New York zurückkommen würden.
Sam hielt seine leere Flasche in die Höhe. Tom verstand den Wink und erhob sich von seinem Stuhl. Immerhin hatte Sam eine Entschuldigung. Der Verband, den er um Hals und Schulter trug, hatte sich wieder rotbraun verfärbt, obwohl er ihn erst am Morgen gewechselt hatte.
Mary trat ins Zimmer und schob Tom auf seinen Stuhl zurück. »Ich hole es schon. Ihr zwei bleibt sitzen.« Von der Küche aus rief sie: »Heute koche ich etwas Besonderes für euch zwei Helden.«
Tom grinste Sam zu. Mary kam mit zwei eiskalten Flaschen aus der Küche zurück. Gleichzeitig mit seiner Flasche gab sie Tom einen kleinen Kuss.

»Was für ein Glückspilz bin ich doch! Unglaublich!«, sagte er. Mary hatte volles Verständnis für Toms Verhalten gezeigt, als sie erfuhr, warum er sie auf der Brücke allein gelassen hatte. Chelsea hatte weniger Glück gehabt. Sie lag immer noch im Bellevue-Krankenhaus, war aber auf dem Weg der Genesung.

»Übrigens – hast du Lebeaus Leiche gesehen?«, fragte Sam. »So möchte ich nicht enden, ganz zermantscht.«

»Für so einen habe ich kein Mitleid übrig«, sagte Tom. »Elf Tote, darunter auch Frauen und Kinder, und er ist schuld. Wer weiß, wie viele Verletzte es noch gibt – wahrscheinlich Hunderte.« Tom nahm einen großen Schluck Bier und fügte hinzu: »Der Scheißkerl! Ich hoffe nur, er hatte Zeit nachzudenken, bevor er krepiert ist.«

»Versteh mich nicht falsch, Tom.« Sam machte eine abwehrende Geste. »Ich wollte nur sagen, es ist ein verdammt harter Tod.«

Tom zuckte die Achseln. Ihm war es egal, auf welche Weise Lebeau zu Tode gekommen war. »Was ich nicht verstehen kann, das ist die Sache mit den Drähten. Ich kapiere es einfach nicht.« Er sah zur Decke hinauf. »Sie hätten die Brücke so leicht sprengen können.«

»Ist schon seltsam, was einen Menschen bewegt«, bemerkte Sam. »Ich an ihrer Stelle hätte die Drähte auch durchgeschnitten. Stell dir vor: Jahrelang hatten sie daran gearbeitet, vielleicht länger als an allem anderen, was sie in ihrem ganzen Leben gemacht haben. Vielleicht ist es die einzige richtige Leistung, die sie jemals erbracht haben. Und sie ist so schön, dass hundertfünfzigtausend Leute an einem sonnigen Tag hingehen, nur um sie zu bewundern. Ich wäre nie auf die Idee gekommen, so etwas ins Jenseits zu befördern.« Sam schüttelte den Kopf. »Es ging ihnen nicht darum, Menschenleben zu retten. Ihnen ging es um die Brücke.«

»Wenn ich's mir genau überlege, ist es mir scheißegal, weshalb Sullivan so gehandelt hat – obwohl du eigentlich recht hast«, sagte Tom. »Ich bin einfach froh, dass er es getan hat.«

»Mir scheint, du hast auch etwas damit zu tun gehabt«, sagte Sam. Tom zuckte nur mit den Schultern.
»Hast du das Manifest gelesen?«, fragte Sam. Man hatte es im Dynamoraum gefunden.
»Der Chef sagt, es darf nie veröffentlicht werden«, brummte Tom.
Sam hielt das für eine kluge Entscheidung. Es würde nur alte Wunden aufreißen, alte Geschichten aufrühren, alte Hassgefühle wecken – und das zu einer Zeit, in der das Land dabei war, wieder zusammenzuwachsen.
»Wenn man so lange vom Hass beherrscht wird, ist es wahrscheinlich schwer, damit aufzuhören. Vielleicht hat man sonst nichts anderes ... ich weiß nicht«, sagte Sam.
Tom runzelte die Stirn. »Vermutlich ist für sie der Hass das Wesentliche, das, wodurch sie sich definieren, wie ein Beruf, zum Beispiel – so wie es mir schwer fallen würde, kein Cop mehr zu sein. So ungefähr.«
»Ja, genau so. Nehmen wir an, es wäre unmoralisch, ein Cop zu sein. Nehmen wir an, du weißt das, aber du hast sonst nichts gelernt. Wahrscheinlich würdest du dabei bleiben«, überlegte Sam.
»Ein interessantes Beispiel«, sagte Tom und sah seinen Freund eindringlich an.
Sie saßen da und sahen zu, wie die untergehende Sonne das oberste Stockwerk der Astor Library in Gold und Gelb tauchte. Der Schatten der Colonnade Row kroch mit scharfer Kontur die Fassade des Gebäudes hinauf. Die tiefer liegenden Stockwerke hatten ihre Farbe verloren, als hätte die Sonne sie auf ihrer Flucht mitgenommen. Tom und Sam saßen eine Weile schweigend da und tranken ihr Clausen-Bier. Sie wichen dem Thema aus, das ihnen am meisten auf der Seele lag. Es fiel ihnen schwer, das Schweigen zu brechen.
Schließlich redete Tom, aber er sprach immer noch nicht von dem, was beide umtrieb.
»Eigentlich hoffe ich, dass wir es nie herausfinden«, sagte Tom

und stand auf, um eine Gaslampe anzuzünden. »Vielleicht hat Sullivan eine zweite Chance sogar verdient. Weil wir gerade von zweiten Chancen reden – ich habe einen Bericht von Doktor Avery bekommen. Ich hatte Mrs. Bucklin zu ihm geschickt. Sie leidet an der Schwindsucht.«

»Das ist hart. Was ist mit dem Enkelkind ... Mike?«

»Das ist es eben – das habe ich mit ›zweiter Chance‹ gemeint. Einmal hat mich Patricia gefragt, damals, als Terrence starb, ob ich mich ein bisschen um Mike kümmern würde, wenn ihr etwas passiert. Ich habe nicht damit gerechnet, dass es so schnell dazu kommen würde. Noch hat sie nichts gesagt, aber der Junge muss unbedingt aus diesem schäbigen Mietshaus herauskommen, sonst wird er selber krank. Verdammt ... vielleicht ist er es schon!«

Sam sagte nichts. Dieses Problem musste Tom allein lösen.

»Er ist ein guter Junge, ein richtig netter Kerl. Er würde dir gefallen.«

Sam lächelte. »Dich kann ich mir nur schwer als Dad vorstellen, Tommy. Hast du schon mit Mary darüber gesprochen?«

»Nein.« Tom schüttelte zweifelnd den Kopf. »Ich habe es erst heute Nachmittag erfahren.«

Sam lehnte sich nach vorn. »Was willst du also tun? Nimmst du ihn bei dir auf?«

»Ich glaube, schon. Ich möchte nicht, dass er in einem dieser Waisenhäuser landet oder auf der Straße schläft. So weit darf es nicht kommen.« Dann, als habe er die Entscheidung soeben getroffen, berichtigte er sich. »So weit *wird* es auch nicht kommen. Darauf habe ich mein Wort gegeben.«

Sam sah seinen alten Freund eindringlich an. »Also hast du dich schon entschieden? Du wirst jetzt mit Mary zusammenziehen, stimmt's? Anscheinend hast du dir auch gleich eine Familie angelacht. Es wird sowieso Zeit, dass du dich häuslich niederlässt. Uns arme Ehemänner hast du lange genug neidisch gemacht«, sagte Sam grinsend.

»Ich brauche mich nicht zu entschuldigen.« Tom lachte. »Ich habe meinen Spaß gehabt.«
»Darauf wollen wir trinken, Thomas.« Gemeinsam schlürften sie ihr Bier. Die Stille, die jetzt folgte, erweckte das Thema, dem sie die ganze Zeit ausgewichen waren, wieder zum Leben.
»Dieses Begräbnis wird die Hölle sein«, sagte Tom schließlich. Sam betrachtete den Bierkrug auf seinem Schoß und fuhr mit dem Finger über das schwitzende Glas.
»Ich hätte ihn nie vorausgehen lassen dürfen«, sagte er leise und schüttelte den Kopf.
»Du bist nicht schuld, Sam. Niemand ist schuld. Er war ein guter Cop, er wollte diese Arbeit machen. Es war nur – ich weiß nicht, es ist eben so.« Tom wusste nicht, wie er sich ausdrücken sollte. »Es hätte genauso gut einen von uns erwischen können. Es hätte uns ja auch treffen können, als Jacobs auf uns feuerte. Es gibt jede Menge Möglichkeiten.«
Tom bemühte sich, sein und Sams Gewissen zu beruhigen.
Sam schien darüber nachzudenken. Er wusste, dass Tom recht hatte, er hatte solche Situationen während des Krieges oft genug erlebt. Aber der Krieg gehörte schon der Geschichte an. Es war lange her, seit er dem Tod so nahe, so persönlich ins Auge gesehen hatte.
»Es ist furchtbar, wenn wir die Jungen verlieren«, sagte Sam, und das Bedauern und die Trauer waren ihm anzuhören. »Er ist einfach verblutet. Ich konnte es nicht aufhalten.« Er sah seine Hände an, als ob Jaffeys Blut immer noch daran klebte.
»Sam, es ist nicht deine Schuld, du …«, fing Tom an. Sam hatte sein Bestes getan: Verwundet, blutend, war er zurück auf die Brücke gegangen, um Jaffey zu versorgen.
»Ich habe ihn in meinen Armen gehalten«, fuhr Sam leise fort.
»Niemand hätte mehr für ihn tun können, Sam«, sagte Tom heiser; es schnürte ihm die Kehle zu, als er daran dachte, wie bleich Eli ausgesehen hatte.
»Ich weiß. Ich wollte die Blutung stoppen, aber … er ist mir ein-

fach weggestorben.« Schweigend saßen sie da und hingen ihren Gedanken nach. Es war ein langes Schweigen. Die Nacht schlüpfte herein und stahl den letzten Rest des Tages, während sie dort saßen.
Tom betrachtete den Fleck an der Wand, wo er das Einschussloch zugegipst hatte. Mit traurigem Lächeln sagte er: »Er wird mir fehlen.«

Emily beobachtete, wie die Brücke hinter ihnen verschwand. Aber sie dachte nicht an die Brücke. Am Tag vor der Abreise hatte sie Tom Braddock vielleicht zum letzten Mal gesehen. Er hatte ihnen versichert, dass sie nie mit Captain Sangrees Tod in Verbindung gebracht würden. Tom hatte die Geschichte begraben. Nichts davon stand im amtlichen Polizeibericht, keine Erwähnung davon, dass sie sich zu der fraglichen Zeit in ihrer Villa aufgehalten hatten. Offiziell hatten sie sich schon in Newport befunden, und Sangree war nichts als ein Einbrecher, den man auf frischer Tat ertappt hatte. Und jetzt waren sie tatsächlich auf dem Weg nach Newport. Eine wohlverdiente Ruhepause winkte, eine Erholung für Körper und Seele, bevor der zweite Akt auf der Bühne des Lebens beginnen sollte.
An jenem schrecklichen Nachmittag hatte sich Tom um alles gekümmert. Emily stand unter Schock; sie starrte vor sich hin, sie zitterte, die Ohren dröhnten noch vom betäubenden Knall der kleinen Pistole. Emily hatte keine Erinnerung daran, dass sie gefeuert hatte. Sie sah nur Sangrees Gesicht vor sich, die wilden, wütenden Augen, die sich durch sie hindurch auf ihren Gatten richteten. Hass stand darin, der Hass vieler Jahre, der Sangree innerlich verbrannte. Emily spürte die Hitze, die, wie sie wusste, sie beide verschlingen würde, wenn sie es zuließe. Sie erinnerte sich auch daran, wie überrascht er gewesen war. Er hatte die kleine Pistole in ihrer Hand nicht bemerkt. Er hatte nicht damit gerechnet, dass sich ihm eine Frau in den Weg stellen könnte. Er glaubte, er könnte sie beiseite fegen. Emily hatte das gespürt, es

hatte sie zornig gemacht. Ein tödlicher Irrtum. Rückblickend dachte sie fast mit Vergnügen an seine Überraschung. Immer noch sah sie seinen offenen Mund, die fuchtelnden Arme. Aber er besaß noch diese wilde Entschlossenheit, diesen starken Willen; das hielt den Mann irgendwie auf den Füßen. Dann war Tom da, der vom Eingang her feuerte; Sangree zuckte wie eine Marionette und fiel zusammen. Sie konnte sich noch daran erinnern, wie ihr Tom die Pistole aus der Hand genommen und gesagt hatte, dass sie das Haus verlassen sollten. Tom führte sie zum Hintereingang hinaus, hinunter zur Remise am Fuße des Hügels. Wash nahm die Zügel in die Hand, und sie setzten nach New York über. Von dort aus nahmen sie die Fähre nach Staten Island und fanden im Hause von Washingtons Schwester Zuflucht und Versteck. Telegramme wurden mit Newport gewechselt, wo Hughes den Anschein ihrer Gegenwart aufrechterhielt.

Zunächst hatten Wash und Emily die Notwendigkeit dieser Täuschungsmanöver nicht eingesehen.

»Ich habe doch nichts Unrechtes getan, Tom. Ich habe meinen Mann und mich selbst nur verteidigt. Warum sollten wir uns wie Diebe in der Nacht davonstehlen? Wir sind keine Verbrecher!«

»Emily, erstens wissen wir nicht, wie viele dieser Burschen es noch gibt. Wir können nicht das Risiko eingehen, dass sie Ihnen und dem Colonel nachstellen«, hatte Tom gesagt, als er sie aus dem Haus drängte. »Zweitens, wenn sie glauben, dass das Blut ihres Captains an Ihren Händen klebt, wird es alles nur noch schlimmer machen. Es ist besser, wenn sie glauben, dass ich es war, und dafür werden wir sorgen.«

»Aber …«

»Ich würde alles dafür geben, wenn ich es rückgängig machen könnte, aber ich glaube, ich kann zumindest Ihren Namen aus der Sache heraushalten. Am besten, wir halten diese Finte aufrecht; die Öffentlichkeit soll glauben, dass Sie beide in Newport sind. Sie müssen schnell weg von hier.«

Natürlich hatten sie sich einverstanden erklärt. Das Letzte, was sie von Tom Braddock sah, waren ein verhaltenes Winken und ein grimmiges Lächeln gewesen, bevor er wieder zum Haus hinaufeilte. Dann fuhren die Roeblings davon und kehrten nicht mehr zurück.

Es war der dritte Juni. Den ganzen Vormittag über hatte Braddock Papiere hin und her geschoben und die Berichte über den Fall Bucklin zu Ende geschrieben. Weder sein Kopf noch sein Herz war bei der Sache. Meistens starrte er vor sich hin ins Leere und durchlebte wieder die Szenen der letzten Tage. Nichts war nach Plan verlaufen. Eigentlich hatte es kaum einen Plan gegeben. Er hatte immer nur reagiert – wenigstens kam es ihm so vor. Fast alles, was er versucht hatte, war misslungen; wie ein Boxer am Ende seiner Kräfte war er von einem Schlag zum nächsten getorkelt. Und doch war er es gewesen, der schließlich gesiegt hatte. Daran gab es nichts zu rütteln. Am Ende hatte er sie geschlagen. Und obwohl noch manches Rätsel ungelöst war und wahrscheinlich auch ungelöst bleiben würde, war er irgendwie zufrieden. Die Brücke stand noch. Die Roeblings waren sicher in Newport. Mindestens vier der Verschwörer waren tot. Obwohl er Versäumnisse bedauerte, glaubte er, dass er nicht anders hätte handeln können. Er hatte sein Bestes getan, genau wie Eli, Pat, Charlie und Sam. Braddock wäre froh gewesen, wenn es besser ausgegangen wäre, er wäre froh gewesen, wenn Eli mit ihm auf ein Bier hätte gehen können. Er wäre auch froh gewesen, wenn er Mike hätte sagen können, wer seinen Vater ermordet hatte, aber er konnte es nicht.

»Haben Sie Hunger, Tom?«, fragte Byrnes und schreckte ihn auf. Er war so in Gedanken versunken, dass er den Chef nicht bemerkt hatte, der vor seinem Schreibtisch stand.
»Eigentlich schon«, sagte Tom und zog seine Uhr aus der Westentasche.

»Schön ... kommen Sie mit?«, sagte der Chef und klopfte sich mit beiden Händen auf den Bauch.
»Wenn Sie zahlen.« Tom grinste. »Mir hat man noch nie nachgesagt, dass ich ein kostenloses Mittagessen ausgeschlagen hätte.«
Auch Byrnes grinste. Seitdem er diesen Fall erfolgreich abgeschlossen hatte, zeigte sich Tom dem Chef gegenüber selbstbewusster.
»Klar, ich zahle. Gehen wir!« Als sie auf der Straße vor dem Marble Palace standen, sagte Byrnes: »Ich kenne ein Lokal in der Mott Street ... früher war ich ab und zu mit Coffin da.« Seine Stimme klang belegt. »Dort gibt es großartige gebratene Teigtaschen. So was Gutes haben Sie noch nie gegessen!«
»Klingt gut. In der Mott, sagten Sie? Dieses kleine Lokal, wo man ein paar Stufen von der Straße hinuntergeht?«
»Ja, direkt in der Mitte des Häuserblocks. Sie müssten es kennen, Sie waren doch fast drei Jahre dort in der Gegend auf Streife. Das ist natürlich schon einige Zeit her.«
Tom nickte.
»Ich selber kenne mich bei den Chinesen nicht aus«, fuhr Byrnes fort. »Ordentliche Leute. Bleiben unter sich. Aber verdammt gute Teigtaschen machen sie.« Die beiden lachten. »Ich war das letzte Mal in der Gegend, als Coffin ...« Byrnes vollendete den Satz nicht. Sie wussten beide, wie es damals ausging. Das Lachen erstarb. »Den Fall habe ich abgeschlossen«, sagte Byrnes förmlich. »Die Presse hat jetzt schon zu viel in diesen Abfallhaufen hineingeschnüffelt.« Er schüttelte den Kopf. »Der einzige Grund, warum sie sich nicht noch weiter eingemischt haben, ist die Sache mit der Brücke. Verdammter Coffin. Der hat einen Haufen Scheiße hinterlassen, und den müssen wir jetzt wegputzen. Die Zeitungsschreiber müssen nicht alles wissen. Wenn sie noch weiter darin rühren, ist niemand mehr sicher.« Tom nickte zustimmend. »Ich will nicht schon wieder eine von Nasts verdammten Karikaturen sehen.« Byrnes machte ein saures Gesicht.

»Verstehe ich schon. Es könnte ungemütlich werden.« Das war eine gewaltige Untertreibung.
Byrnes brummte zustimmend. »Besser, wir setzen den Deckel drauf. Begraben es. Coogan, zum Beispiel ... ist jetzt in Harlem.«
Tom musste diesen Leckerbissen erst mal verdauen.
Byrnes sah Tom fragend an. »Auch von anderen Veränderungen ist die Rede. Bei uns wird sich sehr viel ändern, Tommy.«
Tom sagte nichts. Er zog es vor, Byrnes' weitere Ausführungen abzuwarten.
Sie bogen um die Ecke in die Mott Street. Tom fragte sich, ob er Wei Kwan im kleinen Restaurant treffen würde. Zwar war er von Master Kwans Diskretion überzeugt, aber er konnte sich schließlich täuschen. Byrnes hatte keine Ahnung, dass Master Kwan die Schlüsselfigur in Toms chinesischer Connection war, und das sollte besser auch so bleiben.
»Hier ist es«, sagte Byrnes und drückte seine Zigarre an einem Laternenpfahl aus.
Wei Kwan begrüßte sie mit höflichen Verbeugungen an der Tür, ließ sich aber seine nähere Bekanntschaft mit Tom nicht anmerken. Er führte sie an einen kleinen Tisch neben dem Fenster zur Straße. Sie setzten sich, bestellten Bier und beobachteten die Beine der Passanten. Hinter dem Speiseraum, der nicht mehr als zwölf Tische enthielt, brodelte und dampfte es in der Küche. Offiziell war es gar kein richtiges Restaurant. Es hatte keinen Namen, kein Schild an der Tür, keine Speisekarte. Töpfe und Teller klapperten, unverständliche chinesische Laute drangen aus der Küche, als Wei Kwan und zwei andere Kellner das Essen an die Tische brachten. Tom und Byrnes waren die einzigen Weißen hier.
»Ein guter Ort für ein ruhiges Gespräch«, sagte Byrnes. Es war alles andere als ruhig, und Tom hob fragend eine Augenbraue.
»Eigentlich sollte ich es ein privates Gespräch nennen – wenigstens relativ privat.«

»Es ist kaum anzunehmen, dass etwas, was hier beredet wird, zum Marble Palace getragen wird«, stimmte Tom zu.
»Genau. Ich wollte mit Ihnen etwas besprechen. Die Flagge hissen, sozusagen.«
»So?« Tom wartete weiter ab. Mittlerweile war er neugierig geworden.
»Ja. Wissen Sie ... mir gefällt es, wie Sie den Fall Bucklin bearbeitet haben. Sie sind unbeirrt dabeigeblieben, haben sich nicht ablenken lassen und die Sache hartnäckig weiterverfolgt. Jetzt hat es sich bezahlt gemacht.«
»Ich hatte natürlich auch Glück«, sagte Tom. Er wollte noch etwas ergänzen, als ihn Byrnes unterbrach.
»Quatsch! An Glück glaube ich nicht«, sagte Byrnes und drohte mit dem Finger. »Meistens schmieden wir unser Glück selbst. Ihr Glück kam dazu, weil Sie nicht aufgegeben haben, weil Sie die Sache durchgezogen haben. Das hat Ihnen Glück gebracht.«
»Vielleicht ... Es war aber knapp. Ich kann nicht behaupten, dass wir diejenigen waren, die sie aufgehalten haben. Ich kann nicht einmal behaupten, den ersten Schuss auf Sangree abgefeuert zu haben. Das hat Emily getan. Sie hat ihm ein Loch in die Brust geschossen, von dem er sich unmöglich erholen konnte.«
Byrnes nickte fast ungeduldig. »Ja ... mit der Pistole, die sie von Ihnen hatte.«
Tom zuckte die Achseln. »Meistens kamen wir zu spät, immer einen halben Schritt hinterher.«
»Wieder Quatsch! Verdammt noch einmal, Sie sind ein Held, Tom. Sie können sich ruhig als solcher fühlen. Der einzige Grund, warum Sie die Spur nicht verloren haben, war Ihre harte, gute Arbeit. Soweit wir wissen, gab erst die Jagd auf Lebeau den beiden anderen die Gelegenheit, die Drähte durchzuschneiden. Haben Sie noch nie darüber nachgedacht?«
»Der Gedanke ist mir auch gekommen«, räumte Tom ein, »aber Emmons – wer weiß, wo der sich aufhält?«
Byrnes zuckte die Achseln. »Es gibt Dinge, die wir wahrschein-

lich nie herausfinden werden. Wir müssen uns mit dem zufrieden geben, was wir erfahren – und von dort aus weitermachen.«

»Es gibt ein paar Sachen, die wir vielleicht nie beweisen können – zum Beispiel, wer Bucklin umgebracht hat –, aber wir brauchen das gar nicht zu beweisen, um zu wissen, warum es geschah.«

Wei Kwan stellte sich geduldig neben den Tisch, um ihre Bestellung aufzunehmen. Er vermied es, Tom direkt anzuschauen.

»Ich nehme die Teigtaschen – in Dampf gegarte *und* gebratene, beide Sorten«, sagte Byrnes und formte die Hände zu kleinen Knödeln. »Verstehen Sie?« Wei Kwan nickte, sagte aber nichts. Seine Englischkenntnisse waren recht ordentlich.

»Klingt gut!«, sagte Tom. »Nehme ich auch!« Ein kurzes Tappen mit dem Fuß, eine kleine Verbeugung drückten das Einverständnis des Masters aus. Die Teigtaschen würden Sonderklasse sein.

»Also … um zum Ende zu kommen, Sie haben auch die Sache mit den Roeblings gut über die Bühne gebracht.«

»Da stimme ich Ihnen zu«, sagte Tom mit zufriedenem Grinsen. »Es bringt nichts Gutes, wenn wir zulassen, dass die Roeblings in die Schlagzeilen geraten. Das würde sie nur noch mehr zur Zielscheibe machen und einen Namen beflecken, der in dieser Stadt in Ehren gehalten werden sollte.«

»Da bin ich ganz Ihrer Meinung. Ein bisschen außerhalb der üblichen polizeilichen Gepflogenheiten, aber gerade das hat mir gefallen. Es zeigt Initiative – dass Sie fähig sind, schnell zu handeln, dass Sie bereit sind, die Bestimmungen großzügig auszulegen, wenn Sie es für richtig halten.«

»Danke, Sir. Ich wollte etwas für sie tun, verhindern, dass ihnen noch größeres Leid zugefügt wird.«

»Nun, Sie wissen, jetzt, wo Coffin nicht mehr da ist … Ah, hier sind die Teigtaschen. Sie riechen gut, finden Sie nicht auch?« Byrnes rieb sich erwartungsvoll die Hände.

Wei Kwan brachte eine dampfende Schüssel mit einer Mischung aus den verschiedenen Sorten und stellte sie vor Byrnes hin.
»Das bestelle ich immer, wenn ich hier bin, und sie bringen immer eine reichliche Portion.« Byrnes ließ sich gleich eine der gedämpften Teigtaschen schmecken. »Also ... wie ich sagen wollte, Tom. Jetzt, wo Coffin nicht mehr da ist, würde ich gerne Ihren Namen für die Leitung des dritten Reviers einreichen. Was halten Sie davon?«
Tom erstickte fast an seinem ersten Bissen, er konnte ihn kaum noch hinunterschlucken.
Byrnes nahm sich eine zweite Teigtasche, diesmal eine gebratene. Das Fett tropfte hinunter, während er sie in seinen Mund beförderte. »Überrascht?«
»Ich ... ich weiß nicht, was ich sagen soll.« Tom war fast sprachlos.
»Sagen Sie doch ja!«, sagte Byrnes mit weit ausholender Geste. »Ich kann natürlich nichts garantieren. Vermutlich reichen alle Revier-Captains mindestens einen Namen ein.« Byrnes spießte einen Bissen auf eine Gabel, die ihm Master Kwan extra gebracht hatte, und hielt ihn Tom hin. »Heute sind die Dinger phantastisch. Ich weiß nicht, womit man sie gefüllt hat, aber heute sind sie noch besser als sonst.« Nach einer kleinen Denkpause fuhr er fort: »Sie könnten sich auch einen Urlaub gönnen, wissen Sie. Fahren Sie doch mit Mary aufs Land. Man sagt, in den Adirondacks ist es wunderschön.«
Dann stellte er Tom seinen Plan in allen Einzelheiten vor. »Nehmen Sie sich zwei Wochen frei – oder gleich einen Monat. Sie haben es sich verdient. Die Sache mit der Beförderung können Sie mir überlassen. Sie haben sich mit diesem Fall einen Ruf erworben, obwohl diese Verschwörungssache nicht an die Öffentlichkeit gedrungen ist. Das finde ich übrigens auch richtig. Die Panik war schon schlimm genug, und es würde die Brücke völlig ruinieren, wenn wir die Öffentlichkeit mit verrückten Verschwörungsgeschichten ängstigten. Dann würde sich nie-

mand mehr auf die Brücke trauen. Auch im Süden würde es alte Gespenster zu neuem Leben erwecken. Am besten, wir kehren die ganze Affäre unter den Teppich.«

Tom, der den Mund voll hatte, nickte nur.

»Aber keine Sorge«, sagte Byrnes, lehnte sich über den Tisch und flüsterte: »Die Leute, auf die es ankommt, in der City Hall, aber auch in Albany und in Washington, wissen, was Sie getan haben.« Er grinste. »Wenn ich in dieser Angelegenheit etwas zu sagen habe, bekommen Sie schon Ihre Belohnung.« Byrnes machte sich wieder über eine Teigtasche her und führte sie an seinen offenen Mund.

Fasziniert schaute ihm Tom zu. Er hüstelte und sagte: »Urlaub! Klingt gar nicht schlecht.«

Jumbo war das größte Lebewesen, das Mike je zu Gesicht bekommen hatte, und er wollte ihn gern noch einmal sehen. Tom hatte nichts dagegen, und in der Tat gefiel ihm der Dickhäuter noch besser als beim ersten Mal.

»Selbst die Clydesdale-Pferde, die die ganz großen Fuhrwerke ziehen, sind winzig im Vergleich zu diesem Jumbo«, sagte Mike voller Ehrfurcht. Die Schulterhöhe des Elefanten betrug elf Fuß, und der Rüssel war so dick und kräftig, dass er wohl mühelos ein Clydesdale-Pferd in die Höhe heben konnte.

»Wächst in Afrika alles so groß?«, fragte Mike, als ein weißes Nilpferd in die Manege kam; es sah aus wie ein riesengroßes Schwein und wurde vom Dompteur an der Leine geführt. »Ich meine, es gibt dort Elefanten und diese großen Dinger mit dem langen Hals.«

»Giraffen«, sagte Tom.

»Ja, und diese Kamele mit dem Höcker sind auch furchtbar groß. Das Einzige, was klein ist, ist das Elefantenbaby Bridgeport, aber wahrscheinlich wächst es noch.«

»Ich weiß es nicht, Mike. Es muss auch kleinere Tiere in Afrika geben. Sie sind nur einfach nicht so interessant wie die großen.«

Was Tom am allerbesten gefiel, war ein riesiger Chinese namens Chang, der in einer Rüstung und mit einem großen Schwert als mongolischer Krieger in der Manege eine Runde drehte. Auf der Schulter trug Chang einen Zwerg, der Major Atom hieß.
»Heilige Mutter Gottes!«, rief Tom aus, als der Riese vor den Vorhang trat. »Der muss doch mindestens acht Fuß groß sein. Und der Zwerg ist so klein wie sein Kopf! Donnerwetter! Ich wünschte, Master Kwan könnte das sehen.«
»Wer ist Master Kwan?«, fragte Mike.
Tom sagte ihm, er sei ein Freund – ein Freund, zu dem er großes Vertrauen habe.
Als der letzte Teil, eine todesmutige Trapeznummer mit Damen in der Unterwäsche, vorüber war, besuchten sie noch die Tierschau und betrachteten die dressierten Kängurus, die riesigen Paviane und die vielen menschlichen Missgeburten, die es sonst nirgendwo zu sehen gab.
Später gingen sie durch den Park auf die Third Avenue zu, um mit der El nach Hause zu fahren. Mike hatte nichts dagegen, als ihm Tom den Arm auf die Schulter legte.
»Mike?«, sagte Tom, und seine Stimme klang seltsam. Um Zeit zu gewinnen, räusperte er sich. »Es gibt noch etwas, worüber ich mit dir reden wollte …«

Postskriptum

Emily Roebling wurde eine der führenden Persönlichkeiten der Trentoner Gesellschaft. Sie studierte Jura an der Universität New York und gehörte zu den ersten Frauen, die dort ihr Diplom erwarben. In Trenton, unweit der Roebling-Werke, ließ sie eine Villa bauen, die mehrere Generationen lang ein Wahrzeichen der Stadt blieb. 1893 fuhr sie mit Washington nach New York, wo sie gemeinsam über die Brücke gingen. Niemand erkannte sie. Im Jahre 1896, während einer Europareise, gehörte sie zu den wenigen Amerikanern, die der Krönung des Zaren Nikolaus und der Zarin Alexandra beiwohnten. Sie starb am 23. Februar 1903 an Krebs und wurde in Cold Spring, im Staate New York, beerdigt. Washington, der sich nach einer Operation zu dieser Zeit in Trenton aufhielt, war zu schwach, um am Begräbnis teilnehmen zu können.

Washington Roebling hat nie wieder eine Brücke gebaut. Als Aktionär der Roebling Wire Works und als geschickter Spekulant an der Börse wurde er sehr wohlhabend. Jahrelang widmete er sich seinen Studien der Geologie, besonders der Mineralien. Seine Sammlung, die bis auf vier Gesteinsarten alle bekannten Mineralien der Welt umfasste, befindet sich jetzt im Besitz der Smithsonian Institution. 1908 heiratete er ein zweites Mal, eine Witwe aus Charleston, South Carolina; man sagt, dass die Ehe glücklich war. Washington, der kaum einen Tag ohne Schmerzen und ohne Behinderung zubrachte, überlebte alle seine stellvertretenden Ingenieure. Er überlebte auch seine Brüder und seinen Neffen, der mit der Titanic unterging. Im Alter von vierundachtzig Jahren, nach dem plötzlichen Tod seines Neffen Karl Roebling, der die Wire Works geleitet hatte, übernahm Washington wieder die Geschäfte. Zusammen mit seinem Hund Billy Sunday fuhr er täglich mit der Straßenbahn zur Arbeit; er verabscheute Automobile und weigerte sich, sie zu benutzen. Die Geschäfte gingen nicht nur weiter, sie gediehen sogar. Als man ihn bei einem Interview fragte, wie er es schaffe, die Arbeitslast zu bewältigen, gab er die typische Roebling-Antwort: »Man darf sich weder aus dem Leben davonstehlen noch aus der Arbeit, die einem das Leben auferlegt.« Er starb am 21. Juli 1926 im Alter von neunundachtzig Jahren. In Cold Spring, an Emilys Seite, wurde er beerdigt.

Patrick Sullivan entkam nach Texas, wo er viele Jahre lang unter dem angenommenen Namen Lester Cable bei den Texas Rangers Dienst tat. William Cody entdeckte sein Talent als Reiter und nahm ihn 1891 in seine Wild West Show auf, in der er gegen Sioux-Krieger kämpfte, Postkutschen überfiel und Büffel jagte. Damit bereiste er die Vereinigten Staaten und Europa. Sooft die Show nach New York kam, nahm er sich Zeit für einen Besuch der Brooklyn Bridge, und er galt als Fachmann auf diesem Gebiet. Im April 1919 starb er auf seiner Ranch in Texas.

Matthew Emmons wurde in der Nacht des 30. Mai im Buttermilk Channel von Fischern aus dem Wasser gezogen. Man hielt ihn zunächst für tot, aber er erholte sich nach kurzer Zeit und verbrachte die nächsten Tage auf dem Fischerboot vor der Küste von Long Island. Er kehrte nach New York zurück und ließ sich schließlich in Coney Island nieder, wo er fast zwanzig Jahre lang in einer Kneipe unweit der Strandpromenade als Barkeeper arbeitete. Er brüstete sich immer damit, als Erster den erfolgreichen Sprung von der Brooklyn Bridge geschafft zu haben. Obwohl er den Beweis schuldig blieb, beharrte er darauf bis zu seinem Sterbetag und wurde deswegen zu einer legendären Gestalt in Coney Island. Im Herbst 1904 starb er an einem Leberversagen.

Tom Braddock wurde im Juni 1883 zum Captain des dritten Reviers ernannt. Er und Mary heirateten im Frühjahr 1884 in der Kirche Christi Verklärung an der Twenty-ninth Street. Im gleichen Jahr adoptierten sie Michael Bucklin und kauften ein zweistöckiges Stadthaus in der Willow Street auf den Brooklyn Heights. In den folgenden sechsundzwanzig Jahren fuhr Tom zweimal täglich mit dem Zug über die Brücke. Die Liste seiner Erfolge war bemerkenswert, und er wurde achtmal wegen besonderer Tapferkeit ausgezeichnet. Braddock brachte es nie fertig, seine Mitarbeiter nur vom Schreibtisch aus zu leiten. Mit den Roeblings führte er einen regen Briefwechsel, sah sie allerdings nie wieder. Bei Emilys Begräbnis in Cold Spring rätselten die anderen Trauergäste, wer er wohl sei.

Im Mai 1884 führte P. T. Barnum eine Herde von einundzwanzig Elefanten, darunter auch den berühmten Jumbo, über die Brooklyn Bridge. Es war eine seiner wirksamsten Werbeveranstaltungen. Der große Zirkusdirektor erklärte bei dieser Gelegenheit, dass er von der Standfestigkeit der Brücke völlig überzeugt sei.

Danksagung

Meinem Lektor Pete Wolverton fühle ich mich in großem Dank verbunden. Sein Weitblick, sein scharfes Auge und seine endlose Geduld waren Gaben, die man mit Worten gar nicht angemessen wiedergeben kann, und sein Erfahrungsschatz von unermesslichem Wert.

Rich Barber, meinem Zauberer von einem Agenten, werde ich niemals vergelten können, was er für mich getan hat. Einen Debütroman zu verkaufen, ließ er wie ein Kinderspiel erscheinen. Ich bin stolz, ihn meinen Freund nennen zu dürfen.

Drei schicksalhafte Tage in der Hölle
von New York

Kevin Baker
Die Straße zum Paradies

Es war im Juli 1863. In den Straßen Manhattans streiten sich Kinder mit wilden Schweinen um Brot. Schnaps, bezahlt nach Trinksekunden, schürt die Ungeduld der Männer. Und dann geht die Stadt New York in Flammen auf.

»Wer dieses Buch liest, wird wissen,
wie New York im Kriegssommer 1863 aussah,
wie es sich anfühlte und was seine Bewohner zu ihren
Helden- wie auch ihren Gräueltaten bewog.
Ob geschichtliche Genauigkeit oder spannende
Unterhaltung – Kevin Baker beherrscht beides virtuos.«

Rebecca Gablé

Knaur Taschenbuch Verlag